Frühling der Liebe

MIRA® TASCHENBUCH

1. Auflage: März 2020
Neuausgabe im MIRA Taschenbuch
Copyright © 2020 für die deutsche Ausgabe by MIRA Taschenbuch
in der HarperCollins Germany GmbH, Hamburg

Copyright © 1988 by Nora Roberts
Originaltitel: »The last honest Woman«
Erschienen bei: Silhouette Books, Toronto

Copyright © 2002 by Carolyn Greene
Originaltitel: »First you kiss 100 Men«
Erschienen bei: Silhouette Books, Toronto

Copyright © 2004 by Nancy Lavo
Originaltitel: »A Whirlwind…Makeover«
Erschienen bei: Silhouette Books, Toronto

Published by arrangement with
Harlequin Enterprises, Toronto

Umschlaggestaltung: Nele Schütz Design, München
Umschlagabbildung: Flaffy, Dew scienartist / Shutterstock
Satz: GGP Media GmbH, Pößneck
Printed in Germany
Dieses Buch wurde auf FSC®-zertifiziertem Papier gedruckt.
ISBN 978-3-7457-0061-9

www.mira-taschenbuch.de

Werden Sie Fan von MIRA Taschenbuch auf Facebook!

Nora Roberts

So nah am Paradies

Roman

Aus dem amerikanischen Englisch von
Anne Pohlmann

Prolog

»Schreien Sie ruhig, Mrs. O'Hara.« Ihre Atemzüge kamen keuchend, und der Schweiß lief ihr die Schläfen hinunter. »Molly O'Hara bringt ihre Kinder nicht schreiend zur Welt.«

Sie war keine große Frau, aber ihre Stimme, selbst bei normaler Lautstärke, füllte den ganzen Raum. Es war eine volltönende, melodische Stimme, selbst jetzt, wo sie nur unter Anstrengung sprechen konnte. Erst vor wenigen Minuten hatte ihr Mann sie Hals über Kopf ins Krankenhaus gebracht.

Für vorbereitende Maßnahmen, beruhigende Worte oder Händchenhalten hatte es keine Zeit mehr gegeben. Der diensthabende Arzt hatte nur einen Blick auf sie werfen müssen und sie, angekleidet, wie sie war, in die Entbindungsstation gebracht.

Die meisten Frauen hätten Angst gehabt – in einer fremden Stadt von Fremden umgeben zu sein, in deren Händen die Verantwortung für das eigene Leben und das des Babys lag, das sich seinen Weg in die Welt erkämpfte. Molly O'Hara hatte auch Angst. Aber um nichts in der Welt hätte sie sich das anmerken lassen.

»Sie scheinen eine ganz Zähe zu sein.« Die Entbindungsstation war überheizt, und auch dem Arzt stand der Schweiß auf der Stirn.

»Alle O'Haras sind zäh«, gelang es ihr zu erwidern, obwohl sie am liebsten nur noch schreien würde, nur noch den Schmerz herausschreien würde. Das Baby kam früh, sie betete nur, dass es nicht zu früh sei. Die Wehen folgten jetzt schnell aufeinander und ließen Molly keine Möglichkeit, Kraft für die nächste zu sammeln.

»Wir können nur froh sein, dass Ihr Zug nicht fünf Minuten Verspätung hatte, sonst hätten Sie Ihr Baby dort bekommen. So, und jetzt nicht nachlassen, tief ein- und ausatmen.«

Sie überhäufte ihn mit Verwünschungen, die sie in den sieben Ehejahren mit Frank gelernt hatte, in sieben Jahren, in denen sie in unzähligen schäbigen Clubs unzähliger Städte aufgetreten waren.

Der Arzt lachte nur. »So ist es gut. Pressen, Mrs. O'Hara. Wir holen jetzt das Baby mit Elan heraus.«

»Ich werde Ihnen zeigen, was Elan ist«, versprach sie noch, während sie mit der letzten Schmerzwelle presste. Und mit einem lauten Schrei kam das Baby zur Welt.

Mit Tränen in den Augen beobachtete Molly, wie der Arzt den kleinen Körper herumdrehte. »Es ist ein Mädchen.«

Lachend sank sie zurück. Ein Mädchen. Sie hatte es geschafft. Frank würde stolz auf sie sein. Und erschöpft lauschte Molly auf die ersten Lebensschreie ihrer Tochter.

»Ich brauche ihr nicht einmal einen Klaps zu geben. Sie ist nicht gerade übergewichtig, Mrs. O'Hara, aber sie ist wunderschön.«

»Natürlich. Und hören Sie sich diese Lungen an. Sie wird noch das Publikum in der letzten Reihe umwerfen. Etwas Übung und … Oh, Himmel.«

Eine neue Wehe brachte unerwartet neue heftige Schmerzen.

»Halten Sie sie.« Der Arzt reichte das Baby einer Schwester und wies eine andere an, Mollys Schultern zu umfassen. »Sieht aus, als ob Ihre Tochter Gesellschaft bekommt.«

»Um Himmels willen, noch eins?« Molly lachte gepresst. »Verdammt noch mal, Frank. Es gelingt dir doch immer wieder, mich zu überraschen.«

Der Mann im Warteraum ging nervös auf und ab. Doch selbst in dieser Situation war sein Gang elastisch. Er war ein Mann, der ebenso häufig tanzte wie andere singen. Aus seinen Augen glänzte ungebrochener Optimismus. Ab und zu strich er einem kleinen Jungen über den Kopf, der auf einem Stuhl immer wieder eindöste.

»Ein kleines Brüderchen oder Schwesterchen für dich, Terence. Sie werden jeden Moment kommen, um es uns zu verraten.«

»Ich bin müde, Dad.«

»Müde?« Lachend nahm der Mann den Jungen in die Arme. »Jetzt ist keine Zeit zum Schlafen, Junge. Jetzt ist ein großartiger Augenblick. Ein weiterer O'Hara wird geboren. Das ist eine Erstaufführung.«

Terence ließ den Kopf an die Schulter seines Vaters sinken. »Aber nicht im Theater.«

»Dafür haben wir andere Abende.« Nur ganz kurz bedauerte Frank die abgesagte Show. Doch es würde selbst hier, in Duluth, Clubs geben. Und er würde schon eine oder zwei Vorstellungen abmachen können, bevor sie weiterreisen könnten.

Er war der geborene Entertainer, der singend und tanzend durchs Leben zog, und er dankte seinem Glücksstern, dass seine Molly aus gleichem Holz geschnitzt war. Sicher, bisher hatten sie zweitklassige Clubs und verräucherte Säle abgeklappert, aber ihre Zeit war noch nicht vorbei. Der große Durchbruch stand immer mit dem nächsten Auftritt bevor. »Du wirst sehen, wir kommen groß als ›die Vier O'Haras‹ heraus. Nichts wird uns aufhalten können.«

»Nichts«, murmelte der Junge müde, der das schon x-mal gehört hatte.

»Mr. O'Hara?«

»Ja.« Franks Kehle war plötzlich wie ausgetrocknet. »Molly. Ist alles in Ordnung mit Molly?«

Lächelnd rieb sich der Arzt übers Kinn. »Sie haben wirklich eine Prachtfrau.«

Die Erleichterung überwältigte Frank, und überschwänglich küsste er seinen Sohn. »Hast du das gehört, Junge? Deine Mommy ist eine Prachtfrau. Und das Baby? Ich weiß, dass es zu früh gekommen ist, aber ist es gesund?«

»Kräftig und schön«, entgegnete der Arzt. »Jedes einzelne.«

»Kräftig und schön.« Außer sich vor Freude verfiel Frank in einen Tanzschritt. »Meine Molly versteht sich auf Babys. Sie kann ihr Stichwort verpassen, aber …« Er brach ab und starrte in das lächelnde Gesicht des Arztes. »Jedes einzelne?«

»Ist das Ihr Sohn?«

»Ja, das ist Terence. Was meinen Sie mit jedes einzelne?«

»Mr. O'Hara, Ihr Sohn hat drei Schwestern.«

»Drei.« Mit Terence auf dem Arm, sank Frank auf den Stuhl. Seine trainierten Beine waren plötzlich ganz weich. »Drei. Auf einmal?«

»Im Abstand von ein paar Minuten.«

Benommen blieb er einen Moment sitzen. Drei. Er hatte nicht einmal gewusst, wie er einen weiteren Magen satt bekommen sollte. Drei. Alles Mädchen. Als er die Neuigkeit verarbeitet hatte, begann er zu lachen. Francis O'Hara war nicht der Mann, der mit seinem Schicksal haderte, er nahm es immer freudig an.

»Hast du das gehört, Junge? Deine Mommy hat Drillinge bekommen! Drei zum Preis von einem! Welch günstiger Handel!« Er sprang hoch, ergriff die Hand des Arztes und drückte sie. »Ich danke Ihnen. Wenn es einen Mann gibt, der heute Abend glücklicher als Francis Xavier O'Hara ist, dann will ich verdammt sein.«

»Herzlichen Glückwunsch.«

»Haben Sie eine Frau?«

»Ja.«

»Wie heißt sie?«

»Alana.«

»Dann heißt eine von ihnen Alana. Wann kann ich zu meiner Familie?«

»Sofort. Eine der Schwestern wird sich währenddessen um Ihren Sohn kümmern.«

»Oh, nein.« Frank ergriff die Hand von Terence. »Er kommt mit. Es geschieht nicht jeden Tag, dass ein Junge drei Schwestern bekommt.«

Der Arzt wollte an die Vorschriften erinnern, unterließ es dann aber. »Sind Sie ebenso eigensinnig wie Ihre Frau, Mr. O'Hara?«

»Sie hat bei mir Stunden genommen.«

»Dann folgen Sie mir.«

Durch die Scheibe warf er einen ersten Blick auf die winzigen Körper. Zwei schliefen, während die dritte schrie. »Sie will sich der ganzen Welt ankündigen. Das sind deine Schwestern, Terence.«

Plötzlich hellwach, betrachtete Terence sie kritisch. »Ziemlich runzelig.«

»So, wie du warst, kleines Äffchen«, sagte Frank zu seinem Sohn. Und dann kamen die Tränen. Frank war zu sehr Ire, um sich darüber zu schämen. »Ich werde für euch mein Bestes tun. Für jede von euch.« Er hoffte, es würde irgendwie reichen.

1. Kapitel

Es war kein normaler Tag. Doch jetzt, wo die Entscheidung gefallen war, würde es wahrscheinlich lang dauern, bis sich wieder so etwas wie Normalität einstellte. Alana konnte nur hoffen, sich richtig entschieden zu haben.

Alana sattelte ihr Pferd. Dem Tag eine Stunde zu stehlen, weg vom Haus, weg von allen Verpflichtungen, erschien ihr zwar wie ein unglaublicher Luxus, wo noch so viel Arbeit auf sie wartete, doch sie brauchte das jetzt einfach.

Wenn man schon etwas stiehlt, dann kann es auch gleich etwas Luxuriöses sein. Sie lachte, denn dieser Gedanke hätte gut und gern von ihrem Vater stammen können.

Zwei der Katzen umschnupperten sie und machten es sich dann wieder im Heu bequem, als Alana den rotscheckigen Wallach aus dem Stall führte. Er stieß seinen Atem wie eine Rauchwolke aus, während Alana noch einmal seinen Sattelgurt überprüfte. »Los geht's, Jay.« Mit der Geschicklichkeit langer Erfahrung schwang sie sich in den Sattel und lenkte das Pferd nach Süden.

Ein schneller Ritt war hier nicht möglich, dazu war der Boden zu schlammig. Die Luft war kalt und nebelig feucht, doch Alana spürte in sich eine gespannte Erwartung, die sich auf etwas richtete, was immer unerreichbar zu sein schien: Freiheit.

Vielleicht hatte ihre Zustimmung, für das Buch interviewt zu werden, sie diesem Ziel ein wenig näher gebracht. Sie hoffte es, obwohl ihre Zweifel nie ganz verstummt waren.

Der Schnee auf den Weiden war schon fast geschmolzen.

Noch einen Monat, dachte sie, dann können die Fohlen im jungen Gras spielen. Dieses Jahr – hoffentlich dieses Jahr – würden ihre Bücher aus den roten Zahlen kommen.

Chuck hätte sich keine Sorgen darüber gemacht. Er hatte sich nie Gedanken über das Morgen gemacht, nur über den Augenblick und sein nächstes Autorennen. Alana wusste, warum er im tiefsten Virginia Land gekauft hatte. Doch damals hatte sie die Geste seines Schuldgefühls als Zeichen von Hoffnung eingeschätzt. Diese Fähigkeit, überall auch noch so dünne Hoffnungsfädchen zu sehen, hatte sie die letzten acht Jahre überstehen lassen.

Chuck hatte zwar das Land gekauft, aber nur wenig Zeit hier verbracht. Er war zu unruhig gewesen, um still das Wachsen der Natur zu beobachten. Unruhig, sorglos und selbstbezogen, so war Chuck. Das hatte sie schon gewusst, bevor sie ihn geheiratet hatte, denn er hatte sich nie zu verstellen versucht. Es war einfach so gewesen, dass sie damals nur gesehen hatte, was sie sehen wollte. Er war wie ein Irrlicht – das er auch gewesen war – in ihr Leben getreten, und sie war ihm, blind vor Bewunderung, gefolgt.

Die achtzehnjährige Alana O'Hara war von dem aufregenden Chuck Rockwell wie verzaubert gewesen. Sein Name und seine Rennerfolge hatten die Titelseiten der Zeitungen beherrscht. Doch sein Name und seine Eroberungen unter den Frauenherzen hatten auch alle Klatschspalten gefüllt. Die junge Alana hatte diese Boulevardblätter nicht gelesen. Sein Charme hatte sie betört. Und er schien ihr ein aufregendes Leben und die Freiheit von verantwortungsvollen Verpflichtungen zu bieten. So hatte sie ihn geheiratet, bevor sie überhaupt richtig Luft holen konnte.

Obwohl ein leichter Nieselregen einsetzte, hielt Alana ihr Pferd an. Sie genoss es, einfach nur allein zu sein. In sanften

Hügeln erstreckte sich vor ihr das Land. Hier und da zeigte sich noch ein Fleckchen Schnee, und über allem lag der Nebel. Als Jay ungeduldig mit den Hufen scharrte, tätschelte sie seinen Hals, bis er wieder ganz ruhig war. Wie schön war es hier. Sie war in Monte Carlo, London, Paris und Rom gewesen, doch selbst nach den fünf Jahren, die sie hier gelebt und gearbeitet hatte, erschien es ihr immer noch als das schönste Fleckchen der Welt.

Der Regen platschte zu Boden und versprach, die Wege, die über Alanas Land führten, unbenutzbar zu machen. Falls das Thermometer in der Nacht sinken würde, würden sie zudem gefährlich vereisen. Und doch, wie schön war es. Dafür schuldete sie Chuck Dank. Und für noch so viel mehr. Er war ihr Mann gewesen. Nun war sie seine Witwe. Bevor er in den Flammen umgekommen war, hatte er sie innerlich fast ausgebrannt. Aber er hatte ihr die zwei wichtigsten Bestandteile ihres Lebens hinterlassen: ihre Söhne.

Und nur wegen ihnen hatte sie schließlich dem Besuch des Schriftstellers zugestimmt. Seit mehr als vier Jahren hatte sie Angebote von Verlagen abgewehrt. Doch das hatte die wilden Geschichten über Chuck Rockwell, wie sie immer wieder einmal in Zeitungen erschienen waren, nicht unterbinden können. Und so hatte sich Alana zu dem Entschluss durchgerungen, mit einem Schriftsteller – einem guten Schriftsteller – zusammenzuarbeiten, um auf diese Weise zumindest einen gewissen Einfluss auf das fertige Werk ausüben zu können.

Dorian Crosby war ein sehr guter Schriftsteller. Alana war sich darüber bewusst, dass dies für sie ein Vorteil, aber auch ein Nachteil war. Denn er würde in Themen herumstochern, die sie fest entschlossen war, auszuklammern.

Sie würde sich sehr geschickt verhalten müssen. Das Problem war nur, dass ihr diese Art von Geschicklichkeit eigentlich nicht lag, ganz im Gegensatz zu Carrie. Ihre ältere Schwester – zweieinhalb Minuten älter – war schon immer gut im Planen und Beeinflussen der Geschehnisse gewesen. Maddy dagegen, ihre zwei Minuten und zehn Sekunden jüngere Schwester, zog den direkten Weg vor, den, der sich durch Tatkraft und Willensstärke auszeichnete.

Doch sie war eben Alana, die Mittlere der Drillinge. Die Ruhige. Die Verantwortungsbewusste. Diese Etiketten ließen sie immer noch zusammenzucken.

Doch jetzt bestand ihr Problem nicht in solchen Etikettierungen. Jetzt war ihr Problem Dorian Crosby, ein ehemaliger Reporter, der heute Biographien schrieb. Früheren Untersuchungen von ihm war es zu verdanken gewesen, dass eine der größten Mafia-Familien der Westküste zerschlagen werden konnte. Und er hatte die Karriere eines Senators abrupt beendet, durch Aufdeckung dessen Schweizer Bankkontos und ehrgeizigen Bestrebungen nach höheren Ämtern. Nun musste sich Alana ihm gegenüber behaupten.

Und sie würde es auch. Sie würde ihn mit Informationen füttern. Aber die Geheimnisse, die sie geheim halten wollte, würden tief in ihr verschlossen sein. Und nur sie besaß den Schlüssel dazu.

Als Tochter von herumziehenden Unterhaltungskünstlern hatte sie zumindest gelernt zu spielen. Sie musste Dorian Crosby nichts weiter als eine gelungene Vorstellung liefern.

Sag nie die ganze Wahrheit, Mädchen. Die will doch niemand hören. Das hätte ihr Vater dazu gesagt. Und genau daran, dachte Alana lächelnd, werde ich mich die nächsten Monate halten.

Dorian verfluchte den Regen, als er wieder den Arm hinausstrecken musste, um mit einem schon nassen Lappen über die

Windschutzscheibe zu wischen. Der Scheibenwischer auf einer Seite arbeitete nur noch mit einem gelegentlichen Rucken, der auf der anderen Seite rührte sich schon gar nicht mehr. Eiskaltes Regenwasser lief ihm in den Ärmel. Und wieder stieß Dorian einen Fluch aus.

Es gibt Schlimmeres, redete er sich ein, obwohl ihm eigentlich nichts dazu einfiel. Aber immerhin war er im Begriff, sich in ein Projekt zu stürzen, hinter dem er schon seit drei Jahren her war. Alana O'Hara Rockwell hatte sich offensichtlich dazu entschlossen, so viel Geld wie möglich aus dem Verlag herauszupressen.

Eine gerissene kleine Lady. Sie hatte sich einen der begehrtesten und reichsten Rennfahrer geangelt, obwohl sie selbst noch fast ein Kind gewesen war. Nicht einmal neunzehn Jahre alt, hatte sie sich schon, mit Nerzen und Diamanten überladen, im Kasino von Monte Carlo amüsiert. Es gehörte nie viel Anstrengung dazu, das Geld eines anderen auszugeben. Das hatte ihm seine Ex-Frau in ihrer – zum Glück nur achtzehn Monate dauernden – Ehe gezeigt.

Aber so waren Frauen eben: äußerlich hilflose, verletzbare Wesen, bis sie erst ihre Krallen ausgestreckt hatten. Um sich dann wieder von ihnen zu befreien, musste man schon etwas bluten. Und wenn man klug war, erinnerte man sich dann von Zeit zu Zeit an diese Narben, um sich nie mehr etwas vormachen zu lassen.

Erneut fluchte Dorian über den Regen. Wieso hatte sich Chuck Rockwell nur in dieser verlassenen Gegend Virginias niedergelassen? Aber wahrscheinlich hatte ihn seine kleine Lady zu diesem Kauf überredet.

Was für eine Frau war sie? Um eine Biographie über den Mann schreiben zu können, musste er auch die Frau verstehen. Das ganze erste Jahr über nach ihrer Hochzeit hatte sie

Rockwell wie eine Klette auf jedes Rennen begleitet, und dann hatte sie sich einfach nicht mehr sehen lassen. Wahrscheinlich hatte sie keine Lust auf den Geruch von Benzin und rauchende Reifen gehabt, und so hatte sie sich weder bei den Siegen noch Niederlagen ihres Mannes auf den Tribünen gezeigt. Vor allem aber war sie nicht bei seinem letzten Rennen gewesen. Das, bei dem er den Tod fand. Dorian hatte gehört, dass sie erst drei Tage später auf der Beerdigung aufgetaucht sei und nicht ein Wort gesagt hätte. Und sie hätte nicht einmal eine Träne verloren.

Sie hatte eine Goldader geheiratet und hatte seine Untreue hingenommen. Geld, das war die einzige Erklärung. Und nun, als seine Witwe, brauchte sie in ihrem ganzen Leben keinen Finger mehr zu rühren. Nicht schlecht für eine kleine Sängerin, die es nie weiter als bis zu Hotelhallen und zweitklassigen Clubs geschafft hatte.

Dorian musste auf Schritttempo hinunterschalten, als er in den schlammig aufgeweichten Weg einbog, der durch einen abgenutzten Briefkasten mit der Aufschrift »Rockwell« markiert war. Offensichtlich verschwendete die Lady ihr Geld nicht mit der Wartung ihres Anwesens. Wieder wischte er über die Windschutzscheibe. Der Wagen holperte nur so über die Löcher und Furchen des Weges. Als Dorian seinen Auspuff über die Erde schrammen hörte, verfluchte er nicht mehr den Regen, sondern Alana. Ihr Schrank war voll mit Pelzen und Seide, aber für eine einfache Straßeninstandsetzung rückte sie keinen Pfennig heraus.

Vor ihm tauchte das Haus auf. Doch es war nicht der eindrucksvolle, imposante Landsitz, den er erwartet hatte. Es wirkte im Gegenteil gemütlich und einladend, so wie der Schaukelstuhl vorn auf der Veranda. Die Fensterläden waren blau gestrichen und hoben sich freundlich von den weißen

Rahmen ab. Auch wenn das Haus einen neuen Anstrich nötig hatte, so wirkte es doch nicht heruntergekommen. Aus dem Kamin stieg eine Rauchfahne, und unter dem Dachvorsprung stand ein Kinderfahrrad. Das dunkle Bellen eines Hundes vervollkommnete die Szene.

Dorian hatte oft daran gedacht, sich einen Platz wie diesen zu suchen: abgeschieden von Hektik und Lärm, wo er sich ganz auf sein Schreiben konzentrieren konnte. Es erinnerte ihn an das Zuhause seiner Kindheit, wo Geborgenheit und harte Arbeit vorgeherrscht hatten.

Als der Auspuff wieder über den Boden ratschte, verflog Dorians Entzücken augenblicklich. Als er dann das Fenster hochgedreht hatte und die Tür öffnete, sprang ihn eine Unmasse feuchten Fells an.

Der Hund war riesig. Vielleicht war es von ihm als freundliche Begrüßung gemeint, aber in seinem augenblicklich durchnässten Zustand wirkte das Tier nicht unbedingt vertrauenerweckend. Während Dorian seine Gestalt noch mit der eines kleinen Flusspferdes verglich, kratzten die mit Schlamm beschmutzten Pfoten über die Autoscheibe, und der Hund bellte.

»Sigmund!«

Der Hund wie auch Dorian sahen zum Haus hinüber. Dorian hatte genügend Bilder von ihr gesehen, um Alana sofort zu erkennen. Die blühende Unschuld auf der Tribüne des Rennplatzes, die bezaubernde Dame von Welt in London und Chicago, die kühle, beherrschte Witwe am Grab ihres Mannes. Und doch entsprach sie überhaupt nicht seinen Erwartungen.

Ihr honigblondes Haar fiel ihr in Ponyfransen in die Stirn und lose über die Schultern. Sie war sehr schlank und bequem mit Jeans, Stiefeln und einem übergroßen Pullover gekleidet, der ihr weit über die Hüften fiel. Sie hatte ein blasses und fein geschnittenes Gesicht. Die Farbe ihrer Augen konnte Dorian nicht erkennen, aber er sah ihren Mund, einen vollen, ungeschminkten Mund.

»Sigmund, Platz!«

Der Hund bellte noch einmal und gehorchte dann. Vorsichtig stieg Dorian aus.

»Mrs. Rockwell?«

»Ja. Tut mir leid wegen des Hundes. Er beißt nicht – meistens.«

»Gut zu wissen«, entgegnete Dorian halblaut.

Mit angespannten Nerven beobachtete Alana, wie er sein Gepäck auslud. Es war ein Fremder, den sie in ihr Haus, in ihr Leben ließ. Vielleicht konnte sie alles noch rückgängig machen, sofort, bevor er einen weiteren Schritt unternehmen konnte.

In diesem Augenblick drehte er sich um und sah sie an. Regen tropfte aus seinem dunklen Haar, das an seinem Kopf klebte. Nicht unbedingt ein freundliches Gesicht, dachte Alana. Dazu spiegelte es zu viel Lebenserfahrung, zu viel Wissen wider. Eine Frau musste verrückt sein, wenn sie einen solchen Mann in ihr Leben ließ. Dann bemerkte sie die durchnässte Kleidung des Mannes.

»Sie scheinen einen Kaffee gut gebrauchen zu können.«

»Ja.« Dorian warf dem Hund, der ihn beschnüffelte, einen letzten Blick zu. »Ihr Zufahrtsweg ist eine Zumutung.«

»Ich weiß.« Sie schenkte ihm ein kleines entschuldigendes Lächeln. »Wir hatten einen harten Winter.«

Er machte keine Anstalten, näher zu treten. Er stand einfach im Regen und betrachtete sie. Er schätzt mich ein, dachte Alana und steckte nervös die Hände in die Taschen. Sie durfte sich jetzt keine Unsicherheit anmerken lassen, wenn sie erreichen wollte, was sie vorhatte.

Ihre Augen waren von einem dunklen, weichen Grün, und wenn Dorian es nicht besser gewusst hätte, hätte er glauben können, dass sie Furcht zeigten. Alana Rockwell hatte wirklich ein fein geschnittenes Gesicht, mit hohen Wangenknochen und einem kleinen Kinn. Ihr Teint war blass und ihre Wimpern schwarz. Entweder musste sie äußerst geschickt im Umgang mit Kosmetika sein, oder sie war tatsächlich ungeschminkt. Sie roch nach Regen und Kaminfeuer.

Dorian folgte ihr ins Haus und fand seine Erwartungen erneut enttäuscht. Die Holzdiele wirkte leicht abgenutzt. Auf einem Tisch neben der Treppe entdeckte er eine Papierblume, die ganz offensichtlich von einem Kind gemacht worden war. Auf dem Weg zur Küche hob Alana zwei Plastikastronauten vom Boden auf. Die Küche selbst blitzte vor Sauberkeit, ohne dadurch den Eindruck von Unbewohntheit zu erwecken. Die Kühlschranktür war über und über mit kleinen Bildchen bedeckt. Auf der Frühstücksbar lag ein noch unfertiges Puzzle. Dreieinhalb Paar Kinderturnschuhe waren achtlos vor die Hintertür geworfen worden. Es brannte ein Feuer in einem Kamin, und über allem lag der Duft von Kaffee.

Wenn er kein Interesse hat, mit mir ins Gespräch zu kommen, werden wir nicht weit kommen, dachte Alana. Erneut betrachtete sie ihn. Nein, freundlich war sein Gesicht nicht, aber anziehend. Seine Brauen waren so schwarz wie sein Haar und betonten seine graugrünen Augen. Eindringliche Augen. Chucks Augen waren braun gewesen, doch ihr Ausdruck war der Gleiche gewesen: Ich bekomme, was ich will, denn mir ist es verdammt egal, mit welchen Mitteln ich mein Ziel erreiche.

War sie im Begriff, ihr Leben derselben Art von Mann zu öffnen? Ich bin älter geworden, beruhigte sie sich. Und weiser. Außerdem war sie in diesem Fall nicht verliebt.

»Geben Sie mir Ihren Mantel.« Sie wartete, bis Dorian ihn ausgezogen hatte. Zum ersten Mal seit Jahren ertappte sie sich dabei, auf den Körper eines Mannes zu achten. Er war groß und eindrucksvoll, und ganz unmerklich hatte ihr Körper auf ihn reagiert. Kaum wurde sich Alana dessen bewusst, gebot sie sich selbst Einhalt. Sie nahm den Mantel und hängte ihn auf. »Wie wollen Sie Ihren Kaffee?«

»Schwarz.«

Alana wusste, Nervosität ließ sich am besten durch Beschäftigtsein in den Griff bekommen. Sie wählte für Dorian einen großen Becher, für sich selbst einen viel kleineren. »Wie lange waren Sie hierher unterwegs?«

»Ich bin die Nacht durchgefahren.«

Sie warf ihm einen Blick zu, als er an der Frühstücksbar Platz nahm. »Sie müssen erschöpft sein.« Doch er wirkte nicht so, er schien im Gegenteil überaus wachsam zu sein.

»Ich habe meinen toten Punkt überwunden.« Er stellte fest, dass sie an ihren schlanken Fingern keinen Ring trug. Als er wieder aufsah, zeigte sich ein zynischer Zug in seinem Blick. »Sie kennen das sicher.«

Sie zog eine Braue hoch und nahm ihm gegenüber Platz. Als Mutter kannte sie natürlich durchwachte Nächte. »Sicher.« Da ein höfliches Gespräch offensichtlich nicht seinem Interesse entsprach, konnte sie auch gleich zur Sache kommen. »Ich habe Ihr Buch über Millicent Driscoll gelesen, Mr. Crosby. Es war direkt, aber äußerst wahrheitsgetreu.« Sie nahm einen Schluck Kaffee. »Haben Sie sie persönlich gekannt?«

»Nein, ich musste mir nach ihrem Selbstmord durch Recherchen ein Bild über sie machen, um das Buch schreiben zu können.«

»Sie war eine aufregende Schauspielerin, eine aufregende

Frau. Doch sie hatte kein leichtes Leben gehabt. Ich kannte sie über meine Schwester.«

»Caroline O'Hara, eine ebenfalls aufregende Schauspielerin.«

Alana lächelte weich. »Ja, das ist sie. Sie haben sie kennengelernt, als Sie über Millicent recherchiert haben?«

»Flüchtig. Offensichtlich hat sich jeder der O'Hara-Drillinge seinen Namen gemacht – auf die eine oder andere Art.«

Ruhig begegnete sie seinem Blick. »Sie sagen es, auf die eine oder andere Art.«

»Wie fühlt man sich, Schwestern zu haben, die so viel Aufsehen erregen?«

»Ich bin stolz auf sie.« Die Antwort kam ganz spontan, ohne die leiseste Andeutung eines Untertons.

»Sie selbst haben keine Absichten, wieder ins Showgeschäft einzusteigen?«

Sie hätte gelacht, wenn sie nicht den Zynismus aus seiner Stimme herausgehört hätte. »Nein. Haben Sie Maddy schon am Broadway gesehen?«

»Ein paarmal.« Er trank einen Schluck. Der Kaffee konnte die letzten nervenaufreibenden Kilometer der Fahrt vergessen lassen. »Sie sehen ihr gar nicht ähnlich.«

Der unausweichliche Vergleich … sie war daran gewöhnt. »Nein. Mein Vater hat immer geglaubt, wir wären die Sensation gewesen, wenn wir uns zum Verwechseln ähnlich gesehen hätten. Noch Kaffee, Mr. Crosby?«

»Nein, danke. Es heißt, Chuck Rockwell sei zufällig in den Club gekommen, in dem Sie und Ihre Familie aufgetreten sind, und hätte Ihre Schwestern kaum angesehen. Nur Sie.«

»So wird die Geschichte erzählt?« Alana schob ihren Becher zur Seite und erhob sich.

»Ja. Die Menschen neigen zum Romantischen.«

»Aber Sie nicht.« Sie machte sich am Herd zu schaffen.

»Was machen Sie?«

»Essen vorbereiten. Sie mögen hoffentlich Chili con Carne?«

Alana Rockwell kochte also auch. Vielmehr, sie kochte heute Abend, vielleicht um ihn zu beeindrucken. »Ich schreibe keine Romanze, Mrs. Rockwell. Falls der Verleger Ihnen das Grundsätzliche noch nicht klargemacht haben sollte, werde ich es tun. Erstens, ich schreibe das Buch. Dafür werde ich bezahlt. Und Sie sind für Ihre Mithilfe bezahlt worden.«

Alana schien ganz mit ihrer Arbeit beschäftigt. »Gibt es weitere Grundsätzlichkeiten?«

Sie gab sich so beherrscht, wie man es ihr nachsagte. Beherrscht, viele meinten sogar, gefühllos. »Das Buch handelt von Chuck Rockwell, und Sie sind ein Teil seines Lebens. Alles, was ich über Sie herausfinde, sei es noch so persönlich, verwende ich nach meinem Gutdünken. Sie haben Ihr Privatleben aufgegeben, als Sie den Vertrag unterschrieben haben.«

»Ich habe mein Privatleben aufgegeben, als ich Chuck geheiratet habe, Mr. Crosby.« Sie rührte im Topf und gab einen Schuss Wein hinzu. »Irre ich mich, oder haben Sie Vorbehalte wegen des Buches?«

»Nicht wegen des Buches, wegen Ihnen.«

Sie drehte sich zu ihm um. Nur kurz hatte sich ein Zug von Überraschung in ihrem Blick gezeigt. Dorian Crosby wäre nicht der Erste, der annahm, sie hätte Chuck wegen seines Geldes geheiratet. »Ich verstehe. Das war deutlich genug. Aber es ist für Sie auch nicht notwendig, mich zu mögen.«

»Nein. Ich will in erster Linie ehrlich zu Ihnen sein. Nur so kann ich meine Arbeit erfolgreich beenden.«

Sie setzte einen Deckel auf den Topf und kehrte mit der Kaffeekanne zur Frühstücksbar zurück. »Ich bin nicht so leicht zu verärgern. Man sagt mir sogar nach, ich sei – gleichgültig.«

»Sie werden früher verärgert sein, als Sie denken.«

Sie goss sich Kaffee nach. »Klingt, als strebten Sie danach.«

»Ich bin nicht für seichtes Geplätscher.«

Dieses Mal lachte sie kurz, fast bedauernd, und hob ihren Becher. »Sagen Sie: Haben Sie Chuck je kennengelernt?«

»Nein.«

»Sie hätten sich wunderbar verstanden. Er war ein Mensch, der nur ein Ziel kannte: zu gewinnen. Und er führte den Kampf auf seine Art oder gar nicht. Da gab es wenig Beweglichkeit.«

»Und bei Ihnen?«

Er hatte die Frage fast beiläufig gestellt, und Alana nahm sie wörtlich. »Eins meiner größten Probleme war, dass ich mich gebeugt habe, wenn es von mir verlangt wurde. Aber ich habe dazugelernt.« Sie trank ihren Kaffee aus. »Ich zeige Ihnen jetzt Ihr Zimmer.«

Sie ging voraus. In der Halle ergriff sie wie selbstverständlich einen seiner Koffer. Dorian wusste, dass er schwer war. Doch während er den Rest seines Gepäcks ergriff, sah er Alana schon mühelos damit die Treppe hinaufsteigen. Sie ist kräftiger, als es den Anschein hat, dachte er. Es war ein weiterer Grund, nichts, was mit ihr zusammenhing, als selbstverständlich vorauszusetzen.

»Das Bad ist am Ende des Ganges.« Alana öffnete eine Tür und stellte den Koffer neben dem Bett ab. »Ich habe einen Schreibtisch hineingestellt. Ich dachte mir, das sei bequemer.«

Es war eine mehr als angenehme Überraschung, so wie das Zimmer insgesamt. Dorian, der Antiquitäten liebte, erkannte sofort in dem Kopfteil des Bettes eine Chippendale-Arbeit und in den Rasierutensilien museumsreife Qualitäten. Die

24

Vorhänge waren zur Seite gezogen und gaben den Blick auf sanfte, zum Teil noch schneebedeckte Hügel frei und auf einen Stall.

»Es ist schön hier.«

»Danke.« Auch Alana sah hinaus. »Sie hätten es sehen sollen, als wir es gekauft haben. Das Dach hat an mindestens fünf Stellen gleichzeitig geleckt, und die Installationsanlagen waren eher eine Wunschvorstellung als Wirklichkeit. Aber als ich es das erste Mal gesehen habe, habe ich es sofort ins Herz geschlossen.«

»Sie haben es ausgesucht?« Er trug seine Schreibmaschine zum Schreibtisch hinüber.

»Ja.«

»Warum?«

Sie stand immer noch, den Rücken ihm zugewandt, am Fenster, und er glaubte einen leisen Seufzer zu hören. »Irgendwann muss sich jeder irgendwo niederlassen – zumindest die meisten.«

Er packte seinen Kassettenrekorder aus und stellte ihn neben die Schreibmaschine. »Ein weiter Weg von der Rennbahn.«

Sie drehte sich um. »Haben Sie alles, was Sie brauchen?«

»Ja. Noch eine Frage, Mrs. Rockwell. Warum jetzt? Warum haben Sie jetzt doch noch einer Biographie über Ihren Mann zugestimmt?«

Es gab zwei sehr wesentliche Gründe, doch sie glaubte nicht, dass er sie verstehen würde. »Sagen wir einfach, ich war vorher noch nicht so weit. Chuck ist jetzt seit fast fünf Jahren tot.«

Und nach fünf Jahren könnte das Geld knapp geworden sein. »Ich bin sicher, der Vertrag war sehr lukrativ.« Als sie nicht antwortete, warf er ihr einen Blick zu. Er konnte in ihren Augen keinen Ärger entdecken, doch er hätte ihn dem kühlen, undeutbaren Ausdruck vorgezogen.

»Das Essen ist um sechs fertig.«

»Mrs. Rockwell, ich bin es gewöhnt, zurückgetreten zu werden, wenn ich beleidigend geworden bin.«

Sie lächelte zum ersten Mal. Ihr Blick wurde weich, und ihr Gesicht bekam einen offenen Ausdruck von Verletzlichkeit. Ganz unerwartet löste das in Dorian sowohl ein Schuldgefühl als auch Anziehung aus.

»Ich bin nicht gut im Kämpfen. Darum lasse ich es normalerweise.« Draußen ertönte ein Knall, doch sie zuckte nicht einmal zusammen. Es folgte ein gellendes Geschrei, das jedem Indianertrupp bei der Kaperung eines Trecks zur Ehre gereicht hätte. Der Hund stimmte ein ohrenbetäubendes Bellen an, und kurz darauf schlug etwas auf der Veranda auf, das ohne Weiteres ein Elefantenbein hätte sein können.

»Im Bad sind frische Handtücher.«

»Danke. Darf ich fragen, was das ist?«

»Was?«

Zum ersten Mal entdeckte er echten Humor in ihren Augen. Die Verletzlichkeit war verschwunden. Er sah eine Frau, die wusste, wer sie war und was sie wollte. »Es klang wie ein feindlicher Überfall.«

»Ein Überfall, genau das ist es.« Sie durchquerte den Raum, hielt inne, als die Tür unten aufgerissen und wieder zugeworfen wurde, was die Bilder an den Wänden erzittern ließ.

»Mom! Wir sind da!«

»Meine Kinder meinen immer, sie müssten sich ankündigen. Der Himmel weiß, warum. Sie entschuldigen mich, ich muss den Teppich im Wohnzimmer retten.«

Und damit ließ Alana Dorian mit seinen Gedanken allein.

2. Kapitel

Alana folgte den Wasserspuren vom Eingang zur Küche. »Hi, Mom.« Beide Jungen strahlten sie an. Die Schule war vorbei und die Welt wieder in Ordnung.

»Hi, ihr zwei.« Ein paar feuchte Bücher lagen auf der Frühstücksbar. Vor dem Kühlschrank, wo die zwei Jungen standen, hatte sich schon eine kleine Pfütze gebildet. Die Kühlschranktür stand sperrangelweit offen, und die kalte Luft wetteiferte mit der Hitze vom Feuer. Alana überblickte den Schaden und stufte ihn als gering ein. »Chris, das da auf dem Boden, das sieht aus wie dein Mantel.«

Scheinbar überrascht blickte der Jüngste hin. »Tommy Harding hat wieder Ärger im Bus gekriegt.« Er hob seinen Mantel auf und hängte ihn auf einen Kleiderhaken bei der Hintertür. »Er muss zwei Wochen lang vorn sitzen.«

»Er hat Angela angespuckt«, verkündete Ben beifällig. »Direkt ins Haar.«

»Na wunderbar.« Im Vorbeigehen hob Alana Chris' nasse Handschuhe auf und gab sie ihm. »Ich nehme an, du hast nichts damit zu tun.«

Ben goss sich Saft in ein Glas, was nicht ohne Kleckerei ablief. »Ich habe nur gesagt, dass sie hässlich ist.«

Chris, sonst immer aufseiten der Unterdrückten, mühte sich mit seinen Stiefeln ab. »Klein und hässlich.«

»Ekelhaftes Gesicht«, fügte Ben noch hinzu. »Chris und ich haben einen Wettlauf vom Bus aus gemacht. Ich habe ihm einen Vorsprung gegeben, aber ich habe doch gewonnen.«

»Glückwunsch.«

»Ich hätte fast gewonnen.« Chris kämpfte mit dem zweiten Stiefel. »Und ich habe schrecklichen Hunger.«

»Nimm ein Plätzchen.«

»Ich habe gesagt, schrecklich hungrig.«

Mit seinem runden, blassen Gesicht sah Chris wie ein kleiner Engel aus. Sein blondes Haar lockte sich bis fast über die Ohren, und mit seinen haselnussbraunen Augen strahlte er zu Alana hoch. Seufzend gab sie nach. »Zwei.« Er war einfach ein Herzensbrecher.

»Ich sterbe vor Hunger.« Ben hatte seinen Saft hinuntergestürzt und wischte sich mit der Hand über den Mund. Ihr kleiner Tollkopf. Sein Haar hatte sich zu einem Hellbraun verdunkelt und umrahmte widerspenstig sein Gesicht. Seine Augen waren dunkel und verschmitzt.

»Zwei«, betonte Alana auch für ihn. Sie konnte sich darauf verlassen, dass die zwei ihre Grenzen kannten. Sie war der Boss. Noch.

Ben steckte eine Hand in die Keksdose, die wie eine Ente aufgemacht war. »Wessen Wagen ist das? Er ist nicht schlecht.«

»Der Schriftsteller, erinnerst du dich?« Alana holte ein Wischtuch aus dem Schrank und beseitigte schnell die Pfützen auf dem Boden. »Mr. Crosby.«

»Der, der das Buch über unseren Dad schreiben will?«

»Genau.«

»Verstehe gar nicht, warum jemand etwas über einen lesen will, der tot ist.«

Da war es wieder. Bens deutliche Ablehnung seines Vaters. War es Chucks Schuld gewesen, oder hätte sie sich nicht weigern dürfen, ihr Kind zu sämtlichen Rennbahnen zu schleppen? »Dein Vater war sehr berühmt, Ben. Er wird immer noch bewundert.«

»Wie George Washington?« Chris stopfte sich sein letztes Plätzchen in den Mund.

»Nicht ganz so. Und jetzt geht ihr hoch und zieht euch um. Stört Mr. Crosby nicht. Er hatte eine anstrengende Fahrt und ruht sich wahrscheinlich aus.«

»Okay.« Ben warf Chris einen vielsagenden Blick hinter dem Rücken seiner Mutter zu. »Wir sind mucksmäuschen-still.« Und damit verschwanden die beiden schon in Richtung Treppe.

»Lass die Treppe nicht knarren«, warnte Ben seinen Bruder und stieg sie in einem Zickzack hinauf, den er in mühsamer Kleinarbeit herausgefunden hatte. »Sonst hört er uns.«

»Wir sollen ihn doch nicht stören.« Doch Chris folgte ganz genau dem Weg seines Bruders.

»Wir stören ihn nicht. Wir sehen ihn uns nur an.«

»Aber Mom hat gesagt …«

»Hör zu.« Ben blieb stehen und senkte seine Stimme zu einem dramatischen Flüsterton. »Wenn er jetzt gar kein Schriftsteller ist? Wenn er ein Dieb ist?«

Chris riss die Augen auf. »Ein Dieb?«

»Ja.« Der Gedanke regte Bens Fantasie an, und er beugte sich dicht an das Ohr seines Bruders. »Er ist ein Dieb. Er wartet, bis wir heute Nacht schlafen, und dann räumt er unser Haus aus.«

»Auch meine Lastwagen?«

»Bestimmt. Und ich wette«, zog Ben spannungsvoll in die Länge, »er hat eine Waffe. Wir müssen also ganz ruhig sein und ihn nur beobachten.«

Überzeugt nickte Chris und schlich hinter seinem Bruder die letzten Stufen hoch.

Die Hände in die Hosentaschen vergraben, blickte Dorian aus dem Fenster. Die Hügellandschaft erinnerte ihn an die, die er zu Hause aus seinem Kinderzimmerfenster gesehen hatte. Über allem lag Nebel, und der Regen strömte herunter. Weit und breit war kein anderes Haus zu sehen.

Er fühlte sich angenehm überrascht. Er hatte sich Alana O'Hara Rockwells Haus als ein elegantes Vorzeigeanwesen vorgestellt, mit einer ganzen Schar von Bediensteten. Doch er hatte ein schlichtes, gemütliches Heim gefunden.

Er hatte zwar gewusst, dass sie Kinder hatte, doch die hatte er mit Kindermädchen oder Internaten in Verbindung gebracht. Denn die Frau, die er von Bildern kannte, in einen weißen Nerz gehüllt und mit Diamanten geschmückt, die hätte weder Zeit noch Lust gehabt, sich um Kindererziehung zu kümmern.

Wenn sie diese Frau nicht war, wer zum Teufel war sie dann? Es war seine Aufgabe, das Leben von Chuck Rockwell zu erhellen, doch Dorian musste sich eingestehen, an der Witwe interessierter zu sein.

Wie eine Witwe wirkt sie eigentlich nicht, dachte Dorian und stellte seine Koffer zum Auspacken aufs Bett. Eher wie eine Studentin während der Semesterferien. Andererseits war sie so etwas wie eine Schauspielerin gewesen. Und vielleicht war sie es immer noch.

Ein kaum wahrnehmbares Geräusch erregte seine Aufmerksamkeit. Als Reporter hatte sich Dorian häufig genug in dunklen Gegenden und zwielichtigen Bars aufhalten müssen, um selbst im Hinterkopf Augen bekommen zu haben. Ohne sich etwas anmerken zu lassen, packte er seinen Koffer aus und blickte gleichzeitig vorsichtig in den Spiegel am Ende des Bettes.

Langsam öffnete sich die Tür seines Zimmers, erst einen Spaltbreit, dann weiter. Und schließlich erkannte er im Spiegel zwei Augenpaare und hörte angespannte Atemzüge.

»Er sieht wie ein Dieb aus«, wisperte Ben aufgeregt. »Er hat einen verschlagenen Blick.«

»Meinst du, er hat eine Pistole?«

»Wahrscheinlich eine ganze Sammlung.« Kaum hatte er die Worte ausgesprochen, als die Tür ganz aufgerissen wurde und die zwei Jungen ins Zimmer purzelten.

Vom Teppich her blickte Chris hoch in das Gesicht des Mannes, das ihm meilenweit entfernt zu sein schien. Ängstlich schob der Kleine die Unterlippe vor. »Sie kriegen meine Lastwagen nicht.« Es fehlte nicht viel, und er hätte laut nach seiner Mutter geschrien.

»Okay.« Amüsiert kniete sich Dorian neben ihm nieder. »Kann ich sie vielleicht manchmal sehen?«

»Vielleicht.« Chris warf seinem Bruder einen Blick zu. »Sind Sie ein Dieb?«

»Chris!« Verlegen erhob sich Ben. »Er ist eben noch ein Kind.«

»Bin ich nicht. Ich bin sechs.«

»Sechs.« Dorian bemühte sich um einen beeindruckten Blick. »Und du?«

»Ich bin acht – fast. Mom glaubt, Sie sind Schriftsteller.«

»Manchmal glaube ich das selbst.« Ein hübscher Junge, dachte Dorian, seine Augen strahlen eine unwiderstehliche Wissbegier aus. »Ich bin Dorian.« Er streckte den beiden eine Hand entgegen.

»Ich bin Ben.« Er ergriff Dorians Hand, stolz auf die Begrüßung von Mann zu Mann. »Das ist Chris.«

Mit einem verlegenen Lächeln ergriff auch Chris die ausgestreckte Hand. Dorian konnte sich nicht zurückhalten und fuhr dem Kleinen übers Haar.

Chris grinste verschmitzt. »Mom sagte, wir sollten Sie nicht stören.«

»Ich sage es euch, wenn ihr mich stört.«

Chris nahm ihn gleich beim Wort. Er kletterte aufs Bett und plapperte über alles Mögliche, während Dorian auspackte. Ben hielt sich dagegen zurück, beobachtete aber aufmerksam alles.

Sein Vertrauen ist nicht leicht zu gewinnen, dachte Dorian. Der Kleine dagegen war ein Prachtkerl, der einem auf Anhieb alles zu glauben schien.

Chris beobachtete, wie Dorian Zigaretten hervorholte. »Mom meint, das sei eine schlechte Angewohnheit.«

Dorian verstaute sie in der Kommodenschublade. »Mütter sind schrecklich klug.«

»Mögen Sie schlechte Angewohnheiten?«

»Ich …« Dorian zog es vor, die Frage unbeantwortet zu lassen. Er legte die Kamera auf die Kommode. Im Spiegel sah er, wie Ben interessiert den Kassettenrekorder befingerte. »Bist du daran interessiert?«

Ertappt zog Ben die Hand zurück. »Spione benutzen so etwas.«

»Habe ich auch gehört. Sind hier welche?«

Ben warf ihm einen ruhig abwägenden Blick zu, den Dorian nicht einmal bei einem doppelt so alten Jungen erwartet hätte. »Vielleicht.«

»Wir dachten einmal, dass Mr. Petrie, der uns mit den Pferden hilft, ein Spion sei.« Chris sah in den Koffer, ob es noch etwas Interessantes zu entdecken gab. »Aber er war keiner.«

»Ihr habt Pferde?«

»Einen ganzen Haufen.«

»Was für Pferde?«

Chris zuckte mit den Schultern. »Hauptsächlich große.«

»Du bist vielleicht dumm«, warf Ben ein. »Es sind Morgans. Eines Tages werde ich Thunder reiten, das ist der Hengst.«

Die abwägende Zurückhaltung verschwand aus seinem Blick und wurde durch Begeisterung ersetzt. »Er ist der Beste überhaupt.«

Da liegt der Schlüssel, wenn man dem Jungen näherkommen will, dachte Dorian. »Ich hatte als Kind einen, der war vierundsechzig Zoll groß.«

»Vierundsechzig?« Ben riss die Augen auf, bevor er sich daran erinnerte, dass er nicht zu viel Begeisterung zeigen wollte. »Bestimmt war der nicht so schnell wie Thunder.« Als Dorian nichts darauf sagte, gab Ben, nach kurzem inneren Kampf, auf. »Wie haben Sie ihn genannt?«

»Sly. Er wusste immer, in welcher Tasche die Mohrrübe war.«

»Ben. Chris.«

Ben errötete schuldbewusst, als er seine Mutter in der Tür erblickte. Sie hatte diesen gewissen Blick. Nur Chris schien ihn nicht zu bemerken und turnte fröhlich auf dem Bett herum. »Hi, Mom. Ich glaube nicht mehr, dass Dorian ein Dieb ist.«

»Wir sind alle erleichtert, das zu hören. Benjamin, hatte ich dir nicht gesagt, Mr. Crosby nicht zu stören?«

»Doch, Ma'am.« Wenn sie ihn Benjamin nannte, sagte er Ma'am.

»Sie haben mich nicht gestört.« Dorian packte eine Hose aus und hängte sie in den Schrank. »Wir haben uns lediglich bekannt gemacht.«

»Nett von Ihnen.« Sie warf ihm einen kurzen Blick zu und schien ihn dann zu übersehen. »Vielleicht habt ihr beide euren Teil der Hausarbeit vergessen?«

»Aber, Mom …«

Ein Blick von ihr ließ Ben verstummen. »Ich glaube nicht, dass wir erneut das Thema Verpflichtungen diskutieren müssen.«

Dorian verstaute sein Hemd im Schrank und bemühte sich, nicht zu lachen. Den gleichen Satz im gleichen Ton hatte er selbst unzählige Male von seiner Mutter gehört.

»Ihr habt Tiere zu versorgen«, erinnerte Alana ihre Söhne. »Und«, sie schwenkte ein Papier, »das scheint offenbar auf den Boden gefallen zu sein. Ich bin sicher, du wolltest es mir zeigen.«

Ben starrte auf seine Füße, als seine Mutter sein schlechtes Diktat hochhob. »Ich wollte es lernen.«

»Mm.« Sie trat zu ihm und hob sein Kinn. »Also wirklich nur vergessen?«

Er lächelte, denn das Schlimmste war vorbei. »Ich werde es heute Abend lernen.«

»Darauf kannst du wetten. Und nun verschwindet. Alle beide.«

Ben ließ sich das nicht zweimal sagen, während Chris noch zögerte. »Ben sagte, er könnte meine Lastwagen stehlen.«

Alana gab ihm einen lauten Kuss. »Du bist wirklich sehr gutgläubig. Und jetzt zieh dich um, mach deine Arbeit, und dann können wir essen.«

An der Tür drehte sich Chris noch einmal um und warf Dorian ein Lächeln zu. »Bye.«

Alana wartete einen Augenblick und wandte sich dann Dorian zu. »Es tut mir leid. Sie sind daran gewöhnt, im Haus herumzulaufen, und vergessen leicht, andere nicht zu stören.«

»Sie haben mich nicht gestört.«

Sie lachte und warf dabei ihr Haar zurück. »Das sagen Sie nicht mehr lange, das verspreche ich Ihnen.« Dann verschwand das Lachen, und ihr Blick war wieder beherrscht und sachlich. Doch es war ihr Mund, der Dorian anzog. Er war voll und sinnlich. »Ich werde Sie bei diesem Projekt unterstützen. Aber das schließt nicht meine Kinder ein.«

Er packte sein Rasierzeug aus. »Und das heißt?«

»Sie sollen nicht mit hineingezogen werden. Lassen Sie sie mit Fragen über ihren Vater in Ruhe.«

Er sah sie an. Sie war eine Frau, die von ihrem Aussehen und ihrer Stimme einen weichen Eindruck vermittelte. Doch er hatte das deutliche Gefühl, sie würde Krallen zeigen, wenn sie ihre Kinder bedroht fühlte. »Das hatte ich auch vor. Wahrscheinlich sind sie auch beide noch zu jung, um sich groß erinnern zu können.«

Du würdest überrascht sein, dachte sie, nickte aber. »Dann verstehen wir uns ja.«

»Noch nicht. Noch lange nicht, Mrs. Rockwell.«

Sein Blick war ihr ein wenig zu eindringlich. Wie viel von sich selbst würde sie ihm gezeigt haben, wenn seine Arbeit beendet sein würde? Es war ein Risiko, auf das sie sich eingelassen hatte. »Ich schicke Ihnen einen der Jungen, wenn das Essen fertig ist.«

Als Alana das Zimmer wieder verlassen hatte und die Treppe hinunterging, fröstelte sie plötzlich. Wie gern würde sie jetzt ihre Familie anrufen, die beruhigenden Stimmen ihrer Eltern hören oder Carries sarkastische. Alana fuhr sich durchs Haar. Sie könnte auch Maddy anrufen und sich einige derer Rundumschläge über das Leben im Allgemeinen anhören. Terence konnte sie nicht erreichen. Der große Bruder stromerte irgendwo durch Europa oder Afrika oder der Himmel wusste, wo.

Ich kann sie nicht anrufen, erinnerte sich Alana dann, als sie wieder in der Küche war. Sie würden alle sofort kommen, wenn sie auch nur das Gefühl hätten, dass sie gebraucht wurden. Sie konnte sich nicht einfach wieder in den Schoß der Familie fallen lassen. Sie war Alana Rockwell, Mutter zweier Söhne, für die sie sorgen musste, die sie erziehen musste und für die sie Verantwortung trug.

Nachdem das Vieh versorgt war und die Jungen widerstrebend Gesicht und Hände gewaschen hatten, schickte Alana Chris hoch, um Dorian zum Essen zu holen.

»Ich tue es.« Bens Angebot kam schnell und war für ihn ganz untypisch. Als Alana ihn fragend ansah, zuckte er die Schultern. »Ich wollte sowieso hoch.«

»Ich muss doch keine Pilze essen?« Chris kletterte schon auf seinen Stuhl.

»Nein.«

»Du fischst sie mir heraus?«

»Ja.«

»Aber alle. Wenn ich auch nur einen esse, wird mir schlecht.«

»Verstanden.« Alana sah auf, als Ben wieder mit Dorian erschien. »Setzen Sie sich.« Sie füllte den Salat in die Salatschüsselchen.

»Ich will keinen«, meinte Ben, als er sich auf seinen Stuhl setzte.

»Aber dein Körper. Hier, Chris, nicht ein Pilz.«

»Falls doch, werde ich …«

»Ja, ich weiß.« Sie füllte eine dritte Schüssel und stellte sie vor Dorian. »So, wenn ihr jetzt …« Als sie Dorians verschmitzt lächelndes Gesicht sah, fühlte sie sich ertappt. »Oh, Entschuldigung«, meinte sie mit einem Blick auf seinen Salat. »Es ist mir wohl schon in Fleisch und Blut übergegangen, das Essen auf die Teller auszuteilen.«

Während des Essens plapperte Chris munter mit vollem Mund. Ben stocherte in seinem Salat und beobachtete Dorian aus den Augenwinkeln. Merkwürdig, dachte Alana. Was war das für ein Blick? Misstrauisch? Verstimmt?

Und plötzlich merkte sie, dass Dorian auf Chucks früherem Platz saß. Sicher, er hatte dort nur selten gesessen, aber es war sein Platz gewesen. Ob Ben sich daran erinnerte? Er war knapp drei Jahre alt gewesen, als sein Vater das letzte Mal hier gewesen war. Knapp drei und doch manchmal schon so schrecklich erwachsen.

Ein Ellbogen stieß Alana in die Rippen, und sie zuckte zusammen. »Was?«

Ben schob seine Salatschüssel zur Seite. »Ich habe gesagt, dass ich ihn fast aufgegessen habe.«

»Oh.« Sie ergriff den Schöpflöffel, um ihm Chili con Carne auszuteilen.

»Ich kann das selbst.«

Automatisch begann sie ihm auszuteilen, als sie Dorians Blick auffing. Irgendetwas veranlasste sie, den Topf an Ben weiterzureichen. Ärgerlich auf sich selbst, setzte sie sich zurück.

Auch Dorian füllte sich auf und probierte dann. Entweder war es köstlich, oder er war am Verhungern. »Die Jungen haben mir erzählt, dass Sie einige Pferde besitzen.«

»Ja, wir züchten Morgans. Benutze deine Serviette, Chris.«

»Züchten?« Dorian konnte es gerade noch verhindern, bekleckert zu werden, als Chris' Löffel in den vollen Teller fiel. »Ich wusste gar nicht, dass Sie das machen.«

»Leider wissen das viele nicht. Aber das wird sich ändern. Verstehen Sie etwas von Pferden?«

»Er hatte einen Trawer«, trumpfte Chris auf.

»Einen Traber.« Ben verdrehte den Blick und wäre sich mit dem Ärmel über den Mund gefahren, wenn er nicht den warnenden Blick seiner Mutter aufgefangen hätte. »Er soll vierundsechzig Zoll groß gewesen sein.«

»Tatsächlich?«

»Ich bin auf einer Farm in Jersey aufgewachsen.«

»Komisch – und dann Schriftsteller«, urteilte Ben, während er die Reste auf seinem Teller zusammenkratzte. »Muss langweilig sein, so als wenn man immer in der Schule wäre.«

»Es gibt tatsächlich Menschen, die gerne ihren Kopf arbeiten lassen. Noch etwas, Mr. Crosby?«

»Ein wenig.« Obwohl er normalerweise nicht sehr gesprächig war und es vorzog, zuzuhören, fühlte sich Dorian merkwürdigerweise veranlasst, vor dem Jungen seinen Beruf zu rechtfertigen. »Weißt du, wenn ich schreibe, dann muss ich auch viel herumreisen und treffe viele Leute.«

»Das ist gut.« Ben malte mit der Gabel Muster auf seinen Teller. »Ich will auch reisen. Wenn ich groß bin, will ich Weltraumpirat werden.«

»Interessant«, murmelte Dorian.

»Dann kann ich von Galaxis zu Galaxis fliegen und viel erbeuten.«

»Ben steckt voller Kriminalgeschichten. Ich habe schon angefangen, für seine Kaution zu sparen«, entgegnete Alana.

»Immer noch besser als Chris. Er will Müllmann werden.«

»Jetzt nicht mehr«, meldete der sich mit vollem Mund und glänzenden Augen.

»Sprich nicht mit vollem Mund, Spatz. Letztes Jahr haben wir Maddy in New York besucht, und Chris war ganz fasziniert von den Müllwagen.«

»Blöd.« Tiefste Verachtung sprach aus Bens Stimme, während er seinem Bruder einen Blick zuwarf. »Wirklich blöd.«

»Ben, bist du nicht mit dem Abwasch dran?«

»Oh, Mom.«

»So war unsere Abmachung: Ich koche, und ihr wechselt euch mit dem Abwasch ab.«

Er schmollte, doch dann blitzte es verschmitzt aus seinen Augen. »Er wohnt jetzt hier.« Mit einer Kopfbewegung wies Ben auf Dorian. »Er muss dann auch drankommen.«

Warum musste Ben eigentlich immer nur logisch sein, wenn es zu seinem Vorteil war? »Ben, Mr. Crosby ist ein Gast …«

»Das Kind hat recht«, schaltete sich Dorian ein und wurde dafür mit einem erfreuten Lächeln von Ben belohnt. »Solange ich hier bin, muss ich mich zumindest an die Regeln halten.«

»Mr. Crosby, unterstützen Sie diese kleinen Monster nicht noch. Ben wäscht gern ab.«

»Nein, tue ich nicht«, entgegnete der halblaut.

»Wenn dir jemand ein gutes Essen serviert, dann ist es nicht zu viel verlangt, wenn du hinterher den Abwasch machst.«

»Ich übernehme es heute«, meinte Dorian, als Ben den Kopf hängen ließ.

Sofort schoss der Kopf wieder hoch. »Im Ernst?«

»Ich denke, das ist nur fair.«

»Wunderbar. Komm, Chris, wir …«

»… machen unsere Hausaufgaben«, beendete Alana. Bens Mund öffnete und schloss sich wieder. Er wusste, dass er den Bogen nicht überspannen durfte. »Und dann könnt ihr fernsehen.« Mit lautem Getrampel stürmten die beiden hinaus und die Treppe hinauf.

»Was für zurückhaltende Kinder«, murmelte Alana. »Ich muss mich wohl erneut für ihre fehlenden Manieren entschuldigen.«

»Keine Sorge. Ich war selbst einmal ein Kind.«

Alana stützte das Kinn in die Hände und betrachtete Dorian. »Manche Menschen kann man sich gar nicht klein und hilflos vorstellen. Möchten Sie noch etwas, Mr. Crosby?«

»Ihre Kinder haben kein Problem mit meinem Vornamen. Wir werden einige Wochen miteinander verbringen. Warum versuchen wir es da nicht etwas weniger formell? Alana?«

»Dorian ist ein sehr ungebräuchlicher Name.«

»Mein Vater wollte etwas Gediegenes wie John. Meine Mutter war romantischer und hat nicht nachgegeben.«

Er betrachtete sie wieder in dieser unpersönlich abwägenden Art, die darauf schließen ließ, dass sich Fragen in seinem Kopf formten. Sie hatte das Gefühl, sich dafür noch nicht genügend gewappnet zu haben. »Meine Eltern haben immer das Ungewöhnliche vorgezogen«, meinte sie und stellte das Geschirr zusammen.

»Das ist meine Aufgabe.«

»Sie können sich Bens aufrichtiger Dankbarkeit sicher sein, dass Sie ihm seine Aufgabe abgenommen haben, aber Sie brauchen sich nicht verpflichtet zu fühlen.« Mit den Tellern in der Hand drehte sie sich um und stieß direkt mit Dorian zusammen.

»Versprochen ist versprochen«, entgegnete er ruhig und griff nach den Tellern. Dabei berührten sich ihre Finger leicht, so wie es täglich in unzähligen Situationen geschehen kann. Doch Alana zuckte zusammen und hätte fast die Teller fallen lassen.

»Nervös?« Er beobachtete sie unauffällig. Er hatte gelernt, dass Beobachtungen mehr als Worte über einen Menschen in Erfahrung bringen ließen.

»Ich bin es nicht gewöhnt, jemanden in der Küche um mich zu haben.« Eine schwache Erklärung. Sie griff sich wieder schmutziges Geschirr, um ihre Hände und ihre Gedanken mit Routinetätigkeit abzulenken. »Dort ist die Spülmaschine. Lächerlich, dass die Jungen so ein Theater machen, wo sie doch nichts weiter machen müssen, als sie ein- und wieder auszuräumen.«

»Wir könnten ihren Widerwillen etwas lindern, indem ich einmal pro Woche koche und Sie das Geschirr übernehmen.«

Sie starrte ihn an. »Sie kochen?«

»Überrascht?«

Keiner der Männer, die Alana in ihrem Leben gekannt hatte, konnte einen Herd von einer Geschirrspülmaschine unterscheiden. »Wenn man allein lebt, ist es wahrscheinlich hilfreich.«

Er dachte an seine Ehe und lachte wenig amüsiert auf. »Selbst wenn nicht, ist es hilfreich.« Als er das Geschirr in die Maschine einräumte, klapperte sie leicht. »Die Spülmaschine ist etwas altersschwach.«

»Sie läuft.« Alana verschwieg, dass sie sie gebraucht gekauft und mit viel Schweiß und aufgeschürften Knöcheln allein aufgestellt hatte.

»Sie müssen es wissen.« Er schloss die Tür. »Aber für mich klang es, als hätten sich einige Schrauben gelockert. Wenn Sie wollen, könnte ich einmal nachsehen.«

Es gab vieles, was nachgesehen werden musste. Und es würde auch geschehen, wenn das Manuskript fertig und der Rest des Honorars auf ihrem Konto verbucht sein würde. »Ich glaube, Sie wollen sich lieber einen Plan für Ihre Arbeit aufstellen.« Alana ging zur Kaffeemaschine und goss, ohne Dorian zu fragen, zwei Tassen ein. »Die beste Zeit für mich wäre am späten Vormittag oder am frühen Nachmittag. Aber ich werde versuchen, anpassungsfähig zu sein.«

»Das passt mir gut.« Er stellte sich mit seiner Tasse dicht neben Alana an den Herd. Er meinte, einen Duft von Regen aus ihrem Haar wahrnehmen zu können. Sie stand unbeweglich, und er konnte sich selbst in ihren Augen widerspiegeln sehen. Und dann sah er nichts anderes mehr. Und plötzlich spürte er einfach nur den Wunsch, ihr Haar zu berühren, das ihr auf die Schultern fiel. Sie trat zurück. Dadurch löste sich sein Spiegelbild in den Augen auf und der Wunsch, sie zu berühren.

»Wir frühstücken früh.« Konzentrier dich auf den Alltag, befahl sich Alana selbst. Dann würde es keinen Platz für solche plötzlichen und heftigen Gefühlsregungen in ihr geben.

»Die Kinder müssen den Schulbus um halb acht erreichen. Wenn Sie also ein Spätaufsteher sind, müssen Sie sich allein behelfen.«

»Ich komme schon klar.«

»Ich bin dann im Stall, aber gegen zehn müsste ich fertig sein.«

Was zum Teufel machte eine Frau mit den Händen einer Künstlerin morgens eineinhalb Stunden lang im Stall? »Gut, dann halten wir zehn fest.«

Die innere Spannung war verflogen, als sie das Geschäftliche besprachen, und Alana konnte ihre Tasse Kaffee genießen, die für heute Abend ihre letzte sein würde. »Die Abende sind natürlich für die Kinder reserviert. Sie gehen um halb neun ins Bett. Wenn es noch etwas Wichtiges gibt, können wir es auch noch anschließend erledigen. Normalerweise erledige ich meinen Papierkram auch immer am späten Abend.«

»Ich auch.« Sie hatte ein reizendes Gesicht, weich, warm und offen, mit einem kleinen Zug von Reserviertheit um den Mund. Ein Gesicht, das einen Mann die Hinterlist der Frauen vergessen lassen konnte, wenn er nicht wachsam war. Dorian war ein sehr wachsamer Mann.

»Alana, eine Frage. Warum haben Sie das Showbusiness aufgegeben?«

Jetzt lachte sie tatsächlich. Es war ein warmes, direkt sinnliches Lachen. »Haben Sie uns je gesehen? Die O'Hara-Drillinge, meine ich.«

»Nein.«

»Sonst hätten Sie auch nicht gefragt.«

Es war schwer, Menschen zu widerstehen, die über sich selbst lachen konnten. »So schlimm?«

»Oh, schlimmer, viel schlimmer.« Sie spülte ihre Tasse im Spülbecken aus. »Ich muss jetzt einmal nach den Jungen sehen. Wenn sie so lange so still sind, werde ich unruhig. Bedienen Sie sich mit dem Kaffee. Der Fernseher ist im Wohnzimmer.«

»Alana.« Dorian war mit dem bisher Erreichten überhaupt nicht zufrieden. Er spürte deutlich, dass hier nichts so war, wie es schien. Alana sah ihn ruhig an. »Ich beabsichtige, Sie verstehen zu lernen – richtig.«

Sie spürte einen leichten Stich. »Ich bin nicht so vielschichtig, wie Sie anzunehmen scheinen. Außerdem sind Sie hier, um über Chuck zu schreiben.«

»Das werde ich auch.«

Und dem sah Alana mit Erwartung, aber auch Furcht entgegen. Mit einem leichten Nicken verließ sie den Raum, um zu den beiden Kindern zu gehen.

3. Kapitel

Leise wurde seine Tür geöffnet, und sofort war Dorian hellwach. Er brauchte einen Moment, um sich daran zu erinnern,
dass er nicht in irgendeinem Hotelzimmer lag, wo er in jeder Sekunde auf der Hut sein musste. Doch aus der Gewohn-
heit heraus hielt er die Augen geschlossen und atmete ruhig
weiter.

»Er schläft noch.« Das etwas geringschätzige Flüstern kam
von Ben.

Chris schlich näher. »Warum schläft er so lange?«

»Weil er erwachsen ist. Die tun, was sie wollen.«

»Mom ist auf. Sie ist auch erwachsen.«

»Das ist etwas anderes. Sie ist eine Mom.«

»Ben, Chris.« Der gedämpfte Ruf schien von unten zu
kommen. »Beeilt euch. Der Bus kommt in zehn Minuten.«

»Komm.« Ben warf noch einen Blick zum Bett hinüber.
»Wir können ihn später ausspionieren.«

Zwanzig Minuten später ging Dorian hinunter. Das Haus
war still und leer. Der Kaffeeduft zog ihn in die Küche, die den
Eindruck machte, als wäre sie gerade von einem Wirbelsturm
heimgesucht worden.

Auf der Frühstücksbar standen zwei Müslibehälter, beide
offen, und von beiden führte eine Spur von Körnern bis zum
Rand der Platte. Ein halb offener Brotbeutel lag auf der Anrichte zwischen Spüle und Herd. Daneben war ein großer
Klecks Grapefruitmarmelade. Es gab ein Glas mit Erdnuss-
butter, dessen Deckel schief aufgesetzt war, und ein gan-

zes Sortiment an Messern, Löffeln und Tellern. Eine Spur schmutziger Pfoten führte verräterisch direkt zur Hintertür.

Dorian suchte sich eine Tasse. Als er die aufmunternde Wirkung des Kaffees spürte, ging Dorian zum Fenster. Es hatte über Nacht gefroren, und die dünne Schicht Eis glänzte in der strahlenden Sonne. Der Nebel hatte sich verzogen, sodass man bis zu den sanften Hügeln hinter dem Stall blicken konnte. Falls es überhaupt Nachbarn gab, konnten es nur wenige, weit entfernt von hier sein.

Aus welchem Grund versteckte sich eine Frau hier, vor allem eine Frau, die an Vergnügungen und Abwechslung gewöhnt war?

Und noch ein Gedanke bedrängte ihn: Wo waren die Männer in ihrem Leben? Eine Frau von Alanas Aussehen musste sie einfach haben. Sie war seit fünf Jahren Witwe. Eine junge, reiche Witwe. Auch wenn er ihr zugestand, dass sie ihre Mutterpflichten ernst nahm, beantwortete das kaum diese Frage. Zwei kleine Jungen konnten keinen Ersatz für Männerbeziehungen bieten.

Aus irgendeinem Grund schien sie den Wunsch zu haben, ihn ihr häusliches Farmleben für bare Münze nehmen zu lassen. Doch er nahm nichts für bare Münze, vor allem nicht bei Frauen.

Dann sah er sie. Sie kam aus einem kleinen Stall und schloss sorgfältig die Tür hinter sich. Der Sonnenschein verfing sich in ihrem Haar, als sie es sich mit den Fingern zurückstrich. Ihre Jacke war bis zum Hals zugeknöpft und reichte bis zu den Hüften. Darunter trug sie Jeans, die in abgenutzten Stiefeln steckten.

Hatte sie sich für ihn in Positur gesetzt? dachte er, als er unerwartetes Begehren spürte. Wusste sie, dass er sie beobachtete, während sie dort einfach nur stand, das Gesicht der

Sonne zugewandt, mit einem ruhigen Lächeln um den Mund? Doch sie warf nicht einen Blick zum Haus, sie drehte sich nicht einmal um. Sie nahm einfach nur ihren Eimer und ging leichtfüßig über den gefrorenen Boden zum großen Stall.

Alana hatte schon immer Stallgeruch geliebt, vor allem morgens, wenn die Tiere allmählich erwachten. Es herrschte ein dämmriges Licht, und die Luft war etwas feucht. Alana hörte das Schnurren der Katzen, die sich gleich über ihr Frühstück hermachen würden. Sie stellte den Eimer ab, schaltete das Licht an und begann mit ihrer Morgenroutine.

»Hallo, Baby.« Sie öffnete die erste Box und musterte die braune Stute, die jetzt jeden Tag fohlen konnte. »Ich weiß, du fühlst dich fett und hässlich.« Sie lachte auf, als die Stute in ihre Hand schnaubte. »So habe ich mich auch schon zweimal gefühlt.« Vorsichtig betastete sie den Bauch der Stute, deren Muskeln sich zunächst anspannten. Doch bei Alanas beruhigenden Worten entspannte sie sich wieder. »In einer oder zwei Wochen ist alles vorbei, und dann hast du ein wunderschönes Baby. Und du weißt, Mr. Jorgensen ist sehr daran interessiert, dein Fohlen zu kaufen.« Seufzend legte sie ihre Wange an den Hals der Stute. »Warum fühle ich mich deswegen bloß wie ein Sklavenhändler?«

»Der erste Verkauf?«

Sie hatte Dorian nicht hereinkommen hören. Langsam, den Arm immer noch um den Hals der Stute gelegt, drehte sie sich um. »Ja. Bisher habe ich nur hineinstecken müssen.«

Dorian trat näher. Die Stute war herrlich, kräftig und von der schweren Statur der Morgans, mit lebhaften Augen und glänzendem Fell. »Haben Sie diese Stute ausgesucht?«

»Eve. Ich habe sie Eve genannt, weil sie mein erstes Zuchttier ist. Sie war kaum von der Mutter entwöhnt, als ich sie auf einer Auktion erworben habe. Mr. Petrie sagte, ich solle sie ersteigern, und so habe ich es gemacht.«

»Ihr Mr. Petrie scheint sich auf Pferde zu verstehen. Meiner Meinung nach wird diese Lady Ihnen noch viele Fohlen schenken.« Es war schon lange her, dass Dorian in einem Stall gewesen war, und er hatte schon vergessen, wie gut Stallgeruch und wie beruhigend der Umgang und die Arbeit mit Tieren sein konnte. Die Stute bewegte sich. Alana bewegte sich mit ihr und berührte dabei Dorian. Der Kontakt war alles andere als beruhigend. »Wie viele haben Sie?«

Sie war verwirrt. »Wie viele?«

»Pferde.«

»Oh.« Sie verhielt sich lächerlich, als hätte sie noch nie einen Mann berührt. »Acht – den Hengst, zwei trächtige Stuten, zwei, die wir im Frühjahr decken lassen und drei Wallache zum Reiten.« Das war eigentlich ein Luxus, den Alana aber noch nie bedauert hatte. »Nicht gerade eine Riesenzucht.«

»Vier Stuten und ein Hengst sind ein guter Anfang.«

»Das wollte ich schaffen.« Sie kraulte die Stute zwischen den Ohren. »Einen Anfang.« Sie ergriff das Halfter.

»Was haben Sie vor?«

»Die Pferde müssen auf die Koppel, während ich die Boxen säubere.«

»Sie säubern die Boxen? Allein?«

Sie ging in die nächste Box und fasste auch die zweite Stute am Halfter. »Dreimal die Woche kommt Mr. Petrie, um auszuhelfen, aber er liegt mit Grippe im Bett – wie fast alle hier. Komm, Mädchen.« Sie führte die Stuten hinaus.

Einen Augenblick lang verharrte Dorian, die Hände in den Hosentaschen vergraben, dort, wo er stand. Auf ihn machte die Frau den Eindruck, als würde sie bei der ersten Schaufel Mist umkippen. Was versuchte sie zu beweisen? Aufopfernde

Arbeit mochte auf bestimmte Männer Eindruck machen und zum Zupacken ermuntern, aber nicht ihn.

Dann blickte er die Reihe der Boxen entlang. Als er das erste Halfter ergriff, fluchte er. Ob Alana nun bei ihm Eindruck schinden wollte oder nicht, er konnte schlecht einfach herumstehen und sie arbeiten lassen.

Alana schloss das Tor der Koppel hinter den ersten beiden Stuten. Als sie sich umdrehte, sah sie Dorian, der zwei weitere hinausführte. »Danke.« Sie trat ihm entgegen und griff automatisch nach den Halftern. Als Dorian sie einfach nur ansah, trat sie zurück. Sie kam sich fast lächerlich vor. »Das sollte kein Wink mit dem Zaunpfahl sein. Ich will nicht, dass Sie sich verpflichtet fühlen.«

»Das tue ich nicht.« Er ging an ihr vorbei und ließ die Pferde auf die Koppel.

»Mr. Crosby … Dorian«, verbesserte sie sich selbst. »Ich komme allein damit klar. Sie haben sicher andere Dinge zu erledigen.«

Er schloss das Tor. »Spontan fallen mir gleich zwei Dutzend ein. Holen wir die anderen.«

Sie zog eine Braue hoch und folgte ihm dann. »Nun, wenn Sie so freundlich sind.«

»Dafür bin ich bekannt.«

»Ich bezweifle es nicht. Die Stuten kommen raus, das sind die ersten drei Boxen auf dieser Seite. Den Hengst lasse ich drin, bis die anderen versorgt sind. Er könnte eine der Stuten beißen oder sie besteigen, wenn sie sich nicht schnell genug in Sicherheit bringen.«

»Klingt wie ein echtes Schätzchen.«

Als Alana einem Rotschimmel das Halfter umlegte, senkte das Pferd den Kopf und stieß sie kräftig. Instinktiv wollte Dorian sie stützen, doch sie drückte das Pferd lachend zurück.

»Rüpel«, tadelte sie und vergrub das Gesicht in seiner Mähne. »Ein Ausritt würde ihm besser bekommen als die Koppel. Vielleicht später, alter Bursche, heute habe ich alle Hände voll zu tun.«

Nachdem die Pferde versorgt waren, zog Alana ein Paar Arbeitshandschuhe an. »Sind Sie auch sicher?«, vergewisserte sie sich, als sie Dorian ein zweites Paar hinhielt.

»Sie nehmen die linke Seite.« Er ergriff eine Mistgabel und machte sich an die Arbeit, wobei er sich sicher war, dass er seine Boxen gesäubert und mit frischem Heu ausgelegt haben würde, bevor Alana mit der ersten fertig sein würde.

Es war schon eine ganze Weile her, seit Dorian körperlich gearbeitet hatte, und entsprechend spürte er bald seine Muskeln. Alana hatte ein Kofferradio aufgestellt und sang während der Arbeit. Er ignorierte sie – oder versuchte es wenigstens.

Noch nie hatte sie mit einem Mann gearbeitet. Oh, es gab Mr. Petrie, dachte sie, als sie sich kleine Schweißperlen von der Stirn wischte. Aber der war etwas anderes. Chuck hätte nicht einmal den kleinen Finger im Stall gerührt. Und ihr Vater ... Der Gedanke erweckte Alanas Heiterkeit. Immer, wenn Frank Xavier O'Hara zu Besuch auf der Farm war, hatte er gerade dann etwas Wichtiges zu tun, wenn Arbeit anstand. Nun, er ist ein Künstler, nahm Alana ihn in Schutz.

Die Farm passte nicht zum Lebensstil der restlichen O'Haras. Zu Chucks hatte sie auch nicht gepasst. Aber sie passte zu ihr und zu ihren Kindern. Und nur das zählte. Wenn sie auch überall Kompromisse machen musste, wegen des zu ihr und ihren Kinder passenden Lebens würde sie keinen Zoll nachgeben.

Dorian blickte auf, als Alana die Box neben ihm betrat. »Warum machen Sie nicht erst Ihre Seite fertig?«

»Das habe ich schon.« Sie schaufelte den Mist in die Karre.

Dorian sah sich erst verstohlen, dann offen um. Alanas drei Boxen waren sauber mit frischem Heu ausgelegt. Er hatte kaum mit der dritten begonnen. »Sie arbeiten schnell«, murmelte er.

»Reine Routine!« Da sie männlichen Stolz noch nie nachvollziehen konnte, machte sie sich auch jetzt keine Gedanken darüber.

»Ich habe gesagt, ich übernehme diese Seite.«

»Ja, ich bin Ihnen auch dankbar für Ihre Hilfe.« Sie lud noch eine Schaufel voller Mist auf und umfasste dann die Griffe der Karre.

»Lassen Sie sie stehen.«

»Sie ist voll. Ich …«

»Stellen Sie das verdammte Ding hin.« Er warf die Mistgabel ins Heu und ging zu Alana. Wut, männliche Wut … Obwohl Alana davon seit Jahren verschont geblieben war, erinnerte sie sich noch daran. Vorsichtig ließ sie die Griffe der Karre los. »Ich will nicht, dass Sie sich mit dem Ding abschleppen, wenn ich dabei bin.«

»Aber ich …«

»Sie schleppen sich nicht mit zwanzig Pfund Pferdemist ab, wenn ich dabei bin.« Er packte die Griffe der Karre. »Verstanden?«

»Vielleicht.« Ruhig ergriff Alana wieder ihre Mistforke und stützte sich auf sie. »Ich kann mich also abschleppen, wie ich will, wenn Sie nicht dabei sind?«

»Richtig.«

»Das ist lächerlich.«

Dorian murmelte etwas Unverständliches. Kopfschüttelnd trat Alana hinaus, um die Pferde zurückzuholen.

Nach diesem Ausbruch arbeiteten sie schweigend weiter. Schließlich musste nur noch der Hengst versorgt werden.

»Ich führe ihn hinaus.« Alana verbarg ein Halfter hinter ihrem Rücken und öffnete zunächst die obere Hälfte der Tür zur Box. »Er ist launisch. Aber dir macht es nichts aus, im Stall zu sein, nicht wahr, Thunder?« Vorsichtig öffnete sie die Tür ganz und trat in die Box. Der Hengst tänzelte zurück und musterte sie, doch sie sprach beruhigend weiter auf ihn ein. »Im Frühjahr kannst du auf der Weide herumspringen und dich mit den zwei schönen Stuten amüsieren.« Sie legte das Halfter um seinen Hals und hielt ihn fest, als er ärgerlich den Kopf hin und her warf.

»Reizbar«, bemerkte Dorian.

»Ja. Man hält sich besser fern von ihm. Er schlägt gern aus und ist dabei nicht wählerisch.«

Dorian trat zur Seite. Thunder wollte sich aufbäumen, doch Alanas tadelnde Worte brachten ihn davon ab. Sie tadelt ihn in der gleichen Art, dachte Dorian, als sie das Pferd aus dem Stall führte, wie ihre Söhne. Dann nahm er wieder die Mistforke und machte sich verbissen an die Arbeit. Als Alana zurückkam, war er fertig.

»Diese Art von Arbeit scheint Ihnen nicht fremd zu sein.«

Da er seine Jacke ausgezogen hatte, konnte sie die festen Muskeln auf seinen Unterarmen sehen. Er gab ihr eine Antwort, die sie aber nicht hörte, weil ihre Gedanken sich darum drehten, wie sich diese kräftigen Arme anfühlen würden. Es war schon so lang, so unglaublich lang her, seit …

Sie riss sich zusammen und streichelte eine der Stuten. »Haben Sie Pferde gezüchtet?«

»Kühe.« Dorian verteilte das frische Heu in der Box. »Wir haben Milchwirtschaft betrieben, aber es gab auch immer einige Pferde. Einen Stall habe ich allerdings nicht mehr ausgemistet, seit ich sechzehn war.«

»Offensichtlich haben Sie es nicht verlernt.« Sie nahm

Dorians Forke und hing sie an ihren Haken. »Es ist Bens Aufgabe, den Stall auszufegen, und Thunder lasse ich normalerweise den Morgen über auf der Koppel. Wir sind also fertig. Das Wenigste, was ich tun kann, nachdem Sie mir Ihre Zeit geopfert haben, ist, Ihnen frischen Kaffee zu machen.«

»In Ordnung.« Dann würde er seinen Kassettenrekorder und sein Notizbuch holen und damit beginnen, weswegen er überhaupt hier war.

»Die Küche war ein Chaos. Haben Sie wenigstens etwas zum Frühstück gefunden?«

»Nur Kaffee.«

Sie bückte sich nach dem Eimer. Ihr Rücken schmerzte ein wenig.

»Ich mache Ihnen Speckeier. Für die Frische der Eier kann ich garantieren.«

Dorian warf einen Blick in den Eimer und entdeckte Eier mit brauner Schale. »Sie haben Hühner?«

»Dort.« Sie zeigte auf das kleinere Gebäude, aus dem er sie heute früh hatte herauskommen sehen. »Im Sommer sind die Jungen dafür verantwortlich. Doch jetzt bringe ich es nicht übers Herz, sie vor der Schule sich abmühen zu lassen, darum ...«

Dorian rutschte. Das Eis hatte sich in glatten Matsch verwandelt. Alana, die neben ihm stand, wollte ihn stützen, kam aber selbst ins Rutschen. Instinktiv griff jeder nach dem anderen, um sich gegenseitig Halt zu geben. Ihr Gesicht hatte sie an seine Schulter gedrückt, und sie musste plötzlich lachen.

»Sie würden nicht lachen, wenn Sie auf Ihren Hintern gefallen und Ihre Eier zerbrochen wären.« Seine Finger waren in ihrem Haar vergraben. Er sollte die Hand zurückziehen, das war ihm klar, doch es war so weich und der Hals darunter so schlank.

»Ich lache immer, wenn ich einem Unglück entgehe.« Lächelnd sah sie auf. Ihr Gesicht war von leichter Röte überzogen, und ihre Augen glänzten.

Ohne sich darüber Gedanken machen zu können, umfasste er ihre Taille fester. Ihr Lächeln verblasste, doch der Glanz in ihren Augen vertiefte sich. Er war so nah, sein Körper war so kräftig, und er sah sie an, als würden sie sich schon ihr Leben lang kennen und nicht erst einen Tag. Sie wünschte sich heftig, es wäre so, und er wäre jemand, mit dem sie reden und an den sie sich lehnen könnte. Seine Finger berührten ihren Nacken, und, obwohl sie warm waren, spürte sie ein Frösteln.

»Ich hätte Sie warnen müssen«, begann sie, doch ihr Herz schlug zu heftig, um sie klar denken oder weitersprechen zu lassen.

»Warnen wovor?« Es war verrückt. Und es war falsch. Er durfte über diesem plötzlichen, unbezähmbaren Begehren, sie zu schmecken, nicht den eigentlichen Sinn seines Hierseins vergessen. Aber verrückt oder nicht, falsch oder nicht, er wollte einfach ihre Lippen auf seinen spüren.

Dorian senkte den Kopf. Die Sonne schien Alana ins Gesicht, doch ihre Augen waren umschattet und verrieten Wachsamkeit, wie die der Stute, als er ihr das Halfter umgelegt hatte.

»Vor dem Weg.« Sie legte den Kopf in einer Geste der Verwirrung zurück, die leicht als auffordernde Bereitwilligkeit missverstanden werden konnte. Ihr Blick hielt seinem stand. Ihre Lippen öffneten sich. »Bei diesem Wetter ist er immer rutschig.«

»Das habe ich gemerkt.« Der Druck seiner Finger an ihrem Nacken verstärkte sich, und er zog sie näher und näher, bis ihre Lippen nur noch einen Hauch voneinander entfernt waren.

Sehnsüchte, Bedürfnisse, mit denen Alana eigentlich abgeschlossen zu haben glaubte, machten sich frisch und unglaublich stark bemerkbar. Wie sehnte sie sich danach, dem nachzugeben und einfach nur das Gefühl herrschen zu lassen! Nur fühlen. Doch sie war schon immer die Vernünftige gewesen. Nur einmal hatte sie das vergessen, und sie konnte es nicht ein zweites Mal. »Nicht.«

Seine Lippen streiften ihre, und er spürte ein Beben, das er bei Frauen als Verführungsmittel kennengelernt hatte. Sie hatte eine Hand auf seine Brust gelegt. »Bitte nicht.«

Ihr Atem kam unregelmäßig, und ihre Augen waren halb geschlossen. Dorian hatte keinen Respekt Frauen gegenüber, die sich nach außen hin zierten und dem Mann dadurch die Verantwortung und die Schuld zuschoben. Das Begehren breitete sich in ihm aus, doch er gab sie frei. Sein Blick war fast kühl, und er nickte. »Wie Sie wollen.«

Ihr war plötzlich kalt. Es war etwas Bissiges, Verletzendes in seinem Ton gewesen, doch sie war zu aufgewühlt, um darüber nachdenken zu können. Sorgsam auf den glatten Weg achtend, ging sie zurück ins Haus. Dorian folgte ihr.

»Ich mache Ihnen sofort etwas zu essen.«

»Lassen Sie sich Zeit.« Und damit verließ er auch schon die Küche.

Alana machte sich an die Arbeit und wartete darauf, dass sie zu ihrer inneren Ruhe und Ausgeglichenheit zurückfinden würde. Sie durfte sich nicht zu einer beliebigen Umarmung mit einem Mann hinreißen lassen, den sie kaum kannte, dafür durfte sie ihre Seelenruhe nicht aufs Spiel setzen.

Außerdem war sie noch nie umwerfend sexy gewesen. Das hat mir doch schon Chuck mit unmissverständlicher Klarheit vorgehalten, dachte sie, als sie den Schinken aus dem Kühlschrank holte. Sie war einfach keine Frau, die die körperlichen

Bedürfnisse eines Mannes befriedigen konnte. Alana legte den Schinken in die heiße Pfanne. Sie war eine verantwortungsbewusste, sympathische Frau, aber sie war keine Frau, für die sich ein Mann mitten in der Nacht erhitzte.

Nun, das brauchte sie auch nicht. Sie setzte Kaffeewasser auf. Sie war zufrieden, so, wie sie war. Und sie wollte so bleiben. Als Dorian zurückkam, holte sie tief Luft.

»Ich habe vergessen zu fragen, wie Sie die Eier möchten«, begann sie und drehte sich um, als er den Kassettenrekorder auf die Anrichte stellte. Wieder drohten ihre Nerven zu versagen. »Sie wollen hier arbeiten?«

»Hier ist es gut. Und die Eier mag ich am liebsten kurz gebraten. Übrigens, Alana, ich erwarte nicht, dass Sie mir täglich drei Mahlzeiten kochen.«

»Der Scheck, den ich für Auslagen bekommen habe, war mehr als angemessen.« Sie schlug ein Ei am Pfannenrand auf.

»Ich dachte, Sie hätten Personal.«

»Personal?« Sie schlug ein zweites Ei auf und warf ihm einen Blick zu. Und dann musste sie unvermittelt lachen. »Sie meinen Dienstmädchen, Koch und so etwas?« Erheitert warf sie ihr Haar zurück, bevor sie sich wieder auf die Eier in der Pfanne konzentrierte. »Wie sind Sie bloß auf so eine Idee gekommen?«

Automatisch hatte er den Kassettenrekorder angestellt. »Charles Rockwell war reich. Die meisten Frauen in Ihrer Position würden sich ein oder zwei Bedienstete nehmen.«

Sie blickte nicht auf, und ihr Gesicht blieb von ihrem Haar verdeckt. »Ich kann es nicht haben, wenn immer irgendwelche Leute um mich herumschwirren.«

»Hatten Sie Personal, bevor Ihr Mann gestorben ist?«, wollte er von ihr wissen.

»Hier nicht. In Chicago. Das war vor und direkt nach Bens Geburt. Wir haben im Haus meiner Schwiegermutter gelebt, und sie hatte viel Personal. Chuck ist damals viel gereist. Und wir hatten uns noch nicht entschieden, wo wir uns niederlassen sollten.«

»Seine Mutter. Sie wurden nicht akzeptiert von ihr.«

Ruhig stellte Alana den Teller mit den Eiern vor Dorian. »Wo haben Sie denn das gehört?«

»Ich schnappe überall etwas auf. Das gehört zu meinem Job. Es kann kein leichtes Leben in Janice Rockwells Haus gewesen sein, wenn sie mit der Heirat nicht einverstanden war.«

»Man kann nicht sagen, dass sie mit der Heirat nicht einverstanden gewesen sei.« Alana wog ihre Worte sorgsam ab, als sie den Kaffee holte. »Sie war vernarrt in Chuck. Sie wissen sicher, dass sie ihn allein erzogen hat, nachdem Chuck seinen Vater mit sieben Jahren verloren hatte. Und es ist nicht leicht, Kinder ganz ohne Partner großzuziehen.«

»Das kennen Sie ja.«

Sie betrachtete ihn gleichmütig. »Ja. Und Janice war Chuck gegenüber sehr beschützend. Er war ein dynamischer, attraktiver Mann, einer, der Frauen anzieht. Auch auf den Rennplätzen war er immer von einer ganzen Schar Verehrerinnen umgeben.«

»Sie gehörten nicht dazu.«

»Ich habe mir nichts aus Rennsport gemacht. Wir waren immer unterwegs, sind in Clubs aufgetreten und so. Bevor ich Chuck kennenlernte, wusste ich nicht einmal von der Existenz des berühmten Charles Rockwell.«

»Kaum zu glauben.«

Sie füllte zwei Becher mit Kaffee. »Janice meinte das auch.«

»Und hat es Ihnen verübelt.«

Alana nahm einen Schluck Kaffee. »Es gehört nicht zu Ihrer Aufgabe, mir Worte in den Mund zu legen.«

So leicht war sie nicht zu erschüttern. Sie antwortete flüssig, zu flüssig nach seinem Geschmack. »Nein.«

»Janice hatte nichts gegen mich persönlich. Sie hätte mit jeder Frau Probleme gehabt, die ihr Chuck wegnahm. Das ist nur natürlich. Trotz allem sind wir aber ganz gut miteinander ausgekommen.«

»Erzählen Sie mir doch, wie Sie Rockwell kennengelernt haben.«

Das war leicht. Darüber konnte Alana ohne Ausflüchte reden. »Wir – meine Familie und ich – sind in einem Club in Miami aufgetreten. Meine Eltern hatten eine kleine Unterhaltungsshow mit Liedeinlagen, anschließend traten meine Schwestern und ich mit einer musikalischen Show auf. Himmel, die Kostüme …« Lachend brach sie ab. Dann erhob sie sich und brachte die Küche in Ordnung, während sie weitererzählte. »Wir haben einige Engagements eingespielt, was wohl auf Carrie zurückzuführen war. Sie konnte einen Song wirkungsvoll verkaufen. Durch das Rennen war viel los in der Stadt, und wir hatten immer ein volles Haus.«

Dorian beobachtete sie, wie sie sich, amüsiert lächelnd bei der Erinnerung, in der Küche bewegte.

»Jeden Abend musste Dad Männer abwimmeln, die Carrie besuchen wollten. Und an diesem Abend kam Chuck mit Brad Billinger.«

»Billinger hat sich vom Rennsport zurückgezogen.«

»Ja, nach Chucks Unglück. Sie standen sich nahe, sehr nahe. Es ist Jahre her, dass ich Brad gesehen habe, aber er schickt den Jungen immer etwas zum Geburtstag und zu Weihnachten. Kaum hatten die beiden damals im Club Platz genommen, entstand auch schon – es war mitten in einem Song – Unruhe. Doch daran waren wir damals gewöhnt und konnten damit umgehen.«

»Das kann ich mir vorstellen.«

»Für diese Art von Problemen hatte Dad mich bestimmt, weil Carrie in solchen Situationen leicht die Beherrschung verlor und Maddy einfach hinter der Bühne verschwand, bis sich die Atmosphäre wieder beruhigt hatte. So habe ich mir das Mikrofon genommen und einige Späße gemacht. Das Publikum hat zwar kaum darauf geachtet, doch wir konnten weitermachen. Und dann kamen wir zu ›Somewhere‹ aus der ›West Side Story‹. Kennen Sie das Lied?«

»Ich habe es gehört.« Dorian steckte sich eine Zigarette an. Achtzehn, und sie hatte Unruhestifter zur Ruhe bringen müssen. Sie konnte nicht so weich sein, wie es den Anschein hatte.

»Ich blickte dorthin, woher der Lärm kam, und Chuck sah mich direkt an. Ein merkwürdiges Gefühl. Wenn man auftritt, wird man von den Leuten beobachtet, aber sie blicken einen kaum direkt an. Beim Solo machte Carrie eine Bemerkung über den Superfahrer, der mich anstarrte. Das war die erste Andeutung, die ich über Chucks Beruf hörte. Carrie hat immer den Klatsch in den Zeitungen gelesen.«

»Nun steht sie selbst drin.«

»Und sie genießt es.« Alana suchte im Schrank und stellte schließlich den Deckel eines Einmachglases als Aschenbecher vor Dorian. »Entschuldigung, ich habe nichts anderes.«

»Chris hat mich schon über Ihre Meinung hinsichtlich des Rauchens aufgeklärt. Es war also Liebe auf den ersten Blick?«

»Es war …« Wie sollte sie es erklären? Sie war achtzehn und in einem Ausmaß unwissend gewesen, wie es der Mann hier in ihrer Küche sicher nicht nachvollziehen konnte. »So könnte man es nennen. Chuck blieb bis zur Pause, ist dann hinter die Bühne gekommen und hat sich vorgestellt. Vielleicht hat es auf ihn einen gewissen Reiz ausgeübt, dass ich einfach nicht wusste, dass er jemand war, der mich hätte beeindrucken müssen. Er war sehr höflich. Es war nach Mitternacht, und er hat mich zum Essen eingeladen.«

Sie lächelte wieder. Sie war so jung gewesen und – wie Chris – so gutgläubig. »Natürlich wollte Dad nichts davon wissen. Am nächsten Nachmittag wurden zwei Dutzend Rosen in unser Hotel geschickt. Rosa Rosen. So etwas Romantisches hatte ich noch nie erlebt. Chuck kam wieder, bis er meine Mutter um den Finger gewickelt, meinen Vater überzeugt und mich betört hatte. Als er Miami verließ, begleitete ich ihn – mit einem Ring am Finger.«

Sie blickte auf ihre Hand – ohne Ring. »Das Leben ist schon merkwürdig«, meinte sie versonnen. »Man weiß nie, was es an Überraschungen liefert.«

»Und wie hat Ihre Familie über Ihre Heirat mit Chuck gedacht?«

Sie riss sich zusammen. Gib ihm etwas, erinnerte sie sich, aber gib ihm nicht alles. »Meine Familie hat selten über irgendetwas dieselbe Meinung. Meine Mutter hat geweint und mir dann ihr Hochzeitskleid umgearbeitet, obwohl wir nur standesamtlich geheiratet haben. Dad hat auch geweint. Immerhin hat er mich an einen Fremden verloren, und damit war seine Show zum Teufel.« Sie nahm einen Apfel und polierte ihn gedankenverloren an ihrem Ärmel. »Maddy meinte, ich sei verrückt, aber jeder solle ab und zu etwas Verrücktes machen. Und Carrie …« Sie zögerte.

»Und Carrie?«

Jetzt musste sie wieder auf der Hut sein. »Carrie ist die Älteste von uns dreien – zweieinhalb Minuten älter als ich, aber das macht sie trotzdem zur großen Schwester. Sie selbst wollte sich oft verlieben, und sie meinte, ich würde mir das für mich zerstören.« Sie biss in den Apfel. »Und Terence hat erst drei oder vier Monate später von der Heirat erfahren. Er hat mir einen Kristallvogel aus Österreich geschickt.«

»Terence, Ihr Bruder, Ihr älterer Bruder. Ich habe kaum Informationen über ihn.«

»Warum auch? Ich bezweifle, dass das für diesen Fall von Bedeutung ist. Er hat Chuck nie kennengelernt.«

»Und dann kamen die Rennplätze. Manche Leute könnten es als eine merkwürdige Art von Flitterwochen bezeichnen.«

In gewisser Hinsicht konnte das ganze erste Jahr als Flitterwochen bezeichnet werden. Doch andererseits hatte es nie Flitterwochen gegeben, im Sinne von Zurückgezogenheit, in der zwei Menschen sich aneinander gewöhnen und sich kennenlernen können. »Ich bin auch vorher herumgezogen.« Sie zuckte die Schultern. »Ich bin sogar in der Atmosphäre des Herumziehens zur Welt gekommen. Dad hat meine Mutter in Duluth aus dem Zug geholt und zwanzig Minuten vor ihrer Niederkunft ins Krankenhaus gebracht. Zehn Tage später zogen wir schon wieder weiter. Mit Ausnahme von der Farm hier habe ich mich an keinem Ort länger als sechs Monate aufgehalten. Das Reisen war ich also gewöhnt.«

»Nur sind die Rennplätze aufregender.«

»In gewisser Hinsicht. Doch wie im Showgeschäft ist auch dort viel Schweiß und Training erforderlich, um wenige Minuten im Rampenlicht stehen zu können.«

»Warum haben Sie ihn geheiratet?«

Sie erwiderte ruhig seinen Blick. Doch ihr Lächeln wirkte etwas wehmütig. »Er war der Ritter auf dem weißen Schimmel. Und ich habe immer an Märchen geglaubt.«

4. Kapitel

Alana Rockwell war nicht ehrlich. Dorian brauchte keinen Lügendetektor, um zu wissen, dass Alana in ihren Gesprächen immer wieder von der Wahrheit abschwenkte. Sie tat es ganz ruhig und sah ihn offen dabei an. Doch er spürte es an einer winzigen Veränderung ihres Tonfalls und am kaum wahrnehmbaren Zögern.

Lügen machten Dorian nichts aus, er erwartete sie bei seiner Arbeit direkt. Die Menschen logen aus den verschiedensten Gründen: aus Selbstschutz oder Verlegenheit oder aus dem Bedürfnis, sich selbst ins beste Licht zu stellen. Es war seine Aufgabe, die Schatten zu finden. Der Grund für eine Lüge verriet ihm häufig mehr als die platte Wahrheit.

Sein Hauptproblem mit Alana war, dass er den Grund ihrer Lügen nicht verstand. Warum lügen, wenn die Wahrheit zweifellos das Buch zu einem größeren Verkaufsschlager machte? Sensationen waren immer verkaufsfördernder als trautes Familienleben. Sie hatte ihre Ehe zwar nicht als reinste Idylle beschrieben, doch es war ihr immer wieder gelungen, über problematische Themen hinwegzuhuschen.

Und davon gab es genug.

Dorian suchte sich einige Kassetten heraus. Es war kurz nach Mitternacht, aber das war er gewöhnt. Er ließ sich nie von Zeitplänen einengen. Er hasste einengende Arbeitsbedingungen, es sei denn, er stellte sie selbst auf. Wenn er wollte, konnte er den ganzen Tag durcharbeiten oder auch die ganze Nacht. Auf die Arbeitszeit kam es nicht an, nur auf die Ergebnisse.

Dorian hatte schon verschiedene Leute über Charles Rockwell interviewt. Es gab die unterschiedlichsten Meinungen und Gefühle über den Rennfahrer, aber keine davon waren als objektiv anzusehen. Entweder hatten die Menschen Rockwell verehrt oder sie hatten ihn gehasst. Dorian nahm die Kassette, die mit »Stanholz« gekennzeichnet war, und schob sie in den Rekorder.

Grover P. Stanholz, reicher Rechtsanwalt aus Chicago, mit Liebe zum Rennsport und persönlichen Beziehungen zu den Rockwells, war zehn Jahre lang Chucks väterlicher Freund und Berater gewesen und hatte seine Karriere von Anfang an gefördert. Doch gut ein Jahr vor dem Unglück hatte Stanholz sich von seinem berühmten Schützling getrennt.

Nachdenklich spulte Dorian die Kassette vor, bis er eine bestimmte Stelle gefunden hatte.

»Rockwell war ein Gewinner, der Geld einbrachte, und ein Freund.«

Dorian drehte die Lautstärke herunter, sodass seine eigene Stimme aus dem Lautsprecher nicht weiter als bis zum Ende des Schreibtisches reichen konnte.

»Warum haben Sie sich dann von ihm getrennt?«

Es folgte eine lange Stille, dann ein Rascheln. Dorian erinnerte sich, dass Stanholz eine Zigarre herausgezogen und sich Zeit beim Auspacken gelassen hatte.

»Wie schon gesagt, mein Interesse an Chuck bezog sich nicht nur aufs Finanzielle. Ich war ein enger Freund seines Vaters gewesen und ein Freund seiner Mutter.« Es folgte erneut Schweigen, als Stanholz sich die Zigarre ansteckte. »Als Chuck anfing, war er schon ein Gewinner. Man konnte das an seinem Blick sehen. Das Schöne war, dass er für seinen Sport ungeheuer viel Liebe und Respekt empfand. Und er ließ sich von seinem Ziel nicht abbringen. Selbst wenn ich ihn nicht finanziell gefördert hätte und er sich das Geld irgendwo hätte zusammenkratzen müssen, hätte er sein Ziel erreicht.«

»Hätte er denn nicht das Geld der Familie benutzen können?«

»Für Rennen?« Stanholz' Lachen klang wie ein Schnaufen durch den Lautsprecher. »Chucks Geld steckte fest im Familienunternehmen. Janice hat den Jungen angebetet. Sie hätte nie Geld herausgezogen, damit ihr Junge mit zweihundertvierzig Stundenkilometer herumrasen konnte. Was glauben Sie, wie sie mir zugesetzt hat, als ich es gemacht habe? Aber dem Jungen war schwer zu widerstehen.« Das klang wie ein Seufzer, bedauernd und wehmütig. »Männer wie Chuck trifft man nicht jeden Tag. Rennsport erfordert eine gewisse Arroganz und eine gewisse Demut, gesunden Menschenverstand und Tollkühnheit, alles in einer guten Mischung. Chuck hatte sich ganz dem Rennsport verschrieben und wollte nichts anderes, als sich einen Namen machen. Ich habe mich häufig gefragt, ob er nicht zu schnell zu viel erreicht hatte. Er fing an, sich selbst als unzerstörbar zu sehen. Und niemandem verantwortlich.«

»Nicht verantwortlich?«

Stanholz zögerte und seufzte schließlich. »Was er tat und wie er es tat, war immer richtig. So dachte er von sich selbst. Er vergaß, wenn Sie verstehen, was ich meine, dass auch er nur ein Mensch war. Chuck Rockwell war auf Kollisionskurs mit sich selbst geraten. Ich habe mich von ihm zurückgezogen, weil ich glaubte, er würde dann vielleicht nachdenklich werden.«

»Was meinen Sie mit Kollisionskurs mit sich selbst?«

»Chucks eigener Motor arbeitete auf Hochtouren. Früher oder später wäre er durchgebrannt.«

»Drogen?«

»Dazu kann ich nichts sagen.« Das war der Tonfall eines Anwaltes, nüchtern und trocken.

»Mr. Stanholz, es hat Gerüchte gegeben, dass Rockwell Drogen genommen hat, Kokain, um genau zu sein.«

»Zu dem Thema kann ich nichts sagen, da müssten Sie sich an andere wenden.«

Unzufrieden stoppte Dorian die Kassette. Er hatte sich an andere gewendet, die aber nicht aufgenommen werden wollten. Es war ihm bestätigt worden, dass Chuck Rockwell eine gefährliche Drogenabhängigkeit entwickelt hatte. Das letzte Rennen war er aber nicht unter Drogen gefahren. Das hatte eine Untersuchung des Leichnams erwiesen.

Das war also eines der problematischen Themen, es gab noch weitere.

Die nächste Kassette war mit »Brewer« beschriftet. Lori Brewer, früher Fotomodell, war nach eigenen Aussagen eine Frau, die tollkühne Männer liebte. Rockwells Frau war beim letzten Rennen nicht dabei, wohl aber seine Geliebte.

Dorian ließ die Kassette laufen.

»… der aufregendste, dynamischste Mann, den ich je kennengelernt habe.« Loris Stimme war von kehliger Sinnlichkeit. »Chuck Rockwell war ein Star, und er kannte seinen eigenen Wert. Ich bewundere das bei einem Mann.«

»Miss Brewer, Sie waren fast ein Jahr lang die ständige Begleiterin von Rockwell.«

»Geliebte«, verbesserte sie. »Ich schäme mich deswegen nicht. Chuck war als Liebhaber ebenso fantastisch wie als Fahrer. Er machte nichts nur halb.« Sie lachte tief. »So wie ich.«

»Hat es Sie gestört, dass er verheiratet war?«

»Nein. Ich war da, seine Frau nicht. Was ist das auch schon für eine Beziehung, wenn Menschen sich nur zwei- oder dreimal im Jahr sehen?«

»Eine legale.«

Sie hatte das damals mit Fassung genommen und nur mit einem Schulterzucken geantwortet. »Außerdem wollte Chuck sich sowieso scheiden lassen. Das Problem war nur das liebe Geld. Die Anwälte arbeiteten bereits ein Übereinkommen aus.«

Mit einem unterdrückten Fluch hielt Dorian die Kassette an. Nicht mit einem Wort hatte Alana während ihrer Gespräche eine Scheidung erwähnt. Es gab immer noch die Möglichkeit, dass Rockwell Lori Brewer angelogen hatte. Doch falls eine Scheidung geplant gewesen war, tat Alana alles, um das zu vertuschen.

Dorian hatte das Thema bisher noch nicht angeschnitten, auch Lori Brewer hatte er noch nicht erwähnt. Er wollte auf alle Fälle verhindern, dass Alana ihm gegenüber eine feindselige Haltung entwickelte, die seine weitere Arbeit nur erschweren würde. Er würde also warten müssen und Alanas Offenheit durch Geduld gewinnen.

Dorian zog aus dem Stapel Kassetten die mit der Bezeichnung »Alana« heraus. Sie war von heute Morgen, als sie im Wohnzimmer Wäsche zusammengelegt hatte. Dazu hatte ein Schlager aus den Fünfzigern mit viel sha-la-la und doo-wa-wa gespielt.

Sie hatte ihr Haar zu einem Pferdeschwanz hochgebunden, wodurch ihre hohen Wangenknochen wunderbar betont wurden. Das übergroße Sweatshirt verriet nichts mehr über die Kurven ihres Körpers. Dazu hatte sie dicke Socken, aber keine Schuhe getragen. Hinter ihr hatte das Feuer geknistert und gierig die frischen Holzscheite umzüngelt. Sie hatte einen so ausgeglichenen und mit sich zufriedenen Eindruck gemacht, dass es ihm widerstrebt hatte, sie zu stören. Doch er hatte eine Arbeit zu erledigen.

Dorian ließ die Kassette laufen.

»Haben die Rennen zu einer Belastung Ihrer Ehe geführt?«

»Chuck war Rennfahrer, als ich ihn geheiratet habe.« Nach der sinnlichen von Lori Brewer klang Alanas Stimme ruhig und solide. »Die Rennen gehörten von Anfang an dazu.«

»Haben Sie seinen Rennen gern zugesehen?«

Es folgte eine längere Pause, in der sie die geeigneten Worte suchte. »In gewisser Weise konnte Chuck dort zu seiner besten Verfassung finden. Auf der Rennpiste war er erstaunlich, fast unheimlich gut. Und voller Vertrauen zu sich selbst und seinen Fähigkeiten, sodass ich mir nie vorstellen konnte, er könnte einmal ein Rennen oder gar die Kontrolle verlieren.«

»Aber nach acht oder neun Monaten haben Sie Ihren Mann nicht mehr begleitet.«

»Ich war schwanger mit Ben. Da wäre es mir schwergefallen, von Stadt zu Stadt und Rennen zu Rennen zu hetzen. Chuck ...«

Da ist sie, stellte Dorian fest, die ganz leichte Veränderung des Tonfalls ...

»Er war sehr verständnisvoll. Und dann haben wir auch bald diese Farm gekauft. Ein Zuhause. Chuck und ich stimmten darin überein, dass Ben – und dann Chris – ein festes Zuhause brauchten.«

»Schwer vorstellbar, dass ein Mann wie Chuck Rockwell sich an einem Ort wie diesem niederlässt. Aber richtig hat er es ja auch nicht getan.«

Sie hatte sehr sorgfältig ein rotes Sweatshirt zusammengelegt. »Chuck brauchte ein Heim – wie jeder. Er brauchte aber auch die Rennen. Wir haben beides kombiniert.«

Ausflüchte, dachte Dorian, als er die Kassette stoppte, Halbwahrheiten und direkte Lügen. Welches Spiel spielte sie und warum? Er kannte sie mittlerweile gut genug, um zu wissen, dass sie nicht dumm war. Sie musste von der Untreue ihres Mannes gewusst haben, vor allem von der Beziehung zu Lori Brewer. Schützte sie ihn? Aber warum sollte sie einen Mann schützen, der sie in aller Öffentlichkeit und ohne Rücksicht auf sie betrogen hatte?

War sie mit ihrer Rolle im Hintergrund zufrieden gewesen? Oder war sie einfach nur berechnend?

Und Rockwell? War er der egoistische Rennfahrer gewesen, der wunderbare Liebhaber oder der verständnisvolle Ehemann und Vater? Dorian glaubte kaum, dass er alles zugleich gewesen war.

Dorian fuhr sich durchs Haar und erhob sich vom Schreibtisch. Kaffee, dachte er. Es würde noch eine lange Nacht werden.

Im Flur brannte Licht. Dorian sah zu Alanas Zimmertür hinüber. Sie stand ein wenig offen, doch das Zimmer war dunkel. Er spürte plötzlich den Wunsch, hinüberzugehen und sie im Schein der Flurbeleuchtung zu betrachten.

Doch er musste wachsam sein. Wenn er sie ansehen würde, würde er sie berühren wollen. Und wenn er sie berührte, würde er nicht mehr in der Lage sein, von ihr zu lassen. So wandte er sich von ihrem Zimmer ab und ging die Treppe hinunter.

Alana saß in der dunklen Küche an der Frühstücksbar. Nur vom Kamin und dem Mond draußen kam etwas Licht. Sie hatte einen Becher vor sich, das Kinn auf beide Hände aufgestützt, und machte auf Dorian einen entsetzlich einsamen Eindruck.

»Alana?«

Sie sprang hoch. Es hätte komisch wirken können, wenn Dorian nicht bemerkt hätte, wie bleich ihr Gesicht geworden war.

»Entschuldigung, ich wollte Sie wirklich nicht erschrecken.«

»Ich habe Sie gar nicht hereinkommen hören. Ist etwas los?«

»Ich wollte mir Kaffee machen.« Doch statt zum Herd ging er zu ihr. »Ich dachte, Sie wären im Bett.«

»Ich konnte nicht schlafen.« Sie lächelte leicht und machte kein Getue, wie er es erwartet hatte, wegen ihrer zerzausten Haare oder ihres Morgenmantels. »Das Wasser muss noch heiß sein. Ich habe gerade einen Tee gemacht.«

Er nahm auf dem Stuhl neben ihr Platz. »Probleme?«

»Schuldgefühle.«

Seine Instinkte als Reporter waren sofort hellwach und kämpften gegen das überraschende Bedürfnis, den Arm tröstend um sie zu legen. »Weswegen?«

»Ich habe gemerkt, wie Chris mit den Tränen gekämpft hat, als ich ihn ins Bett geschickt habe, ohne ihn seine Lieblingsshow sehen zu lassen.«

Er wusste nicht, ob er über sie oder sich lachen sollte. »Er wird es überstehen. Es war nur eine Fernsehsendung.«

Sie lehnte sich zurück. »Sie halten mich wahrscheinlich für überdreht.«

»Ich halte Sie für eine Mutter. Ich habe auf dem Gebiet wenig Erfahrung.«

»Es ist hart, wenn man allein die Regeln und Entscheidungen machen muss – und die Fehler.« Gedankenverloren fuhr sie sich durchs Haar. »Manchmal, wie jetzt zum Beispiel, denke ich, ich bin zu streng mit ihnen und erwarte zu viel von ihnen. Immerhin sind es kleine Jungen.«

Dorian unterbrach sie. »Vielleicht sind Sie mit sich selbst zu streng.«

Sie starrte ihn an und blickte dann wieder in ihre Teetasse. »Ich trage die Verantwortung.«

»Ich kenne mich zwar nicht gut mit Kindern aus, aber auf mich machen die beiden einen prächtigen Eindruck. Vielleicht sollten Sie sich einfach mal dafür beglückwünschen, statt in Sack und Asche zu gehen.«

»Das tue ich nicht.«

»Natürlich, Sie fühlen sich doch immer wieder wie eine große Büßerin.«

Alana erwartete, wütend zu werden. Doch stattdessen verlor sich ihr Schuldgefühl. »Danke. Es hilft, von Zeit zu Zeit etwas moralische Unterstützung zu erhalten.«

»Schon gut. Ich ertrage es einfach nicht, Frauen in ihren Tee seufzen zu sehen.«

Sie lachte, ohne dass ihm klar war, ob über sich oder über ihn. »Ich seufze nie, aber ich bin ein Weltmeister für Schuldgefühle. Es gab Zeiten, als Ben seine Trotzphase hatte, da habe ich meine Mutter angerufen, nur um mich von ihr beruhigen zu lassen, dass er kein mordlüsternes Ungeheuer werden würde.«

»Ich dachte, darüber hätten Sie mit Ihrem Mann gesprochen.«

»Das hätte nichts …« Sie brach ab. Es war spät, und sie war müde. »Ich mache Ihnen einen Kaffee.« Sie erhob sich.

»Sie sollen sich keine Umstände machen.« Seine Hand lag auf ihrem Arm. Es war nur eine leichte Berührung. Und doch spürte sie den unmöglichen Drang, sich einfach in seine Arme sinken zu lassen. Sie wünschte sich, von ihm gehalten zu werden, sich an ihn zu schmiegen und nicht mehr gefragt zu werden. Aber Dorian würde immer fragen, und sie konnte nicht immer antworten.

»Und Sie sollen mich jetzt nicht interviewen.«

»Sie haben Chuck nie in seiner Rolle als Vater erwähnt, Alana. Warum?«

»Vielleicht, weil Sie mich nie danach gefragt haben.«

»Dann frage ich jetzt.«

»Ich habe doch gesagt, ich bin jetzt nicht in der Stimmung, interviewt zu werden. Es ist spät, und ich bin müde.«

»Und Sie lügen.« Sein Griff verstärkte sich gerade ausreichend, um den Rhythmus ihres Herzschlags zu erhöhen.

»Ich weiß nicht, was Sie damit sagen wollen.«

Er war die Ausflüchte leid, war es leid, sie anzusehen und zu wissen, dass sie ihm keinen Einblick in die Wahrheit gab. »Immer, wenn ich bestimmte Bereiche anspreche, bekomme ich nette Antworten. Sehr saubere und sehr einstudierte. Ich frage mich, warum wollen Sie Chuck Rockwell reinwaschen?«

Er verletzte sie – nicht durch den Griff seiner Finger um ihren Arm … Er verletzte sie tief in ihrem Innern. »Er war mein Mann. Reicht Ihnen das als Antwort?«

»Nein.« Er hatte zwar das leichte Beben in ihrer Stimme gehört, doch er wollte jetzt nicht nachlassen. »Ich habe mir folgende Theorie dazu aufgestellt: Je besser er dasteht, desto besser stehen auch Sie da. Und wenn es so erscheint, dass Ihre Ehe harmonisch war, ist Janice Rockwell glücklich. Chuck war ihr einziger Sohn, und irgendjemand muss schließlich das ganze Geld erben.«

Zum zweiten Mal beobachtete er, wie sie erbleichte, doch dieses Mal konnte er Wut und nicht Furcht erkennen. Er spürte direkt, wie die Wut sie erfasste. Und das wollte er. Er wollte Risse in ihre beherrschte Fassade schlagen, um zur Wahrheit zu gelangen – und zu ihr.

»Lassen Sie mich in Ruhe.« Hinter ihnen im Kamin brach ein Holzscheit entzwei und ließ Funken aufwirbeln. Doch keiner von beiden beachtete das.

»Ich will zuerst eine Antwort.«

»Sie haben sie offensichtlich doch schon.«

»Wenn ich falsche Schlüsse ziehen sollte, dann helfen Sie mir, die richtigen zu finden.«

»Mir ist es verdammt gleichgültig, was Sie denken.« Das war die größte Lüge von allen. Es machte ihr etwas aus, und gerade darum hatte seine Anschuldigung sie so niedergeschmettert. Doch sie durfte sich nichts anmerken lassen, das brachte nur neue Demütigungen. »Also gut, Sie sollen bekommen, was Sie hören wollen: Ich will aus meiner Ehe, aus dem Ruhm und dem Ansehen meines toten Mannes Gewinn schlagen. Da Janice Rockwell das Buch lesen wird, will ich sichergehen, dass sie mit den Ergebnissen zufrieden ist. Ich will ihr deutlich zu verstehen geben, wie gefestigt meine Ehe mit Chuck war. Und sollten Sie irgendwo Schmutz ausgraben, dann kommt der nicht von mir. Zufrieden?«

Er ließ ihren Arm los. Sie hatte in Sekundenschnelle das, was er von ihr gedacht hatte, bestätigt und das, was er für sie zu empfinden begonnen hatte, wieder zerstört. »Ja, ich bin zufrieden.«

»Gut. Wenn Sie weitere Fragen haben, stellen Sie sie morgen, wenn der Kassettenrekorder läuft.«

Dorian sah ihr nach und fragte sich, wie lange er brauchen würde, um die Lügen von der Wahrheit unterscheiden zu können.

Normalerweise wachte Alana schnell auf und war dann nach einer Tasse Kaffee ganz da. Doch heute fand sie nur mit Mühe aus dem Bett. Sie spürte jeden Muskel, und in ihren Schläfen klopfte es unangenehm. Sie schob es auf die schlaflose Nacht zurück und begann ihre Tagesroutine nur mit halber Kraft.

Nachdem die Jungen sich auf ihren Schulweg gemacht hatten, gönnte sie sich noch eine Tasse Kaffee, um sich in Schwung zu bringen. Doch sie fühlte sich immer noch schlapp, als sie sich ihre Jacke überzog. Die Sonne schien hell, und die milde Luft war schon ein erster Vorbote des Frühlings. Doch Alana fröstelte und bedauerte, nicht noch einen Pullover übergezogen zu haben. Eine Erkältung, dachte sie, als sie sich über den schmerzenden Nacken rieb. Für so etwas hatte sie einfach keine Zeit. Mit automatischen Bewegungen sammelte sie die Eier ein und ging in den Pferdestall. Die Boxen mussten gereinigt werden, die Pferde gefüttert und gestriegelt. Zum ersten Mal überhaupt spürte sie einen Widerwillen gegen ihre Arbeit. Sie tat den ganzen Tag nichts anderes, als für Ordnung zu sorgen, Probleme zu lösen und die notwendigen Arbeiten zu verrichten. Wann hatte sie einmal Zeit für sich? Zeit, um sich zu entspannen und vielleicht ein Buch zu lesen.

Ein Buch. Sie hätte fast laut gelacht. Jetzt war wirklich nicht die Zeit, um an Bücher zu denken – wenigstens nicht an ein bestimmtes. Sie hatte vergessen, was es hieß, verletzt zu werden. Es war schon zu lange her, dass sie eine Beziehung zu jemandem gehabt hatte, der sie überhaupt verletzen konnte.

Beziehung? So konnte das zwischen ihr und Dorian nun wirklich nicht genannt werden. Es war nichts als ein Geschäft. Dabei sollte es ihr doch gleichgültig sein, dass er sie für berechnend hielt … womit seine Meinung von ihr wahrscheinlich noch freundlich ausgedrückt war. Wenn sie jetzt ihren verletzten Gefühlen freien Lauf lassen würde, würde sie damit nichts erreichen. Immerhin hatte sie einen Vertrag unterschrieben und war verpflichtet, ihn einzuhalten.

Wo endeten eigentlich ihre Verpflichtungen? Zuerst war sie Chuck gegenüber verpflichtet gewesen, dann ihren Kindern. Und nun war sie wegen ihrer Kinder wieder Chuck – wenn auch indirekt – verpflichtet. Sollte Dorian doch von ihr denken, was er wollte, solange er nur das Buch schrieb.

Müde lehnte Alana den Kopf an die Stute. Wie sollte sie klar denken können, wenn es in ihrem Kopf hämmerte? Aber sie musste. Sie durfte Dorian gegenüber nicht die Beherrschung

verlieren. Denn würde es sich nicht in seinem Buch nie-
derschlagen, wenn er das Schlimmste von ihr annahm? Verdammt, was kümmerte es ihn, warum sie eingewilligt hatte,
dass das Buch herauskam? Er wurde nur dafür bezahlt, es zu
schreiben. Ihre Motive hatten nichts mit der Geschichte über
Chucks Leben zu tun. Und doch hatten sie alles damit zu tun.

Alana erinnerte sich wieder an den Morgen, als die Sonne
ihr Gesicht erwärmt hatte und Dorian sie im Arm hielt – sie
begehrt hatte. Sie konnte sich noch ganz genau an seinen Blick
erinnern und an das Gefühl, als seine Lippen ihren Mund ge-
streift hatten. Und einen Augenblick lang wünschte sie, Dorian
könnte jemand sein, auf den sie sich verlassen, dem sie vertrauen
könnte. Nun, das war wirklich naiv. Sie hatte von Anfang an gewusst, dass er eine Arbeit zu erledigen hatte. Genauso wie sie.

Als Alana mit der ersten Box fertig war, war sie schweiß-
gebadet. Die Mistgabel kam ihr schwerer als gewöhnlich vor,
als sie mit der zweiten Box beginnen wollte.

»Scheint, als sollten Sie ein paar Hilfskräfte einstellen.«

Dorian stand in der Tür, die Sonne im Rücken, sodass sein
Gesicht im Schatten lag.

»Tatsächlich? Ich werde es in meine Überlegungen einbe-
ziehen.«

Er ergriff eine Mistgabel, stützte sich aber nur auf sie.
»Alana, warum lassen Sie nicht diese Maskerade? Sie wissen
schon – die sich abrackernde Hausfrau, die zum Wohle ihrer
Familie vom Morgengrauen bis in die Nacht schuftet.«

Sie konzentrierte sich auf ihre Arbeit. »Ich versuche Sie zu
beeindrucken.«

»Bemühen Sie sich nicht. Es ist ein Buch über Chuck Rockwell, nicht über Sie.«

»Fein. Ich beende die Nummer, sobald ich den Mist hier
los bin.«

Sie konnte also Krallen zeigen. Er wollte sie dazu bringen, aber er musste die Kontrolle bewahren. »Hören Sie, solange die Geschichte nicht stimmig ist, passiert mit dem Buch gar nichts. Falls wir beide es aber beenden wollen, sollten wir aufhören, uns etwas vorzuspielen.«

»Okay.« Weil sie eine Verschnaufpause brauchte, lehnte sie sich auf ihre Forke. »Was wollen Sie also, Dorian?«

»Die Wahrheit. Sie waren vier Jahre mit Rockwell verheiratet. Sie kennen also Teile seines Lebens besser als sonst jemand. Und diese Teile will ich von Ihnen. Genau dafür wurden Sie bezahlt.«

»Ich habe schon einmal gesagt, ich spreche, wenn Ihr Rekorder läuft.« Sie wandte sich wieder der Box zu. »Im Augenblick habe ich eine Arbeit zu verrichten.«

»Lassen Sie das einfach.« Er packte sie und drehte sie zu sich. Ihre Forke fiel laut zu Boden. »Rufen Sie doch die zurück, wer immer sich gewöhnlich um diese Aufgaben kümmert, damit wir endlich mit der Arbeit anfangen können. Ich bin es leid, Zeit zu verschwenden.«

»Meine Angestellten? Tut mir leid, ich habe ihnen einen Monat freigegeben. Wenn Sie arbeiten wollen, müssen Sie schon Ihren Rekorder holen. Meine Pferde müssen versorgt werden.«

»Wer zum Teufel sind Sie eigentlich?« Dorian schüttelte sie leicht.

Er war nicht weniger überrascht als Alana selbst, als ihre Knie nachgaben. Er verstärkte seinen Griff, um sie zu stützen. »Was ist los mit Ihnen?«

»Nichts.« Vergeblich bemühte sie sich, sich aus seinem Griff zu befreien. »Ich bin es nur nicht gewöhnt, herumgestoßen zu werden.«

»In der U-Bahn werden Sie mehr angerempelt«, murmelte

er. Sie gab ihm das Gefühl, ein rauer Lümmel zu sein, und das mochte er überhaupt nicht. Er ließ sie los.

»Damit haben Sie mehr Erfahrung als ich.« Wütend auf sich selbst, bückte sich Alana nach der Mistforke. Als ihr schwindlig wurde, musste sie sich an den Wänden der Box stützen.

Fluchend fasste Dorian sie bei den Schultern. »Wenn Sie krank sind …«

»Bin ich nicht … Ich bin nie krank. Ich bin nur etwas müde.«

Und blass, bekannte er, als er sie musterte. Er legte eine Hand auf ihre Stirn. »Sie glühen ja.«

»Mir ist nur etwas heiß, das ist alles.« Ihre Stimme hatte sich aus Furcht vor der Berührung leicht erhöht – obwohl sie sich gerade nach Berührungen sehnte. »Lassen Sie mich in Ruhe, bis ich hier fertig bin.«

»Ich kann Märtyrer nicht ertragen«, murmelte er und ergriff ihren Arm.

Selten, sehr selten brach in Alana das irische Erbteil in einem blinden Wutausbruch aus. Das überließ sie sonst den anderen Familienmitgliedern, während sie selbst Schwierigkeiten ruhig anging. Doch heute nicht. Sie entriss ihm den Arm und stieß Dorian mit einer für sie beide überraschenden Kraft gegen die Wand der Box.

»Mir ist es egal, was Sie ertragen können. Ich gebe keinen Pfifferling für das, was Sie denken. Der Vertrag, den ich unterschrieben habe, gibt Ihnen kein Recht, sich in mein Leben einzumischen. Ich sage Ihnen schon, wann ich Zeit für Ihre Fragen und Ihre Anschuldigungen habe. Ob Sie es für ein Spiel oder eine Maskerade halten, ich habe Arbeit zu erledigen. Scheren Sie sich zum Teufel!«

Damit drehte sie sich herum und umfasste die Griffe der Schubkarre. Sie riss die Karre hoch, machte zwei Schritte und ließ sie wieder fallen, als ihre Kräfte schwanden.

Er hatte die Nase voll, von ihr und von sich. Aber darüber konnte er sich später Gedanken machen. Jetzt – wenn er sich nicht sehr irrte – brauchte die Lady ein Bett. Wieder fasste er ihren Arm.

»Fassen Sie mich nicht an!«

»Schätzchen, darum habe ich mich die ganze Woche über verdammt bemüht.« Als sie stolperte, hob er sie einfach hoch. »Dieses Mal müssen wir beide uns damit abfinden.«

»Ich muss nicht getragen werden.« Ein Schüttelfrost ergriff ihren Körper. Zu schwach, um sich zur Wehr zu setzen, ließ sie den Kopf an seine Schulter sinken. »Die Arbeit ist noch nicht fertig und die Eier …«

»Ich hole sie, nachdem ich Sie ins Bett gesteckt habe.«

»Bett?« Sie hob den Kopf. Verschwommen bemerkte sie, dass sie auf der Veranda waren. »Ich kann nicht ins Bett. Die Pferde müssen versorgt werden. Und der Tierarzt kommt um eins wegen der Stuten. Mr. Jorgensen begleitet ihn. Ich muss das Fohlen verkaufen.«

»Mr. Jorgensen wird zweifellos entzückt sein, das Fohlen zu kaufen, nachdem er sich bei Ihnen mit Grippe angesteckt hat.«

»Grippe? Ich habe keine, nur eine kleine Erkältung.«

»Grippe.« Dorian legte sie aufs Bett und begann ihre Stiefel auszuziehen. »In ein paar Tagen sind Sie wieder auf den Beinen.«

»Lächerlich.« Mit Mühe gelang es ihr, sich auf den Ellbogen aufzustützen. »Ich brauche nichts weiter als ein paar Aspirin.«

»Können Sie sich allein ausziehen, oder brauchen Sie Hilfe?«

»Ich werde mich nicht ausziehen.« Doch im Augenblick hatte sie keinen anderen Wunsch, als zu schlafen.

»Also Hilfe.« Er setzte sich und knöpfte ihre Jacke auf.

»Ich brauche und will keine Hilfe.« Mit Mühe richtete sie sich auf. »Sehen Sie, vielleicht habe ich eine ganz leichte Grippe, aber ich habe auch zwei Kinder, die um halb vier zur Tür hereinstürmen. Und vorher habe ich Pferde zu versorgen. Und es geht um ein wichtiges Geschäft mit Jorgensen.«

Dorian musterte sie. Sie war blass, und ihre Augen glänzten fiebrig. Die einfachste Art, sie zur Vernunft zu bringen, war, ihr zuzustimmen. »Okay, und darum sollten Sie sich eine Stunde ausruhen.« Als sie Einwände erheben wollte, schüttelte er den Kopf. »Was glauben Sie, wie beeindruckt Jorgensen ist, wenn Sie vor ihm zusammenklappen?«

Sie war zittrig, das konnte selbst sie nicht leugnen. Und sie war ein vernünftiger Mensch. Und vernünftig war es jetzt, sich hinzulegen und Kräfte zu sammeln. Auch wenn es sie ärgerte, Dorian zuzustimmen, so musste sie eben ihren Ärger hinunterschlucken. »Ich lege mich eine Stunde hin.«

Als Dorian das Zimmer verließ, stützte sie sich am Bettpfosten und quälte sich aus dem Bett. Ihre Glieder schmerzten. Mit langsamen Bewegungen zog sie sich aus und ein warmes Nachthemd an. Dann war sie völlig erschöpft und zitterte am ganzen Körper. Nur eine Stunde, redete sie sich ein, dann bin ich wieder auf der Höhe.

Als Dorian kurz darauf nach ihr sah, lag Alana auf dem Bauch in ihrem Bett und schlief so tief, dass sie sich nicht einmal rührte, als er die Decke fester um sie zog. Sie rührte sich auch nicht, als er sich tiefer beugte und ihr das Haar aus dem Gesicht strich.

Sie rührte sich nicht einmal in der ganzen Stunde, die er auf dem Stuhl neben ihrem Bett verbrachte und sie nachdenklich betrachtete.

5. Kapitel

Verschwitzt und mit schmerzenden Gliedern erwachte Alana. Wie lang hatte sie geschlafen? Sie bedeckte ihre Augen und bemühte sich, ihre Kraftreserven zu wecken. Da sie allein war, stöhnte sie ein wenig, als sie sich aufrichtete. Und als sie einen Blick auf ihre Uhr neben ihrem Bett warf, stöhnte sie erneut.

Viertel nach zwei. Sie hatte fast vier Stunden geschlafen. Mr. Jorgensen! Verzweifelt stand sie auf. Sofort begann ein Dröhnen in ihrem Kopf und ein Reißen, das jeden Zentimeter ihres Körpers zu erfassen schien. Sie war schweißüberströmt. Sie ergriff ihre Jeans und lehnte sich dann an den Bettpfosten, um das Schwächegefühl abzuwarten.

Mr. Jorgensen könnte noch hier sein, sprach sie sich zu. Vielleicht hatte er sich verspätet und war gerade in diesem Augenblick im Stall, um die Stute zu begutachten. Alana musste sich also nur anziehen, hinausgehen und sich entschuldigen.

Dorian betrat, beladen mit einem Tablett, das Zimmer. »Wollen Sie ausgehen?«

»Es ist nach zwei.« Es war ein Verweis, wenn auch ein schwacher.

»Stimmt genau.« Er stellte das Tablett ab und betrachtete Alana. Ihr Nachthemd war am Hals verrutscht und entblößte eine Schulter – eine schlanke, glatte Schulter. Der Rest von ihr war ebenso schlank, von den Tänzerinnenbeinen bis hoch zu den festen, weich gerundeten Brüsten.

Ein Mann hat das Recht, dachte Dorian, sich ein wenig erregt, ein wenig verlangend zu fühlen, wenn er eine halb nackte

Frau und ein zerwühltes Bett ansieht. Das brauchte er nicht persönlich zu nehmen. »Interessant«, stieß er leise aus. »Zum ersten Mal sehe ich Sie endlich in etwas, das nicht acht Zentimeter dick ist.«

»Ich bin sicher, ich sehe umwerfend aus.«

»Tatsächlich. Aber warum gehen Sie nicht wieder ins Bett, bevor Sie zusammenklappen?«

»Mr. Jorgensen …«

»Ein interessanter Mann.« Dorian trat auf sie zu, nahm ihr die Jeans aus der Hand und warf die Hose auf einen Stuhl. »Er hat von seinen Pferden mit größerer Leidenschaft gesprochen, als er je seiner Frau gegenüber aufbringen würde.« Dabei drückte er sie zurück aufs Bett.

»Ist er noch da? Ich muss mit ihm reden.«

»Er ist weg.« Dorian schüttelte die Kissen auf.

»Weg?«

»Ja. Mund auf. Das hier habe ich zwischen Desinfektionsmitteln und Pflastern gefunden.«

Sie stieß das Thermometer weg. »Ich muss ihn anrufen und einen neuen Termin abmachen. Haben Sie mich entschuldigt? Ich …«

Dorian steckte ihr einfach das Thermometer in den Mund und hielt ihre Hände fest, bevor sie es wieder herausziehen konnte. »Jetzt halten Sie einmal die Luft an. Wenn Sie etwas über Jorgensen erfahren wollen, lassen Sie das Ding da drin und hören mir zu. Verstanden?«

Er sprach mit ihr wie mit einem Kind. Doch es blieb ihr keine Wahl, und so nickte sie nur.

»Gut.« Er gab ihre Hände frei und ging zum Tablett.

Sofort zog Alana das Thermometer wieder heraus. »War auch der Tierarzt da und hat Eve untersucht? Ich muss …«

»Stecken Sie das Ding zurück, oder ich lasse Sie hier allein, ohne Sie zu informieren.« Er stellte das Tablett vor ihr auf die Bettdecke und wartete. Als sie gehorchte, spürte er eine leise Befriedigung. »Der Tierarzt sagte, Eve sei in bester Verfassung, er halte Komplikationen für ausgeschlossen, und das Fohlen komme innerhalb der nächsten Woche.«

Sie griff nach dem Thermometer. Dorian brauchte nur eine Braue hochzuziehen, um sie mitten in der Bewegung zu stoppen. »Wegen der anderen Stute, Gladys?« Sie nickte, und er schüttelte den Kopf. »Verrückter Name für ein Pferd. Aber wie auch immer, sie ist in ebenso guter Verfassung. Jorgensen lässt Ihnen ausrichten, Sie mögen sofort nach der Geburt des Fohlens anrufen, um die einzelnen Bedingungen zu besprechen. Er sagte auch«, Dorian ergriff ihr Handgelenk, als sie wieder die Hand heben wollte, »dass er einige Interessenten für das andere Fohlen kenne. Ich habe das Gefühl, er wäre selbst interessiert, wenn seine Frau ihm nicht das Fell über die Ohren ziehen würde. Sie können ihn anrufen, wenn Sie wieder auf dem Damm sind. Zufrieden?«

Sie schloss die Augen und nickte. Es lief also, es lief wirklich. Mit dem Geld, das die Fohlen bringen würden, konnte sie einen guten Teil der Schulden abzahlen, die sie nach Chucks Tod machen musste. Beim Gedanken, fast schuldenfrei zu sein und in einem oder zwei Jahren finanziell wieder gesichert dastehen zu können, hätte sie am liebsten geweint, wäre am liebsten unter die Decke gekrochen, um zu weinen, bis die Tränen der Erleichterung alles andere weggespült hätten.

Eine merkwürdige Frau, dachte Dorian, als er sie betrachtete. Warum reagierte sie so überdreht wegen des Verkaufs von zwei Pferden? Sicher, das war eine nette Summe, doch im Vergleich zu dem, was sie von Rockwell geerbt hatte, war es doch nicht mehr als etwas Klimpergeld. Geld muss ihr wichtig sein, folgerte er, obwohl er einfach nicht sehen konnte, wo sie es ließ.

Vielleicht die Einrichtung. Ihr Bett war wirklich antik und stammte nicht aus irgendeinem An- und Verkaufsladen. Und natürlich die Pferde. Den Hengst hatte sie bestimmt nicht für ein nettes Liedchen und ein Lächeln bekommen. Er warf einen Blick zu ihrem Schrank hinüber. Er würde wetten, dass in ihm ein kleines Vermögen hing.

Als sie die Augen wieder öffnete, zog er ihr das Thermometer aus dem Mund. »Hm. 39,5. Herzlichen Glückwunsch.«

»39,5?« Ihre Stimme sank auf den Nullpunkt. »Zeigen Sie mal.«

»Sind Sie immer eine so schwierige Patientin?«

»Ich bin nie krank. Sie müssen sich verlesen haben.«

Er zeigte ihr das Thermometer und beobachtete, wie sie die Brauen runzelte. »Wollen Sie jetzt allein essen, oder brauchen Sie Hilfe?«

»Ich komme allein klar.« Ohne Appetit betrachtete sie die dampfende Suppe auf dem Tablett. »Ich esse nie mittags.«

»Heute doch. Wir müssen Kräfte sammeln.«

Alana seufzte. Kein Wunder, dass er sie wie einen der Jungen behandelte, sie verhielt sich auch wie sie. »Danke. Und entschuldigen Sie mein Jammern. Es ist einfach nur so viel Arbeit zu erledigen. Von allein wird das auch nicht gemacht.«

»Sind Sie so unentbehrlich?«

Sie sah ihn an. Etwas lag in ihrem Blick – Gefühl, Hoffnung, Fragen; er konnte es nicht auseinanderhalten. »Ich werde dringend gebraucht.«

In ihrem Ton lag etwas, das ihn veranlasste, ihr über die Wange zu streichen, bevor er auch nur darüber nachdenken konnte. »Dann sollten Sie sich auch schonen.«

»Ja.« Sie griff nach dem Löffel und zwang sich, ihm zu Gefallen, die Suppe zu essen. »An die Rolle bin ich einfach nicht gewöhnt. Dorian …« Sie hatte sich lange dazu durchringen müssen. Jetzt glaubte sie, genügend Mut aufbringen zu können. »Ich möchte mich wegen gestern Abend und heute Morgen entschuldigen.«

»Entschuldigen wofür?«

Sie blickte auf. Er wirkte entspannt und ungerührt, er schien heftige Worte und Streitereien offensichtlich wegstecken zu können. Aber er hatte recht gehabt, und sie wussten es beide. »Ich habe Sachen gesagt, die ich nicht so meinte. Das passiert mir immer, wenn ich wütend bin.«

»Vielleicht sind Sie wütend ehrlicher, als Sie denken. Und ich habe auch weiterhin vor, Ihnen zuzusetzen, hart zuzusetzen, aber ich habe auch einige Grundsätze. Ich werde Sie nicht bedrängen, ehe Sie nicht wieder auf der Höhe sind.«

Sie musste lächeln. »Solange ich krank bin, bin ich sicher.«

»So ungefähr. Aber Sie essen gar nicht.«

»Entschuldigung.« Sie ließ den Löffel sinken. »Ich bekomme nichts runter.«

Dorian nahm das Tablett und stellte es neben das Bett. »Hat Ihnen schon mal jemand gesagt, dass Sie sich zu oft entschuldigen?«

»Ja.« Sie lächelte wieder. »Entschuldigung.«

»Sie sind eine interessante Frau, Alana.«

Es war so angenehm, sich einfach in die Kissen zu kuscheln. Fröstelnd zog sie die Decke hoch. Unglaublich, sie war schon wieder müde. Sie könnte jetzt einfach so wegdämmern. »Ich habe immer gedacht, ich sei ziemlich langweilig.«

Er sah auf ihre feingliedrigen Hände und erinnerte sich, wie sie zupacken konnten. Er dachte daran, wie sie die Wäsche zusammengelegt hatte, und erinnerte sich an die Frau im Nerz, an deren Ohren Diamanten blitzten. Das zusammen ergab nicht die Bezeichnung »langweilig«. Es passte einfach überhaupt nicht zusammen. »Ich habe ein Foto von Ihnen, das in Monte Carlo aufgenommen worden ist. Sie waren bis obenhin in weißen Nerz gehüllt.«

»Der weiße Nerz.« Schläfrig lächelte sie. »Ich habe mich wie eine Prinzessin darin gefühlt. Er war märchenhaft, nicht wahr?«

»War?«

»Mm. Wie eine Prinzessin.«

»Wo ist er?«

»Das Dach«, murmelte sie noch und schlief ein.

Das Dach? Sie musste im Fieber fantasieren, wenn sie sich Pelze auf dem Dach vorstellte.

Eine wirklich interessante Frau, dachte er erneut. Er müsste sie nur verstehen.

Als der Krach begann, war Dorian gerade mitten in der Ausarbeitung seiner Notizen über Rockwells erstes Jahr als Rennfahrer. Er fluchte, wenn auch nicht böswillig, schaltete die Schreibmaschine aus und ging hinunter.

»Es war nicht meine Schuld.« Ben starrte seinen Bruder an.

»Doch, du …« Chris suchte in seinem Wortschatz nach der für ihn größten Beleidigung. »Idiot.«

»Probleme?« Dorian öffnete die Tür. Die Jungen hatten blitzende Augen. Chris war von oben bis unten mit Schlamm verschmiert. Seine Unterlippe bebte, als er mit einem schmutzigen Finger auf seinen Bruder wies.

»Er hat mich hingeschmissen. Ich sage es Mom.«

»Nun aber sachte.« Dorian verstellte den Eingang, und seine Jeans bekam einen ordentlichen Schlammfleck ab. »Ben, bist du nicht etwas zu groß, um Chris hinzuwerfen?«

»Habe ich nicht.« Trotzig streckte er das Kinn vor. »Ich werde es Mom sagen.«

Große Tränen traten Chris in die Augen, was in Dorian das starke und unerwartete Bedürfnis auslöste, ihn in die Arme zu nehmen. »Er hat mich hingeschmissen.« Jetzt kullerten die ersten Tränen. Chris war noch zu jung, um sich deshalb zu schämen. »Nur, weil er größer ist.«

»Habe ich nicht.« Selbst den Tränen nahe, starrte Ben zu Boden. »Wenigstens habe ich es nicht gewollt. Wir haben einfach nur herumgealbert.«

»Also ein Unfall?«

»Ja.« Verlegen zog Ben die Nase hoch.

»Es schadet nie, sich für einen Unfall zu entschuldigen.« Dorian legte die Hand auf Bens Schulter. »Vor allem, wenn man älter ist.«

»Entschuldigung«, murmelte er und warf seinem Bruder einen Blick zu. »Mom wird wütend, weil er total schlammverdreckt ist. Das gibt Ärger.«

Chris hatte seine Tränen schon wieder vergessen und ließ seine Finger neugierig durch den Schlamm auf seiner Jacke gleiten.

»Vielleicht müssen wir es ihr dieses Mal nicht erzählen«, warf Dorian ein.

»Ja?« Hoffnung zeigte sich in Bens Blick, wurde aber sofort wieder von Zweifeln abgelöst. »Sie wird es sowieso sehen.«

»Nein. Kommt.« Da er keine andere Möglichkeit sah, hob Dorian Chris hoch. »Wir stopfen dich in die Waschmaschine.«

Der kicherte und schlang einen verdreckten Arm um Dorians Nacken. »Das geht nicht, sie ist zu klein. Wo ist Mom?«

»Oben. Sie hat Grippe.«

»Wie Mr. Petrie?«

Ben blieb stehen, als sie die Küche betraten. »Mom ist nie krank.«

»Dieses Mal doch. Und im Augenblick schläft sie. Also, halbe Lautstärke, okay?«

»Ich will sie selbst sehen.« Ben hatte einen entschlossenen Zug um den Mund. Sein Blick war herausfordernd, als müsse er seine Mutter beschützen.

Seine Haltung gefiel Dorian insgeheim. »Weck sie aber nicht auf.« Er öffnete die Tür, die zur Kammer mit der Waschmaschine führte. »Und du, Wildkatze, zieh dich aus.«

Chris zog bereitwillig seine Jacke aus. »Mein Lehrer hatte letzte Woche Grippe. Wir hatten eine Vertretung. Die hatte rotes Haar und konnte sich unsere Namen nicht merken. Ist Mom morgen noch krank?«

»Nicht mehr so krank wie heute.« Dorian fand Waschpulver und studierte den Mechanismus der Waschmaschine.

»Mom kann meine Buntstifte benutzen.« Chris ließ sich auf den Boden plumpsen und zog seine Stiefel aus. »Und wir lesen ihr Geschichten vor. Sie liest auch immer Geschichten, wenn ich krank bin.«

»Das wird ihr bestimmt gefallen.«

»Wenn es ihr morgen besser geht, dürfen wir dann wohl ins Kino? Sie hat uns für Samstag Kino versprochen.«

»Ich weiß nicht.« Als Dorian sich umdrehte, stellte er fest, dass der Kleine ihn beim Wort genommen und sich bis auf die Haut ausgezogen hatte. Sein kräftiger, kleiner Körper war mit Schmutzflecken und einer Gänsehaut bedeckt. Dorian zog ein Handtuch aus dem Trockner und hüllte den Jungen darin ein. »Du brauchst ein Bad.«

»Ich hasse Bäder.« Chris blickte Dorian beschwörend an. »Ich hasse sie wirklich.«

»Das Problem ist nur, du hattest recht.« Dorian stopfte die restlichen Kleidungsstücke in die Maschine und schloss den Deckel. »Du passt wirklich nicht in die Waschmaschine.«

Lachend hob Chris in einer unbeschwert gefühlsmäßigen Geste die Arme, der sich Dorian nur noch überwältigt fügen konnte. Er hob ihn hoch. Himmel, dachte er, als er Chris an sich drückte, ich habe über dreißig Jahre gebraucht, um die Dinge in den Griff zu bekommen, und nun werde ich wegen eines Sechsjährigen mit Dreck im Gesicht schwach.

»Und wegen des Bades: Du hast doch bestimmt ein Boot oder so etwas, mit dem du dabei spielen kannst.«

Resigniert ließ sich Chris ins Unvermeidbare tragen. »Ich mag Lastwagen lieber.«

»Dann also einen Lastwagen.«

»Auch drei?«

»Wenn du dann auch noch Platz hast.« Bei der Badezimmertür stellte er Chris wieder auf den Boden. »Aber ruhig, okay?«

»Okay«, gab Chris flüsternd zurück. »Hilfst du mir beim Haarewaschen? Ich kann es schon fast allein.«

Dorian dachte an die Arbeit, die auf seinem Schreibtisch wartete. »Also gut. Fang schon mal an.«

Babysitting, das gehörte nun wirklich nicht zu seinem Job. Er warf einen Blick auf Bens geschlossene Tür. Sollte er den Jungen sich selbst überlassen und sich der weniger komplizierten Aufgabe zuwenden, Chris' Haare zu waschen? Er verwünschte sich selbst, als er den Korridor hinunterging und anklopfte.

Der Junge hockte auf dem Bett, eine ganze Armee kleiner Männer vor sich.

»Hast du deine Mutter gesehen?«

»Ja, und ich habe sie nicht geweckt.« Er ließ zwei der Männer aufeinanderprallen. »Ich glaube, sie ist ziemlich krank.«

»Sie muss einfach nur ein paar Tage im Bett bleiben.« Dorian setzte sich neben ihn und ergriff einen der kleinen Männer.

»Einmal kam ich aus der Schule, und sie lag auf der Couch, weil sie sagte, sie hätte Kopfschmerzen. Aber ich wusste, dass sie nur geweint hatte.«

Um Worte verlegen, stellte Dorian zunächst einmal zu jedem von Bens Männern einen weiteren. »Auch Moms müssen manchmal weinen. Das muss jeder, wirklich.«

»Männer nicht.«

»Doch, manchmal schon.«

Ben überdachte das, schien aber nicht ganz überzeugt zu sein. »Hat Mom wieder geweint?«

»Dieses Mal ist sie einfach nur krank. Ich denke, wir machen es ihr einfacher, wenn wir ihr keinen Ärger bereiten.«

»Ich wollte keinen Ärger bereiten.« Bens Stimme klang sehr jung und sehr dünn. »Ich wollte Chris wirklich nicht in den Schlick werfen.«

Dorian fuhr Ben durchs Haar. »Was tun wir in dem Fall? Soll ich dich vielleicht zur Strafe dafür in den Schlick werfen?«

Misstrauisch sah Ben hoch. Als er in Dorians Augen blickte, lachte er. »Dann wäre Mom auf dich sauer.«

»Eben. Warum übernimmst dann du nicht heute Abend Chris' Arbeiten?«

»Okay.« Das war nicht schlimm, denn er beschäftigte sich gern mit Pferden.

Es freute und überraschte Dorian, dass er auf Anhieb die Gedanken des Jungen lesen konnte. »Das schließt den Abwasch ein – Chris ist gerade dran.«

»Aber …«

»Das Leben ist hart, Junge.« Dorian zog leicht an Bens Ohrläppchen und ging dann zu seinem anderen Schützling.

Alana wachte über der Auseinandersetzung auf, auch wenn es nur eine geflüsterte Auseinandersetzung war. Sie öffnete die Augen und erkannte ihre Söhne am Ende des Bettes.

»Wir sollten sie wecken, jetzt«, bestimmte Ben.

»Und wenn sie noch Fieber hat?«

»Das stellen wir fest.«

»Weißt du auch wie?«, fragte Chris, schon fast beeindruckt.

»Mit dem Ding da. Wir stecken es ihr einfach in den Mund und warten.«

»Während sie schläft?«

»Nein, Blödmann, wir müssen sie aufwecken.«

»Ich bin wach.«

»Hallo.« Unsicher, wie er sich seiner kranken Mutter gegenüber verhalten sollte, spielte Ben mit der Decke. »Bist du noch krank?«

Ihr Hals kratzte, sodass es sie selbst überraschte, überhaupt ein Wort herauszubekommen. Jeder Muskel protestierte, als sie sich ein wenig aufrichtete. »Vielleicht ein wenig.«

»Willst du meine Buntstifte?« Ohne sich lange mit Förmlichkeiten aufzuhalten, krabbelte Chris aufs Bett, um sich selbst einen besseren Überblick zu verschaffen.

»Vielleicht später.« Sie fuhr ihm durchs Haar. »Seid ihr gerade von der Schule gekommen?«

»Nein! Wir sind schon eine Ewigkeit zu Hause. Stimmt's, Ben?«

»Wir haben schon gegessen«, bestätigte Ben. »Und unsere Arbeiten erledigt.«

»Gegessen?« Erst nachdem sich ihre Schlaftrunkenheit etwas gelegt hatte, bemerkte Alana, dass die Abenddämmerung schon eingesetzt hatte. Ein Blick auf die Uhr ließ sie stöhnen. Drei weitere Stunden waren vergangen.

»Ja, Dorian hat ganz gut gekocht. Hast du noch Fieber?«
Chris legte seiner Mutter eine Hand auf die Stirn. »Du fühlst
dich heiß an. Musst du auch die Medizin nehmen wie Ben
und ich immer? Ich kann dir später eine Geschichte vorlesen.«

»Du kannst nicht lesen«, warf Ben verächtlich ein.

»Kann ich wohl. Miss Schaefer sagt, ich lese gut.«

»Kinderkram, aber nicht Geschichten für Mom.«

»Wieder Streit?« Dorian kam mit einem Tablett herein.
»Wunderbar, dann herrscht ja wieder Normalität. Rutsch rü-
ber, Chris. Deine Mutter muss essen.«

»Wir haben es zusammen gemacht«, betonte Chris, als er
zur Seite rückte. »Dorian die Eier, Ben hat die Suppe warm
gemacht, und ich habe den Toast gemacht.«

»Sieht großartig aus.« Alana wünschte, sie könnte alles,
samt Tablett, aus dem Fenster werfen. Als sie aufblickte,
bemerkte sie Dorians verschmitztes Grinsen. Schriftsteller
konnten offensichtlich Gedanken lesen.

»Dorian sagt, du müsstest Kräfte sammeln«, warf Ben ein.

»Tatsächlich?«

»Und Dorian sagt, wir müssen ruhig sein, um dich nicht zu
stören. Wir waren wirklich ruhig.« Chris wartete, dass seine
Mutter endlich den Toast probierte, den er übergroßzügig mit
Butter beschmiert hatte.

»Ihr wart wirklich ruhig.« Alana spülte den klitschigen
Toast mit Saft herunter.

»Dorian sagt, er will mit uns ein Spiel spielen, wenn wir uns
anständig verhalten.« Chris warf ihm ein strahlendes Lächeln
zu. »Das tun wir doch?«

»Ihr seid großartig.«

Unwillig, Chris allein im Licht der Aufmerksamkeit stehen
zu lassen, rückte Ben näher. »Dorian sagt, du bist wahrscheinlich zu krank, um morgen ins Kino gehen zu können.«

»Dorian sagt offensichtlich eine Menge«, murmelte Alana und strich Ben dann über die Wange. »Wir werden sehen. Wie war die Schule?«

»Ganz gut. In der Mathestunde ist ein Vogel in die Klasse geflogen, und Mrs. Lieter hat ihn herumgejagt. Er ist immer wieder ans Fenster geknallt.«

»Sehr aufregend.«

»Ja, aber dann hat sie das Fenster aufgemacht und einen Besen benutzt.«

»Tricia ist auf dem Schulhof hingefallen und hat eine dicke Beule am Kopf bekommen.« Chris spielte mit dem dünnen Goldkettchen am Hals seiner Mutter, das ihn schon als Baby fasziniert hatte. »Sie hat geheult. Ich bin auch hingefallen, aber ich habe überhaupt nicht geheult – wenigstens nicht viel. Und Dorian wollte mich in die Waschmaschine stecken.«

Alana hielt dabei inne, durch Chris' Haar zu fahren. »Wie bitte?«

»Weil doch alles voller Dreck war und …«

Dorian unterbrach Chris' Erzähllaune, bevor die seinen Bruder in Schwierigkeiten bringen konnte. »Ein kleiner Zwischenfall. Es ist sehr rutschig draußen.«

Alana bemerkte, wie Ben Dorian einen schnellen Seitenblick in einer Mischung aus Schuldgefühl und Dankbarkeit zuwarf. »Ich verstehe.« Sie glaubte es zumindest. Doch sie wusste auch, dass es besser war, die Sache nicht weiter zu verfolgen. »Das war ein großartiges Essen, Jungs, aber ich glaube, ich kann jetzt wirklich nichts mehr essen.«

Dorian nahm den Saft vom Tablett und stellte ihn auf den Nachttisch. »Wollt ihr beide nicht das Tablett hinunterbringen? Ich komme sofort.«

Kaum waren sie draußen, griff Dorian nach dem Thermometer.

»Dorian, ich weiß gar nicht, wie ich Ihnen danken soll.«

»Gut.« Er steckte ihr das Thermometer in den Mund. »Dann können Sie ja ruhig bleiben.«

Da sie sich nicht wieder auf eine Auseinandersetzung einlassen wollte, die nur zu verlieren war, wartete Alana geduldig, bis er ihr das Thermometer wieder aus dem Mund zog. »Runtergegangen, stimmt's?«

»Ein Grad rauf«, verbesserte er sie, zu gut gelaunt für ihren Geschmack.

Impulsiv griff Alana nach seiner Hand. »Dorian, ich bemühe mich wirklich, eine nicht zu anstrengende Patientin zu sein, aber ich schwöre, ich werde verrückt, wenn ich noch eine Minute allein in diesem Bett verbringen muss.«

Er beugte sich vor. »Ist das eine Einladung?«

»Was? O nein!« Sie stieß seine Hand zurück. »Ich meinte nur …«

»Ich habe verstanden.« Er beugte sich über sie, wickelte die Decke fest um sie und hob Alana samt Decke hoch.

»Was tun Sie?«

»Sie aus dem Bett holen. Ich trage Sie hinunter und verfrachte Sie vor den Fernseher. Sonst werden Sie uns wirklich noch verrückt.«

Dieses Mal wehrte sie sich nicht gegen das angenehme Gefühl, von starken Armen getragen zu werden. Heute Abend, nur heute Abend überließ sie sich einfach der Vorstellung, dass ihr jemand beistand. Sentimentalität, warnte sich Alana aber noch rechtzeitig, bevor sie den Kopf an seine Schulter legte.

»Ich danke Ihnen, dass Sie die Kinder beaufsichtigen. Aber ich will Ihnen nichts aufbürden. Ich kann einen Nachbarn anrufen.«

»Vergessen Sie es.« Er sagte es gleichgültig, da er nicht eingestehen wollte, wie sehr er den Nachmittag genossen hatte. »Ich komme schon klar mit ihnen. Immerhin habe ich während des College als Rausschmeißer gearbeitet.«

»Sicherlich eine hilfreiche Erfahrung«, bemerkte sie halblaut. »Dorian, hat sich Chris verletzt, als Ben ihn zu Boden gestoßen hat?«

»Ich weiß nicht, wovon Sie sprechen.«

»Natürlich wissen Sie es.«

»Macht Chris einen verletzten Eindruck?«

»Nein, aber …«

»Dann wollen Sie es doch sicherlich nicht, dass ich ein Spitzel bin?«

Sie warf ihm einen weichen Blick zu, als er sie auf der Couch im Wohnzimmer absetzte. »Männer halten wohl immer zusammen, nicht wahr?«

Ohne zu antworten, schaltete er den Apparat ein. Höchste Zeit, dass er aus ihrer direkten Körpernähe kam. Sie war ihm auf seinen Armen so süß, so klein, so zerbrechlich erschienen. Ein Mann machte seinen größten Fehler, wenn er auf weibliche Zerbrechlichkeit hereinfiel.

»Wenn Sie etwas brauchen, wir sind in der Küche. Männerangelegenheiten, Sie wissen schon.«

»Dorian …«

»Falls Sie mir noch einmal danken, bekommen Sie eine Tracht Prügel.« Doch stattdessen beugte er sich zu ihr herunter, umfasste ihr Gesicht und küsste sie. »Kein Dank und keine Entschuldigung.«

Bevor sie ihr Tun überdenken konnte, zog sie ihn an sich.

Der Kuss war nicht süß, er war nicht verzaubernd, er war fest und stark. Seit so vielen Jahren spürte Alana wieder den Geschmack eines Mannes. Und seit so vielen Jahren begehrte sie wieder. Und war es nicht wunderbar, einfach zu begehren – nicht zu denken, nicht abzuwägen, sich einfach gehen zu lassen und zu begehren?

Ihre Haut glühte, und er spürte ihr Nachgeben, das sowohl von ihrer körperlichen Schwäche als auch von Leidenschaft herrührte. Er wollte mehr. Der eine Kuss hatte gereicht, um sein Verlangen zu erwecken, bis er alles wollte – ihre Haut fühlen, ihren Körper mit seinem verschmelzen fühlen.

Es war keine Künstlichkeit, keine Erfahrenheit in ihrem Kuss. Er schien so spontan und natürlich zu sein, wie wenn Chris ihm, ganz aus dem Gefühl heraus, die Arme entgegen-streckte.

Zögernd und mehr als nur etwas verwirrt, rückte Dorian von ihr ab. Er hatte das Gefühl, sie desto weniger zu kennen, je mehr er sie kennenlernte.

Mit halb geschlossenen Augen legte Alana sich zurück. Sie wusste, dass er sie musterte, doch sie konnte jetzt keine Maske aufsetzen. Alles, was er sehen wollte, lag offen vor ihm. Sie konnte nicht wissen, dass seine eigenen Zweifel ihn blind machten.

»Da ist noch etwas, womit wir uns auseinandersetzen müs-sen, wenn du wieder auf den Beinen bist, Alana.«

»Ja, ich weiß.«

»Du solltest dich besser ausruhen.« Er steckte die Hände in die Taschen, weil er sich sonst zu leicht vergessen und Alana wieder berühren würde.

»Ja.« Sie schloss die Augen, weil sie sich sonst zu leicht vergessen und Dorian wieder an sich ziehen würde. Es waren Kinder im Raum nebenan. Ihre Kinder, ihre Verantwortung. Ihr Leben.

Als sie die Augen wieder öffnete, war Dorian gegangen.

6. Kapitel

Alana konnte sich nicht daran erinnern, wie sie wieder in ihr Zimmer gekommen war, doch am Morgen erwachte sie in ihrem Bett. Sie erwachte spät und spürte etwas Flauschiges an ihrer Wange. Ihre anfängliche Verwirrung verwandelte sich in Rührung. Chris' Stoffhund Mary, er musste ihn ihr gebracht haben, während sie noch schlief. Als sie sich leicht aufrichtete, entdeckte sie noch einen großen, pinkfarbenen Briefbogen am Bettpfosten, auf dem »Gute Besserung, Mom« stand.

Sie erkannte Bens krakelige Schrift, und Tränen stiegen ihr in die Augen. Mochten sie auch Racker sein, aber es waren ihre Racker, und wenn es darauf ankam, konnte sie sich auf sie verlassen.

Als sie Mary gedankenverloren über den Kopf strich, dachte sie plötzlich daran, dass es schon fast zehn Uhr war und sie den Kindern noch nicht einmal Frühstück gemacht hatte.

Widerwillig quälte sich Alana aus dem Bett, holte sich einen Morgenmantel aus dem Schrank und ging ins Bad.

Nachdem sie eine ganze Kolonne Lastwagen aus der Badewanne geholt hatte, stellte sie sich unter die Dusche. Der Wasserstrahl prasselte fast schmerzend auf ihre fieberheiße Haut, doch wenigstens wurde ihr Kopf allmählich klar.

Dorian. Ihr erster Gedanke galt ihm, nachdem sie einen klaren Kopf bekommen hatte. Sie hatte sich auf mehr eingelassen, als gut für sie war. Und sie hatte nicht den blassesten Schimmer, wie sie sich weiter verhalten sollte. Die Anziehung, die er auf sie ausübte, war nicht geplant gewesen. Am besten, sie ignorierte sie einfach. Aber konnte sie das?

Schon einmal hatte sie diese Art von Anziehung gespürt und ihr kopflos nachgegeben. Sie wusste nicht mehr, wie lange sie dazu gebraucht hatte, um über die tiefen Verletzungen, die Chuck verursacht hatte, hinwegzukommen. Aber sie wusste, dass sie diese Art von Schmerzen nicht noch einmal verkraften könnte. Nein, noch einmal würde sie das nicht schaffen. Und keine Beziehung, kein Mann war dieses Risiko wert. Sie musste jetzt an ihre Kinder denken, an das Zuhause und die Zukunft, die sie für sie gestalten musste.

Außerdem, wenn sie ihre Gefühle ihm gegenüber nicht unter Kontrolle hielt, würde es ihr noch schwerer fallen, ihn zu belügen und ihm auszuweichen. Also durfte sie es nicht zulassen. Sie musste sich weiter an ihren Plan halten, einfach aus Notwendigkeit. Er war nur der Schriftsteller, der eine Biographie über den Vater ihrer Kinder schrieb.

Nachdem Alana sich abgetrocknet hatte, ging sie hinunter und fand die Kinder, wie erwartet, vor dem Fernseher, auf dem die letzte Folge eines Abenteuerzeichentrickfilms flimmerte. Was sie nicht erwartet hatte, war, Dorian zwischen ihnen zu entdecken. Chris hatte sich neben ihm auf dem Sofa ausgestreckt, und Ben lag zu seinen Füßen, so als würden sie jeden Samstagmorgen zusammen verbringen.

»Ein toller Film«, wurde Dorian gerade von Ben aufgeklärt. »Der Android John spürt alle Bösen auf, aber er fasst sie nie alle. Vor allem Dr. Disaster nicht.«

»›Bugs Bunny‹, das ist für mich ein toller Zeichentrickfilm. Der hat Stil und Witz und nicht nur Laserstrahlen. Wenn Wile E. Coyote den Roadrunner zu fangen versucht. Das ist ein Zeichentrickfilm.«

Ben schnaubte nur verächtlich und schenkte dem Androiden John wieder seine Aufmerksamkeit.

Chris zupfte an Dorians Hemd. »Ich mag Bugs Bunny.«

Amüsiert über das ernsthafte Gesicht des Kleinen, legte Dorian den Arm um dessen Schulter.

»Chris sieht wie Bugs Bunny aus«, stellte Ben fest. Er grinste verschmitzt und wartete auf die Vergeltungsaktion seines Bruders.

»Überhaupt nicht«, sagte Dorian, nachdem er sorgfältig Chris' Gesicht gemustert hatte. »Die Ohren sind zu kurz. Aber Bens …«, dabei fasste er eins von dessen Ohrläppchen, »… die könnten reichen.«

Kichernd legte Ben beide Hände über seine Ohren. »Ich bin Dr. Disaster, und ich werde den Planeten Kratox in die Luft jagen.«

»Ihr Weltraumpiraten.« Dorian zog Ben an einer Haarsträhne näher zu sich, »ihr seid doch alle gleich – kitzlig.« Er kitzelte den Jungen, dass er lauthals protestierte. Und im nächsten Moment balgten sich alle drei am Boden. Entzückt kletterte Chris auf Dorians Schulter. Erst da erblickte er seine Mutter, die in der Tür stand.

»Hi, Mom.«

»Guten Morgen.« Ihr Blick wanderte von ihren Söhnen zu Dorian.

»Wir dürfen nicht im Wohnzimmer toben«, flüsterte Ben Dorian vertraulich ins Ohr.

»Richtig.« Dorian befreite sich und warf Alana einen prüfenden Blick zu. »Du solltest im Bett sein.«

»Mir geht's gut, danke. Ich will nur Kaffee machen.«

»Steht auf dem Herd.«

»Oh.« Sie zögerte, die Kinder vom Fernseher wegzuschicken. »Ben, Chris, wenn der Film vorbei ist, kommt ihr zum Frühstück und helft mir dann, die Tiere zu füttern.«

»Haben wir schon gemacht.« Ben war erleichtert, dass die Lektion darüber, wie eine Wohnzimmereinrichtung zu behandeln sei, ausblieb.

»Ihr habt die Tiere schon gefüttert?«

»Und wir haben gefrühstückt«, ergänzte Chris. »Dorian hat richtig gute Pfannkuchen gemacht.«

»Oh.« Sie vergrub die Hände in den Taschen und fühlte sich lächerlich und – viel schlimmer – nutzlos. »Dann wärme ich den Kaffee auf.«

Dorian erhob sich. »Erzählt mir, wie es ausgeht.« Und er folgte Alana in die Küche. »Probleme?«

»Nein.« Nur Dutzende davon, dachte sie, als sie die Herdflamme anmachte. Wie sollte sie ihrem Entschluss treu bleiben, wenn sie ihn mit ihren Kindern spielen sah? Wie sollte sie ihre Gedanken ablenken, wenn alle Arbeiten schon verrichtet waren?

Sie versteifte sich, als er sie bei den Schultern griff und sie zu sich drehte. Sie sahen sich an, und er legte ihr eine Hand auf die Stirn. »Du hast noch Fieber.«

»Ich fühle mich viel besser.«

»Du fühlst dich verdammt elend.« Er nahm sie beim Arm und führte sie zu einem Stuhl. »Setz dich.«

»Dorian, ich bin es gewöhnt, mein Leben allein zu bewältigen.«

»Wunderbar. Dazu solltest du auch Montag wieder in der Lage sein.«

»Und was soll ich bis dahin tun?«, stieß sie hervor, während sie ihrer Schwäche nachgab und sich auf den Stuhl sinken ließ. »Ich bin es überdrüssig, im Bett zu liegen und Suppe zu löffeln. Ich bin es überdrüssig, ein Thermometer im Mund stecken zu haben und Aspirin hinunterzuspülen.«

»Launen sind ein erstes Zeichen der Besserung.« Er stellte ein Glas Saft vor sie hin. »Trink.«

»Du bist gut darin, Befehle zu erteilen.«

»Und du bist grauenhaft schlecht darin, sie auszuführen.«

Sie sah ihn finster an, nahm dann das Glas und leerte es. »Zufrieden?« Sie verstummte, als er ihr Gesicht umfasste.

»Nein, noch nicht.« Er konnte nicht widerstehen und strich mit dem Daumen über ihre Wange.

»Nicht.« Sie ergriff sein Handgelenk und schaffte es dann doch nicht, seine Hand wegzustoßen.

»Magst du Herausforderungen, Alana?«

»Nein«, antwortete sie fast verzweifelt. »Nein.«

»Ich schon.« Mit der anderen Hand strich er über ihr von der Dusche noch feuchtes Haar. »Ich finde sie fesselnd und manchmal sehr erregend.« Er hatte in der Nacht an Alana gedacht. Hatte an sie gedacht und an das, was er wollte. Er küsste sie zart. »Du erregst mich, Alana.«

»Hör auf.« Vergeblich versuchte sie, ihre Gefühle in Schach zu halten. »Die Kinder.«

»Wenn sie bisher noch nicht gesehen haben, dass ihre Mutter einen Mann küsst, dann wird es aber Zeit.«

Dieses Mal streiften seine Lippen ihre nicht nur, sie nahmen von ihnen Besitz. Seine Lippen waren weicher, wärmer und – irgendwie geduldiger, als sie sein sollten. Das kam unerwartet. Küsste so ein Mann eine Frau, die er begehrte und um die er sich sorgte? War es das, was sie bisher vermisst hatte, was sie sich, ohne es zu kennen, ersehnt hatte? Wenn es das war, dann würde sie nicht lange die Kraft haben, es zu bekämpfen. Ihr Widerstand brach langsam in sich zusammen, und zögernd öffnete sie sich ihm. Und wenn sich in ihrem Kopf alles drehte, dann war es das Fieber. Sie brauchte diese Entschuldigung.

Dorian spürte in ihr eine Art Unschuld, die er nicht erklären konnte, aber die ihn erregte. Er verstand diese plötzliche Erregung nicht, doch sie brannte in ihm. Er begehrte Alana. Er wollte in ihren Augen diese Mischung aus Leidenschaft und Angst sehen, wenn er sie berührte. Er wollte die langsame Verschmelzung ihres Körpers mit seinem fühlen. Er wollte die Beschleunigung ihres Atems hören, die ihm verriet, dass sie alles außer ihm vergessen hatte. Mochte sie ihre Spiele spielen, mochte sie ihn belügen, das zählte nicht, als sie sich dem Kuss ganz hingab.

»Ich möchte dich ins Bett bringen.« Er sagte es leise, die Lippen an ihren und dann zärtlich ihr Gesicht entlanggleitend.

»Dorian, ich …«

»Prüfst du Moms Temperatur?«

Alana riss sich los und starrte Chris sprachlos an. Er betrachtete sie und Dorian mit der ihm eigenen freundlichen Neugier.

»Mom küsst mich auch manchmal auf die Stirn, wenn ich Fieber habe. Kann ich etwas zu trinken haben?«

»Natürlich.« Alana suchte nach Worten. »Dorian hat gerade …«

»… deiner Mutter gesagt, dass sie zurück ins Bett soll«, kam Dorian ihr zu Hilfe. »Und du und Ben, ihr holt eure Jacken. Wir fahren in die Stadt. Wir müssen einige Sachen besorgen«, fuhr er betont gleichmütig fort. Er musste weg, weg von ihr, bis er sich wieder in der Gewalt hatte.

»Bekomme ich Kaugummis? Ohne Zucker«, fügte Chris hinzu, als er sich an seine Mutter erinnerte.

»Vielleicht.«

Chris ließ sein halb leeres Glas stehen und stürzte hinaus zu seinem Bruder.

»Du brauchst sie nicht mitzunehmen.«

»Ich mag Gesellschaft.«

Ihr Gefühl für Humor half ihr, die Spannung abzubauen. »Bist du schon einmal mit zwei Jungen in einem Geschäft gewesen?«

»Ich habe es dir doch gesagt«, er lächelte jetzt nicht, »ich liebe Herausforderungen.«

»Ja, das hast du.« Alana zwang sich zur Ruhe. »Sie werden versuchen, dich dazu zu überreden, doppelt so viel einzukaufen wie geplant.«

»Ich kann stur sein.«

»Sage aber nicht, ich hätte dich nicht gewarnt.«

Dann tobten Ben und Chris in die Küche herein, gespannt auf ihr nächstes Abenteuer.

Alana kämpfte mit sich. Es war einiges an Schreibkram zu erledigen, doch sie hatte kaum noch Kraft, sich auf den Beinen zu halten. Sie schloss schließlich einen Kompromiss mit sich selbst und nahm die notwendigen Papiere und Unterlagen mit ins Bett. Sie musste zumindest einige Rechnungen bezahlen und sich einen Überblick über ihren Kontostand verschaffen.

Im Haus war alles ruhig. Bevor Alana sich an die Arbeit machte, schaltete sie das Radio neben ihrem Bett ein. Wenn sie Rechnungen bezahlte und so ihren Schuldenberg verringerte, empfand sie immer eine eigentümliche Befriedigung. Das Haus kam für sie immer zuerst. Es war einfach die Sicherheit für sie und ihre Familie. Vierzehn Jahre und zwei Monate noch für das Haus.

Ihre Jungen würden dann Männer sein. Aber sie wollte, dass das Haus, in dem sie aufgewachsen waren, in ihrer Erinnerung ein Ort der Liebe, der Fröhlichkeit und der Verantwortung sein sollte. Und das war etwas, das sie ihnen nicht einfach durch die Bezahlung einer Rechnung geben konnte. Und auch dieses Verständnis wollte sie ihnen geben: Was man hat, zählt wenig im Vergleich zu dem, was man ist.

Sie stellte den monatlichen Scheck an Grover Stanholz mit einer Mischung aus Dankbarkeit und Unmut aus – dankbar dem Mann gegenüber, der ihr Geld geliehen hatte, Unmut darüber, dass die Schulden notwendig gewesen waren. Doch es half alles nichts, sie musste da durch. Und wenn sie einen guten Preis für die Fohlen erzielen würde, würde sie zumindest von einem Teil ihrer Schulden befreit sein.

Anschließend ging sie die Rechnungen durch. Einige konnte sie begleichen, andere mussten noch etwas warten. Als sie anschließend ihr Konto überrechnete, kam sie gerade noch auf ein Guthaben von 27,40 Dollar. Sie würde also ihre eiserne Notreserve angreifen müssen. Aber dazu legte man sich schließlich Notreserven an. Die Jungen brauchten neue Schuhe, und mit 27 Dollar war da nichts zu machen. Sie hatte also doch die richtige Entscheidung getroffen, als sie ihre Einwilligung für das Buch gegeben hatte. Mit dem Geld konnte sie sich über Wasser halten. Und wenn die Fohlen erst geboren waren …

Schluss jetzt. Entschlossen legte Alana die Papiere zur Seite. Sie durfte nicht in jeder wachen Minute an Geld denken.

Sie legte sich zurück und starrte an die Decke. Wann hatte sie eigentlich das letzte Mal einen Samstag frei gehabt? Sie musste über sich selbst lachen. Wie oft hatte sie sich das gewünscht, und nun war es ihr auch nicht recht, da sie nichts damit anzufangen wusste.

Ihr Blick fiel aufs Telefon. Sie zögerte, doch dann griff sie nach dem Hörer. Immerhin hatte sie gerade die meisten Rechnungen bezahlt, da konnte sie sich einen kleinen Luxus gönnen.

Alana wählte eine Nummer und wartete ungeduldig.

»Hallo.«

Sie lächelte. »Maddy.«

»Alana!« Das Nächste sprudelte nur so heraus. »Unglaublich. Gerade habe ich an dich gedacht. Muss wohl mal wieder einer von diesen Drillingsgeistesblitzen gewesen sein. Was ist los?«

»Ich habe Grippe und bemitleide mich selbst.«

»Lass es, das übernehme ich für dich. Ich wette, du hast auch nicht einmal eins von den Vitaminpräparaten genommen, die ich dir geschickt habe.«

»Doch.« Alana hatte fünf von den Pillen geschluckt, bevor sie ganz hinten im Schrank in Vergessenheit gerieten. »Außerdem fühle ich mich heute schon wieder etwas besser.«

»Und wie geht's den Krümelmonstern?«

»Wunderbar. Sie hassen die Schule, hassen sich oft gegenseitig, räumen nie etwas weg und bringen mich mindestens sechsmal am Tag zum Lachen.«

»Du bist zu beneiden.«

»Ich weiß. Erzähle mir von New York, ich möchte gern abschalten.«

»Letzte Woche hatten wir etwas Schnee. Es war wunderbar. An meinem freien Tag bin ich im Central Park spazieren gegangen. Es war wie im Märchenland. Selbst die Ganoven waren wie verzaubert.«

Es hatte keinen Sinn, Maddy zu sagen, sie solle nicht allein durch dieses Märchenland gehen. »Und wie läuft das Stück?«

»Es scheint ewig anzukommen. Weißt du auch, dass Mom und Dad kurz hier waren? Ich habe sie zwischen ihren Auftritten zu einem Abstecher nach Manhattan überredet. Dad hatte einen entsetzlichen Streit mit dem Choreographen.«

»Das kann ich mir vorstellen. Wie geht's ihnen?«

»Je älter wir werden, desto jünger werden sie. Ich weiß auch nicht, wie das funktioniert.« Die Pause war so knapp, dass niemand außer ihrer Schwester sie erahnen könnte. »Kommst du mit dem Buch voran?«

»Ja.« Sie bemühte sich um einen gleichgültigen Ton. »Um genau zu sein, der Schriftsteller ist schon hier.«

»Alles okay?«

»Alles okay.«

»Du hättest warten sollen, bis einer von uns hätte dabei sein können.«

»Unsinn. Aber ich vermisse euch, dich und Carrie und Mom und Dad. Und Terence.«

»Er hat mir ein Telegramm aus Marokko geschickt. Er hätte mein Foto einem Scheich gezeigt und zwölf Kamele für mich geboten bekommen. Sehr aufregend.«

»Hat er das Angebot angenommen?«

»Es würde mich nicht wundern. Alana, ich überlege mir, ob ich mit der Show aufhöre.«

»Warum? Du hast doch gesagt, sie könnte ewig laufen.«

»Ja. Darum. Ich bin jetzt schon ein Jahr dabei. Ich denke, es wird Zeit, etwas Neues zu machen. Also, Alana, ich muss jetzt los, zur Nachmittagsvorstellung. Halt die Ohren steif, Mädchen. Und gib den Jungen einen dicken Kuss.«

Nachdem sie den Hörer aufgelegt hatte, lehnte sich Alana zurück und sah im Geiste ihre Schwester, wie sie ihre Tasche ergriff, ihre Schlüssel suchte und dann, mit schon zehnminütiger Verspätung für die Maske, aus ihrer Wohnung stürzte. So war Maddy. Sie hatte sich einen Vertrag bei einem gefeierten Broadway-Musical erkämpft und dachte daran, aufzuhören, um sich in etwas Neues zu stürzen. Auch das war Maddy.

Und sie, sie musste jetzt die Wäsche machen. Mit einem kleinen Seufzer verließ Alana ihr Bett.

Eine Stunde später hatte Alana wenigstens eine der anstehenden Hausarbeiten hinter sich gebracht. Sie trug gerade den ersten Stapel ordentlich zusammengelegter Wäsche zur Treppe, als die Eingangstür aufgerissen wurde und zwei Jungen und ein Hund hereinstürzten.

»Sigmund!« Sie machte ein schnelles Ausweichmanöver, bevor der Hund sie und die frische Wäsche zu Boden werfen würde.

»Mom, Mom! Ich habe einen neuen Lastwagen.« Aufgeregt und den Mund voller Kaugummi, hielt Chris ihr ein glänzendes neues Auto hin.

»Hey, fantastisch.« Sie stellte den Korb ab, um es eingehend studieren zu können – so, wie es von ihr erwartet wurde.

»Und ich habe ein Flugzeug bekommen.« Ben sprang um sie herum, um ihre Aufmerksamkeit auf sich zu lenken.

»Lass sehen.« Alana nahm es, um es ordnungsgemäß würdigen zu können. »Sieht sehr schnell aus.«

Dorian, beladen mit Einkaufstüten, trat herein. »Im Auto sind noch mehr Tüten, Freunde.«

Nachdem die Jungen, den Hund auf den Fersen, hinausgestürmt waren, lächelte Alana. »Du kannst stur sein, wie?«

»Und solltest du nicht im Bett sein?«

»War ich auch.« Sie folgte Dorian in die Küche. »Dorian, es ist sehr nett von dir, den Jungen Sachen zu kaufen, aber du sollst dich nicht von ihnen unter Druck setzen lassen.«

»Leicht gesagt«, murmelte er. Er wollte ihr gegenüber nicht zugeben, dass es ihm Spaß gemacht hatte, ihnen ein paar Plastikspielsachen zu kaufen. »Insgesamt habe ich mich aber tapfer geschlagen. Ich glaube, Ben wollte eigentlich ein Raumschiff.«

»Das stand schon auf seiner Weihnachtswunschliste.« Sie griff in die erste Tüte und zog eine Packung Vanilleplätzchen mit Cremefüllung heraus. »Mm. Und Schokoladeneiscreme.«

»Zufällig mag ich das.« Schnell nahm er ihr die Süßigkeiten aus der Hand.

»Rate mal, was noch.« Chris mühte sich mit einer Lebensmitteltüte herein. Alana rettete die Tüte, stellte sie auf die Anrichte und nahm Chris auf den Arm.

»Was denn?«

»Wir haben eine Überraschung.« Er verschränkte seine Füße um ihre Taille und lachte.

»Du darfst es nicht erzählen.« Ben erschien mit der letzten Tüte, wobei er sich bemühte, nichts von der Anstrengung zu verraten, die ihm das Tragen verursachte.

»Ich verstehe. Nun, ihr habt so hart gearbeitet, da habt ihr euch ein anständiges Essen verdient.«

»Wir haben schon gegessen.« Ben setzte die Tüte ab und schielte nach den Plätzchen. »Hamburger.«

»Und Pommes frites«, fügte Chris hinzu.

»Und jetzt will ich die Aufkleber auf mein Flugzeug kleben. Komm, Chris.«

Dem Befehl des großen Bruders folgte Chris unverzüglich. Er rutschte von Alanas Arm und stürmte hinter Ben her.

Alana machte sich ans Auspacken, ihre Aufmerksamkeit galt aber Dorian. »Ich bin etwas überrascht«, begann sie. »Du machst nicht gerade den Eindruck, als könntest du jetzt eine Erholung gebrauchen. Im Gegenteil, du wirkst, als hättest du Spaß gehabt.«

»Habe ich auch.« Er schloss die Schranktür und drehte sich um. »Überrascht?«

»Ja.« Chuck hatte nie Spaß mit den Kindern gehabt. Er war ihnen gegenüber immer leicht gereizt und verärgert gewesen. »Die meisten Männer – Junggesellen – sehen in einem Einkaufsbummel mit Kindern nicht unbedingt einen Grund zum Lachen.«

»Du verallgemeinerst.«

»Ich habe dich noch nie gefragt, ob du selbst Kinder hast.«

»Nein. Meine Ex-Frau war Model. Sie hatte keine Zeit für Kinder.«

»Es tut mir leid.«

Er lächelte aufgeräumt. »Wofür?«

»Scheidung – das ist meist eine unangenehme Erfahrung.«

»In diesem Fall war die Ehe die unangenehme Erfahrung. Sie hat auch nur eineinhalb Jahre gedauert.«

»Aber Scheidung ist immer auch das Eingeständnis, Fehler gemacht zu haben, gescheitert zu sein.«

Sie meinte gar nicht ihn. Er stellte die Milch in den Kühlschrank und fragte sich, ob ihr bewusst war, wie durchsichtig sie manchmal war. »Die Ehe ist gescheitert, nicht ich.«

Sie schüttelte ihre Gefühle ab. »Wahrscheinlich ist es einfacher, wenn keine Kinder beteiligt sind.«

»Ich weiß nicht. Wenn eine Ehe schlecht ist, dann ist sie schlecht. Es ist niemandem damit gedient, wenn man etwas anderes vortäuscht.« Er musterte sie. Sie machte gerade einen zu beschäftigten Eindruck. Er legte eine Hand auf ihre Stirn. »Das Fieber ist gesunken.«

»Ich habe dir doch gesagt, dass ich mich besser fühle.«

»Gut. Denn wenn wir wieder anfangen, will ich, dass du im Vollbesitz deiner Kräfte bist. Wenn möglich, spiele ich lieber fair.«

»Und wenn nicht?«

»Dann geht es eben nicht. Glaubst du an Regeln, Alana?«

»Natürlich.«

»Es gibt kein ›natürlich‹. Menschen stellen Regeln auf. Dann halten sie sich daran oder sie missachten sie. Kluge Leute lassen sich von ihnen nicht einengen. Jetzt muss ich noch etwas aus dem Wagen holen.«

Unzufrieden mit ihm und der Situation, nahm Alana wieder ihren Korb und ging in ihr Zimmer. Welche Verdachtsmomente hatte Dorian hinsichtlich ihrer Ehe? Sie hatte sie nicht als den Himmel auf Erden geschildert, aber sie hatte das Bild von Normalität und Zufriedenheit vortäuschen wollen. Chucks Untreue hätte sie nicht verbergen können, dafür war das von den Klatschspalten zu sehr ausgewalzt worden. Sie hatte jedoch geglaubt, sie könnte das Thema niederspielen. Nie war ihr der Gedanke gekommen, Dorian könnte vielleicht herausfinden, dass nur wenige Wochen vor Chucks letztem Rennen die Scheidung aufgesetzt worden war.

Er hat es bestimmt nicht herausgefunden, redete sie sich zu, als sie aus ihrem Fenster sah. Er hatte keinen Grund gehabt, ihren Anwalt danach zu fragen, und der wäre sowieso zum Schweigen verpflichtet gewesen.

Vor fast fünf Jahren hatte sie sich mit der Frage quälen müssen, wie sie ihren Kindern erzählen sollte, dass sie deren Vater verlassen würde. Stattdessen hatte sie ihnen erzählen müssen, dass ihr Vater tot war. Chris hatte nichts verstanden. Er hatte seinen Vater kaum gekannt und hatte überhaupt keine Vorstellung vom Tod. Aber Ben hatte es verstanden. Sie hatten zusammen in ihrem Bett geweint, wo sie so viele Nächte zuvor allein gelegen hatte.

»Mom.« Ben riss, ohne anzuklopfen, die Tür auf. »Du musst jetzt herunterkommen. Die Überraschung ist fertig.«

Sie betrachtete ihn, wie er mit einem vor Aufregung geröteten Gesicht in der Tür stand. Dann ging sie zu ihm und drückte ihn heftig an sich. »Ben. Ich habe dich sehr lieb.«

Überrascht und verwirrt lachte er auf. Und da ihn niemand beobachten konnte, drückte er sie auch, so fest er konnte, an sich. »Ich habe dich auch lieb, Mom.«

Dann ging sie in die Hocke und kitzelte ihn am Hals. »Was für eine Überraschung?«

»Sage ich nicht.«

»Ich kann dich zum Sprechen bringen. Ich weiß, wie du mich bitten würdest, mir doch alles, was du weißt, erzählen zu dürfen.«

»Mom!«, schrie Chris ungeduldig von unten. »Wir können nicht anfangen, bevor du kommst, sagt Dorian.«

Sagt Dorian, dachte sie mit einem Seufzer. Ben nutzte den Augenblick aus, in dem sie abgelenkt war, riss sich frei und polterte die Treppe hinunter. Amüsiert folgte Alana ihm und fand alle im Wohnzimmer, über ein Videogerät gebeugt. »Was ist denn das?«

»Dorian hat es geliehen.« Chris kletterte auf die Couch und sprang darauf herum. »Damit kann man Kinofilme spielen.«

»Ich weiß.« Sie sah zu Dorian hinüber.

»Er hat gesagt, weil wir nicht ins Kino können, könnten wir es uns ins Haus holen. Wir haben ›Warriors in Space‹ ausgeliehen.«

Sie kriegte Chris, während er hochsprang, zu fassen. »›Warriors in Space‹?«

»Ich bin überstimmt worden«, meldete sich Dorian. »Im hinteren Raum hatten sie einige wirklich interessante Filme.«

»Darauf möchte ich wetten.«

»Das hier habe ich auch ausgeliehen.« Er reichte ihr eine zweite Videokassette.

»›Lawless‹«, sagte sie halblaut. »Carries Durchbruch. Sie war wirklich wunderbar in diesem Film.« Die Kassette in der Hand reichte aus, um ihr die Schwester ganz nah zu bringen und um sie daran zu erinnern, dass sie nie wirklich allein gewesen war. »Merkwürdig, vor ein paar Stunden habe ich mit Maddy gesprochen, und jetzt das.«

»Können wir Carrie auch ansehen?« Ben war fast außer sich beim Gedanken an solch außergewöhnliche Vergnügungen. »Ich möchte gern sehen, wie sie dem Kerl in den Hut schießt.«

Alana zögerte und kämpfte mit sich. Beide Jungen sahen sie mit gespannter Ungeduld an. Dorian hatte nur eine Braue hochgezogen und wartete. Schließlich gab sie nach. »Sieht so aus, als bräuchten wir jetzt Popcorn.«

Dorian lächelte verschmitzt, da er genau wusste, was sich in ihrem Kopf abgespielt hatte. »Machst du es?«

Zwanzig Minuten später hatten sie es sich auf dem Sofa bequem gemacht und sahen die erste Laser-Weltraum-Schlacht aus einer ganzen Serie davon. Wie gewöhnlich fieberte Ben aufseiten der bösen Gegenspieler. Chris' Fingerchen verspannten sich auf Alanas Arm, und sie beugte sich zu ihm und flüsterte ihm etwas ins Ohr, worüber er lachen konnte.

Alles ist so entspannt und einfach, dachte Alana, während der Film lautstark weiterlief. An einem unfreundlichen Samstagnachmittag Filme gucken und selbst gemachtes Popcorn essen – es erschien so unglaublich normal und einfach. Entspannt legte sie den Arm auf die Lehne des Sofas. Dabei berührte ihre Hand Dorians. Zunächst wollte sie sie zurückziehen, doch dann sah sie zu ihm hinüber.

Er beobachtete sie über die Köpfe ihrer Söhne hinweg. Die Fragen, die immer in seinen Augen zu stehen schienen, waren noch da, aber Alana hatte sich daran gewöhnt. Und an ihn. Er hatte diese Nachmittagsatmosphäre für sie und ihre Kinder geschaffen. Und vielleicht hatte er es auch für sich selbst gemacht. Und vielleicht war es nur das, was wirklich zählte. Mit einem Lächeln verschlang sie die Finger mit seinen.

Dorian war solch einfache Gesten von Frauen nicht gewöhnt. Sie hatte einfach nur gelächelt und seine Hand genommen, ohne Koketterie oder Zweideutigkeiten. Wenn er ihre Geste so deuten könnte, wie sie gemeint war, ohne sein Misstrauen Frauen gegenüber, würde er sagen, es war ganz einfach ein Dankeschön.

So musste es sein, wenn man eine Familie hatte. Lärmerfüllte Wochenenden mit klebrigen Kindergesichtern, alltäglicher Hausarbeit und einem mit Spielzeug übersäten Wohnzimmer. Ein warmes Lächeln von einer Frau, die glücklich zu sein schien, dass man da war. Tausend Fragen aus Kindermündern, die nach Antworten verlangten. Und Zufriedenheit von der Art, die ohne Lichtorgeln und heiße Musik auskam.

Er hatte immer eine Familie gewollt. Er hatte sich einmal eingeredet, dass er Shannon mehr gewollt hatte – Shannon mit ihrem schlanken Körper und dem dunklen, verhangenen Blick. Sie hatte etwas in seinem Innern berührt … Ihn angeheizt, das stimmte schon eher, gestand sich Dorian ein. Sie hatten sich kennengelernt, sich geliebt, geheiratet – ein einziger sexueller Taumel. Sie hatten beide im Extremen gelebt und es genossen. Irgendwie war es alles richtig gewesen und irgendwie unglaublich falsch. Sie hatte immer mehr gewollt, mehr Geld, mehr Sinneskitzel, mehr Glanz. Und er … Er wollte verdammt sein, wenn er wusste, was er gewollt hatte.

Aber wenn er der Frau, die zwei Kinder von ihm entfernt saß, glauben und vertrauen könnte, dann könnte es sie gewesen sein.

7. Kapitel

Eine Menge liegen gebliebener Arbeiten halfen Alana zu vermeiden, dass sie während des Vormittags Dorian begegnete. Schon früh hörte sie das Klappern seiner Schreibmaschine. Es war ein gleichmäßiges Klappern, dessen Fluss nicht von schöpferischen Pausen unterbrochen wurde. Offensichtlich war es reine Routine für ihn, im Leben anderer Menschen herumzugraben und es dann zu Papier zu bringen.

Der Klang erinnerte sie daran, dass das Wochenende nur eine Verschnaufpause gewesen war. Jetzt war Montag, sie war wieder gesund, und die Fragen würden wieder beginnnen. Sie wünschte, sie könnte die Zuversicht von vor einer Woche erneuern, als sie noch fest daran geglaubt hatte, dass sie nur die Fragen beantworten würde, die sie beantworten wollte.

Die Alltagsroutine beruhigte sie – das Geklapper des Frühstücksgeschirrs, der Geruch von Kaffee, die übliche gehetzte Suche nach einem unauffindbaren Handschuh, bis sie ihre Söhne antrieb, damit sie den Schulbus erreichten. Wie jeden Morgen sah sie ihnen nach. Ihre Kinder. Diese zwei angehenden Männer, die in Wollmützen den Weg hinunterrannten, waren ihre. Es war faszinierend, wunderbar und ein wenig beängstigend. Aber was auch immer geschah, was ihr auch immer im Leben noch zustoßen mochte, dieses Wunder ihrer Kinder konnte ihr niemand nehmen.

Auf dem Weg zum Stall hörte sie etwas später ein Motorengeräusch und ging zurück, um zu sehen, wer die Auffahrt hinter dem Haus heraufgefahren kam. Es war Mr. Petrie mit seinem Lastwagen.

»Ma'am.« Er lächelte sie strahlend an und spuckte dann seinen Priem Kautabak aus, nachdem er aus der Kabine gesprungen war.

»Mr. Petrie. Was für eine wunderbare Überraschung! Sind Sie auch wirklich wieder auf dem Damm, um arbeiten zu können?«

»Sicher, topfit.«

Und so sah er auch aus. Unter seinen Stoppeln zeigte sich eine gesunde, windgegerbte Gesichtsfarbe. Er war kaum größer als Alana, war dabei aber robust und unglaublich behände. Er trug alte, schwarze, bis über die Knöchel geschnürte Stiefel.

»Wenn Ihre Frau Sie wieder hinausgelassen hat, dann können Sie sicher schon wieder etwas Heu aufladen.«

»Diese alte Nörglerin«, sagte er liebevoll. »Sie hat mich eine Woche lang mit Senfpflastern geärgert.« Seine kleinen, etwas kurzsichtigen Augen verengten sich. »Sie sehen aber etwas kränklich aus.«

»Mir geht es gut. Ich wollte mir gerade den Stall vornehmen.«

»Wie geht's den Ladies?«

Gemeinsam gingen sie zum Stall. »Wunderbar. Der Tierarzt war da. Eve und Gladys werden wohl Mütter werden, bevor die Woche um ist.«

Petrie spuckte wieder aus. »War Jorgensen da?«

»Ja. Er ist sehr interessiert.«

»Lassen Sie sich von dem alten Pferdedieb nicht übers Ohr hauen.«

»Mich haut niemand übers Ohr.«

Er kannte sie seit fünf Jahren und arbeitete seit fast zwei für sie, und er glaubte ihr. Mochte sie auch wie aus einem der

Magazine entschlüpft aussehen, die seine Frau auf dem Tisch liegen hatte, so war sie doch zäh. Eine alleinstehende Frau musste das sein.

»Sie bringen jetzt die Pferde hinaus und striegeln sie, während ich die Ställe säubere.« Als Alana widersprechen wollte, schnitt er ihr einfach das Wort ab. »Sie scheinen mir etwas Sonne gebrauchen zu können. Außerdem muss ich das Essen wieder abarbeiten, das meine Frau mir aufgezwungen hat. Na, Sweetheart.« Er streichelte Eves Kopf, den sie über die Tür ihrer Box streckte. Seine schwieligen Hände konnten zart wie die eines Lautenspielers sein. »Der alte Petrie ist wieder da.« Er zog eine Mohrrübe aus der Tasche und hielt sie Eve hin.

Dann ging er zur nächsten Box und begrüßte die zweite Stute gleichermaßen. »Wissen Sie, Miss Rockwell, wenn ich es mir leisten könnte, hätte ich auch eine Stute wie diese.«

Sie kannte seine finanziell bedrückende Situation, und wie immer bedrückte es sie, dass sie ihm nicht mehr zahlen konnte. »Ich hätte keine, wenn Sie mir nicht geholfen hätten.«

Mit einem kurzen Auflachen ging er zum nächsten Pferd. »Damals waren Sie eine Anfängerin. Aber ich glaube, jetzt sind Sie gar nicht mehr so ungeübt.«

Aus seinem Mund war das ein unglaubliches Kompliment. Beschwingt führte Alana die Pferde hinaus und striegelte sie in der Sonne.

Dorian beobachtete Alana vom Fenster. Sie sang. Er konnte zwar nichts hören, doch die Art, wie sie sich bewegte, verriet es ihm. Ihre Handschuhe lagen auf einem Pfosten, und sie fuhr mit bloßen Händen über die Flanke des Wallachs. Wie würde es sich anfühlen, wenn diese Hände über seine Haut strichen, wenn sie ohne Zurückhaltung seinen Körper erregten und erforschten? Würde Alana Rockwell dann diesen verträumten Blick in den Augen haben? Er war sich nicht sicher, glaubte aber, dass sie ihn jetzt hatte.

Wenn er klug war, hielt er sich von ihr fern.

Ihr Gesicht hatte von der frühen Morgenluft und der warmen Sonne seine Blässe verloren. Ihr Gesicht wäre auch nicht blass, wenn er sie lieben würde. Es wäre von der Erregung und Leidenschaft gerötet. Er konnte sich direkt vorstellen, wie sich ihre Haut an seiner rieb. Er spürte direkt die samtene Glätte, die jetzt unter dicken Wintersachen geheimnisvoll verborgen war.

Er wollte Alana langsam ausziehen, während sie ihn dabei ansah, ihn begehrte, auf ihn wartete. Allein der Gedanke daran ließ seinen Puls in die Höhe schnellen.

Er hatte schon viele Frauen begehrt. Körperliches Begehren kam und ging, das war nur natürlich. Und nur weil er sich jetzt für Alana entbrannte, nur weil er jetzt am Fenster stand und sie mit einer wahnsinnig heftigen Leidenschaft beobachtete, bedeutete das noch lange nicht, dass er sie auch morgen noch wollte. Leidenschaft regierte nicht das Leben – nicht die Leidenschaft für Geld, für Macht und bestimmt nicht die für eine Frau.

Trotzdem beobachtete er sie weiter, ohne auf die Zeit zu achten. Er beobachtete sie, wie sie die Pferde wieder in den Stall führte, und wartete dann eine ganze Weile, bis sie wieder herauskam. Und dann, offensichtlich impulsiv, aus der Laune heraus, schwang sie sich auf den großen Wallach, den sie Jay nannte. Ohne Sattel, nur mit Halfter, lenkte sie das Pferd von der Koppel weg den engen, unebenen Pfad hinauf, der in die Berge führte.

Er wollte das Fenster aufreißen und ihr zurufen, den Unsinn zu lassen. Er wollte sie beim Reiten beobachten. Er sah, wie ihre Schenkel sich fest an die Flanken des Pferdes pressten. Und dann, als die Sonne ihr Gesicht umschmeichelte, sah er den Ausdruck grenzenlosen Entzückens.

Sie preschte mit dem Wallach den Pfad hoch und wieder hinunter, und wie gebannt beobachtete Dorian sie weiter. Ihr Haar wehte um ihr Gesicht. Und als sie schließlich wieder zu Boden sprang, wusste er, dass sie lachte. Wieder streichelte sie das Pferd. Dorian fragte sich, welche süßen Worte sie ihm zuflüsterte.

Ein Mann verlor seinen Verstand, wenn er auf ein Pferd eifersüchtig wurde. Dorian wusste das, doch er blieb am Fenster stehen. Sie verschwand wieder im Stall. Er ermahnte sich, endlich wieder an die Arbeit zu gehen, doch er wartete.

Sie kehrte mit dem Hengst zurück, der launisch und ungeduldig tänzelte. Das Tier war wunderschön. Es hatte den Kopf hochgeworfen und einen arroganten Blick in seinen Augen, den Dorian selbst vom Fenster aus sehen konnte. Und es war ungebärdig. Als Alana sein Hinterbein hob, um den Huf zu säubern, zog das Pferd es zweimal ruckartig zurück. Und dann hielt Dorian den Atem an, als das Pferd heftig austrat. Alana wich aus und nahm ruhig das andere Bein. Er konnte ihr sanftes Schelten direkt hören, so wie es auch war, wenn einer der Jungen einen Wutanfall bekam.

Verdammt, wer war sie? Er presste die Handflächen an die Scheibe, als wollte er Alana zwingen, aufzublicken und ihm zu antworten. Wenn sie sich nicht verstellte, warum die Lügen? Wenn sie wirklich so ehrlich und anständig war, wie sie sich gab, wie konnte sie da überhaupt lügen?

Sie log, und sie würde weiterhin lügen, bis es ihm gelang, sie zu stellen. Heute, versprach er sich selbst, während er sie beobachtete, wie sie das weiche schwarze Fell des Hengstes striegelte. Heute, Alana.

Es war nach elf Uhr, als Alana ins Haus zurückkehrte. Dorian hatte mittlerweile den familiären Hintergrund von Rockwell und seine ersten Jahre als Profirennfahrer ausgearbeitet.

Alana hörte ihn die Treppe herunterkommen, sah aber von den Vorbereitungen zum Frühstück nicht hoch. »Guten Morgen. Kaffee ist fertig.«

»Danke.«

Als er zum Herd ging, warf sie ihm einen Blick zu. Er hatte sich nicht rasiert. Das vermittelte ihr immer einen merkwürdigen Druck im Magen – vielleicht wegen der Vorstellung, dieses raue Gesicht an ihrem zu spüren.

»Mr. Petrie ist wieder da. Ein oder zwei freie Tage hätte er wohl noch brauchen können. Aber er hat die Pferde vermisst.«

»Bist du draußen fertig?«

»Ja.«

»Gut.« Er ging mit seinem Kaffee zur Frühstücksbar, zündete sich eine Zigarette an und ließ den Kassettenrekorder laufen. »Wann habt ihr, du und Rockwell, den Entschluss zur Scheidung gefasst?«

Klatschend flog ein Ei auf den Boden, fast teilnahmslos begann Alana, es aufzuwischen.

»Soll ich die Frage wiederholen?«

»Nein.« Ihre Stimme klang gedämpft, gewann aber dann an Festigkeit. »Nein, aber es würde mich interessieren, woher du diese Idee hast.«

»Lori Brewer.«

»Ich verstehe.« Alana wusch sich die Hände.

»Sie hat mit deinem Mann ein Verhältnis gehabt.«

»Das ist mir bekannt.« Übertrieben sorgfältig trocknete sie sich die Hände.

»Sie war nicht die Erste.«

116

»Das ist mir auch bekannt.« Sie ging zum Herd und goss sich einen Kaffee ein.

»Hast du Eis in deinen Adern, Lady?« Als sie ihn nur ruhig ansah, stachelte es ihn nur noch mehr an. »Dein Mann hat mit so ziemlich jeder Frau geschlafen, die unter seine Decke kriechen konnte. Er war Weltmeister darin, dich zu betrügen. Lori Brewer war nur die Letzte von vielen.«

Wollte er sie verletzen? Glaubte er, er könnte sie treffen? Das war schon lange vorbei. Sie fühlte nichts als eine vage Neugier über den Ärger, den sie in Dorians Blick erkannte. »Wenn wir beide es wissen, warum sollen wir dann darüber sprechen?«

»Wollte er dich wegen ihr abschieben?«

Sie nahm einen Schluck Kaffee. Es beruhigte ihre Nerven. »Chuck hat mich nie um die Scheidung gebeten.« Sie trank erneut und spürte wohltuend die Wirkung des heißen Kaffees. »Obwohl es sehr wohl möglich ist, dass er Lori Brewer erzählte, er habe es getan.«

Das war die Wahrheit. Sein Instinkt sagte ihm, dass sie dieses Mal die reine Wahrheit sprach. Doch das machte das Ganze nur noch schwieriger. »Sie ist keine dumme Frau. Sie hat angenommen, dass sie und Rockwell heiraten würden, bevor das Jahr um sei.«

»Ich kann doch zu ihren Gedanken nun wirklich nicht Stellung nehmen.«

»Wozu kannst du dann Stellung nehmen?« Sein Ärger wuchs, er ließ sich von ihm mitreißen. Vielleicht konnte Wut endlich ihre Mauern einreißen helfen. »Sag mir eins: Was für ein Gefühl war es, zu wissen, dass dein Mann dir nicht treu war?«

Sie hatte gewusst, dass die Frage kommen würde. Sie hatte sich darauf vorbereitet. Aber jetzt fiel ihr die Antwort irgendwie nicht leicht. »Chuck und ich … wir haben uns gegenseitig verstanden.« Wie platt das klang, wie dumm und unecht. »Ich … nun, ich wusste, dass er unter enormem Druck stand. Monat für Monat auf den Rennstrecken sein …«

»… ist ein Freibrief, den Druck, auf welche Art auch immer, abzulassen?«

Alana war nicht so ruhig, wie sie eigentlich sein wollte, aber sie hatte sich immer noch unter Kontrolle. »Ich spreche nicht von einem Freibrief oder gar von einer Entschuldigung, Dorian. Aber es ist ein Grund.«

»Von dir getrennt zu sein und der Zwang, auf der Rennpiste siegen zu müssen, ist deiner Meinung nach ein Grund für die Frauen, die Gelage und die Drogen gewesen?«

»Drogen?« Alana wurde totenblass. Und wenn der Schock, den er in ihren Augen bemerkte, nicht echt war, dann wäre sie diejenige unter den Drillingen, die nach Hollywood gehörte. »Ich weiß wirklich nicht, wovon du sprichst.«

»Ich spreche von Kokain.« Seine Stimme war schneidend und hart, die Stimme eines Reporters. Er versuchte, sich nicht dafür zu hassen.

»Nein.« Plötzlich klang Verzweiflung aus ihrer Stimme. Sie hielt sich an der Bar fest, und ihre Knöchel traten weiß hervor. »Nein, das glaube ich nicht.«

»Alana, ich habe es aus vier verschiedenen Quellen.« Seine Stimme war weicher geworden. Sie litt. Sie mochte ihn vorher belogen haben, doch dieser Schmerz war echt.

»Das kannst du nicht schreiben. Du darfst nicht. Die Kinder.« Sie legte die Hände vor die Augen. »Gütiger Himmel, was habe ich getan?«

Er nahm sie beim Arm. »Setz dich.« Sie schüttelte den Kopf, doch er zog sie zum Stuhl. »Setz dich, Alana.«

»Du kannst das nicht schreiben. Du kannst auch nicht beweisen, dass es stimmt. Wenn du das in dem Buch bringst, ziehe ich meine Einwilligung zurück. Ich reiche eine Klage ein.«

»Du solltest dich jetzt erst einmal beruhigen.«

»Beruhigen?« Verzweifelt sah sie ihn an. »Du hast mir gerade eröffnet, dass Chuck …« Sie schluckte und riss sich zusammen. »Stell das ab«, sagte sie ruhig und wartete, bis die Kassette anhielt. »Falls Chuck – falls – er Drogen genommen hat, habe ich es nicht gewusst.«

»Hättest du es wissen müssen?«

Sie schloss die Augen. Ein Gefühl von Schwäche stieg in ihr auf und schnürte ihr die Kehle zusammen. »Nein.«

»Es tut mir leid.« Er berührte ihre Hand und verfluchte sich sofort selbst, als sie sie zurückzog. »Es tut mir leid. Seine Mutter wusste es. Ich weiß, dass sie ihn zu einem Entzug überreden wollte.«

Ein entsetzlicher Gedanke schoss ihr plötzlich durch den Kopf. »Das letzte Rennen. Das Unglück.«

»Er war drogenfrei.« Er spürte direkt ihre Erleichterung. »Er hat nur die Kurve zu schnell genommen.«

Sie nickte und straffte die Schulter. »Dorian, ich will dich um keine Gefälligkeit bitten, aber ich möchte dich daran erinnern, dass zwei unschuldige Kinder mitbetroffen sind. Wenn du darüber ein Wort veröffentlichst, finde ich Wege, um dir das Handwerk zu legen, selbst wenn ich mich deswegen mit Janice zusammentun müsste.«

»Wie viel willst du vertuschen, Alana?«

Sie sah ihn entschlossen an. »Frage lieber, wie viel ich tun würde, um meine Kinder zu schützen.«

»Wenn ein Stein ins Rollen gekommen ist, dann rollt er. Es wäre klüger gewesen, das Buch von Anfang an zu verhindern.«

»Reicht dir denn der Sex nicht?«, stieß sie hervor. Verzweifelt suchte sie nach einem Strohhalm. »Musst du diese schmutzige Sache auch bringen? Kannst du den Jungen nicht wenigstens einen Rest von Achtung ihrem Vater gegenüber lassen?«

»Willst du, dass ich ein Märchenbuch schreibe?« Er hätte es ihr verübeln müssen, dass er sich verantwortlich fühlte, aber er konnte nicht. Sie sah so verloren und hilflos aus. »Alana, es ist zu spät, das Buch jetzt zu stoppen. Der Verleger würde dich verklagen, nicht andersherum. Sage mir doch die Wahrheit. Vertraue mir und erzähle.«

»Dir vertrauen?« Sie starrte ihn an und wünschte, sie könnte in sein Inneres sehen. »Aber mir bleibt wohl keine andere Wahl, nicht wahr?«, fragte sie.

»Nein.«

Sie wartete kurz, bis sie sich wieder stark genug fühlte. »Stell den Rekorder wieder an.« Sie entzog sich ihm, nicht nur Zentimeter, sondern Meilen. Als sie wieder zu sprechen begann, sah sie ihn mit keinem Blick an. »Chuck hat in meiner Gegenwart nie Drogen genommen. Wir waren vier Jahre lang verheiratet, und ich habe ihn nie Drogen nehmen sehen. Ich glaube auch nicht, dass er jemals welche genommen hat. Chuck war Athlet, und er hat sehr auf Körperdisziplin geachtet.«

»Während deiner Ehe habt ihr nur selten zusammengelebt.«

»Das stimmt. Jeder von uns hatte gewisse Verantwortungen, sodass es nicht anders ging.«

»Meiner Meinung nach hattet ihr eher Verantwortungen, die euch hätten zusammenhalten müssen.«

Sie überhörte das. Sie wollte nicht wieder die Beherrschung verlieren. Sie musste jetzt Zugeständnisse machen und das kleinere Übel wählen. »Um auf deine frühere Frage zurückzukommen … Chuck war oft allein. Er war attraktiv, und Frauen sind bei jedem Rennen dabei.«

»Du hast das akzeptiert?«

»Ich habe akzeptiert, dass Chuck nicht treu sein konnte. Für eine Ehe sind zwei Menschen verantwortlich. Und in gewissen Bereichen konnte ich ihm nicht geben, was er brauchte.«

»Wovon sprichst du?«

Sie musste ihren Stolz jetzt zur Seite schieben. »Ich war erst achtzehn, als wir heirateten. Auch wenn ich aus dem Showgeschäft stamme und immer unterwegs war, bin ich sehr beschützt aufgewachsen. Ich war noch Jungfrau, als ich Chuck heiratete, und er hat mir oft gesagt, ich sei weiterhin eine geblieben. Ich habe im Bett versagt, darum hat er sich anderweitig umgesehen. Das war vielleicht nicht in Ordnung, aber es war nur natürlich.«

»Hör auf, dich so zu demütigen.«

Sie hörte die kaum unterdrückte Wut in seiner Stimme und sah ihn an. »Du wolltest Antworten, ich gebe sie dir. Chuck hat mit anderen Frauen geschlafen, weil seine Frau ihn nicht befriedigen konnte.«

»Zum Teufel damit! Du musst ein Idiot sein, wenn du das glaubst.«

»Dorian, ich weiß, was sich in meinem Schlafzimmer abspielte, du nicht.«

»Ich weiß, was sich in dir abspielt.«

»Du hast mich gefragt, ob ich Eis in den Adern hätte. Ich antworte dir.«

»O nein.« Er zog sie von ihrem Stuhl herunter. »Jetzt wirst du …«

Dorian zog Alana dicht an sich. Sein Mund lag auf ihrem, heiß und heftig, bevor sie auch nur daran denken konnte zu protestieren. Die Erregung stieg in ihr auf und kämpfte mit dem heftigen Bedürfnis des Selbstschutzes. In Dorians Art lag etwas Zügelloses und Beängstigendes. Seine Hände in ihrem

Haar waren nicht zärtlich, sondern verrieten eher wütendes Besitzergreifen. Langsam gab sie ihm nach.

Er hatte sich die Nacht über nach ihr verzehrt, den Morgen über, aber das jetzt hatte er nicht erwartet. Ihr Körper war wie ein Bogen angespannt, der sich gegen die Leidenschaft, die er deutlich in ihr aufsteigen fühlte, widersetzte. Ihre Finger gruben sich in seine Schultern. Er konnte fast ihr Herz in ihrer Kehle hämmern hören. Es war Angst, Erregung und Lust.

Und dann entspannte sie sich. Ihre Lippen wurden weich, und ihr Körper schmiegte sich an seinen.

Ihr Herzschlag ließ nicht nach. Er verstärkte sich sogar noch, als sie langsam ihre Arme um ihn schlang. Er spürte den leisen Kitzel ihres Atems an seinen Lippen. Und er strich ihr durchs Haar, zärtlich und beruhigend, weil sie es zu brauchen schien. Die explosive Flamme in ihm war ausgegangen, doch die Glut war noch da. Er spürte grenzenlose Zärtlichkeit.

»Lass uns nach oben gehen, Alana«, sagte er leise an ihrem Ohr, dann an ihrem Mund. »Komm mit mir nach oben.«

Sie wollte es. Doch diese Tatsache versetzte ihr einen Schock. Sie hatte sich mittlerweile eingestanden, dass sie sich von ihm angezogen fühlte, doch etwas ganz anderes war es, mit einem Mann ins Bett zu gehen. »Dorian, ich …«

»Ich will dich.« Seine Lippen fuhren über ihr Kinn. »Und du weißt es.«

»Ja.« Ihre Stimme war ohne Festigkeit, ihr Körper schien einen eigenen Willen zu haben. Sie durfte es nicht zulassen, dass sie ein zweites Mal mit geschlossenen Augen in etwas hineinstolperte. »Bitte, Dorian, ich kann einfach nicht. Ich bin noch nicht so weit.«

»Du willst mich.« Er ließ seine Hände langsam über ihren

Körper gleiten, über ihre Hüften und hoch zu ihren Brüsten. »Ich fühle es genau.«

»Ja!« Sie konnte es nicht verleugnen. »Aber ich brauche mehr.« Sie ergriff seine Hand und legte sie auf ihre Wange. »Und ich brauche Zeit.«

Dorian legte seine Hand unter ihr Kinn. Ihre Wangen waren gerötet, ihre Augen waren dunkel, und Unsicherheit stand in ihnen. »Ich frage mich, wie schlimm er dich durcheinandergebracht hat.«

»Nein.« Sie schüttelte den Kopf. »Das hat nichts damit zu tun, was zwischen Chuck und mir gewesen ist.«

»Du glaubst das nicht, und ich glaube es auch nicht. Du misst alles an ihm. Früher oder später wirst du erkennen, dass du mich nicht mit ihm vergleichen kannst.«

»Ich denke nicht an Chuck, wenn ich dich küsse. Ich denke dann überhaupt nicht. Ich kenne mich einfach in all diesen Spielen nicht aus, Dorian. Das ist auch der Grund, warum ich schon einmal in ein solches Chaos geraten bin.«

Er verstärkte seinen Griff. »Ich bin an Spielen nicht interessiert. Und ich bin auch nicht an deinen Selbstvorwürfen interessiert. Lass uns ein Abkommen treffen.«

Sie fuhr sich mit der Zunge über die Lippen und wünschte, sich sicherer fühlen zu können. »Was für ein Abkommen?«

»Du erzählst mir die Wahrheit. Die Wahrheit«, wiederholte er und legte die Hände auf ihre Schultern. »Ich schreibe das Buch objektiv. Die Schuld wird dann dort sein, wohin sie auch gehört.«

Von ihm klang es so einfach, aber er hatte ja auch nichts zu verlieren. »Ich weiß nicht, ob ich das kann, Dorian. Ich muss an die Kinder denken. Manchmal tut die Wahrheit weh.«

»Und manchmal reinigt sie«, gab er zurück. »Alana, auf die eine oder andere Art werde ich alles herausfinden.« Das war eine Drohung, und sie wussten es beide. »Du solltest darüber nachdenken. Wäre es nicht besser, ich würde es von dir erfahren? Ich will deinen Kindern nicht wehtun.«

Sie fühlte sich in die Enge getrieben. »Nein, das glaube ich auch nicht. Aber du und ich, wir könnten unterschiedlicher Meinung darüber sein, was das Beste für sie ist.«

Er fuhr sich mit der Hand über das Gesicht und ging in der Küche auf und ab. Er hatte langsam das Gefühl, dass es überhaupt nicht mehr um das Buch ging. Er wollte die Wahrheit von ihr, über sie. Und er wollte sie für sich selbst. Vielleicht wollte er sie auch für sie.

»Okay, du gibst mir die richtige Geschichte, die wahre Geschichte, ohne all die kleinen Ausweichmanöver. Ich schreibe sie. Und bevor ich sie zur Veröffentlichung ausliefere, gebe ich sie dir zum Lesen. Wenn es ein Problem gibt, lösen wir das. Das Manuskript wird erst dann freigegeben, wenn wir beide zufrieden sind.«

Sie zögerte. »Willst du das wirklich?« Unsicher machte sie einen Schritt auf ihn zu. »Also gut.« Wieder ein Abkommen, dachte sie. Hoffentlich konnte sie das besser einhalten als das, was sie mit sich selbst geschlossen hatte.

»Er hat dich verletzt.«

Dorian sagte es ruhig, und Alana antwortete ebenso ruhig. »Ja, das hat er.«

Es machte ihn wütend, nein, rasend. Er konnte es sich nicht erklären, und er wusste, dass ihm das nicht helfen würde, die Wahrheit zu finden. »Setz dich doch wieder.«

Sie nickte und setzte sich, ihre Hände gefaltet, und ihr Gesichtsausdruck war ruhig.

»Alana, du und Rockwell, ihr hattet ernsthafte Eheprobleme.«

»Ja.« Jetzt schien es so leicht, das auszusprechen. So, wie er gesagt hatte, reinigend.

»Wegen der anderen Frauen?«

»Zum Teil. Chuck brauchte mehr, als ich ihm in vielen Bereichen geben konnte. Und ich brauchte wohl mehr, als er mir geben konnte. Er war kein schlechter Mann.« Die Worte kamen schnell und mit Nachdruck. »Das musst du verstehen. Er war wahrscheinlich kein guter Ehemann, aber er war kein schlechter Mann.«

Dorian zog es vor, sich hierbei ein eigenes Urteil zu bilden. »Warum hast du damit aufgehört, ihn auf Reisen zu begleiten?«

»Ich war mit Ben schwanger. Ich weiß nicht, ob das eine bequeme Entschuldigung oder ein echter Grund war. Auf alle Fälle ist mir das Reisen schwergefallen. Damals lebten wir bei seiner Mutter in Chicago. Zuerst … zuerst war er oft zu uns herübergeflogen. Ich denke, er war glücklich, vielleicht auch ein wenig stolz, Vater zu werden. Jedenfalls war er aufmerksam mir gegenüber, wenn er zu Hause war, und er hat mich ermutigt, in Chicago zu bleiben und mich zu schonen. Er hat sich bemüht, sich wirklich bemüht, mir das schwierige Verhältnis, das zwischen seiner Mutter und mir bestand, zu erleichtern.«

Alana erinnerte sich an diese Wochen und Monate in dem luxuriösen Haus in Chicago, an lange untätige Vormittage und ruhige Nachmittage. Es erschien ihr wie ein Traum, aber einer mit äußerst scharfen Kanten.

»Ich war zufrieden. Ich habe das Kinderzimmer eingerichtet und habe angefangen zu stricken. Ich war nicht gut darin.« Bei der Erinnerung an ihre verpfuschten Versuche musste sie über sich selbst lachen. »Ich dachte, alles sei in Ordnung. Und dann fand ich eines Tages eins von diesen Klatschblättchen auf meinem Bett. Ich habe mich immer gefragt, ob Janice es dort gelassen hatte. Es gab ein Bild von Chuck mit einer wunderschönen Frau und einen kurzen, hässlichen Artikel.«

Sie sah aus dem Fenster und beobachtete, wie der Wind die Baumkronen leicht niederdrückte. »Ich saß in diesem Haus, dick, unförmig, im achten Monat schwanger. Ich fühlte mich zerbrochen, betrogen, und war sicher, die Welt gehe unter. Am Wochenende kam Chuck nach Hause. Ich habe ihm das Blatt vor die Füße geworfen und eine Erklärung verlangt.«

»Hat er dir eine gegeben?«

»Er war aufgebracht, dass ich diesem Klatsch glaubte. Er nannte es ein Schmutzblatt und warf es ins Feuer. Er hat sich nicht gerechtfertigt, und so war ich plötzlich in der Position, mich entschuldigen zu müssen. Verstehst du?«

Er konnte sie sich in der Situation gut vorstellen, und sein Ärger wurde nur noch heftiger. »Ja, ich verstehe.«

»In einem Monat sollte das Baby kommen, und ich hatte plötzlich schreckliche Angst. Ich beschloss, Chuck zu glauben, obwohl ich genau wusste, dass er log – ich konnte es von seinem Gesicht ablesen. Ich habe die Lüge akzeptiert. Verstehst du?« Warum fragte sie das laufend? Warum war es so wichtig? Sie presste kurz die Finger an die Schläfen und schwor sich, nicht wieder zu fragen. »Ich glaube, es hat ihn nur verletzt, dass ich es akzeptiert habe.«

»Du meinst, wenn du es auf eine Kraftprobe hättest ankommen lassen, hätte es aufgehört?«

»Ich weiß es nicht.«

»Und es gab andere Frauen.«

»Ja, es gab andere. Chuck und ich haben ja nicht unter normalen Bedingungen zusammengelebt, und unsere körperliche Beziehung hatte für ihn an Wert verloren. Er war ein Mann, der Siege brauchte. Und wenn er gesiegt hatte, brauchte er neue. Du musst verstehen, er war schon als Kind einem enormen Erfolgsdruck ausgesetzt gewesen – immer der Beste, immer die Nummer eins zu sein.« Müde seufzte sie. »Darum musste er sich laufend die Bestätigung verschaffen, dass er der Größte sei. Und ich glaube, ich konnte ihm das nicht geben. Als Ben geboren wurde, glaubte ich – hoffte ich, dass wir uns irgendwo fest niederlassen würden. Aber ich wusste – oder hätte, als ich Chuck geheiratet habe, wissen müssen –, dass er das noch nicht konnte. Dann gab es einen hässlichen Skandal mit einer seiner Frauen. Sie hat mir Briefe geschrieben und gedroht, sich umzubringen, wenn Chuck sie nicht heiraten würde. Chuck war darüber sehr aufgebracht. Und dann haben wir diese Farm gekauft. Es war ein Versuch, es wiedergutzumachen.«

»Du hast ihn nicht mehr zu den Rennen begleitet?«

»Nein. Zunächst habe ich mich darauf konzentriert, aus diesem Haus ein Zuhause zu machen. Ich brauchte eins.« Sie betrachtete den Rauch von Dorians Zigarette, der langsam zur Decke aufstieg. »In der Zeit, nachdem Ben geboren war und bevor ich mit Chris schwanger war, habe ich allmählich erkannt, dass unsere Ehe nicht funktionierte, dass sie eigentlich nie funktioniert hatte. Chuck kam nach Hause. Er hatte in Italien gewonnen. Er wollte die Farm wieder verkaufen. Wir hatten eine schreckliche Auseinandersetzung. Während wir einander anschrien, kam Ben auf seinen kleinen unsicheren Beinchen herein. Das hat Chuck noch mehr aufgeregt. Er schrie Ben an, der anfing zu weinen.«

Bei der unglücklichen Erinnerung fuhr sich Alana durchs Haar. »Ben war knapp ein Jahr alt. Ich habe die Beherrschung verloren und Chuck aufgefordert zu gehen. Er stieg in seinen Wagen und fuhr davon. Ich habe Ben beruhigt und ihn dann zum Schlafen hingelegt. Es war schon spät, und ich habe nicht mit Chucks Rückkehr gerechnet. Doch er kam zurück.« Ihre Stimme war so leise, dass Dorian Mühe hatte, sie zu verstehen. Er erkannte, dass sie nicht mehr zu ihm sprach, sondern die Schatten der Vergangenheit wieder Realität wurden. »Er hatte getrunken. Er trank sonst nicht viel, weil er es nicht gut vertragen konnte, aber dieses Mal war er sehr betrunken. Wir stritten uns wieder. Er warf mir vor, ich sei nie eine Frau, noch weniger eine Geliebte gewesen. Er sagte, ich kümmere mich nur um Ben und die Farm. Dann meinte er, es sei Zeit, dass ich endlich lernte, was ein Mann von einer Frau erwarte. Er warf mich aufs Bett, und dann … hat er mich vergewaltigt«, sagte sie mit ausdrucksloser Stimme, während Dorian sie anstarrte. »Dann weinte er wie ein Baby. Vor dem Morgengrauen verließ er das Haus. Einige Wochen später stellte ich fest, dass ich schwanger war.«

Mit fahrigen Bewegungen fuhr sie sich wieder durchs Haar. »Das ist wahr, Dorian. Das ist die Wahrheit.« Sie musterte ihn. »Soll ich Chris erzählen, dass er in der Nacht gezeugt worden ist, als sein Vater mich mit Gewalt genommen hat? Ist das die Wahrheit, die ich meinem Sohn schulde?«

Sie wartete nicht auf eine Antwort, sondern erhob sich langsam und verließ den Raum.

8. Kapitel

Fast grollend starrte Dorian auf die Schreibmaschine, aber er konnte nichts zu Papier bringen. Die Wörter waren da, fest in seinem Kopf eingegraben. Das Gefühl war da, es brannte noch in ihm. Er konnte sich noch ganz klar und deutlich an alles erinnern, was am Nachmittag und Abend geschehen war.

Nachdem Alana die Küche verlassen hatte, hatte er einfach nur den Kassettenrekorder angestarrt, der weiterlief. War er schockiert? Er hatte die rosafarbene Brille schon vor Jahren abgenommen. Er wusste, wie hässlich das Leben sein konnte, wie gewalttätig. Er hatte in Schicksalen herumgegraben und die Wunden, die Narben und die Geheimnisse gefunden. Sie schockierten ihn nicht, und sie berührten ihn schon lange nicht mehr.

Aber er war lange in der Küche sitzen geblieben, in der immer noch der Duft des Kaffees hing. Und er litt, weil er sich daran erinnerte, wie blass ihr Gesicht und wie ruhig ihre Stimme gewesen war, als sie ihm die Geschichte erzählt hatte. Er hatte sie dann allein gelassen, da er wusste, sie brauchte das Alleinsein.

Er war in die Stadt gefahren. Abstand, verordnete er sich selbst, würde sicher helfen. Ein Journalist brauchte Abstand, genauso wie er intimste Kenntnisse brauchte. Gerade die Kombination davon konnte einer Geschichte erst die Wahrheit, die Kraft geben. Und war es nicht schließlich immer die Geschichte, die zuerst kam?

Die Luft hatte sich erwärmt und kündigte den März an. Bald würde der Frühling sich unaufhaltsam Bahn brechen. Und wenn der Frühling zu Ende ging, sollte das Buch fertig sein. Wie, das war ihm allerdings überhaupt nicht mehr klar.

Bei seiner Heimkehr hatten die Jungen im Hof mit dem Hund gespielt. Es war ein großes Gejage, Geschrei und Gebell gewesen. Vom Wagen her hatte Dorian sie eine Zeit lang gedankenverloren beobachtet, bis Chris zu ihm herüberrannte und ihn zu ihrem Spiel einlud.

Selbst jetzt, Stunden später, sah Dorian noch das strahlende Gesicht von Chris vor sich, wie er ihn mit großen, unschuldigen Augen angesehen hatte. Ganz vertrauensvoll hatte der Kleine seine Hand ergriffen und ihm von seinen aufregenden Erlebnissen in der Schule erzählt.

Sie waren um das Haus herumgelaufen und in die Küche. Alana hatte am Herd gestanden. Als sie sich umwandte, trafen sich ihre Augen und ließen einander nicht los. Er hatte Spannung erwartet, aber sie kam nicht auf, auch nicht während des Essens oder später, als sie ein Brettspiel mit den Kindern spielten. Dann wurden die Kinder ins Bett geschickt, und auch Alana zog sich in ihr Zimmer zurück.

Seitdem hielt sich Dorian in seinem Zimmer auf, ohne Ruhe und Entspanntheit finden zu können. Er hatte eine packende Geschichte, die er nur aufzuschreiben brauchte. Sie enthielt alles: Liebe, Betrug, Sex, Gewalt. Und sie war nicht erdacht, sie war wirklich.

Er erinnerte sich daran, wie vertrauensvoll die kleine Hand in seiner gelegen hatte.

Fluchend erhob sich Dorian vom Schreibtisch. Er konnte einfach nicht. Er konnte es einfach nicht schwarz auf weiß zu Papier bringen, was Alana ihm erzählt hatte. Selbst wenn er es noch so vorsichtig formulieren würde, es würde immer hässlich und unverzeihlich bleiben. Und das Kind war so unschuldig und vertrauensvoll.

Sein in Jahren ausgereiftes Jagdgespür als Reporter, sein Können, das seine Biographien so lebensnah und packend gemacht hatte, drängten ihn zur Wahrheit. Doch dazwischen drängte sich ihm das Bild eines kleinen Jungen mit einem schelmischen Lächeln auf, der ihm die Arme entgegenstreckte. Er erinnerte sich an Ben, der allein in düsterer Stimmung mit seinen Spielzeugfiguren auf dem Bett saß. Und er erinnerte sich an Alana, die ihre Finger mit seinen verschlungen und ihm ein Gefühl von Harmonie vermittelt hatte.

Dorian fuhr sich durchs Haar. Es hatte keinen Sinn, sich etwas vorzumachen. Er steckte mitten in einem schweren inneren Kampf. Er hatte die erste, die grundsätzliche Regel eines jeden Reporters überschritten: sich gefühlsmäßig nicht einzulassen. Nun, er steckte mittendrin, und er hatte keine Ahnung, wie er da herauskommen sollte.

Zum Teufel, musste er überhaupt wieder herauskommen?

Entschlossen verließ Dorian sein Zimmer, überquerte den Korridor und klopfte an Alanas Tür.

Alana saß an einem kleinen Schreibtisch und schrieb einen Brief. Sie blickte hoch und schob ihr Schreibzeug zur Seite, als hätte sie Dorian erwartet.

»Wir müssen reden.«

»Gut. Schließ die Tür.«

Er schloss sie. Jetzt gab es keine Barriere zwischen ihnen, keinen Kassettenrekorder, der einem Gespräch eine unpersönliche Note geben konnte. Was jetzt gesagt werden würde, war nur zwischen ihnen beiden – für sie beide.

Das Zimmer strahlte Ruhe und Weiblichkeit aus – so wie sie. Falls es hier einmal Gewalttätigkeiten gegeben hatte, so war davon nichts mehr zu spüren. Sie hatte es verbannt, weil sie ihr Leben und das ihrer Kinder nicht davon zerstören lassen würde. Indem sie ihm die Tatsachen offenbart hatte, hatte sie ihn auch verantwortlich gemacht. Sie hatte sein Mitgefühl geweckt und damit sein Verantwortungsgefühl.

»Alana, ich kann nicht schreiben, was du mir heute Nachmittag erzählt hast.«

Tiefe Erleichterung erfasste sie. Sie hatte gehofft und vertraut, aber sie hatte nicht sicher sein können. »Danke.«

»Sei nicht dankbar. Ich werde vieles schreiben, das dir nicht gefallen wird.«

»Ich glaube, es macht mir allmählich nicht mehr so viel aus. Weißt du, ich habe immer gedacht, die Kinder würden ein Bild brauchen, zu dem sie aufblicken, um zu sagen: ›Das ist mein Vater‹. Doch je mehr ich darüber nachdenke, desto mehr bin ich davon überzeugt, dass es wichtiger für sie ist, auf sich selbst stolz sein zu können.«

»Warum hast du es mir erzählt?«

Alana sah ihn an. Sie hatte in diesem Mann Freundlichkeit gefunden, wo sie keine erwartet hatte. Er hatte ihr bei ihrer Arbeit geholfen, obwohl er nichts damit zu tun hatte. Er verhielt sich ihren Kindern gegenüber herzlich und großzügig. Er hatte für sie gesorgt, als sie krank war. Sie hatte den weichen Kern unter seiner rauen Schale entdeckt und hatte sich darin verliebt. Leise seufzend ergriff Alana ihren Stift und ließ ihn gedankenverloren von einer Hand in die andere gleiten.

»Ja, warum? Als ich erst einmal angefangen hatte zu erzählen, kam alles wie von selbst. Wahrscheinlich musste ich es nach all diesen Jahren einfach einmal laut aussprechen.«

»Du hast es deiner Familie nicht erzählt?«

»Nein. Man erlebt nacheinander ganz unterschiedliche Empfindungen – Scham, Selbstvorwurf, Zorn. Ich musste sie zuerst verarbeiten.«

»Warum bist du denn bloß bei ihm geblieben?« Er dachte wieder an Geld, an die Frau in Nerz und Diamanten. Doch er wollte nicht mehr glauben, dass das der Grund gewesen war.

Sie blickte auf ihre Hände nieder. »Nachdem es geschehen war, war Chuck verzweifelt. Ich dachte, wir könnten diese schreckliche Nacht irgendwie vergessen. Und eine Zeit lang gelang es uns auch fast. Dann wurde Chris geboren. Chuck konnte ihn nicht ansehen, ohne sich zu erinnern. Er lehnte das Baby ab, weil es ihn immer daran erinnerte, auf welche Weise es empfangen wurde, weil Chris ihn seine eigene Schwäche nicht vergessen ließ.«

»Und du? Was empfindest du, wenn du Chris ansiehst?«

Das Lächeln kam langsam. »Er war ein so schönes Baby. Er ist immer noch schön.«

»Du bist eine bemerkenswerte Frau, Alana.«

Überrascht sah sie ihn an. »Nein. Ich bin eine gute Mutter, aber das ist nichts Bemerkenswertes. Ich war keine gute Ehefrau. Chuck brauchte jemanden, der für den Augenblick lebte, jemanden, der mit ihm durchs Leben raste. Ich war dafür zu langsam.«

»Was hast du gebraucht?«

Nun sah sie ihn verblüfft an. »Ich weiß nicht, was ich damals gebraucht habe, aber ich bin jetzt mit dem zufrieden, was ich habe.«

»Reicht das? Die Kinder, das Haus?« Er trat zu ihr. »Ich dachte, du wolltest mir die Wahrheit sagen?«

»Dorian.« Er sollte nicht so nah sein. Sie konnte nicht denken, wenn er so nah bei ihr stand. »Ich weiß nicht, welche Antwort du auf die Frage erwartet hast.«

»Nein?« Er nahm ihre Hand und zog Alana von ihrem Stuhl hoch. Er spürte, wie ihre Finger zitterten, und verstärkte seinen Griff. »Ich will nicht, dass du Angst vor mir hast.«

»Das habe ich nicht.«

»Ich will nicht, dass du Angst vor dem hast, was zwischen uns ist.«

»Ich kann nichts dafür. Dorian, tu es nicht.« Sie legte ihre freie Hand auf seinen Arm. »Ich will einfach nicht in ein Gefühlschaos schlittern. Ich hoffe, wir sind Freunde.«

»Über den Punkt sind wir doch schon hinaus.« Er zog zärtlich ihre Hand an seine Lippen. »Hat dich jemals jemand richtig geliebt?«

Panik stieg in Alana auf. »Ich – ich habe zwei Kinder.«

»Das ist keine Antwort.« Er drehte ihre Hand um und presste seine Lippen auf ihre Handfläche. Ihre Finger waren verspannt. »Gab es jemanden außer Chuck?«

»Nein, ich …«

Er musterte sie scharf. »Niemand?«

Sofort war die Scham, das Eingeständnis ihres Versagens da. »Nein. Eine körperliche Beziehung bedeutet mir einfach nicht viel.«

Wie wirkungsvoll Rockwell sie gedemütigt hat, dachte Dorian. Wut stieg in ihm auf, und er unterdrückte diesen Impuls. Sich auf kein Gefühl einzulassen … wie weit entfernt er davon war! Er wollte ihr beweisen, dass es anders sein konnte. Vielleicht zum ersten Mal wollte er auch daran glauben.

»Warum lässt du es mich nicht selbst herausfinden?«

»Dorian …« Die Worte blieben ihr in der Kehle stecken, als seine Lippen zart ihre Schläfen berührten. Sie fühlte seinen Atem.

»Du willst mich doch, Alana?« Noch nie hatte er bewusst versucht, eine Frau zu verführen. Die Frauen waren immer zu ihm gekommen, erfahren und erwartend. Konnte er überhaupt vorsichtig genug, zärtlich genug und gut genug sein?

»Ja.« Sie legte den Kopf zurück und sah ihn an. »Aber ich weiß nicht, was ich dir geben kann.«

»Lass das meine Sorge sein.« Er gab sich selbstbewusster, als er sich gerade selbst fühlte. »Du brauchst nur zu nehmen, du musst gar nichts geben.«

Dorian küsste Alana behutsam. Sie hob die Arme und ergriff ihn bei den Handgelenken. Dieser Augenblick des Zögerns, der Offenbarung ihrer Verletzlichkeit, berührte ihn in einer unerwarteten Weise. Der Lichtschein fiel über ihr Gesicht, als er den Kopf beugte und zärtlich an ihren Lippen knabberte. Sie spürte, wie sich der Pulsschlag in seinen Handgelenken erhöhte, und verstärkte ihren Griff. Er wollte sie, er begehrte sie wirklich. Die panische Angst verstärkte sich in ihr, dass sie sie beide enttäuschen würde. Er zog sie näher. Sie versteifte sich.

»Entspann dich, Alana«, murmelte er mit einem Feingefühl, das er bisher nicht von sich gekannt hatte. Beruhigend streichelte er sie, bis er spürte, wie sie sich gehen ließ. Zögernd, wie als Versuch, legte sie die Arme um seine Taille. Die Süße dieser Geste nahm ihm fast den Atem. Bisher hatte es ihn nie danach verlangt. Doch jetzt, nachdem er es erfahren hatte, wollte er es nie mehr missen.

Langsam und behutsam liebkoste er sie nur mit dem Mund, und sie öffnete sich ihm nach und nach. Er spürte, wie sie auf seinem Rücken die Hände ballte und wieder öffnete. Als ihre Lippen an seinen weicher wurden, verstärkte er seine Liebkosungen. Ihr Atem wurde unregelmäßig, und sie stöhnte verhalten auf.

Er ließ die Hände unter ihren Pullover gleiten. Als sie zusammenzuckte, streichelte er sie wieder und flüsterte Versprechungen, von denen er nur hoffte, sie auch einhalten zu können. Ihre Haut war weich. Sinnliches Begehren erfasste ihn fast schmerzhaft. Doch er beherrschte sich mit aller Kraft.

Zentimeter um Zentimeter hob er ihren Pullover hoch, bis er ihn leicht über ihren Kopf ziehen konnte, und ließ ihn sachte zu Boden fallen.

Die Angst kehrte zurück. Sie sah die Umgebung wie durch einen Schleier, sie konnte nicht mehr klar denken. Und musste sie das nicht? Wie sollte sie sich schützen, wie sollte sie ihm geben können, was er erwartete, wenn sie nicht denken konnte? Doch seine Hände fühlten sich so wunderbar auf ihrer Haut an. Kräftig, geduldig, er berührte sie, wo sie so sehr berührt werden wollte. Vielleicht, wenn er fordernd werden würde, würde sie erstarren, doch im Augenblick konnte sie nur die Hitze fühlen, die in ihr entfacht wurde.

Dann führte Dorian sie zum Bett. Angst stellte sich in alter Stärke wieder ein.

»Dorian …«

»Leg dich mit mir hin, Alana. Leg dich einfach nur mit mir hin.«

Sie sah alles um sich herum mit überdeutlicher Klarheit, die Tapeten, die gedrechselten Bettpfosten, die weiße Decke. Und sein Gesicht. Ihre Nerven waren zum Zerreißen gespannt. Sie kämpfte dagegen an und erinnerte sich daran, dass sie kein junges, unerfahrenes Mädchen, sondern eine Frau war.

»Das Licht. Könnten wir …«

»Ich will dich sehen.« Er küsste sie wieder mit geöffneten Augen. »Ich will, dass du mich siehst. Ich werde dich lieben, Alana. Das ist nichts, was in der Dunkelheit getan werden sollte.«

»Er… erwarte nicht zu viel.«

»Erwarte nicht zu wenig.« Und dann brachte er sie zum Schweigen.

Sein tiefer Kuss ließ sie schwindeln. Ihr Körper, von den Schauern angstvoller Erwartung angespannt, wurde von sinnlicher Lust erhitzt. Sie stöhnte. Sie spürte – wie sie es sich einst vorgestellt hatte – seine rau kratzende Wange an ihrer. Ihr Puls schlug einen Rhythmus, der in ihrem Kopf widerhallte.

Alana machte ihn verrückt. Wie ihr Körper sich anspannte, bebte und sich entspannte, wie ihre Hände suchten, zögerten und streichelten. Er hatte nicht gewusst, dass er sie so heftig begehrte. Nun, da sie so warm, so hingebungsvoll unter ihm lag, wusste er, dass er zuerst an sie denken musste und erst dann an seine eigenen Bedürfnisse.

Und so offenbarte er ihr die Liebe. Rastlos, aber nie rücksichtslos, streichelte er sie immer wieder, spürte, wie sie sich ihm entgegenbog, hörte ihren erregten Atem. Er sog die Glut ein, die ihr Körper ausstrahlte, den weiblichen Duft, in dem ein Mann ertrinken konnte. Der Schein des Lichts fiel über ihr Gesicht, sodass er Überraschung, Genießen und Verlangen sich vermischen und verbinden sah. Ungeduldig zog er sein Hemd aus, um ihre Haut an seiner zu fühlen.

Sein Körper war kräftig und hart, doch seine Haut war glatt. Sie ließ ihre Finger über sie gleiten, spürte, wie sich seine Muskeln anspannten. Kraft. Sie hatte immer Kraft gebraucht, aber sie hatte sie nur in sich selbst gefunden. Einfühlsamkeit. Sie hatte sich einmal danach verzehrt, aber dann hatte sie es aufgegeben, darauf zu hoffen. Nun hatte sie sie gefunden. Leidenschaft. Sie hatte sie gewollt, sie ersehnt und es dann aufgegeben, wie etwas, ohne das sie auskommen musste. Hier war sie, umhüllte sie, entfaltete sich in ihr. Dorian stöhnte ihren Namen, und der Klang seiner Stimme ließ sie sich noch schwindliger fühlen.

Mit den Lippen liebkoste er ihre Brüste. Ihre Bauchmuskeln spannten sich an, als er mit der Zunge Kreise um die

Brustspitze zog. Unwillkürlich presste sie eine Hand gegen seinen Hinterkopf und bewegte sich sinnlich unter ihm. Mit Zähnen, Zunge und Lippen bereitete er ihr eine fast nicht auszuhaltende süße Qual.

Dorian öffnete den Reißverschluss ihrer Jeans, doch Alana bemerkte es nicht einmal. Sie fühlte die Bewegungen seiner Hände und den Stoff der Jeans, als er sie ihr auszog. Sie wollte seinen Namen flüstern, doch als seine Zunge über ihren Schenkel fuhr, brachte sie nur ein Stöhnen hervor.

Sie war unglaublich schön. Ihr Körper war schlank und fest, ihre Beine lang, ihre Hüften schmal. Es war kaum vorstellbar, dass sie Mutter von zwei Kindern war. In seiner Vorstellung war sie irgendwie unberührt geblieben. Dann begann er herauszufinden, zu welchen Höhen er sie bringen konnte. Und wie schnell.

Die erste Welle erfasste sie mit unkontrollierbarer Geschwindigkeit. Hilflos und benommen schrie Alana unterdrückt auf. Ihr war, als würde ihr Körper sich füllen, dann brannte er, dann war er leer. Sie wollte sich aufrichten und Dorian umfassen, nur um von ihm auf eine neue Woge gebracht zu werden, die noch höher als die vorhergehende war.

Sie schnappte nach Luft, als Empfindungen in ihr pulsierten, die sie noch nie erfahren hatte. Ob es Bezeichnungen für diese Empfindungen gab? Hatte schon einmal jemand Worte gefunden, die diese Gefühle richtig beschrieben? Ihre Haut war so empfindlich, dass selbst eine zarte Berührung seiner Fingerspitzen Schwindelgefühle in ihr erzeugten.

Er wollte sie so sehen, so ihrer eigenen Lust ausgeliefert. Als er in sie glitt, weiteten sich ihre Augen. Er sah das erstaunte Entzücken in ihnen, ehe sie ihn fester an sich zog.

Ihre Hüften bewegten sich ganz im Rhythmus ihrer Lust und brachten den Rest seiner Kontrolle zum Erliegen, der er sich ihretwegen unterworfen hatte. Ihre Finger gruben sich in seinen Rücken, ihre Nägel kratzten seine Haut. Sie spürte es nicht. Und sehr bald auch er nicht mehr.

So war es noch nie gewesen. Niemand hatte Alana sich bisher so vollkommen, so bedeutend, so lebendig fühlen lassen. Es waren Türen geöffnet, Fenster aufgemacht worden, und die Luft, die hereinströmte, war wunderbar.

Sie wollte Dorian das erzählen, aber sie fürchtete, er würde sie für töricht halten. Stattdessen legte sie eine Hand auf sein Herz. Es schlug gleichmäßiger als ihres, doch es schlug kräftig.

So war es noch nie gewesen. Niemand hatte Dorian bisher so wirklich, so kraftvoll, so offen fühlen lassen. Sie hatte ein Licht in seinem Kopf entzündet, und es schien hell und klar.

Er wollte Alana das erzählen, aber er fürchtete, sie würde das für Phrasendrescherei halten. Stattdessen zog er sie an sich.

»Nicht sehr körperlich, wie?«

»Was?«

»Du hast gesagt, das Körperliche bedeute dir nichts.«

Sie legte das Gesicht an seine Schulter. Ihr Duft war da. Es war ein merkwürdiges und doch wunderbares Gefühl, ihren eigenen Duft an seiner Haut haftend zu entdecken. »Ich war nie besonders gut in den – den Techniken.«

»Techniken? Was soll das denn heißen?«

»Nun …« Verlegen brach sie ab. »Im Sex«, fuhr sie dann entschieden fort und erinnerte sich daran, dass sie eine reife Frau war.

»Wir hatten keinen Sex«, erwiderte er einfach. »Wir haben uns geliebt.«

»Das ist doch nur eine Frage von Begriffen.«

»Verdammt, nein. Entzieh dich mir jetzt nicht. Ich bin nicht Chuck. Sieh mich an, sieh mich richtig an.« Er griff sie fest bei den Schultern. »Was erwartest du, Alana? Eine Beurteilung deiner Leistung?«

»Nein.« Sie errötete. »Natürlich nicht.«

»Frage dich doch einfach, wie es für mich war.« Er setzte sich und zog sie mit sich hoch. »Ist es dir nie in den Sinn gekommen, dass Chuck vielleicht gar nicht der umwerfende Liebhaber gewesen ist, als der er von den Klatschblättern dargestellt wurde? Hast du jemals daran gedacht, dass das, was sich zwischen euch beiden in diesem Bett abgespielt – oder auch nicht abgespielt – hat, seine Schuld war?«

Nein, natürlich nicht. »Aber all die anderen Frauen …«, begann sie und verstummte dann.

»Ich will dir etwas verraten. Es ist unglaublich einfach, jede Nacht mit einer anderen Frau seine Nummer abzuziehen.« Voller Reue erinnerte er sich selbst an all die Male. »Man braucht nicht zu denken, man braucht nicht zu fühlen. Es ist unwichtig, ob die Frau ihren Himmel auf Erden erlebt. Man verschafft sich seine Befriedigung, sonst nichts. Wenn man aber einen Partner hat, dem man Versprechungen macht, den man glücklich machen will, dann ist es etwas ganz anderes. Es braucht Zeit und Einfühlung und Geduld, bis alles richtig stimmt.«

Als Alana ihn ansah, strich Dorian ihr durchs Haar. »Im Augenblick will ich nicht an Chuck denken müssen. Und ich will auch nicht, dass du an ihn oder sonst jemanden denkst. Konzentrier dich nur auf mich.«

Etwas verunsichert berührte sie seine Wange. »Du bist das Beste, was mir seit Langem passiert ist. Du lässt mich eine Menge Dinge sehen, von denen ich dachte, ich müsste sie hinter Schloss und Riegel lassen. Ich bin dir dankbar.«

»Ich habe es langsam satt, dir zu sagen, dass du dich nicht immer bedanken sollst.« Doch dabei strich er ihr zärtlich über die Schulter.

»Es war das absolut letzte Mal.« Sie schlang die Arme um ihn und hielt ihn fest. Sie fühlte sich geborgen. »Du darfst jetzt nicht lachen.«

Er küsste ihre Schulter. »Mir ist nicht nach Lachen zumute.«

»Ich fühle mich, als hätte ich gerade in einer schweren und wichtigen Disziplin gesiegt.«

Er lachte auf, was ihm sogleich einen Klaps auf den Rücken einbrachte. »Wie Salto rückwärts?«

»Ich habe gesagt, nicht lachen.«

»Entschuldigung.« Blitzschnell rollte er sich auf sie. »Du wirst nirgends siegen – ohne Übung.«

Diese verspielten Neckereien waren ganz neu für Alana, und sie genoss sie. Sie küsste ihn. »Dorian?«

»Hm?«

»Ich habe den Himmel auf Erden erlebt.«

Er lächelte. Sie fühlte es. Dann betrachtete er sie, und sie sah es. »Ich auch.« In diesem Augenblick hörte er das Schluchzen. »Was, zum …«

»Chris.« Augenblicklich war Alana aus dem Bett. Sie holte einen Morgenmantel aus dem Schrank, warf ihn über und war aus dem Zimmer, bevor Dorian auch nur nach seiner Jeans greifen konnte.

»O Baby.« Alana eilte in Chris' Zimmer. Der Kleine hatte sich unter der Decke verkrochen und schluchzte herzzerrei-ßend. »Was ist los?«

»Sie waren grün und hässlich.« Er schmiegte sich in die Si-cherheit bietenden Arme seiner Mutter und nahm ihren ver-trauten Geruch wahr. »Sie sahen aus wie Schlangen und waren hinter mir her. Und ich bin in ein Loch gefallen.«

»Was für ein schrecklicher Traum.« Sie wiegte ihn beruhigend. »Aber jetzt ist alles in Ordnung, okay? Ich bin ja da.«

Er schnüffelte noch, entspannte sich aber. »Sie wollten mich in kleine Stücke schneiden.«

»Schlecht geträumt?« Dorian stand zögernd in der Tür, unsicher, ob er vielleicht fehl am Platze sei.

»Hässliche, grüne Schlangen«, erklärte Alana, während sie Chris in den Armen wiegte.

»Wow, so richtig gefährliche?«

Chris schniefte noch einmal, nickte und rieb sich die Augen. Ob fehl am Platze oder nicht, Dorian konnte nicht widerstehen. Er trat ein und kniete sich vor das Bett. »Nächstes Mal musst du träumen, du seist ein Mungo. Gegen Mungos haben Schlangen keine Chance.«

»Mungo.« Chris musste über das Wort kichern. »Hast du dir das ausgedacht?«

»Unsinn. Morgen besorgen wir uns ein Bild von ihnen. Sie leben in Indien.«

»Terence war in Indien«, erinnerte sich Chris. »Wir haben eine Karte bekommen.« Gähnend schmiegte er sich wieder an Alana. »Geh noch nicht weg.«

»Nein, ich bleibe, bis du wieder eingeschlafen bist.«

»Dorian auch?«

Dorian strich ihm über die Wange. »Sicher.«

Alana wiegte den Jungen und sang etwas, das für Dorian wie ein irisches Wiegenlied klang. Dorian spürte plötzlich ein sonderbares Gefühl von Befriedigung – natürlich nicht wie die, die er in Alanas antikem Bett gefunden hatte, aber ebenso stark. Es war ein Gefühl von Zugehörigkeit, als wäre er endlich da angelangt, worauf er sein ganzes Leben lang zugegangen war. Es war lächerlich, aber es war da.

Behutsam deckte Alana den Jungen zu und steckte ihm seinen Stoffhund Mary mit unter die Decke. Sie küsste ihn auf die Wange und erhob sich. Dorian verweilte noch einen Augenblick und strich über Chris' Locken.

»Er ist unwiderstehlich, nicht wahr?«, sagte sie leise.

»Ja.« Dorian musste sich direkt zwingen, sich von dem Anblick zu lösen.

»Wie Terence – unwiderstehlich charmant. Dad meint, Terence habe das schon erfolgreich anwenden können, bevor er überhaupt krabbeln konnte.« Sie nahm Dorians Hand und zog ihn aus dem Zimmer. »Ich möchte noch kurz nach Ben sehen.«

Sie öffnete die Tür. Das Zimmer von Ben glich einem Schlachtfeld. Kleidungsstücke, Bücher, Spielzeuge lagen wild durcheinander. Seufzend nahm sich Alana vor, Ben aufzutragen, sein Zimmer am Wochenende aufzuräumen. Sie trat ans Bett, zog die halb herabhängende Decke über ihren Ältesten, entdeckte dabei einen Tennisschuh unter dem Kissen und eine ganze Schwadron von kleinen Plastikmännern.

»Er schläft wie ein Stein.« Sie sah sich im Zimmer um. »Und er ist ein Schlamper.« Sie lachte leise, beugte sich vor und küsste ihren Sohn. »Aber ich liebe dich, kleiner Racker.« Geschickt bahnte sie sich im Halbdunkeln ihren Weg zurück zur Tür. Dorian strich über ihre Arme.

»Ich mag deine Kinder, Alana.«

Sie lächelte gerührt und küsste dann seinen Hals. »Du bist ein netter Mann, Dorian.«

»Es gibt nicht viele Menschen, die dir zustimmen würden.«

»Wahrscheinlich haben sie dich nicht so wie ich erlebt.«

Das stimmte, aber er kannte den Grund dafür nicht. »Komm zurück ins Bett.«

Sie nickte und legte einen Arm um seine Taille.

9. Kapitel

Wie viel doch in vierundzwanzig Stunden geschehen kann, dachte Alana am nächsten Morgen. Sie hatte Leidenschaft entdeckt und Zuneigung gefunden. Und vielleicht, vielleicht hatte sie den ersten Schritt gemacht, um sich endlich von den fesselnden Schatten ihrer Vergangenheit lösen zu können. Dafür schuldete sie Dorian Dank, aber er wollte nichts mehr von Dank hören. Sie konnte ihm auch nicht sagen, dass sie ihn liebte, ohne damit zu riskieren, verlieren zu müssen, was gerade erst begonnen hatte. Sie würde also nichts sagen und nur hoffen, dass einfach ihr Zusammensein ausreichte.

Kurz nachdem die Jungen zur Schule aufgebrochen waren, legte Alana eine Nachricht für Dorian auf die Frühstücksbar und eilte dann zu ihrem Wagen. Sie hatte Energie für zehn.

Den heutigen Morgen würde sie damit beschäftigt sein, Mrs. Cuttermans Haus auf Hochglanz zu bringen – und einen Teil der Haushaltskosten zu verdienen. Zum Glück hatte sie ihre Grippe auskuriert und konnte ihren Putzjob bei Mrs. Cutterman und morgen bei den Smiths ausüben.

Unterwegs zwang sich Alana, nicht zu sehr an die letzte Nacht zu denken. Zweifellos hatte für Dorian das, was geschehen war, eine andere Bedeutung als für sie, das war Alana klar. Aber er hatte ihr etwas gegeben, was sie noch nie von einem Mann bekommen hatte: Respekt, Zuneigung und Leidenschaft.

Als Dorian nach unten kam, war sein erster Gang zur Kaffeekanne. Normalerweise machte ihm eine durchwachte Nacht nichts aus. Doch die Nacht durchzuarbeiten oder unruhig nachdenkend im Bett zu liegen, wirkte sich eben unterschiedlich aus. Er war sich nicht sicher, warum er so rastlos gewesen war. Alana hatte neben ihm friedlich wie ihre Kinder in den Nebenräumen geschlafen.

Körperlich fühlte er sich wunderbar entspannt. Nur seine Gedanken hatten einfach nicht zur Ruhe kommen können. Er befand sich in einem Zustand des inneren Zwiespalts, und dieser Zustand hatte etwas mit der Frau zu tun, die ein Geheimnis umgab.

Er hatte angefangen, seine Meinung zu analysieren, die er von ihr gehabt hatte, bevor sie sich getroffen hatten, und verglich sie mit den Gefühlen, die er jetzt für Alana empfand. Es passte einfach nicht. Was hatte die lachende Frau im Nerz mit der Frau zu tun, die in seinem Arm gelegen hatte? Waren sie beide echt – oder spielten beide nur eine Rolle?

Immer noch empfand er Entsetzen beim Gedanken an das, was sie ihm erzählt hatte. Er hatte aber auch genügend Lebenserfahrung, um Tatsachen nicht durch Gefühle zu verzerren. Also versuchte er, objektiv zu bleiben. Wenn sie vergewaltigt worden war, warum war sie geblieben? Chuck Rockwell hatte sein Eheversprechen in aller Öffentlichkeit lächerlich gemacht, eine Scheidung wäre also sehr einfach gewesen. Aber sie war geblieben.

Ebenso wenig, wie er sie verstand, verstand er sich selbst. Er wusste nur, er begehrte sie. Ihre Liebe hatte eine Frische gehabt, die er bisher noch nie erfahren hatte. Doch da war noch mehr. Wenn er die Augen schloss, hörte er, wie sie über sich lachen konnte – leicht und unverfälscht. Er konnte sehen, wie hart sie arbeitete, wie sie ihre Kinder erzog – energisch und unendlich liebevoll.

Eine ganz besondere Frau. Zwar glaubten nur Narren daran, dass es so etwas wie eine ganz besondere Frau gab, aber vielleicht war er ja dabei, ein Narr zu werden.

Dorian blickte aus dem Fenster und fragte sich, ob sie gerade in diesem Augenblick im Stall die Pferde fütterte. Er schüttelte den Kopf und griff nach seiner gefütterten Jacke. Da entdeckte er ihre Nachricht.

Dorian, den Vormittag über bin ich bei Mrs. Cutterman. Ihre Nummer steht im Telefonbuch, falls es ein Problem gibt. Anschließend muss ich noch einige Sachen in der Stadt erledigen. Bin gegen eins zurück.
Alana

Er fühlte sich tatsächlich niedergeschlagen. Er wollte sie sehen, wollte ihr jetzt, am Morgen nach ihrer gemeinsamen Nacht, ins Gesicht blicken. Er wollte mit ihr sprechen, und er wollte sie in dem großen, leeren Haus lieben.

Er wollte einfach mit ihr zusammen sein.

Dorian schüttelte diese lächerlichen Empfindungen ab, goss sich eine zweite Tasse Kaffee ein und nahm sie mit nach oben. Es wartete Arbeit auf ihn.

Als Alana den Wagen wieder vor dem Haus abstellte, hatte sich der Himmel bewölkt. Regen, dachte sie enttäuscht, als sie die Lebensmittel ins Haus trug. Auf dem Weg zur Küche hob sie zwei Spielzeugautos, zwei Plastikmänner und eine Socke auf.

In der Küche stellte sie das Kofferradio an und begann, das Essen vorzubereiten.

»Hi.«

Sie zuckte zusammen, hielt die Bratpfanne in der Hand. Dorian stand nur zwei Schritte hinter ihr. »Himmel, hast du mich erschreckt. Ich habe dich gar nicht kommen gehört.«

»Du stellst das Radio immer so laut.«

»Oh.« Automatisch drehte sie den Lautstärkeregler zurück. Sie fühlte sich verlegen, aber sie hatte es erwartet. »Ich musste noch Milch besorgen. Die Jungen trinken so viel davon, dass ich schon daran denke, eine Kuh anzuschaffen.« Sie machte sich am Herd zu schaffen und fühlte sich etwas besser. »Hast du gearbeitet?«

»Ja.« Er fühlte sich verlegen. Er hatte das nicht erwartet. Sie hatte ihr Haar mit einem Band zurückgebunden. Er hätte es gern gelöst und es – wie heute Nacht – durch seine Finger gleiten lassen. »Hast du einen angenehmen Vormittag gehabt?«

»Was?«

»Einen angenehmen Vormittag. Mit deiner Freundin.«

»Meiner … Oh, Mrs. Cutterman. Sie ist sehr nett.« Alana dachte kurz an die Möbelflächen, die sie poliert hatte, und suchte dann das Tomatenmark. »Es wird regnen. Hoffentlich erst, wenn die Jungen zu Hause sind.« Wie lange, dachte sie, konnte sie sich noch hinter der Alltagsroutine verbergen?

Als sie die Gewürze zur Tomatensoße hinzufügte, herrschte Schweigen. Spaghetti waren Bens Lieblingsessen. Er konnte davon Portionen wie ein Holzfäller verdrücken. Doch für sich selbst glaubte Alana im Augenblick, nie wieder einen Bissen herunterbekommen zu können.

»Ich bin in einer Minute fertig. Wenn du mit dem Interview weitermachen willst, mach es bitte, während ich mich um die Wäsche kümmere.« Sie brach ab, als Dorian ihre Schulter berührte.

Ohne zu wissen, was sie erwartete, drehte sie sich langsam um. Er sah sie an, prüfend, so, als wolle er etwas erforschen. Sie wünschte, sie könnte verstehen, wonach er suchte.

Dann küsste er sie, weich und zärtlich, und ihr Herz schmolz wie Butter.

»Oh, Dorian.« Eben noch hatte sie ganz unwillkürlich den Atem angehalten. »Ich habe schon befürchtet, du würdest es bedauern.«

»Was?« Wie gut fühlte es sich an, sie zu halten.

»Letzte Nacht.«

»Nein, ich bedaure nichts.« Wie frisch sie roch. »Ich bin verwirrt.«

»Wirklich?« Ungläubig betrachtete sie ihn.

»Ja, wirklich.« Er lächelte unsagbar erleichtert und küsste sie wieder. »Ich habe dich vermisst.«

»Oh, das ist schön.« Sie strich über seinen Rücken und zog ihn näher an sich. »Das ist sehr schön.«

»Wollen wir Schule schwänzen spielen?«

Lachend warf sie den Kopf zurück. »Schule schwänzen?«

»Ja, du machst den Eindruck, als ob du nie Schule geschwänzt hättest.«

»Dazu war ich nie lange genug auf einer Schule. Außerdem regnet es gleich. Welchen Spaß sollte es schon machen, im Regen Schule zu schwänzen?«

»Komm hoch, ich zeige es dir.«

Sie lachte wieder. Dann merkte sie, dass er Ernst machte. »Dorian, die Kinder kommen bald.«

»Bis dahin kann noch allerhand passieren.« Und einem Impuls folgend, nahm er sie auf seine Arme. Es war schön, ihre schnellen Atemzüge zu hören und ihre großen, erstaunten Augen zu sehen.

Ihr Herz schlug heftig, als sie aus dem Zimmer getragen wurde. Es war ungemein erregend, etwas beinahe Verbotenes zu tun. Sie schmiegte den Kopf an seine Schulter und murmelte: »Dann wird niemand saubere Socken haben.«

»Und nur du und ich kennen den Grund.«

Sie liebten sich schnell und heftig, mit einer zügellosen

Hingabe, wie Alana es noch nie erfahren hatte. Kleidungsstücke waren irgendwohin auf den Boden geworfen worden. Die Vorhänge waren weit aufgezogen, sodass das regendüstere Licht ins Zimmer fallen konnte. Dorian entführte Alana an Orte, an denen sie noch nie gewesen war und die sie auch mit keinem anderen betreten wollte. Wie ein Kind, das zum ersten Mal zu einer Achterbahnfahrt eingeladen ist, wurde sie unterwegs zunächst atemlos und verlangte dann nach mehr.

Er fühlte sich so frei, so unglaublich frei. Ihr Körper glühte und war offen für ihn und all das, was er ihr geben konnte. Sie war anmutig, sie war stark. Und sie war sein. Beherrscht von reiner Lust, bog sie sich zurück. Und er konnte nicht genug bekommen und versuchte mit ihr gemeinsam den Höhepunkt zu erreichen. Ihre Körper vereinigten sich, eng aneinandergepresst, Hüfte an Hüfte, während sie auf dem Bett knieten und Ekstase ihre Bewegungen lenkte.

Es begann zu regnen. Langsam und stetig.

Der Rhythmus der Liebe wurde langsamer und ruhiger, als die Glut der Leidenschaft in Sehnsucht nach Zärtlichkeit überging. Nichts veranlasste mehr zur Eile. Das Bett war groß und weich, der Regen langsam und beruhigend. Sie gaben sich gegenseitig all die wunderbar einfachen Dinge, die sich nur Liebende schenken können.

Er schmeckte ihre Haut, die warm vor Lust und feucht vor Erregung war. Er kannte keinen berauschenderen Geschmack. Ihre Finger strichen über seinen Rücken, über seine Muskeln, die sich an- und wieder entspannten. Es war für sie eine ganz neue Erfahrung, wie erregend Kraft an sich sein konnte.

Sie versenkten sich tief ineinander. Und Alana fand endlich, wonach sie sich immer schon gesehnt hatte: Rücksichtnahme, Zärtlichkeit.

Alana verkörperte so vieles: Heiterkeit, Klugheit, Leidenschaft. Er fragte sich, ob er jemals alle Seiten von ihr entdecken würde. Er konnte in ihr die halsstarrige Frau sehen, die alle Warnungen in den Wind geschlagen und ihre Familie verlassen hatte, nur um etwas so Trügerischem wie der ersten Liebe zu folgen. Dann sah er in ihr wieder die Verletzbare und die Kontrollierte. Es drängte ihn danach, die einzelnen Stücke zu einem ganzen Puzzle zusammenzufügen. Doch wenn sie so wie jetzt waren – Wogen der Lust und gelöste Sinne –, dann zählte nur, dass sie bei ihm war, mit ihm zusammen.

Ihre Hände, vor Kurzem noch zurückhaltend, streichelten seinen Körper, als hätte sie ihn immer gekannt. Ihre Lippen, vor Kurzem noch unsicher, lagen fest auf seinen, als gäbe es nichts anderes auf der Welt. Und ihr schlanker, gelenkiger Körper verschmolz hingebungsvoll mit seinem. Sie schlang Arme und Beine um ihn. Warm durchströmte Sinnlichkeit sie und entführte sie, bis es nichts anderes mehr gab.

Glücklich und entspannt stieg Alana die Treppe hinunter, als die Eingangstür aufgerissen wurde. »Wischt euch die Füße ab«, sagte sie ganz automatisch, dann lachte sie, eilte den Rest der Stufen hinunter und umarmte ihre zwei patschnassen Kinder.

»Es regnet«, informierte Chris sie.

»Nein, tatsächlich?«, fragte sie lächelnd.

»Meine Hefte sind nass geworden.« Ben zog seine nasse Mütze vom Kopf und ließ sie zu Boden fallen.

»Wären sie nicht, wenn du deinen Schulranzen benutzen würdest.«

»Das ist was für Mädchen.« Ein Blick seiner Mutter veranlasste ihn, die Mütze wieder aufzuheben. Dann gab er ihr ein feuchtes, zerknittertes Blatt Papier.

»Eine Eins.« Alana legte die Hand aufs Herz, als wäre die Überraschung zu viel für sie. »Benjamin, jemand muss deinen Namen auf sein Blatt geschrieben haben.«

Er lachte etwas verlegen. »Nein. Es ist meins.«

»Dieses Diktat mit keinem, absolut keinem angestrichenen Fehler gehört Benjamin Francis Rockwell? Meinem Benjamin Francis Rockwell?«

Er runzelte die Nase, wie immer, wenn er an seinen zweiten Vornamen erinnert wurde. »Ja.«

Alana legte eine Hand auf seine Schulter. »Du weißt, was das bedeutet?«, fragte sie feierlich.

»Was?«

»Heiße Schokolade, so viel du willst.«

Ein verschmitztes Grinsen zeigte sich auf seinem Gesicht. »Kann ich Marshmallows haben?«

»Natürlich.«

»Heiße Schokolade?«, fragte Dorian und kam die Treppe herunter.

Alana legte einen Arm um Bens Schulter. »Wir feiern eine hundertprozentige Eins. Zwanzig oberschwere Wörter richtig geschrieben.« Sie hob das Papier, auf dem ein kleiner, goldener Stern feucht glänzte.

»Sehr eindrucksvoll.« Dorian fuhr mit der Hand über Chris' Kopf und hielt sie dann Ben hin.

»Nichts Besonderes«, bemerkte Ben abwehrend, wirkte aber sehr erfreut wegen des Handschlages. »Kann ich drei Marshmallows haben?«

In den nächsten zwanzig Minuten wurden die Abenteuer erzählt, die Jungen so im Laufe eines Tages erleben, und dabei viel heiße Schokolade getrunken. Dann zogen sich Ben und Chris ihre Stiefel an und gingen hinaus, um das Vieh zu füttern.

»Das habe ich bestimmt seit über zwanzig Jahren nicht mehr getrunken.« Nachdenklich sah Dorian in seine leere Tasse. »Meine Mutter hat immer heiße Schokolade gemacht.«

»Siehst du sie oft? Deine Eltern?«

»Manchmal. Es mangelt immer an der Zeit.«

»Ja.« Alana sah zum Fenster hinaus. Irgendwann würden auch ihre Jungen gehen. Das war das Los aller Eltern. »Ich sehe meine auch nicht sehr oft. Sie halten sich nie lange genug an einem Ort auf.«

»Spielen sie noch in Night Clubs?«

»Sie werden immer spielen.« Tiefe Zuneigung sprach jetzt aus Alanas Stimme. »Es liegt ihnen im Blut, wenn man der Theorie meines Vaters glauben soll. Er ist unglaublich stolz auf Carrie und Maddy, dass sie die Familientradition im großen Stil weiterführen. Und er verübelt es Terence immer noch, dass er es nicht tut.«

»Was macht dein Bruder?«

»Reisen.« Alana zuckte die Schultern. »Genau weiß keiner von uns, was Terence tut. Dad behauptet immer, Terence wisse es selbst nicht.«

»Und was ist mit dir? Gibt es Probleme, weil du dein Brot nicht durch Singen verdienst?«

»Oh, nein.« Sie lächelte. »Ich habe ihnen Ben und Chris gegeben – das ist besser als jede Galavorstellung. Und deine Eltern? Sind sie stolz auf dich?«

»Mein Vater hätte es lieber gehabt, wenn ich auf der Farm geblieben wäre und Kühe gemolken hätte.« Er zog eine Zigarette heraus. »Aber meine Mutter meint, er würde jedes Wort lesen, das ich geschrieben habe.«

»Mom!« Chris stürmte nass und verdreckt herein. »Eve! Sie ist krank. Sie liegt am Boden und ist ganz verschwitzt!«

Alana riss ihre Jacke vom Haken und stürzte zur Tür hinaus. Als sie in den Stall kam, saß Ben neben der Stute, kämpfte mit den Tränen und streichelte sie.

»Stirbt sie?«

Alana kniete neben ihm nieder und legte eine Hand auf den Bauch des Tieres. »Nein, natürlich nicht.« Sie drückte Ben an sich. »Sie bekommt ihr Baby. Wir haben doch darüber gesprochen.«

»Sie sieht so schrecklich krank aus.«

»Wenn Babys kommen, ist das so. Aber sie wird bald wieder in Ordnung sein.« Das Herz war Alana schwer dabei, und sie betete im Stillen, dass sie nicht etwas versprach, das sie nicht halten konnte.

»Aber warum muss es wehtun?«

»Weil das Leben manchmal schmerzhaft ist. Aber es lohnt sich.« Eine der Stallkatzen miaute mitleidsvoll über Eves Stöhnen. »Ben, du gehst jetzt ins Haus und rufst den Tierarzt an. Du musst zuerst deinen Namen nennen, okay?«

Er schniefte. »Okay.«

»Dann sagst du ihm, Eve habe Wehen.«

»Wehen?«

»Bekommt ihr Baby.« Sie küsste ihn auf die Wange. »Und dann komm zurück. Das ist etwas, das du erleben solltest.«

Er stürmte los. Stolz auf die Verantwortung, die er übertragen bekommen hatte, hatte er den ersten Schreck schon wieder überwunden.

»Können wir etwas tun?«

Alana sah auf. Dorian stand in der Tür zur Box. Chris' Hand lag fest in seiner. Ihr Sohn hatte aufgerissene Augen und war ganz fasziniert.

»Man kann jetzt nicht viel mehr tun, als sie zu beruhigen.« Eve stöhnte bei der nächsten Wehe. Alana beugte sich vor und redete besänftigend auf sie ein. »Oh, ich weiß, es tut weh, Baby.«

Chris schluckte laut. So etwas hatte er noch nie gesehen. Einmal hatte eine der Katzen Junge bekommen. Aber als er in den Stall gekommen war, lagen sie schon sauber bei ihrer Mutter. »Hat es auch wehgetan, als ich geboren wurde?«

»Du warst ein ganz Langsamer.« Die Stute hatte die Augen halb geschlossen und atmete schwer. Mit der Hand auf dem Bauch des Tieres spürte Alana die Kraft der Wehe. »Ich dachte sogar schon, du hättest dich entschlossen, überhaupt nicht mehr zu kommen. Der Arzt hatte Musik angestellt. Und als du dann geboren wurdest, spielte gerade ›Let It Be‹.«

»Ob Eve gern Musik hören würde?«

»Bestimmt.«

Sofort stellte Chris das Radio an.

»Der Tierarzt sagt, er kommt, so schnell er kann. Wir sollten aber unbesorgt sein, weil Eve stark sei.« Ben stürmte zurück in den Stall und stellte sich neben seinen Bruder.

Als sich die Minuten in die Länge zogen und die Wehen zunahmen, sorgte Alana sich. Sie glaubte zwar, auch ohne Tierarzt der Situation gewachsen zu sein – unter normalen Umständen. Wenn es aber Komplikationen geben würde … Sie schüttelte den Kopf, um sich von dem Gedanken nicht aus der Fassung bringen zu lassen. Was auch geschehen würde, sie würde für Eve ihr Bestes geben.

Dorian kniete neben Alana nieder. »Es wird alles gut gehen, Eve ist eine kräftige Stute«, versicherte er ihr. »Ich habe zwar nie Pferden auf die Welt geholfen, aber dafür einer Menge Kühen.«

Alana lehnte kurz den Kopf an Dorians Schulter, eine Geste, die Bens Aufmerksamkeit erregte. »Danke.«

Aber als es dann begann, war es Alana, die dem Fohlen auf

die Welt half, bevor Dorian es tun musste. Sie sprach der Stute Mut zu, ihr Schweiß vermischte sich mit dem des Tieres. Sie spürte das neue Leben zwischen ihren Händen, und es baute Hoffnung in ihr auf, die sich in ihren Augen widerspiegelte. Dorian beobachtete Alana, sie sah großartig aus. Dann sah er zu den Jungen herüber, die mit aufgerissenen Mündern die Geburt des Fohlens beobachteten.

»Unglaublich, nicht wahr?«

Ben sah Dorian an und verzog das Gesicht. »Es ist ziemlich komisch.« Dann sah er dünne Beine hervorkommen, einen kleinen Kopf und einen vollständigen Körper. »Es ist wirklich ein Pferd. Es ist ein echtes Pferd.«

»Aber er ist so groß.« Neugierig schätzte Chris das Fohlen ab. »Wie hat er dort hineingepasst?«

»Sie«, verbesserte Alana und schämte sich ihrer Freudentränen nicht. »Ist sie nicht wunderschön?«

»Sie ist etwas glitschig«, urteilte Ben. Aber schon machte sich Eve daran, ihr Baby zu säubern.

»Gute Arbeit.« Dorian strich Alana übers Haar und küsste sie dann. »Wirklich gute Arbeit.«

Zögernd streckte Chris die Hand aus, um das Fohlen zu berühren. »Können wir mit ihr spielen?«

»Noch nicht. Aber du kannst sie anfassen. Ist sie nicht weich?«

Dann zuckte Chris zurück, als das Fohlen, wackelig und zitternd, zum ersten Mal seine Beine ausprobierte. »Sie steht auf!« Verblüfft starrte er seine Mutter an. »Sie steht richtig auf. Cathy Jacksons kleine Schwester ist monatelang nicht aufgestanden.« Es freute ihn unglaublich, dass sein Pferd Cathy Jacksons Schwester überlegen war. »Wie sollen wir sie nennen?«

»Wir können ihr keinen Namen geben, Süßer. Wenn Mr. Jorgensen sie kauft, will er ihr einen Namen geben.«

»Wir können sie nicht behalten?«

»Chris.« Alana sah ihn und dann Ben an. »Du weißt doch, das geht nicht. Wir haben darüber gesprochen.«

»Du hast Ben und mich nicht verkauft.«

»Pferde wachsen schneller«, warf Dorian ein. »Das Fohlen ist schon bald erwachsen und braucht seinen Platz. Eines Tages hast auch du ein eigenes Haus mit genügend Platz.«

»Wir können sie besuchen«, sagte Ben tapfer.

»Bestimmt.« Stolz lächelte Alana zu Ben hinüber. Ihr Baby konnte schon so erwachsen sein. »Mr. Jorgensen ist ein sehr netter Mann.«

»Können wir zusehen, wenn Gladys ihr Baby bekommt?« Zum ersten Mal streckte Ben die Hand aus, um das Ohr des Fohlens zu berühren.

»Wenn ihr nicht in der Schule seid.« Alana hörte draußen Motorengeräusch und blickte auf ihre Hände. Erst jetzt sah sie, dass sie ganz blutig waren. »Das muss der Tierarzt sein. Ich wasche mich besser erst einmal.«

Die Aufregung legte sich selbst lange nach der Zubettgehzeit nicht. Weil Alana ihre Jungen gut verstehen konnte, ließ sie sie noch einmal zum Fohlen hinübergehen, um ihm Gute Nacht zu sagen, obwohl sie beide schon längst im Bett liegen sollten. Müde, aber zufrieden machte sie es sich schließlich vor dem Kamin im Wohnzimmer bequem.

»Das war ein Tag.« Dorian setzte sich neben sie.

»Ich bin froh, dass die Jungen es miterleben konnten. Das ist etwas, das sie nie vergessen werden – und ich auch nicht.« Sie seufzte, als sie plötzlich daran dachte, wie sie selbst Leben in sich wachsen gespürt hatte und wie es gewesen war, es in eine nicht gerade perfekte Welt zu bringen.

»Müde?«

»Ein wenig.«

»Ich glaube eher, gedankenverloren.«

Sie zog die Beine an und beobachtete das Spiel der Flammen. »Du siehst zu viel in ganz einfachen Sachen.«

»Merkwürdig, ich würde sagen, ich hätte noch lange nicht genug gesehen.«

Sie verscheuchte ihre Wünsche und Sehnsüchte und stellte sich der Wirklichkeit. »Morgen wirst du neue Fragen haben und von mir Antworten erwarten.«

»Darum bin ich hier, Alana.« Aber er war sich nicht sicher, ob das die ganze Wahrheit war – nicht mehr.

»Ich weiß.« Sie musste es akzeptieren, obwohl sie sich etwas anderes gewünscht hätte. »Ich habe etwas versprochen, und ich werde versuchen, es zu halten.«

Er berührte ihr Haar und wünschte, es gebe andere Wege, um das zu erfahren, was er von ihr erfahren musste. »Im Augenblick habe ich keine Fragen.«

Sie schloss kurz die Augen. Vielleicht war ja doch noch ein wenig Platz für Sehnsüchte. »Heute Abend, nur heute Abend, würde ich mir gern vormachen, dass es kein Buch gibt, dass es keine Fragen gibt.«

Er wusste, er könnte sie jetzt bedrängen. Im Augenblick war sie offen genug, um ihm alles zu erzählen. So, als ob er nur die richtigen Knöpfe drücken müsste und die Antworten würden heraussprudeln. Eigentlich war er dazu verpflichtet. Er legte den Arm um ihre Schulter und beobachtete mit ihr die Flammen.

»Zu Hause hatten wir einen riesigen Kamin. Meine Mutter behauptete immer, man könne darin einen Ochsen braten.«

Entspannt schmiegte sie sich an ihn. »Warst du glücklich?«

»Ja – auch wenn mir das Melken der Kühe nicht unbedingt als höchstes Glück erschienen ist. Wir hatten einen Bach und eine riesige Eiche. Ich habe unter ihr gesessen, habe das Wasser plätschern hören, habe gelesen und mich dabei in fremde Länder hineingeträumt.«

Sie lächelte. »Und dann hast du dich entschlossen, Schriftsteller zu werden.«

»Ich habe mich entschlossen, auf eigene Faust Wahrheiten zu verbreiten. Darum bin ich auch zunächst Reporter geworden. Das Gebot der freien Presse hat mich wohl getrieben.« Er lachte über sich selbst. Er hatte bis jetzt gar nicht gemerkt, dass er diese Fähigkeit von Alana gelernt hatte. »Ich habe erkannt, dass man sich dazu zunächst durch eine Menge Schmutz arbeiten muss.«

»Die Wahrheit …« Sie schloss die Augen und wünschte, das Wort hätte keinen so bitteren Beigeschmack. »Sie ist sehr wichtig für dich.«

»Ohne sie ist der Rest doch nur Tünche, nur Entschuldigung.«

»Und warum dann später Biographien?«

»Weil es faszinierend und spannend ist, das Leben eines Menschen zu erforschen, eines bestimmten Menschen in einer bestimmten Zeit, und herauszufinden, wie viele andere Leben davon betroffen waren, welche Spuren hinterlassen und welche Fehler gemacht wurden.«

»Manchmal sind Fehler sehr persönlich.«

»Darum schreibe ich nie eine Biographie ohne entsprechende Zustimmung.«

»Und wenn eines Tages jemand deine schreibt?«

Er schien das belustigend zu finden. Sie hörte sein leises Auflachen, als seine Wange über ihr Haar strich. Er konnte nicht wissen, wie ernst es ihr war.

»Vielleicht schreibe ich sie selbst – mit allen Haken und Ösen.«

»Hast du jemals etwas gemacht, worüber du dich wirklich geschämt hast?«

Er brauchte nicht lange nachzudenken. »Ich habe genügend Schritte in die falsche Richtung gemacht.«

»Und du würdest darüber schreiben, egal, was andere darüber denken könnten?«

»Du kannst mit der Wahrheit nicht feilschen, Alana.« Er erinnerte sich an das, was sie ihm über Chris' Empfängnis gesagt hatte, und fuhr fort: »Manchmal, wenn es sehr wichtig ist, kannst du nur so tun, als ob du sie nicht hörst.«

Sie beobachtete das Feuer und dachte darüber nach. Sie dachte lange darüber nach.

Da Dorian früh mit der Arbeit anfangen wollte, war er unten, bevor die Jungen ihr Frühstück beendet hatten. Erwartungsgemäß war Thema Nummer eins das Fohlen. Die Jungen ereiferten sich darüber, ob Gladys alles vermasseln und ihr Fohlen bekommen würde, während sie in der Schule waren. Mittlerweile alte Hasen, wollten sie als Geburtshelfer einspringen. Und um ihre Fähigkeiten zu beweisen, hatte jeder von ihnen einen Polaroid-Schnappschuss des Familienzuwachses dabei, um ihn der Klasse zeigen zu können.

»Mom, ich weiß, woher Babys kommen.« Chris zog seine Jacke über.

»Hm.« Alana goss sich gerade ihre zweite Tasse Kaffee ein.

»Aber wie kommen sie dort hinein?«

»Oh.« Sie verschüttete Kaffee auf der Frühstücksbar und fing Dorians freches Grinsen auf, als sie sich Chris zuwandte. Sein pausbäckiges Gesicht sah sie erwartungsvoll an. Aber er ist erst sechs, dachte sie und fragte sich, wie sie einem Sechsjährigen innerhalb der zwei Minuten, die ihm blieben, um den

Schulbus zu erreichen, erklären sollte, wie Babys gemacht wurden.

»Liebe bringt sie dort hinein.« Sie kniete nieder und küsste ihn auf beide Wangen. »Eine ganz besondere Art von Liebe.«

»Aha.« Zufrieden umarmte er sie schnell und rannte zur Tür. »Komm, Ben.« Als er sah, dass sein Bruder noch mit seiner Jacke beschäftigt war, strahlte er verschmitzt. »Ich schlage dich.« Mit der Herausforderung rannte er los. Ben, noch mit seinem Reißverschluss zugange, stürmte hinterher.

»Bye, Ben«, schickte ihm Alana noch halblaut nach und wischte dann kopfschüttelnd den Kaffee auf.

Dorian beobachtete sie mit einem kleinen amüsierten Lächeln. »Ich mag deinen Stil, Lady.«

»Oh?« Lachend zog sie am Bund ihres übergroßen Sweatshirts. »Ziemlich modisch, nicht wahr?«

»Ich habe deine Antwort auf eine sehr wichtige und sehr heikle Frage eines Sechsjährigen gemeint. Manche Leute hätten ihm eine biologische Unterweisung gegeben, und andere hätten ihn abgewimmelt. Du hast ihm genau die Antwort gegeben, die er gebraucht hat. Obwohl …«, er schwenkte den Rest seines Kaffees in der Tasse, »ich hätte zu gern eine Polaroid gehabt, als er die Frage gestellt hat. Bei deinem Gesicht hätte es sich gelohnt.«

»Das glaube ich gern.« Sie setzte sich, um sich die Stiefel anzuziehen.

»Ich mag es, wie du morgens aussiehst.«

Sie hielt in der Bewegung inne und sah ihn an. »Müde?«

»Frisch. Weich.« Seine Stimme wurde leiser. »Ich würde gern morgens mit dir im Bett liegen, dich aufwachen und wieder einschlafen sehen und wissen, wenn du wieder aufwachst, dann könnte ich dich lieben.«

Ihr Puls schlug so heftig, dass er es eigentlich hören müsste. »Ja, das würde ich auch gern. Aber die Kinder …«

»Das verstehe ich ja. Die Idee erwärmt mich eben ein wenig.«

Mich erwärmt sie mehr als nur ein wenig, dachte sie, als es ihr endlich gelang, in die Stiefel zu kommen. »So, wie es ist, gibt es hier kaum einmal die Möglichkeit, sich morgens im Bett herumzurekeln. Ich stelle mir immer vor, dass ich es sofort erkennen werde, wann die Kinder herangewachsen sind – dann nämlich, wenn sie länger als bis sieben Uhr schlafen.« Sie kam herüber, um das Frühstücksgeschirr abzuräumen.

»Ich mache das.« Er ergriff ihre Hand.

»Ist schon in Ordnung.«

»Alana.« Er strich mit einem Finger über ihr Handgelenk. »Hast du schon jemals etwas von Frauenemanzipation gehört?«

Sie hob eine Braue. In einer gewissen Weise war sie emanzipiert gewesen, seit sie ihren ersten Atemzug gemacht hatte. Dafür hatten ihre Eltern schon gesorgt. »Sicher. Darum müssen die Jungen das Geschirr machen, ihre Sachen wegräumen – wenn sie ihren guten Tag haben – und Staubsaugen. Ihre Frauen werden es mir zu danken wissen. In der Zwischenzeit muss jemand das Ruder bedienen.«

»Normalerweise sitzen zwei am Ruder.«

Lächelnd senkte sie den Kopf und nickte dann. »Gut. Du räumst die Küche auf, ich füttere die Tiere.«

»Okay, dann können wir anfangen, wenn du zurückkommst.«

»Geht nicht.« Sie nahm ihre Tasche von der Frühstücksbar und packte einige Sachen ein. »Ich muss heute Morgen zu den Smiths. Ich bin gegen Mittag zurück.«

Er wollte Einwände erheben, ließ es aber dann. Sie führte schließlich ihr eigenes Leben. Er beobachtete sie. »Hast du immer Gummihandschuhe in deiner Tasche?«

»Was? Oh.« Lachend stopfte sie sie in die Tasche. »Immer, wenn ich zu den Smiths gehe. Sie schwört auf Ammoniak.«

»Wie bitte?«

»Ammoniak.« Alana schloss die Tasche und fragte sich, ob noch genügend Spaghetti übrig geblieben waren. »Dieses ätzende Zeug. Die Frau hat den Tick, alle Böden mit Ammoniak gereinigt zu haben. Also muss ich mich fügen.«

Mit gerunzelter Stirn versuchte er, sie zu verstehen. »Du reinigst Böden?«

»Zweimal im Monat.« Mit den Gedanken bei tausend anderen Dingen, holte Alana ihre Jacke.

»Was soll das? Freiwillige Nachbarschaftshilfe?«

Amüsiert lachte sie auf. »Um nichts auf der Welt. Ich verdiene sechs Dollar die Stunde. Lass den Geschirrspüler lieber nicht laufen. Ich glaube …«

»Du arbeitest als Putzfrau?«

»Haushälterin!« Sie lächelte verschmitzt und band sich mit einem Gummiband das Haar zurück. »Das klingt besser.« Sie brach ab, als sich Dorian erhob und zu ihr trat. Etwas in seinem Blick hatte sie verstummen lassen. Sie hatte noch nie gut mit Ärger umgehen können.

»Warum, zum Teufel, schrubbst du auf allen vieren die Böden von anderen Leuten?«

Trotzig streckte sie ihr Kinn vor. »Das ist ehrliche Arbeit!«

»Warum?«

»Weil ich sonst nichts anderes kann, als in einem dreistimmigen Lied zu singen. Dafür ist kein großer Bedarf, und die Bezahlung ist ziemlich mies.«

Er ignorierte ihre Ausflüchte und kam direkt zur Sache. »Warum muss Chuck Rockwells Witwe für sechs Dollar die Stunde Böden schrubben?«

Sie wurde blass. Aus seiner Stimme sprachen deutlich Zweifel und Spott. »Ich habe weder Zeit noch Lust dazu, mit dir meine finanzielle Situation zu erörtern, Dorian.« Sie riss die Tür auf, doch er warf die Tür wieder zu.

»Ich habe dich etwas gefragt.«

»Und ich habe dir die einzige Antwort gegeben, die ich dir zu geben beabsichtige.« Ihre Augen blitzten ihn an. »Ich muss mir das weder von dir noch von sonst jemandem bieten lassen. Ich muss mich von dir nicht behandeln lassen, als wäre ich weniger wert, nur weil ich gegen Bezahlung anderen Leuten die Böden wische und die Möbel abstaube. Ich tue es nicht aus Wohltätigkeit, so uneigennützig bin ich nicht, ich tue es für Geld.«

»Ich will wissen, warum du es überhaupt tust.«

»Ich tue das, was ich tun muss.« Und damit riss sie wieder die Tür auf und ging hinaus.

Er hätte ihr folgen können, und er wollte es eigentlich auch. Doch dann schloss er, ebenso entschlossen wie sie, die Tür. Es ist Zeit, wieder an die Arbeit zu gehen, sagte er sich. Und zurück zur Wahrheit.

10. Kapitel

Mit einer düsteren und quälenden Wut arbeitete Dorian zwanzig Seiten aus. Chuck Rockwell war für ihn mittlerweile mehr als nur ein Name. Dorian hatte im Laufe seiner Arbeit den Menschen kennengelernt, einen sehr fehlerhaften Menschen, voller Unsicherheit, Selbstbezogenheit und Unbeherrschtheit. Seine Fähigkeiten und seine Trainingsdisziplin konnten dabei natürlich nicht übersehen werden, ebenso wenig wie sein Wagemut, den einige vielleicht Heldentum nennen konnten. Und er hatte auch nicht nur einfach die Hände in den Schoß gelegt und seinen Reichtum genossen, im Gegenteil, er hatte sich dem Sicherheit bietenden, müßig genießenden Wohlstand seiner Familie verweigert. Stattdessen hatte er sich aus eigener Kraft einen Namen gemacht.

Durch seine Erfolge hatte er sich Respekt, zum Teil auch plumpe Schmeicheleien verdient. Man achtete seine Fähigkeiten, selbst wenn man ihn persönlich nicht mochte. Die Presse hatte ihn in den Himmel gehoben, und seine Fans ihn gefeiert. Er hatte alles bekommen, schließlich auch eine hingebungsvolle Frau und zwei Söhne.

Und dann hatte er es darauf angelegt – systematisch, wie es Dorian schien –, alles zu zerstören.

Er hatte seinen Gönner und ersten Geldgeber verloren, er hatte die meisten seiner Kollegen vor den Kopf gestoßen, und er hatte seine Ehe unwiderruflich aufs Spiel gesetzt. Aber Alana war bei ihm geblieben. Warum?

Chuck hatte sie betrogen und vergewaltigt, hatte sie allein die Kinder großziehen lassen, während er zum nächsten Rennen und zur nächsten Frau eilte. Aber sie hatte für ihn ein Zuhause geschaffen. Warum?

Bis er die Antworten nicht aus ihr herausbringen konnte, würde er nichts als Worte schreiben können.

Bis sie ihm nicht durch die Wahrheit ihr Vertrauen bewies, würde er sich zu seinen Gefühlen ihr gegenüber nicht bekennen können.

Heftig drückte Dorian seine Zigarette aus. Wie lange konnte er noch unter einem Dach mit ihr leben, sie beobachten, sie begehren und verleugnen, dass er ihr gegenüber den Verstand verloren hatte? Bitter lachte er auf und fuhr sich übers Gesicht. Es erschien ihm einfacher, sich für verrückt zu erklären, als einzugestehen, dass er sein Herz verloren hatte. Er hatte sich verliebt, das war geschehen.

Er hatte immer geglaubt, sich zu verlieben sei wie zu stolpern und auszurutschen, wie den Stein auf der Straße oder den Rand der Klippe nicht zu bemerken. Und es stimmte. Er fühlte sich, als wäre er gestolpert, ausgerutscht und über einen solchen Stein gestürzt, hätte dann einen Sturzflug die Klippe hinunter gemacht.

Er wünschte, Alana würde nach Hause kommen.

Das war ein weiteres Problem. Er war jetzt weniger als drei Wochen auf der Farm, und er dachte schon von diesem Ort als seinem Zuhause. Er kannte Alana weniger als drei Wochen, und er dachte schon von ihr als der Seinen. Und die Jungen … Dorian erhob sich vom Schreibtisch und ging im Raum auf und ab. Also gut, er war verrückt nach ihnen. Aber schließlich war er auch nicht aus Stein, nicht wahr?

Das alles durfte auf keinen Fall die Sachlage ändern. Schließlich hatte er zu hart dafür gearbeitet, um so leben zu können, wie er wollte. Der einzige Mensch, dem er verantwortlich war, war er selbst. Der einzige Mensch, den er zufriedenstellen musste, war er selbst. Der einzige Mensch, der ihn akzeptieren musste, war Dorian Crosby.

Er schwamm zwar nicht gerade in Geld, aber er hatte genug. Wenn er wollte, könnte er morgen Urlaub in der Südsee machen, ohne jemanden erst um Erlaubnis fragen zu müssen. War er egoistisch? Er zuckte die Schultern. Und wenn schon? Er konnte es sich leisten. Für das, was er war, hatte er von Kindesbeinen an geschuftet. Und nun konnte er es sich leisten, sich sein Leben so einzurichten, wie er wollte. Und nur, weil ihm diese Farm und diese Kinder gefielen, würde er noch lange nicht sein Leben umkrempeln. Er hatte eine Ehe hinter sich, genau wie Alana. Sie würden beide klug genug sein, um nicht erneut in dem Hafen zu landen.

Wann kam Alana nach Hause?

Als Dorian das Motorengeräusch hörte, stand er gerade am Fenster. Doch nicht Alanas Wagen fuhr unten vor, sondern eine riesige, metallicgraue Limousine.

»Ah, frische Luft. Landluft.« Frank O'Hara sprang aus dem Wagen, als wäre es der erste Akt, erste Szene. »Das reinigt Kopf und Seele. Atmet alle tief ein.« Er ging mit gutem Beispiel voran, dann verzog sich sein Gesicht. »Gütiger Himmel. Was ist das für ein Geruch?«

»Pferdedung, würde ich sagen.« Maddy stellte sich neben ihn und sah sich mit lebhafter Neugier um. »Mom, habe ich meine Tasche im Wagen gelassen?«

»Ja.« Molly, schlank und schön, ergriff die Hand des Fahrers, bevor sie ausstieg. Sie legte die Hand zum Schutz vor der Sonne wie einen Schirm über die Augen. Sonnenlicht verursachte Falten. Sie war zwar nicht besonders eitel, doch ihr

Gesicht war Teil ihres Berufes. »Ah.« Erfreut, aber auch ein wenig verwirrt, sah sie zum Haus hinüber. »Was für ein Ort. Ich kann mir Alana immer noch nicht hier vorstellen.«

»Was haben wir falsch gemacht?«, fragte Frank sie und bekam dafür einen leichten Klaps von seiner jüngsten Tochter auf die Schulter.

»Lass gut sein, Dad. Alana liebt diesen Ort.«

Dorian war gerade rechtzeitig unten an der Tür, um Caroline O'Hara aus der Limousine steigen zu sehen. Zum ersten Mal fiel ihm auf, dass Alana die gleichen langen, schlanken Beine wie Caroline hatte. Sie ergriff die Hand des Fahrers und warf ihm ein Lächeln zu, das jeden Mann wie Wachs in der Sonne hinschmelzen lassen musste.

»Danke, Donald.« Ihre Stimme war rauchig, ein Sirenenklang, der Zuhörer zu verzaubern schien. »Wenn Sie noch unser Gepäck auf die Veranda stellen würden … Das wäre dann alles für heute.«

»Natürlich, Miss O'Hara.«

»In so etwas bist du unschlagbar«, bemerkte Maddy leise, als der Fahrer den Kofferraum öffnete.

»Darling, das liegt mir im Blut.« Lachend hakte sich Caroline – kurz Carrie genannt – bei Maddy ein, als sie Dorian erblickte. »Sieh mal an.« Es hätte ein Schnurren sein können, doch Kätzchen schnurrten nicht, wenn sie ihre Zähne zeigen. »Wen haben wir denn da?«

»Muss der Schriftsteller sein.« Maddy musterte ihn kurz, wenn auch gründlich. »Sei nett.«

»Maddy, denk an mein Image.« Carrie schob ihre riesige Sonnenbrille nach vorn und starrte Dorian über deren Rand weiter an. »Nett hat nichts damit zu tun.«

Auch Dorian musterte die zwei Frauen in der gleichen offenen Weise, wie er von ihnen gemustert wurde. Die eine der Schwestern trug eine bauschig weite Hose und eine leger fallende Jacke, deren Grün-Blau-Schattierungen eigentlich das Auge beleidigen müssten. Doch bei ihr wirkte es hell und fröhlich, genau wie ihr frecher, rotblonder Haarschopf. Die Schwester neben ihr war das Paradebeispiel kühler, beherrschter Schönheit, angefangen bei der langen, silberblonden Mähne, bis zur Spitze ihrer Krokopumps. Neben beiden standen eine zierliche, gut aussehende Frau von ungefähr fünfzig und ein drahtiger, kleiner Mann, der theatralische Gesten in Richtung Stall machte.

Maddy war die Erste, die auf Dorian zutrat. »Hallo, wir sind Alanas Familie.« Ihr Gang drückte den Schwung der geborenen Optimistin aus.

Ihre Schwester folgte ihr mit den langsamen, verführerischen Bewegungen der geborenen Sirene. »Dorian Crosby.« Carrie streckte ihm gerade die Spitzen ihrer Finger entgegen. »Wir sind uns schon einmal begegnet.«

»Miss O'Hara.« Wenn er je einer Frau begegnet war, die ihm am liebsten ein Messer zwischen die Rippen gebohrt hätte – und eine, die auch ganz exakt die richtige Stelle getroffen hätte –, dann war sie es. Dorian wandte sich Maddy zu.

»Sie sind der Schriftsteller.« Sie warf ihrer Schwester einen belustigten, wissenden Blick zu. »Alana hat uns gesagt, dass Sie hier sind. Das sind unsere Eltern.«

»Frank und Molly O'Hara.« Frank ergriff Dorians Hand und schüttelte sie überschwänglich.

»Molly und Frank«, meldete sich lächelnd seine Frau. Dorian konnte sehen, von wem Alana ihr Aussehen geerbt hatte.

»Immer um unseren Auftritt besorgt.« Frank küsste seine Frau leicht auf die Wange, bevor er sich wieder Dorian zuwandte. »Wo ist mein Mädchen?«

»Alana musste einige Besorgungen machen.« Dorian glaubte fest an erste Eindrücke, und er fühlte sich sofort zu dem kleinen, quirligen Mann mit dem breiten Lächeln und der wohlklingenden Stimme hingezogen.

»Besorgungen.« Frank legte einen Arm um seine Frau und drückte sie. »Typisch unsere Alana.«

»Und ganz untypisch für den Rest von uns. Hallo.« Molly reichte Dorian nicht die Hand, schenkte ihm aber ein Lächeln. »Sie müssen der Schriftsteller sein. Alana hat uns erzählt, dass sie sich doch dazu entschlossen hat, das Buch zu genehmigen.«

Sie hätte gar nicht mehr sagen müssen, um ihre Missbilligung auszudrücken. Doch Dorian spürte, dass diese sich auf das Projekt und nicht auf ihn persönlich bezog. »Ich weiß nicht genau, wann sie wieder nach Hause kommt, aber …«

»Kein Problem.« Frank klopfte ihm freundschaftlich auf die Schulter und ging an ihm vorbei ins Haus. Sein Gang war so leicht, so natürlich, dass Dorian darüber zunächst nicht bemerkte, dass Frank einfach die Gepäckstücke auf der Veranda übersehen hatte. Maddy schnappte sich dafür zwei schwere Taschen und zwinkerte Dorian zu.

»Er ist ganz schön raffiniert, nicht wahr? Komm, Carrie, genau wie in alten Zeiten.«

Carrie warf einen abschätzenden Blick auf das Gepäck und wählte schließlich eine kleine Ledertasche.

»Sie kommt nach ihrem Vater«, urteilte Molly und bückte sich nach einem Koffer.

»Ich mache das schon«, wollte ihr Dorian zuvorkommen. Doch Molly lachte nur und schleppte den Koffer selbst.

»Ich habe Gepäck geschleppt, seit ich denken kann. Machen Sie sich um mich keine Gedanken. Sie werden mit dem Rest alle Hände voll zu tun haben, das kann ich Ihnen versprechen. Setz Kaffee auf, Frank«, rief sie dann unvermittelt.

Mit einem Schulterzucken ergriff Dorian das restliche Gepäck und folgte ihr. Es schien ein interessanter Nachmittag zu werden.

Dorian vertraute ihr nicht. Alana war sich darüber im Klaren. Es hatte nur keinen Sinn, sich darüber aufzuregen. Sie musste sich eingestehen, dass sie ihn zwar nicht angelogen hatte, ihm gegenüber aber auch nicht ganz ehrlich gewesen war. Und Dorian Crosby war ein Mann, der die ungeschminkte Wahrheit verlangte.

Er hatte sie mit seinen Zweifeln und Verdächtigungen verletzt. Und sie hatte von ihm Vertrauen verlangt. Dabei war sie bisher nicht in der Lage gewesen, ihm Vertrauen zu schenken. Sie wollte seinen Beistand, aber sie zögerte, ihm ihren anzubieten. Und vor allem wollte sie seine Liebe, und doch konnte sie zu ihren Gefühlen ihm gegenüber noch nicht stehen.

Vielleicht war es an der Zeit, Dorian zu geben, was für ihn am wichtigsten zu sein schien: vollkommene Ehrlichkeit.

Als Alana in die Zufahrt zum Haus einbog, hatte sie sich entschieden, Dorian alles zu erzählen. Ohne Vertrauen war Liebe nichts weiter als ein leeres Wort. Sie würde vor Dorian ihr Leben ausbreiten und an ihn glauben.

Sie öffnete die Eingangstür. Sie musste mit Dorian sprechen, und sie musste schnell mit ihm sprechen, bevor sie den Mut verlor und ihrem Vorsatz nicht mehr treu bleiben konnte.

Als Dorian dann aus der Küche kam, riss sie sich zusammen. »Dorian.« Sie nahm ihre Tasche von der einen in die andere Hand. »Wir müssen miteinander sprechen.«

»Ja. Aber das wird wohl warten müssen.«

»Das geht nicht. Ich …« Aus den Augenwinkeln heraus sah Alana eine Bewegung, die sie zur Treppe hinsehen ließ.

Maddy stand dort, barfuß, die Hände tief in den Taschen einer weiten Hose vergraben. Sie lächelte, als kenne sie jedes Geheimnis der Welt.

»Maddy!« Alana hatte den Namen noch nicht ganz ausgesprochen, als sie auch schon auf sie zustürzte und sich ihrer Schwester in die Arme warf. Zuerst lachten beide, und dann redeten beide durcheinander. Doch irgendwie gelang es ihnen in diesem wilden Wortschwall, Fragen zu stellen und zu beantworten.

»Ihr zwei seid euch ja schon immer ins Wort gefallen.« Carrie stand oben an der Treppe. Sie sah genauso beherrscht und elegant aus wie vorhin, als sie aus der Limousine gestiegen war. Doch dann stürmte sie mit einem Freudenschrei nur so die Treppe hinunter.

»Ihr beide.« Alana hielt ihre Schwestern im Arm und drückte sie an sich. Die eine duftete nach einem unbeschwerten, frischen Parfum, die andere nach einem verführerischen, geheimnisvollen. »Wie habt ihr das geschafft?«

»Ich bin von der Show abgesprungen«, sagte Maddy lachend. »Mein Ersatz wird mir dafür ewig dankbar sein.«

»Und wir haben die Schlussszenen letzte Woche abgedreht.« Carrie zuckte gleichmütig die Schultern. »Ich habe meinen Favoriten einsam zurückgelassen.« Sie trat einen Schritt zurück und legte die Hand unter Alanas Kinn. »Unglaublich«, meinte sie halblaut. »Nicht eine Spur von Make-up. Dafür könnte ich dich hassen.«

Alana drückte beide wieder an sich. »Oh, wie freue ich mich, euch zu sehen.«

Es war eine Spur, eine winzige Spur von Verzweiflung in ihrer Stimme. Doch sie reichte. Über Alanas Kopf warf Carrie Dorian einen Blick zu. Ihre Augen waren blau – sehr dunkel und sehr intensiv blau.

Auch Maddy war hellhörig den feinsten Stimmungen gegenüber, und auch sie spürte die Spannung. Ihrer Meinung nach war es immer am besten, davon abzulenken. »Komm, lass uns in die Küche gehen. Wie wäre es mit einem Kaffee?« Ihre Augen hatten nicht das lebhafte Blau von Carries oder das dunkle Grün von Alanas. Ihre hatten eine ganz eigentümliche warme Schattierung ins Goldbraun.

Dorian betrat hinter den Frauen die Küche.

»Mom, Dad.« Überrascht starrte Alana ihre Eltern an, die es sich an der Frühstücksbar bequem gemacht hatten.

»Wird auch Zeit, dass du nach Hause kommst, Mädchen.« Frank lächelte sie jungenhaft an. Dann öffnete er weit und einladend die Arme. »Gib uns einen Kuss.«

»Was macht ihr hier?« Alana legte den Arm um jedes Elternteil und atmete den altvertrauten Duft ein – eine Mischung aus Pfefferminz und Chanel. Ihr Vater konnte ohne Pfefferminz keinen Tag überstehen. Und ihre Mutter würde eher barfuß gehen, als auf ihr Parfum zu verzichten. »Es gibt im Umkreis von zwanzig Meilen kein einziges Theater.«

»Ferien.« Ihr Vater gab ihr noch einen schallenden Kuss. »Wir hatten die Wahl: hier oder Paris.«

Molly kommentierte die Bemerkung mit einem nicht gerade zurückhaltenden Schnauben, dann schenkte sie sich Kaffee ein. »Wo sind die Jungen?«

»In der Schule. Sie kommen kurz nach drei.«

»Immer hinter Büchern.« Frank schüttelte den Kopf. »Es ist eine Tragödie.«

»Behalt das lieber für dich, sie stimmen dir nur zu gern zu.«

Maddy ging zum Herd, um Kaffee aufzusetzen. »Alana fragt sich bestimmt schon, wie sie weitere vier Personen drei Tage lang durchfüttern soll. Alana, gibt es einen besonderen

Trick bei diesem Herd? Die Flamme will einfach nicht angehen.«

»Drück den Knopf hinein, bevor du ihn drehst. Und ihr könnt wirklich bleiben?« Alana sah ihre Mutter dabei an, denn sie wusste, wer tatsächlich das Sagen hatte.

»Wir sind zwischen zwei Engagements.« Molly tätschelte Alanas Arm. »Wenn du uns unterbringen kannst, bleiben wir bis zum Ende der Woche.«

»Natürlich kann ich euch unterbringen.« Alana drückte ihre Mutter erneut an sich. Sie konnte es immer noch kaum glauben, dass alle gleichzeitig hier zusammen sein konnten. »Wenn doch auch Terence hier wäre.«

Von Frank kam ein Zischen. »Dieser Junge. Kein Sinn für Verantwortung, kein Ehrgeiz. Ich verstehe gar nicht, wie ich zu einem so unfähigen Sohn kommen konnte. Dabei hat er Talent.« Er schlug mit der Faust auf die Platte. »Ich habe ihm alles beigebracht, was ich kann. Aber seit zehn Jahren ist er nicht ein einziges Mal durch einen Bühneneingang getreten.«

»Habe ich schon erzählt, dass Chris in der Schule in der Weihnachtsgeschichte mitgespielt hat?« Alana wusste, wie sie ihren Vater beruhigen und ablenken konnte. »Er spielte ein Schaf.«

Erst jetzt bemerkte sie, dass Dorian sich abseits hielt und die Szene aufmerksam beobachtete – etwas, das er gut konnte. Sie wusste nicht, ob sein Lächeln amüsiert oder geringschätzig war. »Kaffee?«, fragte sie ihn. Er nickte nur.

»Dorian, Junge.« Frank erinnerte sich wieder an seinen Zuschauer. »Kommen Sie, setzen Sie sich. Ich will Ihnen aus der Zeit erzählen, als wir im Radio aufgetreten sind.«

Carrie gab sich keine Mühe, ein Aufstöhnen zu unterdrücken, was ihr einen Verweis ihres Vaters einbrachte. »Etwas Respekt, bitte.«

»Frank, Dorian mag am Showgeschäft nicht interessiert sein.«

Entgeistert sah Frank seine Frau an. »Es gibt keinen Menschen, der nicht am Showgeschäft interessiert ist.« Er schaufelte zwei gehäufte Löffel Zucker in seinen Kaffee, zögerte kurz und ließ dann noch einen dritten folgen. »Außerdem, der Mann ist Schriftsteller. Also hört er gern eine Geschichte.«

»Geschichte stimmt.« Carrie küsste ihren Vater laut auf die Wange. »Sogar eine unglaubliche Geschichte.«

Frank hob das Kinn. »Setzen Sie sich, Dorian. Achten Sie nicht auf die Familie. Ich habe ihnen Tanzen, aber nie Manieren beibringen können.«

Frank erzählte seine Geschichte, immer wieder von Bemerkungen seiner drei Töchter und einem gelegentlichen Auflachen seiner Frau unterbrochen. Dorian wusste nicht, ob es sich um Tatsachen oder Einbildung handelte, aber auf alle Fälle glaubte Frank O'Hara selbst jedes Wort.

Alana entspannte sich, je mehr sie wieder Teil dieser seltsamen Mischung von Menschen wurde, die ihre Familie waren. Obwohl den anderen so unähnlich, passte sie doch zu ihnen wie ein Teil in einem komplizierten Puzzle.

Dorian mochte die O'Haras. Sie waren laut, fielen einander ins Wort, widersprachen dem anderen und lachten über sich. Jeder von ihnen hatte die Angewohnheit, sich jeweils für einen Augenblick ins Rampenlicht zu stellen. Ihre Geschichten waren übertrieben und dramatisch – doch sicher nicht ohne einen Kern von Wahrheit. Dorian ertappte sich dabei, wie er sich im Kopf gleichsam Notizen machte. Die O'Haras, jeder von ihnen einzeln und alle zusammen als Gruppe, würden den Stoff für ein fantastisches Buch abgeben!

Als die Jungen nach Hause kamen, brach ein fröhliches Chaos aus. Einem flüchtigen Beobachter hätte es erscheinen können, als würden die O'Haras nur die Aufmerksamkeit von neuen Zuhörern auf sich ziehen wollen. Doch Dorian blickte tiefer und erkannte ihre ihnen eigene Lust am lärmenden Durcheinander und ihre Liebe füreinander. Ben und Chris gehörten zu Alana, also gehörten sie auch zu ihnen.

Es gab erstaunte Ausrufe, Umarmungen und Geschenke. Viele Kinder hätten sich von dieser unerwarteten Aufmerksamkeit überrollt gefühlt. Doch nach Dorians Beobachtung konnten Ben und Chris die liebevolle Sturzflut problemlos über sich ergehen lassen. Obwohl die Jungen ihre Großeltern und Tanten selten sahen, zeigte keiner von ihnen linkische Verlegenheit.

Irgendwann kletterte Chris ganz selbstverständlich auf Dorians Schoß und bombardierte ihn mit Geschichten seines heutigen Schultages. Und ganz automatisch legte Dorian einen Arm um den Jungen, damit er nicht herunterfallen konnte. So saßen sie gut eine Stunde zusammen. Das Feuer knisterte wärmend im Kamin, der Duft des Kaffees hing in der Luft, und die Küche war erfüllt von fröhlichen Stimmen.

Sobald Alana mit den Vorbereitungen fürs Essen begann, stand Frank von seinem Platz auf. Er nahm beide Enkel an die Hand und forderte sie auf, mit ihm hochzugehen, um ihm ihr Spielzeug zu zeigen.

Kopfschüttelnd sah Maddy ihnen nach. »Schnell auf den Beinen – wie eh und je.«

»Das Nette an eurem Vater ist, dass er Kochen ebenso wenig als Frauenarbeit betrachtet, wie er Reifenwechsel als Männerarbeit betrachtet.« Molly lächelte. »Er betrachtet beides als Arbeit – und geht ihr unter allen Umständen aus dem Weg. Was kann ich tun, Liebes?«

»Nichts. Es gibt Hackbraten, nichts Aufwendiges.«

Carrie rutschte auf einen Hocker. »Ich nehme an, du möchtest, dass ich Kartoffeln schäle oder so etwas?«

Alana warf einen Blick auf die wunderschön manikürten Hände ihrer Schwester. An einem Finger blitzte ein ganzes Feuerwerk von Diamanten und Saphiren, und an ihrem Handgelenk trug sie eine schmale Golduhr. Alana lächelte, holte einen Sack Kartoffeln aus der Speisekammer und stellte ihn vor ihre Schwester.

»Ein Dutzend müsste reichen.«

Seufzend griff Carrie nach dem Messer. »Ich hätte es eigentlich wissen müssen, dass es besser ist, den Mund zu halten. Du hast schon immer alles so wörtlich genommen.«

Obwohl es ihn amüsiert hatte, die Hollywoodprinzessin beim Kartoffelschälen zu beobachten, erhob sich Dorian. »Ich versorge die Tiere.«

»Aber die Jungen ...«, begann Alana.

»Sind durch außerordentliche Umstände verhindert.« Dorian griff nach seiner Jacke.

»Ich helfe Ihnen.« Maddy erhob sich und war schon an der Tür. »Ich spiele lieber mit den Pferden, als Kartoffeln zu schälen.«

Draußen blies ein kalter Wind. Sigmund sprang mit heraushängender Zunge auf Maddy zu. Sie kraulte ihn und strich ihm über das Fell.

»Ich kann mir kein klares Bild von Ihnen machen, Dorian.« Immer noch über den Hund gebeugt, drehte Maddy den Kopf und sah zu Dorian auf. »Ich hatte mich schon fast dazu entschlossen, Sie nicht zu mögen, bis ich Sie mit den Jungen beobachtet habe. Kinder haben gewöhnlich eine gute Antenne für Menschen, und die Jungen mögen Sie.« Als er nichts erwiderte, richtete sie sich auf und sah ihn offen an. »Der Hauptgrund, warum ich Alana sehen wollte, waren Sie.«

Dorian entschied, dass die Tiere auch noch etwas auf ihr Futter warten könnten, und nahm sich eine Zigarette. »Ich kann Ihnen nicht ganz folgen.«

»Als ich vor einer Woche oder so mit Alana telefoniert habe, klang sie entmutigt. Und so leicht ist Alana nicht zu entmutigen.« Maddy steckte die Hände in die Hosentaschen, ohne den Blick von Dorian zu wenden. »Sie hat viel durchgemacht. Carrie und ich konnten nicht immer bei ihr sein, um ihr beizustehen, als sie es dringend nötig hatte. Das soll nicht noch einmal geschehen. Darum sind wir hier.«

Er blies bedächtig den Rauch seiner Zigarette aus. »Mir scheint, Alana kann sehr wohl auf sich selbst aufpassen.«

»Sicher.« Sie strich sich die Haare zurück, die der Wind ihr sofort wieder ins Gesicht blies. »Sehen Sie sich hier um. Alana liebt dieses Fleckchen, und – ob sie es Ihnen erzählt hat oder auch nicht – sie hat alles aus eigener Kraft geschaffen. Alles. Ich weiß nicht, was sie Ihnen von Chuck Rockwell erzählt hat oder noch erzählen wird, aber alles hier kommt nur von Alana.«

»Sie haben ihn nicht gemocht.«

»Für eine Schauspielerin bin ich manchmal zu durchsichtig. Nein, ich habe ihn nicht gemocht – und es gibt wirklich wenige Menschen, von denen ich das sagen kann. Aber meine Gefühle sind von Alanas Gefühlen verschieden. Ich will sie nicht noch einmal am Boden zerstört erleben müssen.« Sie lächelte leicht, doch ihr Lächeln minderte nicht die Entschlossenheit in ihrem Ton. »Eigentlich habe ich erwartet, mich mit erhobenen Fäusten zwischen Sie und Alana stellen zu müssen. Ich glaube nicht, dass das nötig sein wird.«

»Sie kennen mich nicht.«

»Aber Alana«, entgegnete sie einfach. »Wenn sie sich aus Ihnen etwas macht, muss es einen Grund haben. Und das reicht mir.« Sie hakte sich bei Dorian ein, als würden sie sich schon seit Jahren kennen. »Dann wollen wir jetzt die Pferde versorgen.«

Während des Dinners plätscherte das Gespräch dahin. Auch wenn das Essen einfach war, so genoss man es doch begeistert. Als es anschließend um den Abwasch ging, flüchtete Frank mit seinem Banjo. Weil er die Kinder unterhielt, verlor Alana kein Wort darüber und machte sich selbst an die Arbeit. Ihr war es Belohnung genug, die Stimme ihres Vaters über dem Geschirrgeklapper hören zu können.

»Lass mich das tun.«

»Mom, du hast Urlaub.«

Maddy rümpfte die Nase und griff sich ein paar Gläser. »Los, Carrie, nimm du dir die Teller.«

»Ich habe schon Kartoffeln geschält.« Skeptisch sah sie auf ihre Hände.

»Eitel«, murmelte Maddy, während sie das Geschirr in die Spülmaschine packte. »Immer eitel.«

»Was, Schwesterchen, wäre ich ohne meine Eitelkeit?« Carrie lächelte und erhob sich. »Ich gehe lieber Dad zur Hand.«

Dorian nahm einen Stapel Teller, um sie unter laufendem Wasser abzuspülen, und ging zur Spülmaschine. »Du hast für heute genug getan«, sagte er zu Alana. »Warum setzt du dich nicht einfach zu deinem Vater?«

Ein Blick reichte, um sie wieder an die heftigen Worte zu erinnern, die er heute Morgen zu ihr gesagt hatte. Doch vor ihrer Familie wollte sie keine Szene, und so ging Alana lieber auf seinen Vorschlag ein.

Aus dem Wohnzimmer ertönte ein dreistimmig gesungenes Lied. »Frank wird selig sein«, bemerkte Molly. »Endlich kann er wieder mit seinen Mädchen singen. Geh schon, Alana, Dorian und ich haben hier alles unter Kontrolle.«

Sekunden später fielen Alanas und Maddys Stimmen mit ein. Frank begleitete sie auf dem Banjo und ging zur nächsten Nummer über. Molly summte in der Küche leise mit, während sie die Frühstücksbar abwischte.

»Wahrscheinlich bin ich sentimental«, meinte sie. »Aber es tut meiner Seele gut, sie zu hören.«

»Sie haben wirklich eine unglaubliche Familie, Mrs. O'Hara.«

»Gütiger Himmel, nennen Sie mich nicht so. Sie erinnern mich sonst nur daran, dass ich viel zu alt dazu bin, um durchs Land zu ziehen und mich mit Theaterschminke vollzuschmieren. Molly, schlicht und ergreifend Molly.«

Dorian verschloss die Spülmaschine und sah Molly an. Sie war entzückend mit ihren weichen Zügen und ihrem vollen, jugendlichen Mund. Auch die Falten konnten diesen Eindruck nicht mindern. »Ich kann zu Ihnen schlecht ›Schlicht-und-ergreifend-Molly‹ sagen.«

Ihr Lachen, tief und kräftig, war ganz das Gegenteil von ihrer Statur. »Oh, Sie sind ein Pfiffikus und können mit Worten umgehen. Ich habe Ihr letztes Buch gelesen, im Zug, das über die Schauspielerin.«

»Und?«

»Sie sind ein harter Mann. Sie sind neugierig und lieben Ihren Beruf. Sie ziehen Dinge hervor, die besser im Dunkeln bleiben sollten. Aber Sie sind fair.« Als sie sich umdrehte, um ihn anzusehen, bemerkte er, dass ihre Augen wie Alanas waren, tief und verletzbar. »Seien Sie auch fair zu meinem Mädchen, Dorian. Das ist alles, was ich will. Sie ist stark. Manchmal ist es mir direkt unheimlich, wie stark. Und wenn sie verletzt wird, dann bittet sie nicht um Hilfe, sondern verbindet sich selbst ihre Wunden. Ich will nicht, dass sie noch einmal welche verbinden muss.«

»Ich bin nicht hier, um sie zu verletzen.«

»Aber Sie könnten sie unbeabsichtigt am Ende doch verletzen.« Sie seufzte ein wenig. »Können Sie singen?«, fragte sie dann ganz abrupt.

Überrascht starrte er sie einen Augenblick an, dann lachte er. »Nein.«

»Dann wird es Zeit, dass Sie es lernen.« Und sie nahm ihn beim Arm und führte ihn hinaus zu den anderen.

Es war nach Mitternacht, als das Haus zur Ruhe kam. Maddy und Carrie reden und lachen jetzt bestimmt noch in ihrem Zimmer, das sie sich teilen müssen, dachte Alana. Ihre Eltern schliefen wohl schon, so bequem in diesem fremden Bett, wie sie es schon in hundert anderen fremden Betten getan hatten. Alana selbst war unruhig, zu unruhig, um schlafen zu können oder ihren Schwestern Gesellschaft zu leisten. Stattdessen schlüpfte sie in eine Jacke und ging hinüber in den Stall.

Das Fohlen schlief, zufrieden im Heu ausgestreckt und von seiner Mutter bewacht. Alana streichelte die andere trächtige Stute und hoffte, sich selbst wie auch das Tier zu beruhigen.

»Du brauchst Schlaf.«

Alanas Finger verkrampften sich in der Mähne der Stute, dann entspannten sie sich langsam, bevor sie sich zu Dorian umdrehte. »Ich habe dich nicht hereinkommen hören. Ich dachte, alle seien schon im Bett.«

»Das solltest du auch sein. Du siehst müde aus.« Er kam näher. »Ich habe gesehen, wie du aus dem Haus gegangen bist. Ich stand gerade am Fenster.«

»Ich wollte nach Gladys sehen.« Alana schmiegte die Wange an die Stute. Der Streit von heute Morgen schien so weit weg. »Mit meiner Familie hier wird es für uns in den nächsten Tagen ein wenig schwierig werden, zusammenzuarbeiten.«

»Ich habe für die nächste Zeit genug Material zum Arbeiten. Alana …« Er wollte sie. Er wollte sie an sich ziehen und sich vormachen, dass alles so einfach sei wie im Wohnzimmer zusammenzusitzen und zu singen. Er wollte ihr die Art von bedingungslosem Beistand anbieten, wie ihre Familie es tat. Und doch schien eine Mauer zwischen ihnen aufgerichtet zu sein. »Ich möchte mit dir über heute Morgen sprechen.«

Sie hatte gewusst, dass er das wollte. Sie fuhr damit fort, Gladys zu streicheln. »Gut«, sagte sie dann. »Möchtest du hineingehen?«

»Nein.« Er berührte sie, als sie sich umwandte, bevor er sich daran erinnern konnte, dass er besser einen gewissen Abstand wahren sollte. »Ich will mit dir allein sein. Verdammt, Alana, ich möchte Antworten. Du machst mich verrückt.«

»Ich wünschte, ich könnte dir die Antworten geben, die du hören willst.« Sie holte tief Luft und legte die Hände auf seine Arme. »Dorian, auf der Rückfahrt heute habe ich mich entschlossen, dir alles zu sagen und ganz offen zu dir zu sein. Vielleicht kann ich dir nicht die Antworten geben, die du willst. Aber ich will dir die Wahrheit anvertrauen.«

War es nicht das, was er immer von ihr gewollt hatte? Er betrachtete sie in dem dämmrigen Licht. »Warum?«

Sie hätte ihm ausweichen können, vielleicht hätte sie es sogar sollen. Aber Ehrlichkeit musste schließlich irgendwo ihren Anfang haben. »Weil ich dich liebe.«

Er trat nicht zurück, aber seine Hände glitten langsam von ihr, bis er sie nicht mehr berührte. Alana versetzte es einen leichten Stich. »Ich hatte dir gesagt, es könnte nicht die Antwort sein, die du hören willst.«

»Moment. Warte einen Augenblick«, betonte er, als sie sich abwandte. Trotz seines Schocks hatte er die Verletztheit in ihrem Blick aufflackern sehen. »Du kannst nicht von mir

181

erwarten, dass ich nach einer solchen Aussage nicht ein wenig überwältigt bin.« Sie drehte sich wieder zu ihm um. Doch er berührte sie noch immer nicht, weil sie ihn zu Tode erschrocken hatte. »Ich weiß nicht, was ich sagen soll.«

»Du musst gar nichts sagen.« Sie sprach ruhig und leise, und in ihren Augen stand so etwas wie Belustigung. »Ich bin für meine Gefühle selbst verantwortlich, Dorian. Das habe ich schon vor langer Zeit gelernt. Ich habe deine Frage ehrlich beantwortet, weil ich erkannt habe, dass ich, wenn ich nicht alle deine Fragen ehrlich beantworte, in ein tiefes Loch falle, aus dem ich vielleicht nie mehr herauskomme. Heute Morgen …«

»Zum Teufel mit heute Morgen.« Er umfasste ihr Gesicht mit beiden Händen und starrte sie an, als sähe er sie zum ersten Mal. »Ich weiß nicht, was ich wegen dir tun soll. Und ich weiß verdammt auch nicht, was ich für dich tun soll.«

Es wäre so einfach, einen Schritt auf ihn zuzumachen und sich in seine Arme zu schmiegen. Sie wusste, er würde sich ihr nicht verweigern. Doch Alana schüttelte den Kopf. »Das ist ein Problem, bei dem ich dir nicht helfen kann.«

Sie war jetzt noch näher, doch er hatte nicht einmal bemerkt, dass er den Abstand zwischen ihnen verringert hatte. »Ich will nicht wieder in eine Beziehung verstrickt werden. Eine Ehe hat mir gereicht.«

»Ich verlange keine feste Beziehung, Dorian. Ich verlange von dir überhaupt nichts.«

»Das ist es ja gerade, verdammt. Wenn du etwas verlangen würdest, könnte ich dir sagen, du solltest das Ganze vergessen.« Das hoffte er wenigstens. »Ich könnte dir dann tausend Gründe dafür nennen, warum es niemals klappen würde.« Sie sah ihn an, ihre Augen waren ruhig auf ihn gerichtet. Er verwünschte erst sie, dann sich selbst im Stillen, bevor er sie in seine Arme nahm. »Ich will dich. Und es gibt nichts, was ich dagegen tun kann.« Und dann küsste er sie.

Es war, als wäre an diesem Tag nichts geschehen. Die Hitze, die Leidenschaft, die Glut, alles war wieder so stark wie zuvor. Sie entspannte sich in seinen Armen. In dem Dämmerlicht des Stalls konnte er sehen, wie sie die Augen schloss und dann wieder öffnete, um ihn zu sehen, als sich ihre Lippen wieder und wieder fanden. Es lag ein strenger Geruch von Tieren, Heu und Leder in der Luft, doch als Alana die Arme um ihn schlang, roch Dorian nur noch den frischen Duft ihrer Haut.

»Ich will nicht reden.« Er ließ seine Lippen über ihre Wange gleiten und zog sie dann fester an sich. »Ich will nicht einmal denken.«

»Nein.« Sie verschränkte ihre Finger mit seinen. »Nicht heute Nacht. Ich werde dir alle Antworten geben, Dorian. Ich verspreche es.«

11. Kapitel

Als Gladys ihr Fohlen bekam, lief alles etwas verrückt. Alana ging ihrer morgendlichen Arbeitsroutine nach, ihr Vater schlenderte neben ihr. Alana wurde nie müde, ihm dabei zuzuhören, wie er die Geschichten seines unsteten Lebens ausspann. Obwohl sie es selbst lange genug gekannt hatte, gelang es ihr doch, die Wirklichkeit zeitweilig zu vergessen und zu glauben, dass alles nur aus Glanz, Aufregung und erfolgreichen Premieren bestand.

»Ich sage dir, Alana, ein großartiges Leben. Eine Stadt nach der anderen. Welche Möglichkeit, die Welt kennenzulernen!«

Er erwähnte natürlich nicht die Hintertüren, die verräucherten, nach Alkohol riechenden Räume oder das gelangweilte Publikum. In Frank O'Haras Welt gab es so etwas nicht. Und Alana war dankbar dafür.

»Las Vegas, was für eine Stadt! Blitzendes Neonlicht, klingende Spielautomaten, Menschen, die morgens um acht Uhr in Abendgarderobe herumflanieren. Ach, was würde ich darum geben, noch einmal in Vegas zu spielen.«

»Du wirst es, Dad.« Vielleicht nicht gerade in den Luxusclubs, vielleicht würde sein Name nicht gerade mit Riesenlettern auf einer Hotelmarkise stehen, aber er würde wieder in Las Vegas spielen. Ein Mann wie Frank O'Hara brauchte Auftritte, wie andere Luft zum Leben brauchten. Es lag im Blut, sagte er oft. Und weil das Blut der O'Haras dick war, war er schon vor acht Uhr auf und leistete seiner Tochter Gesellschaft, obwohl für ihn normalerweise zwölf erst eine einigermaßen zivilisierte Zeit war. Alana wusste das und liebte ihn dafür nur umso mehr.

»Dieser Ort.« Sorgfältig vermied er es, zu tief einzuatmen. »Er passt zu dir. Du musst nach deiner Großmutter kommen. Die hätte ihre Farm in Irland nie verlassen.« Erinnerungen, die eigentlich eher Träume waren, überwältigten ihn für einen Augenblick. »Bist du glücklich, Alana?«

Alana ließ sich Zeit, über die Frage nachzudenken, denn sie spürte, dass ihre Antwort wichtig war. Die Farm brachte ihr Zufriedenheit, und die Kinder … Alana lächelte bei der Erinnerung an deren Klagen, in die Schule geschickt zu werden, obwohl das Spannende zu Hause ablief. Die Kinder gaben ihr Festigkeit, Stolz und eine Art von Liebe, die sich nicht beschreiben ließ. Und Dorian. Er brachte ihr Leidenschaft, Feuer und Gelassenheit, all das zugleich. Er machte das Leben vollständig. Auch wenn sie wusste, dass dies nur vorübergehend war, erschien es ihr genug.

»Ich bin im Augenblick glücklicher, als ich es seit langer, langer Zeit gewesen bin.« Das war ehrlich genug. »Ich bin mit dem hier zufrieden. Es ist wichtig für mich.«

Es ging über Franks Verständnis, wie jemand glücklich sein konnte, wenn er an einem Ort verwurzelt war. Doch für seine Kinder wollte er immer das, was sie am meisten wollten. Dabei war es gleichgültig, was es war, solange sie es nur hatten. »Der Schriftsteller …« Das war unbekanntes Land für ihn, auf dem er sich erst vortasten musste. »Nun, Alana, man müsste blind sein, um nicht mitzubekommen, wie du ihn ansiehst.«

»Ich liebe ihn.« Merkwürdig, wie leicht ihr plötzlich die Worte von den Lippen kamen.

»Ich verstehe.« Er pfiff leise durch die Zähne. »Soll ich mit ihm sprechen?«

Einen Augenblick lang raubte es ihr die Sprache. Dann lachte sie. »O nein, Dad, nein. Du brauchst nicht mit ihm zu sprechen.« Sie küsste ihn auf die Wange. »Ich habe dich lieb.«

Er umfasste ihr Kinn. »Nun kann ich dir ja gestehen, dass deine Mutter und ich um dich besorgt waren – so allein hier draußen und alles allein bewältigen.« Er grinste spitzbübisch und zog sie am Haar. »Tatsächlich behauptet deine Mutter, dass es überhaupt keinen Grund gäbe, um dich besorgt zu sein, aber ich war es nun einmal.«

»Das musst du nicht. Die Jungen und ich haben es gut. Wir führen das Leben, das wir für uns wollen.«

»Das sagt sich immer so leicht, aber ein Vater sorgt sich nun einmal um seine Tochter. Carrie zum Beispiel, sie hat mir genügend Sorgen gemacht, als sie noch ein Teenager war. Maddy kann mit ihrem Mundwerk jede Tür öffnen und schließen.«

»Wie ihr Dad.«

Er lächelte verschmitzt. »Wie ihr Dad. Aber du bist anders. Als du ein Kind warst, gab es nicht eine Minute Ärger wegen dir. Und dann …« Er brach ab. Er wollte ihr jetzt lieber nicht erzählen, wie sehr er sich über ihr Schicksal gegrämt hatte, wie viel Kummer, wie viele innere Kämpfe es ihn gekostet hatte. Nicht wegen seines Schwiegersohns, nein, er hatte nur um den Seelenfrieden seiner Tochter gebetet. »Doch jetzt, wo ich weiß, dass du mit einem Mann zusammenleben wirst, einem guten, ehrlichen Mann, falls ich mich nicht sehr irre, werde ich wieder gut schlafen können.«

Die milde, warme Morgenluft strich ihr durch die Haare. Was ein paar Wochen doch schon verändern konnten. »Ich werde nicht mit Dorian zusammenleben, Dad. So ist es nicht.«

»Aber du hast doch gerade gesagt …«

»Ich weiß, was ich gesagt habe.« Sie stieß mit dem Fuß einen kleinen Stein vom Weg und wünschte, andere Hindernisse könnten sich ebenso leicht beseitigen lassen. »Er bleibt nicht, Dad. Das hier ist nicht sein Leben. Und ich kann nicht weg, weil das hier mein Leben ist.«

»So einen Unsinn habe ich noch nie gehört.« Sie hatte die Stalltür geöffnet, und er folgte ihr, obwohl er ursprünglich nicht hineinwollte. Wohin hatte er seine Familie nicht schon überall geführt? Sollte es da nicht möglich sein, seine Alana dorthin zu führen, wohin sie doch sowieso wollte? »Menschen, die sich lieben, nehmen gewisse Anpassungen vor. Kompromisse, Alana. Mit dem anderen ging das nicht.« Chucks Namen würde er nicht aussprechen. »Denn für Kompromisse sind zwei Menschen nötig. Wenn nur einer sich dem anderen anpasst, dann ist es wie bei einem Gummiband: Entweder es flitscht weg oder es reißt.«

Alana musterte ihn. Er war kein unbedingt gut aussehender Mann, doch ein einnehmender, mit seinem lebendigen, ausdrucksvollen Gesicht. Er spielte oft den Clown, weil er es seinem Wesen entsprechend hielt, andere zum Lachen zu bringen. Aber er war kein Narr.

Alana küsste ihn erneut auf die Wange. »Dorian ist nicht wie Chuck. Und ich bin überhaupt nicht mehr die Frau, die diesen aufregend leichtsinnigen Mann damals geheiratet hat.«

»Und was empfindet der Mann für dich?«

»Ich weiß es nicht. Aber mach dir keine Sorgen.« Sie legte beide Hände auf seine schmalen Schultern. »Ich habe dir gesagt, ich bin glücklich, so wie es ist. Ich suche keinen Mann, der für mich sorgt, Dad. Das habe ich früher einmal gemacht.«

»Und der hat auch noch ein ganz schwaches Bild dabei abgegeben.«

Sie musste lachen und gab ihm noch einen Kuss. »Es war nicht seine Aufgabe, für mich zu sorgen, Dad. Ich konnte ja auch nicht für ihn sorgen. Du weißt ganz genau, dass das eine Ehe nicht ausmacht. Es muss ein Team sein, wie bei dir und Mom.«

»Die beiden Jungen brauchen einen Mann um sich.«

»Ich weiß. Ich kann ihnen nicht alles geben.«

Er hielt sich zurück, weil er aus ihrer Stimme das schwache Bedauern, das offensichtliche Schuldgefühl heraushörte. »Du hast bei ihnen verdammt gute Arbeit geleistet. Wer das Gegenteil behauptet, bekommt es mit Frank O'Hara zu tun.«

Alana lachte, weil sie sich an einige Raufereien erinnern konnte. Er mochte klein sein, doch ihr Vater war manchmal sehr für eine Balgerei zu haben. »Warum hilfst du mir nicht stattdessen, die Pferde zu füttern?«

Er zog sich ein wenig zurück, aus einer natürlichen Vorsicht heraus. »Nun, ich habe keine Ahnung davon, Alana, Mädchen, ich bin ein Stadtmensch.«

»Komm, du wolltest doch das Fohlen sehen.«

Sie machte die ersten Schritte auf die vorderste Box zu. Ein Instinkt ließ sie daran vorbeigehen, um bei Gladys, der tragenden Stute, hereinzusehen.

»Was ist los? Was ist los?« Die Stimme ihres Vaters überschlug sich förmlich. Er stand hinter Alana und starrte auf Gladys. »Ist sie krank? Ist es ansteckend?«

Alana musste lachen, sogar während sie die Stute abtastete. »Babys zu bekommen ist keine ansteckende Krankheit, Dad. Geh in die Küche, sieh in meinem Adressbuch nach und rufe bitte den Tierarzt an.«

Er stieß einen ganzen Schwall irischer und amerikanischer Flüche aus. »Brauchst du Wasser? Heißes Wasser?«

»Ruf nur den Tierarzt an, Dad, und mach dir keine Sorgen. Es wird alles gut gehen. In dieser Angelegenheit bin ich mittlerweile ein alter Hase.«

Er eilte davon und kam nicht zurück. Alana hatte es auch nicht anders erwartet. Er hatte Dorian geschickt, und zu Alanas Überraschung steckte Carrie hinter ihm den Kopf zur Box herein.

»Hat Dad den Tierarzt angerufen?«

»Ich habe es gemacht.« Dorian stellte sich neben Alana. »Er kam in die Küche gestürzt und forderte kochendes Wasser. Ich glaube, deine Mutter beruhigt ihn. Wie geht es Gladys?«

»Ganz gut.« Sie warf ihrer Schwester einen Blick zu. Carrie schien unnahbar und aufpoliert wie immer in ihrer hellen Hose und der Seidenbluse. »Du bist früh auf.«

Carrie zuckte nur die Schultern. »Ich durfte doch die ganze Aufregung nicht verpassen.« Und dann, weil die Stute ihr ganzes weibliches Mitgefühl hatte, kniete sie nieder. »Kann ich etwas tun?«

»Es ist schon fast vorbei.«

Und so holten Alana und Dorian ihr zweites Fohlen unter ganz selbstverständlich partnerschaftlichen Bemühungen, was Carries scharfem Blick nicht entging.

Noch etwas schläfrig und mit einem überdimensional großen Overall bekleidet, trat Maddy zu ihnen. »Ich soll eine Nachricht an die Front bringen: Der Tierarzt kann noch eine Weile auf sich warten lassen.« Sie gähnte herzhaft. »Dad kocht auf jeder Herdplatte Wasser. Wenn der Tierarzt nicht bald auftaucht, droht er, den ärztlichen Notdienst anzurufen. Es ist nicht einmal mehr möglich, sich einen Kaffee zu machen.«

»Wir können jetzt vier kleine rosa Babyschuhe stricken«, meinte Carrie zu ihr. Sie strich sich die Hose glatt.

»Ich sehe wohl nicht richtig.« Maddys verschlafener Blick fiel auf das Fohlen. »Hey, Moment, keiner bewegt sich. Ich muss meinen Fotoapparat holen. Die Typen aus der Tanzklasse werden Augen machen.« Und schon rannte sie hinaus.

»So, und jetzt, wo die ganze Aufregung vorbei ist, werde ich mich wieder in die Küche begeben und versuchen, Dad etwas von seinem heißen Wasser abzuschnacken. Ich brauche unbedingt einen Kaffee.« Carrie schlenderte hinaus, eine überwältigende Duftwolke hinter sich lassend.

»Deine Familie ist schon eine Nummer«, kommentierte Dorian halblaut.

»Ja.« Alana wischte sich mit dem Ärmel über die verschwitzte Stirn. »Ich weiß.«

Als Maddy einen Ritt vorschlug, warf Alana ihren Tagesplan über den Haufen und sattelte Jay für sich. Dorian arbeitete in seinem Zimmer, und ihre Eltern waren nicht interessiert, so würden sie also zu dritt für sich sein, wie es früher fast immer gewesen war.

Alana beobachtete Maddy, die mit flinken Bewegungen den Sattelgurt festzog, und drehte sich dann zu Carrie um.

»Brauchst du Hilfe?«

»Oh, ich denke, ich komme klar.«

»Ich wusste gar nicht, dass du überhaupt reiten kannst.« Vorsorglich überprüfte Alana noch einmal Carries Sattel. »Aber Matilda ist sehr sanft.«

Draußen vor dem Stall schwang sich Maddy mit sportlichem Geschick in den Sattel. Carrie zögerte, machte einige ungeschickte Versuche, doch schließlich gelang es auch ihr, die Stute zu besteigen. Alana entschloss sich, Jay neben ihrer Schwester zu halten. »Wir können den Weg nehmen. Er führt östlich um den Besitz herum. Dort werden wir in einigen Wochen aussäen, um später Heu machen zu können.«

»Aussäen ... Heu machen ... wie ländlich!« Carrie blickte in die Runde.

Maddy lachte auf. »Okay, Miss Hollywood, dann lass uns reiten.«

»Lass uns besser jagen, Miss New York.« Und dann – Alana blieb fast der Mund offen stehen – gab Carrie der Stute die Fersen und schoss vorwärts. Maddy wollte einen Warnruf ausstoßen, erkannte aber sofort, dass es unnötig war. Carrie lachte und ritt wunderbar.

»Immer voller Überraschungen«, meinte Maddy zu Alana.

Alana gab Jay die Fersen. »Stimmt. Worauf warten wir noch?«

Die ganze Situation weckte in Alana Erinnerungen an ihre Kindheit. Auch da war Carrie immer die Anführerin gewesen. Nichts hatte sich geändert.

Atemlos und lachend trafen sie sich schließlich oben auf dem Bergkamm, wo Carrie auf sie wartete.

»Wo hast du denn so reiten gelernt?«, wollte Maddy wissen.

Carrie zupfte ihr Haar zurecht. »Darling, nur, weil du Vitamine schluckst und zehn Meilen pro Tag joggst, bedeutet das noch lange nicht, dass du die Einzige der O'Haras mit sportlichen Fähigkeiten bist.« Als Maddy nur durch die Nase schnaubte, grinste sie wie ein Lausbub. Die Hollywood-Diva war weg, Carrie war eine ganz normale Frau, die sich über eine Hänselei freute. »Mein letzter Western spielt in Wyoming, etwa 1870.« Sie lachte vor sich hin. »Ich schwöre, ich habe mehr Zeit im Sattel als jeder Viehdieb verbracht. Ich habe bestimmt einen Zentimeter an Hüftumfang verloren.«

Alana klopfte Jay, der seitwärts tänzelte, auf den glänzenden Hals. »Es gibt also nicht nur Premieren im Blitzlicht und Feiern in exklusiven Restaurants.«

»Nein.« Carrie warf das lange Haar zurück und zuckte die Schultern. »Wenn man klug ist, tut man halt das, was man am besten kann. Machst du das nicht auch so?«

Alana blickte über das Farmland, für dessen Erhalt sie so hart kämpfen musste. »Kinder großziehen und Heu einbringen. Ja, wahrscheinlich ist es das, was ich am besten kann.«

»Ich kann nicht behaupten, dass ich dich beneide, aber ich muss sagen, ich bewundere dich.«

Sie ließen die Pferde im Schritt gehen, Carrie in der Mitte, Alana zur Linken und Maddy zur Rechten, eine Aufstellung, die sie vor mehr Publikum eingenommen hatten, als sie überhaupt zählen konnten.

»Erinnert ihr euch noch an den kleinen Ort direkt vor Memphis?«

»Wo die Gäste Bourbon pur getrunken haben und aussahen, als könnten sie rohes Fleisch kauen?« Alana schüttelte den Kopf. »Kaum vorstellbar, dass wir das überhaupt durchgestanden haben.«

»Durchgestanden?« Carrie rieb sich ihre Nägel an ihrer Wildlederjacke. »Darling, wir waren ein Erfolg – der Knaller des Abends.«

»Sicher, wenn ich mich richtig erinnere, sind ungefähr sechs Flaschen zerknallt worden.«

Die Erinnerung ließ Maddy auflachen. »Vor Premieren stelle ich mir immer vor, ich müsste in ›Mitzie's Place‹ außerhalb von Memphis auftreten. Denn was auch passiert, es kann niemals so schlimm wie damals werden.«

»Was wirst du nach deiner Rückkehr als Nächstes machen?«, fragte Alana sie. »Hörst du wirklich mit ›Suzanna's Park‹ auf? Das scheint doch ein Dauerbrenner am Broadway zu werden.«

»Über ein Jahr immer dieselben Schritte tanzen und dieselben Sätze sprechen? Ich wollte einfach etwas Neues. Und wahrscheinlich habe ich auch schon etwas. Wenn die Leute einen finanzkräftigen Geldgeber finden, sind wir in ein paar

Monaten bereits mitten in den Proben. Ich bin eine Stripperin.«

»Eine was?«, kam es wie aus einem Munde von Carrie und Alana.

»Eine Stripperin. Ihr wisst schon: mit den Hüften wackeln, herausfordernd lächeln und sich entkleiden. Ein wunderbarer Charakter – eine Lady mit offenherziger Gesinnung und freien Moralvorstellungen, die ihren Traummann trifft und ihm vormacht, sie sei Bibliothekarin. Aber nein, nicht wie ihr befürchtet, ich werde nicht meine gesamten Qualitäten auf der Bühne enthüllen. Immerhin soll die ganze Truppe zur Geltung gebracht werden.«

»Und was ist mit dir, Carrie? Legst du eine Pause ein?«, fragte Alana.

»Das könnte ich nicht aushalten. Wir drehen in ungefähr zehn Tagen eine Miniserie. Hast du ›Strangers‹ gelesen?«

»Sicher, ja, es ist wunderbar.« Maddy brach ab, und ihre Augen weiteten sich. »Dann spielst du die Hailey. Himmel, Carrie, eine herrliche Rolle. Alana, hast du es gelesen?«

»Nein, ich habe keine Zeit mehr zum Lesen.«

»Es dreht sich alles um …«

»Maddy.« Carrie schnitt ihr das Wort ab. »Verrate ihr nicht alles. Du kannst es in einigen Monaten ganz bequem zu Hause angucken, Alana.«

Es überraschte Alana schon nicht mehr, dass sie sich tatsächlich im Wohnzimmer bequem auf die Couch setzen und ihre Schwester im Fernsehen sehen konnte. »Ich dachte, du wolltest kein Fernsehen mehr machen«, sagte sie zu Carrie.

»Wollte ich auch nicht, aber das Drehbuch war zu gut. Es reizt mich auch, wieder an meine alte Wirkungsstätte zurückzukehren.« Selten gab sie zu, Herausforderungen zu lieben. Dazu hatte sie zu hart arbeiten müssen, bis das Publikum in ihr die Verkörperung von Glamour und Sorglosigkeit sah. »Fürs Fernsehen habe ich nicht mehr seit den Werbespots für sinnliche Shampoos und weißer-als-weiß-wirkende Zahnpastas gearbeitet.«

Sie waren jetzt weit genug vom Haus entfernt, und Alana wirkte entspannt. Carrie und Maddy tauschten einen Blick aus, sie verstanden sich auch ohne Worte.

»Und was ist mit dir, Alana?« Carrie lenkte ihr Pferd mühelos herüber, sodass Alana in der Mitte war. »Was ist das für eine Geschichte zwischen dir und Dorian Crosby?«

»Es ist die Geschichte, wegen der Dorian hier ist«, entgegnete sie. »Ich muss sie erzählen, wenigstens zum Teil.«

»Und so, wie du für ihn fühlst, wird es leichter?«

Alana wusste, sie brauchte ihren Schwestern nichts vorzumachen. Sie spürten es beide ganz genau, dass sie verliebt war. »In gewisser Hinsicht. Ich hatte eigentlich vor … Nun, ich wollte die Tatsachen etwas verdrehen. Das hat bei Dorian aber nicht geklappt, weil er mich einfach nur ansehen muss, um zu erkennen, ob ich aufrichtig bin. Ich muss ihm also die Wahrheit sagen.«

»Hast du ihm auch gesagt, was für eine Hexe Janice Rockwell ist?«, fragte Carrie wütend. »Wie sie dich und die Jungen nach Chucks Tod behandelt hat?«

»Das ist doch wirklich nicht wichtig.«

»Ich würde es jedenfalls gern schwarz auf weiß lesen«, entgegnete Maddy halblaut. »Was sie gemacht hat, war kriminell.«

»Was sie getan hat, war juristisch einwandfrei«, widersprach Alana. »Nur weil es nicht richtig war, bedeutet es noch nicht, dass es nicht den Gesetzen entsprach. Außerdem war es so für mich wohl auch besser. Es hat mich reifer werden lassen.«

»Ich finde, Dorian Crosby müsste alles wissen«, beharrte Carrie. »Alle Einzelheiten und Fallstricke. Reiche Mutter des Rennfahrers überlässt Witwe samt Enkel dem Elend.«

»Carrie, so schlimm war es auch nicht. Wir mussten uns nicht die Pennys erbetteln.«

»Es war genau so schlimm«, betonte Carrie. »Alana, wenn du ihm in einigen Dingen vertraust, dann solltest du ihm in allem vertrauen«, fügte sie hinzu.

»Sie hat recht.« Maddy schwieg einen Moment. Die Sonne war warm und hell, der Duft jungen Grases intensiv. Aber Maddy spürte den Aufruhr in ihrer Schwester. »Ich habe die ganze Idee mit der Biographie zuerst für einen Fehler gehalten. Doch jetzt, wo sie schon so weit gediehen ist, sollte es auch keine halbe Sache werden. Ich weiß, dass viel geschehen ist, wovon du auch uns nichts erzählt hast. Meinst du nicht, du würdest dich besser und freier fühlen, wenn du es endlich einmal loswirst?«

»Ich denke dabei nicht an mich. Ich kann mittlerweile damit leben. Ich denke an die Jungen.«

»Meinst du, sie wissen es nicht?«, fragte Carrie ruhig.

»Nein.« Alana betrachtete ihre Hände und sprach dann aus, was sie bisher immer verdrängt hatte. »Die Einzelheiten kennen sie nicht, aber sie haben die Atmosphäre gespürt. Doch was sie jetzt nicht wissen, werden sie früher oder später herausfinden. Ich will nur, dass Dorian es mit genügend Feingefühl schreibt, damit sie es ertragen können, wenn sie alt genug sind.«

»Hat er es?«, fragte Carrie.

»Was?«

»Feingefühl.«

»Ja.« Alana konnte entspannt lächeln. »Sogar überraschend viel.«

Das war etwas, was Carrie lieber selbst herausfinden wollte. »Was empfindet er für dich?«

»Er mag mich.« In stillschweigender Übereinkunft lenkten sie die Pferde zurück. »Nicht nur mich, auch die Kinder. Aber welchen Unterschied macht das schon? Er verlässt uns wieder.«

»Dann musst du ihn zum Bleiben veranlassen.«

Alana lächelte zu Maddy hinüber. »Du hast allen Optimismus mitbekommen und Carrie alle Tricks und Schliche.«

»Vielen Dank«, entgegnete Carrie nur halb belustigt.

»Maddy hat die Fähigkeit, ganz fest an etwas zu glauben, und dann geschieht es auch. Du lässt es geschehen. Ich muss einfach versuchen, das Beste aus der Situation zu machen. Ich kann Dorian nicht zwingen, hierzubleiben, ebenso wenig wie er mich zwingen kann, mit ihm zu gehen. Ich bin nicht mehr achtzehn, und ich habe die Verantwortung für zwei Kinder.«

Carrie genoss es, ihr Haar im Wind fliegen zu lassen. Es vermittelte ihr ein Gefühl grenzenloser Freiheit, dem sie sich nicht oft hingeben konnte. »Ich verstehe nicht, warum du ihm eine solche Bedeutung einräumst. Einige Frauen glauben, nur ein Mann könne ihr Leben vervollkommnen. Sie sollten sich um ein erfülltes Leben aus sich heraus bemühen – dann wäre ein Mann noch eine nette Beigabe.«

»So spricht ein echter Herzensbrecher«, warf Maddy ein.

»Ich breche keine Herzen.« Carrie lächelte langsam. »Ich bringe ihnen höchstens ein paar blaue Flecke bei.«

»Gleich muss ich lachen«, sagte Maddy und lachte tatsächlich kurz auf. »Wie auch immer, nur weil wir beide uns noch nicht festlegen wollen, bedeutet das noch lange nicht, dass Alana kein Anrecht auf schmutziges Geschirr in der Spüle hat und auf jemanden, der den Abfall hinausträgt.«

»Eine interessante Beschreibung für eine ernsthafte Beziehung«, murmelte Alana. »Als Einzige von uns dreien, die jemals verheiratet gewesen ist, kann ich wohl mit gutem Recht behaupten, dass doch noch etwas mehr dazugehört.«

»Immer langsam, Alana.« Besorgt zügelte Carrie ihr Pferd. »Wer spricht von Heirat? Ich habe nicht gesagt, dass du keine schöne Zeit mit ihm haben sollst. Genieß sie, aber du kannst doch nicht ernsthaft daran denken, dich erneut einzuschließen.«

»Noch eine interessante Beschreibung«, urteilte Maddy und brachte Alana damit zum Lachen.

»Wenn ich der Meinung wäre, wir hätten dabei eine Chance, und wenn ich eine Möglichkeit sähe, Kompromisse zu schließen, dann wäre ich es, die Dorian bittet.«

»Dann los.« Maddys zerzauste, helle Haare wirkten in der Sonne wie ein Lichtkranz, der sich um ihren Kopf gelegt hatte. »Wenn du ihn liebst und wenn er der Richtige für dich ist, warum nimmst du dann die Probleme schon vorweg?«

Carrie lachte amüsiert auf. »Die Erfahrung dieser Frau mit Männern beschränkt sich auf Tänzer, die den ganzen Tag vor dem Spiegel stehen und sich selbst bewundern.«

»Dorian ist kein Tänzer«, betonte Maddy ungerührt. »Außerdem, die Schauspieler, mit denen du deine Zeit verbringst, wissen nach einem Tag in den Kulissen doch gar nicht mehr, wer sie wirklich sind.«

Alana schüttelte den Kopf und unterdrückte ein Lachen. »Wahrscheinlich tun wir alle besser daran, Single zu bleiben.«

»Du sprichst mir aus der Seele«, sagte Carrie.

»Wer hat schon die Zeit für Romanzen?«, fügte Maddy hinzu. »Zwischen Tanzunterricht, Proben und Nachmittagsvorstellungen bin ich wirklich zu müde und zu kaputt für Kerzenlicht und Rosen. Wer braucht schon Männer?«

»Darling, das hängt davon ab, ob du von einer dauerhaften Verbindung oder einer gelegentlichen Begleitung sprichst.«

»Allmählich glaubst du schon selbst an dein Image in der Presse«, entgegnete Alana, als das Haus in Sicht kam.

»Warum sollte ich?« Carrie zog eine Braue hoch. »Reicht doch, wenn alle anderen es tun.« Mit einem Lachen und einem Druck ihrer Fersen auf die Flanken ihres Pferdes galoppierte sie davon.

»Verdammt, wenn sie mich wieder schlägt!« Wie der Blitz folgte Maddy ihr.

Alana lächelte einen Augenblick hinter ihren Schwestern her, bevor sie Jay ausgreifen ließ. Denn sie wusste, seine kraftvollen, langen Bewegungen würden sie doch an die Spitze ihrer Schwestern bringen.

12. Kapitel

Der Mond warf sein sanftes Licht auf das Bett. Das Haus war still, und doch klang das Echo der Stimmen, des Gelächters und der Musik in ihm nach – einer Musik, die wie von selbst aus Alanas Familie herauszukommen schien. Ihre Mutter spielte Banjo, während ihr Vater tanzte. Ihr Vater spielte, während alle anderen sangen. Morgen würden sie wieder abreisen, doch Alana wusste, es würde noch lange dauern, bis dieses Echo endgültig verklungen sein würde.

Zufrieden, doch alles andere als müde schmiegte sie den Kopf an Dorians Schulter und lauschte einfach.

Es war lächerlich, gestand sie sich ein. Mit ihren Eltern im Haus fühlte sie sich, als müsste sie mit Dorian in aller Heimlichkeit zusammen sein. Und er musste etwas Ähnliches empfunden haben. Denn er kam jetzt spätnachts zu ihr, wenn die anderen schon schliefen, und ging wieder ganz früh im ersten Morgengrauen.

Sie hatten nicht darüber gesprochen, doch er schien sie auch so zu verstehen. Sie war eine reife Frau, Witwe, zweifache Mutter, doch wenn sie sich mit ihren Eltern unter einem Dach aufhielt, fühlte sie sich wieder ganz als Tochter.

Später würden sie darüber lachen, jetzt aber war das Echo in der Stille schön.

Dorian lauschte nicht. Er hing seinen Gedanken nach. Die Telefonate, die er in der Zeit geführt hatte, als Alana ganz mit ihrer Familie beschäftigt gewesen war, hatten weitere Stücke in sein Puzzle eingefügt. Es gefielen ihm allerdings nicht unbedingt alle. Nach der Abreise ihrer Familie würden seine Fragen wieder beginnen, doch einige wichtige Antworten hatte er bereits bekommen.

Es war für ihn wichtig, dass Alana selbst ihm auch das, was er schon herausbekommen hatte, erzählte, dass sie ihm durch die Preisgabe dieser Geheimnisse ihr Vertrauen bewies. Wenn sie es tun würde, dann könnten sie vielleicht die Vergangenheit hinter sich lassen und sich der Zukunft zuwenden.

»Schläfst du?«

»Nein.« Zärtlich berührte er mit den Lippen ihr Haar. »Ich habe an deine Eltern gedacht. Ich habe noch nie Menschen wie sie kennengelernt.«

»Es gibt auch bestimmt niemanden wie sie.«

»Es hat mich nur etwas beunruhigt, dass dein Vater allen Ernstes davon überzeugt war, er könnte mir Stepptanz beibringen.«

»Dad kann tatsächlich jedem Tanzen beibringen. Ich bin der lebende Beweis.« Sie gähnte und kuschelte sich an ihn.

»Sie wollen die Limousine bis zur nächsten Busstation nehmen und dann nach Chicago reisen.«

»Für ein Drei-Tage-Engagement. Carrie wollte die Eltern im Flugzeug, Erster Klasse, mitnehmen. Aber sie wollten nichts davon wissen. Mom meint, sie sei fünfzig Jahre lang überall hingekommen, ohne den Boden zu verlassen, und sehe keinen Grund, jetzt damit anzufangen.«

»Deine Mutter ist eine sehr vernünftige Frau.«

»Ich weiß, obwohl es eigentlich ein Widerspruch in sich ist. Wenn sie sich jemals am Stadtrand mit gepflegtem Rasen und einem Zaun darum herum wiederfinden würde, würde sie bestimmt verrückt werden. In Dad hat sie wirklich den perfekten Partner gefunden.«

»Wie lange sind sie schon zusammen?«

»Hm. Ungefähr fünfunddreißig Jahre.«

Er schwieg einen Augenblick. »Könnte einem direkt den Glauben an die Ehe wiedergeben.«

»Ich nehme an, einer der Gründe, warum ich so überstürzt geheiratet habe, lag darin, dass Mom und Dad es so einfach erscheinen ließen. Für sie ist es auch so. Ich werde sie vermissen.«

Er hörte Wehmut in ihrer Stimme und zog sie näher. »Bei ihnen gibt es wirklich keine Langeweile. Ich dachte, du würdest einige Lampen abschreiben können, als Frank den Jungen unbedingt Jonglieren beibringen wollte.«

Alana vergrub das Gesicht an seiner Schulter, als sie lachte. »Bis Ben den Dreh raushat, ist für ihn jeder Apfel zu schade zum Essen.«

»Besser, als wenn er sie nach Chris wirft.«

Sie hob den Kopf. Obwohl sie noch lächelte, war ihr Blick ernst. »Ich bin froh, dass du meine Eltern kennengelernt hast. Irgendwann wirst du durch einen verschlafenen, kleinen Ort fahren und ihren Namen auf einem Plakat lesen. Dann wirst du dich an mich erinnern.«

Er fuhr mit den Fingern durch ihr Haar, eine Geste, die ihm schon fast in Fleisch und Blut übergegangen war. »Meinst du, ich brauche ein Plakat dazu?«

»Es würde nicht schaden.« Sie küsste seinen Mund. »Und daran sollst du dich erinnern.« Sie strich ihm durch das Haar und küsste dann seine Schläfen. »Und daran.«

»Ich habe ein gutes Gedächtnis, Alana.« Er umfasste ihre Handgelenke und spürte, wie sich ihr Puls erhöhte. »Ein sehr gutes.«

Ohne den Griff zu lösen, rollte er sich auf sie. Und sofort war es wieder da, dieses Gefühl von Erregung, gepaart mit innerer Ruhe und Harmonie. Seine Lippen fanden ihre. Ihre Hände gab er nicht frei. Noch nicht. Er wusste genau, wenn sie ihn jetzt berührte, würde er explodieren, verrückt werden, unbeherrscht das nehmen, was er so begehrte. Sie hatten die ganze Nacht, sie hatten Jahre. Und wenn er nur fest daran glaubte, hatten sie eine Ewigkeit. So hielt er Alana gefangen und damit sich selbst, während seine Lippen sie zärtlich, verführerisch und erregend liebkosten.

Er spürte Alanas erregten Atem, und es steigerte seine eigene Erregung. Jede Bewegung ihres Körpers verriet ihre Kraft zu nehmen und ihre Geschmeidigkeit zu geben. Immer noch hielt er sie bei den Handgelenken fest, während seine Küsse eine prickelnde Spur auf ihrem Hals hinterließen.

Er spürte deutlich ihren hämmernden Puls. Stundenlang hätte er jeden Millimeter ihres Körpers erforschen können. Ihr Körper schenkte ihm ein Gefühl von Geborgenheit und Frieden, von Leidenschaft und Erregung.

Alana liebte ihn. Es war ein unbändiger, erschreckender Gedanke. Doch als er ihre Handgelenke losließ, schlangen sich ihre Arme so ganz natürlich um ihn, während die zärtlichen Bewegungen ihrer Hände ihn gleichzeitig quälten und besänftigten.

Dorian war so zärtlich. Für Alana war diese tiefe Zärtlichkeit unterhalb der Flammen knisternder Lust etwas Neues. Ebenso wie sie es voller Erstaunen genoss, wie seine Muskeln sich unter ihren Fingern anspannten. Noch nie, nicht einmal in ihren Träumen, hatte ein Mann sie auf eine so verlockende Weise stark begehrt.

Sie fragte sich, ob es ihm bewusst war. Und selbst als sie sich ganz vereinten, fragte sie sich, ob ihm bewusst war, wie sehr er das brauchte, was über sein sinnliches Verlangen nach ihr hinausging.

Wenn es ihm nicht bewusst war, würde ihre Beziehung dann enden, wenn er seine Antworten hatte. Und sie hatte sich schon dazu durchgerungen, sie ihm zu geben.

»Dorian.« Die Erkenntnis war ganz plötzlich gekommen, dass er ihr wieder entglitt, wo sie es gerade gelernt hatte, sich anzulehnen. Sie kannte keine Tricks und Schliche, keine Zaubermittel, um einen Mann zu halten und an sich zu binden. Sie konnte ihm einfach nur geben, was in ihrem Herzen war, und hoffen, dass es für sie beide reichte.

Er hörte, wie sie leise seinen Namen rief. »Langsam.« Er drang tief in sie ein, und da er spürte, dass sie es brauchte, küsste er ihren Mund und fing ihren stoßweise kommenden Atem auf. »Ich möchte sehen, wie du zum Höhepunkt kommst, Alana.«

Das Widerspiel von Leidenschaft, Lust und Erstaunen erregte ihn mehr, als er es je für möglich gehalten hatte. Er hatte geglaubt, er sei kein Mann, der geben könne. Doch bei Alana wurde er wie von selbst dazu gebracht. Jahrelang hatte er nur genommen, manchmal sorglos, meist egoistisch. Doch mit Alana war es anders. Es erschütterte ihn. Es erfüllte ihn mit Erstaunen.

Jeder im Haus war mit Packen, letzten Erledigungen und Samstagvormittag-Zeichentrickfilm beschäftigt. Carrie wartete ihre Gelegenheit ab. Als Dorian mit den Jungen hinausging, um ihnen beim Füttern des Viehs zu helfen, folgte Carrie ihnen. Für März war es schon warm, gemessen an den an der Ostküste üblichen Temperaturen. Doch sie fröstelte trotz Jacke und war nur froh, bald wieder im südlichen Kalifornien zu sein. Doch vorher hatte sie noch etwas zu erledigen.

Die meisten Pferde waren auf der Koppel. Carrie lehnte sich an den Zaun. Früher oder später würde er herauskommen. Sie konnte warten.

Dorian führte die zwei Wallache hinaus und sah sie. Seit Tagen wusste er, dass sie ihm etwas zu sagen hatte. Offensichtlich war es jetzt so weit. Nachdem er das Gatter hinter den Pferden verschlossen hatte, trat er wortlos neben sie an den Zaun. Sie nahm die Zigarette, die er ihr anbot. Sie rauchte selten, es war bei ihr eine Frage der Stimmung. Sie inhalierte tief und beobachtete die Pferde, während sie sprach.

»Ich habe mich noch nicht entschieden, ob ich Sie mag. Aber das ist nicht wichtig. Alanas Gefühle sind wichtig.«

Wie ähnlich ihre Worte doch denen von Maddy sind, dachte Dorian. Das zeigte nur wieder ihre tiefe Verbundenheit. Gemeinsam beobachteten sie, wie Eve ihr Fohlen geduldig säugte.

»Ich habe Sie nicht gemocht, als Sie mich wegen Millicent Driscoll für Ihr letztes Buch interviewt haben. Es hatte etwas mit dem Zeitabschnitt meines Lebens zu tun, das Übrige aber mit Ihrem Verhalten. Ich fand Sie zynisch und unsympathisch. Darum konnte ich Ihnen gegenüber auch nicht so offen sein, wie ich vielleicht hätte sein sollen. Wenn ich es gewesen wäre, dann hätten Sie vielleicht in Ihrer Geschichte etwas mehr Mitgefühl gezeigt. Aber Alana ist meine Schwester.«

Zum ersten Mal drehte sie sich zu ihm um und sah ihn direkt an. Selbst in dem unbarmherzig starken Licht der Sonne war ihr Gesicht fantastisch. Ein klassisch ovaler Schnitt mit leicht betonten Wangenknochen und makelloser Haut. Ein Mann konnte bei diesem Gesicht leicht vergessen, dass es noch etwas außer dieser Frau gab. Aber es waren ihre Augen, denen Dorians Interesse galt. Er konnte sich vorstellen, dass sie mitleidslos schon viele Männer gemustert und sie als unwürdig befunden hatten.

»Ich weiß, dass Sie Alana mögen. Aber ich bin mir nicht sicher, was das bei Ihnen bedeutet. Ich will Ihnen von Chuck

Rockwell erzählen, in einer Weise, wie Alana es wahrscheinlich nicht könnte.« Wieder nahm sie einen tiefen Zug und genoss das kräftige Aroma der Zigarette. »Dies ist übrigens inoffiziell, Dorian. Wenn Alana zustimmt, können Sie alles benutzen, was ich sage. Wenn nicht, haben Sie Pech gehabt. Einverstanden?«

»Einverstanden. Erzählen Sie.«

»Als Chuck den ersten Abend in den Club kam, war er schrecklich vernarrt in Alana. Vielleicht hat er sie sogar eine kurze Zeit geliebt. Ich weiß nicht, mit welchem Typ Frau er sich vorher abgegeben hat, aber ich kann es mir vorstellen. Alana war unerfahren, was selbst das geschmacklose Kostüm und die Bühnenschminke nicht verbergen konnten. Leichtgläubigkeit ist ein hartes Wort, es sei denn, man versteht den Menschen. Und Alana war und ist immer noch leichtgläubig.« Sie lächelte, nicht das distanzierte, kühle Lächeln, das sie so oft zeigte, sondern ein weiches Lächeln, das die Mundwinkel leicht nach oben zog, das ebenso schön war wie aufschlussreich. »Sie hat an die Liebe geglaubt, an Hingabe, an das ›Bis dass der Tod uns scheidet‹. So ist sie in die Ehe gegangen – mit einem beinahe kindlichen Vertrauen.«

Er konnte sich Alana damals genau vorstellen: offen, unschuldig und vertrauensvoll. »Und Rockwell?«

»Er hat sie wohl geliebt, so weit er dazu in der Lage war und solange er dazu in der Lage war. Manche meinen, Schwäche macht einen Menschen nicht böse.« Etwas flackerte kurz in ihrem Blick auf, wurde aber schnell verdeckt. »Ich bin nicht dieser Meinung. Chuck war vom Gefühl her schwach. Ich könnte Entschuldigungen für ihn finden, da ich weiß, dass er von einer unglaublich herrischen Mutter und einem arbeitswütigen Vater erzogen wurde. Doch ich persönlich gebe nichts auf Entschuldigungen.«

Sie warf ihm einen Blick zu, als warte sie auf Einwände. Doch Dorian kannte die Hintergründe von Rockwells Erziehung schon. »Es gab praktisch von Anfang an Probleme«, fuhr Carrie fort. »Alana hat versucht, sie zu verheimlichen, doch das ist bei Drillingen schwierig. Sie hat Chuck nach Paris und London begleitet, trug schöne Kleider und verkörperte einen Lebensstil, von dem viele Frauen nur träumen. Nicht so Alana. Nicht, dass sie es anfangs nicht genossen hätte, doch Alana hatte sich schon immer nach Beständigkeit gesehnt – etwas, das bei den O'Haras nicht so leicht zu finden ist.«

»Darum wollte sie diesen Besitz.«

Carrie warf ihre Zigarette auf den Boden und ließ sie dort weiterglimmen. »Chuck hat ihn nach einer besonders üblen Affäre mit einem Mädchen gekauft, das einfach noch zu jung war, um es besser zu wissen. Doch kaum hatte er ihn gekauft, war er ihm schon wieder lästig. Er hat Alana klar und deutlich zu verstehen gegeben, wenn sie den Besitz behalten und für seine Instandsetzung sorgen wollte, müsste sie es schon allein machen.«

»Hat sie Ihnen das erzählt?«

»Nein, Chuck hat es mir gesagt.« Sie warf ihm einen merkwürdig ironischen Blick zu. »Er düste nach Los Angeles und dachte, es sei besonders aufregend, die Fänge nach der Schwester seiner Frau auszustrecken. Charmant. Geben Sie mir noch eine Zigarette.«

Er gab ihr Feuer.

»Nun, er war nicht mein Typ. Und auch wenn meine Moralvorstellungen häufig zweifelhaft erscheinen, habe ich doch Grundsätze. Er hat sich betrunken und mir alle Probleme gebeichtet, die er mit seiner kleinen Frau zu Hause hatte. Sie war ihm zu normal und durchschnittlich und hatte sich auf dieser Farm vergraben, während er Besseres mit seinem Geld vorhatte. Und wenn sie das verdammte Dach repariert haben wollte, dann sollte sie es selbst hinkriegen. Und wenn sie die Installationen unbedingt auf den Stand des 20. Jahrhunderts bringen wollte, dann sollte sie sich eben allein Gedanken darüber machen. Ihn interessierte das alles überhaupt nicht. Und dann hatte sie noch diese spinnerte Idee, Pferde zu züchten. Er lachte sie aus.«

Carrie merkte, dass sie vor innerer Erregung zu schnell gesprochen hatte, und sofort fand sie wieder zu einer beherrscht langsamen Sprechweise zurück. »Ich habe ihn nicht hinausgeworfen, weil ich alles hören wollte. Ich war in der Zeit zu sehr mit meiner Karriere beschäftigt gewesen. Zu beschäftigt, um für Alana genügend Zeit zu haben, obwohl ich irgendwie gespürt habe, dass bei ihr die Dinge nicht zum Besten standen.«

»Was glauben Sie, warum er Ihnen das alles erzählt hat?« Dorian bemühte sich, seiner Stimme nicht anmerken zu lassen, wie sehr er sich betroffen fühlte.

Ihr Blick wurde hart. »Offensichtlich dachte er, es würde mich ebenso wie ihn amüsieren.« Dann lächelte sie wieder und zog ruhiger an ihrer Zigarette. »Wie auch immer, ich bin ihn losgeworden. Dann habe ich Maddy angerufen, und wir fuhren hierher. Alana lebte in einem Haus, das ihr über dem Kopf zusammenzufallen drohte. Chuck gab ihr keinen Pfennig, und so hat sie Teilzeitjobs angenommen, zu denen sie Ben mitnehmen konnte. Aber sie wollte einfach nichts von Ratschlägen wissen, die sie zu einer Scheidung geführt hätten.«

»Warum?« Zum ersten Mal berührte Dorian sie ganz leicht, nur eine Hand auf ihrem Arm, trotzdem spürte sie seine innere Bewegtheit. »Warum ist sie bei ihm geblieben?«

So, das ist der springende Punkt, erkannte Carrie. Er sorgte sich um Alana, und das machte es wiederum für sie schwierig, ihre Ablehnung ihm gegenüber aufrechtzuerhalten. »Ich denke, die Antwort sollte Alana Ihnen geben, aber ich kann Ihnen so viel sagen: Alana besitzt ein großes Maß an Hoffnung, und sie hat daran geglaubt, dass Chuck sich ändern würde. In der Zwischenzeit stand das dringende Problem an, das Haus bewohnbar zu machen. Wir sind nach Richmond gefahren und haben ihren Schmuck verkauft. Chuck war in den ersten Monaten ihrer Ehe großzügig gewesen, und es brachte ihr genug ein, um sich über Wasser zu halten. Ich habe ihren Nerz gekauft.« Sie verschwieg, dass sie ihn sich damals eigentlich gar nicht hatte leisten können. »Später scherzte sie, dass sie ein Bild von mir gesehen habe, auf dem ich ihr Dach trug.«

»Sie hat den Nerz verkauft, um das Dach zu reparieren«, murmelte er.

»Es lagen viele Reparaturen an. Und es hat mich damals gewundert, wie hartnäckig sie an der Farm festgehalten hat. Doch wenn ich sie jetzt hier sehe, so wird mir klar, wie richtig es für sie und die Kinder ist.« Sie warf ihre Zigarette fort. »Nachdem Chris geboren wurde, entwickelte sich alles zum ganz Schlimmen. Chuck hat seine Affären rücksichtslos ins Licht der Öffentlichkeit gestellt. Ich glaube sogar, er wollte Alana dadurch zur Scheidung drängen. Und als sie es tat, als sie es endlich tat, da hat er wohl erst erkannt, welcher Verlust ihm drohte.«

»Habe ich Sie richtig verstanden, dass Alana die Scheidung eingereicht hat?«

»Ja. Sie hätte ihn ganz schön zur Ader lassen können – ich hätte es bestimmt gemacht –, aber sie hat ihn nicht wegen Ehebruchs belastet, und sie hat auch keine Unterstützung gefordert. Alles, was sie verlangt hat, war die Farm und eine angemessene Unterstützung für die Kinder. Zu der Zeit war er mit Lori Brewer zusammen und hat sich in aller Öffentlichkeit völlig danebenbenommen. Doch irgendwie muss ihm dann doch noch ein Licht aufgegangen sein. Er hatte eine Frau, die zu ihm hielt, und zwei wunderbare Kinder, und er wollte es gegen ein Leben eintauschen, das ihm nur Elend bringen konnte. Ich weiß, wie er sich gefühlt hat, denn er hat mich ein paar Tage vor dem letzten Rennen angerufen. Aus welchem Grund auch immer, denn ich war nicht gerade freundlich mit ihm umgegangen. Er erzählte mir, dass er Alana angerufen und sie gebeten habe, sich noch einmal alles zu überlegen, was sie aber abgelehnt habe. Ich sollte nun für ihn ein gutes Wort einlegen. Ich gab ihm den Rat, endlich erwachsen zu werden. Ein paar Tage später ist er dann verunglückt.«

»Und sie ist mit ihren Schuldgefühlen zurückgeblieben, weil sie sich von ihm scheiden lassen wollte.«

»Sie haben das schon sehr gut verstanden.« Mit einem wunderbar manikürten Nagel klopfte sie auf den Zaun. »Und es hat überhaupt keinen Sinn gehabt, sie von solchen Gefühlen und ihren Selbstbestrafungsneigungen abbringen zu wollen.«

»Was meinen Sie mit Selbstbestrafung?«

»Haben Sie je daran gedacht, wie schwer es ist, einen solchen Besitz aufrechtzuerhalten und zwei Kinder großzuziehen – wobei ich die gefühlsmäßige und körperliche Seite einmal ausspare. Ich meine rein finanziell.«

»Rockwell hatte viel Geld.«

»Rockwell hatte und Janice Rockwell hat immer noch. Alana hat keinen Penny bekommen.« Sie schüttelte den Kopf, als er sie unterbrechen wollte. Immer, wenn sie daran erinnert wurde, kam ihr die Galle hoch. »Sie hat dafür gesorgt, dass Alana keinen Pfennig aus Chucks Treuhandvermögen bekommen hat, nicht für sich selbst, nicht für die Farm, nicht für die Kinder.«

Dorian spürte einen bitteren Geschmack im Mund. Alles, was er Alana vom ersten Tag bis zu dem Morgen, als er beobachtet hatte, wie sie Gummihandschuhe eingepackt hatte, gesagt hatte, kam ihm wieder in den Sinn. Auch er würde mit Schuldgefühlen leben müssen.

»Wie hat sie es geschafft, die Farm zu halten?«

»Sie musste sich Geld leihen.«

Der bittere Geschmack in seinem Mund verstärkte sich. Er hatte nicht an Alana geglaubt, und er hatte seinen eigenen Gefühlen nicht genug vertraut. Sie war zu stolz gewesen, um ihm das zu sagen, was er jetzt von Carrie hörte.

Zum Teufel mit ihrem Stolz, dachte er plötzlich gereizt. Hatte er denn ein Recht gehabt, es zu wissen? Er starrte auf die Berge hinter der Koppel. Nein, es war sein Stolz, den er verletzt fühlte, erkannte er, sein Stolz als Mann und als Reporter. Sie hatte gewusst, was er von ihr gedacht hatte, und sie hatte es akzeptiert – und ihn.

»Warum erzählen Sie mir das alles?«

»Weil jemand Alana davon überzeugen muss, dass es nicht ihre Schuld war, dass es nicht in ihrer Macht gelegen hat, das zu verhindern, was geschehen ist. Und ich denke, Sie sind derjenige, der es tun sollte. Und Sie sind der Mann, der sie glücklich machen könnte.«

Mit erhobenem Kopf und dunklen Augen warf sie ihm die Herausforderung zu. Unwillkürlich lächelte Dorian. »Sie sind eine unglaubliche Frau – etwas, das ich bei unserer ersten Begegnung vermisst habe.«

Sie erwiderte sein Lächeln. »Ich habe bei Ihnen damals auch einiges vermisst.«

Maddy streckte den Kopf zur Tür heraus. »Carrie, der Wagen ist da.«

»Ich komme.« Sie warf Dorian einen letzten eindringlichen Blick zu. »Noch etwas, Dorian – wenn Sie Alana verletzen, bekommen Sie es mit mir zu tun.«

»Das ist fair.« Er reichte ihr die Hand.

Carrie nahm an, wobei sie irgendwie belustigt über sie beide wirkte. »Ich glaube, ich wünsche Ihnen Glück.«

Es gab einen langen, tränenreichen und lauten Abschied. Maddy verabschiedete sich erstaunlich herzlich von Dorian. »Viel Glück, ich glaube, Sie sind der Richtige für sie«, flüsterte sie ihm ins Ohr.

Alle O'Haras machten zweimal die Runde, bevor sie in die Limousine stiegen. Und sicher wie ein Ozeandampfer fuhr der schwere Wagen den holprigen Weg hinunter.

»Ich werde Chauffeur«, entschied sich Chris spontan. »Ich trage dann einen Klassehut wie der von Mr. Donald und sitze immer auf dem Vordersitz.«

»Ich sitze lieber hinten beim Fernseher.«

Lachend fuhr Alana Ben durchs Haar. »Schon ein ganzer O'Hara, der Junge.«

»Können wir mit den Fohlen spielen?« Ben war schon von der Veranda herunter, als er fragte.

»Aber nicht zu wild!«, rief Alana den Jungen nach und ging dann ins Haus.

Dorian folgte ihr in die Küche, wo er unruhig auf und ab ging. Carries Worte quälten ihn noch immer. Er hatte Alana so gründlich und unfair verkannt, dass es ihn verunsicherte.

»Alana, dieser Besitz, diese Farm, sie ist sehr wichtig für dich.«

»Nach den Jungen das Wichtigste.«

»Du bist nicht so leicht unterzukriegen.« Er sagte es mit solchem Nachdruck, dass sie sich umdrehte und ihn musterte.

»Das möchte ich meinen.«

»Warum hast du dich dann von Rockwell unterkriegen lassen? Warum hast du dich von seiner Mutter aus allem drängen lassen, was dir von Rechts wegen zustand?«

Eigentlich hatte sie erwartet, wenigstens eine kurze Schonfrist zu bekommen, bevor sie sich erneut in all das stürzen musste. »Janice hat nichts damit zu tun, auf alle Fälle nichts mit Chucks Biographie.«

»Zum Teufel mit der Biographie.« Erst jetzt erkannte er, dass ihm das Buch schon seit einiger Zeit nichts mehr bedeutete. Alana bedeutete ihm alles. Es zählte nur noch, was sie durchgemacht hatte. Und wenn sie nicht hassen wollte, dann wollte er für sie hassen. »Sie hat dafür gesorgt, dass du keinen Penny bekommen hast. Warum hast du das hingenommen? Du musstest sogar Schulden machen, um euch ein Dach über dem Kopf zu erhalten.«

Es demütigte sie. Er konnte nicht wissen, wie es sie gedemütigt hatte, um Geld zu bitten, und wie verlegen es sie machte, dass Dorian davon wusste. »Dorian, das ist nicht deine Angelegenheit.«

»Ich mache es zu meiner Angelegenheit – wegen dir. Weißt du überhaupt, wie es in mir aussieht, wenn du den Boden von anderen Frauen schrubbst?«

»Was macht es schon für einen Unterschied, wessen Boden ich schrubbe?«, fragte sie zurück. Es klang ungeduldig.

»Für mich macht es einen großen Unterschied, weil ich nicht will … Ich kann es nicht ertragen …« Er fluchte und versuchte es erneut. »Du hättest ehrlich zu mir sein können. Vielleicht nicht gleich am Anfang, aber später, als wir uns gegenseitig etwas bedeutet haben.«

Was haben wir uns bedeutet? lag ihr auf der Zunge, aber sie hielt sich zurück. Was ihre Gefühle anging, so war sie damit immer ehrlich gewesen. »Ich bin so ehrlich gewesen, wie ich sein konnte. Wenn es nur um mich gegangen wäre, hätte ich dir alles erzählt, aber ich musste an die Jungen denken. Außerdem, warum sollte auch nur etwas davon wichtig sein?« Sie gab sich ruhig, aber sie war es überhaupt nicht. Sie spürte deutlich die Wut in sich aufsteigen. »Es ist doch nur Geld. Kannst du das Thema nicht einfach lassen?«

»Es geht nicht nur um Geld, und, nein, ich kann das Thema nicht fallen lassen.« Frustration, Schuldgefühl und Wut hatten ihn im Griff. Und plötzlich kam er wieder auf das Bild von ihr zurück, auf dem sie wie eine Prinzessin in einen weißen Pelz gehüllt war. »Du hast den verdammten weißen Nerz verkauft, um das Dach zu reparieren.«

Verdutzt schüttelte sie den Kopf. »Was bedeutet das schon? Ich brauche wohl kaum einen Nerz, um das Vieh zu füttern.«

»Du hast gewusst, was ich von dir gehalten habe.« Dorians Ärger auf sich selbst ließ ihn Alana gegenüber immer unvernünftiger werden. »Du hast mich in dem Glauben gelassen. Selbst als ich mich in dich verliebt habe, hast du mir nie völlig getraut. Doppeldeutigkeiten und Ausflüchte, Alana. Du hast mir nie erzählt, dass du dich scheiden lassen wolltest und wie du dich abrackern musstest, nur um das Essen auf den Tisch zu bringen. Weißt du auch, wie ich mich fühle, nachdem ich das alles nach und nach herausgefunden habe?«

»Und weißt du auch, wie ich mich fühle, wenn alles wieder aufgerührt wird?« Ihre Stimme war so laut wie seine geworden. »Wenn ich daran erinnert werde, wie schrecklich ich versagt habe?«

»Alana.« Sein Ton war rau, aber seine Hände, mit denen er ihre Arme hielt, waren zart. »Er hat versagt – bei dir, bei den Kindern und bei sich selbst.« Er schüttelte sie leicht. Er wollte verzweifelt, dass sie erkannte, was sie geschafft hatte und wie sehr er sie dafür respektierte. »Du warst es doch, die alles in die Hand genommen hat.«

»Hör auf, meine Mutter anzuschreien.« Steif und blass stand Ben in der Küchentür. »Lass meine Mutter in Ruhe.« Seine Unterlippe zitterte, doch er starrte Dorian entschlossen an. »Lass sie in Ruhe und geh weg. Wir wollen dich hier nicht.«

Angewidert von sich selbst, wandte sich Dorian dem Jungen zu. »Ich würde deiner Mutter nie wehtun, Ben.«

»Du hast es doch, ich habe es gesehen.«

»Ben.« Schnell trat Alana zwischen die beiden. »Du hast es falsch gesehen. Wir waren aufeinander böse. Manchmal schreien Menschen sich gegenseitig an, wenn sie sich ärgern.«

So wie er sein Kinn vorstreckte, erinnerte er sie fast schmerzhaft an seinen Vater, wenn sein Temperament mit ihm durchgegangen war. »Ich will nicht, dass er dich anschreit.«

»Schätzchen, ich habe zurückgeschrien«, sagte sie weich.

Aus seinem Blick sprach eine Mischung von Demütigung und Wut. »Vielleicht magst du ihn ja mehr als mich.«

»Nein, Baby …«

»Ich bin kein Baby!« Sein Gesicht lief rot an. »Ich werde es dir schon beweisen.« Und dann knallte er die Tür hinter sich zu.

»Es war mein Fehler.« Dorian fuhr sich mit beiden Händen durchs Haar. Er hatte ihnen alles geben wollen, was in seiner Macht stand. Stattdessen hatte er gleichzeitig Alana gekränkt und Ben von sich entfremdet. »Lass mich mit ihm reden.«

»Ich weiß nicht. Vielleicht sollte ich … Oh, mein Gott! Ben, Ben, komm zurück!« Sie stürzte zur Tür hinaus. Dorian folgte ihr. Ben hatte Thunder bestiegen, und der reizbare Hengst bockte aufgebracht.

Alana schlug das Herz in der Kehle, als sich der Junge an den Hals des Pferdes klammerte. Sie brachte nicht einmal mehr seinen Namen heraus. Einen Augenblick lang sah es so aus, als könnte sich der Junge halten, doch dann bäumte sich das Pferd hoch auf und warf Ben mühelos wie eine Fliege ab.

Es schien Stunden zu dauern, bis Ben im Krankenhaus endlich zum Röntgen gefahren wurde. Alana atmete tief ein, um sich zu fassen. Ihr kleiner Junge hatte versucht zu beweisen, dass er ein Mann war. Nun war er verletzt, und sie konnte nur abwarten. Dorian, der neben ihr saß, hatte Chris immer noch im Arm.

»Er ist noch ein so kleiner Junge.« Die Tränen liefen ihr über die Wangen. »Er war so wütend.«

»Was ist jetzt mit Ben?« Als Chris die Tränen seiner Mutter sah, war auch er nahe am Weinen.

Alana wischte mit den Handrücken die Tränen weg. »Es geht ihm gut. Die Ärzte kümmern sich um ihn.«

»Wahrscheinlich bekommt er einen Gipsverband.« Dorian strich über Chris' kräftige Ärmchen. »Du kannst dann deinen Namen draufschreiben.«

Chris schniefte und dachte darüber nach. »Ich kann aber nur Druckschrift.«

Alana zwang sich, sitzen zu bleiben und nicht nervös auf und ab zu gehen. Doch mit jeder Minute, die verging, verstärkte sich das Gefühl der Leere in ihr. Und als der Arzt endlich herauskam, war ihr vor Angst ganz schwindlig.

»Ein netter, sauberer Bruch«, informierte der Arzt sie. Als er ihre Angst erkannte, legte er ihr die Hand aufmunternd auf die Schulter. »Mit dem Gipsarm wird er die Sensation in der Schule sein.«

»Er … Hat er sonst noch etwas?« Alles, von einer Gehirnerschütterung bis zu inneren Verletzungen, war ihr in den Minuten der Angst durch den Kopf geschossen.

»Er ist kräftig und robust. Er wird einige farbenprächtige Blutergüsse bekommen. Ich würde ihn gern ein paar Stunden hierbehalten, um ihn zu beobachten, aber ich glaube nicht, dass es etwas gibt, worüber Sie sich Sorgen machen müssten. Ich habe ihm schon ins Gewissen geredet, dass er sich erst einmal von wilden Pferden fernhalten soll.«

»Vielen Dank.« Ein gebrochener Knochen. Knochen heilen wieder, dachte sie voller Erleichterung. »Kann ich zu ihm?«

»Hier entlang.«

Ben sah so klein auf dem weißen Tisch aus, und sofort musste sie die erneut in ihr aufsteigenden Tränen zurückdrängen. »Oh, Ben. Du hast mich zu Tode erschreckt.«

»Ich habe meinen Arm gebrochen.« Stolz zeigte Ben seinen Gipsverband.

»Sehr eindrucksvoll.« Er hatte ihr schon vergeben. Alana sah es in seinem Blick und spürte es an der Art, wie er seine Finger mit ihren verschränkte.

Chris trat heran, um den weißen Gips zu begutachten. »Dorian hat gesagt, ich könnte meinen Namen draufschreiben.«

»Ja.« Zum ersten Mal sah Ben Dorian an. »Ihr könnt es alle. Ist Thunder weggelaufen?«

»Mach dir wegen Thunder keine Sorgen«, entgegnete Alana. »Der weiß schon, wo sein Futtersack hängt.«

Er betrachtete seine Hand und bewegte zögernd die Finger. »Es tut mir leid.«

»Nein.« Alana legte eine Hand unter sein Kinn und ließ ihn aufblicken. »Mir tut es leid. Du hast dich für mich stark gemacht. Danke.«

Als sie ihm einen Kuss gab, atmete er ihren vertrauten Geruch ein. Er fühlte sich jetzt nicht so unbedingt heldenhaft, nur müde.

216

»Sie wollen dich ein paar Stunden zur Beobachtung hier-behalten. In der Zeit müssen wir noch Medizin für dich besorgen.«

»Warum besorgst du und Chris das nicht, Alana?« Dorian trat näher an den Tisch. »Ich würde währenddessen gern mit Ben reden.«

Weil sie Verlegenheit, aber keinen Ärger in Bens Gesicht erkannte, nickte sie. »In Ordnung. Es dauert nicht lang.« Als Alana in der Tür noch einen Blick zurückwarf, sah sie, dass Ben seine Aufmerksamkeit auf Dorian gerichtet hatte.

»Wahrscheinlich warst du ziemlich wütend auf mich«, begann Dorian.

»Wahrscheinlich.«

»Jemanden anzuschreien, den man mag, ist ziemlich dumm. Erwachsene können manchmal dumm sein.«

Ben fand das auch, aber er war vorsichtig. »Vielleicht.«

Wie konnte er nur Zugang zu dem Jungen finden? Mit der Wahrheit. Schließlich hatte er immer groß von Wahrheit geredet, hatte sie gefordert, erwartet. Vielleicht war dies der Zeitpunkt, wo sie von ihm gefordert war. Etwas unsicher lehnte Dorian sich an den Tisch. »Ich habe ein Problem, Ben. Und ich hoffe, du kannst mir dabei helfen.«

Der Junge zuckte die Schultern und spielte mit dem Zipfel des Lakens. Aber er hörte zu.

Die Abenddämmerung war bereits eingebrochen, als sie wieder zurückkamen. Ben bekam stapelweise Bücher und Spielzeug ans Bett gebracht und anschließend noch sein Abendessen. Doch die Ereignisse des Tages hatten ihn so ermüdet, dass er noch während des Essens einschlief. Während Alana ihn warm zudeckte, trug Dorian den schlafenden Chris von der Küche hoch in sein Zimmer.

»Einfach über der Pizza eingeschlafen«, meinte er zu Alana mit einem kleinen Lächeln.

»Ich komme sofort.«

»Ich mache es schon. Warum gehst du nicht hinunter und machst uns einen Drink?«

Es waren noch ein paar Flaschen von dem Wein übrig, den Carrie mitgebracht hatte. Alana schenkte zwei Gläser ein und machte sich dann über die Pizza her. Seit dem frühen Morgen hatte sie nichts gegessen. Sie hatte noch nicht einmal die Hälfte eines Stückes gegessen, als ihr wieder die Tränen kamen. Sie ließ einfach den Kopf auf die Tischplatte sinken und weinte sich aus.

So fand Dorian sie. Ohne zu zögern nahm er sie in die Arme, hielt sie dicht an sich und ließ sie an seiner Schulter weinen.

»Wie albern von mir«, brachte sie heraus. »Er ist wieder in Ordnung. Aber ich werde einfach das schreckliche Bild nicht los, als er durch die Luft flog.« Dorian wischte ihr die Tränen weg. Sie berührte seine Wange und küsste sie dann. »Du warst wunderbar. Ich weiß gar nicht, was ich ohne dich gemacht hätte.«

»Du warst es, die sich großartig verhalten hat.« Er zog eine Zigarette heraus, denn er fühlte sich selbst mehr als nur etwas mitgenommen. »Das ist eine der einschüchterndsten Seiten an dir.«

»Einschüchternd?« Sie war sich nicht sicher gewesen, ob sie jemals wieder lachen konnte, doch es war leicht. »Ich?«

»Es ist nicht ganz einfach für einen Mann, sich mit einer Frau einzulassen, die einfach mit allem fertig wird: einen Haushalt zu führen, Kinder aufzuziehen, eine Farm aufzubauen. Und es ist nicht einfach für einen Mann, sich vorzustellen, dass es nicht nur Frauen gibt, die so etwas können, sondern die es auch noch gern machen.«

»Ich kann dir nicht ganz folgen, Dorian.« Sie nahm einen Schluck Wein, der ungewohnt, aber wunderbar erfrischend schmeckte. »Heute Morgen ... ich weiß, du warst wütend auf mich. Nein, warte einen Augenblick ...«, warf sie ein, als Dorian sie unterbrechen wollte. »Ich möchte es jetzt und für immer loswerden.«

Er hätte ihr sagen können, dass es nicht mehr wichtig war, nicht ihm. Aber er erkannte, dass es ihr wichtig war. »Okay.«

»Du hast mich gefragt, warum ich bei Chuck geblieben bin. Ganz einfach, ich bin geblieben, weil ich ein Eheversprechen gegeben habe. Und als ich mich dann dazu durchringen musste, es zu brechen und meine Ehe zu beenden, da war es für mich irgendwie leichter, mir einzureden, ich hätte einen Fehler gemacht, ich hätte irgendwie versagt.«

Ihre Stimme klang angespannt. Sie nahm noch einen Schluck Wein, bevor sie fortfuhr. »Aber ich habe keinen Fehler gemacht, Dorian. Du hast gesagt, dass Chuck versagt hat, und du hattest recht. Er hätte so viel erreichen können, aber er hat in seinem Leben die falschen Entscheidungen getroffen. Es ist an der Zeit, dass ich dazu stehen muss, die richtigen getroffen zu haben. Und dafür muss ich dir danken.«

»Ich nehme deine Dankbarkeit an, aber ich wollte eigentlich auf etwas anderes hinaus. Willst du nicht wissen, worüber Ben und ich während deiner Abwesenheit gesprochen haben?«

Sie sah auf ihr Glas hinunter. »Ich dachte, du würdest es mich wissen lassen, wenn du es wolltest.« Dann blickte sie auf und lächelte. »Und wenn nicht, dann könnte ich es jederzeit aus Ben herausbekommen.«

»Das ist wieder eine der Eigenschaften, die ich an dir mag.«

Sie sah ihn tief und gar nicht mehr ruhig an. »Dorian, heute Morgen, als du geschrien hast, da hast du zu mir gesagt ...«

»Dass ich dich liebe. Ist das ein Problem für dich?«

Sie hielt ihr Glas mit beiden Händen, aber wich seinem Blick nicht aus. »Wenn ich das selbst nur wüsste.«

»Lass es mich dir erklären, wie ich es Ben erklärt habe.« Er stellte sein Glas ab, nahm dann ihres und stellte es auch zurück auf die Platte. »Ich habe ihm erzählt, dass ich seine Mutter liebe. Und dass das für mich etwas Neues sei, mit dem ich nicht genau umzugehen wisse. Ich sagte, dass ich einige Fehler gemacht habe, aber hoffe, er könne sie mir verzeihen.«

Er fuhr ihr durchs Haar und ließ die Hand dann kurz auf ihrer Wange liegen. »Ich sagte, ich wisse ein wenig darüber, wie man eine Farm zu führen habe, aber habe überhaupt keine Erfahrung als Ehemann und als Vater, doch ich wolle es versuchen.«

Ihre Augen waren groß geworden, und die ganze Verletzlichkeit ihres Wesens stand so klar in ihnen geschrieben, dass er Alana an sich ziehen und ihr versprechen wollte, sie vor allem zu beschützen. Aber Alana gegenüber sollte er keine übereilten Versprechungen machen. Übereilte Versprechungen hatte sie früher schon bekommen, und sie waren gebrochen worden. Und eine zweite Chance sollte sich besser auf Vertrauen aufbauen. »Willst du mir eine Chance geben, Alana?«

Sie konnte nicht schlucken, sie glaubte sogar, nicht einmal mehr atmen zu können. »Was hat Ben gesagt?«

Lächelnd berührte er wieder ihre Wange. »Er hat gesagt, es klinge nach einer wirklich guten Idee.«

»Das finde ich auch.« Sie warf sich in seine Arme. »Oh, Dorian, das finde ich auch.«

Vielleicht war es Dankbarkeit, die er spürte, vielleicht auch Erleichterung. Doch damit einher ging ein Gefühl, endlich nach Hause gekommen zu sein. »Du darfst nur nicht auf die Idee kommen, dir Kühe anschaffen zu wollen.«

»Nein. Keine Kühe, ich verspreche es.« Als sie lachte, presste er seinen Mund auf ihren. Alles war da – Liebe, Vertrauen, Hoffnung. Es gab im Leben eine zweite Chance, und sie hatten ihre gefunden.

»Alana.« Er könnte sie stundenlang einfach so halten.

»Mmm-hmm?«

»Meinst du, wir können deinen Vater dazu überreden, auf unserer Hochzeit zu tanzen?«

Sie sah ihn mit strahlend lachenden Augen an. »Versuche bloß nicht, ihn daran zu hindern.«

– ENDE –

Carolyn Greene

100 Männer sollst du küssen

Roman

Aus dem amerikanischen Englisch von
Juliane Zaubitzer

Prolog

Liebe Ethel,
ich habe einen intelligenten, humorvollen und aufmerk-
samen Mann kennengelernt. Woher weiß ich, ob er der
Richtige für mich ist?
Carrie

Liebe Carrie,
solange nichts dagegen spricht, sollten Sie weiter mit ihm
ausgehen. Folgen Sie einfach Ihrem Herzen. Ob er der
Richtige ist, werden Sie schon rechtzeitig merken.
Ethel

»Sie werden die Entscheidung nicht bereuen, Ethel zu feuern und die Kolumne aufzupeppen«, sagte Julie in der Hoffnung, dem Chefredakteur zu schmeicheln.

Bei einem Vorstellungsgespräch konnte das nicht schaden. Vor allem, wenn man eigentlich ausgebildete Kostümbildnerin war und sich beim renommierten *Richmond Reporter* als Journalistin bewarb. Hoffentlich drehte Mr. Upshaw ihr keinen Strick daraus, dass sie sich erst nach ihrem Collegeabschluss für diesen Beruf entschieden hatte. »Allein diese lahme Antwort – ›Sie werden es schon rechtzeitig merken‹. Wie sollen Leserinnen der Generation X das ernst nehmen? Die Leute wollen eindeutige Antworten.«

Julie betrachtete das kleine körnige Foto der ältlichen Kolumnistin. »Die muss doch mindestens neunzig sein.«

Der Chefredakteur knackte mit den Fingerknöcheln. »Meine Tante Ethel ist letzten Monat achtundsiebzig geworden. Und ich entlasse sie nicht. Sie setzt sich zur Ruhe.«

Tante Ethel? Julie schluckte. Wann lernte sie endlich nachzudenken, bevor sie drauflosplapperte? »Es tut mir leid, Mr. Upshaw. Ich habe nichts gegen Ratschläge von älteren Menschen. Meine Großmutter sagte zum Beispiel immer: ›Jedes Mädchen sollte hundert Männer küssen, bevor sie heiratet‹. Deshalb habe ich eine Liste angelegt, die …«

Mr. Upshaw starrte sie an, sagte aber nichts. Unwillkürlich füllte Julie das Schweigen mit dem ersten Gedanken, der ihr durch den Kopf schoss. »Ich könnte über den Rat meiner Großmutter schreiben, um zu sehen, ob er heute noch gilt.« Begeistert von dieser Idee setzte sie sich auf. »Sie sagten doch, sie wollen etwas Neues.«

Er rieb sich das Kinn. »Eine Kolumne über das Küssen. Das ist mal etwas anderes. Aber wo wollen sie die hundert Männer auftreiben?«

Eigentlich hatte Julie sich etwas anderes vorgestellt, als nur über Küsse zu schreiben, aber sie musste die Chance nutzen. »Oh, ich habe einen Nebenjob, bei dem ich viele Männer kennenlerne.«

Irritiert runzelte er die Stirn.

»Nicht, was Sie denken«, fügte sie hastig hinzu.

Der Chefredakteur sah interessiert aus und schien darüber nachzudenken, ob er sie einstellen sollte. Julie drückte die Daumen.

»Haben Sie genug Material für einen Monat? Die Kolumne erscheint dreimal wöchentlich.«

»Auf jeden Fall!« Obwohl sie nicht sicher war, ob ihr begrenzter Vorrat an küssbaren Männern für einen Monat reichen würde.

»Ich mag Ihre Art.« Er stand auf.

Ja ...! Julie folgte ihm zur Tür und vollführte hinter seinem Rücken einen kleinen Freudentanz.

»Wir versuchen es einen Monat auf freier Basis, und wenn Sie etwas taugen, können Sie die Kolumne und nebenbei auch andere journalistische Aufgaben übernehmen.« Im Türrahmen verstellte er ihr den Weg. »Aber während der Probezeit müssen Sie anonym bleiben. Bedenken Sie, dass Vertraulichkeit im Journalismus eine Grundvoraussetzung ist.«

»Machen Sie sich keine Sorgen, ich werde Sie nicht enttäuschen.«

1. Kapitel

Wichtiger als der Kuss selbst ist, wie die Küssenden sich näher kommen. Wer macht den ersten Schritt? Werden die Signale richtig interpretiert? Bei jedem Kuss, vor allem aber bei einem ersten Kuss, schwingt eine gewisse Unsicherheit mit. Und eine gewisse Erwartung.

Das Lachen am Empfang lenkte Hunter von dem Fall ab, den er gerade bearbeitete. Nicht zum ersten Mal an diesem Tag wünschte er sich, dass der vierwöchige Urlaub seiner Sekretärin schon vorbei wäre.

Es war Montag, der erste Arbeitstag nach der Hochzeit seiner tüchtigen Assistentin, und schon herrschte Chaos. Sein ausgeprägtes Bedürfnis nach Ordnung und Ruhe wurde gestört.

Jetzt hörte er eine Art Ukulele, Lachen und Stimmen. Er hatte die Firma schon einmal vor dem Bankrott gerettet. Und er würde es nicht zulassen, dass wieder alles den Bach hinunterging, nur weil Trudy und sein bester Ermittler geheiratet hatten. Besser rechtzeitig einschreiten und dem Mumpitz ein Ende machen.

Hunter schloss die Akte und stellte sie im rechten Winkel an den Rand seiner Schreibtischplatte.

Draußen scharte sich das gesamte Personal der Detektei Oltmeier-Matthews um seinen älteren Geschäftspartner Leonard Oltmeier. Außerdem hatte der Lärm einige Angestellte der benachbarten Büros angezogen.

Hunter blieb einen Moment in der Tür stehen. Er hasste es, wieder einmal der Spielverderber zu sein. Aber hätte er nicht auf die Einhaltung der strengen Regeln bestanden, die er gleich nach seinem Einstieg aufgestellt hatte, wären sie längst pleite. Jeder, der hier arbeitete, wusste die neue Effizienz und die damit verbundenen höheren Löhne zu schätzen. Doch alte Angewohnheiten ließen sich schwer ablegen. Und meistens war es Hunter, der seine Mitarbeiter an die Regeln erinnern musste.

Wie jetzt. Er seufzte und trat in das überfüllte Empfangszimmer. Sein Partner saß auf einer Sofalehne und lächelte eine junge, dunkelhaarige Frau an, die ihm eine überdimensionale Glückwunschkarte überreichte. Hunter machte dem Alten keinen Vorwurf, dass er seine Arbeit zugunsten dieser reizenden Sirene vernachlässigte.

Natürlich! Len hatte Geburtstag. Hunter verfluchte sein schlechtes Gedächtnis. Trudy hätte ihn vorgewarnt. Aber seine Sekretärin war nicht da. Bis sie zurück war, musste er Lens Sekretärin Priscilla bitten, ihn an solche Anlässe zu erinnern.

Nachdem die Brünette Len die riesige Glückwunschkarte überreicht hatte, schlug sie einen Ton auf ihrer Ukulele an, sang Mi-mi-mi und stimmte dann »Happy Birthday« an. Ihre Stimme war nicht ausgebildet, aber kräftig … und irgendwie vertraut. Hunter stellte sich in die Nähe des Ausgangs, um einen besseren Blick auf die Frau mit dem Sherlock-Holmes-Hut zu ergattern, doch sie widmete ihre volle Aufmerksamkeit dem Geburtstagskind.

Von hinten sah sie nicht schlecht aus. Ihr hautenges rosa Shirt mit den großen schwarzen Fragezeichen betonte ihre schlanke Taille, und der schwarze Lederminirock umschmeichelte ihre schmalen Hüften. Hunter sog den Anblick in sich auf. Mittlerweile imitierte sie Marilyn Monroes Version des

Ständchens. Dabei lehnte sie sich leicht vor und legte die Handflächen auf ihre atemberaubenden Beine.

Ihre Stimme ließ zwar zu wünschen übrig, aber ihre betörenden Rundungen entschädigten dafür. Hunter musste an heiße Nächte und zerwühlte Laken denken. Er wollte sich gerade abwenden, bevor seine Libido ganz mit ihm durchging, aber in diesem Moment drehte die Brünette sich mit ausgestreckten Armen um und hauchte die letzten Worte des Liedes. »... to you ...!«

Julie Beth Fasano? Das konnte doch nicht sein. Zum letzten Mal hatte er seine frühere Nachbarin gesehen, als sie sich auf den Weg ins College machte. Damals war sie elf, hoch aufgeschossen und barfuß gewesen. Ein Wildfang, der unermüdlich hinter ihm her lief und auch bei den Verabredungen mit ihrer großen Schwester Charlene nicht abzuschütteln war.

Er blinzelte und sah noch einmal genau hin. Diese Frau war alles andere als ein Wildfang. Statt zerzausten Haaren, aufgeschlagenen Knien und schiefen Zähnen sah er eine attraktive junge Frau mit schulterlangen Locken, endlos langen Beinen und vollen, aufgeworfenen Lippen, die zum Küssen einluden.

Hunter atmete tief durch, während er die Veränderungen an seiner früheren Nachbarin in sich aufnahm. Zwölf Jahre war es her. Für sie ein halbes Leben.

Als sie sich verbeugte, trafen sich ihre Blicke. Hunter lächelte verlegen. Dieses Mädchen, äh, diese Frau hatte schon immer das Talent besessen, ihm unter die Haut zu gehen. Hoffentlich bemerkte sie es nicht. Sie erwiderte sein Lächeln höflich. Offenbar erkannte sie ihn nicht.

Es konnte eigentlich nicht schaden, ihre Vorstellung bis zum Schluss anzusehen. Er kam sowieso zu nichts, solange er sie hier draußen wusste. Hunter gesellte sich zu den anderen, die ihrer überzogenen Vorstellung applaudierten. Zu seiner

Überraschung – und zu Lens – beugte Julie Beth sich vor und gab dem älteren Mann einen flüchtigen Kuss, bevor sie nach ihrer Ukulele und dem Autoschlüssel griff.

Len hatte es gut.

Während Lens Assistentin der Künstlerin Trinkgeld gab, blieb Hunter neben dem Ausgang stehen, um sie abzufangen. Er würde sie daran erinnern, wer er war, und ihre Reaktion abwarten. Und sich vielleicht nach ihrer Großmutter erkundigen.

Aber als sie schüchtern lächelnd auf ihn zukam, hatte er plötzlich vergessen, was er sagen wollte. Es entstand eine verlegene Pause, aber er machte keinerlei Anstalten, Julie Beth vorbeizulassen.

Ihre hellblauen Augen verdüsterten sich. Die dichten, lasziven Wimpern und das keck geschwungene Kinn erinnerten ihn daran, dass sie kein Kind mehr war. Die kleine Julie Beth war erwachsen geworden.

Mit geneigtem Kopf stand sie vor ihm, als wolle sie ihm den Kuss anbieten, nach dem er sich sehnte. Er stieß die ersten Worte hervor, die ihm einfielen. »Ich habe morgen Geburtstag.«

Ihre dunklen Augen weiteten sich kaum merkbar. Sie schien über seine Worte genauso erstaunt wie er selbst. Dann breitete sich ein breites Grinsen über dem sommersprossigen Gesicht aus. Sie stellte sich auf die Zehenspitzen, ließ die Ukulele herab baumeln und flüsterte: »Herzlichen Glückwunsch«. Sanft berührten ihre Lippen seinen Mund.

Hunter vergaß alle Regeln und erwiderte den Kuss. Er verhielt sich höchst unprofessionell …

Es war, als habe sie seinen Verstand weggeschlossen und den Schlüssel seinem schwachen Körper überlassen. Er zog sie an sich. Als sie den Arm um seinen Hals schlang, spürte er nicht einmal, dass ihre Ukulele gegen seinen Körper schlug.

Ihr Mund, den er frech und trotzig in Erinnerung hatte, war jetzt sanft und entgegenkommend. Ihr Lippenstift schmeckte nach Erdbeer und machte Appetit auf mehr. Hunter spürte die sanfte Rundung ihrer Brüste und verwünschte sein Jackett, das zwischen ihnen war.

Sekunden – vielleicht auch Minuten oder Tage – später hob er widerwillig den Kopf und beendete den Kuss. Julie Beth stieß einen tiefen Seufzer aus und löste ihren Arm von seinem Hals. Ihre Bewegungen waren langsam, als stehe sie unter Drogen.

»Sieh an, sieh an!«, sagte Len anerkennend. Der Rest des Personals johlte und spendete tosenden Beifall.

Hunter schluckte. Er bereute nicht, was er getan hatte. Hoffentlich hatte er sie nicht in Verlegenheit gebracht. Während sein Blick noch auf ihrem anmutigen Gesicht ruhte, versuchte er, die Stimmung aufzulockern und sich gleichzeitig einen Fluchtweg zu ebnen.

Er fragte seinen Partner: »Was für ein Datum ist heute?«

»Der erste April.«

Julie Beth verengte die Augen, als ihr klar wurde, worauf er hinaus wollte.

»April, April«, sagte er grinsend. »Ich habe morgen gar nicht Geburtstag.«

Sie klemmte sich die Ukulele unter den Arm und drängte sich an ihm vorbei. »Ich weiß, Hunter.« Sie ging zum Fahrstuhl und zwinkerte ihm über die Schulter zu. »Dein Geburtstag ist im August.«

»Ich glaube, Anna hat ein Verhältnis.«

Hätte jemand anders als sein Bruder so etwas Unglaubliches behauptet, hätte Hunter ihn ausgelacht. Doch als Richter und Stütze der Gemeinde neigte Peter nicht zu Hirngespinsten.

»Sie schleicht sich zu den merkwürdigsten Zeiten davon und weigert sich, mir zu sagen, wohin.« Peter verzog gequält das Gesicht. Er stocherte mit der Gabel in seinem Essen herum. »Und gestern, als ich in ihrer Handtasche nach einem Stift suchte, fand ich darin Dessous.«

Achtzehn Jahre lang war seine Schwägerin eine hingebungsvolle Ehefrau und Mutter gewesen. Hunter konnte sich beim besten Willen nicht vorstellen, dass sie Peter so verletzen konnte. Jedenfalls nicht absichtlich. »Es muss eine vernünftige Erklärung für ihr Verhalten geben.«

»Es läuft schon seit einiger Zeit nicht mehr so gut zwischen uns.« Peter wich seinem Blick aus. »Ich will, dass du meine Frau beschattest. Finde heraus, was sie treibt. Es ist wichtig, dass nichts an die Öffentlichkeit gelangt.« Er beugte sich vor und senkte die Stimme: »Jetzt, wo meine Wiederernennung kurz bevorsteht, kann ich mir keinen Skandal leisten.«

Hunter legte die Serviette auf den Tisch. Er wollte sich auf keinen Fall in ihre Eheprobleme einmischen. Vielleicht konnte ihnen ein Außenstehender helfen. »Ihr braucht keinen Detektiv«, sagte er sanft, »sondern einen guten Eheberater.«

Peter biss die Zähne zusammen. »Das habe ich Anna schon vorgeschlagen. Aber sie weigert sich.«

»Hast du angeboten mitzugehen?« Er konnte sich die Frage selbst beantworten. Natürlich nicht. Obwohl Hunter seinen erfolgreichen großen Bruder immer bewundert hatte, wusste er, dass Peter ein Rechthaber war. Vielleicht war er deshalb Richter geworden. So behielt er zumindest im Gerichtssaal immer das letzte Wort.

Peters Arroganz fiel einen kurzen Moment von ihm ab, und Hunter begriff, dass sein Bruder sich ernste Sorgen machte. »Wir haben zwei Söhne, die ihre Mutter brauchen.«

»Nach allem, was ich von dir gelernt habe, schulde ich dir wohl einen Gefallen.«

Peter lächelte dankbar. Hunter gefiel nicht, auf was er sich da einließ. Doch wenn seine Ermittlungen dazu beitrugen, die Ehe seines Bruders zu retten, war es ein Opfer wert.

Hunter verließ das Restaurant und ging den langen Weg zum Büro zu Fuß zurück. Er redete sich ein, dass er über seinen Bruder nachdenken wollte. Ganz zufällig aber lag der Telegramm-Service »Merry Messengers« auf seinem Weg.

Reine Neugier, dachte er, während er an einem Bagelshop und einer Buchhandlung vorbeiging. Als er sich den »Merry Messengers« näherte, verlangsamte er den Schritt und spähte unauffällig durchs Fenster, ob Julie Beth dort vielleicht auf ihren nächsten Auftrag wartete.

Er hielt eine Hand vor die Augen, um besser sehen zu können. Eine Frau mittleren Alters lächelte ihm zu und winkte in herein.

Es war nicht Julie Beth. Er folgte ihrer Einladung und sah sich in dem kleinen Laden um.

Blumen zierten ein Regal, und an der Wand hinter dem Empfangstisch standen Keramikfiguren und Buttons mit lustigen Sprüchen. Neben einer Tür mit der Aufschrift »Zutritt nur für Mitarbeiter« stand ein Drehständer mit Grußkarten, von denen einige schon vergilbt waren.

Kein Zeichen von Julie Beth. Er wollte wieder gehen, aber die Frau hielt ihn zurück.

»Wie kann ich Ihnen helfen?«, sagte sie übertrieben munter, als wolle sie den Enthusiasmus demonstrieren, mit der die Telegramme übermittelt wurden. »Diesen Monat haben wir einen Rabatt auf Geburtstagstelegramme.«

»Äh, nein danke. Ich habe nur jemanden gesucht, der vorhin in meinem Büro war.« Er sah sich um. »Aber Julie Beth ist offenbar unterwegs.«

Die Frau legte ihren Kopf schief und sah dabei aus wie ein Cockerspaniel. »Julie Beth?«

»Julie Fasano. Sie ist etwa so groß.« Er hielt die Hand auf Schulterhöhe. Vielleicht täuschte die Größe des Geschäfts, und die Frau beschäftigte so viele »Merry Messengers«, dass sie den Überblick verloren hatte. In diesem Moment kam jemand durch einen Hintereingang herein und rumorte hinter der Tür für das Personal.

Er setzte seine Beschreibung fort. »Lange dunkle Haare, schlanke Figur.« Letzteres unterstrich er mit einer runden Handbewegung. »Kurzer Lederrock. Tolle Beine. Und sie küsst hervorragend«, fügte er eifrig hinzu. »Ach ja, und sie trägt Lippenstift mit Erdbeergeschmack.«

Plötzlich war jede Heiterkeit vom Gesicht der Frau verschwunden. »Waren Sie das, äh, Geburtstagskind?«

»Eigentlich nicht. Ich kam nur zufällig in den Genuss.«

Ihre Stimme klang jetzt drohend. »Tut mir leid, aber ich kann Ihnen nicht helfen.«

»Aber Sie müssen sie kennen. Sie hat heute Morgen ein Kusstelegramm an Oltmeier-Matthews überbracht. Vielleicht können Sie in Ihren Unterlagen nachsehen.«

»Das brauche ich nicht«, sagte sie eisig. »Die ›Merry Messengers‹ sind eine angesehene Agentur. Wir überbringen keine … *Kusstelegramme*. Und wir sehen es nicht gern, wenn unsere Angestellten sich mit Kunden einlassen.«

Sie trat hinter dem Empfangstisch hervor, als wollte sie Hunter zur Tür begleiten, aber er wich ihr aus, um das Missverständnis aufzuklären. »Nein, das hat sie auch nicht. Es war nur ein flüchtiger Kuss auf die Wange des Geburtstagskindes … ein Geburtstagskuss gewissermaßen.«

Die Frau verschränkte die Arme vor der Brust. »Ich muss Sie jetzt bitten zu gehen.«

Er hatte verstanden. Was für eine dumme Idee herzukommen, um seine alte Nachbarin ausfindig zu machen. Wenn er sie wirklich finden wollte, gab es einfachere Methoden. Schließlich war er Privatdetektiv.

Aber wahrscheinlich war es besser, wenn er sie gar nicht erst suchte. Als Kind hatte Julie Beth ihn mit ihren verrückten Ideen regelmäßig zur Verzweiflung getrieben. Wahrscheinlich hatte sie sich nicht sehr verändert.

Julie wartete, bis die Klingel über der Tür ihr verriet, dass Hunter gegangen war, bevor sie den Raum betrat. Sie hatte nicht lauschen wollen, aber die sonore Stimme des Kunden hatte vertraut geklungen, und als sie ihren Namen hörte, war sie aufmerksam geworden. Julie musste lächeln, als ihr einfiel, was er über ihre Beine gesagt hatte.

Ihr Lächeln erstarrte, als sie den Ausdruck auf Mrs. Quarles Gesicht sah. Diesmal war sie dran.

»Ich kann erklären …«

»So wie Sie erklären konnten, dass sie den ganzen Verkehr auf der Main Street zum Erliegen gebracht haben, als sie sich wie Tarzan von einer Ampel geschwungen haben, um während der Rushhour einen Heiratsantrag zu überbringen?«

Julie fand, sie hatte ausreichend erklärt, warum sie das alberne Kostüm gewählt und den Verkehr aufgehalten hatte, aber sie versuchte es erneut. »Die Freundin des Kunden arbeitet im Zoo.«

»Das sagten Sie bereits. Und dann die Überbringung der Adoption auf einem Pferd.«

»Das kleine Mädchen liebt Pferde. Die Adoptiveltern wollten, dass das Kind sich später gern daran erinnert.« Ihre Chefin ließ sich nicht beeindrucken. Julie knetete ihre Hände.

»Das waren nicht die einzigen eigenmächtigen Aktionen«, sagte Mrs. Quarles, »aber der Kuss für das Geburtstagskind war die letzte.«

»Es hört sich schlimmer an, als es war.« Ihre Chefin sah sie spöttisch an, doch Julie gab nicht auf. »Ich befolge den Ratschlag meiner Großmutter, hundert Männer zu küssen, bevor ich mich binde. Ich habe eine Liste von eins bis hundert in meinem Notizbuch angelegt, wo ich Datum, Ort und den Namen des Geküssten eintrage.« Sie stockte. »Wollen Sie sie sehen?«

»Auf gar keinen Fall.«

»Jedenfalls bin ich etwa bei siebenundvierzig angelangt. Die meisten waren nur Wangenküsse. Eigentlich sagt das nichts über einen Mann aus, aber ich finde, sie zählen trotzdem …«

»Ich habe genug gehört.«

»Warten Sie, ich bin noch nicht fertig. Das Spannende ist die Bewertung. Männer mit Mundgeruch bekommen die schlechteste Note …«

»Sie können Ihre Sachen zusammenpacken, Miss Fasano. Die ›Merry Messengers‹ benötigen Ihre Dienste nicht mehr.«

2. Kapitel

Manchmal ist einer der beiden Küssenden vielleicht etwas ... zurückhaltender als der andere. Zurückhaltung muss kein Zeichen von Zurückweisung sein. Doch manchmal ist es frustrierend, wenn der andere sich ziert.

Die Empfangssekretärin bei Oltmeier-Matthews stand auf, um Julie in Hunter Matthews Büro zu begleiten.

»Bitte, machen Sie sich keine Umstände«, sagte sie. »Ich möchte ihn überraschen.«

Den Riemen der Ukulele über der einen Schulter und die Handtasche über der anderen, ging sie den Flur hinunter, vorbei an einem verglasten Konferenzraum, zum Büro des Mannes, der sie den Job gekostet hatte.

Seine Sekretärin war nicht an ihrem Platz. Aus Hunters Zimmer hörte sie eine tiefe Stimme, dieselbe Stimme, die ihr vor nur wenigen Stunden Herzklopfen verursacht hatte. Jetzt hätte sie Hunter am liebsten die Ukulele über den Kopf gezogen.

»Ja, Pete, ich sage doch, dass ich mich darum kümmere. Mach dir keine Sorgen. Aber ich glaube trotzdem, du machst aus einer Mücke einen Elefanten.«

Mit dem Instrument in der Hand stieß Julie die Tür auf. »Du warst mal wie ein großer Bruder für mich«, erklärte sie. Dabei verschwieg sie bewusst, dass sie jahrelang heimlich für ihn geschwärmt hatte. »Behandelt man so seine Schwester?«

»Pete, ich rufe dich später zurück.« Hunter beendete das Gespräch und stand auf. Dann entwirrte er die Telefonschnur und schob das Telefon so hin, dass es genau diagonal zur Schreibtischkante stand. »Zwei Glückwunschtelegramme an einem Tag? Was ist diesmal der Anlass?«

»Ich überbringe kein Telegramm. Dank dir ist das jetzt vorbei.« Sie wurde laut. »Warum hast du meiner Chefin erzählt, dass ich Kusstelegramme überbringe?«

»Tut mir leid«, sagte er und kam einen Schritt näher. »Das war nicht meine Absicht.«

Er schien es ernst zu meinen. Und wenn sie ehrlich war, hatte sie ja auch selbst Schuld. Sie hatte sich nicht an die Regeln gehalten. Hunters Fehler war nur, dass er Mrs. Quarles davon erzählt hatte. Doch das hielt sie nicht davon ab, ihrem Ärger über diesen herben Rückschlag in ihrer Karriere Luft zu machen.

»Was hast du dir dabei gedacht, meiner Chefin zu erzählen, ich würde wahllos Küsse verteilen?«

»Ich weiß nicht genau«, antwortete er leise. Er wirkte aufrichtig zerknirscht.

»Du weißt nicht genau, warum du meine Karriere ruiniert hast?« Sie kochte. Ihr Gesicht glühte, ihre Brust war wie zugeschnürt, und ihr Blick verschwamm, weil ihr Tränen in die Augen schossen. Wut, dachte sie. Konzentriere dich auf die Wut und nicht auf die Enttäuschung, dass deine Karrierechancen durch eine unbedachte Bemerkung ruiniert worden sind. Sie holte tief Luft. »Du schuldest mir was, Hunter Matthews.«

Sie hörte etwas hinter sich rascheln, war aber abgelenkt, weil er verstohlen auf sie zukam. Langsam streckte er die Hand nach ihr aus.

Für einen kurzen Moment dachte Julie, er würde sie in den

Arm nehmen und küssen. Und während dieses ewig scheinenden Bruchteils einer Sekunde gab es nichts, das sie sich sehnlicher wünschte.

Die Zeit hatte es gut mit ihm gemeint. Statt des schlaksigen Teenagers stand ein durchtrainierter Mann im maßgeschneiderten Anzug vor ihr. Er strahlte Selbstbewusstsein aus – Selbstbewusstsein, das von Reife und Erfahrung zeugte. Julie war gegen diese aufregende Kombination alles andere als immun. Schon bevor er zum College gegangen war, war er attraktiv gewesen. Doch jetzt sah er einfach umwerfend aus …

Erwartungsvoll hob sie ihr Kinn und atmete tief ein. Unwillkürlich senkte sie die Lider und fuhr sich mit der Zunge über die trockenen Lippen.

Seine Hand berührte kurz ihren Arm, als er sie sanft zur Seite schob, und ihre Knie wurden weich. Dann beugte er sich an ihr vorbei und griff nach der Tür. Mmmm, endlich ungestört.

»Entschuldigt die Störung, Leute. Ich habe alles im Griff.«

Julie schlug die Augen auf. Leute? Sie drehte sich um, gerade bevor die schwere Holztür ins Schloss fiel, und blickte in etwa sechs neugierig lächelnde Gesichter. Es waren dieselben Leute, die heute Morgen dabei waren, als sie Mr. Oltmeier ein Ständchen gebracht hatte.

Jetzt waren sie wieder allein. Ernüchtert und enttäuscht, dass ihr heimlicher Wunsch nicht in Erfüllung gegangen war, besann Julie sich darauf, weshalb sie hier war.

»Du schuldest mir einen Job.«

»Daraus wird nichts.«

»Du scheinst nicht zu verstehen, wie wichtig der Job bei den ›Merry Messengers‹ für meine Karriere war. Ohne ihn bin ich aufgeschmissen.«

Er wagte es tatsächlich zu lachen. »Du übermittelst Glückwunschtelegramme. Was ist der nächste Karriereschritt? Singen *und* Tanzen?«

Julie verschränkte die Arme vor der Brust. »Ich war schon mal eine tanzende Banane.«

Zu spät bemerkte sie, dass sie ihm nur noch mehr Zündstoff für seinen Spott geliefert hatte. Für ihn musste es wirklich albern klingen, dass ihre Karriere von diesem Nebenjob abhing, aber sie konnte ihm den wahren Grund nicht verraten. Sollte sie ihm vielleicht erzählen, dass sie einen Job brauchte, bei dem sie Männer kennenlernte? Außerdem hatte Mr. Upshaw sie zur Vertraulichkeit verpflichtet.

»Gib mir einen Job, und wir sind quitt.« Vielleicht sollte sie nachgeben und sich einen Job als Kellnerin suchen, aber es ging ihr ums Prinzip. Er schuldete ihr etwas. Außerdem wäre es cool, einmal Dick Tracy zu spielen. Kusskandidaten musste sie dann eben anderswo auftreiben.

»Das geht nicht.«

»Warum nicht? Privatdetektive verbringen schließlich Tage, manchmal sogar Wochen damit, Leute zu beschatten. Da kann ein Paar extra Augen und Ohren doch nicht schaden.«

Wieder kam er auf sie zu. Diesmal nicht, um die Tür zu schließen. Langsam streichelte er mit einem Finger über ihr Kinn, und Julie hoffte, er würde endlich tun, wonach sie sich sehnte. Als er sich mit leidenschaftlichem Blick vorneigte, stockte Julie beinahe der Atem.

Er war ihr so nah, dass sie seinen Atem auf ihrem Gesicht spürte. Erwartungsvoll öffnete sie die Lippen. Und dann passierte es. Leider verfehlte er ihren Mund und gab ihr stattdessen einen trockenen, freundschaftlichen Kuss auf die Wange.

Ihr entfuhr ein enttäuschter Seufzer.

»Das ist der Grund, weshalb wir nicht im selben Büro

arbeiten können.« Hunter steckte die Hände in die Hosentaschen und lächelte trocken. »Heute Morgen ist etwas zwischen uns passiert … Etwas, das ich nicht vertiefen kann und will. Ich habe zu viel erreicht, um eine Affäre am Arbeitsplatz zu riskieren.«

Julie fragte sich, ob seine Angst vor Beziehungen etwas mit seiner früheren Verlobten zu tun hatte. Niemand wusste, warum sie sich damals getrennt hatten. Er war zu sehr Gentleman, um darüber zu reden. Aber damals hieß es, Yvonne habe ihn verlassen. Hunters beharrliches Schweigen hatte diesen Verdacht bestärkt. Und alle nahmen ihr übel, dass sie ihm das Herz gebrochen hatte.

Alle außer Julie. Natürlich tat es ihr leid, dass Yvonne ihm wehgetan hatte. Doch heimlich war sie froh gewesen, dass er nicht heiraten würde. Obwohl sie damals noch auf dem College war und ein so attraktiver, erfolgreicher, reifer Mann wie Hunter sich bestimmt nicht für sie interessierte.

Und genau das hatte er ihr jedenfalls soeben deutlich zu verstehen gegeben.

Sie blickte ihn übermütig an. »Mach dir keine Hoffnungen. Da habe ich schließlich auch noch ein Wörtchen mitzureden.«

»Ja, und du hast bereits genug gesagt.« Er reichte ihr die Ukulele, die sie zuvor auf den Stuhl gelegt hatte.

»Also gibst du mir nun einen Job?«

Nachdenklich fuhr sich Hunter mit dem Daumen über die kleine Narbe neben seinem Mund.

Ein gutes Zeichen. Julie musste schmunzeln.

»Was gibt es denn da zu grinsen? Ich habe noch nicht geantwortet.«

»Doch, hast du. Schon früher hast du immer deine Narbe berührt, wenn du mir erlaubt hast, dich und Charlene zu begleiten.«

Er gab sich mit einem Nicken geschlagen. »Daran muss ich arbeiten.« Er zögerte. »Wie geht es übrigens deiner Schwester? Ich habe sie seit Ewigkeiten nicht gesehen.«

Seit ihrer Trennung vor dreizehn Jahren, um genau zu sein. Julie hatte damals nicht verstanden, warum Charlene nicht am Boden zerstört war. Aber ihre Schwester hatte ihr erklärt, dass sie sich auseinandergelebt hatten, und bald schon einen neuen Freund gehabt.

»Charlene hat Nathan Kleinschmidt geheiratet. Sie hat gerade ihr erstes Kind bekommen, ein Mädchen, letzten Monat.«

»Bitte richte ihr meine Glückwünsche aus«, sagte Hunter.

Er betrachtete sie eine Weile, und Julie fühlte sich unter seinem Blick wieder wie eine Neunjährige.

»Zufällig könnte ich tatsächlich für einen Monat eine Aushilfe gebrauchen. Aber ich kann dir nichts Längerfristiges versprechen.«

Das Gehalt, das er nannte, übertraf das bei den »Merry Messengers« – sogar inklusive der Trinkgelder.

Zwar würde sie nicht viel Gelegenheit haben, Leute kennenzulernen, aber vielleicht kam sie mit den Angestellten aus den Nachbarbüros in Kontakt.

»Einverstanden«, sagte sie und streckte die Hand aus, um den Pakt zu besiegeln. »Du wirst es nicht bereuen.«

»Ich will dir ja nicht zu nahe treten«, erwiderte er, »aber ich fürchte, doch.«

Fast hätte Hunter geglaubt, Julie wolle zu einer Beerdigung. Obwohl es wohl niemand wagen würde, bei einem so traurigen Anlass so unverschämt sexy aufzutauchen. Nicht einmal Julie.

Der eng anliegende schwarze Rollkragenpullover unter der taillierten schwarzen Lederjacke betonte ihre schlanke Figur.

Und der ebenfalls schwarze Rock war über dem linken Oberschenkel verführerisch geschlitzt. Dazu trug sie schwarze Nylonstrümpfe und Pumps. Der einzige Farbtupfer war der rote Lippenstift, der ihr breites Lächeln betonte.

Hunter versuchte, seine körperliche Reaktion auf diesen Anblick zu ignorieren und sich aufs Geschäftliche zu konzentrieren. Er zeigte ihr Trudys Schreibtisch. »Das ist dein Arbeitsplatz. Die Unterlagen der aktuellen Klienten befinden sich im Schrank unten rechts, die Arbeitsanweisungen findest du oben rechts und Büromaterial links.«

Sie sah ihn verblüfft an. »Ich habe kein eigenes Büro? Wie soll ich denn mitten im Flur konzentriert arbeiten?«

Jetzt war Hunter verblüfft. »Du bist meine rechte Hand. Ich brauche dich in meiner Nähe.«

Julie zuckte die Schultern und warf ihre Handtasche unter den Schreibtisch. »Na, ich bin ja sowieso meistens unterwegs.«

Er seufzte. »Unterwegs?« Er hatte nicht erwähnt, dass sie lediglich seine Sekretärin ersetzen sollte. »Tut mir leid, Julie, aber daraus wird nichts.« Er musste schmunzeln, weil ihm einfiel, wie sie als Kind gewesen war. »Außerdem bezweifle ich, dass jemand, der nicht still sitzen kann, für Observierungen geeignet ist.«

»Ich bin kein Kind mehr.« Sie schlang die Arme um ihre Taille und zog seine Aufmerksamkeit dadurch unwillkürlich auf ihren flachen Bauch und die sanft gerundeten Hüften. »Ich bin erwachsen geworden, falls dir das entgangen ist.«

Man musste blind und taub sein, um das nicht zu bemerken. Hunter ließ sich einen Moment Zeit, die Veränderungen in sich aufzunehmen. Ihr kindlicher Sopran hatte sich in einen lasziven Alt verwandelt. Ihr einst kindliches sommersprossiges Gesicht war schmal und ausdrucksvoll. Am auffälligsten hatte sich die Figur verändert. Sogar ihre Körperhaltung war anders als die des kleinen Mädchens, das ihm hinterhergelaufen war. Noch immer schien sie vor Energie zu strotzen, aber sie wirkte bestimmter, als habe sie gelernt, ihre schier unerschöpfliche Kraft zu bündeln und gezielt einzusetzen.

Sie saß auf der Kante ihres Schreibtisches – der Schlitz ihres Rockes teilte sich einladend – und kickte sich wie früher die Schuhe von den Füßen. In seiner Fantasie entledigte sie sich auch der anderen Kleidungsstücke. Hunter rief sich zur Besinnung. Julie sollte schließlich einen Monat lang seine Sekretärin sein.

Plötzlich wandte sie den Blick ab, um jemanden anzulächeln, der hinter ihm stand. Hunter drehte sich um und erblickte Ben Irving, einen seiner Ermittler. Ein Blick von seinem Boss genügte, und Ben wandte sich dem Archivraum zu. Nicht ohne sich noch einmal nach Julie umzusehen.

»Ich gebe bestimmt einen guten Privatdetektiv ab«, erklärte Julie. »Gib mir eine Chance.«

Eine Chance wozu? Einen Fall zu vermasseln, an dem er hart gearbeitet hatte? Obwohl Mark, einer seiner Ermittler, mit Trudy auf Hochzeitsreise war, hatte er nicht die Absicht, Julie auf Marks Fälle loszulassen. Mit denen wurde er schon allein fertig. »Das ist ein verlockendes Angebot«, log er, »aber du bist hauptsächlich für Büroarbeiten zuständig. Meine Assistentin ist einen Monat auf Hochzeitsreise, und du sollst dafür sorgen, dass solange alles glattläuft.«

»Aber ich bin gut im Beschatten.« Julie zeigte mit einem manikürten Finger auf ihn. »Dich und Charlene habe ich dauernd beschattet, ohne dass ihr es bemerkt habt.«

Hunter musste lachen. »Ich habe dich sehr wohl bemerkt. Am liebsten hast du dich hinter dem Sofa oder den Vorhängen versteckt. Und manchmal hast du im Fernsehschrank gehockt.«

»Du hast es gewusst?«

»Natürlich. Du hast immer die Schuhe ausgezogen, und deine Käsefüße haben dich verraten.«

Julie rutschte vom Tisch und zog sich die Schuhe wieder an. »Ich hab keine Käsefüße!«

Zu ihrem Kummer antwortete er nur mit einem Schmunzeln und erklärte ihr dann, was sie als seine Sekretärin zu tun hatte.

Sie unterbrach seine Litanei über Aktenablage und Telefonprotokolle. »Vielleicht frage ich Mr. Oltmeier, ob er mich böse Buben beschatten lässt.«

Ohne ein Wort zu sagen, runzelte Hunter die Stirn und gab ihr unmissverständlich zu verstehen, dass sie sich das besser sparen sollte.

»Also gut, ich kümmere mich um die blöde Büroarbeit. Ich muss es ja nicht mögen.«

Er grinste. »Braves Mädchen.«

»Aber ich habe ein paar Bedingungen. Erstens möchte ich nicht, dass du mit mir sprichst wie mit einem Kind. Ich bin erwachsen und erwarte, entsprechend behandelt zu werden.«

»Einverstanden.«

»Außerdem heiße ich jetzt Julie. Nicht mehr Julie Beth.«

»Okay! Willkommen bei Oltmeier-Matthews. Ich schlage vor, du nimmst dir etwas Zeit, die Akten durchzusehen und dich mit den Fällen vertraut zu machen.«

Julie seufzte enttäuscht. Wie um alles in der Welt sollte sie Kusskandidaten finden, wenn sie an diesem Schreibtisch festsaß?

246

Nachdem sie den letzten Satz des Briefes abgetippt hatte, setzte Julie den Kopfhörer ab und stellte das Radio auf ihrem Schreibtisch an. Wenn sie schon keinen Spaß an ihrer Arbeit hatte, konnte sie wenigstens das »Stadtgespräch« hören. Sie seufzte gelangweilt, als Hunter ihr erneut eine Kassette mit diktierten Briefen, Memos und Arbeitsanweisungen brachte.

»Alles in Ordnung?«, fragte er.

»Alles in Butter«, antwortete Julie ironisch und legte einen Bericht auf den Stapel für Spencer in der Buchhaltung. »Aber weißt du, Observierungen liegen mir wirklich mehr. Dieser ganze Papierkram ist eine Verschwendung meines Talents.«

Hunter nahm den Bericht von Spencers Stapel und legt ihn auf Priscillas. »Wie willst du eine so heikle Sache wie eine Personenüberwachung bewältigen, wo es auf jedes Detail ankommt, wenn du schon am Papierkram scheiterst?« Hunter zwinkerte ihr spöttisch zu und verschwand in seinem Büro.

Julie verkniff sich einen Kommentar. Stattdessen richtete sie ihre Wut gegen die Tastatur und gab entschlossen den Druckbefehl für den Brief ein, den sie eben getippt hatte.

»Dem werd ich es zeigen«, schwor sie sich. Wenn er wollte, dass sie penibel war, würde sie penibel sein. Julie Beth Fasano würde so penibel sein, so peinlich genau, so perfekt, dass er keine Entschuldigung mehr haben würde, sie nicht zu Observierungen mitzunehmen. Sie würde so übertrieben penibel sein, so übereifrig, so übergenau, dass …

Der Drucker zeigte Papierstau an.

Da sie sich nicht traute, den Drucker zu öffnen, ging Julie zurück zum Computer und brach den Druckauftrag ab. Der Brief verschwand vom Bildschirm.

Julie schrie entsetzt auf.

»Ist der Brief an Mrs. Huffnagle schon fertig?«, rief Hunter aus seinem Büro.

»Sofort.«

»Großartig. Wie wäre es, wenn du das Radio etwas leiser drehst.«

Das war keine Bitte, sondern ein Befehl. Sie stellte es leiser und zog ihre Schuhe an, um Mr. Oltmeiers Sekretärin zu suchen. Vielleicht konnte die ihr helfen, den Papierstau im Drucker zu beseitigen und das verlorene Dokument wiederzufinden. In diesem Moment kam Spencer, um seine Unterlagen abzuholen. Er lächelte sie abschätzend an.

Dankbar schob Julie ihm ein Glas mit Karamellbonbons hin. »Wie viele Bonbons kostet es, wenn Sie mir mit diesem blöden Computer helfen?«

Spencer schüttelte den Kopf. »Ich mache mir nichts aus Süßkram. Aber Sie könnten mich mit etwas Appetitlicherem bestechen.«

Er lächelte erwartungsvoll.

Julie schätzte das Kusspotenzial des Buchhalters ab. Er sah nicht schlecht aus, obwohl er sich zu viel Gel in das kunstvoll frisierte dunkelblonde Haar schmierte. Der elegante Anzug zeugte von gutem Geschmack und verdeckte einen Bauchansatz. Zwar wusste sie nicht viel über ihn, doch er machte einen netten Eindruck. Mehr aber auch nicht. Ob sie ihn auf ihre Liste setzen sollte?

Sie lächelte und strich verlegen ihren Rollkragen glatt. »Darüber lässt sich verhandeln.«

Gnädig ließ er das Thema auf sich beruhen, stellte sich neben sie hinter den Schreibtisch und griff nach der Maus. Während er das Dokument suchte, stellte Julie das Radio wieder etwas lauter. Gerade erzählte der Radiomoderator von den Anrufen, die er an diesem Morgen erhalten hatte.

»Ich verstehe die ganze Aufregung über eine alberne Zeitungskolumne nicht«, fuhr der Moderator fort. »Ganz Richmond fragt sich, wer die geheimnisvolle Kussexpertin ist. Und alle rufen hier an. Als ob ausgerechnet wir es wüssten.«

Julie fielen fast die Augen aus dem Kopf. Sie versuchte die Fassung zu bewahren, während ein Gespräch mit einem der neugierigen Anrufer übertragen wurde. Sie zog die Schuhe wieder aus, lehnte sich zurück und fragte sich, ob das ihre Chancen auf einen Job bei der Zeitung beeinflussen würde.

»Was ist los?«, fragte Spencer, während er noch immer mit dem Computer beschäftigt war.

»Nichts«, sagte sie etwas zu hastig. Doch aus dem Augenwinkel sah sie, dass er ihre Verlegenheit nicht zu bemerken schien. Ermutigt beschloss sie, seine Reaktion auf die Kolumne zu testen. »Ich dachte nur an die geheimnisvolle Küsserin, von der sie reden. Haben Sie die Kolumne gelesen?«

Spencer drückte die Entertaste. »Oops.«

In diesem Moment kam Hunter aus seinem Büro und bat um die »Lifeway Insurance«-Akte.

Spencer richtete sich auf. »Tut mir leid, ich kann Ihnen auch nicht helfen.«

Nachdem er gegangen war, stand Julie auf, um Hunter den Blick auf die kryptische Fehlermeldung auf ihrem Computerbildschirm zu versperren.

Er nahm die Akte, die sie ihm reichte, und zögerte. »Heute Morgen warst du irgendwie größer.«

Ohne den Oberkörper zu bewegen, angelte sie mit dem Zeh nach den schwarzen Schuhen. »Ich, äh …« Sie lachte verlegen. »Meine Schuhe haben sich unerlaubt von der Truppe entfernt.«

Er sah auf ihre bestrumpften Füße, dann ließ er seinen Blick langsam an ihrem Körper hinaufgleiten, bis er ihren Blick traf. Er grinste wissend. »Vielleicht kann Mr. Oltmeiers Sekretärin dir helfen, den Brief an Mrs. Huffnagle zu finden.«

Hastig schlüpfte sie in die wiedergefundenen Schuhe und wollte gerade gehen, als Hunter sie zurückhielt.

»Bevor du gehst, sollte ich dich lieber warnen. Priscilla ist eine berüchtigte Kupplerin. Ihr Bruder ist Junggeselle, und sie hat schon versucht, ihn mit sämtlichen weiblichen Mitarbeitern zu verkuppeln.«

Julie grinste breit. Ein Kusskandidat!

Hunter reagierte gereizt. »Was gibt es da zu grinsen? Ich wollte dich nur warnen.« Er nahm die Akte in den anderen Arm. »Und wenn wir schon mal dabei sind, du solltest dich auch von Spencer fernhalten. Was Zahlen angeht, ist er absolut zuverlässig. Aber sonst …«

Wieder kam sich Julie vor wie eine Neunjährige, die von ihrem großen Bruder gegängelt wird. »Du bist mein Boss, nicht mein Anstandswauwau.«

Er runzelte die Stirn. »Was?«

Sie zögerte kurz. Schließlich neigte er normalerweise nicht dazu, sich in ihre Privatangelegenheiten einzumischen. Es sei denn, er machte sich Sorgen. Wie damals, als er sie dabei erwischt hatte, wie sie aus den Zündblättchen ihrer Spielzeugpistole Sprengstoff basteln wollte. Also versuchte sie, ihn zu beruhigen: »Ich bin erwachsen. Du musst dir keine Sorgen mehr um mich machen.«

»Ja, aber du glaubst immer noch an das Gute im Menschen, auch wenn er es nicht verdient.« Sein Gesichtsausdruck wurde ernst. Wie damals bei ihren philosophischen Diskussionen darüber, ob Katzen wirklich neun Leben hatten und Lemminge Massenselbstmord begingen. »Ich will nicht, dass jemand dir wehtut.«

Sie hob das Kinn. Wann würde er endlich begreifen, dass sie kein kleines Mädchen mehr war, das er beschützen musste? »Ich kann auf mich selbst aufpassen.«

In diesem Moment verkündete der Sound von zerbrechen-
dem Glas im Radio das Ende der Werbepause. Julie schrak bei
dem Geräusch zusammen.

Hunter seufzte resigniert. »Wenn du zu Priscilla gehst,
bitte sie, sich in der nächsten Woche etwas Zeit zu nehmen,
um dich anzulernen.«

Bevor er zurück in sein Büro ging, rückte er noch einen
Stapel auf ihrem Schreibtisch gerade.

Entnervt warf Julie sich ein Karamellbonbon in den Mund.
Ihr stand ein langer, harter Monat bevor.

3. Kapitel

Jeder mag doch Geheimnisse. Zum Beispiel in Filmen oder in Büchern. Professoren und Wissenschaftler versuchen täglich, Rätsel zu lüften. Auch jeder Kuss birgt ein Geheimnis.

Der Mann am Telefon klang wie Hunter. Aber warum sollte er Julie von seinem Büro aus anrufen, während ein Klient bei ihm war?

»Hunter, ist alles Ordnung?«

Der Anrufer räusperte sich und versuchte es erneut. »Hier ist Peter Matthews, Hunters Bruder. Kann ich ihn sprechen?«

Es dauerte einen Moment, bis Julie begriff, dass nicht ihr Boss am Telefon war. Sein Bruder war neun oder zehn Jahre älter. Peter war praktisch schon erwachsen gewesen, als sie geboren wurde. Sie war ihm nur selten begegnet, wenn er während der Ferien zu Besuch kam. Und bei der Beerdigung seines Vaters. Hunter hatte der Tod des alten Matthews sehr mitgenommen.

Sein Vater, ein Polizist, war während eines Einsatzes ums Leben gekommen, weil sein Partner sich nicht an die Sicherheitsbestimmungen gehalten hatte. Hunter war kurzzeitig in die Fußstapfen seines Vaters getreten und hatte bei der Polizei gearbeitet, bevor er in das Ermittlungsbüro eingestiegen war. Wahrscheinlich war der Unfall seines Vaters auch der Grund dafür, dass Hunter so viel Wert auf die Einhaltung von Regeln legte.

»Peter, wie schön Sie zu hören. Hier spricht Julie Fasano.«
Es entstand eine Pause, während der er offenbar versuchte,
ihren Namen einzuordnen. »Ich habe früher neben Ihren Eltern gewohnt.«

»Julie?« Er schien sich nicht an sie zu erinnern.

»Damals wurde ich Julie Beth genannt.«

»Ach ja, Julie Beth! Das kleine Mädchen, das immer bei
uns Kekse klaute. Sie arbeiten jetzt also für meinen Bruder?« Er lachte glucksend. »Da würde ich gern Mäuschen
spielen.«

»Eigentlich ist es nicht sehr ereignisreich.« Ihre guten Manieren verboten ihr, ihm die volle Wahrheit zu verraten – dass
der Job total langweilig war. »Hunter ist in einer Besprechung. Soll ich ihn holen?«

Eigentlich sollte sie ihn nicht stören, aber es war immerhin sein Bruder. Außerdem war sie neugierig, worüber Hunter mit seiner Klientin redete. Am liebsten hätte sie selbst die
Tochter der eleganten Mrs. Dexter aufgespürt, die diese vor
fast vierzig Jahren zur Adoption freigegeben hatte.

»Nein, aber Sie können ihm etwas ausrichten.«

Mist! Julie suchte hastig nach etwas zum Schreiben und
stieß dabei einen Becher mit Stiften um. Sie hob einen Kugel-
schreiber vom Fußboden auf, suchte verzweifelt einen Zettel
und begnügte sich schließlich mit dem Rand der Zeitung, in
der sie ihre Kolumne gelesen hatte. Peter sagte etwas, aber es
kam keine Tinte aus dem Stift.

»Warten Sie eine Sekunde.« Sie fuhr ein paarmal mit dem
Stift über das Papier, bevor er funktionierte. »›Bitte prüfe …‹
Entschuldigung, wie ging es dann weiter?«

»… ob die Person, über die wir neulich gesprochen haben,
die mysteriöse Küsserin ist.«

Julie blieb fast das Herz stehen. Meinte er etwa ihre Kolumne? Und wer war diese »Person«, von der er sprach? »Sagten Sie, mysteriöse Küsserin?«

»Ja. Die neue Kolumnistin, über die alle reden. Der heutige Beitrag gibt mir Grund zu der Annahme, dass sie die Autorin ist. Ann Onimus.«

»Oje.« Julie fragte sich, ob es klug war, nach dem Namen zu fragen.

»Ja, genau das habe ich auch gedacht.«

Sie zögerte, bevor sie die nächste Frage stellte. Schließlich wollte sie mehr herausfinden, durfte sich ihre Neugier aber nicht anmerken lassen. »Das verstehe ich nicht. Warum will Hunter wissen, wer eine Kolumne über Küsse schreibt?«

»Will er ja gar nicht.«

Sie schwieg in der Hoffnung, dass Peter noch mehr verriet. Vergeblich.

»Richten Sie ihm einfach meine Nachricht aus«, fuhr Peter fort. »Er weiß, worum es geht.«

»Natürlich. Das tue ich.« Mit etwas Glück war Hunter entgegenkommender als sein großer Bruder.

»Viel Glück mit dem neuen Job.«

Das konnte sie brauchen. Sie würde ein bisschen Detektiv spielen, egal ob es Hunter gefiel oder nicht.

Eine Viertelstunde lang widerstand Julie der Versuchung, Hunter zu stören. Das Gespräch mit Peter ging ihr nicht aus dem Kopf. Sie versuchte, sich mit dem Fall von Mr. Younce abzulenken, der seine Versicherung für eine angebliche Rückenverletzung zur Kasse bat, die er sich am Arbeitsplatz zugezogen haben wollte. Hunter hatte ihr schon gesagt, dass sie oft mit gefälschten Schadensersatzforderungen zu tun hatten. Viele Aufträge erhielten sie von »Lifeway«, der Versicherung, die im selben Gebäude saß. Es gab einen Zeugen, der beobachtet hatte, wie der angeblich arbeitsunfähige Mr. Younce im Garten arbeitete und mit seinem Sohn herumtollte. Obwohl Julie den Betrüger zu gern auf frischer Tat ertappt hätte, ließen die Berge von Akten sie kalt.

»Öde, öde, öde«, murmelte sie leiernd vor sich hin.

Gelangweilt schob sie die Akten beiseite und stellte das Radio an. Obwohl sie bezweifelte, dass ihre Kolumne heute noch immer Gesprächsthema war. Es lief ein Popsong, und das *Stadtgespräch* ging erst in zwanzig Minuten auf Sendung.

Weil sie zu nervös war, um so lange still zu sitzen, ging sie mit der Zeitung zu Hunters Büro und lauschte an der Tür, ob die Besprechung allmählich zu Ende war. Doch es drang kaum ein Geräusch hindurch. Sie trat näher und legte ein Ohr an das dunkle Eichenholz.

Plötzlich bewegte sich der Knauf, die Tür wurde aufgestoßen und Julie fiel dem überraschten Hunter entgegen.

»Du liebe Güte!«, sagte Mrs. Dexter und wich einen Schritt zurück.

Von Hunters starken Armen gestützt, fand Julie ihr Gleichgewicht wieder. Die Zeit schien stehen zu bleiben, als sie seinen frischen männlichen Duft einatmete, und fast hätte sie vergessen, dass er der Chef und sie seine Sekretärin war. Sie vergaß auch die andere Person im Zimmer. Während sie sich an ihm festhielt, war alles, was sie wusste, dass er ein Mann und sie eine Frau war.

Der Moment ging vorüber, und mit einem unsanften Ruck landete Julie wieder in der Realität. Und nachdem sie ihre Fassung wiedergewonnen hatte, lächelte sie entschuldigend. »Ich wollte nur hören, ob das Gespräch vorbei ist.«

»Ich nehme an, du hast genug gehört«, erwiderte er trocken.

»Dein Bruder hat angerufen«, sagte sie und reichte ihm die Zeitung, auf die sie die Nachricht gekritzelt hatte. »Es klang wichtig.«

Hunter nahm ihr die Geschichte offenbar nicht ab, wollte aber vor seiner Klientin nicht diskutieren. Stattdessen dankte er ihr, verabschiedete sich von Mrs. Dexter und zog sich in sein Büro zurück.

Julie lächelte der zierlichen alten Dame zu und begleitete sie zum Fahrstuhl. Mrs. Dexter drehte sich noch einmal zu ihr um: »Mr. Matthews wurde mir wärmstens empfohlen.«

»Er ist ein Perfektionist.« Das war definitiv die Untertreibung des Jahres. »Wenn jemand Ihre Tochter finden kann, dann Mr. Matthews.«

Mrs. Dexter nickte. »Er soll der Beste sein. Deshalb kann er wohl auch so viel Honorar verlangen.«

Ein Blick auf ihr teures Kostüm und die eleganten Schuhe ließen Julie vermuten, dass Hunters Honorar ihr wenig Kopfschmerzen bereitete. Aber Julie hatte das Bedürfnis, sie zu beruhigen. »Ich bin sicher, er ist sein Geld wert.«

»Daran habe ich keinen Zweifel. Aber ich finde, Sie sollten eine Gehaltserhöhung verlangen.« Sie grinste und zeigte mit ihrer Handtasche auf Julies bestrumpfte Füße. »Sie sollten sich wenigstens ein Paar Schuhe leisten können.«

Julie sah auf ihre Zehen herab, die im dicken Teppich versanken. Sie war so daran gewöhnt, barfuß zu laufen, dass sie vergessen hatte, die Schuhe wieder anzuziehen, als die Klientin gekommen war. Sie wollte sich für ihre Vergesslichkeit entschuldigen, aber Mrs. Dexter war schon verschwunden.

Auf dem Weg zurück zu Hunters Büro machte Julie einen kurzen Zwischenstopp an ihrem Schreibtisch, um ihre Schuhe anzuziehen. Dann trat sie ein und machte es sich auf dem Besucherstuhl bequem.

Hunter sah von seiner Zeitung auf. »Gibt es ein Problem?«

»Das wollte ich dich fragen. Konntest du die Nachricht entziffern?«

»Klar und deutlich«, sagte er und warf die Zeitung auf seinen Schreibtisch. Julie fragte sich, wie er sein Büro so ordentlich hielt. »Wie kommst du zurecht?«

»Danke. Ich gebe mein Bestes.«

Sie machte ihm keinen Vorwurf, dass ihn das nicht zu beeindrucken schien. Sie hatte von der tüchtigen Trudy gehört und wusste, dass sie auch an ihrem besten Tag nicht mit der Sekretärin mithalten konnte. Sie seufzte und wünschte, ihr Boss würde ihr interessantere Aufträge geben. Wie zum Beispiel sich zu verkleiden und bösen Buben in schummrige Bars zu folgen. Dann würde sie sich an sie heranmachen und mit heiserer Kathleen-Turner-Stimme dazu bringen auszupacken …

»Ist sonst noch etwas?«

Julie schreckte aus ihren Gedanken. »Ja«, sagte sie und vergaß dabei ganz, ihre Frage geschickter zu formulieren. »Warum glaubt Peter, dass die Person, über die ihr gesprochen habt, die Kolumnistin ist?«

Hunter betrachtete sie lange, und Julie fiel auf, dass er von ihr mehr Diskretion erwartete. Leider war Geduld nicht ihre Stärke. Ein Nachteil, falls er sie auf seine Spionagetouren mitnahm. Und es war nur eine Frage der Zeit, bis sie ihn so weit hatte. Schließlich hatte sie Übung darin. Sie wusste genau, welche Knöpfe sie drücken musste, um von ihm zu bekommen, was sie wollte.

»Ich weiß nicht«, sagte er, »aber ich werde es herausfinden.«

Hunter nahm sich wieder die Zeitung vor und las Julies Nachricht. Warum hatte sie nicht einen der rosa Notizzettel benutzt? Wahrscheinlich hatte sie in dem Durcheinander auf ihrem Schreibtisch keinen gefunden.

Sein Blick fiel auf die erste Seite des Unterhaltungteils. Ein Paar rote Lippen und darunter eine Kolumne mit dem Titel »Der Weisheit letzter Schluss.« Die heutige Überschrift war: »Kleine Geheimnisse.« Neugierig las Hunter die ersten Absätze und erkannte darin das Werk der geheimnisvollen Küsserin – der Person, die sein Bruder erwähnt hatte. Er suchte nach der Autorin. Ann Onimus.

Anonymus.

Er überflog den Rest der Kolumne und fragte sich, warum jemand so etwas las oder gar schrieb. Was kümmerte ihn, ob andere Leute mit offenen oder geschlossenen Augen küssten? Was machte es für einen Unterschied, ob ein Kuss ein Geheimnis barg, solange das Paar verliebt war? Offenbar sorgte die Kolumne in der Stadt für Aufsehen, aber er verstand die ganze Aufregung nicht. Andererseits fand er auch nichts an Technomusik. Was wusste er schon?

Er schob seine Vorurteile beiseite und las die Kolumne ein zweites Mal. Diesmal suchte er nach Anhaltspunkten, warum sein Bruder Anna verdächtigte, die Autorin zu sein – außer, dass sie am College Kurse für Kreatives Schreiben belegt hatte.

Um knisternde Spannung zu erzeugen, ist es immer besser, mit geschlossenen Augen zu küssen. Auf diese Weise kann man auch äußerliche Makel ignorieren, obwohl ich zugeben muss, dass ich eine Schwäche für kleine Narben habe, die auf eine bewegte und gefährliche Vergangenheit schließen lassen.

Wenn ich einen Mann zum Küssen suche, verheimliche ich meine wahre Identität. Als ich den heutigen Kandidaten gefunden hatte, durchfuhr mich die Berührung unserer Lippen wie ein Blitz. Ich schob es auf die sonderbaren Umstände unserer Begegnung.

Aber vielleicht erhöhen allein das Geheimnis mei-
ner Identität und die Angst aufzufliegen die Spannung.
Denn obwohl jeder gern über meine Eroberung liest,
werden gewisse Leute darüber die Nase rümpfen.

Also warum hielt Peter Anna für die Autorin? Sein Bruder hatte angedeutet, dass seine Frau in letzter Zeit rastlos
und unzufrieden wirkte, aber das war nach achtzehn Jahren
Ehe wohl verständlich. Die meisten Frauen hatten mit Mitte
vierzig eine Midlife-Crisis. Abwechslung war eben die Würze
des Lebens …

Das entscheidende Argument war jedoch der letzte Satz.
»Gewisse Leute werden über meine Eroberungen die Nase
rümpfen.« Vor allem, wenn diese Leute Richter waren, die einen Ruf zu wahren hatte.

Das abgedroschene Pseudonym sprach allerdings dagegen.
Ann Onimus. Wenn Anna versuchte, ihre Identität zu verheimlichen, würde sie dann einen so ähnlichen Vornamen wählen?

Hunter persönlich fand, die Kolumne hätte von jeder der
Tausenden von Frauen in der Stadt geschrieben worden sein
können. Natürlich gab es einige Hinweise darauf, dass seine
Schwägerin die Autorin sein konnte, aber sie waren viel zu
vage.

Er faltete die Zeitung zu einem ordentlichen Rechteck
und ging zu Julies Arbeitsplatz. Ein Angestellter der »Lifeway Insurance« im achten Stock beugte sich lässig über ihren Schreibtisch. Der Mann schien sich dort für Hunters
Geschmack viel zu wohl zu fühlen. Seine vorübergehende
Sekretärin war der reinste Männermagnet. Außer Len Oltmeier und dem ältlichen Hausmeister war dies der fünfte oder
sechste, den es heute Morgen an Julies Schreibtisch zog. Und
es war noch nicht einmal zehn Uhr.

Hunter stellte sich so eng neben ihn, dass er fast seine Schulter berührte. »Kann ich Ihnen helfen?«

Wie erhofft wirkte die Geste einschüchternd, und »Lifeway Insurance« trat sofort den Rückzug an.

»Äh, nein, Sir. Ich wollte Ihnen nur zusätzliche Informationen über den Fall mit der Rückenverletzung bringen.« Er lächelte Julie an und klopfte auf den Stapel neben der Donut-Schachtel.

»Das muss warten. Ich brauche Miss Fasano in einer wichtigen Angelegenheit.«

Hoffnungsvoll blickte sie ihn an. Dachte sie *wirklich*, er würde sie auf einen Verdächtigen ansetzen? Offenbar, wenn man sah, wie schnell sie Larry abwimmelte.

»Ich werde heute den Mann beobachten, der angeblich seinen Rasen mäht, und du …«

»Warte, ich muss nur meine Schuhe finden.« Ihr Übereifer verriet, dass sie den Satz in Gedanken schon beendet hatte.

»… sollst für mich in der Zeitungsredaktion recherchieren.«

Die Zehen nach den Schuhen ausgestreckt, erstarrte sie mitten in der Bewegung. Enttäuscht ließ sie den Kopf hängen.

»Die Redaktion des *Richmond Reporter* liegt auf dem Weg zu Younces Haus. Ich setze dich dort ab, und du besorgst Kopien sämtlicher Kolumnen der letzten sechs Monate.«

»Die Kolumne ist neu«, platzte sie heraus. »Es gibt sie erst seit …« Sie sah ihn mit großen Augen an. Fast hätte sie sich verraten. »Seit … äh … letzter Woche oder so.«

»Okay, dann bring mir die Kopien der letzten Woche.«

Sie setzte sich auf. »Glaubst du wirklich, das ist notwendig?«

Hunter zuckte die Schultern. »Du kannst auch anrufen und sie bitten, die Kolumnen zu faxen, aber es geht bestimmt schneller, wenn du persönlich hingehst.«

Sie schien darüber zwar nicht glücklich, schlüpfte aber widerwillig in ihre Schuhe und griff nach ihrer Handtasche. Hunter blickte sie abschätzend an. Er hatte die Kolumne nur ein einziges Mal gelesen, aber er konnte sich ausrechnen, dass Frauen wie Julie zur Zielgruppe gehörten. Junge berufstätige Frauen. Vielleicht konnte sie ihm Aufschluss darüber geben, was die ganze Aufregung sollte.

Nachdem sie der Empfangssekretärin Bescheid gesagt hatten, wohin sie fuhren, drückte er den Fahrstuhlknopf. Auf der Fahrt in die Garage fragte Hunter Julie nach ihrer Meinung.

Sie schüttelte den Kopf, als sei auch ihr der ungewöhnliche Erfolg der Kolumne ein Rätsel. »Ich weiß nicht genau.« Langsam folgte sie ihm zu seinem Geländewagen. »Küssen ist eben ein universelles Thema.«

Hunter ging zur Beifahrerseite und hielt Julie galant die Tür auf. »Schlafen auch, aber darüber schreibt niemand.«

Sie seufzte, rutschte auf den Beifahrersitz und wartete, bis er hinter dem Steuer saß. »Vielleicht fasziniert es die Menschen, einen Blick hinter die Fassade zu werfen. Hinter die Mauer, die die Leute in dieser schnelllebigen Zeit um sich herum aufbauen. Jeder will schnell und ohne Umschweife wissen, ob sein Gegenüber ein Lover oder ein Loser ist. Ein Prinz oder ein Frosch.«

»Und darüber soll ein einziger Kuss Aufschluss geben?« Er steckte den Schlüssel ins Zündschloss. »Wenn du mich fragst, ist ein Kuss einfach nur ein Kuss. Ohne versteckte Botschaften.«

Er hoffte, sie las nichts in den Geburtstagskuss hinein, den sie ihm gegeben hatte. Er selbst jedenfalls wollte lieber nicht näher darüber nachdenken. Aus Angst vor einer versteckten Botschaft?

»Aber ein Kuss verrät viel über einen Menschen. Vielleicht macht es den Leserinnen Mut, dass sie bei der Suche nach dem Richtigen nicht allein sind. Vielleicht feuern sie die Kolumnistin heimlich an. Sie haben das Gefühl, wenn sie den Richtigen findet, gibt es auch für sie selbst Hoffnung auf die große Liebe.«

»Bei dir klingt das fast poetisch«, sagte er und startete den Wagen. »Ich verstehe aber immer noch nicht, was an einem Kuss so geheimnisvoll sein soll. Entweder mag man jemanden oder nicht.«

Er wagte nicht, sie anzusehen, als er die letzten Worte sprach. Es hatte keinen Zweck, seine Gefühle in dieser Angelegenheit zu genau zu analysieren.

Julie lehnte sich zurück und schlang die Arme um den Körper. »Manchmal ist es eben komplizierter.«

Hunter brummte und schaltete das Radio ein, als er auf die Straße fuhr. »Muss eine Frauensache sein.«

Sie setzte sich ruckartig auf und drehte das Radio lauter. »Pssst! Jetzt kommt das *Stadtgespräch.*«

Er warf ihr einen erstaunten Seitenblick zu, und Julie wusste sofort, dass sie sich verdächtig machte. Sie versuchte ihr Interesse an der Sendung herunterzuspielen: »Der Moderator ist lustig.« Dann erzählte sie von früheren Sendungen und den köstlichen Höreranrufen.

Hunter hielt an einer Ampel und betrachtete Julie so lange, bis sie unruhig wurde. Schon als Kind hatte sein unverwandter Blick sie verunsichert. Und sie hatte gelernt, seine Geduld nicht auf die Probe zu stellen, wenn er in dieser Stimmung war.

Doch diesmal lag noch etwas anderes in seinem Blick. Er schien weniger verärgert als besorgt. Sie wusste nicht, was sie diesmal wieder angestellt hatte. Sie wusste nur, dass ihr unter seinem Blick heiß wurde. Heißer als bei jedem Kuss. Außer dem von Hunter natürlich.

Jetzt, wo sein Name auf ihrer Liste stand, verblassten alle früheren Küsse. Und so nett Larry von »Lifeway« auch war, und so süß Priscillas Bruder auf dem Foto auch aussah, sie konnten nicht mit diesem Mann mithalten.

Ein Höreranruf unterbrach ihre Gedanken, als Hunter in die Regalia Avenue bog. »Ich möchte mal wissen«, sagte eine männliche Stimme, »was eigentlich so besonders an einem Kuss sein soll.«

Hunter grinste. Er schien sich zu freuen, dass er von einem Geschlechtsgenossen Unterstützung bekam. Sein triumphierender Blick betonte seine markanten Gesichtszüge. Das kräftige Kinn, auf dem immer die Andeutung eines Schattens lag, die gerade Nase und die dunklen Augenbrauen über den ebenso dunklen Augen.

Der Hörer machte auf Macho: »Sagen Sie Ann, wenn Sie wissen will, wie ein *echter* Mann küsst, soll sie mal bei Bubba vorbeikommen. Ich geb ihr einen Kuss, der das Papier versengt, auf dem ihre Kolumne gedruckt ist.«

»Daraus wird leider nichts«, sagte einer der Moderatoren. »Keiner weiß, wer sie ist.«

»Unsinn«, sagte der Anrufer.

Während Hunter den Wagen parkte, kam Werbung. »Wem bist du eigentlich auf der Spur?«, fragte Julie und machte keinerlei Anstalten, die Tür zu öffnen. »Und warum glaubt dein Bruder, dass sie die Kolumne schreibt?«

Hunter stellte den Motor aus. »Anna, meine Schwägerin, kommt abends wohl oft spät nach Hause, und Pete meint einige Anhaltspunkte in der Kolumne gefunden zu haben, die beweisen, dass Ann und Anna dieselbe Person sind.«

»Glaubst du denn, dass es Anna ist?«, fragte Julie.

Hunter lehnte sich zurück und atmete hörbar aus. Offenbar hatte er seit dem Anruf seines Bruders viel darüber nachgedacht. »Ich glaube nicht. Wenigstens *will* ich es nicht glauben. Anna war immer eine treue Ehefrau, diese Heimlichtuerei passt nicht zu ihr.« Hunter lockerte seine Krawatte. »Ich mache mir eher Sorgen, dass sie in Schwierigkeiten steckt.«

Julie biss sich auf die Lippen. Sie wollte ihn gern beruhigen und ihm versichern, dass seine Schwägerin niemand außer ihrem Mann küsste. Aber dann musste sie ihm die Wahrheit verraten.

Ihr Chefredakteur Mr. Upshaw hatte mehr als einmal erwähnt, dass sie sich während ihrer Probezeit bedeckt halten sollte. Wenn Julie ihr Geheimnis schon nach einer Woche lüftete, wie sollte er ihr dann bei späteren Aufträgen trauen können?

Aber wenn sie Hunter schon nicht mit der Wahrheit trösten konnte, wollte sie ihm wenigstens helfen. »Soll ich der Sache nachgehen, während du an dem Younce-Fall arbeitest?«

Er sah sie gequält an. »Ich brauche deine Hilfe im Büro.«

Julie presste beleidigt die Lippen zusammen.

Nach der Werbepause gab der Moderator den Hörern ein Rätsel auf. Als Gewinn winkte ein Wochenendtrip nach Atlanta zu einem zwölfstündigen Rockfestival. Die Aufgabe war, als Erster die Identität der Kusskolumnistin zu lüften.

Die Hand schon am Türhebel, erstarrte Julie. Sie konnte jetzt nicht in die Redaktion. Jeder, der jetzt das Gebäude betrat, würde registriert werden.

»Stimmt etwas nicht?«

»Äh, mir fiel nur gerade die ganze Arbeit ein, die ich im Büro zu erledigen habe. Vielleicht ist es doch besser, ich lasse mir die Kolumnen faxen.«

Hunter blickte skeptisch. Und zu Recht, wenn man bedachte, wie sie sich eben noch geziert hatte, den Papierkram zu erledigen.

»Nein«, sagte er und gab ihr etwas Geld für die Kopien und das Taxi zurück ins Büro. »Jetzt brauche ich die Kolumnen erst recht.«

Sie stopfte das Geld in ihre Handtasche und sah Hunter fragend an.

Zur Erklärung fügte er hinzu: »Dank dieses Preisausschreibens hat Annas Fall jetzt Vorrang. Wenn ich herausfinde, was sie treibt, bevor die Öffentlichkeit Wind davon bekommt, kann Peter den Schaden vielleicht begrenzen. Und wenn es doch nicht Anna ist, ist die Enttarnung der Kolumnistin kostenlose Werbung für die Agentur.«

Julie blieb vor Schreck regungslos sitzen.

»Worauf wartest du noch? Wir müssen die geheimnisvolle Küsserin fassen.«

4. Kapitel

Die Jagd ist eröffnet. Den perfekten Kusskandidaten –
und damit den perfekten Mann – zu finden, ist nicht so
leicht, wie man denkt. Ich persönlich wünsche mir einen
Mann, der stark und dennoch zärtlich ist. Aufmerksam
und dennoch risikofreudig. Großzügig und dennoch be-
kommt, was er will. Es ist nicht immer leicht, auf den
ersten Blick zu erkennen, welche Eigenschaften ein po-
tenzieller Kusskandidat besitzt. Man muss ein bisschen
Detektiv spielen und eins und eins zusammenzählen.

»Es ist nicht fair, dass er mich drei Tage lang zur Arbeit am
Computer verdonnert, während er Detektiv spielt.« Sie fuch-
telte mit ihrer Maus in Priscillas Richtung. »Und wie soll
ich irgend jemanden kennenlernen, wenn ich quasi an den
Schreibtisch gefesselt bin? Ich sage dir, ich werde noch als alte
Jungfer sterben!«

Priscilla legte das Handbuch zur Seite, das sie gerade durchgegangen waren, und lächelte nachsichtig. »Du bist jung. Du
hast noch so viel Zeit.«

Wenn sie nur wüsste. Die Zeitungskolumnen, die Julie in
den nächsten drei Wochen schrieb, entschieden über ihre Zukunft als Journalistin. Sie seufzte tief und kickte ihre Schuhe
von sich. »Wahrscheinlich tickt meine biologische Uhr.«

»Nun übertreibst du aber, meine Liebe.« Priscilla reichte
ihr die Akte über den Versicherungsbetrug. »Ich sag dir was,
wenn du einen netten Mann suchst, mit dem du eine Fami-

lie gründen kannst, musst du meinen Bruder kennenlernen. Er ist intelligent und süß und attraktiv – du hast sein Foto ja gesehen. Eure Kinder wären bestimmt entzückend.« Sie betrachtete Julie eingehend, als sähe sie in Gedanken schon die Kinderschar, die sie eines Tages Tante Priscilla nennen würde. »Was sagst du? Lass mich ein Rendezvous arrangieren, solange er gerade keine Freundin hat.«

Unter anderen Umständen hätte Julie sofort eingewilligt. Aber der Mann, der ihr nicht aus dem Kopf ging, war nicht Priscillas Bruder, sondern Hunter.

»Danke, Pris, aber das muss warten. Hunter wird mich bald bei seinen Ermittlungen brauchen, und ich muss abwarten, wie er mich einteilt.«

Priscilla blickte sie ungläubig an, sagte aber nichts.

»Wem schnüffelt er eigentlich heute Nachmittag hinterher?«

Lens Sekretärin zeigte auf die Akte, die sie in der Hand hielt. »Er steht vor Gunther Younces Haus und versucht per Video festzuhalten, dass der Mann seine angebliche Rückenverletzung nur vortäuscht. Später will er jemanden beschatten, den er für die Kusskolumnistin hält.« Priscilla wickelte eine rotblonde Haarsträhne um ihren Finger. »Da wäre ich auch gern dabei.«

Julie nahm scheinbar gelassen die Younce-Akte entgegen. »Seit drei Tagen lässt Hunter mich Adressen und Polizeiberichte sortieren. Das ist doch reine Fleißarbeit.«

Priscilla zuckte die Schultern. »Eines Tages musst du es sowieso lernen.«

Ihre Reaktion bestätigte Julie, was sie bereits wusste. »Er versucht, mich zu beschäftigen, damit ich nicht auf die Idee komme, mich in seine Ermittlungen einzumischen. Dabei wäre ich ein guter Detektiv. Denn ich besitze etwas, das ihm fehlt.« Sie klopfte sich auf die Brust. »Weibliche Intuition.«

Damit schlug Julie die Akte auf und überflog sie. Dann fasste sie den Polizeibericht zusammen. »Sieh nur. Der Mann prügelt sich häufig in Kneipen, und er schuldet vier verschiedenen Frauen Unterhaltszahlungen für seine Kinder. Offenbar hat er eine Schwäche für Frauen. Glaubst du, Hunter weiß etwas mit dieser Information anzufangen?«

Ohne eine Antwort abzuwarten, schlüpfte Julie in ihre Schuhe und warf ihre winzige Handtasche über die Schulter. »Nein …! Denn sonst hätte er mich mitgenommen.«

Priscilla stand auf und stellte sich zwischen Julie und die Tür. »Hör zu, ich glaube nicht, dass du …«

Julie wich ihrer Kollegin aus. »Wärst du so nett, den Papierkram jemand anders zu übertragen? Ich bin eine Weile unterwegs.«

»Wenn Hunter davon erfährt, wirft er dich raus.«

Die warme Aprilsonne schien auf das Autodach und drohte Hunter zu versengen. Schweiß lief ihm über die Stirn, und er hatte Durst. Die Tankstelle zwei Straßen weiter verkaufte eisgekühlte Getränke, aber er wagte nicht, sich von seinem Platz am Talazar Drive zu entfernen. Er lauerte schon den ganzen Nachmittag, dass der Halunke aus dem Haus kam und sich verriet.

Vor zehn Minuten war der Postbote da gewesen. Vielleicht lockte ihn das vor die Tür. Hunter wollte ihn nicht verpassen.

Inzwischen justierte er die kleine Videokamera auf dem Armaturenbrett und wartete. Nachdem er hier fertig war, musst er ins West End und feststellen, was seine Schwägerin so trieb. Er faltete die Zeitung auseinander und überflog noch einmal die Kolumne. War ihr Kommentar über das Detektivspielen ein versteckter Hinweis darauf, dass Anna auf ihn vorbereitet war? Er würde besonders vorsichtig sein müssen, damit sie nicht bemerkte, dass er ihr folgte.

Die Tür der Hausnummer vierhundertachtzehn öffnete sich, und ein stämmiger Typ in einem ärmellosen T-Shirt trat heraus. Eine Bewegung auf der Beifahrerseite seines Wagens riss Hunter aus seinen Gedanken.

»Was treibst du so? Beschattest du Younce?«

Hunters Puls raste. Er versuchte gleichzeitig die Kamera scharf zu stellen und Julie abzuwimmeln. Zu seinem Ärger ließ sie sich nicht beirren. »Wenn du für mich arbeiten willst, drück dich wenigstens richtig aus. Ich beschatte niemanden. Ich observiere ihn. Und jetzt verschwinde, bevor er uns sieht.«

Sie kam näher und senkte die Stimme. »Sei nicht so streng. So bekommst du ihn nie.«

Hunter blickte sie tadelnd an, wurde aber von dem Ausschnitt ihrer Bluse abgelenkt, der einen Blick auf den Ansatz ihrer Brüste gewährte. Er fuhr sich mit der Zunge über die trockenen Lippen.

Inzwischen hatte Younce seine Post aus dem Briefkasten an der Straße geholt und ging zurück zur Veranda. Zu Hunters Erleichterung schien er die Frau nicht zu bemerken, die ihm anscheinend gefährlich werden konnte.

Julie trat einen Schritt vom Auto zurück und rollte den Bund ihres Rockes zweimal um, sodass aus ihrem Minirock ein Mikrorock wurde. Hunter schluckte. Die Temperatur im Auto schien um zwanzig Grad zu steigen.

»Sitz nicht da wie bestellt und nicht abgeholt«, zischte sie in Hunters Richtung. »Schalt die Kamera ein!«

Sie schwang ihren knackigen Hintern wie das Pendel einer Uhr, während sie mit ihren hohen Absätzen unsicher auf Younce zustöckelte. Hunter verzog das Gesicht und wollte sie aufhalten, blieb jedoch wie von ihrem Anblick hypnotisiert sitzen.

Mit strahlendem Lächeln näherte Julie sich dem Verdächtigen und sagte etwas, das Hunter nicht verstehen konnte. Vorsichtig brachte er die Kamera in Position.

Zu seinem Entsetzen zeigte Julie in seine Richtung. Hunter rutschte tiefer in den Sitz. Aber seine Sorge war unnötig. Younce war so gefesselt von Julies Beinen, dass ihm nicht einmal eine lila Kuh aufgefallen wäre.

Younce schüttelte den Kopf und zeigte mit weit ausholender Armbewegung in die entgegengesetzte Richtung. Der Detektiv musste gegen seinen Willen lachen. Julie tat, als hätte sie sich verlaufen und fragte Younce nach dem Weg. Hunter wusste nicht, ob es Absicht oder einfach Glück war – vermutlich Letzteres –, aber sie hatte ihm gerade den Beweis geliefert, dass der Halunke Hals und Schultern problemlos bewegen konnte.

Hunter richtete seinen Blick wieder auf Julie. Immerhin stellte sie sich so hin, dass Younce auf dem Video deutlich zu erkennen sein würde. Rasch stellte er die Kamera scharf. Plötzlich trat Julie einen Schritt zurück und kramte in ihrer Handtasche. Als sie einen Zettel hervorzog, fielen ihre Schlüssel auf den Weg. Lachend wollte sie sie aufheben.

»Nein!«, zischte Hunter. »Lass *ihn* das machen.«

Als hätte sie ihn gehört, hielt Julie mitten in der Bewegung inne und fasste sich verlegen mit der Hand an den Saum ihres kaum vorhandenen Rockes. Hunter hielt den Atem an. *Na komm schon. Sei ein Gentleman, du Mistkerl.*

Younce zögerte offensichtlich. Sicher hätte er gern zugesehen, wie sie sich bückte. Zum Glück siegte seine Ritterlichkeit, und er hob das Bund mit einer flinken Bewegung auf. Offensichtlich hingerissen von Julie, legte er lächelnd einen Arm über den Bauch, den anderen hinter den Rücken und verbeugte sich galant, bevor er ihr die Schlüssel reichte.

Julie verabschiedete sich mit einem charmanten Lächeln und tänzelte in die Richtung, in die er zuvor gezeigt hatte. Younce verrenkte sich fast den Hals, um ihr nachzusehen, als sie um die Ecke verschwand. Dann seufzte er laut und ging ins Haus zurück.

Hunter wartete noch zwei Minuten, bevor er den Motor startete und um die Ecke bog, hinter der Julie verschwunden war. Sie saß mit übereinandergeschlagenen Beinen auf einer niedrigen Mauer und wippte ungeduldig mit dem Fuß.

Er hielt an und öffnete die Beifahrertür. Während sie sich auf den Sitz fallen ließ, fragte sie schelmisch: »Warum hat es so lange gedauert?«

Zu seiner Enttäuschung hatte sie den Rock wieder heruntergerollt. »Ich musste sichergehen, dass er nicht mehr am Fenster steht und dir nachsieht.«

Sie lächelte geschmeichelt, und Hunter fragte sich, ob sie wusste, welche Wirkung sie auf Männer hatte.

»Ich weiß nicht, ob ich dich für das, was du gerade getan hast, küssen oder vertrimmen soll.«

Sie duckte den Kopf und lächelte verschämt. »Kann ich mir das aussuchen?«

Hunter knirschte mit den Zähnen und legte den Gang ein. »Warum bist du hier?«

»Weibliche Intuition.«

Julie fing den resignierten Blick auf, den er ihr zuwarf. »Ich wusste, dass er anbeißen würde. Et voilà. Fall abgeschlossen.« Sie verschränkte die Arme vor der Brust. *Undank ist der Welt Lohn!*

»Also, was ist unser nächster Fall?«

Er gab ein Geräusch von sich, das wie ein Knurren klang, dann fuhr er sich gedankenverloren mit dem Daumen über die Narbe an seinem Mundwinkel. Entschlossen startete er wieder den Motor und schoss zügig an ihrem geparkten Wagen vorbei.

»Hey, das ist mein Wagen. Willst du mich nicht aussteigen lassen?«

»Den kannst du später holen. Erst musst du mir helfen, die Kolumnistin zu finden.«

»Das Ding ist die reinste Abgasschleuder«, sagte Julie. »Du solltest dir wirklich ein umweltfreundlicheres Auto anschaffen.«

»Behalte lieber Annas Rücklichter im Auge.«

Als der Volvo durch die Brückenzollschranke fuhr, waren mehrere Fahrzeuge zwischen ihnen. Hunter reihte sich in eine kürzere Schlange ein und holte auf.

»Hast du keine Angst vor dem, was wir herausfinden könnten?« Julie lockerte den Sicherheitsgurt an ihrem Hals. »Was ist, wenn dein Bruder und seine Frau viel ernstere Probleme haben? Würdest du dich dann nicht schuldig fühlen?«

Er blickte über die Schulter, bevor er die Spur wechselte. »Meine Aufgabe ist es, die Wahrheit herauszufinden. Wenn Anna Pete betrogen hat, muss sie auch die Konsequenzen tragen.«

Julie zog sich der Magen zusammen. Wenn ans Licht kam, dass *sie ihn* betrogen hatte, würde er ebenso hart über sie urteilen. Sie erwog kurz, ihm zu erzählen, dass Anna nicht die Kolumnistin war. Aber wozu wäre das gut? Er würde ihr nicht glauben, solange er deren wahre Identität nicht kannte. Und wenn sie ihm *die* verriet, konnte sie ihre Karriere als Journalistin vergessen.

Mit etwas Glück war Anna vollkommen unschuldig. Aber was würde Hunter über die Kolumnistin herausfinden? Und würde er deren Identität aufdecken, bevor Julie Gelegenheit hatte, sich als Journalistin zu beweisen?

Sie folgten dem gelben Volvo über die Ausfahrt zur Innenstadt. Anna bog in den Shockoe Slip, eine winzige Sackgasse, an deren Ende sich ein Brunnen befand. Hunter parkte den Wagen schräg gegenüber in der Main Street, wo das Freitagnachtleben tobte. Julie und Hunter beobachteten, wie Anna die beleuchtete Sonnenblende herunterklappte und ihr Make-up auffrischte.

»Es war mir übrigens ein Vergnügen, dir zu helfen, Younce zu überführen.« Julie zögerte. »Vielleicht gibst du jetzt zu, dass ich als Detektivin mehr tauge als Sekretärin.«

Er lächelte spöttisch. »Ich hätte ihn sowieso bekommen. Auf dem Gehweg lag ein Zwanzigdollarschein.«

»Wie unauffällig. Warum hast du nicht gleich ein Schild aufgestellt? Bitte lächeln, *Versteckte Kamera*.« Sie sah ihn an und hatte plötzlich das Gefühl, dass er sie verschaukelte. »Falls du wirklich einen Geldschein hingelegt hast, ist er jedenfalls weggeweht. Ich habe ihn nämlich nicht gesehen.«

Er grinste breit, und sie wusste, dass sie recht hatte.

Inzwischen hatte Anna sich fertig geschminkt und warf einen Blick auf einen Zettel. Vielleicht eine Adresse?

»Sie steigt aus.« Hunter berührte Julie am Arm. »Geh ihr nach.«

»Ich? Willst du nicht mitkommen?« Jetzt wo sie endlich Detektiv spielen durfte, hatte sie Angst, etwas falsch zu machen.

»Ja, du. Mich könnte sie erkennen.« Er streifte sie mit seinem Arm, als er an ihr vorbei griff, um die Beifahrertür zu öffnen. Die Lichter in der Tür waren überklebt, und bis auf die Straßenlaterne beim Brunnen blieb alles dunkel. »Nun geh schon!«

Hastig stolperte Julie aus dem Wagen und folgte Anna unauffällig. Glücklicherweise blickte die Frau weder links noch rechts, als sie am Brunnen vorbeiging.

Julie sah sich nach Hunter um, aber er bedeutete ihr, Anna nicht aus den Augen zu lassen. Sie hörte, wie sich ein paar Nachtschwärmer in der Main Street mit lautem Hallo begrüßten. Julie zog ihren Rock einen Zentimeter tiefer und ging vorsichtig die gepflasterte Straße hinunter. Hoffentlich hielt niemand sie für eine Prostituierte, die nach Kunden Ausschau hielt.

Beim Brunnen blieb Julie stehen. Sobald Anna in dem großen Gebäude am Ende der Sackgasse verschwunden war, rannte Julie zum Eingang und spähte durch die Glastüren. Aber niemand war zu sehen. Der einzige Hinweis war die rot leuchtende Eins über dem Fahrstuhl.

Sie rüttelte an der Tür, aber die war verschlossen. Links wuchs Efeu bis an das Fenster im ersten Stock. Das dünne Holzgitter, an dem der Efeu entlangrankte, wurde von etwas gehalten, das wie grüne Pfeifenreiniger aussah. Sicher würde die Konstruktion Julie mit ihren eins achtundfünfzig und gerade mal fünfundvierzig Kilo halten.

Sie kickte ihre Schuhe fort, griff eine Handvoll Efeu und zog sich auf die unterste Querstrebe. Das Holz knarrte. Sie war fast oben angekommen, als sie ein Knacken hörte und das Gitter unter ihr ins Wanken geriet. Dann löste sich die ganze Konstruktion vom Gebäude und schwang nach hinten. Erschrocken versuchte Julie sich festzuklammern, doch das verlieh dem Gerüst nur noch mehr Schwung. Plötzlich hörte sie das Knirschen der sich lösenden Pfeifenreiniger.

Julie spürte, wie sie nach hinten fiel, und war auf einen

harten Aufprall gefasst. Als zwei starke Hände sie auffingen, stieß sie einen unterdrückten Schrei aus. Im nächsten Moment fiel sie auf das Kieselbeet. Doch der Fall wurde von einem warmen männlichen Körper abgedämpft.

»Oooohh.« Sie hörte ein tiefes Stöhnen unter sich.

Um Haltung bemüht, rollte Julie zur Seite und blickte in das schmerzverzerrte Gesicht ihres Chefs. »Hunter, ist alles in Ordnung?«

Sie kniete sich neben ihn und legte eine Hand auf seine Brust.

Mmmh, gut. Er nahm ihre Hand: »Ich glaube, ich habe mir ein oder zwei Rippen geprellt.« Wieder stöhnte er. »Vielleicht auch sechs.«

»O nein. Soll ich einen Krankenwagen rufen?«

»Klar«, keuchte er, »und wenn du schon mal dabei bist, warum organisierst du nicht gleich einen Spielmannszug und ein paar Jongleure? Je mehr Aufmerksamkeit wir erregen, desto besser.«

Er richtete sich langsam auf und befühlte seine Brust. Immerhin schien nichts gebrochen.

»Du brauchst gar nicht so unfreundlich zu sein.« Julie zog ihre Schuhe wieder an und folgte ihm zum Brunnen. Hunter stand mit dem Rücken zur Fischskulptur, die den Brunnen zierte. Eigentlich wollte sie ihm vorschlagen, sich hinzusetzen, aber er sah so verärgert aus, dass sie sich ihr Mitgefühl verkniff. »Ich habe dich schließlich nicht *gebeten*, mich aufzufangen.«

»Ich wollte verhindern, dass du dich umbringst. Was um Himmels willen hattest du vor? Außer die ganze Nachbarschaft aufzuwecken.«

»Du hast gesagt, ich soll ihr folgen. Die Tür war abgeschlossen, also bin ich …« Julie zeigte auf das abstehende

Gitter an der Häuserwand, wo die Efeuranken nun ins Leere griffen.

»Pssst!« Er legte einen Finger an die Lippen. »Lass uns hier warten. Es dauert vielleicht eine Weile, bis sie wieder herauskommt.«

»Hast du keine Angst, dass sie dich erkennt?«

»Wenn sie herauskommt, tun wir, als seien wir Geschäftspartner.«

»Um halb zehn an einem Freitagabend?« In der Main Street öffnete sich die Tür eines Klubs, und Musik drang auf die Straße. »Ein Liebespaar wäre glaubwürdiger.«

Sie nahm seine Hand, lehnte sich an ihn und blinzelte ihn mit großen Augen an wie ein verknalltes Schulmädchen. Julie triumphierte innerlich, als Hunter schluckte und sich auf den Rand des Brunnens sinken ließ.

»Sollen wir nicht versuchen, ins Gebäude zu gehen, um herauszufinden, was Anna treibt?« Julie klopfte ihre Taschen ab. »Ich habe irgendwo eine Kreditkarte.«

»Mit einer Kreditkarte wirst du …«

Hinter ihr öffnete sich eine Tür.

»Das ist Anna«, sagte Hunter und versuchte, sich wieder aufzurichten.

Julie hielt noch immer seine Hand. Aus Angst, Annas Aufmerksamkeit zu erregen, umklammerte sie mit der anderen Hand sein Handgelenk, damit er sitzen blieb und sie sein Gesicht mit ihrem Körper verdecken konnte. Er saß direkt im Schein der Straßenlaterne, und seine Schwägerin würde ihn bestimmt erkennen, wenn sie zu ihrem Wagen zurückging.

Doch er hatte nicht mit Julies ruckartigen Bewegungen gerechnet. Noch bevor er realisieren konnte, was geschah, verlor Hunter das Gleichgewicht, und sie musste mit ansehen,

276

wie er nach hinten kippte und dann mit lautem Platschen in den Brunnen fiel.

Hunters Prusten und Strampeln machte es nur noch schlimmer. Als Julie sah, wie das durchnässte weiße Baumwollhemd an seiner Brust klebte, ging die Fantasie mit ihr durch. Fast hätte sie Anna völlig vergessen.

Widerstrebend rief sie sich zur Vernunft. Mit einem schnellen Blick über die Schulter sah sie, dass Anna mit besorgter Miene auf sie zukam.

Julie dachte fieberhaft nach, und fing dann an, albern zu gackern: »Aber Schätzchen, ich hab dir doch gesagt, du sollst nicht so viel trinken!«

Dann sprang auch sie mit aufgesetzter Fröhlichkeit in den Brunnen. Das kalte Wasser verschlug ihr kurz den Atem. Um sein Gesicht vor den neugierigen Blicken der Frau zu verbergen, klammerte sie sich an Hunter Brust und … an seine Lippen.

Als sie sich küssten, hörte Hunter sofort auf zu strampeln. Stattdessen schlang er seine Arme um ihren Körper und presste sie an sich. Das kalte Wasser schien ihm nichts auszumachen.

Die durchnässte Bluse klebte an Julies aufgerichteten Brustspitzen, und der Wildlederrock war so weit hinaufgerutscht, dass die Spitzenkante ihres Slips zu sehen war. Doch Julie spürte nur die Hitze und die Leidenschaft, die von diesem Mann ausging.

Als sein Mund sich von ihren Lippen löste und zu der Vertiefung unter ihrem Ohr wanderte, hörte Julie, wie die Frau überrascht nach Luft schnappte und mit klackenden Absätzen davoneilte.

Hunter fuhr mit einer Hand an Julies Rücken hinunter, umfasste die nackte Haut unter ihrem Slip und drückte sie noch enger an sich. Sein heißer Atem wärmte ihren Mund – und ihr Herz.

Mit übermenschlicher Anstrengung versuchte sie, zur Vernunft zu kommen. Als sie schließlich die Sprache wiederfand, konnte sie nur flüstern. »Sie ist fort … Wir können jetzt aufhören.«

»Mmmh«, antwortete Hunter.

Seine Lippen wanderten an dem V ihres durchnässten Ausschnittes entlang. Julie vergaß einen Augenblick lang zu atmen.

Hunter sah mit verschleiertem Blick zu ihr auf. Dann fuhr er mit einer Hand über die Gänsehaut auf ihrem Arm. »Du frierst«, sagte er. »Komm hier raus.«

Benommen stieg Julie aus dem flachen Becken. Die kühle Abendluft brachte sie zur Besinnung. Sie wartete, während Hunter ihre Schuhe aus dem Brunnen fischte und sie ihr zurückgab. Dankbar ließ sie es zu, dass er seinen warmen Arm um sie legte und sie zum Auto führte.

»Weißt du«, sagte er, als sie den Gehweg erreichten, »nie läuft etwas nach Plan, wenn du in der Nähe bist.«

5. Kapitel

*Ich liebe Abenteuer. Und was den Akt des Küssens noch
prickelnder macht, ist das Risiko, erwischt zu werden.*

Hunter stand an der Tür zu Julies Apartment. Die hübsche
Anlage, in der hauptsächlich Singles und Rentner wohnten,
lag nicht weit von der Gegend, wo sie aufgewachsen waren.
Er streckte den Arm nach dem Messingklopfer aus und fuhr
zusammen, als seine Rippen bei der abrupten Bewegung anfingen zu schmerzen.

Einen Moment später erschien Julie in kurzen Hosen an der
Tür. Ihr Haar war mit einem Batiktuch zurückgebunden, und
sie hielt einen Staubwedel in der Hand. Ihre Sommersprossen
leuchteten, als hätte sie sie poliert. »Du kommst genau richtig,
ich bin gerade mit dem Samstagsputz fertig.«

Er lachte auf. »Wie die Zeiten sich geändert haben. Ich weiß
noch, wie du dich immer bei uns versteckt hast, wenn deine
Großmutter den Staubwedel hervorholte.«

Die Zeiten hatten sich tatsächlich geändert. Heute wäre *er*
am liebsten fortgelaufen und hätte sich versteckt. Aber so ungern er es auch zugab, ihre Methode, Younce zu überführen,
hatte gewirkt. Vielleicht konnten sie ihm ja auch bei dem Fall
»Erol« helfen.

Sie hielt ihm die Tür auf. »Willst du nicht hereinkommen?«

Auf der anderen Seite des Parkplatzes trat eine alte Frau aus
ihrem Apartment und hängte einen Teppich über den Balkon.

Sie schien sich mehr für Hunter und Julie als für ihren Frühjahrsputz zu interessieren.

»Klar.« Drinnen rückte er mit dem Grund für seinen unangemeldeten Besuch heraus. »Wayne Erol, wohnhaft in der Oakview Road, ist seit über einem Monat wegen einer angeblichen Knieverletzung krankgeschrieben. Arbeitsunfall. Sein Exfrau ist sauer, weil er deshalb keinen Unterhalt zahlt, und hat seinen Arbeitgeber informiert, dass er beim Tanzen in Nachtklubs gesehen wurde.«

Hunter fuhr sich mit der Hand durchs Haar. »Ich dachte, vielleicht kannst du mich zu seinem Haus begleiten und wieder deine Schlüssel fallen lassen. Wie gestern.«

Sie zog sich das Tuch aus dem Haar, und die braunen Locken fielen ihr auf die Schultern. Hunter wäre gern mit den Fingern durch die üppige Mähne gefahren, aber nach dem Zwischenfall im Brunnen letzte Nacht hielt er es nicht für ratsam, diesem Wunsch nachzugeben.

»Ich kann nicht versprechen, dass es genau so gut funktioniert wie bei Younce«, warnte Julie. »Das war eine spontane Eingebung. Ich muss mich vorher mit dem Fall vertraut machen.«

Hunter verdrehte die Augen. Äußerlich hatte sie sich in den letzten Jahren stark verändert, aber sie trieb ihn noch immer zur Verzweiflung. Ungeduldig erklärte er ihr seinen Plan, der im Grunde eine Zusammenfassung der gestrigen Ereignisse war.

»Aber genau das haben wir schon einmal gemacht.«

»Genau, und es hat funktioniert.«

Julie stöhnte resigniert und verschwand im Flur, um ihre Putzmittel wegzuräumen. Als sie zurückkam, war ihr Haar frisch gebürstet, und sie trug ihre winzige schwarze Handtasche und Turnschuhe.

»In was für einer Gegend wohnt dieser Erol?«

Hunter zuckte die Schultern. »Arbeiterviertel. Anständig, aber nicht gerade vornehm.«

Sie machte auf dem Absatz kehrt, verschwand wieder und kam mit einer rosa geblümten, grob geflochtenen Tasche zurück, die schon bessere Tage gesehen hatte.

»Das ist die hässlichste Handtasche, die ich je gesehen habe.«

Sie antwortete mit einem verschmitzten Grinsen. »Du wirst schon sehen, wozu die gut ist.«

»Tu einfach, was wir vereinbart haben«, erwiderte er und schob sie durch die Tür zu seinem Auto.

»Spielverderber«, sagte Julie über die Schulter.

Wenige Minuten später erreichten sie eine saubere Vorstadtsiedlung mit kleinen Einfamilienhäusern. Hunter parkte zwei Häuser vor Erols Grundstück.

Er blinzelte durch seine Sonnenbrille, um die Lage zu überblicken. Das Haus konnte einen neuen Anstrich gebrauchen, aber die Sträucher im Vorgarten waren frisch gestutzt. Am Ende der asphaltierten Einfahrt war ein Basketballnetz angebracht. Im Vorgarten standen zwei Liegestühle und ein kleiner Tisch mit zwei Getränkedosen. Auf einem der Stühle saß eine Frau mit Pferdeschwanz in kurzen Hosen und knappem Oberteil. Auf dem anderen saß ein Mann – wahrscheinlich Wayne Erol. Er stand auf, gab der Frau einen Kuss auf die Stirn und ging ins Haus.

Hunter grinste. Der Mann zeigte keinerlei Anzeichen eines verletzten Knies. Siegesgewiss positionierte er die Kamera auf dem Armaturenbrett und gab Julie einen Stadtplan, damit sie überzeugender wirkte, wenn sie nach dem Weg fragte. »Na, dann los.«

Julie nahm den Plan, machte aber keine Anstalten auszusteigen. »Der Plan funktioniert nicht. Die Frau …«

»Er kommt bestimmt gleich wieder nach draußen«, beruhigte Hunter sie.

Julie griff nach der Videokamera und stopfte sie in ihre Tasche. Dann neigte sie sich vor und gab Hunter einen flüchtigen Kuss auf die Wange. »Der Plan hat sich geändert.«

»Nein. Gib die Kamera wieder her. Wir halten uns an den Plan.«

»Tu einfach so, als wärst du mein Mann«, sagte sie und ignorierte seinen Protest. »Komm mit.«

Sie ließ den Stadtplan im Auto zurück, schwang die Tasche über die Schulter und stieg aus, bevor er sie zurückhalten konnte. Auf halbem Weg zu Erols Haus merkte Julie, dass Hunter ihr nicht folgte. Na gut. Sie drehte sich um und rief: »Komm schon, Liebling, wir sehen uns mal um.«

Als er ihr endlich gefolgt war, gingen sie auf die Frau im Liegestuhl zu. »Hallo, ich bin Julie …« Sie zögerte und fragte sich, ob Detektives unter ihrem wahren Namen arbeiteten. »… Hokes. Und das ist mein Mann Hunter.«

»Ja, Hunter Hoax«, sagte er und kniff Julie in den Arm. Die Frau erhob sich von ihrem Stuhl.

»Wir wollen uns hier in der Gegend ein Haus kaufen und haben uns gefragt, wie die Nachbarschaft wohl so ist.«

Hunter sah Julie mit großen Augen an und schwieg. Die Terrassentür öffnete sich. Neugierig schlenderte der Mann auf sie zu. Noch immer ohne zu humpeln.

»Ich bin Cindy-Marie Madden, und das ist meine Freund Wayne Erol.«

Julie fand allmählich Spaß an ihrer Rolle und fing an zu plaudern. Darüber, dass sie Kinder wollte. Und dass diese in einer sicheren Gegend aufwachsen sollten. In der Nähe einer guten Schule. Hunter, der nicht gern improvisierte, sagte wenig. Trotz seines Schweigens wusste Julie, dass er verärgert war, weil sie vom Plan abwich.

Mit ausholender Handbewegung zeigte Julie schließlich auf die Garage und seufzte: »Der Basketballkorb erinnert mich an früher. Hunter war im Highschoolteam, und ich habe ihm immer zugejubelt.«

Zum ersten Mal zeigte Wayne Interesse an den unerwarteten Besuchern. »Wirklich?«

»Äh, ich war nicht besonders gut.« Hunters Unbehagen über die Lüge musste wie Bescheidenheit wirken.

»Wie wäre es mit einem Spiel? Mann gegen Mann?«, fragte Wayne.

Hunter zögerte, doch Julie gab ihm einen Stups. »Ich habe seit Jahren nicht mehr gespielt«, protestierte er.

»Männer!«, sagte Julie zu Waynes Freundin. »Immer meinen sie, sie müssten perfekt sein.« Hunters Blick verriet ihr, dass sie einen wunden Punkt getroffen hatte. Tatsächlich hinderte ihn sein Perfektionismus oft daran, den Moment zu genießen.

»Gut«, sagte Wayne grinsend. »Wetten, ich gewinne?«

»Nur zu«, drängte Cindy-Marie gutmütig. »Wir warten hier und tratschen über euch.«

Die Frauen setzten sich auf die Liegestühle, während die Männer in Richtung des bescheidenen Courts verschwanden. Vorsichtig setzte Julie ihre Tasche auf den kleinen Tisch. Um sicherzugehen, dass die Kamera richtig stand, kramte sie in der Tasche herum und tat so, als suche sie ihre Sonnenbrille. Sie sah auf den kleinen Bildschirm. Perfekt! Zu ihrer Erleichterung behinderten die Maschen nicht die Sicht.

In einträchtigem Schweigen sahen die beiden Frauen den Männern zu, die sich gegenseitig den Ball abjagten. Wayne dachte nicht daran, sein Knie zu schonen.

Nach einer Weile unterbrachen sie das Spiel kurz, um ihre verschwitzten Hemden auszuziehen, dann ging es weiter. Angespannte Brustmuskeln, gewölbter Bizeps, Waschbrettbauch. Obwohl Wayne im Lager arbeitete und Hunter viel am Schreibtisch saß, sah Julie zu ihrer Überraschung, dass ihr Boss durchtrainierter war.

Ein sehnsüchtiger Seufzer unterbrach die Stille und verriet Julie, dass auch Cindy-Marie ihren »Ehemann« bewundert hatte.

»Gütiger Gott«, hauchte die andere Frau. »Küsst er so gut, wie er aussieht?«

Julie lehnte sich zurück und spürte die warme Sonne auf ihrem Gesicht. »Darauf können Sie wetten.«

Hunter hätte wissen müssen, dass Julie sich nicht an den Plan halten würde. Sie saßen auf dem Parkplatz vor ihrem Apartment, und Hunter fragte sich, ob er sie zur Tür begleiten oder einfach absetzen und losfahren sollte. Im Rückspiegel sah er, wie die Nachbarin von vorhin die Begonien auf ihrem Balkon goss.

»Tut mir leid, dass ich deine geprellten Rippen vergessen habe. Sonst hätte ich nicht vorgeschlagen, dass ihr Basketball spielt.« Julie faltete den Stadtplan zusammen und legte ihn zurück ins Handschuhfach. »Komm doch rein und kühl dich ab, bevor du noch einen Hitzschlag bekommst.«

Er würde es wahrscheinlich bereuen, aber er folgte ihr. Diesmal fiel ihm die bunt zusammengewürfelte Einrichtung ihres Apartments auf. Eine eigenwillige Mischung aus hellem und dunklem Holz, gemusterten und einfarbigen Stoffen, Silber und Messing. Die Möbel schienen verschiedene Stimmungen widerzuspiegeln. Auf einem blaugrün karierten Sofa lag die Zeitung von gestern und auf dem Boden drei Paar Schuhe, die sie unachtsam von den Füßen gekickt hatte. Das Apartment wirkte gemütlich.

»Aber du musst doch zugeben, dass es abgesehen von deinen geprellten Rippen gut gelaufen ist«, sagte sie stolz. Julie nahm seine Hand und führte ihn in den Flur. »Komm ins Schlafzimmer.«

Hunter blinzelte und folgte ihr in ein Zimmer, das genauso uneinheitlich war wie der Rest des Apartments. Die Rüschen der Bettdecke standen im Gegensatz zu der nüchternen Anrichte und dem schlichten Nachtschrank. Die Einrichtung war ebenso unberechenbar wie die Besitzerin selbst.

Julie war immer spontan gewesen, aber das hier schlug alles. Er fragte sich, ob seine Rippen damit fertig werden würden. Mehr noch, ob sein Herz damit fertig wurde, wenn Julie ihn morgen ebenso spontan fallen ließ.

Sie durchquerte das Zimmer und zog eine Schublade der Anrichte auf. Zuerst zog sie ein Seidennachthemd und diverse Unterwäscheteile hervor und warf sie achtlos beiseite, bis sie ein übergroßes T-Shirt fand.

»Hier«, sagte sie und warf es ihm zu. »In einem sauberen Hemd fühlst du dich bestimmt wohler.«

Enttäuscht und erleichtert zugleich atmete Hunter hörbar auf. Er setzte sich auf das Bett und blickte unverwandt auf das Kleidungsstück in seinem Schoß.

Was hatte er sich nur gedacht? Sein Leben verlief geregelt – wenn auch nicht besonders aufregend. Und Julie brachte alles durcheinander. Hunter musste immer wissen, was ihn am nächsten Tag, in der nächsten Minute erwartete. Aber seit Julie aufgetaucht war, schien jede Sekunde etwas Unvorhergesehenes zu passieren.

Natürlich sehnte er sich nach einer Frau, mit der er sein Leben teilen konnte. Immer wieder ging er mit Frauen aus, deren ruhige Ausstrahlung er schätzte. Obwohl es nie gefunkt hatte, war er sicher, dass er mit etwas Zeit und Geduld eines Tages die Richtige finden würde. Eine ruhige, ausgeglichene, berechenbare Partnerin.

Das genaue Gegenteil von Julie Beth Fasano. Als er aufsah, bemerkte er ihren besorgten Blick.

»Tut es noch weh? Komm, ich helfe dir.«

Sie hob den Saum seines Polohemds … und weckte prompt seine Begierde. Unwillkürlich umfasste Hunter ihre schmale Taille. Wenn er sie früher so berührt hatte, dann, um sie in ihr Baumhaus zu heben. Jetzt sehnte er sich danach, den Körper dieser unglaublichen Frau zu erkunden. Sie blickte auf ihn herab und legte ihre zierlichen Hände auf seine Schultern. Ihre Finger wanderten sanft über seine nackte Haut zur Brust und dann vorsichtig zu den Rippen.

Langsam stand er auf, sodass ihre Körper sich berührten. Ihre hellblauen Augen blickten ihn voller Vertrauen und Offenheit an und ließen keinen Zweifel daran, dass sie den gleichen Hunger verspürte. Mit einer ihrer golden schimmernden Haarsträhnen liebkoste Hunter ihr Gesicht und ließ die Locke dann auf ihr nacktes Schlüsselbein fallen. Er strich die weiche Mähne hinter ihre Schultern, dann schob er den schmalen Träger ihres Oberteils beiseite und küsste die nackte Schulter.

Wie zur Ermunterung ließ sie den Kopf zurücksinken. Diesmal wich Hunter gern von seinem Plan ab und freute sich auf die bevorstehenden Überraschungen. Er zog sie in die Arme und fühlte, wie sich ihr schlanker Körper an ihn schmiegte.

Zögernd wand Julie sich aus seiner Umarmung und ging zum Fenster. Obwohl sie immer noch so nah war, dass er sie berühren konnte, war ihm, als hätte sich eine Kluft zwischen ihnen aufgetan.

Mit von Verlangen verschleiertem Blick griff sie nach der Kordel für die Vorhänge. »Gegenüber wohnt eine neugierige Nachbarin. Wir müssen den Vorhang zuziehen.«

Als sie zu ihm zurückkam, waren nur wenige Sekunden vergangen. Doch inzwischen begann der Nebel in Hunters Kopf sich zu lichten. Obwohl er seinem Impuls gern nachgegeben hätte, siegte die Vernunft. Nach all den Jahren, die er Julie vor ihren übereilten Entscheidungen beschützt hatte, konnte er ihre Impulsivität jetzt nicht ausnutzen.

»So sehr ich es auch möchte«, sagte er und legte den Träger des Tops wieder auf Julies Schulter, »es geht nicht.«

Enttäuscht senkte sie den Blick.

»Natürlich, daran hätte ich denken müssen«, sagte sie und zog ihm das saubere T-Shirt über den Kopf. »Du hast noch Schmerzen.«

»Ja«, stimmte er zu. »Schmerzen.« Aber er sprach nicht von seinen Rippen. Er berührte ihren Arm. »Tut mir leid.«

Es tat ihm leid, dass er sich hatte gehen lassen. Dass sie zu unterschiedlich waren. Dass es nicht funktionieren würde.

»Ist schon in Ordnung. Mach dir keine Sorgen.« Sie lächelte, und trotz der geschlossenen Vorhänge schien das Zimmer heller zu werden. »Komm. Wir sehen uns unser Video an.«

Wie flexibel sie war.

Als sie wieder im Wohnzimmer waren, zog sie die Turnschuhe aus, setzte sich auf die Couch und klopfte auf den Platz neben sich.

Hunter ließ sich neben ihr nieder und versuchte, sich nicht von dem frischen Duft ihres Parfums ablenken zu lassen. Er half ihr, die Kamera aus der abgenutzten rosa Tasche zu nehmen. Kurz darauf sahen sie auf dem winzigen Bildsucher zwei Männer, die Basketball spielten.

Er lächelte. »Dieser Film war es wert zu verlieren.« Ohne nachzudenken drückte er anerkennend ihr Knie. »Du bist definitiv die Königin der Improvisation. Ich war sicher, dass wir auffliegen würden, als du mit diesem albernen falschen Name kamst.«

»Ja, war das nicht spannend?«

Sie rutschte aufgeregt hin und her, und Hunter musste wieder an ihr gestriges Bad im Brunnen denken. Er hätte es gern wiederholt.

»Vielleicht bin ich eine verkappte Draufgängerin, aber ich liebe das Risiko, erwischt zu werden.«

Das kam Hunter bekannt vor. Er runzelte die Stirn und versuchte sich zu erinnern, wo er das schon mal gehört hatte.

»Was? Hat es dir etwa keinen Spaß gebracht?«

»Für meinen Geschmack war es ein wenig *zu* spannend.«

Sie lachte und drückte seinen Arm. »Spielverderber! Wo ist dein Sinn für Abenteuer?«

Abenteuer … Das war es. Fast das Gleiche hatte in der letzten Kolumne gestanden. Er verengte die Augen und studierte ihr Gesicht, das so arglos und unschuldig wirkte. Hatte Julies Sinn für Abenteuer sie dazu gebracht, ihre romantischen Eskapaden vor der ganzen Stadt auszubreiten?

Nein, dachte er und verwarf den Gedanken. Julie als Kussexpertin? Lächerlich. Seine Fantasie ging mit ihm durch. Die Frau brachte ihn ganz durcheinander. Das Einzige, worauf er sich bei Julie verlassen konnte, war, dass sie immer das tat, womit man am wenigsten rechnete.

Er sah auf die Datumsanzeige auf seiner Uhr. Noch drei Wochen, bis seine Sekretärin zurückkam. Mit ihr würde wieder die ersehnte Ruhe und Ordnung einkehren.

Er hoffte nur, dass er solange durchhielt.

»Könntest du bitte Mrs. Ingrams Termin von Donnerstag-
nachmittag auf Freitagvormittag um zehn Uhr verlegen?«
Hunter ließ die Akte auf Julies Schreibtisch fallen, an dessen Unordnung er sich mittlerweile fast gewöhnt hatte. »Und
druck bitte den neuen Terminplan für diese Woche aus und
bring ihn in mein Büro.«

Julie hatte zwar die Lautstärke am Radio heruntergedreht,
aber er merkte, dass sie viel mehr daran interessiert war, dem
»Stadtgespräch« zu lauschen. »Äh, ich weiß nicht, wie das
geht.«

»Ist ganz leicht«, sagte er und beugte sich über sie, um den
Terminkalender auf ihrem Computer aufzurufen. »Du musst
einfach nur in die Felder klicken.«

Gerade versprach der Radiomoderator, nach der Werbepause zurück zu sein. Dann sollten Hörer dazugeschaltet
werden, die um die Identität der geheimnisvollen Kolumnistin rätselten.

»Du musst dich mit unseren Recherchemethoden vertraut
machen. Ich möchte, dass du Annas Fall bearbeitest«, sagte er
und drückte ihr eine Akte in die Hand, auf der ein signalrotes
»Vertraulich« prangte.

Überrascht sprang Julie auf. »Ich?«

»Ja, du hast mich überzeugt, dass etwas dran ist an dieser
weiblichen Intuition.«

»Du meinst, ich soll sie beschatten?«

»Um Himmels willen, nein.« Hunter lachte. »Es ist noch
zu früh, dich auf Anna oder irgendeine andere ahnungslose
Person loszulassen. Ich möchte, dass du die Spuren verfolgst,
die zu ihr führen könnten. Ich gebe dir eine Liste – Annas
Bankkonten und Kreditkartenabrechnungen könnten uns
Anhaltspunkte liefern. Falls dir noch etwas anderes einfällt,
geh jeder Spur nach.«

Sie biss sich auf die Unterlippe. Einerseits konnte sie so die Informationen abfangen, die ihn auf ihre Spur bringen würden. Andererseits hatte sie ein schlechtes Gewissen. Nach ihrer Erfahrung war Aufrichtigkeit immer der beste Weg, und gerade Hunter legte besonderen Wert auf Ehrlichkeit. Obwohl das Verschweigen der Wahrheit technisch gesehen keine Lüge war, plagte sie ihr Gewissen.

»Hör zu, ich halte es für keine gute Idee, dass ich an diesem Fall arbeite.«

»Wo bleibt dein Sinn für Abenteuer?«, stichelte Hunter. »Vielleicht gewinnst du sogar den Radiowettbewerb.«

Abenteuer … Am Anfang war es das gewesen. Aber plötzlich war alles so kompliziert. Sie hatte Hunters Vertrauen nie missbrauchen wollen. Wenn sie ihm jetzt – nachdem er längst seine Schwägerin im Verdacht hatte – gestand, dass sie selbst die Autorin der Kolumne war, würde er sie feuern. Und Julie konnte es ihm nicht verübeln.

Sie musste das Versprechen brechen, das sie dem Chefredakteur gegeben hatte, und Hunter die Wahrheit sagen. Es blieb ihr nichts anderes übrig, als darauf zu vertrauen, dass er ihr Geheimnis für sich behielt und sie nicht an den Radiosender verriet, um Werbung für die Detektei zu machen. Immerhin hatte sie ihm geholfen, zwei Verdächtige zu überführen, die seine Klienten übervorteilen wollten. Also war er ihr noch etwas schuldig.

Der Jingle vom »Stadtgespräch« ertönte. Hunter drehte das Radio lauter.

Allerdings schuldete er ihr keinen Job. Aber mit etwas Glück fand sie Arbeit als Kellnerin. Dabei würde sie auch jede Menge Kusskandidaten kennenlernen, die sie ihrer Liste hinzufügen konnte. Aber ihr jetziger Job – und ihr jetziger Boss – würden ihr fehlen.

»Ich muss dir etwas sagen …«

»Pssst!« Er drehte das Radio noch lauter.

Ein Anrufer rief von seinem Handy an. Der Empfang war schlecht. »Ist die geheimnisvolle Küsserin vielleicht diese Gefängniswärterin? Ann Onchman?« Er war nicht der erste Anrufer, der im Dunkeln fischte. Der Moderator schwieg, sodass der Anrufer hinzufügte: »Sie müssen zugeben, der Name ist sehr ähnlich, und sie hat bestimmt reichlich Gelegenheit, Männer zu küssen.«

Der Radiomoderator lachte herzlich bei der Vorstellung, dass die Wärterin ihre Gefangenen abküsste. »Das ist wirklich die idiotischste Idee, die ich bisher gehört habe!«

»Das ist doch lächerlich.« Julie stellte das Radio aus und erntete einen strafenden Blick von Hunter. Obwohl sie das Aufsehen um die Kolumne ursprünglich gefreut hatte, fragte sie sich allmählich, ob es nicht zu viel des Guten war. »Das ist ja die reinste Hexenjagd. Jede Ann, Annie oder Annabelle steht plötzlich unter Verdacht.«

»Du hast recht. Hoffentlich erinnert sich niemand daran, dass eine Richtergattin namens Anna am College Kurse für Kreatives Schreiben belegt hat.«

Er wirkte ernstlich besorgt. Sie musste ihn beruhigen … und darauf vertrauen, dass er ihr Geheimnis für sich behielt. Der Spaß am Risiko, erwischt zu werden, nutzte sich allmählich ab, und sie war bereit, ihm die Wahrheit zu sagen. »Hunter, ich glaube, ich kann dir helfen …«

»Vielleicht … Kannst du Tennis spielen?«

»Ja, aber …«

»Gut, dann bring morgen deine Tennissachen mit.«

»Aber ich habe keine.«

»Dann nimm dir Geld aus der Portokasse und kauf dir etwas.« Er griff in die Schublade, holte eine kleine Kassette hervor und hielt ihr ein paar Geldscheine hin. »Ein Fall mit angeblicher Sehnenscheidenentzündung hat für morgen Nachmittag einen Tennisplatz reserviert, und wir sind dabei.«

Mit dem Geld in der Hand blieb Julie betroffen sitzen. Was sollte sie tun? Sie musste ihm sagen, dass *sie* die Kolumne schrieb. Und sie würde es ihm sagen. Bald. Doch wenn sie sich jetzt zu erkennen gab, würde er sie feuern, bevor sie ihm bei dem neuen Fall helfen konnte. Sie konnte wenigstens bis morgen nach dem Tennisspiel warten.

»Soll ich meine rosa geblümte Tasche für die Kamera mitbringen?«

Hunter griff erneut in die Geldkassette und drückte ihr noch mehr Scheine in die Hand. »Der Tennisplatz befindet sich in einem exklusiven Fitnessklub. Kauf dir etwas Anständiges.«

6. Kapitel

Es heißt ja, Küsse lügen nicht. Ob der Mann will oder nicht, ein Kuss verrät viel über seine Persönlichkeit ... Deshalb führe ich dieses Experiment ja durch. Aber was ist, wenn die Frau etwas zu verheimlichen hat? Verrät ihr Kuss ihr Geheimnis? Und ihr schlechtes Gewissen? Oje, ich hoffe, nicht.

»Das lief ja bestens. Obwohl das so nicht abgesprochen war«, sagte Hunter, als er die Tennisschläger und Bälle einsammelte.

Julies erster Impuls war, sich zu verteidigen. Aber ihr schlechtes Gewissen hielt sie davon ab. »Wie kommst du eigentlich damit klar, dass du die Menschen anlügen musst?«, fragte sie.

Hunter prellte einen limonengrünen Ball auf den Boden, während die nächsten Spieler auf den Platz kamen. »Das Ziel ist schließlich, die Wahrheit ans Licht zu bringen«, sagte er. »Du darfst dir das nicht zu Herzen nehmen. Konzentriere dich auf das Ergebnis. Das Ziel rechtfertigt die Mittel.« Geschickt fing er den Ball und warf ihn ihr zu. »Solange du nicht das Gesetz brichst, hast du dir nichts vorzuwerfen.«

Er hatte recht. Sie hatte gegen kein Gesetz verstoßen. Aber sie hatte sein Vertrauen missbraucht. Und das quälte sie.

Julie verstaute den Tennisball in der Plastikdose. Wenn sie in ihrem Job Erfolg haben wollte, musste sie sich eine dickere Haut zulegen ... und das Ziel im Auge behalten. Um ihr schlechtes Gewissen zu beruhigen, sagte sie sich, dass sie eigentlich nicht log, sondern schauspielerte. Und dass ihr diese Erfahrung bei ihrer Karriere als Journalistin helfen würde.

»Das Wichtige ist«, fuhr Hunter fort, »dass wir sie auf Video haben.« Julie hatte Schwierigkeiten, sein offenes Lächeln zu erwidern.

»Aber ich mochte Mrs. Ramsey. Sie hat mir ihre Telefonnummer gegeben.«

Hunters Blick verdunkelte sich. »Nicht nur sie.« Plötzlich wirkte er verärgert.

»Ich dachte, die Mittel sind egal, wenn man das gewünschte Ziel erreicht. Also ist es egal, dass diese Typen mir ihre Telefonnummern gegeben haben.«

Was hatte er nur? Sie wollte der Anziehungskraft zwischen ihr und Hunter ja gern nachgeben. Er war es doch, der sie immer wieder zurückwies. Er war ein Mann – und vielleicht war sein Interesse an ihr rein körperlich. Für Julie war es so viel mehr. Er erregte sie wie noch kein Mann zuvor. Aber er war auch intelligent. Er brachte sie zum Lachen – meistens unabsichtlich. Und obwohl sie manchmal stritten, wusste sie, dass sie sich auf ihn verlassen konnte. Doch auch wenn er all ihre Wünsche und Sehnsüchte erfüllte, musste er nicht zwangsläufig dasselbe für sie empfinden. In letzter Zeit verhielt er sich ihr gegenüber sehr distanziert. Und Julie wusste, was er ihr damit zu verstehen geben wollte: Dass es zwischen ihnen nie mehr als eine oberflächliche Freundschaft geben konnte.

Die beiden Männer hatten ihrem Spiel zugesehen und mit ihr geflirtet, als sie sich in der Pause etwas zu trinken geholt hatte. Sie hatte die Situation genutzt, um ihrer Liste zwei potenzielle Kusskandidaten hinzuzufügen. Aber sie würde wohl keinen von ihnen je anrufen.

Denn jeder Kuss würde nur dazu führen, dass sie ihn mit

Hunters verglich. Und sie wusste im Voraus, wie der Vergleich ausfallen würde …

»Wenn du weiterhin mit mir zusammenarbeiten willst«, warnte Hunter, »musst du dich an die Regeln halten.«

»Ja«, sagte sie mit einer gewissen Genugtuung. »Und lügen gehört eben dazu. Auch wenn man dann wohl kaum von ehrlich verdientem Geld sprechen kann.«

Betrübt nahm Julie die Tasche, in der die Kamera versteckt war, und ging zur Pforte des Courts.

Als Hunter sie eingeholt hatte, schlug er einen versöhnlichen Ton an: »Nicht jeder ist für diesen Job gemacht«, sagte er sanft. »Wenn du es nicht mit deinem Gewissen vereinbaren kannst, nehme ich dich in Zukunft eben nicht mehr mit.«

»Nein, bitte. Ich will ja mit dir mitkommen.«

Hunter zögerte und lehnte sich gegen den Zaun neben der Pforte. »Bist du sicher? Ich habe nämlich beschlossen, dich bei Annas Fall doch undercover einzusetzen.«

Julie scharrte mit der Schuhspitze auf dem Asphalt. Jetzt war ein guter Zeitpunkt, ihm die Wahrheit zu sagen. Aber wie sollte sie ihm erklären, dass sie bis jetzt damit gewartet hatte? Je länger sie wartete, desto schwieriger schien es, das Schweigen zu brechen.

»Ich würde es verstehen, wenn du Nein sagst.«

Jetzt war doch kein guter Zeitpunkt, entschied sie. Sie holte tief Luft und fragte sich, ob je der richtige Zeitpunkt kommen würde.

»Das bedeutet weitere Lügen«, und meinte damit ihr kleines Geheimnis. Ich *werde* es lüften, schwor sie sich. Aber nicht jetzt. Später, zum richtigen Zeitpunkt. Sie versuchte, den Gedanken zu verdrängen, dass der richtige Zeitpunkt vielleicht nie kam.

»Ja, das tut es. Aber ich glaube, dass du es schaffst. Du wirst mich nicht enttäuschen.« Hunter quittierte ihr Zögern mit einem fragenden Blick.

»Okay. Ich mach es. Wer weiß, vielleicht kommt mir das, was ich lerne, in meinem nächsten Job zugute.«

Er lachte über ihren vermeintlichen Witz. Dann wurde er ernst. »Du musst meinen Anweisungen genau folgen und unsichtbar bleiben. Nicht improvisieren!«

»Hat doch funktioniert, oder? *Du* hast gesagt, es kommt nur auf das Ergebnis an«, sagte sie spitzfindig.

Er presste die Lippen aufeinander. Das musste er zähneknirschend zugeben. »Du hast recht. Die Ramseys zu einem Doppel aufzufordern, nachdem sie ihr Set beendet hatten, hat den eindeutigen Beweis erbracht, dass Mrs. Ramseys Handgelenk vollkommen gesund ist.«

Julie reichte ihm das Video und nahm die Kamera aus der Tasche, um ein neues Band einzulegen.

»Aber trotzdem musst du dich an die Regeln halten«, warnte er. »Nächstes Mal, wenn wir jemanden filmen, solltest du warten, bis wir wieder im Auto sind, bevor du die Kassette …«

Das Tor wurde aufgestoßen, und Mrs. Ramsey stürmte mit wehendem Haar und ausgefahrenen Fingernägeln auf sie zu.

Instinktiv ließ Hunter das kompromittierende Band in seiner Tasche verschwinden und stellte sich zwischen die beiden Frauen.

Obwohl er so die wutentbrannte Mrs. Ramsey daran hinderte, Julie körperlichen Schaden zuzufügen, schaffte sie es, ihr die Kamera zu entreißen und zu Boden zu werfen.

Es war zu spät, die teure Ausrüstung zu retten, aber Hunter war entschlossen, die Frau daran zu hindern, ihren Ärger an Julie auszulassen.

»Wie konnten Sie mir das antun?«, kreischte Mrs. Ramsey. »Sie falsches Biest. Und ich dachte …« Plötzlich verflog ihr Zorn. Sie sackte in sich zusammen, schlug die Hände vor das Gesicht und tat, als würde sie jämmerlich weinen. Mrs. Ramsey hob den Kopf und blickte zu Julie auf. Die Wimperntusche lief ihr über das Gesicht. Als sie sprach, war ihre Stimme leise, aber gekünstelt. »Ich dachte, Sie sind meine Freundin.«

Hunter breitete die Arme aus, damit Julie hinter seinem Rücken in Deckung blieb. Er bezweifelte nicht, dass die Tränen ihr großes Herz erweichten.

Doch bevor er Julie aufhalten konnte, duckte sie sich unter seinem Ellbogen hindurch und ging auf die Frau zu. Julie weinte noch heftiger als Mrs. Ramsey. Schluchzend legte sie ihre Arme um deren Schultern.

»Es tut mir so leid«, sagte sie. »Ich wollte Sie nicht verletzen.«

Es spielte offenbar keine Rolle, dass diese Frau selbst schuld war, weil sie versucht hatte, ihren Boss und die Krankenversicherung zu betrügen. Mrs. Ramsey nutzte Julies Schuldgefühle schamlos aus und blickte zu ihr auf wie ein getretener Hund. »Sie haben mich *angelogen*!«

Julie schniefte und kramte nach einem Taschentuch. »Ich weiß, ich schäme mich, dass ich sie in eine Falle gelockt habe.« Sie wischte sich die Augen und putzte sich die Nase. »Aber es war wirklich nett, mit Ihnen und Ihrem Mann Tennis zu spielen.«

Zu Hunters Überraschung schien Julies unbedachtes Geständnis die Frau zu besänftigen.

»Zuerst kam es mir vor wie ein Spiel«, sagte Julie. »Aber um die Wahrheit zu sagen, ich glaube, ich bin nicht für diesen Job geschaffen. Mein schlechtes Gewissen bringt mich um.«

Schlechtes Gewissen? Hunter schaffte sie besser von hier

fort, bevor ihr schlechtes Gewissen sie dazu verleitete, etwas Dummes zu tun.

»Bitte«, sagte Julie und berührte den Arm der anderen Frau, »lassen Sie es mich wiedergutmachen.«

»Wir müssen jetzt gehen«, sagte Hunter und fasste sie entschlossen am Ellbogen.

Sie machte sich los und drehte sich noch einmal zu der Frau um, die mit ihrem Auftritt offensichtlich sehr zufrieden war. Julie griff in ihre Tasche und holte eine Videokassette hervor.

»Hier, nehmen Sie«, sagte sie und schob ihr die Kassette zu. »Ich kann nicht mit dem Gedanken leben, dass ich Ihre Freundschaft ausgenutzt habe.«

Verblüfft von Julies Großzügigkeit riss Mrs. Ramsey ihr das Band aus der Hand. »Sie tun das Richtige«, sagte sie und eilte davon.

Julie sah der Frau nachdenklich hinterher. »Wenn wir uns unter anderen Umständen kennengelernt hätten«, sagte sie, »wären wir vielleicht gute Freunde geworden.«

Hunter trat näher und legte einen Arm um ihre Schulter. Offenbar hatten die Ereignisse sie stark mitgenommen, und er hätte sie gern mit mehr als einem starken Arm getröstet. Doch das konnte zu leicht zu einem freundschaftlichen Kuss führen, und das wiederum …

Spontane Reaktionen waren Julies Stärke. Und da er älter und erfahrener war als sie, war es an ihm, sichere Grenzen zu ziehen.

»Die Videokassette, die du ihr gegeben hast …«

Julie tupfte sich eine Träne von ihrer sommersprossigen Wange. »Ja?«

»Die ist leer.«

Sie nickte und schniefte erneut. »Ich weiß.«

Im Wohnzimmer brannte Licht, zwei Schatten bewegten sich hinter dem Vorhang des Fensters und setzten sich auf ein Sofa. Eine der Gestalten war Anna. Die andere kannten sie nicht, aber Hunter hatte ein ungutes Gefühl.

»Worauf wartest du?«

Als sich die Beifahrertür öffnete, griff er instinktiv nach Julies Arm, um sie zurückzuhalten. Dabei fiel der Papierstapel auf seinem Schoss in wilder Unordnung auf den Boden. Hunter seufzte. »Nicht so eilig.«

Julie sammelte die Ausdrucke von Annas Computerdateien ein und stopfte sie in den großen Umschlag. »Wie lange hast du gebraucht, um ihr Passwort zu knacken?«

Er zuckte die Schultern. »Etwa zwanzig Sekunden. Du würdest dich wundern, wie viele Leute den Namen ihres Hundes nehmen.«

Julies dunkelrote Lippen verzogen sich zu einem ertappten Grinsen. »Da muss ich meines wohl morgen gleich ändern.«

Hunter beugte sich zu ihr hinüber und nahm ihr Kinn. »Du musst dir keine Sorgen machen, dass ich in deinen Dateien herumschnüffel.«

Julie wandte sich abrupt ab. Natürlich musste sie sich keine Sorgen machen, denn sie schrieb alle Kolumnen zu Hause auf ihrem eigenen Computer. Warum fühlte sie sich dann so durchschaubar, so verwundbar, wenn er in der Nähe war? Als sie seinen prüfenden Blick bemerkte, versuchte sie, von sich und ihrem kleinen Geheimnis abzulenken.

»Ich mache mir keine Sorgen, aber deine Schwägerin sollte sich welche machen«, sagte sie ironisch. »Hast du einen Hinweis darauf gefunden, dass sie nicht die Autorin der Kolumnen ist?«

Hunters Finger hielten den Umschlag so fest umklammert, dass Julie selbst in der Dämmerung sehen konnte, wie seine Knöchel weiß hervortraten.

»Was ich bisher gelesen habe, ist sogar eher vernichtend.«
Er klappte die Lasche des Umschlags zu, als wollte er dessen
hässlichen Inhalt für immer darin verschließen. Mit zusammen-
gebissenen Zähnen starrte er auf das Haus. Dann schlug er mit
dem Umschlag gegen sein Knie und lachte bitter auf. »Ich hasse
es, in den Angelegenheiten eines Familienmitglieds herumzu-
schnüffeln. Und noch schlimmer ist es, so etwas hier zu finden.«

Ein leichter Regen erschwerte die Sicht durch die Windschutzscheibe. Hunter griff nach dem Zündschlüssel, als
wollte er schnell davonfahren, bevor er noch mehr Geheimnisse über seine Schwägerin entdeckte. Doch dann hielt er
mitten in der Bewegung inne, änderte seine Meinung und hob
stattdessen ein Fernglas an die Augen.

»Ich weiß, was du meinst.« Julie lehnte sich zurück und
spähte durch den Regen. Das Paar auf dem Sofa schien in ein
Buch oder etwas Ähnliches vertieft. »Manchmal muss man
eben abwägen, ob das Ziel die Mittel heiligt.«

Als Hunter sie forschend ansah, fürchtete sie schon, ihm sei
aufgegangen, dass sie damit sich selbst meinte.

Julie griff nach der Aktenmappe und schlug sie betont lässig auf. »Also, was haben wir hier?«

Hunter wollte ihr den Umschlag wegnehmen, aber sie
klemmte ihn zwischen ihre Hüfte und die Beifahrertür.

»Alles was du mir erzählst, bleibt unter uns«, versprach sie
ihm. »Ich kann ein Geheimnis für mich behalten.« Auch wenn
es bedeutete, einen Freund zu verletzen. Aber Mr. Upshaw
hatte darauf bestanden, dass sie anonym blieb – das war die
Bedingung für den Job. Obwohl sie kurz davor gewesen war,
Hunter die Wahrheit zu sagen, war es zweifellos besser, noch
eine Weile Stillschweigen zu bewahren. Wenigstens, bis sie
den Job als Kolumnistin sicher hatte. Dann konnte sie sich
endlich zu erkennen geben.

Er brachte sie mit seinem unverwandten Blick in Verlegenheit. Das erinnerte sie daran, wie sie einmal versehentlich die Handbremse seines neuen Fahrrades kaputtgemacht hatte, als sie es sich ohne seine Erlaubnis geliehen hatte. Obwohl sie ihre Unschuld beteuert hatte, musste er ihre Schuld in ihren Augen gelesen haben.

Um diesen Fehler nicht zu wiederholen, kramte sie ein sauberes Taschentuch hervor und begann, die beschlagenen Scheiben abzuwischen. Bevor sie wusste, wie ihr geschah, hatte Hunter ihr das Taschentuch aus der Hand gerissen.

»Was …?«

»Da kannst du ja gleich mit einer Fahne herumwedeln«, sagte er und steckte dass feuchte weiße Tuch in seine Hemdtasche. »Hier, nimm lieber das.«

Er gab ihr einen dunklen Lappen, der von einem seiner alten Flanellhemden stammte, und fragte sich – nicht zum ersten Mal – warum er sie heute Abend mitgenommen hatte. Aus Erfahrung wusste er, dass die Stunden schneller vergingen, wenn er nicht allein war. Sein Verstand sagte ihm, dass Julie ihn wach halten würde. Und sein Körper sagte ihm, dass die Stunden, die sie gezwungenermaßen miteinander verbrachten, ihm Gelegenheit gaben, sie zu küssen … Nicht, dass er das tun würde.

Hunter reichte Julie eine kleine Taschenlampe. »Halt den Lappen über das Licht, damit wir nicht auffallen.«

Sie tat, was er sagte, und als sie die gedruckten Worte in sich aufnahm, blitzte das Weiß ihrer weit aufgerissenen Augen in der Dunkelheit verräterisch auf. »Ach du liebes bisschen!«

»So habe ich auch reagiert«, gab er zu. »Nur dass ich es nicht so dezent ausgedrückt habe wie du.«

Er wartete, bis sie die ersten Seiten gelesen hatte. Auch Julie schien nicht glauben zu wollen, dass Anna die Verfasserin der Kolumne war. Aber diese Unterlagen waren mehr als verdächtig. Die Ähnlichkeiten mit der Kolumne waren nicht zu übersehen. Und selbst wenn Anna nicht die neue Kolumnistin war, verrieten ihre Aufzeichnungen ihm – und jedem, der eins und eins zusammenzählen konnte –, dass sie eine Affäre hatte.

»Du wirst doch nicht Peter davon erzählen, oder?«

»Natürlich werde ich das. Er hat mich gebeten, die Wahrheit herauszufinden.«

»Aber was ist, wenn wir uns irren? Gerade du solltest wissen, dass der Eindruck täuschen kann.«

»Müsst ihr Frauen euch eigentlich immer gegenseitig verteidigen?«

Das sollte ein Witz sein, aber sie nahm es ernst. »Nein, darum geht es nicht. Aber angenommen, es gibt einen plausiblen Grund, warum sie das geschrieben hat.«

»Zum Beispiel?«

»Nun …« Julie ließ das Licht der Taschenlampe erneut über die Seiten gleiten. »Vielleicht schreibt sie einen Liebesroman.«

»Das ist ein bisschen weit hergeholt.«

»Du hast selbst gesagt, dass sie Kurse für Kreatives Schreiben belegt hat. Angenommen, sie hat beschlossen, Schriftstellerin zu werden? Hör dir das an.«

Sie räusperte sich und las mit tiefer, gedämpfter Stimme, als wollte sie eine Aura von seidenen Laken und Rosen heraufbeschwören: »›Als er sich über mich neigte, streifte sein Atem meine Wange. Obwohl wir uns erst wenige Stunden zuvor begegnet waren, konnte ich seinen Kuss kaum erwarten. Und als seine linke Hand meinen Körper erforschte und sein rechter Schenkel meinen streifte, hob ich das Kinn und wartete, dass seine Lippen meinen begehrlichen Mund streiften.‹«

Gegen seinen Willen sah Hunter in Gedanken das Bild einer gewissen dunkelhaarigen, sommersprossigen jungen Frau vor sich, die ihm erwartungsvoll das Gesicht entgegenreckte, und sein Körper reagierte, als sei das Bild real. Um den Gedanken abzuschütteln, unterbrach er Julie.

»Wenn das ein Roman sein soll, wird er jedenfalls ein Flop«, erklärte er. »Zu viele Wortwiederholungen. *Streifte, streifte, streifte.* Liest sich wie eine Gebrauchsanweisung, und außerdem werden diese Romane nie in der Ich-Form geschrieben.«

Julie warf ihm einen verschmitzten Blick zu. »Du scheinst dich mit Liebesromanen ja bestens auszukennen. Deine bevorzugte Bettlektüre?«

»Und sie erwähnt nicht den Namen des Mannes«, sagte er und ging über ihre spitze Bemerkung hinweg. »Weshalb ich vermute, dass es sich um eine reale Person handelt.«

Als hätte sie seine Bemerkung nicht gehört, wandte Julie ihre Aufmerksamkeit wieder den Unterlagen zu. »Das ergibt keinen Sinn: ›Dann streifte sein Fuß meinen rechten, gab meinem Schuh einen Stups und entblößte so meinen Fuß‹.«

»Erinnere mich daran, ihr zu Weihnachten einen Thesaurus zu schenken.«

»Und einen Fernkurs für angehende Schriftsteller. Wie kann er gleichzeitig mit dem Bein ihren Schenkel berühren und ihren Fuß ›entblößen‹?«

Julie schürzte nachdenklich die Lippen, und Hunter hätte nichts lieber getan, als sie mit seinem Mund zu »streifen«, wie Anna es ausdrückte. »Wahrscheinlich sitzen sie so wie wir jetzt, er links, sie rechts.«

Sie blickte kurz auf und sah dann wieder in den Text. »Okay, ich glaube, jetzt verstehe ich.«

Den Blick noch immer auf den Text gerichtet, griff sie nach Hunters linker Hand und zog sie an ihren Körper. Er ließ es nur zu gern geschehen, neigte sich zu ihr und atmete den frischen würzigen Duft ihres Parfums ein. Der Schaltknüppel bohrte sich in sein Knie, und er hob sein Bein, damit es ihren Schenkel berührte, so wie Anna es beschrieb. In der abendlichen Stille war ihrer beider Atem zu hören.

Julie ahmte Annas Reaktion nach und hob das Kinn. Ihre Lippen öffneten sich leicht und formten ein weiches O. Unwillkürlich neigte Hunter sich vor, um die unbeholfen geschilderte Szene nachzustellen. Dann fiel ihm etwas ein, und er hielt inne.

»Du musst das rechte Bein über das linke kreuzen.«

Julie blinzelte zweimal, als erwachte sie aus einem Traum, und tat, was er sagte. Plötzlich schien die Nähe zwischen ihnen sie verlegen zu machen.

Ihre unschuldige Reaktion auf das Rollenspiel törnte ihn mehr an, als wenn sie sich ihm leichtfertig hingegeben hätte. Er wollte sie. Jetzt! Doch er zögerte den Kuss, nach dem sie beide sich sehnten, absichtlich hinaus. Verschämt senkte sie die Lider, und ihre langen Wimpern flatterten nervös über den sommersprossigen Wangen.

Mit seinem Turnschuh stupste er ihre Pantolette an, bis sie mit dumpfem Aufprall zu Boden fiel. Julie lächelte ihn schüchtern an, als wüsste sie, was als Nächstes kam.

»Hoppla«, sagte er, seine Stimme ein raues Flüstern. »Ich habe dich ›entblößt‹.«

Unwillkürlich musste Julie lächeln, und Hunter sehnte sich danach, ihren Mund mit seinen Lippen zu erforschen. Langsam ließ er seine Hand über ihren Körper gleiten, bis sein Daumen die Rundung ihrer Brust erreichte. Bei seiner Berührung sog Julie scharf die Luft ein, und Hunter drängte sich näher an sie, bis sie beide nur noch eine Haaresbreite von dem ersehnten Kuss trennte.

Als er mit der freien Hand über ihren Nacken streichelte und das Gewicht ihrer dichten Haare in seinen Fingern spürte, zog er Julie noch enger an sich heran, bis ihre Lippen sich endlich berührten – sanft, warm und begierig. Zärtlich begann er, ihre Lippen zu erforschen, und Julie klammerte sich hilflos an ihn.

Plötzlich zog ein aufflackerndes Licht in seinem Augenwinkel seine Aufmerksamkeit wieder auf das Haus. Da er den leidenschaftlichen Kuss nicht unterbrechen wollte, ignorierte er dieses Zeichen. Erst eine Sekunde später bemerkte er, dass sich im Haus etwas getan hatte. Abrupt riss er sich von Julie los.

»Verdammt, sie sind weg!«

Verständnislos sah Julie ihn an.

»Ich rede von Anna«, erklärte er. »Auf der anderen Hausseite ist ein Licht angegangen. Wahrscheinlich im Schlafzimmer.«

Er öffnete die Autotür, während Julie verarbeitete, was er gesagt hatte. Mit dem Fotoapparat in der Hand – die Videokamera war nach Mrs. Ramseys Attacke nicht mehr zu gebrauchen – ließ er die Tür geräuschlos hinter sich ins Schloss fallen. Julie folgte ihm über den Rasen zum Haus. Er winkte sie zurück, aber wie üblich ignorierte sie ihn. Hunter seufzte nur und öffnete die Holzpforte an der Seite des Hauses. Julie wartete wenige Meter entfernt.

Hunter presste sich an die dürren, hochgewachsenen Büsche neben dem Haus. Es war schwer, etwas durch die Stäbe der fast geschlossenen Jalousien zu erkennen. Zu seinem Entsetzen erblickte er seine Schwägerin auf einem Himmelbett mit Spitzendecke, die verführerisch um sie herumdrapiert war. In rosa Dessous lag sie in aufreizender Pose da, und Hunter zog sich der Magen zusammen. Eine Bewegung an der Seite ließ ihn vermuten, dass gerade jemand das Zimmer verlassen hatte. Aber er hatte nicht erkennen können, wer dieser Jemand war.

»Was siehst du?«, flüsterte Julie von ihrem Platz auf der anderen Seite des Zaunes.

Hunter winkte erneut ab, diesmal um sie zum Schweigen zu bringen. Er stellte den Blitz aus und richtete den Fotoapparat zwischen den Jalousiestäben hindurch auf die kompromittierende Szene. Ein Klick bestätigte, dass das Bild auf Film gebannt war. In der unteren rechten Ecke des Abzugs würde automatisch Datum und Uhrzeit vermerkt sein.

Die Schlafzimmertür öffnete sich, gleich würde jemand das Zimmer betreten. Hunter reckte sich, um durch die Stäbe zu spähen, und bereitete den Fotoapparat für den nächsten unerfreulichen Teil von Annas Doppelleben vor.

»Hunter.«

Er konnte nicht glauben, dass Julie so naiv war, seinen Namen zu rufen. In einer Sekunde würde er das Gesicht des Liebhabers seiner Schwägerin sehen …

»*Hunter.*« Obwohl sie flüsterte, sprach sie so nachdrücklich, dass sie Hunters Aufmerksamkeit erregte – und wahrscheinlich auch die ihres Zielobjektes.

Er stapfte zum Zaun, entschlossen, Julie nie wieder mitzunehmen, egal wie köstlich ihre Küsse waren.

Ihre Augen waren vor Angst weit aufgerissen, und sie zeigte auf etwas, das hinter ihm war.

»Hund!«

Er hörte ein Knurren und sah die Bestie auf sich zustürzen.

Hunter ließ den Fotoapparat fallen und rannte um sein Leben.

Die Schublade der Anrichte ließ sich mühelos öffnen. Darin lagen ein leerer Papierblock, ein Bleistift, zwei ausgetrocknete

Filzstifte und eine verbogene Büroklammer. Julie tastete tiefer hinein und schloss die Finger um ein kleines Buch. Das Tagebuch mit den roten Kussmund-Stempeln lag schwerer als sonst in ihrer Hand, so wie diese Aufgabe immer schwerer auf ihrem Gewissen lastete. Julie schob die Schublade wieder zu.

Das Buch schlug sich wie von selbst auf der Seite mit dem jüngsten Eintrag auf, und sie fragte sich, ob sie schummelte, wenn sie Hunter mehrfach auflistete. Zwar hatte er schon nach dem ersten Kuss die Spitzenposition auf ihrer Liste belegt, doch die Qualität hatte sich mit jedem folgenden Kuss noch gesteigert.

Trotzdem wusste Julie, dass sie mehr Vergleiche benötigte. Was Männer anging, traute sie ihrem Urteil noch nicht. Nicht, seit sie sich im College in einen Mann verliebt hatte, der sich als totaler Fehlgriff entpuppte. Geoff war mindestens so großspurig gewesen wie die Schreibweise seines Namens, aber das hatte sie erst bemerkt, als er sie fallen ließ, weil sie nicht mit ihm schlafen wollte. Ihr war erst aufgefallen, wie oberflächlich er war, als er sofort mit einem Mädchen aus dem Volleyballteam anbändelte, ein dralles Püppchen, das keinen BH und ein Nichts von einem T-Shirt trug.

Diesen Fehler würde Julie kein zweites Mal begehen. Sie glaubte von ganzem Herzen an Großmutters Weisheit von den hundert Küssen. Julie seufzte. Sie glaubte daran, dass sich der Charakter eines Mannes in seinem Kuss offenbarte, und sie wusste, dass sie auf diese Weise auch mehr über das männliche Geschlecht an sich erfahren würde. Zu dumm, dass sie bei Nummer siebenundvierzig am liebsten aufgehört hätte.

Es klingelte an der Tür, und Julie schreckte zusammen. Das kleine Buch an die Brust pressend, durchquerte sie das Zimmer und spähte durch den Spion.

Es war Hunter. Auch er hielt etwas in der Hand.

Sie drehte sich um und fragte sich, wo sie das Buch verstecken sollte. Die Schublade würde er hören, und sie war sicher, dass er schamlos genug war, sie zu fragen, was sie vor ihm versteckte.

»Eine Sekunde«, rief sie, um Zeit zu schinden.

Ihr Blick fiel auf den Zeitungsständer neben dem Sessel, und schnell legte sie das Buch hinein. Wenn sie es offen herumliegen ließ, würde er nichts Verdächtiges daran finden.

Als sie die Tür öffnete, blickte Hunter düster.

»Was ist los?«, fragte sie und winkte ihn herein. Hätte sie ihn nicht besser gekannt, hätte sie gedacht, dass er böse auf sie war. Aber das war es nicht. Irgendetwas bedrückte ihn.

Er stand kopfschüttelnd in ihrem Wohnzimmer und schien zu überlegen, was er als Nächstes tun oder sagen sollte.

»Möchtest du ein Bier? Ich habe auch Eistee und Kirschsaft.«

Seine Miene hellte sich kurz auf. »Tee wäre nett.«

Als sie mit zwei Gläsern zurückkam, hatte er es sich bereits auf dem Sofa bequem gemacht. Sie reichte ihm sein Glas und stellte das andere auf den Couchtisch.

Er hielt die rotbraune Flüssigkeit prüfend gegen das Licht. »Das soll Eistee sein?«

»Eistee mit Kirschsaft«, sagte sie und setzte sich neben ihn. »Schmeckt gut.«

»Ich hätte es wissen müssen. Schließlich hast du nicht gesagt Eistee *oder* Kirschsaft.«

Er nahm einen Schluck und fuhr sich dann genüsslich mit der Zunge über die Lippen. Diese simple Geste führte dazu, dass Julies Fantasie eine Szene heraufbeschwor, in der das süße rote Getränk, ihrer beider Lippen und sehr wenig Kleidung eine Rolle spielten.

»Nicht schlecht.«

Wie wahr.

»Tut mir wirklich leid wegen gestern Abend.« Julie trank etwas Tee und hoffte, ihre abschweifenden Gedanken mit der kühlen Flüssigkeit hinunterzuspülen. »Wenn ich gewusst hätte, dass das Untier so aggressiv ist, hätte ich …«

»Du hättest nichts tun können. Mach dir deswegen keine Sorgen.«

»Deine Hose war total zerfetzt.«

»Ich kann mir eine neue kaufen.« Er setzte sich auf und wandte sich ihr zu, als sei es an der Zeit, das Thema zu wechseln.

»Aber der Schnitt an deinem Finger. Vielleicht solltest du dir eine Tetanusspritze geben lassen. Der Nagel an der Pforte könnte rostig gewesen sein.«

»Ich bin geimpft.«

Julie war erleichtert, das zu hören. »Es ist ein Wunder, dass dieser Hund nur deine Hose zerbissen hat. Ich habe gehört, dass Schoßhunde bissig sein können, aber ich wusste nicht, dass sie so schnell sind.«

»Schoßhund? Ein zottiger Chihuahua mit pelzigen Fledermausflügeln als Ohren.«

Obwohl sie bei dem Gedanken an letzte Nacht lachen mussten, hatte Julie tatsächlich befürchtet, die kleine Bestie würde Hunter zerfleischen.

Sie wartete, denn sie wusste, dass Hunter ohne Umschweife zum Anlass seines Besuches kommen würde.

Er gab ihr ein kleines, in dunkelblaues Papier gewickeltes Päckchen, das ungeschickt mit einem dünnen roten Band verschnürt war. Julie sah ihn fragend an, aber er nickte nur und deutete auf das Päckchen.

Langsam löste sie das Band und entfernte das Papier, ohne

es zu zerreißen. Es war ein kleiner, mit rosa Blumen verzierter Terminkalender mit unterteilten Abschnitten für Termine, Listen und Adressen.

Überrascht über dieses unerwartete Geschenk sah sie ihn an.

»Meine Sekretärin kommt bald zurück.« Er spielte mit dem Band, das auf das Sofapolster gefallen war. »Der Kalender soll dir helfen, einen neuen Job zu finden – und zu behalten.« Als sie die Stirn runzelte, fügte er sanft hinzu: »Damit du immer an alles denkst.«

Julie hob das Kinn. »Ich denke immer an alles … Ich habe bloß so viel zu tun«, verteidigte sie sich.

Er schmunzelte, und Julie bemerkte, dass sie undankbar klang. »Danke«, sagte sie. »Das ist lieb von dir.« Sie lehnte sich vor und gab ihm einen Kuss auf die Wange.

Hunter ließ sie gewähren und war mit seinen Gedanken offensichtlich ganz woanders. Julie war nicht nur enttäuscht, dass er ihren Kuss nicht erwiderte, sie wusste auch, dass das Geschenk nicht der eigentliche Grund für seinen Besuch war.

Es entstand eine Pause, bevor er mit der Sprache herausrückte. »Ich muss Peter die Wahrheit über Anna sagen.«

»Dass *sie* die Kolumne schreibt?« Bei dem Gedanken, dass jemand anderes zu Unrecht für etwas beschuldigt wurde, das sie getan hatte, zog sich Julie der Magen zusammen. »Der Text, den wir gestern Abend gelesen haben …« und nachgestellt haben, wie sie sich sehnsüchtig erinnerte. »… klang nicht nach dem Stil der Kolumnistin.«

»Das war bestimmt nur ein Entwurf. Wahrscheinlich wird er noch redigiert. Aber davon spreche ich nicht. Ich muss ihm sagen, dass seine Frau ihn betrügt.« Hunter ließ sich auf dem Sofa zurücksinken und legte eine Hand an die Stirn. »Herrgott, ich wünschte, ich könnte rückgängig machen, was ich gestern Abend gesehen habe.«

»Du weißt doch gar nicht genau, was du gesehen hast«, erinnerte Julie ihn. »Du hast keine Ahnung, wer die andere Person war, und es könnte eine einfache Erklärung für alles geben. Wer weiß, vielleicht war es eine Kostümprobe für ein Theaterstück, und vielleicht will Anna bei der Premiere alle überraschen.«

Hunter warf ihr einen skeptischen Blick zu. »Ich habe ein schlechtes Gewissen, weil ich Anna nachspioniert habe – einer Frau, die ich wie meine eigene Schwester liebe. Und weil ich sie auch noch an Peter verraten muss.« Er atmete tief ein. »Nirgendwo steht geschrieben, wie man sich in einer solchen Situation verhalten soll.«

Julie rückte näher und nahm seine Hand. Seinen kleinen Finger, den er sich gestern in der Pforte eingeklemmt hatte, zierte ein Pflaster. »Du musst ihm ja nicht die Wahrheit sagen.« Versonnen begann Julie mit seinen Hemdsknöpfen zu spielen. »Du könntest den Fall einfach abgeben. Du könntest vielleicht unter vier Augen mit Anna reden und sie davon überzeugen, dass sie ihrem Mann sagen muss, was los ist.«

Hunter bedeckte ihre Hand mit seiner. »Anna gibt sich große Mühe zu verheimlichen, was sie tut. Es ist unwahrscheinlich, dass sie ihre Meinung ändert. Wenn ich nicht hundertprozentig ehrlich zu Peter bin, bin ich nicht besser als sie, oder?« Er seufzte tief und schaute sie fragend an.

Julie schaute verschämt zur Seite, und ihr Blick fiel unwillkürlich auf das Notizbuch mit den roten Kussmündern, dessen siebenundvierzig Geheimnisse sie quälten.

7. Kapitel

Es ist erstaunlich, was ein Kuss über einen Mann erzählt. Der erste verrät Charakter und Stimmung. Aber je öfter man einen Mann küsst, desto mehr erfährt man über seine Eigenheiten und auch über seine Integrität.

Sofort richtete Julie ihren Blick wieder auf Hunter. Hoffentlich hatte er nicht bemerkt, wo sie hingesehen hatte. Ihre Blicke trafen sich, und Julie krampfte sich der Magen zusammen. Sie legte den Kalender auf den Couchtisch und kickte ihre Turnschuhe fort. »Obwohl du so gewissenhaft bist«, sagte sie und öffnete den obersten Knopf ihrer Bluse, »gibt es ein wichtiges Projekt, das du immer noch nicht zu Ende gebracht hast.«

Er wollte sie auch. Sie wusste es. Aber die Umstände und vielleicht auch Hunters überentwickeltes Verantwortungsgefühl hatten sie bisher daran gehindert, sich ihren Gefühlen hinzugeben. Heute Abend aber wollte sie ihm klarmachen, dass sie eine erwachsene Frau war, die wusste, was sie wollte.

Und was sie wollte, war Hunter.

Sein verschleierter Blick verriet ihr, dass er genau wusste, wovon sie sprach. Er fuhr sich mit dem Daumen über die Narbe in seinem Mundwinkel, und Julie wusste, dass ihnen heute Abend nichts dazwischenkommen würde.

Zu ihrer Freude und Erleichterung fasste Hunter sie unter die Knie und legte ihre Beine über seinen Schoß. Dann öffnete er den untersten Knopf ihrer Bluse, die knapp über ihre Taille reichte. Ein winterblasser Bauchnabel wurde sichtbar, den ein kleiner Silberring mit einer Perle schmückte.

Hunters kräftige Finger massierten Julies flachen Bauch. Als er sich über sie beugte, spürte sie, wie sehr er sie begehrte, und das heizte ihre eigene leidenschaftliche Begierde noch mehr an.

Sie lehnte sich zurück, und wieder fiel ihr Blick auf das Notizbuch im Zeitungsständer.

Mit Mühe richtete Julie sich auf und stellte sich auf die nackten Füße. Hunter ließ dabei seine Hände von ihrer Taille über die Hüfte zu ihren Schenkeln wandern.

»Wohin gehst du?«, fragte er und streichelte ihr Knie. »Ich bin bereit.«

Julie beugte sich zu ihm hinab, gab ihm einen Kuss und fühlte das brennende Verlangen seiner Lippen. »Ich muss kurz etwas erledigen.«

Nämlich das Buch verstecken. Doch sie tat, als wollte sie nur das Licht ausschalten.

»Ich rufe inzwischen schnell Pete an«, sagte er und stand auf. »Die Sache mit Anna lässt mir keine Ruhe.«

Julie schluckte, während er in die Küche ging. Sie nahm das Buch und überlegte, was er wohl tun würde. Hunter wusste, dass er seinem Bruder wehtun würde, wenn er ihm verriet, was sie letzte Nacht beobachtet hatten. Doch das hielt ihn nicht davon ab, die Wahrheit zu sagen.

Sie schaltete das Licht aus und setzte sich wieder auf die Couch, das Kussbuch auf dem Schoß. Nachdem sie ihm die Wahrheit gesagt hatte, war wahrscheinlich gar kein Bedarf mehr für romantisches Licht. Aber im Dunkeln würde es ihr wenigstens leichter fallen, ihr Geheimnis zu gestehen. Und das dämmrige Licht würde sie davor bewahren zu sehen, wie sehr sie den Mann verletzte, den sie ihr Leben lang geliebt hatte.

Sie musste ihm vertrauen. Darauf vertrauen, dass er ihr Geheimnis für sich behielt, aber auch, dass er Verständnis hatte. Verständnis dafür, warum sie ihm erst jetzt davon erzählte.

Als er zurückkam, zog er sein Jackett aus und legte es über die Sofalehne, bevor er sich neben sie setzte. »Sehr romantisch«, sagte er und zog sie wieder in seine Arme. »Wollen wir dort weitermachen, wo wir aufgehört haben?«

Sie konnte ihm nicht in die Augen sehen. Doch statt ihm zu sagen, was sie sich vorgenommen hatte, wich sie auf ein anderes Thema aus. »Hast du deinen Bruder erreicht?«

Er rieb seine Nase an ihrem Hals. »Ja, ich habe ihn angerufen, aber er hatte im Büro einen schlechten Tag. Es kam mir grausam vor, ihn zusätzlich zu belasten. Also habe ich ihm einfach die Wahrheit gesagt – dass wir noch nichts Genaues wissen.«

Sie setzte sich so abrupt auf, dass das Tagebuch fast von ihrem Schoß fiel. Dankbar für das schummrige Licht, griff sie nach dem Buch und fragte sich, wie – oder ob – sie Hunter ihr Geheimnis beichten sollte. »Du hast es ihm nicht gesagt?«

Er knabberte an ihrem Ohr, legte einen Arm um ihre Taille und gab ihr zu verstehen, dass er keine Zeit mit Reden verschwenden wollte, wenn es Wichtigeres gab. Sie konnte ihm nur beipflichten. Doch das löste nicht ihr Dilemma.

»Nein, ich warte erst einmal ab«, murmelte er in ihr Ohr. »Manchmal ist es besser, nicht sofort mit der Wahrheit herauszurücken.«

Begierde umnebelte ihren Verstand. Es war unmöglich, sich auf das zu konzentrieren, was sie ihm sagen wollte. Durch die Sache mit Anna war er im Moment ebenso verwundbar wie Peter. Vielleicht sollte sie Hunter den gleichen Dienst erweisen wie er seinem Bruder.

Sie ließ ihre Hand auf den Boden fallen und schob das

Buch unter die Couch. Hunter neigte sich über sie, sein Bizeps spannte unter dem weißen Oberhemd, während er zärtliche kleine Küsse auf ihren Lippen verteilte. Ja, befand sie still, manchmal war es besser, nicht sofort mit der Wahrheit herauszurücken.

Geschickt löste sie seinen Krawattenknoten und zog Hunter mit den beiden Enden näher, bis sie sein volles Gewicht auf sich spürte. Es fühlte sich gut an, ihm so nah zu sein. Er bettete ihren Kopf auf seine Unterarme und spielte mit ihrer Haarspange, bis sie sich löste. Plötzlich wurde ihr bewusst, dass sie furchtbar aussehen musste. Sie wünschte, sie hätte sich nach der Arbeit etwas Schickeres angezogen.

»Ich muss wie eine Vogelscheuche aussehen«, sagte sie und griff sich ins zerzauste Haar.

Hunter wölbte den Rücken und löste seinen Gürtel. Dann öffnete er mit quälender Ruhe den Reißverschluss ihrer Jeans. »Du siehst wunderschön aus«, widersprach er. »Selbst in Jeans, barfuß und mit zerwühlten Haaren törnst du mich mehr an als jedes Supermodel.«

Er half ihr, die Jeans über die Hüften zu streifen, und ließ sie zu Boden fallen. Seine Hose folgte.

»Das liebe ich so an dir«, sagte er mit so tiefer Stimme, dass ihre Haut vibrierte. »Du bist, wie du bist.«

Nachdem er ihre Bluse geöffnet und ihr den BH ausgezogen hatte, nahm Hunter die Seidenkrawatte aus ihren zitternden Händen und fuhr damit über ihre bloßen Brüste. Er folgte der Spur mit kleinen Küssen, und Julie stöhnte vor purer Lust auf.

Aufreizend ließ er seine Hände von ihren Schultern zu den straffen, sanften Rundungen ihrer Brüste gleiten und streichelte sie so zärtlich wie ein Töpfer eine schöne geschwungene Vase. »An dir ist alles echt.«

Julies Finger, die seinen breiten Rücken erkundeten, stockten.

Er fuhr mit der Zunge in die Einbuchtung unter ihrem Hals. »Mmmh. Und mir gefällt, was ich sehe.«

Julie wand sich unter ihm. Es war gut, ein Gewissen zu haben … Außer vielleicht in Momenten wie diesen.

Er fasste ihre Bewegung als Ermutigung auf und legte einen Arm unter ihren Rücken. Dann spürte sie einen Finger unter dem Bund ihres Slips.

»Ich kann nicht …« Julie versuchte, sich aufzusetzen, aber sie war unter ihm gefangen – ein himmlisches Gefängnis. »Ich kann das nicht.«

In dem spärlichen Licht, das aus der Küche ins Zimmer fiel, versuchte Hunter, Julies Gesicht zu erkennen. Offensichtlich verwirrt rückte er zur Seite, und sie spürte seinen Blick, während sie hastig ihre Kleider zusammenraffte.

»Es wäre nicht richtig«, sagte sie.

Es war gemein, ohne jede Vorwarnung vom Kurs abzuweichen. Aber Julie war sicher, dass ihr Vertrauensbruch noch unverzeihlicher wäre, wenn sie erst miteinander geschlafen hätten.

»Es wäre einfach nicht richtig.«

Wenn Julie gestern Abend etwas über Hunter gelernt hatte, dann, dass er ein echter Gentleman war. Jeder andere Mann wäre über ihren plötzlichen Stimmungswechsel verärgert gewesen, doch Hunter akzeptierte ihre Entscheidung ohne Murren. Zwar schien er verwirrt und sogar verletzt, aber er hatte ihre Entscheidung respektiert, obwohl sie ihm keine vernünftige Erklärung liefern konnte.

Julie beugte sich über den Tisch und ergriff die Hand der Frau, die sich gerade als Hunters Sekretärin vorgestellt hatte.

»Ich bin Julie Fasano, Ihre Vertretung. Ist Ihr Urlaub schon zu Ende?«

»Um Himmels willen, nein«, sagte Trudy und lächelte freundlich. »Ich bin nur hier, um meinen Gehaltsscheck abzuholen.«

Julie griff in die Geldkassette und fand einen Umschlag mit Trudys Namen. »Freut mich, Sie endlich kennenzulernen«, sagte sie. »Ich habe schon so viel Gutes von Ihnen gehört.«

Wenn der äußere Eindruck nicht täuschte, war Trudy tatsächlich so akkurat, wie alle sagten. Hunters Sekretärin war zwar nicht die Schönste, aber sie war perfekt zurechtgemacht. Ihr blondes Haar war mit einer Hornspange zu einer perfekten Frisur hochgesteckt. Zu der weißen Bluse und der gestärkten braunen Hose trug sie einen schwarzen Gürtel mit Silberschnalle, und ihre schneeweißen Freizeitschuhe waren sauber wie die einer Krankenschwester. Die gepflegten Fingernägel pastellweiß lackiert.

Julie kam sich im Vergleich dazu unglaublich unzulänglich vor. Verlegen strich sie über einen der vielen Stapel auf ihrem – nein, Trudys Schreibtisch und warf ein paar Schmierzettel in den Papierkorb. Es machte keinen nennenswerten Unterschied.

»Ich freue mich auch, Sie kennenzulernen. Im Büro sind alle ganz verrückt nach Ihnen, und ich muss zugeben, ich war ein bisschen neugierig.« Trudy steckte den Umschlag in ein Reißverschlussfach ihrer Lederhandtasche und neigte sich vor, als wollte sie Julie ein Geheimnis anvertrauen. »Aber keine der Beschreibungen wurde Ihnen gerecht«, sagte sie mit einem herzlichen Lächeln.

Diese einfache Geste löste alle Vorbehalte in Luft auf, die Julie gegen die Frau, die Hunter so viel bedeutete, gehegt haben mochte. »Er ist gerade nicht da«, sagte sie und deutete auf sein Büro.

Julie freute sich so auf ihre Karriere als Journalistin, dass sie unbewusst die Tage gezählt hatte, bis ihre Probezeit bei der Zeitung vorbei war. Doch als jetzt Hunters Sekretärin vor ihr stand, fand sie, dass die Zeit viel zu schnell verging ...

»Kein Problem«, sagte Trudy unbeschwert. »Das gibt uns wenigstens Gelegenheit, ein wenig zu plaudern. Vielleicht haben Sie ja noch Fragen, was ihre Aufgaben hier betrifft.«

»Ich bin froh, dass Sie fragen.« Als Julie aufstand, fiel ihr gerade noch rechtzeitig ein, die Schuhe wieder anzuziehen. »Es gibt so viel zu bedenken. Wie schaffen Sie es nur, sich all die Kleinigkeiten zu merken?«

Nachdem sie Hunter gestern Abend so enttäuscht hatte, sollte er sich wenigstens im Büro auf sie verlassen können. Nicht nur, dass sie ihn gekränkt hatte, indem sie ihn in so einem intimen Moment zurückgewiesen hatte. Noch schlimmer war, dass er alles an ihr für »echt« hielt, während sie ihn in Wahrheit die ganze Zeit hintergangen hatte.

»Am besten besorgen Sie sich einen anständigen Terminkalender.« Trudy griff in ihre Tasche und zeigte Julie ein kleines gebundenes Büchlein. »Ohne den wäre ich aufgeschmissen.«

Julie blätterte in den sorgsam mit Bemerkungen versehenen Seiten. »Kein Wunder, dass Sie und Hunter so gut zurechtkommen. Sie sind beide Perfektionisten.«

Trudy presste die Lippen aufeinander. Julie gab ihr das Buch zurück, und die Sekretärin platzierte es in demselben Fach ihrer Tasche, aus dem sie es genommen hatte. »Geben Sie sich etwas Zeit. Allmählich werden Sie Hunters Angewohnheiten kennenlernen und sich daran gewöhnen.«

Julie zuckte die Schultern. Zwar würde sie dazu nicht lange genug hier sein, doch sie hätte zu gern mehr über seine persönlichen Angewohnheiten erfahren – zum Beispiel, was er zum Frühstück aß oder ob er europäische Filme mochte.

»Sie sehen erholt aus. Sieht so aus, als hätten sie eine schöne Hochzeitsreise gehabt.«

Trudys perfekt geschminkte Lippen verzogen sich zu einem symmetrischen Lächeln. »Ich wünschte, sie wäre nie zu Ende gegangen. Erst waren wir auf den Bahamas …«

Julie kam nicht umhin zu bemerken, dass die frisch gebackene Braut kaum Farbe bekommen hatte – ein Zeichen für eine erfolgreiche Hochzeitsreise.

»… und jetzt richten wir unser neues Haus ein.« Sie hängte ihre Handtasche um die andere Schulter und lächelte Julie verschwörerisch zu. »Und es gibt da noch ein Projekt, an dem Mark und ich arbeiten.«

Bildete Julie sich das ein, oder hatte sie heimlich ihren Bauch berührt? Gegen ihren Willen spürte Julie so etwas wie Neid in sich aufsteigen. Natürlich gönnte sie Trudy ihr Glück, aber es war auch Julies sehnlichster Wunsch zu heiraten und Kinder zu bekommen. Sie wünschte sich einen attraktiven Ehemann – oder wenigstens einen, der anständig küssen konnte – und ein oder zwei Kinder. Oder drei. Vielleicht sogar vier. Wie viele auch immer, sie wollte jedenfalls bald damit anfangen. Doch vorher musste sie noch dreiundfünfzig Männer küssen, um sicherzugehen, dass der Mann ihrer Wahl der Richtige war.

Hunters Küsse hatten ihren wohldurchdachten Plan jedoch durchkreuzt. Der Gedanke, je wieder einen anderen Mann zu küssen, war für sie mindestens so unattraktiv wie der ganze Papierkram im Büro.

»Klingt, als würde das Leben als Ehefrau Ihnen gefallen.« Julie lehnte sich bequem zurück und steckte sich eine Haarsträhne hinter das Ohr. Sie fragte sich, ob Trudy wohl einhundert Männer geküsst hatte, bevor sie sich für ihren jetzigen Ehemann entschieden hatte.

»Mehr, als ich mir je habe träumen lassen.« Trudy setzte

sich auf den Besucherstuhl vor dem Schreibtisch. »Mark ist ein wundervoller Mann. Humorvoll und zärtlich. Und er packt die Dinge an, ist dabei aber weder einschüchternd noch besitzergreifend … Es ist herrlich, mit ihm zusammen zu sein und gemeinsam mit ihm Pläne zu schmieden.«

Julie hätte mit Hunter auch gern Pläne geschmiedet. Sie seufzte. »Klingt fast wie unser Chef.«

Trudy straffte die Schultern und umklammerte mit beiden Händen ihre Handtasche. Die einzige Nachlässigkeit, die Julie zu ihrer Belustigung an Trudy bemerkte, war ein gelber Wollfaden, der aus der Handtasche hervorlugte. Babysocken vielleicht?

»Er ist ganz anders als Hunter.« Obwohl Trudys Stimme ruhig klang, schien der Vergleich sie zu ärgern. »Mark ist unkompliziert … locker, ausgeglichen.«

»Sie wären überrascht«, sagte Julie zur Verteidigung ihres gemeinsamen Arbeitgebers. »Hunter kann auch mal aus sich herausgehen.« Allerdings nicht oft.

Trudy antwortete mit einem abschätzenden Blick, und Julie wurde klar, dass sie vielleicht zu viel verraten hatte. Bevor die Sekretärin nachhaken konnte, lenkte Julie ab.

»Dieses neue Projekt, das Sie und Mark in Planung haben … Was hält sie zurück?«

Trudy zögerte lange, bevor sie antwortete. »Es könnte anderen Leuten Unannehmlichkeiten bereiten.«

Bezog sich Trudy auf ihre Schwiegereltern, die es vielleicht zu früh fanden, eine Familie zu gründen? Oder fürchtete sie, Hunter Unannehmlichkeiten zu bereiten, wenn sie in Mutterschaftsurlaub ging? Jedenfalls ging eine solche Entscheidung nur Trudy und ihren Mann etwas an.

»Klingt, als wären sie hin und her gerissen zwischen dem, was andere wollen, und dem, was Sie und Mark wollen.«

»Hin und her gerissen? Es zerreißt mir das Herz!« Trudy stand auf und wirkte zum ersten Mal unbeholfen. »Ich will das Richtige tun und niemanden enttäuschen, aber wenn ich meinem Herzen folgen will, muss ich mein Leben ändern.«

Julie berührte sie freundschaftlich am Arm. »Sie müssen tun, was für Sie richtig ist … für Sie und Mark. Wenn Sie Ihrem Herzen folgen, können Sie nichts falsch machen.«

Es kam ihr vor, als hätte sie ihre eigenen Worte schon einmal gehört, und dann fiel ihr ein, dass Ethel in ihrer letzten Kolumne etwas ganz Ähnliches geschrieben hatte. Erteilte Julie jetzt den gleichen Rat, den sie einst verworfen hatte? Sie neigte den Kopf. Nun, in diesem speziellen Fall war es das, was Hunters Sekretärin hören wollte.

Trudy erwiderte ihren Blick, und ihr perfekt geschminktes Gesicht entspannte sich. »Ich danke Ihnen«, sagte sie und lockerte den Griff, mit dem sie ihre Handtasche umklammert hielt. »Sie haben mir mehr geholfen, als Sie sich vorstellen können.«

»Stets zu Diensten.« Julie nahm ihre Tasche und stellte ihr Telefon auf Priscillas um. »Kommen Sie, ich lade Sie zum Mittagessen ein. Sie können sich revanchieren, indem sie mir ein paar Tricks und Kniffe für die Büroarbeit verraten.«

Um Himmels willen, jetzt hatte sie es auf die Titelseite geschafft. Zumindest die Titelseite des Unterhaltungsteils.

Julie knickte die Zeitung um und las noch einmal die Überschrift: *Wer ist die mysteriöse Küsserin?*

Um nicht das journalistische Tabu zu brechen, über jemanden aus dem eigenen Haus zu schreiben, hatte der Chefredakteur einen Reporter beauftragt, über den Radiowettbewerb und die Hörerreaktionen auf die Kolumne zu berichten. Sie musste wohl dankbar sein, dass ihre Kolumne so viel Neugier bei den Lesern weckte und dass die Zeitung das öffentliche Interesse ausnutzte. Aber wie sollte sie anonym bleiben, wenn sogar ihr eigener Chefredakteur sich gegen sie verschworen hatte?

Da die Aussichten, die Kolumne weiterzuschreiben, davon abhingen, dass Ann Onimus unentdeckt blieb, erwog sie, Mr. Upshaw anzurufen. Sie wollte ihn bitten, nicht noch mehr Interesse an ihrer wahren Identität zu wecken. Aber die Angst, dass sein Telefon abgehört wurde, hielt Julie davon ab.

Hunter erschien an ihrem Schreibtisch und wirkte ebenso beunruhigt wie sie. Er verhielt sich ihr gegenüber in letzter Zeit sehr reserviert – seit jenem Abend bei ihr zu Hause, als sie sich fast geliebt hatten – und jetzt wirkte er noch angespannter als sonst. Sie konnte ihm keinen Vorwurf machen. Sie war selbst angespannt, und ihre Anspannung würde sich erst lösen, wenn ihr Gewissen ihr erlaubte, zu Ende zu bringen, was sie an jenem Abend begonnen hatten.

Aus seinem Büro drang der Klang des Radios und erinnerte Julie daran, dass sie vor lauter Schreck über die heutige Schlagzeile vergessen hatte, das *Stadtgespräch* einzuschalten.

»Die Sponsoren des Radiosenders haben zusätzliche Preise für denjenigen gestiftet, der die Kusskolumnistin enttarnt. Eine Parfümerie bietet einen Jahresvorrat an Lippenstiften. Ein Zahnarzt spendet ein Pflegeset. Und ein Drogeriemarkt schenkt jedem eine Packung Pfefferminz, der einen Tipp abgibt.«

Unsicher, wie sie reagieren sollte, schob Julie ihm das Glas mit den Karamellbonbons hin. Ihre Großmutter hatte ihr zum Trost immer etwas Süßes gegeben. Da Hunter nicht reagierte, bediente sie sich selbst.

»Ich will, dass du ein Memo verfasst und es im Büro verteilst. Sag allen Mitarbeitern, ich überbiete sämtliche Preise und lege noch einen Extrabonus von tausend Dollar drauf, wenn jemand die Kolumnistin vor dem Radiosender findet.«

Das Bonbon blieb ihr im Hals stecken, und sie verschluckte sich. Hunter trat einen Schritt näher und klopfte ihr auf den Rücken. Der Duft seines Rasierwassers war beruhigend und berauschend zugleich. Er erinnerte sie daran, wie sie auf dem Sofa Küsse und Liebkosungen ausgetauscht hatten. Sie war enttäuscht, als ihr Husten nachließ und er seine Hand von ihrem Rücken nahm.

Umständlich zog sie ein Blatt Papier unter einem Stapel hervor und fragte sich, was wäre, wenn sie Hunter unter anderen Umständen kennengelernt hätte. Umstände, die keine Geheimniskrämerei und Notlügen erforderten.

Julie seufzte und ließ sich von ihm diktieren, was sie in das Memo schreiben sollte. Das öffentliche Interesse an ihrer Kolumne konnte ihr einen Vollzeitjob als Journalistin bescheren. Nur noch ein paar Tage, sagte sie sich und biss sich auf die Wange, um nicht mit der Wahrheit herauszuplatzen. Nur noch ein paar Tage.

»Betone, dass sie die Verfasserin der Kolumne finden müssen, bevor der Radiosender davon Wind bekommt. Und natürlich muss ihre Identität ein Geheimnis bleiben. Niemand außer mir darf erfahren, wer sie ist. Weder beim Radio noch hier bei Oltmeier-Matthews.«

Sie beugte sich über das Papier und mied seinen Blick.

»Ich hoffe, es ist nicht Anna«, gestand er. »Dann können wir die Information an den Radiosender weitergeben und als Werbung für uns nutzen.«

Julie schluckte und fasste sich instinktiv an die Kehle. Nur noch ein paar Tage, erinnerte sie sich. Dann konnten sie beide wieder ihrer Wege gehen.

Getrennte Wege.

8. Kapitel

Beim Küssen wie in anderen Lebensbereichen stellt sich manchmal die Frage, wann und ob es angebracht ist, die Wahrheit zu sagen. Zum Beispiel bei schlechtem Atem. Sollte man es ihm sofort sagen oder den Mund halten und hoffen, dass er es selbst merkt?

Auf den ersten Blick war nichts Verdächtiges an Annas Bankauskunft. Die Kontostände der Kreditkarten auf ihren Namen waren ausgeglichen. Doch bei genauerem Hinsehen zeigten die Ausgänge der letzten Wochen eine weniger ehrenwerte Seite der Frau, deren Spur sie verfolgten.

Die einzelnen Posten an sich waren nicht verdächtig, aber alle zusammen warfen kein gutes Licht auf sie. Teure Dessous. Feine Restaurants. Ein Fotostudio. Julie nahm an, dass sie Fotos von sich und ihrem Liebhaber hatte anfertigen lassen. Und sogar eine Rechnung für das romantische Hotel, in dem angeblich die berühmte Treppenszene in *Vom Winde verweht* gedreht worden war.

Julie machte sich Sorgen um Anna. Sie fühlte sich dafür verantwortlich, dass Peter Anna auf die Spur gekommen war. Wahrscheinlich wäre ihr Mann auch so misstrauisch geworden, aber erst Julies Kolumne hatte Peter dazu bewegt, Hunter um Hilfe zu bitten.

Seufzend legte sie den Ausdruck mit der Schrift nach unten auf Hunters Stapel, nahm sich den nächsten vor – und las ihren eigenen Namen: Julie Beth Fasano.

Sie drehte ihren Stuhl so, dass sie die Tür von Hunters Büro im Auge behalten konnte, und überflog den Bericht. Zwar war ihr Konto nicht immer so ausgeglichen wie Annas, doch wenn sie so weitermachte, würde sie die Sofagarnitur bald abbezahlt haben.

Aber wie war Hunter an diese Information gekommen? Hatte ihm jemand einen Tipp gegeben? Schnüffelte er ihr ebenso hinterher wie seiner Schwägerin?

Julie studierte den nächsten Abschnitt. Zusätzlich zu den Ein- und Ausgängen auf ihrem Konto war auf dem digitalen Ausdruck jeder aufgelistet, der ihre Daten in letzter Zeit angefordert hatte. Kreditkartengesellschaften, das Möbelgeschäft, bevor es ihr einen Kredit bewilligt hatte, und … die Regalia Communications Corporation.

Sie spürte eine Ader an ihrer Schläfe pochen. RCC war die Muttergesellschaft des *Richmond Reporter*. Sie erinnerte sich dunkel, dass sie eine Vereinbarung unterzeichnet hatte, die ihrem Arbeitgeber erlaubte, Informationen über sie einzuholen.

Julie faltete die Unterlagen zusammen und ließ das belastende Beweismaterial in ihrem Schreibtisch verschwinden. Dann überlegte sie, was zu tun war.

Entweder konnte sie den Bericht in ihrer Personalakte ablegen und hoffen, dass niemand etwas bemerkte. Aber es war genauso wahrscheinlich, dass ein Bluthund ein frisches Steak übersah.

Oder sie konnte die Unterlagen »verlieren« und so tun, als hätten sie nie existiert. Eine glaubwürdige Geschichte, wenn man das Chaos auf ihrem Schreibtisch bedachte. Aber sie kannte Hunter. Er erwartete den Bericht. Wenn er auf geheimnisvolle Weise verschwand, würde er wahrscheinlich einfach eine Kopie anfordern. Doch bis die eintraf, war Trudy vielleicht schon zurück und Julie Vollzeit-Reporterin.

Oder sie konnte ihm die Unterlagen einfach geben. Und warten, dass es hart auf hart kam …

Sie biss sich auf den Fingernagel und wünschte, ihre Groß-mutter hätte ihr ein weises Sprichwort für eine Situation wie diese mit auf den Weg gegeben. »Lügen haben kurze Beine«, war alles, was ihr einfiel. Wenn das stimmte, hätte sie inzwi-schen einen halben Meter geschrumpft sein müssen.

Um ihre Nerven zu beruhigen, holte sie tief Luft. Dann nahm sie den Stapel Unterlagen, der für Hunter bestimmt war, und stopfte ihre Bankinformationen in die Hosentasche.

Hunter legte gerade den Telefonhörer auf, als Julie in sein Büro trat. Er fragte sich, ob sie in letzter Zeit genug geschla-fen hatte. Normalerweise lag immer ein sonniges Lächeln auf ihren Lippen, selbst wenn sie sich über die lästige Büroarbeit beschwerte. Doch heute wirkte sie betrübt. Ihr Gesichtsaus-druck spiegelte seine eigene Stimmung.

»Das war Peter. Er weiß Bescheid.«

Julie sah ihn überrascht an. »Er hat es dir gesagt?«

Hunter lehnte sich zurück und rieb sich den Nacken. »Wo-von redest du? Ich habe ihm alles erzählt, was wir über Anna wissen.«

»Oh.« Sie senkte den Kopf und starrte schuldbewusst auf den Teppich. Mit einer Hand berührte sie ihre Hosentasche und setzte sich auf den Stuhl neben dem Schreibtisch. »Das ist noch nicht alles«, sagte sie. »Es sieht nicht gut aus.«

Er nahm Annas Kontoauszüge, die Julie ihm reichte, und studierte die Einzelheiten, während Julie den Rest des Stapels in sein Eingangsfach legte. Nein, es sah wirklich nicht gut aus. »Macht nichts«, sagte er mehr zu sich als zu Julie. »Peter hat sowieso schon beschlossen, die Scheidung einzureichen.«

»O nein!« Sie fasste sich ans Herz. »Das tut mir so leid.«

»Du musst es nicht persönlich nehmen. Sie ist selbst schuld.« Er kam sich kalt und gefühllos vor, als er das sagte. Und er sah Julie an, dass sie dasselbe dachte. »Es gibt Regeln«, sagte er. »In einer Beziehung gibt es Regeln, die man einhalten muss. Und Treue und Aufrichtigkeit stehen ganz oben.«

Nervös berührte Julie wieder ihre Hosentasche. »Aber Anna ist nicht …«

»Spar dir die Mühe.« Hunter wollte ihr keine Gelegenheit geben, Anna zu verteidigen. »Es bringt nichts, wenn du mich von ihrer Unschuld überzeugst. Das ist Peters Sache. Und wenn es meine wäre, würde ich dasselbe tun.«

»Aber lass mich dir doch erklären …«

»Nein, lass mich *dir* etwas erklären.« Hunter war schwindelig. Diese ganze Geschichte hatte die Erinnerung an seine eigene unselige Verlobung geweckt. Es kam ihm vor, als sei es gestern gewesen. Obwohl das Verhältnis zwischen ihm und Julie in letzter Zeit angespannt war und er nicht verstand, warum sie ihn zurückgewiesen hatte, verspürte er das Bedürfnis, ihr sein Herz auszuschütten. Er hatte sich ihr so nah gefühlt wie noch nie jemandem zuvor, nicht einmal seiner ehemaligen Verlobten. Er beugte sich vor und nahm ihre Hände in seine, damit sie ihn anhörte. »Vor ein paar Jahren ist etwas passiert, das mir gezeigt hat, wie wichtig absolute Aufrichtigkeit in einer Beziehung ist.«

Er ließ sie los, stand auf und begann, auf und ab zu gehen. »Ich war verlobt … mit jemandem, dem ich vertraut habe. Es war Samstagabend, und wir wollten in ein Musical gehen, auf das Yvonne sich schon seit Monaten freute. Während ich in meinem Zimmer die Krawatte wechselte, klingelte das Telefon, und sie nahm ab.«

Er warf Julie, die an den Unterlagen herumfingerte, einen kurzen Blick zu. Sie wirkte traurig, und er hätte sie am liebsten in den Arm genommen. Noch lieber hätte er gewusst, warum er die zwiespältige Entscheidung seines Bruders verteidigte. Jedenfalls nicht, weil er herzlos war oder dazu neigte, voreilige Schlüsse zu ziehen.

»Es war Len, meine Partner. Er bat sie, mir auszurichten, dass er meine Hilfe benötigte.« Hunter zögerte und rückte das Diagramm an der Wand gerade. Es zeigte eine Statistik der gelösten Fälle, seit er in der Agentur war. Mit jedem Monat war die Rate stetig gestiegen. »Yvonne nahm an, dass er meine Hilfe bei einem Fall brauchte, und befürchtete, dass wir das Musical verpassen. Sie beschloss also zu warten, bis der Vorhang sich gesenkt hatte. Wie sich herausstellte, hatte Len Schmerzen in der Brust und wollte, dass ich ihn ins Krankenhaus fahre. Aber er wollte Yvonne und mich nicht beunruhigen.«

Julie räusperte sich. »War es ein Herzanfall?«

»Nein, es waren Gallensteine. Aber es hätte auch etwas Schlimmeres sein können.« Er dachte ungern an diese Möglichkeit. Len war sein Mentor und sein Freund, und Hunter mochte sich nicht ausmalen, wie der Abend hätte ausgehen können.

»Das wusste sie doch nicht, Hunter.« Julies Stimme war sanft und schien ihn um Vergebung zu bitten. Aber dazu war er nicht bereit.

»Wer einmal lügt, wird immer wieder lügen. Später habe ich herausgefunden, dass meine Verlobte mir auch Teile ihrer Vergangenheit verschwiegen hat.« Hunter knirschte unwillkürlich mit den Zähnen, als er sich erinnerte, wie Yvonnes Geheimnis ans Licht gekommen war. »Ich habe die Beziehung beendet und es nie bereut.«

Julie schluckte, zog ein Blatt Papier aus ihrer Hosentasche und faltete es langsam auseinander. Sie blickte betreten wie der Sprecher einer Geschworenen-Jury, der einen Schuldspruch verkünden muss.

»Ich muss dir etwas sagen«, sagte sie. Genau in diesem Moment klingelte das Telefon.

»Eine Sekunde.« Er hob einen Finger, dann nahm er den Hörer ab. »Hunter Matthews.«

»Ich habe interessante Informationen für Sie«, sagte die Stimme am anderen Ende. Während Hunter zuhörte, verengten sich seine Augen.

Er spürte, wie das Blut aus seinem Gesicht wich, während der Informant auspackte. Mit der freien Hand umklammerte er die Telefonschnur, bis die Leitung rauschte. Aber das war egal. Er hatte genug gehört. Als er sich Julie zuwandte, sah sie ihn mit unglaublich großen blauen Augen an. Der Zettel in ihrer Hand zitterte.

Julie wartete, bis das Gespräch beendet war, und nahm all ihren Mut zusammen, um endlich zu Ende zu führen, weshalb sie gekommen war. Dass ihr Job als Reporterin auf dem Spiel stand, war ihr inzwischen egal. Sie wollte ihm alles gestehen, ihm alles erklären, jede Konsequenz akzeptieren. Vor allem aber wollte sie, dass er ihr verzieh.

Schließlich legte Hunter auf. Sie hatte ihn noch nie so wütend gesehen.

»Das war einer meiner Spitzel«, sagte er mit zusammen gebissenen Zähnen. »Die neue Kolumnistin scheint tatsächlich jemand zu sein, der mir nahesteht. Aber es ist nicht meine Schwägerin.«

»Ich weiß.« Julie versuchte, das zerknüllte Papier in ihrer Hand zu glätten, bevor sie es ihm reichte. »Deshalb bin ich hier.«

»Ach ja?« Seine braunen Augen blickten sie düster an.

»Anonym zu bleiben, war die Bedingung für den Job.«

Er verschränkte die Arme vor der Brust.

»Ich wollte es dir trotzdem sagen. Aber irgendwie war nie der richtige Zeitpunkt.«

»Das hat Yvonne bestimmt auch gedacht, als sie mir Lens Anruf verschwieg.« Sein Blick war eisig.

Julie verstand seinen Zorn, aber sie war trotzdem verletzt. Yvonne hatte er verstoßen, weil sie ihm etwas verschwiegen hatte, das sie für nebensächlich hielt. Julie hatte ihm nicht nur wichtige Informationen vorenthalten, sondern ihn dadurch auch noch lächerlich gemacht. Sie machte sich keine Hoffnung, dass er bei ihr nachsichtiger wäre als bei Yvonne.

»Verrate mir«, sagte er, »was dich von Anna oder Yvonne unterscheidet.«

Julie biss sich auf die Lippe, um nicht weinen zu müssen. Stumm schüttelte sie den Kopf. Sie wusste nicht, was sie darauf sagen sollte – weder zu ihrer Verteidigung noch zu ihrer Entschuldigung.

Alles, was sie gewollt hatte, war ein anständig bezahlter Job. Nach dem Aufsehen, das ihre Kolumne erregt hatte, hatte sie gute Aussichten auf eine Festanstellung. Doch die wollte sie nun gar nicht mehr … Jedenfalls nicht so. Und obwohl die restlichen dreiundfünfzig Küsse noch ausstanden, wusste sie, dass sie ihren Traummann längst gefunden hatte.

»Es tut mir so leid«, brachte sie hervor. »Ich wollte dich nicht verletzen.«

Hunter ging zur Tür und öffnete sie. »Pack deine Sachen«, befahl er ihr kalt. »Ich brauche dich nicht mehr.«

Julie öffnete die Lippen. Sie wollte etwas sagen, das alles wiedergutmachte. Aber es gab nichts zu sagen. Alles, was sie fühlte, war Bedauern, dass sie den Mann, den sie liebte, verletzt und für immer verloren hatte.

9. Kapitel

Die Regel, dass man hundert Männer küssen sollte, bevor man heiratet, ist im Grunde die reinste Ironie. Denn wie soll man ausgerechnet durch leichtfertige Küsse einen aufrichtigen, treuen Partner finden?

Wie versteinert stand Hunter in der Tür seines Büros und sah zu, wie Julie ihre Habseligkeiten zusammenpackte. Schon als Kind hatte sie ihn manchmal zur Verzweiflung getrieben. Und jetzt, mehr als zehn Jahre später, brach ihm diese schöne, süße Frau das Herz.

Ihr Pferdeschwanz wippte, während sie Papierstapel und Aktenordner auf dem Tisch hin und her schob. Statt Schwarz trug sie heute ein pinkfarbenes ärmelloses Top und eine zartrosa Hose. Und ausnahmsweise auch Schuhe.

Er wollte zu ihr gehen, sie in die Arme schließen und ihren Schmerz fortküssen – Schmerz, den auch er empfand. Aber er brachte es nicht fertig. Er erinnerte sich an ihre Küsse und fragte sich, ob auch die anderen Kusskandidaten sich konkurrenzlos geglaubt hatten.

Langsam wandte er sich ab, um zurück ins Büro zu gehen. Doch dann hielt er inne und drehte sich noch einmal um. »Weißt du, ich sollte dich wahrscheinlich als Ermittlerin einstellen. Du kannst wirklich gut schauspielern. So gut sogar, dass ich geglaubt habe, ich bin der Einzige, den du küsst.«

»Du *warst* der Einzige.« Julie presste ihre Handtasche so fest an die Brust, dass irgendetwas darin zerbrach. Wahrscheinlich der Kompaktpuder. Doch selbst wenn der Spiegel zerbrochen war, konnten sieben Jahre Pech nicht schlimmer sein als das hier.

»Ich habe deine Kolumnen gelesen.«

»Es ist nicht so, wie du denkst. Ich würde dich nie anlügen.«

»Aber die Wahrheit verschweigen würdest du schon.« Hunter reichte ihr das Radio und das Glas mit den Karamellbonbons. »Leb wohl, Julie Beth.«

Sie hielt die Luft an, aus Angst, völlig die Haltung zu verlieren. Mit erhobenem Kinn verließ sie das Gebäude. Erst als sie in der Garage bei ihrem Auto ankam, begann sie zu weinen.

Irgendetwas nagte an Julie. Etwas, das sie vergessen hatte. Etwas Wichtiges.

Zunächst dachte sie, es sei die morgige Kolumne, die sie vergessen hatte. Doch die hatte sie am Morgen in die Redaktion gefaxt. Das war es also nicht. Es würde wahrscheinlich ihre letzte Kolumne sein – ihr Schwanengesang. Am nächsten Morgen, wenn die Einwohner von Richmond bei ihrer ersten Tasse Kaffee die Zeitung lasen, würde im Radio der Gewinner verkündet werden, der die Autorin enttarnt hatte. Spätestens dann würde ihr Chefredakteur erfahren, dass sie nicht fähig war, verdeckt zu arbeiten.

Aber der Verlust des Jobs bei der Zeitung war gering im Vergleich zu allem anderen, was sie heute verloren hatte. Julie umklammerte das Steuer noch fester und unterdrückte blinzelnd die aufsteigenden Tränen. Seit sie klein war, war Hunter immer für sie da gewesen, wenn sie ihn brauchte. Wenn sie von der Schaukel gefallen war, hatte er sie getröstet. Wenn sie sich das Knie aufgeschlagen hatte, hatte er die Wunde gesäubert. Und vor ihrem ersten Schulball hatte er ihr gesagt, wie hübsch sie sei, und sie mitten im Wohnzimmer um den ersten Tanz gebeten.

Und wie hatte sie es ihm gedankt? Indem sie eine dumme Kolumne über seine Gefühle gestellt hatte. Damals war ihr der Job so wichtig erschienen. Aber jetzt …

Doch sie hatte noch immer das Gefühl, etwas vergessen zu haben. Bei ihrem überstürzten Aufbruch war es kein Wunder, wenn sie im Büro etwas liegen lassen hatte. In dem Fall würde sie Priscilla anrufen und sie bitten, ihr die Sachen vorbeizubringen. Auf keinen Fall konnte sie zurückgehen. Nicht, nachdem sie Hunter das angetan hatte.

Sie griff nach der Tasche auf dem Beifahrersitz und kramte den Terminkalender hervor, den er ihr geschenkt hatte. Außer einer kleinen Notiz und dem Geburtstag einer Kollegin waren die Seiten leer. Jetzt, wo sie sich einen Job suchen musste, würde er bald mit Terminen für Vorstellungsgespräche gefüllt sein.

Vielleicht hatte Hunter recht. Vielleicht war sie so mit sich selbst beschäftigt gewesen, dass sie die wichtigen Dinge aus den Augen verloren hatte. Grundsätze, die ihre Großmutter ihr als Kind eingetrichtert hatte. So wie »Was du nicht willst, das man dir tu, das füg auch keinem andern zu!«.

Hunter war so anständig gewesen, ihr einen Job zu geben, für den sie nicht qualifiziert war. Und sie hatte es ihm gedankt, indem sie sein Vertrauen missbraucht und ihn in die Irre geführt hatte. Und Anna Matthews hatte ihre Ehe zwar selbst ruiniert, doch Julie und ihre Kolumne hatten die Sache noch schlimmer gemacht.

Sie hätte alles getan, um wiedergutzumachen, was sie Hunter angetan hatte. Aber es war zu spät.

Vielleicht konnte sie wenigstens etwas für seine Schwägerin tun. Es war unfair, dass auch noch seine Verwandten ihretwegen litten. Wäre sie früher mit der Wahrheit herausgerückt, hätte Hunter vielleicht den Grund für Annas heimliche Ausflüge herausgefunden. Und sie und Peter hätten ihre Probleme lösen können, statt sich wegen eines Missverständnisses scheiden zu lassen – ein Missverständnis, das Julie wider besseres Wissen nicht aufgeklärt hatte.

Sie bog rechts auf die Patterson Avenue ab, parkte vor Annas Nachbarhaus, und versuchte, einen Schlachtplan zu entwerfen. Sie wünschte, Hunter wäre da gewesen, um ihr Anweisungen zu geben, damit sie nicht irgendeine Kleinigkeit übersah.

Annas gelber Volvo stand in der Einfahrt. Sie war also zu Hause. Julie fragte sich, wie sie Anna dazu bringen sollte, sich von einer wildfremden Person etwas sagen zu lassen. Und wie sollte sie es anstellen, nicht als Heuchlerin dazustehen?

Während sich noch grübelte, was sie tun sollte, öffnete sich die Haustür. Anna trat heraus und blinzelte in die Mittagssonne. Die blonde Frau setzte eine dunkle Sonnenbrille auf und ging zu ihrem Auto. Mit der dunklen Hose, dem königsblauen Pullover und ihrer Dauerwelle sah Anna wie eine ganz normale Hausfrau aus, die einkaufen fuhr.

Ohne Julie zu bemerken, fuhr sie rückwärts aus der Einfahrt und dann in Richtung des südlich gelegenen Einkaufszentrums. Julie wartete, bis Anna fast zwei Blocks entfernt war, bevor sie den Motor startete und ihr folgte.

Anna parkte vor eine Bar und ging hinein. Kurz darauf folgte Julie ihr. Es dauerte eine Minute, bis sich ihre Augen an das schummrige Licht gewöhnt hatten, aber dann sah sie Anna, die sich am anderen Ende der Bar angeregt mit einem jungen Mann unterhielt. Einem sehr jungen Mann. Mit Akne.

Das war schlimmer, als Julie befürchtet hatte. Nicht nur, dass sich die fast vierzigjährige Frau mit einem anderen Mann traf, sie trieb es auch noch mit Minderjährigen. Julie atmete tief durch und überlegte, wie sie Anna davon überzeugen konnte, zu ihrem Mann zurückzukehren.

»Raucher oder Nichtraucher?«

»Weder noch«, sagte Julie zu der Kellnerin, die auf sie zugekommen war. »Ich sehe einen freien Platz an der Bar.« Direkt neben Hunters Schwägerin.

Anna war so in ihre Unterhaltung vertieft, dass sie Julie gar nicht bemerkte.

Als sie sich auf den Barhocker schwang, stieß sie gegen Annas Ellbogen. »Hi«, sagte sie und streckte die Hand aus. Als Anna sich zu ihr umwandte und ihr automatisch die Hand gab, fügte sie hinzu: »Ich bin Julie Beth Fasano, und ich wüsste gern, warum sie Ihrem Mann das antun.«

Bestürzt versuchte die Frau, ihre Hand fortzuziehen, aber Julie hielt sie mit vielsagendem Blick fest.

»Äh, ich muss jetzt los«, sagte der Teenager und stand auf.

Ohne Hast befreite Anna ihre Hand und steckte dem verängstigten Jungen ein paar Geldscheine zu. Um Himmels willen, bezahlte sie ihn etwa für seine Dienste? Das war ja noch schlimmer.

Als Anna sich ihr wieder zuwandte, war sie ebenso direkt wie Julie. Ihre haselnussbraunen Augen schienen Julie zu durchbohren. »Kenne ich Sie?«

»Wir wurden einander noch nicht vorgestellt. Aber in den letzten Wochen sind wir uns ein- oder zweimal begegnet.«

»Ihr Name kommt mir bekannt vor.«

Julie wurde unbehaglich zu Mute. *Sie* war diejenige, die die Fragen stellen sollte. Aber angesichts der Rolle, die sie beim Scheitern von Annas Ehe spielte, fühlte sie sich verpflichtet, ihr zu antworten.

»Meine Familie hat neben der ihres Mannes gewohnt, als

ich klein war. Ich war wesentlich jünger als Peter, aber wir sind uns manchmal begegnet, wenn meine Schwester Charlene und ich Hunter besuchten.«

»Ach ja, jetzt erinnere ich mich«, sagte Anna, und ihr misstrauischer Gesichtsausdruck wich einem vagen Lächeln. »Sie waren das barfüßige kleine Kind, das Hunter immer hinterhergelaufen ist.«

Mit einem Plumps fiel einer von Julies Schuhen auf den Boden. Verlegen zuckte sie die Schultern.

Anna beugte sich vor und musterte Julie. »Moment mal. Waren sie das, die neulich Abend im Shockoe Slip in den Brunnen gesprungen ist?«

»Äh, ja. Darüber wollte ich mit Ihnen reden. Wissen Sie, Hunter und ich …« Julie spielte nervös mit ihrer Armbanduhr und hoffte, sie machte nicht alles nur noch schlimmer. »Äh, wir sind Ihnen gewissermaßen gefolgt.«

Anna lehnte sich zurück und verschränkte die Arme vor der Brust. Sie wirkte amüsiert. Mit ihrem hübschen Gesicht, der schlanken Figur und ihrer offensichtlichen Intelligenz schien sie alle Qualitäten zu besitzen, die sie als Ehefrau eines Richters brauchte. Ein Jammer, dass es in ihrer Ehe kriselte. Doch wenn es nach Julie ging, war das Problem bald gelöst. Wenn sie nur auch eine Idee hätte, wie sie das Problem mit Hunter lösen konnte.

»Sie machen Witze, oder?« Anna schob den dicken Umschlag auf dem Tresen beiseite, um ihn vor dem Kondenswasser zu retten, das sich um ihr Glas bildete. »Das im Brunnen war Hunter?«

»Es war nicht seine Schuld. Ich habe ihn gestoßen. Aus Versehen, natürlich.«

Annas Reaktion überraschte Julie. Sie hatte damit gerechnet, dass Anna wütend oder schuldbewusst reagieren oder alles abstreiten würde. Stattdessen brach sie in schallendes Gelächter aus. Darauf war Julie nicht vorbereitet.

»Oh, das ist ja köstlich«, sagte sie. »Ich hätte zu gern ein Foto davon, wie Mr. Perfect hintenüber ins Wasser fällt. Ich wette, das war nicht geplant.«

Ihre Heiterkeit war ansteckend. Auch Julie hätte gern ein Foto von der Szene gehabt. Wenn auch aus anderen Gründen. Leider konnte ein Foto nicht die Wärme von Hunters Lippen oder das Gefühl seiner starken Arme ersetzen. Doch die bittersüße Erinnerung daran würde Julie für immer in ihrem Herzen tragen.

Sie wurde ernst und kam zum Thema. »Der Abend am Brunnen war nicht der einzige, an dem wir Ihnen gefolgt sind«, sagte sie. »Wir wissen von Ihrem Verhältnis.«

Anna runzelte die Stirn. Ihre Finger umklammerten den Umschlag auf dem Tresen. »Meinem was?«

»Ihrer Affäre, Sie wissen schon«, sagte Julie und deutete mit dem Kopf auf den Barhocker, auf dem ihr Liebhaber gesessen hatte. »Der Mann, mit dem Sie sich in den letzten Wochen getroffen haben.«

»Der? Das war nur ein Botenjunge.«

»Das macht es auch nicht besser. Anna, Sie brechen Ihrem Mann das Herz.« Sie senkte den Kopf und wünschte, es wäre nicht Hunter gewesen, der seinem Bruder die schlechte Nachricht hatte überbringen müssen. »Peter weiß, dass Sie ihn betrügen.«

Anna starrte sie an wie ein Wissenschaftler, der eine interessante neue Lebensform entdeckt hat. »Würden Sie mit zu mir nach Hause kommen? Wir müssen uns unterhalten.«

Langsam stand sie auf, nahm ihre Sachen und wartete, bis Julie ihren Schuh wiedergefunden hatte und auch aufgestanden war. Dann hakte Anna sich bei ihr unter und hielt ihr den Umschlag vor die Nase. »Außerdem muss ich Ihnen etwas zeigen.«

Hunter kam das Büro entsetzlich leer vor. Nicht nur, weil der Schreibtisch aufgeräumter war als in den letzten drei oder vier Wochen. Und nicht, weil die allein stehenden Männer im Gebäude keinen Grund mehr hatten, hier ihre Zeit zu vertrödeln, seit Julie fort war. Der Raum fühlte sich verlassen an. Ähnlich wie das Gefühl, das sich in ihm breitgemacht hatte.

Sie war höchstens ein paar Stunden fort, aber jede Minute war ihm wie eine Ewigkeit vorgekommen. Vorher war Julie die Herrscherin über seine Zeit gewesen. Die Zeit war gerast, wenn er versucht hatte, mit Julies Kapriolen Schritt zu halten, und sie war stehen geblieben, wenn sie ihm so nah war, dass er den Duft ihres Parfums einatmen konnte. Beim Küssen war die Zeit ebenso kapriziös wie die Frau in seinen Armen und tickte wie eine Zeitbombe, während er jedes sinnliche Detail in sich aufsog und im Gedächtnis speicherte.

Hunter setzte sich und fuhr mit der Hand über die saubere, glänzende Schreibtischplatte seiner Sekretärin. Merkwürdig, wie ruhig es hier plötzlich war. Keine Papierflugzeuge mit gekritzelten Nachrichten kamen in sein Büro geflogen und landeten auf dem Teppich nahe der Tür. Keine herumliegenden Schuhe blockierten die Räder des Schreibtischstuhls. Und kein Radio durchbrach das gedämpfte, stetige Summen der Klimaanlage.

Eigentlich war doch alles friedlich. Ruhig. Ordentlich. Aber es fühlte sich nicht so an. Die Stille erdrückte ihn.

Hunter vermisste Julie, und da sie als Sekretärin nicht allzu viel taugte, musste er sich eingestehen, dass er sie als Mensch vermisste. Obwohl sie ihn belogen hatte, wollte er ihr nahe sein.

Dafür gab es nur eine Erklärung: Er liebte sie. Hunter sog

scharf die Luft ein und fuhr sich mit den Fingern durch das Haar. Natürlich liebte er ihre Schönheit und ihren Humor und ihren verschleierten Blick nach einem Kuss. Aber nicht nur das. Er liebte alles an ihr. Selbst die Eigenheiten, die ihn früher zur Verzweiflung getrieben hatten. Ihre Verspieltheit. Und ihre Unberechenbarkeit.

Hunter öffnete eine Schublade, in der Hoffnung, irgendetwas zu finden, das ihn an Julie erinnerte. Aber die Stifte, Büroklammern und Lineale lagen in Reih und Glied wie Soldaten. Der Anblick hätte ihn trösten müssen, aber er machte ihn nur traurig.

Die nächste Schublade war ebenso ordentlich. Es war, als sei Julie nie da gewesen. Doch als er die unterste Schublade öffnete, fand er etwas: einen Lippenstift, den Hunter öffnete und hochschraubte. Der schwache Erdbeerduft erinnerte ihn an Julies Küsse.

Und ein kleines Spiralnotizbuch. Den Umschlag zierten rote Kussmünder, und die Ecken waren abgenutzt. Neugierig legte Hunter es auf den Tisch und schlug es auf. Es öffnete sich bei einem der ersten Einträge. Dem Datum nach musste Julie gerade auf die Highschool gekommen sein.

Name: Robert Wallace, Abschlussschüler und Kapitän der Football-Mannschaft.
Ort: Football-Feld nach einem gewonnenen Spiel.
Kommentar: Wally ist viel älter als ich und unheimlich cool. (Und süß!) Nach dem entscheidenden Touchdown liefen alle auf das Feld und umringten ihn. Den Jungs schlug er in die Hand und allen Mädchen gab er einen Kuss. Mir auch. Aber nur auf die Wange. Trotzdem süß. Den besten Kuss hob er sich für seine Freundin Kaye auf. Sie schlang die Arme um seinen Hals, streckte einen

Fuß in die Luft, und er beugte sie weit nach hinten. Die
Glückliche.
Bewertung: vier dreiviertel für mich, neun für Kaye.

Während Hunter die Seiten umblätterte, fiel ihm auf, dass die
meisten Küsse ebenso unschuldig waren wie der von Wally.
Vor allem die während ihres Jobs als Botin von Glückwunsch-
telegrammen. Einige Erlebnisse kamen ihm bekannt vor, und
als Hunter den Tagebucheintrag über Frank las, der dringend
etwas gegen seinen schlechten Atem unternehmen musste,
wurde ihm klar, dass sie diese Erfahrungen in ihrer Kolumne
verwertet hatte.

Vor lauter Neugier vergaß er jede Vorsicht und überschlug
die Collegejahre und die Telegrammempfänger zu den jüngsten Einträgen. Eintrag Nummer siebenundvierzig war Hunter. »Mein Schwarm aus Kindertagen. Jetzt mit allem geseg-
net, was einen gestandenen Mann ausmacht.« Neben seinem
Namen prangte ein Smiley.

Eine Nummer achtundvierzig gab es nicht.

Hunter blätterte weiter, um zu sehen, ob Julie versehentlich ein paar Seiten überschlagen hatte, doch der Rest des No-
tizbuches war leer. Abgesehen von zwei Telefonnummern.
Wahrscheinlich die der Männer vom Tennisplatz. Das hand-
gemalte Mondgesicht daneben gähnte …

Plötzlich war ihm klar, was er entdeckt hatte. Er war der-
Letzte, den Julie geküsst hatte. Die ganzen Kolumnen, die
er herausgerissen und immer wieder gelesen hatte, handel-
ten von Männern, die sie vor ihm geküsst hatte. Männer, deren Küsse sie höchstens mit sieben bewertete. Hunter hatte
selbst für flüchtige Wangenküsse bessere Noten bekommen.

Obwohl er eben noch an Julies Aufrichtigkeit gezweifelt
hatte, war Hunter nun überzeugt, dass sie ihm gegenüber ehr-

lich gewesen war. Auch wenn sie ihm wichtige Informationen vorenthalten hatte.

Sie hatte ihn nicht betrogen. Sie war ihm treu geblieben, obwohl sie deshalb auf die unspektakulären Küsse der Vergangenheit zurückgreifen musste. Hunter hatte ihr unrecht getan.

Langsam schloss er die Schublade, stand auf und steckte das Buch in die Tasche seines Jacketts. Wenn er sich in Julie getäuscht hatte, war es möglich, dass er – und Peter – sich auch in Anna getäuscht hatten. Vielleicht hatte er ihr genauso unrecht getan wie Julie.

Mit großen Schritten ging er zum Fahrstuhl. Im Vorbeigehen rief er der Empfangssekretärin zu, dass er zu seinem Bruder fuhr. Er würde Peter überreden, Anna noch eine Chance zu geben … so wie er hoffte, dass Julie *ihm* noch eine Chance gab.

Hunter betete, dass es noch nicht zu spät war.

10. Kapitel

Auf halbem Weg zu meinem Ziel ist mir klar geworden, dass man die Regel meiner Großmutter nicht allzu wörtlich nehmen sollte. Nicht immer ist es notwendig, ganze einhundert Männer zu küssen. Wie unsere frühere Kolumnistin Ethel einmal schrieb: Ob einer der Richtige ist, wird man schon rechtzeitig merken. Aber was ist, wenn man ihn gefunden hat und er einen nicht will?

In der Einfahrt zu Pete und Annas Haus standen drei Autos. Ungewöhnlich für einen Nachmittag mitten in der Woche. Sein Bruder war ein echter Workaholic, der selten vor dem Abendessen nach Hause kam. Dass er so früh hier war, beunruhigte Hunter.

Weit besorgniserregender war, dass auch Julie hier war. Beklommen fragte er sich, welche Überraschungen der Tag noch für ihn bereithielt. Er beschleunigte den Schritt und lief über den frisch gemähten Rasen. Eigentlich war es ihm egal. Solange er nur Julie wiedersah – und vielleicht eine Chance bekam, wiedergutzumachen, was er vorhin angerichtet hatte. Dennoch machte er sich Sorgen, dass etwas nicht in Ordnung war. Welchen Grund konnte es haben, dass Julie hier war?

Obwohl er klingelte, wartete er nicht, dass ihm jemand öffnete. Er stieß die Tür auf und ging hinein. Anna saß auf dem Sofa. Sie wirkte benommen. Peter hatte den Arm um ihre schmalen Schultern gelegt. Julie war aufgestanden, um die Tür zu öffnen. Wortlos blieb sie stehen und sah Hunter an.

»Was ist los?«, fragte er. »Wo sind die Jungs?«

»Denen geht es gut. Julie hat sie zu den Nachbarn gebracht«, sagte Anna. »Wir hatten eine Menge zu besprechen.«

Hunter hatte das Gefühl, als habe ihm jemand einen Schlag in die Magengrube verpasst. Erschöpft ließ er sich auf das Sofa sinken. Er erinnerte sich mit schmerzlicher Klarheit an den Tag, als man seiner Mutter mitteilte, dass sein Vater tot war. An jenem Tag hatte man ihn zu den Fasanos geschickt, wo Julies Großmutter ihn mit leichten Hausarbeiten abgelenkt hatte, bis seine Mutter sich so weit gefasst hatte, dass sie ihm die schlechte Nachricht überbringen konnte.

Julie setzte sich neben ihn. Doch er spürte, dass sie seine verletzenden Worte nicht vergessen hatte. Oder hatte sie ein schlechtes Gewissen, dass sie ihm schon wieder dazwischengefunkt hatte?

Was immer hier vor sich ging, Julie hatte etwas damit zu tun. Es muss etwas Ernstes sein, dachte er, wenn Peter seine Frau so innig umarmt, obwohl er eben noch die Scheidung hatte einreichen wollen. Die Art, wie die beiden einander ansahen, passte nicht ins Bild. Und Hunter hatte in seinem Job mehr als genug Ehemänner und Ehefrauen gesehen, die unangenehme Wahrheiten über den anderen erfahren hatten.

»Es tut mir leid«, sagte Julie, »dass ich mich in Ihre persönlichen Angelegenheiten eingemischt habe. Aber ich wusste nicht, was ich tun sollte.«

»Kein Grund, sich zu entschuldigen«, versicherte Anna.

»Wir sind Ihnen dankbar.« Peter zog seine Frau näher an sich heran.

Anna lächelte ihn an und legte ihren Kopf an seine Schulter. »Wenn ich früher etwas gesagt hätte, hätte Julie nicht eingreifen müssen.«

Peter räusperte sich. »Ich war so mit meiner Karriere beschäftigt und so besorgt, was die Leute denken, dass ich den Wink vielleicht gar nicht verstanden hätte. Manchmal braucht es den Wink mit dem Zaunpfahl, damit ich etwas merke.« Er küsste seine Frau. »Hunter, du kannst etwas von mir lernen. Verliere nie deinen Sinn für Humor. Das Leben ist zu kurz, um es ohne Humor zu verbringen … und ohne eine gute Ehefrau.«

Als die beiden anfingen zu flüstern und zu turteln, wandte Hunter sich an Julie. Vielleicht konnte sie ihm erklären, was vorgefallen war. Aber sie zuckte nur die Schultern und betrachtete lächelnd das verliebte Paar.

Einen Moment später unterbrach Anna seine Gedanken. »Hunter, warum hast du uns verschwiegen, dass die anonyme Kolumnistin für dich arbeitet?« Dann stieß sie ihrem Mann neckisch in die Seite und sagte: »Julie, vielleicht können Sie mir bei Gelegenheit ja ein paar Tipps geben.«

Julie sah Hunter vorsichtig an und schien auf seine Reaktion zu warten. Was auch immer zwischen seinem Bruder und seiner Schwägerin vorgefallen war, Julie steckte dahinter. Und Hunter wollte ihr danken. Am liebsten mit einem Kuss.

»Ja, warum hast du uns das nicht erzählt?«, fragte Peter. »Ich dachte die ganze Zeit, dass Anna die geheimnisvolle Kolumnistin ist. Und dann stellt sich heraus, dass sie ein ganz anderes Geheimnis hatte.«

Hunter legte einen Fuß auf sein Knie. »Es war ein Geheimnis.« Auch für ihn.

Julie senkte den Kopf und blickte ihn durch ihre dichten Wimpern an.

»Wo wir schon dabei sind«, sagte Hunter und ließ Julie nicht aus den Augen, »könnte mich vielleicht jemand über die jüngsten Entwicklungen aufklären?«

Aus dem Augenwinkel sah er, dass sein Bruder andere Sor-

344

gen hatte. So verliebt, wie sich die beiden ansahen, brauchten sie ein bisschen Zeit für sich.

Peter stand auf und nahm den Ellbogen seiner Frau. »Warum geht ihr zwei nicht spazieren?«, schlug er vor und schob Anna zum gewundenen Treppengeländer. »Julie bringt dich sicher gern auf den neuesten Stand.«

Ohne ein weiteres Wort zu sagen, gingen sie die Treppe hinauf und verschwanden.

Hunter stand auf, hakte Julies Arm bei sich unter und deutete mit dem Kopf zur Tür. »Die sind wohl eine Weile beschäftigt. Ein bisschen Bewegung tut uns sicher gut.«

Julie folgte ihm nach draußen. Obwohl er mit dem positiven Ergebnis, das sie erzielt hatte, zufrieden sein musste, würde er an ihrer Vorgehensweise sicher etwas auszusetzen haben. Nicht nur, weil sie Kontakt mit dem Zielobjekt aufgenommen und sich zu erkennen gegeben hatte. Sondern auch, weil sie offiziell gar nicht mehr bei Oltmeier-Matthews beschäftigt war.

Nachdem sie einen halben Block gegangen waren, zog sie ihre Hand aus seinem Arm. »Heute hat Peter seine Frau zum ersten Mal seit Jahren wieder wahrgenommen.«

Hunter verlangsamte seinen Schritt und sah sie verständnislos an.

»Nächste Woche ist ihr achtzehnter Hochzeitstag«, sagte sie. »Anna hat romantische Porträts von sich machen lassen. In der Hoffnung, dass die Bilder – und ein persönliches Tagebuch über ihre Anfangszeit – neuen Schwung in die Ehe bringen.«

Obwohl sie froh gewesen war, als sie hörte, dass Annas Treiben ganz harmlos war, fürchtete sie Hunters Reaktion. Sie alle – Peter, Hunter und Julie – hatten geglaubt, dass Anna einen Liebhaber hatte. Hunter und Peter hatten sie sogar für die Kolumnistin gehalten.

»Dieser unsägliche Text«, sagte er, »wo er ihren Fuß entblößt …?«

»Das war ihr erster Kuss.«

Hunter kicherte bei der Vorstellung. Dann wurde er ernst. »Und was hat sie in dem Haus getrieben, wo ich von dem Hund angefallen wurde? Die Person im Schlafzimmer war ganz bestimmt nicht Peter. Mit dem hatte ich kurz vorher noch telefoniert.«

Julie wich einer Baumwurzel aus, die unter dem Gehweg hervorwuchs, und streifte Hunters Arm. Er legte unwillkürlich eine Hand auf ihren schmalen Rücken. Seine Berührung hinterließ ein Prickeln auf ihrer Haut, doch Julie konnte es nicht genießen. Zwar unterhielten sie sich, als sei nichts gewesen, aber dieser Waffenstillstand hatte nichts zu sagen. »Anna ließ sich dort fotografieren. Die Bilder sind wirklich schön geworden und sehr geschmackvoll. Sie hat sie mir gezeigt.« Sie zögerte, weil ihr ein anderes Foto einfiel. »Auf einem anderen steht sie in einem eleganten Ballkleid auf der Treppe des Jefferson Hotels. Anna sieht darauf aus wie eine blonde Scarlett O'Hara.«

Hunter sah sie prüfend an, und Julie spürte die Hitze seines Blicks.

»Anna kennt die Fotografin vom College.« Um das unbehagliche Schweigen zu brechen, sagte sie: »Sie konnte ihr vertrauen.«

Hunter runzelte die Stirn. »Das erklärt noch lange nicht, warum Anna damals, als du den Efeu hochgeklettert bist, in dem Bürogebäude war.«

Julie lächelte bei der Erinnerung an den Teil des Abends, den er nicht erwähnte. Das war die Nacht gewesen, wo sie sich im Brunnen geküsst hatten. Die Erinnerung erfüllte sie mit bittersüßer Sehnsucht. »Anna wollte die Fotografin zum

Essen einladen, aber ihre Freundin musste bis spät abends in der Werbeagentur arbeiten. Deshalb ging sie gleich wieder.«

Hunter nickte und ging weiter. Nachdem sie eine Straße überquert hatte, steckte er die Hände in die Jackentaschen. Er stieß auf einen Gegenstand und hielt ihn fest. »Pete hat gesagt, er hat seinen Sinn für Humor verloren. War es das, was Anna versuchte, ihm wiederzuschenken?«

»Nachdem Anna und ich alle Missverständnisse aufgeklärt hatten, rief sie Peter an und bat ihn, früher nach Hause zu kommen. Es hat sie eine Menge Überredungskunst gekostet, weil er seine Termine umlegen musste, aber dann war er froh, dass er gekommen ist.« Ein Jammer, dass es so lange gedauert hatte, bis er begriff, dass seine Karriere nicht alles war. Wenigstens war ihm endlich klar geworden, dass er seine Frau vernachlässigt hatte. »Ich glaube, er hat eingesehen, dass es im Leben Wichtigeres gibt als die Meinung anderer Leute.«

Als sie eine dritte Straße überquerten, nahm Hunter Julies Hand. »Ich erinnere mich noch, wie sie sich kennenlernten. Damals hatten sie so viel Spaß miteinander. Sie waren unzertrennlich. Nachdem die Kinder geboren waren, veränderte sich ihre Beziehung.«

»Das war sicher einer der Gründe. Wahrscheinlich kamen viele Faktoren zusammen. Ich bin jedenfalls froh, dass sie zur Besinnung gekommen sind, bevor es zu spät war.« Julie seufzte und hoffte, dass es auch für sie und Hunter noch nicht zu spät war.

Auf dem Rasen vor dem nächsten Haus prangte ein Schild mit der Aufschrift »Zu verkaufen«. »Oh, wie hübsch«, entfuhr es Julie.

Das zweistöckige blaue Haus mit den weißen Fensterläden sah aus wie ein Puppenhaus in groß. Der Dachgiebel und die breite Veranda wirkten einladend, und ein Steinpfad schien sie aufzufordern, näher zu kommen. Auch Hunter erlag dem Charme des Hauses. Das Garagentor stand offen, und Julie stellte sich vor, wie Hunter darin einen Ölwechsel machte oder mit seinem Sohn eine Seifenkiste baute. Sie stellte sich vor, wie seine Frau aus der Seitentür trat und die beiden zum Abendessen rief.

Es zerriss Julie das Herz, als ihr klar wurde, dass nicht sie diese Frau sein würde. Peter hatte die Frau, die er liebte, beinahe verloren, weil er seiner Karriere den Vorrang gegeben hatte. Und Julie hatte den Mann, den sie liebte, verloren, weil ihr der Job bei der Zeitung wichtiger gewesen war als die Aufrichtigkeit gegenüber Hunter. Am Ende hatte sie beides verloren.

Schweigend ging Hunter weiter, ohne zu ahnen, welche Gedanken Julie quälten.

»Anna war schon immer diejenige, die die Initiative ergriff«, sagte er und knüpfte an die vorausgegangene Unterhaltung an. »Sie plante die Urlaube, und auch im Alltag sorgte sie für Abwechslung. Sie backte Kekse mit fröhlichen Gesichtern, plante Familienausflüge und dachte sich lustige Spiele aus. Mein Bruder neigt dazu, das Leben zu ernst zu nehmen.«

»Das liegt wohl in der Familie«, neckte Julie. Sie hielt kurz an, um sich die Schuhe auszuziehen. Sie nahm sie in die Hand und lief barfuß auf dem Rasen neben dem Gehweg weiter.

Hunter wirkte nachdenklich. »Touché.«

Sie berührte seinen Arm. »Das war ein Scherz.«

In seinem Gesicht blitzte kurz ein Lächeln auf, und er nahm ihre Hand. »In jedem Scherz steckt ein Körnchen Wahrheit. Du hast recht, ich bin meinem Bruder ähnlicher, als ich wahrhaben wollte.«

An der nächsten Kreuzung wandte er sich nach links. Er wollte einmal um den Block gehen und dann zu Pete und

Anna zurückkehren. Während das Ehepaar gestärkt aus der Krise hervorging, würden Julie und Hunter in Zukunft getrennte Wege gehen.

»Seit er Richter ist, ist er immer ernsthafter geworden«, fuhr Hunter fort. »Das war nicht weiter verwunderlich. Schließlich musste er hart arbeiten, um sich einen Ruf aufzubauen. Aber darüber hat er Anna vernachlässigt. Sie musste nur noch funktionieren.«

Hunter hielt noch immer ihre Hand, und Julie lehnte sich an ihn, während sie weitergingen. Er duftete gut – sauber und sportlich. Sie erinnerte sich, sein Aftershave im Schreibtisch gesehen zu haben, neben einem ordentlich zusammengelegten, frischen Hemd und einer Krawatte, die er für Notfälle dort aufbewahrte. Und so war sein ganzes Leben. Sauber. Ordentlich. Bis ins letzte Detail geplant. Nichts wurde dem Zufall überlassen.

Julie war das genaue Gegenteil.

»Dein Bruder ist ein guter Mensch«, sagte sie zu Peters Verteidigung. »Er wollte nur das Beste für seine Familie. Er hat es nur ein bisschen übertrieben.«

»Allerdings. Immerhin wäre es fast zur Scheidung gekommen. Anna war so bemüht, die perfekte Frau zu spielen, aber das hat ihrer Ehe nur geschadet.«

Hunter blieb stehen und sah Julie prüfend an. Zwischen seinen Brauen bildeten sich Sorgenfalten.

»Er war ein Dummkopf.«

Als Julie antworten wollte, drückte er ihre Hand.

»Und ich war auch ein Dummkopf«, gestand Hunter. »Ich habe denselben Fehler gemacht wie Pete, indem ich versucht habe, dich nach meiner Vorstellung zu verbiegen, statt deine Eigenschaften zu respektieren. Statt zu erkennen, dass gerade diese Eigenschaften dich auszeichnen.«

Verblüfft sah Julie ihn an, während er mit dem Daumen über ihre Fingerknöchel strich. Sie wagte kaum zu glauben, was sie hörte.

Hunter zog sie an sich, legte einen Arm um sie, und sie gingen weiter. Er rieb sich mit der anderen Hand die Augen und fragte sich, warum er so lange gebraucht hatte, um diese simple Wahrheit zu erkennen. Seit dem Tod seines Vaters hatte er versucht, das Leben in allen Einzelheiten durchzuplanen – sein eigenes Leben und das der anderen – und darüber jede Flexibilität verloren. Für jede Spontaneität hatte er Julie gemaßregelt. Als sei sie im Unrecht und er im Recht. Dabei waren sie einfach nur unterschiedlich.

Die ganze Zeit hatte er gedacht, Julie habe ein Problem. Jetzt verstand er, dass sein Perfektionismus das eigentliche Problem war.

Zum ersten Mal in seinem Leben begriff er, dass jeder das Recht hatte, Fehler zu machen – selbst der Mann, dessen Fehler zum Tod seines Vaters geführt hatte. Julies Fehler war es gewesen, ihm die Wahrheit vorzuenthalten. Doch sein Fehler war sein Perfektionismus, bei dem jeder Spaß, jede Spontaneität auf der Strecke blieb. Wenn er etwas ändern wollte, musste er bei sich selbst anfangen. Er musste lernen zu verzeihen.

Mittlerweile hatten sie den Block umrundet und bogen wieder in die Straße, in der Pete und Anna wohnten. Doch sie waren immer noch ein paar Meter davon entfernt, und Hunter blieb noch genug Zeit, um alles wiedergutzumachen. Der Rest lag bei Julie.

Er sah sie nicht an – wagte nicht, sie anzusehen – während er aussprach, was ihm auf dem Herzen lag. Dennoch war das Bild ihres wunderschönen Gesichts in sein Gedächtnis gebrannt.

»Julie, ich weiß, ich verdiene es nicht, aber ich habe gehofft, dass du mir vergeben kannst.« Sie blieb stehen und zwang ihn, sie anzusehen. In ihren blauen Augen lag Güte und Hoffnung. Was er sah, ermutigte ihn, mit seinem Geständnis fortzufahren. »Ich war ein Schuft, und ich kann verstehen, wenn du böse auf mich bist. Ebenso wie Peter habe auch ich geglaubt, mein Weg sei der einzig richtige. Doch jetzt weiß ich, dass jeder ein Recht hat, so zu sein, wie er ist. Auch wenn er anders ist.« Er hob ihre Hand und hielt sie an seine Brust. »*Vor allem*, wenn diese Person so anders und so besonders ist, dass sie mich täglich aufs Neue überrascht und mich davon kuriert, ein Spielverderber zu sein.«

Sie wirkte verblüfft. Er hatte sie noch nie so sprachlos erlebt.

»Hunter, ich muss *dich* um Verzeihung bitten«, flüsterte sie nach einer unerträglich langen Pause. »Ich hatte kein Recht, dein Vertrauen zu missbrauchen. Du musstest mich feuern, und ich mache dir keinen Vorwurf, wenn du nie wieder mit mir sprechen willst.«

Er schüttelte den Kopf, und sie verstummte. Als sie wieder an dem blauen Haus vorbeikamen, das sie vorhin bewundert hatten, setzte Julie sich auf die niedrige Steinmauer davor. Als Hunter sich neben sie setzte, sah er eine Träne in ihren Wimpern. Tränen der Reue, vielleicht. Aber da war noch etwas anderes. Bestürzung?

»Wir sind beide zu weit gegangen«, sagte er.

An ihrer schuldbewussten Miene sah er, dass sie ihn missverstand. Da ihm die richtigen Worte fehlten, um seine Gefühle auszudrücken, beschloss er, ihr stattdessen zu zeigen, dass er neu anfangen wollte.

Er griff in seine Jackentasche, holte das kleine Notizbuch hervor und gab es ihr.

Sie zog ihre Schuhe wieder an, als wollte sie jeden Moment

fortlaufen. Dann schlug sie das Buch auf und überflog mit trauriger Miene einige Einträge. Sie schlug es wieder zu und sah ihn an. »Ich verstehe es, wenn du dem Radiosender meinen Namen verrätst.«

Hunter ergriff ihre Hand und verschränkte seine Finger mit ihren. »Damit jeder Mann in der Stadt denkt, dass die Frau, die ich liebe, sich von jedem küssen lässt?«

Sie blickte auf ihre verschränkten Hände. Seine langen, kräftigen Finger zeugten von der Arbeitsmoral ihres Besitzers und von seiner Entschlossenheit zu bekommen, was er wollte. Er brauchte diese Finger nur zu krümmen, und sie würde ihm überallhin folgen.

Sie wollte sich keine falschen Hoffnungen machen, aber hatte er nicht von Liebe gesprochen? Öffnete er eine Tür, durch die sie gemeinsam gehen konnten? Oder schloss er sie nur sanft, um das Ende leichter zu machen?

Während sie sich fragte, wie sie reagieren sollte, wechselte Hunter plötzlich das Thema. »Trudy hat gekündigt. Sie will sich als Webdesignerin selbstständig machen. Sie will ihr eigener Boss sein«, fügte er nachdenklich hinzu. »Jetzt muss ich jemand Neues finden, der die Büroarbeit erledigt.«

Julie setzte sich auf und entzog sich seiner Berührung. Damit hatte er die Frage beantwortet, die sie sich gestellt hatte. »Bittest du mich, weiter für dich zu arbeiten?«

Das ergab keinen Sinn, aber vielleicht war Hunter verzweifelt. Er *musste* sie bitten zurückzukommen, obwohl sie sich nicht gerade bewährt hatte.

Er lachte. »Nein, natürlich nicht. Du bist nicht gerade die geborene Sekretärin.«

Sie hätte an seinen Worten Anstoß nehmen können, wenn er nicht recht gehabt hätte. »Es tut mir leid, dass du eine so wundervolle Assistentin verloren hast.«

»Daran bin ich selbst schuld. Ich brauche auch manchmal einen Wink mit dem Zaunpfahl, bevor ich etwas merke. Muss in der Familie liegen«, fügte er grinsend hinzu. »Du hast mir jedenfalls die Augen geöffnet. Manchmal lege ich einfach zu viel Wert auf Perfektion und Ordnung.«

»Was du nicht sagst.« Sie meinte es nicht so, wie es klang. In Wahrheit war sie überrascht. Nicht nur, dass er endlich begriff, was sie ihm versucht hatte klarzumachen, er gab es auch noch offen zu.

Er nickte versöhnlich. »Mit meinem hundertprozentigen Perfektionismus habe ich auch die beste Sekretärin vertrieben, die ich je hatte.«

Für den Bruchteil einer Sekunde dachte Julie, er meinte sie, aber dann wurde ihr klar, dass er von Trudy sprach. Julie ließ die Schultern sinken.

»Trudy ist bestimmt nicht deinetwegen gegangen«, entgegnete sie. »Sie wollte nur ihr eigener Herr sein.«

Hunter schüttelte den Kopf. »Vielleicht, aber ich habe ihre Erleichterung gespürt, als sie kündigte.«

Zärtlich strich er Julie das Haar aus dem Gesicht und fuhr mit den Fingerknöcheln an ihrem Kinn entlang zu ihrem Ohrläppchen. Dann ließ er die Hand auf ihrer Schulter ruhen. »Ich komme darüber hinweg, dass ich meine Sekretärin verloren habe, aber ich kann den Gedanken nicht ertragen, *dich* zu verlieren.«

Julie war hin und her gerissen. Spielte er mit ihren Gefühlen? Fast dachte sie, er würde mit jemandem sprechen, der hinter ihr stand. Aber als sie sein liebevolles Lächeln sah und den sanften Druck auf ihrer Schulter spürte, wusste sie, dass sie seine volle Aufmerksamkeit hatte.

Er zögerte, als erwarte er eine Antwort, aber Julie blieb stumm. Ihr kam das alles vor wie ein schöner Traum. Aus

Angst, den Zauber zu brechen, wagte sie nicht, etwas zu sagen. In einem nahen Baum zwitscherte ein Vogel.

»Julie, ich weiß, das kommt etwas plötzlich, aber ich möchte, dass du mich heiratest.«

Er strich ihr über die Wange. »Ja, ich weiß, du bist erschrocken. Ich war heute Nachmittag genauso erschrocken, nachdem du fort warst. Aber wenn du Ja sagst«, sagte er, während er aufstand und sie hochzog, »verspreche ich, in Zukunft spontaner zu sein.«

»Hunter, ich will nicht, dass du dich meinetwegen änderst.« Julie warf die Arme um seine Hals. »Ich liebe dich, wie du bist.«

»Ist das ein Ja?«

»Ja, ja, und immer wieder ja!«

Er lächelte, und Julie fühlte sich plötzlich federleicht.

»Also abgemacht.« Dann küsste er sie auf eine Weise, die in einem Viertel mit kleinen Kindern Aufmerksamkeit erregen musste. Ihr fehlten die Worte für die Bewertung dieses Kusses. Er lag jenseits der Richterskala.

Als Hunter seinen Kuss schließlich beendete – viel zu schnell, wie Julie fand – hakte er sie unter. »Ich muss öfter spontan sein«, sagte er leidenschaftlich. »Eine Frau wie du? Die so küsst? Du verdienst keinen Spielverderber als Mann.«

Er zeigte auf das blaue Haus, das ihnen so gefallen hatte. »Und um dir zu beweisen, wie spontan ich sein kann: Ich finde, wir sollten das Haus kaufen.«

Julie rang nach Luft und fasste sich mit der Hand ans Herz. Wenn er noch mehr Überraschungen auf Lager hatte, bestand die Gefahr, dass sie in Ohnmacht fiel.

Er zuckte unbekümmert die Schultern. »Hmmm. Oder wir suchen uns etwas Größeres, wenn es dir nicht gefällt. Aber es ist schwer, alte Gewohnheiten abzulegen. Der alte Perfektionist in mir sagt, dass dieses Haus genau richtig ist. Und Pete und seine Familie wären unsere Nachbarn. Wenn es so weit ist, kann Anna babysitten … Oder die Jungs. Bis dahin sind sie alt genug. Ich glaube, ich hätte gern zwei.«

Julie versagte fast die Stimme. »Zwei Babysitter?«

Zum ersten Mal verstand sie, warum die Leute auf ihre eigenen Gedankensprünge verwirrt reagierten. Hunter brachte sie ganz durcheinander.

»Nicht doch, zwei *Kinder*. Einen Jungen und ein Mädchen. Es sei denn«, sagte er und zeigte auf ihre schlanke Taille, »du hast andere Pläne.«

Während ihrer Abenteuer mit Hunter hatte Julie begriffen, dass Küsse nur dann etwas taugten, wenn die Küssenden sich liebten. Und als sie sah, dass er jede ihrer Entscheidungen akzeptieren würde, wusste sie, dass die Liebe, die sie füreinander empfanden, von Freundschaft und gegenseitigem Respekt getragen wurde.

Sie hob das Kinn, damit er sie noch einmal liebkoste. Aber dieses Mal war sein Kuss behutsam und zögernd, als markierte er einen neuen Anfang. Und Julie wusste, dass auch sie für diesen Neuanfang etwas ändern musste.

Als sie sich widerstrebend voneinander lösten, genoss Julie den Nachgeschmack seiner Lippen auf ihrem Mund. Sie wandten sich um und gingen zu Annas und Peters Haus zurück.

»Wenn du spontaner sein willst, muss sich wohl jemand anders um die Organisation kümmern«, sagte sie lächelnd und legte einen Arm um ihn. »Ich verspreche, ich werde in Zukunft nicht mehr so chaotisch sein. Zum Glück habe ich jetzt ja einen Terminkalender, der mir dabei hilft.«

»Gut. Den wirst du für deinen neuen Job auch brauchen.«

Sie neigte den Kopf und überlegte, was er meinte.

»Lass mich raten. Du willst mich als Ermittlerin einstellen.«

Er wagte es tatsächlich, über den Vorschlag zu lachen!

»Nachdem du fort warst, habe ich meine Quelle beim *Richmond Reporter* angerufen. Er hat sich umgehört und herausgefunden, dass man dich fest anstellen will. Du hast den Job. Herzlichen Glückwunsch.«

Julie blieb wie angewurzelt stehen. »Ich habe den Job? Aber ich dachte, nachdem ich aufgeflogen bin ...«

»Du hast das Interesse der Leser geweckt. Das erhöht die Verkaufszahlen. Und die Zufriedenheit des Chefredakteurs. Für ihn ist wichtig, was am Ende herauskommt. Und das spricht für sich.«

»Gott sei Dank. Ich könnte tanzen vor Freude.«

Und schon nahm Hunter sie in den Arm und wirbelte sie zweimal herum. Dabei passte er auf, dass das Buch nicht herunterfiel, das sie noch immer fest umklammert hielt.

»Jetzt, wo ich mich gebessert habe, würde es mir nicht im Traum einfallen, deine Spontaneität zu unterdrücken. Aber ich muss sagen, wenn es darum geht, dass du andere Männer küsst, bin ich egoistisch.«

Julie lachte. Seit er sich *gebessert* hatte, schien Hunter wie verwandelt. Sie konnte kaum erwarten, mehr über die unbekannten Seiten dieses Mannes zu erfahren, mit dem sie ihr Leben teilen würde.

»Die Küsse waren nur ein Einstiegsthema. Es ist Zeit für etwas Neues«, versicherte sie ihm und sah seine Erleichterung. »Schließlich hat meine Großmutter mir viele Weisheiten mit auf den Weg gegeben, über die ich mich auslassen kann.«

Julie ging zu dem Mülleimer, der am Straßenrand stand, und wollte das Notizbuch hineinwerfen.

Hunter hielt ihr Handgelenk fest, um sie davon abzuhalten. »Willst du das nicht als Erinnerung aufbewahren? Wenn wir achtzig sind, werden wir darüber lachen.«

»Du und deine Küsse sind alles, was ich brauche.«

Trotzdem steckte er das Buch wieder in seine Tasche – und dann küsste er sie.

– ENDE –

Nancy Lavo

Rivalen um Maddie

Roman

Aus dem amerikanischen Englisch von
Kara Windieck

1. Kapitel

Dieser Mann war ein Gott.

Natürlich nicht *der* Gott, aber sicherlich eine seiner besten Kreationen. Wenn Engel auf der Erde wandeln würden, dann in dieser Gestalt, dachte Maddie. Groß und muskulös, mit dichtem blondem Haar und breiten Schultern.

O ja, dieser Mann war ein Gott, und er kam direkt auf sie zu.

»Maddie, ich möchte dir unseren neuen Mitarbeiter vorstellen«, sagte ihr Chef Jack Benson. »Colton Hartley, das ist Maddie Sinclair.«

Ihre Miene erstarrte. Ihr Mund war wie ausgetrocknet. Maddie befeuchtete sich die Lippen, um wenigstens lächeln zu können.

Unter den Angestellten der Werbeagentur herrschte eine lockere Atmosphäre. Deshalb ging man gleich zum Du über und hielt sich nicht lange mit Förmlichkeiten auf.

»Schön, dich kennenzulernen, Colton.« Ihre sonst tiefe Stimme klang wie das Quaken eines erschöpften Frosches.

Der Fremde schien das nicht wahrzunehmen, sondern schenkte ihr ein perfektes Lächeln. Für Maddie wurde der Raum heller und wärmer. Ihr Herzschlag setzte aus. Wie in Trance schüttelte sie seine Hand. »Die Freude ist ganz meinerseits.«

»Es dauert bestimmt ein bisschen, bis Colton sich bei uns eingewöhnt hat. Hast du Lust, ihn in den nächsten Tagen ein wenig herumzuführen?«, fragte Jack.

Sie nickte. »Sicher.« Lust? Das war eine maßlose Untertreibung. Sie würde seine Führerin sein, seine Sklavin, die Mutter seiner Kinder. Was immer er wollte!

Maddie hatte so große Lust dazu, dass sie immer weiter nickte.

Sie musste sich dringend beherrschen. Schließlich war Colton Hartley nur ein Mann, wenn auch ein makelloses Exemplar. Es gelang ihr schließlich, mit dem Nicken aufzuhören und zu lächeln. »Ich helfe gerne.«

Jack schmunzelte. »Großartig. Ich muss heute Morgen noch ziemlich viele Dinge erledigen, deshalb überlasse ich jetzt alles Weitere dir.« Er schlug Colton auf die Schulter. »Ich weiß dich in guten Händen.«

Hinter Coltons Rücken winkte Jack ihr noch einmal zu, dann ging er.

Gott segne Jacks großes Herz. Er versuchte ständig, ihr Sozialleben in Schwung zu bringen. Falsch. Ihr Sozialleben in Schwung zu bringen setzte allerdings voraus, dass sie eines hatte. Dem war aber nicht so. Noch nicht.

»Was möchtest du als Erstes tun?«, fragte sie Colton. »Und was hast du schon gesehen?«

»Bisher noch gar nichts.«

»Dann fangen wir doch mit dem Eingangsbereich an. Ich stelle dich der Rezeptionistin vor.«

Es war beruhigend zu sehen, dass Maddie nicht die Einzige war, die auf Coltons Anblick mit so einem idiotischen Verhalten reagierte. Crystal, die niedliche blonde Rezeptionistin, sah ihn voller Ehrfurcht an.

»Wow«, war das Einzige, was sie sagte, nachdem Maddie sie vorgestellt hatte. »Wow.«

»Freut mich, dich kennenzulernen, Crystal.«

Der jungen Frau gelang es schneller als Maddie, ihre Fassung wiederzugewinnen. Sie war zwar sprachlos, aber nicht so fasziniert, dass sie die allgemeinen Regeln des Flirtens vergessen hätte. Da sie ungefähr einen Kopf kleiner als Colton war, senkte sie ihr Kinn, um ihm kokett durch die Wimpern von unten zuzuzwinkern.

Netter Trick, dachte Maddie. Sie hätte ihn auch gerne ausprobiert, aber bei einer Größe von einem Meter und achtzig gab es nicht viele Männer, zu denen sie aufsehen konnte.

»Willkommen bei Cue Communications«, hauchte Crystal.

Maddie sah, wie Coltons Lächeln breiter wurde und zwei kleine Grübchen auf seinen Wangen erschienen. O nein. Entsetzt darüber, sie könnte ihn verlieren, noch bevor sie ihn gewonnen hatte, zog Maddie ihn weiter, um die Besichtigungstour fortzusetzen.

Das bekannte Gefühl von Stolz durchströmte sie, als sie ihn durch den Eingangsbereich führte. Cue Communications war eine der erfolgreichsten Werbeagenturen in Fort Worth, einem Stadtteil von Dallas. Angefangen hatte alles mit einer Vision am Wohnzimmertisch. Heute hatte Cue die gesamte dreißigste Etage des prestigeträchtigen Tower Building in der Innenstadt von Fort Worth gemietet.

»Hier ist unsere Grafikabteilung. Nick Hodges ist der Artdirector.«

Nick trat vom Tisch zurück, an dem er gerade an einem Storyboard arbeitete. »Hallo. Was kann ich für euch tun?«

Colton reichte ihm die Hand. »Colton Hartley. Ich habe gerade den Vertrag bei Cue unterschrieben. Molly führt mich ein bisschen herum.«

»Maddie«, berichtigte sie ihn.

»Richtig. Maddie«, erwiderte er mit einem kurzen Seitenblick auf sie.

Nick und Colton unterhielten sich ein paar Minuten über Werbung, Musik und Fußball. Maddie konnte nicht sagen, ob

Colton wusste, wovon er sprach, aber es war klar, dass er Nick innerhalb kürzester Zeit für sich eingenommen hatte.

»Ich lasse dich jetzt weiterarbeiten, Nick. Molly und ich sollten unsere Tour fortsetzen.«

»Ich heiße Maddie«, sagte sie.

Er sah sie erstaunt, dann entschuldigend an. »Klar. Tut mir leid. Wir sehen uns noch, Nick.«

Maddie zeigte ihm den großen Konferenzraum, in dem die Mitarbeiterbesprechungen und wichtige Kundengespräche stattfanden. Sie führte ihn zu den anderen Büroräumen und stellte ihm die Kollegen vom Kreativteam vor.

Wo auch immer sie hinkamen, die Reaktionen waren dieselben. Colton Hartley begeisterte alle. Jeder Zentimeter seines perfekten Körpers strahlte Charisma aus. Er brauchte den Frauen nur ein Lächeln zu schenken und mit den Männern über Sport zu reden, und sie schienen willenlos zu werden. Wenn dieser Mann sich jemals entscheiden sollte, in die Politik zu gehen, konnte er jedes Amt erreichen.

Aber noch unglaublicher als Coltons Wirkung war die Tatsache, dass Maddie im Moment für ihn verantwortlich war. Sie konnte ihr Glück kaum fassen. In den paar Tagen, die sie während seiner Eingewöhnungsphase zusammen verbrachten, würde sie ihn erobern. Er würde ihren Charme und ihre Intelligenz bemerken und ihrem noch unentdeckten Zauber erliegen.

Stopp! Maddie zügelte ihre Fantasie, bevor sie bei einer glücklichen Ehe, zwei Kindern, einem Hund und einer Hypothek angekommen war.

Immer der Reihe nach: Sie musste ihn von den anderen Mitarbeitern losreißen, die ihn umschwärmten wie Motten das Licht, um ein wenig Zeit mit ihm alleine zu verbringen.

»Ich glaube, du hast jetzt alles gesehen«, sagte sie. »Sollen wir zurück in dein Büro gehen?«

Umgeben von einem Kreis von Bewunderern blickte Colton auf. »Sicher.«

Er hatte eines der begehrten Büros mit einer wunderbaren Aussicht auf die Innenstadt von Fort Worth bekommen. Anders als Maddies winziges Zimmer, in dem es kaum Platz für den Schreibtisch und ein kleines Schränkchen gab, war Coltons Büro mit einem großen Schreibtisch, zwei Schränken sowie einer Sitzecke mit Ledersesseln und einem kleinen runden Tisch eingerichtet.

Die Sonne schien durch das Fenster, und als Colton an seinem Schreibtisch Platz nahm, verlieh sie ihm eine goldene Aura. Maddie zog einen Stuhl nahe an seinen Tisch und setzte sich. Für einen kurzen Augenblick erlaubte sie sich, diesen Anblick zu genießen.

»Ich weiß nicht, ob Jack dich schon über unser aktuelles Problem mit Swanson Shoes informiert hat. Wenn wir kein erstklassiges Angebot erstellen, werden wir den Auftrag verlieren.«

Colton lächelte und hob eine Akte hoch. »Wir haben kurz darüber gesprochen. Er hat mir die Unterlagen zur Durchsicht gegeben.«

»Oh.« Verdammt. Sie wäre gerne diejenige gewesen, die ihn über die Situation informiert hätte, um ihn mit ihrem Sachverstand zu verblüffen.

Colton öffnete die Akte und begann zu lesen.

Maddie beugte sich vor, stützte die Ellenbogen auf dem Schreibtisch auf und sah ihm zu. Er war großartig. Dichte Wimpern umgaben seine blauen Augen. Wenn er eine Seite umblätterte, berührte er mit einer Hand seinen Mund. Als er abwesend mit einem Finger über seine Unterlippe strich, seufzte Maddie.

Colton sah überrascht auf. »Ich will dich nicht aufhalten«, sagte er. »Ich komme alleine klar.«

»Bist du sicher?«

Er stand auf und nickte. »Dieser Bericht scheint sehr detailliert zu sein. Ich melde mich bei dir, wenn ich Fragen habe.«

Sie konnte schwerlich einen Grund vorweisen, noch länger hierzubleiben, nachdem er sie so offensichtlich vor die Tür gesetzt hatte. Maddie erhob sich. »Wenn du dir sicher bist …«

Colton lächelte. »Ich denke, ich komme zurecht.« Er ging um seinen Schreibtisch herum und legte ihr eine warme Hand auf die Schulter. »Danke für die Besichtigungstour, Mandy. Es hat mich sehr gefreut.«

Diesmal berichtigte sie ihn nicht. Sie konnte es nicht. Sie konnte kaum atmen. Nicht, wenn er ihr ein Lächeln schenkte, als sei sie der wichtigste Mensch auf der Welt.

Verwirrt ging sie zur Tür. Dann blieb sie stehen und sagte: »Ich hole dich zum Mittagessen ab und zeige dir die Cafeteria.«

Er hatte sich schon wieder hingesetzt und las im Bericht. »In Ordnung«, murmelte er, ohne aufzublicken.

Maddie schwebte nahezu in ihr eigenes Büro und schloss die Tür, um sich ihren Tagträumen hinzugeben. Es war einfach unmöglich, sich auf den Swanson-Shoe-Auftrag zu konzentrieren, wenn sie eine Verabredung zum Lunch mit dem schönsten Mann der Welt hatte.

Um Viertel vor zwölf nahm Maddie ihre Handtasche und ging zur Damentoilette. Ihr Gewissen meldete sich, weil sie so früh ihre Arbeit verließ, aber sie beruhigte es damit, dass sie heute Morgen ohnehin kaum etwas getan hatte. Wie sollte sie sich auf Kunden konzentrieren, wenn der Mann ihrer Träume drei Büros weiter arbeitete?

Sie hatte den eleganten, in Weiß und Gold gehaltenen Raum für sich allein. Vor dem ersten Waschbecken blieb sie stehen, warf einen Blick in den beleuchteten Spiegel und begann mit den Vorbereitungen. Aus ihrer großen schwarzen Lederhandtasche holte sie eine Zahnbürste und Zahnpasta. Nachdem sie sorgfältig die Zähne geputzt hatte, kam das Mundwasser zum Einsatz, das sie für Notfälle immer dabeihatte.

Danach betrachtete sie ihr Spiegelbild. Ausnahmsweise waren alle Strähnen ihres langen lockigen Haars dort geblieben, wo Maddie sie mit zwei Dutzend Haarnadeln und einer halben Dose Haarspray fixiert hatte. Ihre Frisur sah nicht wirklich gut aus, aber sie war in Ordnung. Also entschloss Maddie sich, alles so zu lassen.

Maddie hielt nicht viel von Make-up, deshalb trug sie vorsichtig ein wenig rosa Lipgloss auf, das sie in den Tiefen ihrer Tasche gefunden hatte. Sie presste die Lippen zusammen, trat einen Schritt zurück und begutachtete den Effekt.

Sie konnte sich nichts vormachen. Miss Amerika würde sie nie werden. Anders als ihre eins sechzig große blonde Schwester, die nach ihrer Mutter kam, war Maddie das Ebenbild ihres Vaters.

Ihr Lächeln schwand. Obwohl er bereits vor fünf Jahren gestorben war, trieb ihr die Erinnerung an ihn immer noch Tränen in die Augen.

Ihr Vater war wie ein großer Teddybär gewesen, ein gutmütiger Riese – einen Meter fünfundneunzig groß. Sicherlich hatte ihm seine Größe die Aufmerksamkeit der Menschen gesichert, aber mit seinem freundlichen Wesen hatte er ihre Herzen gewonnen.

Maddie wollte gerne glauben, dass sie auch seinen Charakter geerbt hatte – seinen standhaften Optimismus und die Fähigkeit, Schönheit unter der Oberfläche zu sehen –, aber sie wünschte sich, äußerlich mehr nach ihrer Mutter geraten zu sein.

Innere Schönheit war eine gute Sache, aber nur mit äußerer Schönheit zog man die Männer an. Es war großartig, dass die Menschen ihr sagten, sie sei die netteste Person, die sie kennen. Aber auf dieses Kompliment hätte sie für eine echte Verabredung gerne verzichtet.

Seufzend wandte sie ihre Aufmerksamkeit wieder ihrem Spiegelbild zu und zwang sich zu einem Lächeln. Jetzt hatte sie eine Verabredung – sozusagen. Für die nächste Stunde gehörte Colton Hartley ihr.

Das war nicht viel Zeit. Maddie brauchte einen Plan, um das Beste aus jeder einzelnen Minute zu machen. Sie würde ihn in die Cafeteria im Erdgeschoss führen und einen kleinen Tisch an der Wand wählen. Am besten einen, der hinter einer Pflanze verborgen war.

Sie schloss die Augen, um das Märchen in ihrem Kopf weiterzudenken. Ohne Kollegen, die sie ablenken würden, konnten sie über sich selbst und das unglaubliche Glück, das sie zusammengebracht hatte, sprechen. Mit seinen wundervollen blauen Augen würde er in ihre schauen, und er würde sie, Maddie, so sehen, wie sie seit ihrem Vater niemand mehr gesehen hatte. Als einen seltenen und liebenswerten Schatz.

Maddies Herz schlug heftig in ihrer Brust, als sie die Hand hob, um an Coltons Tür zu klopfen.

»Herein.«

Sie ging zwei Schritte in den Raum, der jetzt schwach nach seinem Eau de Toilette duftete. »Bereit für das Mittagessen?«

Colton blickte von seinen Notizen auf. Er lächelte und zeigte ihr seine perfekten weißen Zähne. »Darauf kannst du wetten.«

Er sah noch besser aus, als sie ihn in Erinnerung hatte. Maddie unterdrückte ein Seufzen. »Super, lass uns gehen.«

Es dauerte fast zehn Minuten, die wenigen Meter zum Aufzug zurückzulegen. Es konnte kein Zufall sein, dass jedes weibliche Wesen, und ein paar männliche dazu, genau diesen Zeitpunkt gewählt hatten, um ihre Büros zu verlassen. Die folgenden Plaudereien konnte Maddie nicht verhindern, aber sie achtete sehr darauf, Colton nicht aus den Augen zu verlieren. Für die nächste Stunde würde er ihr gehören, ihr ganz allein.

Als die Türen des Aufzugs sich endlich schlossen, hätte sie vor Erleichterung weinen mögen.

»Cue Communications ist eine ausgesprochen nette Firma«, meinte Colton, als Maddie den Knopf für die Fahrt nach unten drückte. Er wandte ihr den Kopf zu und lächelte. »Ich bin dir sehr dankbar, dass du dir all die Mühe machst und mir den Weg zur Cafeteria zeigst, obwohl ich mir sicher bin, ich hätte sie auch alleine gefunden.«

»Auf gar keinen Fall.«

Colton sah sie wegen ihres harten Tonfalls etwas verwirrt an.

Maddie versuchte, den koketten Blick von unten durch die Wimpern anzuwenden. »Ich meine, ich werde dich auf gar keinen Fall an deinem ersten Tag allein lassen. Ich muss doch Cues Ruf gerecht werden.«

Seine Miene entspannte sich, und er schenkte ihr ein charmantes Lächeln. »Das ist wirklich nett von dir.«

Die Aufzugtüren öffneten sich im Erdgeschoss, das nun voller Menschen war. Verdammt. Sie hätte nicht bis zwölf Uhr mittags warten sollen. Die Cafeteria servierte hervorragendes Essen und war sehr beliebt bei allen Angestellten, die im Tower Building arbeiteten.

Maddie und Colton reihten sich in der Schlange vor der Essensausgabe ein. Vor ihnen warteten ungefähr zwanzig Menschen. Maddie stellte einige hastige Berechnungen an.

Bei dieser Geschwindigkeit würden sie nur eine Dreiviertel-stunde für das Essen haben. Nur ein Narr würde die kostbare Zeit in der Schlange mit Schweigen verschwenden.

»Also, Colton«, fing sie an. »Wie bist du zu Cue gekommen?«

Eine rothaarige Frau, die vor ihnen in der Reihe stand, drehte sich um. »Colton? Colton Hartley?«

Seine Miene spiegelte Wiedererkennen. »Paige?«

Ihr freudiges Wiedersehen dauerte bis zu der Stelle, an der die Tabletts auslagen.

»Es war schön, dich zu sehen, Paige«, sagte Colton, als sie ihm einen kleinen Zettel mit ihrer Telefonnummer über-reichte. »Ich werde dich anrufen.«

Natürlich hatte ein Mann wie Colton Hartley einige weib-liche Freunde. Und nur weil ihre Begrüßung ein bisschen überschwänglich ausgefallen war, hieß das noch lange nicht, dass Paige ihm irgendetwas bedeutete. Und definitiv war das kein Grund, niedergeschlagen zu sein.

»Was kannst du mir empfehlen?«, fragte er Maddie. Das waren die ersten Worte, die er direkt an sie richtete, seit er sie kurz der rothaarigen Frau vorgestellt hatte.

»Alles.« Maddie liebäugelte bereits mit den knusprigen Hühnchensteaks. Zusammen mit luftigem Kartoffelpüree und einer rahmigen Sauce würde es das perfekte Mittagessen ergeben.

Colton blickte an den Gerichten entlang und nahm sich dann einen großen Salat.

»Mehr isst du nicht?«, fragte Maddie.

»Nein.« Er deutete auf das Fleisch. »Wenn man dieses schwere Zeug zum Mittag isst, setzt man ziemlich schnell Fett an.« Wie um seine Aussage zu betonen, streichelte Colton über seinen muskulösen flachen Bauch.

Maddie dachte an ihren eigenen, nicht ganz so muskulösen Bauch, und plötzlich sahen die Hühnchensteaks gar nicht mehr so verlockend aus. Sie nahm sich ebenfalls einen Salat und ein kleines Plastiktöpfchen mit Diätdressing. An den Kuchen und Desserts ging sie rasch vorbei, bevor diese süße Versuchung ihre neue Willenskraft zerstören konnte.

Nachdem sie ihr Essen bezahlt hatten, blieben sie stehen, um nach einem freien Tisch Ausschau zu halten.

»Ich glaube, da hinten ist etwas frei«, sagte sie und deutete auf die Wand am anderen Ende der Cafeteria. »Siehst du den Tisch?«

»Geh voran.«

Mit den Tabletts in den Händen bahnten sie sich einen Weg durch die voll besetzte Cafeteria.

»Hallo, Colton, hier sind wir.« Ein junger Mann an einem Tisch nur wenige Meter von ihnen entfernt winkte ihnen zu.

»Ist das für dich in Ordnung?«, fragte Colton.

»Natürlich.«

Jetzt übernahm Colton die Führung. Maddie blieb ein Stück hinter ihm zurück, damit er sie vorstellen konnte.

»Schön, dich zu sehen, Colton.« Der junge Mann klopfte Colton auf die Schulter. »Was führt dich in diesen abgelegenen Winkel der Welt?«

Die überwiegend aus Frauen bestehende Gruppe begrüßte Colton wie eine Berühmtheit. Oder einen Gott. Eine sehr schlanke Frau deutete auf den freien Stuhl neben sich. »Setz dich doch hierher.«

Während die anderen ihr großes Theater um Colton veranstalteten, rechnete Maddie erneut. Der Junge, ein Mann, der wie ein Wirtschaftsprüfer aussah, fünf superschlanke Frauen und Colton. Acht Menschen. Acht Stühle standen um den Tisch herum.

Es gab keinen Platz für sie.

Maddie war einige Schritte vom Tisch entfernt stehen geblieben und wartete darauf, dass Colton ihre missliche Lage erkennen würde. Sobald er sie sah, würde er darauf bestehen, einen Stuhl für sie zu besorgen.

Sie wartete …

Nachdem zwei Minuten verstrichen waren, und er immer noch nicht aufgesehen hatte, wusste Maddie, dass er sie völlig vergessen hatte. Sie konnte ihm keinen Vorwurf machen. In diesem ganzen Trubel konnte man seinen eigenen Namen vergessen.

Weil sie weder ihn noch sich in Verlegenheit bringen wollte, zog sie sich zurück. Während sie langsam mit einem albernen Lächeln rückwärts ging, bemerkte sie nicht, dass ein Stuhl den Gang hinter ihr blockierte. Mit dem Fuß stieß sie dagegen und wusste, dass sie fallen würde. Ihre Demütigung war perfekt.

»Vorsicht.« Eine tiefe Stimme erklang in ihren Ohren, als sie von starken Armen gehalten wurde.

Ihr Herzschlag schien auszusetzen. Maddie brauchte einige Sekunden, bis ihr klar wurde, was eigentlich passiert war. Sie würde nicht fallen. Sie war gerettet worden.

Nachdem sie ihr Gleichgewicht wiedergefunden hatte, drehte sie sich um, das Tablett immer noch in ihren Händen, um ihrem Retter zu danken.

Sie blickte in dunkle Augen, die sie vergnügt ansahen. »Alles in Ordnung?«, fragte der Unbekannte.

2. Kapitel

»Es geht mir gut. Vielen Dank.« Offensichtlich war die Frau von ihrem Beinaheunfall noch etwas mitgenommen, denn ihre Stimme zitterte. »Sonst bin ich nicht so ungeschickt. Ich habe einfach nicht auf den Weg geachtet.«

Dan hatte ihren langsamen Gang durch den überfüllten Raum beobachtet und wusste nur zu gut, warum sie gestolpert war. Sie hatte nur Augen für diesen Kerl gehabt, mit dem sie gekommen war. Genauso wie alle anderen Menschen in der Cafeteria. »Kein Problem. Möchtest du dich nicht setzen?«, fragte er und zeigte auf den Stuhl, über den sie fast gefallen wäre.

So wie bei Cue herrschte auch in der Cafeteria eine lässige Atmosphäre: Man duzte sich.

Nach einem kaum wahrnehmbaren Seitenblick auf den Tisch von diesem Schönling nickte sie und lächelte. »Danke.«

Sie hatte ein umwerfendes Lächeln. Warm und ehrlich.

Und einen wirklich fantastischen Mund. Er wusste, die Kamera würde sie lieben, aber im Augenblick waren seine Motive nicht nur beruflicher Art.

Dan nahm ihr das Tablett aus den Händen, stellte es auf dem Tisch ab und rückte dann ihren Stuhl zurecht. Er wartete, bis sie Platz genommen hatte, und setzte sich ihr gegenüber.

»Ich bin Dan Willis.«

Wieder lächelte sie. »Maddie Sinclair«, sagte sie und reichte ihm die Hand.

»Schön, dich kennenzulernen, Maddie.« Er blickte auf den kümmerlichen Salat auf ihrem Tablett. »Kein besonders üppiges Mittagessen.«

Sie sah ebenfalls auf die rote Plastikschüssel, die zur Hälfte mit grünen Salatblättern gefüllt war, und verzog das Gesicht. »Nein.«

Er schob seinen Dessertteller in ihre Richtung. »Ich mache dir einen Vorschlag. Du isst deinen Salat, und ich gebe dir die Hälfte meines Kuchens.«

Jetzt schmunzelte sie. »Einverstanden.«

Dan beobachtete, wie sie das wässrige Dressing über ihrem Salat verteilte und die Gabel nahm. »Großartige Hände«, sagte er.

Sie hielt mitten in der Bewegung inne. »Wie bitte?«

»Ich sagte, dass du großartige Hände hast. Sehr elegant. Die perfekte Kombination aus schlanken Handgelenken und langen Fingern.«

Ein Ausdruck von Verlegenheit, aber auch Freude über dieses unerwartete Kompliment erschien auf ihrem Gesicht. »Lange Finger. Ja, daraus beziehen wir Riesen unser Selbstbewusstsein.«

Er hörte die Unzufriedenheit in ihrer Stimme. »Du bist kein Riese. Wie groß bist du? Eins fünfundachtzig?«

»Nur eins achtzig«, korrigierte sie ihn in einem Tonfall, der deutlich machte, wie wichtig die fünf Zentimeter für sie waren.

»Es liegt an meinem Haar, dass ich noch größer wirke«, fuhr sie fort und deutete auf ihre Frisur. »Es ist lang und dick. Ich stecke es immer hoch, damit es mir nicht ins Gesicht hängt. Einmal habe ich versucht, es an den Seiten festzustecken, aber dann sah ich aus, als würde ich eine haarige Krone tragen. So lässt es mich zwar größer wirken, aber ich bin wirklich nur eins achtzig.«

»Ich glaube dir.« Er biss ein Stück von seinem Sandwich ab. »Wenn ich dich richtig verstehe, gefällt es dir gar nicht, so groß zu sein.«

Frustriert atmete sie aus. »Ich hasse es. Glaub mir, nur in Märchen haben Riesen Vorteile. Im wirklichen Leben müssen wir scheußliche flache Schuhe kaufen und die Schultern einziehen, damit wir die Menge nicht überragen.«

»Den Mann, mit dem du hergekommen bist, hast du nicht überragt.«

»Colton?« Ihr Blick wanderte zu seinem Tisch, und ihre Miene wurde weicher. »Er hat die perfekte Größe.«

»Perfekt für was?«

Unverwandt sah sie weiter zu Colton hinüber. »Perfekt für mich.«

»Er ist dein Freund?« Dan hoffte, sie würde das Erstaunen in seiner Stimme nicht hören.

»Nein«, gab sie verlegen zu und errötete.

»Wie hast du ihn kennengelernt?«

Maddie beugte sich vor, als freue sie sich, ihm alles erzählen zu können. »Wir arbeiten zusammen. Bei Cue Communications. Heute ist sein erster Arbeitstag.«

»Ihr habt euch heute zum ersten Mal getroffen, und du hast dich schon in ihn verliebt?«

»Das klingt verrückt, oder? Ich bin sonst nicht so impulsiv. Und an Liebe auf den ersten Blick glaube ich auch nicht. Oder zumindest habe ich es bislang nicht getan. Aber Colton ist etwas Besonderes.«

Es gelang Dan nicht ganz, den zynischen Unterton in seiner Stimme zu unterdrücken. »Darf ich einen verwegenen Gedanken äußern? Kann es vielleicht sein, dass er wie ein Filmstar aussieht?«

Sie verwarf diese Idee mit einer anmutigen Handbewegung. »O nein. Ich meine, er sieht sicher fabelhaft aus, aber da ist noch mehr an ihm.«

»Zum Beispiel?«

Maddie zögerte. »Versprichst du mir, nicht zu lachen?«

Das hatte er nicht vorgehabt, aber als er ihren ernsten Gesichtsausdruck sah, musste er sich sehr zusammennehmen. »Ich verspreche es.«

»Mein Vater hat mir immer gesagt, wenn ich dem Richtigen begegne, würde es mich wie ein Blitz treffen. Natürlich nicht im wörtlichen Sinne. Als er meine Mutter zum ersten Mal sah, hat sein Herz ›zing‹ gemacht, und er wusste ganz einfach, sie ist die Richtige. Und heute ist mir dasselbe passiert. In der Sekunde, in der ich Colton gesehen habe, hat mein Herz diese komische Sache gemacht.«

Dan widerstand der Versuchung, die Augen zu verdrehen. »Definiere bitte ›komische Sache‹.«

Maddie zuckte die Schultern. »Ich kann es nicht genau erklären. Es war ein seltsames Gefühl. Zuerst hat meine Brust sich ganz eng angefühlt, und dann fing mein Herz an zu rasen.«

»Ich glaube nicht, dass eine enge Brust und ein rasendes Herz Liebe bedeuten. Das klingt mir eher nach einem Herzfehler. Und der kann tödlich sein. Vielleicht solltest du mal zum Arzt gehen.«

Sie lachte. »Du bist offensichtlich überhaupt nicht romantisch.«

»Offensichtlich nicht.« Dan schob den Teller mit dem Kuchen zwischen sie. »Zeit für den Nachtisch. Greif zu.«

Das musste er ihr nicht zweimal sagen. Ein kleiner Salat war wirklich kein ausreichendes Mittagessen. Maddie und Dan unterhielten sich und lachten zusammen, während sie das Dessert aßen.

»Also, du meinst, dieser Colton hat sich auch in dich verliebt? Sein Herz hat auch ›zing‹ gemacht?«

»Wohl eher nicht. Er kann sich noch nicht mal an meinen Namen erinnern. Dauernd nennt er mich Molly oder Mandy.«

Dan war nicht wirklich verwundert darüber, dass Maddie Colton nicht den Kopf verdreht hatte. Typen wie Colton bevorzugten die Oberfläche, nicht die Innenseite. Und das formlose schwarze Kleid und ihre merkwürdige Frisur waren nicht die heißen Attribute einer Sexbombe. Aber das wollte er ihr nicht sagen. »Gib nicht auf. Wahrscheinlich war er einfach nur abgelenkt. Schließlich ist heute sein erster Arbeitstag.«

»Zugegeben, es gab eine Menge Ablenkungen – viele kleine, schlanke Frauen.« Sie hob ihr Kinn ein wenig. »Aber ich werde nicht aufgeben. Wenn er mich erst richtig kennengelernt hat, wird er meine Qualitäten zu schätzen wissen. Es sind die inneren Werte, die zählen.«

Das musste der mutigste Vortrag gewesen sein, den er je gehört hatte – und der dümmste. Colton sah wirklich nicht aus wie jemand, der innere Qualitäten suchte. Tatsächlich sah er wie jemand aus, der nicht weiter als bis zu seinem eigenen Spiegelbild blickte.

Dan wusste nicht, warum Maddies Worte ihn verärgerten, aber das taten sie. Es war offensichtlich, dass ihr Selbstvertrauen bereits am Boden lag. Und er hasste den Gedanken, was eine unvermeidliche Abfuhr ihr antun würde. »Er kann sich glücklich schätzen, wenn er dich hat.«

Sie schenkte ihm ein Lächeln, so voller Begeisterung – und ihm schien, sein Herz hätte jetzt »zing« gemacht. »Danke.«

Maddie blickte auf ihre Uhr, dann hob sie ihre Handtasche hoch – einen hässlichen schwarzen Lederbeutel, groß genug, um Kleidung für eine ganze Woche darin zu verstauen – und stand auf. »Ich muss zurück ins Büro.«

Dan erhob sich ebenfalls. »Es war schön, dich kennenzulernen.«

»Ja, es hat wirklich Spaß gemacht«, erwiderte Maddie. »Und danke für den Kuchen.« Sie lächelte. »Da war genug Schokolade drin, dass ich die Zeit bis zu meiner Süßigkeitenpause um drei Uhr überstehe.«

Sie ging zwei Schritte, dann blieb sie stehen und drehte sich noch einmal um. »Was du vorhin über meine Hände gesagt hast, das war wirklich nett. Danke«, flüsterte sie.

Dan schloss die Tür zu seinem Büro auf und trat ein, gerade als das Telefon klingelte. Er ging zu seinem Schreibtisch und griff nach dem Hörer. »Dan Willis.«

»Dan, alter Freund. Hier spricht Ryan. Ich rufe nur an, weil ich wissen will, ob du schon genug hast von Texas. Bist du bereit, in die Zivilisation zurückzukehren?«

Dan setzte sich in seinen Drehstuhl und legte die Füße auf den Tisch. Er lachte. »Auf gar keinen Fall.«

»Ich bitte dich, Mann. Wie lange bist du schon dort? Zwei Wochen. Das ist doch reichlich Zeit, um zur Vernunft zu kommen.«

»Ich bin zur Vernunft gekommen. Deshalb bin ich ja wieder nach Texas gegangen.«

Ryans Tonfall veränderte sich von neckend zu belehrend. »Ich weiß, dass du glaubst, du seist ausgebrannt. Doch das stimmt nicht. Du hast hier unglaublichen Erfolg. Menschen brechen nicht unter unglaublichem Erfolg zusammen. Außerdem liebst du New York. Jeder liebt New York.«

»Du hast recht. Ich liebe New York. Aber ich brauche eine Pause. Ich muss etwas Abstand gewinnen.«

»In Ordnung. Bleib noch eine Woche. Dann steigst du in ein Flugzeug. In zwei Wochen findet in Mailand ein großes Fotoshooting statt.«

»Ich kann nicht.«

»Und warum nicht? Was willst du denn sonst in dieser Einöde machen?«

»Ich weiß es nicht. Ich bin mir noch nicht sicher.«

»Gut. Ich werde dich nicht drängen.« Ryan machte eine Pause. »Also, sind die Frauen dort so schön, wie du sie in Erinnerung hast?«

Dan lächelte. Bevor er seine Sachen gepackt und nach Texas zurückgekehrt war, hatte er behauptet, die Frauen hier seien die schönsten der Welt. Und das hatte er auch genau so gemeint. Nirgendwo sonst investierten Frauen so viel Zeit in ihr Aussehen wie in Texas. Junge und alte, dicke und dünne – es war, als hätten sie ein angeborenes Gespür für ihre Reize.

Mit Ausnahme von Maddie.

Maddie schien einfach nicht diese texanische Selbstsicherheit zu besitzen.

Anstatt auf ihre Größe stolz zu sein, zog sie die Schultern ein, als könne sie sich so den Blicken entziehen. Zu ihrer Figur konnte er nichts sagen. Aber kein Körper verdiente es, in dieses schwarze unförmige Ding gehüllt zu werden, das sie heute getragen hatte. Es erinnerte eher an einen Sack als an ein Kleid. Die geringe Aufmerksamkeit, die sie ihrer Frisur und ihrem Make-up widmete, zeigte nur, dass es in ihren Augen sinnlos war. Sie hielt sich selbst für einen hoffnungslosen Fall.

Dans geschultes Auge sagte ihm etwas ganz anderes. Wenn man von den dichten schwarzen Augenbrauen absah, war Maddies Stirn hoch und edel. Sie hatte schön geschwungene Wangenknochen und eine weibliche Nase. Ihr Lächeln war bezaubernd, und andere Frauen würden sich einer Schönheitsoperation unterziehen, um ihre vollen Lippen zu bekommen.

Die Erinnerung an Maddies Mund ließ ihn erschauern. Wie oft hatte er sich gezwungen, den Blick abzuwenden, damit er sich auf das konzentrieren konnte, was sie sagte?

Maddie besaß das gewisse Etwas. Und noch viel mehr.

Seine jahrelange Arbeit mit den Super-Models der Welt hatte ihn gelehrt, dass körperliche Attraktivität nur in den seltensten Fällen auch wahre Schönheit bedeutet. Viel häufiger waren diese Frauen von kalter Arroganz und bloßer Eitelkeit.

Erst kürzlich war er zu dem Schluss gekommen, dass er nicht mehr die Fotos machen konnte, die er machen wollte, weil er die Schönheit nicht mehr sehen konnte. Sein letztes Shooting hatte neun Stunden gedauert. Und schuld daran war nicht etwa das temperamentvolle Model gewesen, sondern er.

Er war zynisch geworden, und er wusste es. Als der Zynismus überhand nahm, hatte er seine Sachen gepackt und war gegangen. Er war es leid, nach Schönheit zu suchen, wo sie nicht existierte. Deshalb war er nach Hause gekommen.

Es war schon komisch, dass er jetzt die ersten Anzeichen von Schönheit in Maddie fand. In der kurzen Zeit, die er mit ihr verbracht hatte, meinte er etwas zu sehen, an dessen Existenz er zu zweifeln begonnen hatte: strahlende innere Schönheit.

Der erste Eindruck konnte selbstverständlich falsch sein. Hinter ihrer natürlichen Offenheit konnte sich eine leere Hülle verbergen, wie er es bei so vielen anderen erlebt hatte.

Aber Maddie Sinclair hatte ihn fasziniert. Er musste sie wiedersehen und seinen Eindruck überprüfen.

»Ob die Frauen hier so schön sind, wie ich sie in Erinnerung habe?«, wiederholte er Ryans Worte. »Ich werde dir diese Frage später beantworten.«

3. Kapitel

Maddie bereitete sich gründlich vor, indem sie ihren gelben Notizblock und einen frisch gespitzten Bleistift in die Hand nahm. Die Tür ihres Büros stand einen Spaltweit offen, sodass sie sehen konnte, wann Colton zur üblichen Mitarbeiterversammlung am Montagmorgen ging.

Sie beruhigte ihr Gewissen, indem sie sich sagte, dass sie ihn nicht verfolgte – sie wollte ihm nur zur Seite stehen, falls er Hilfe brauchte oder unsicher sein sollte. Obwohl sie nicht glaubte, dass er in seinem beneidenswerten Leben jemals auch nur den Hauch von Unsicherheit verspürt hatte.

Maddies eigenes Selbstvertrauen hatte in den letzten Jahren beständig abgenommen. Das war vielleicht einer der vielen Gründe, warum sie Colton Hartley so attraktiv fand. Er besaß alles, was sie nicht hatte.

Sie hatte gehofft, auch in der zweiten Woche seine Betreuerin sein zu können. Leider hatte er letzten Freitag, als sie ihn zu seinem Wagen auf den Parkplatz begleitete, sehr deutlich gesagt, dass er ihre Dienste nicht länger brauchte. Seine exakten Worte waren: »Du hast gute Arbeit geleistet, mir alles zu zeigen, Maddie. Aber von nun an komme ich allein zurecht.«

Und obwohl sie so keinen Vorwand mehr hatte, in seiner Nähe sein zu können, war sie glücklich darüber, dass er sich endlich an ihren Namen erinnert hatte.

Deshalb wartete sie hinter ihrer Tür auf ihn. Glücklicherweise befand sich sein Büro genau auf der gegenüberliegenden

Seite des Flurs: Wenn sie sich in der richtigen Position vor den Türspalt stellte, konnte sie seine Bürotür sehen.

Ein vorbeihuschender Schatten signalisierte ihr, dass er sich endlich auf den Weg gemacht hatte. Als sie seine breiten Schultern erblickte, zählte sie bis drei, öffnete dann ihre Tür und betrat den Flur. Maddie wusste sofort, dass diese Verzögerung ein Fehler war, denn auch alle anderen Mitarbeiter verließen nun ihre Büros.

Zufall? Daran hatte sie erhebliche Zweifel. Sie glaubte vielmehr, dass sie nicht die Einzige war, die hinter der Tür auf der Lauer gelegen hatte.

Sie ging schneller, um Colton zu erreichen, aber es war sinnlos. Ihre Kolleginnen hatten schon zu ihm aufgeschlossen.

Als sie den Konferenzraum betrat, waren alle Plätze rund um den großen Mahagonitisch bereits belegt. Also setzte sie sich auf einen Stuhl an der Wand.

Fünf Minuten später eröffnete Jack Benson, der Eigentümer von Cue Communications, das Meeting. Jack und Maddies Vater hatten Cue vor dreißig Jahren gegründet. Damals hatten sie genau einen Kunden und kaum Aussichten auf längerfristigen Erfolg. Das Einzige, was die beiden jungen Männer besaßen, war ihr Ehrgeiz.

Jetzt hatte die Firma achtzehn fest angestellte Mitarbeiter, und die Liste ihrer Klienten las sich wie das Who's Who von Dallas.

Seit sie ein junges Mädchen war, hatte Maddie sich immer gewünscht, zusammen mit ihrem Vater bei Cue zu arbeiten. Er starb völlig unerwartet, bevor sie ihr Studium abgeschlossen hatte. Aber Jack hatte ihr damals versichert, dass es in der Agentur immer einen Platz für sie geben würde. Ein Jahr später hatte ihre Mutter Jack ihre Hälfte von Cue verkauft. Und obwohl Maddie dadurch keine Anteile mehr an der Firma besaß, würde sie in ihrem Herzen zur Hälfte immer ihr und ihrem Dad gehören.

Ein weiteres Jahr später hatte sie als Jacks Assistentin bei Cue Communications angefangen. Sie verfügte nicht über die Erfahrung, die eine Kundenbetreuerin brauchte, aber sie besaß Leidenschaft und Intuition. Jack hatte sie mit einem sehr guten Gehalt und einem eigenen Büro unter Vertrag genommen.

Maddie hatte nie den Tag vergessen, an dem er sie bei einer der üblichen Montagsbesprechungen den anderen Mitarbeitern vorgestellt hatte. Sie saß neben ihm am Kopf des Konferenztisches, dann waren sie aufgestanden, er hatte den Arm um ihre Schultern gelegt und gesagt: »Hier seht ihr den hellsten Stern von Cue Communications.«

Sie war sich nicht sicher, warum, aber Jack glaubte an sie. Außer ihrem Vater war er der Einzige, der sie für intelligent, qualifiziert und kreativ hielt.

In den letzten Jahren hatte Jack sie ausgebildet. Er hatte ihr die hohe Kunst des Marketings und das Voraussehen von Trends beigebracht. Er hatte ihr gezeigt, wie Werbung funktionierte, von der Idee über das Konzept bis zur fertigen Kampagne. Und was noch wichtiger war, er hatte ihre Zielstrebigkeit und ihren Ehrgeiz geformt. Eigenschaften, die sie an ihrem Vater immer bewundert hatte.

Maddie wollte Jacks Erwartungen erfüllen. Aber nach einem Jahr hielt sie sich immer noch im Hintergrund. Als Jack sie fragte, warum sie ihre Ideen nicht vor den anderen Mitarbeitern aussprach, antwortete sie ihm ehrlich, dass sie ihrer Meinung nach nicht das Recht dazu habe. Was bedeuteten ihre Ideen schon für Menschen mit jahrelanger Erfahrung?

Lautes Gelächter lenkte ihre Aufmerksamkeit in die Gegenwart zurück. Jack hatte die Besprechung mit einem Witz eröffnet. Als das Lachen verstummte, stellte er Colton offiziell vor. Dass besonders die Frauen ihn herzlich begrüßten, entging Maddie nicht. Colton sagte seinerseits ein paar Begrüßungsworte und setzte sich wieder.

»Kommen wir jetzt zum geschäftlichen Teil«, sagte Jack. »Letzte Woche habe ich einen Anruf von Swanson Shoes erhalten. Der alte Mr. Swanson hat die Leitung der Firma seinem Sohn Paul übergeben. Er hat mich wissen lassen, dass Paul mit dem Gedanken spielt, die Werbeagentur zu wechseln.«

Jack machte eine Pause, während nervöses Gemurmel den Raum erfüllte. »Er denkt, Swanson Shoes braucht etwas Neues, um das Image der Firma aufzufrischen. Nur weil wir schon so lange zusammenarbeiten, werden wir die Chance erhalten, eine neue Kampagne vorzustellen. Danach wird Paul seine endgültige Entscheidung fällen. Ich habe ein erstes Treffen für Freitag angesetzt.«

Das Gemurmel wurde lauter.

Jack hob die Hand und bat um Ruhe. »Ich weiß, dass uns das nicht viel Zeit lässt. Aber ich glaube, je schneller wir mit unseren Ideen sind, desto eher werden wir den Auftrag erhalten.«

Wieder machte er eine beruhigende Handbewegung, um für Ruhe zu sorgen. »Ich werde mich persönlich um die Kampagne kümmern, und ich werde Colton bitten, mir dabei zu helfen.«

Colton lächelte und nickte.

»Und Maddie. Ich möchte auch deine Ideen hören.«

Seit Jack ihr die ganze Geschichte letzte Woche erzählt hatte, wusste Maddie, dass er Wert auf ihre Einschätzung legte. Aber sie hätte nie gedacht, dass er sie ins verantwortliche Team aufnehmen würde. Und obwohl sich ihr Magen etwas verkrampfte, gab auch sie Jack mit einem Nicken ihr Einverständnis.

Vom restlichen Meeting bekam sie kaum etwas mit. Swanson Shoes, ihr größter und lukrativster Kunde, drohte, die Agentur zu wechseln – und sie war im Rettungsteam. Selbst die Ehre, mit Colton zusammenzuarbeiten, war nur noch zweitrangig.

Nachdem Jack die Besprechung beendet hatte, bat er Colton, Maddie und die Texter, noch zu bleiben. Sie nahm ihren Block und den Bleistift und setzte sich auf den nun freien Stuhl zu Jacks Linken.

»In den letzten Tagen hattet ihr beide die Möglichkeit, euch mit Swanson zu beschäftigen. Ich habe euch gesagt, dass der neue Präsident, übrigens ein zweiunddreißigjähriger Heißsporn, lieber mit einer anderen Firma arbeiten möchte. Was sollen wir eurer Meinung nach dagegen unternehmen?«

Er wandte sich Maddie zu. »Die Dame zuerst.«

Sie wusste genau, was sie sagen wollte, aber nun brachte sie kaum ein Wort heraus. »Ich denke …« Ihre Stimme war ein heiseres Krächzen. Sie schluckte und räusperte sich. Zwei Mal.

»Ich denke, es ist an der Zeit, den Blickwinkel der Kampagne zu ändern. In den vergangenen zwölf Jahren haben wir Swanson Shoes als solides Produkt verkauft. Letzte Woche habe ich die Preise von vergleichbaren Kinderschuhen in den örtlichen Geschäften recherchiert und herausgefunden, dass Schuhe von Swanson teuer sind. Ich habe die exakten Zahlen nicht bei mir, aber das Preisniveau liegt um dreißig Prozent höher als das der Konkurrenten.«

Jack nickte, er schien zufrieden zu sein.

Selbstsicherer fuhr Maddie fort, achtete aber darauf, Colton nicht anzusehen. »Ich habe aber auch festgestellt, dass nicht nur die Preise höher, sondern auch die Qualität besser ist. Auf Nachfrage bei den Verkäufern habe ich herausgefunden, dass die durchschnittlichen Käufer von Swanson-Schuhen Paare mit doppeltem Einkommen sind. Deshalb glaube ich, gerade diese Käuferschicht muss besonders angesprochen werden. Und zwar mit Qualität. Vielleicht sogar mit Status.«

Jack zog eine Augenbraue hoch.

»Lasst uns das einmal mit einem Autokauf vergleichen. Reiche Menschen fahren selten ein ökonomisches Auto, obwohl es sie ebenfalls von A nach B bringen könnte. Nein, sie kaufen Luxuswagen, weil sie ein Statussymbol wollen. Es macht ihnen nichts aus, einen höheren Preis zu bezahlen, weil sie glauben, mehr zu bekommen. Die beste Qualität. Exklusivität.« Maddie holte tief Luft. »Zusammengefasst heißt das, ich glaube, wir sollten Swanson Schuhe wie einen Rolls-Royce verkaufen. Weil Kinder nur das Beste verdienen.«

Jack grinste. Er war stolz auf sie.

Doch dann beugte sich Colton nach vorne und schüttelte den Kopf. »Ich sehe das anders. Wenn wir Werte und Statussymbole ins Zentrum unserer Kampagne rücken, sind wir raus aus dem Geschäft.«

Jetzt hatte er die Aufmerksamkeit aller Anwesenden. Colton stand auf. »So wie ich die Sachlage deute, ist das Problem die Präsentation. Ich habe mir am Wochenende die aktuellen Werbespots für das Fernsehen angeschaut. Langweilig. Der neue Präsident will frische, innovative Ideen. Deshalb sollten wir auf aufsehenerregende Werbung setzen. Neue Musik und freche Farben. Maddies Idee ist in Ordnung, aber letzten Endes haben wir sicher größere Chancen, wenn wir Swanson das geben, was sie von uns gewöhnt sind – in einer neuen Verpackung.«

Er war wirklich gut. Maddie gefiel nicht, wie Colton ihren Vorschlag überging, aber sie musste zugeben, dass er es mit einer gewissen Brillanz tat. Er ging auf und ab, während er seine Ideen entwickelte, ab und zu blieb er stehen und machte dramatische Gesten. Bei diesem imposanten Anblick und dem autoritären Ton in seiner Stimme war Maddie fast überzeugt, von Werbung überhaupt keine Ahnung zu haben. Genauso wie alle anderen Anwesenden.

Die Texter standen zu einhundert Prozent hinter Colton. Jack schien sich nicht ganz so sicher zu sein. Nach einer kurzen Pause sagte er: »Beide Ideen haben Anspruch auf …«

»Jack«, fiel Colton ihm ins Wort. »Du hast mich eingestellt, um für ein frischeres Image von Cue zu sorgen. Ich hoffe, du vertraust mir aus diesem Grund auch die Kampagne an.«

»Ich glaube, er hat recht, Jack«, sagte Maddie. Sie hielt ihre Idee für gut. Wirklich gut. Aber was, wenn sie mit ihrer Einschätzung falschlag? Schließlich verfügte sie nicht über Coltons Erfahrung.

Es war schwer, ihre eigenen Pläne aufzugeben, aber hier ging es um die Zukunft der Firma und nicht um sie.

Jack drehte sich um und musterte Maddie nachdenklich. »In Ordnung. Ihr habt alle Coltons Vorschläge gehört. Ich will eine Anzeigenserie für Zeitungen, Radio- und Fernsehspots. Macht sie frech und jung, damit wir Paul Swanson überzeugen können, dass Cue noch nicht zum alten Eisen gehört.«

Coltons Vorsprung betrug fünf Minuten, als Maddie ihm zum Mittagessen folgte. Sie hatte ihn wieder durch den Türspalt hindurch beobachtet und geplant, diesmal nicht bis drei zu zählen. Hätte Jack sie nicht aufgehalten, hätte sie es geschafft.

»Maddie«, hatte er aus seinem Büro gerufen. »Komm bitte für einen Moment zu mir. Und mach die Tür zu.«

Seiner Aufforderung musste sie natürlich Folge leisten. Sie warf Colton einen letzten sehnsüchtigen Blick nach, dann ging sie in Jacks Büro und schloss die Tür. Sie setzte sich auf den Stuhl vor seinem Schreibtisch.

Jacks Miene war ernst. »Ich will deine ehrliche Meinung zu Coltons Ideen für die neue Swanson-Kampagne hören.«

»Mir haben sie gefallen. Du weißt, dass meine Ideen in eine andere Richtung gehen. Ich bin kein Freund von lauter Musik und grellen Bildern. Aber nach allem, was Colton gesagt hat, glaube ich, dass diese Methode hier funktionieren wird.«

Maddie nahm eine aufrechtere Haltung ein und fuhr fort. »Er ist ein Naturtalent. Du hast ihn gesehen, Jack. Er kann die Menge beeinflussen wie ein Politiker. Wenn er dieselbe Energie auf die Kampagne verwendet, kann gar nichts schiefgehen.«

»Er ist gut, das gebe ich zu. Aber mein Bauchgefühl sagt mir, dass deine Strategie erfolgversprechender ist.«

Das waren wahrscheinlich die nettesten Worte, die Maddie jemals gehört hatte.

»Es mag verrückt klingen, aber gerade weil mir deine Idee besser gefällt, habe ich mich für Coltons Vorschlag entschieden.«

»Das stimmt: Es klingt verrückt.«

»Die Erklärung ist einfach. Paul Swanson hält Cue Communications für altmodisch. Und weil ich selbst den größten Anteil an den letzten Kampagnen hatte, verstehe ich das so, dass er mich für altmodisch hält. Ich habe dir alles beigebracht, was ich weiß. Du und ich denken auf dieselbe Art und Weise.«

Maddie nickte. »Ich verstehe, was du meinst. Wahrscheinlich gefällt dir meine Idee, weil sie ein Produkt deiner Schule ist.«

»Genau. Normalerweise hinterfrage ich meine Entscheidungen nicht. Ich bin schon sehr lange in diesem Geschäft und habe ein gewisses Gespür dafür, was funktionieren wird und was nicht. Ich war wirklich wütend, als mir der alte Mr. Swanson gesagt hat, dass wir den Auftrag vielleicht verlieren. Zum ersten Mal in meinem Leben habe ich mich gefragt, ob ich schon zu lange dabei bin, ob meine Zeit abgelaufen ist.«

Plötzlich sah er wirklich alt aus. Maddie lehnte sich nach vorne und nahm seine Hände in die ihren. »Mein Dad hat immer gesagt, du seist ein Genie, wenn es um Werbung geht. Und er hat recht damit. Dein Genie hat dich zu Colton geführt. Dein Instinkt hat dir gesagt, dass er der Richtige für Cue ist. Er wird Paul etwas vollkommen Neues und Unverbrauchtes geben.«

Jack drückte ihre Hand mit väterlicher Zuneigung. »Danke.«

»Für was?«

»Dafür, dass du die Geschichte so locker aufgenommen hast. Ich habe dich ins Team geholt, weil ich deine Ideen für gut halte. Und ich will, dass du das weißt. Du hast dich endlich geöffnet, und dein Vorschlag wurde abgelehnt. So hatte ich das nicht geplant. Also danke ich dir, weil du die Größe besitzt, die Ideen von anderen zu schätzen.«

Sie stand auf und lächelte verschmitzt. »Du weißt genauso gut wie ich, dass mir nie jemand vorwerfen konnte, keine Größe zu besitzen.«

Sein Lachen folgte ihr, als sie auf den Flur hinaustrat.

Wieder entschied Maddie sich für einen grünen Salat zum Mittagessen. Zur Abwechslung probierte sie aber diesmal das italienische Diätdressing. Nachdem sie gezahlt hatte, blieb sie stehen und hielt nach Colton Ausschau. Er war nirgends zu entdecken. Sie seufzte. Es waren einfach zu viele Menschen in der Cafeteria.

Sie ließ ihre Blicke erneut durch den Raum schweifen; diesmal winkte ihr jemand zu. Ihr Herzschlag schien einen Moment auszusetzen, doch dann erkannte sie die Person: Es war nicht Colton. Es war Dan, der mit ihr seinen Kuchen geteilt hatte. Maddie balancierte das Tablett vorsichtig in einer Hand und winkte mit der anderen zurück. Sie sah sich noch einmal nach Colton um. Nein, keine Spur von ihm zu sehen.

Sie wandte sich wieder zu Dan um. Mittlerweile war er aufgestanden und deutete auf seinen Tisch. Maddie zögerte.

Schließlich siegten ihre guten Manieren, und sie ging auf ihn zu. Wahrscheinlich würde sie Colton doch nicht finden. Und Dan hatte vielleicht wieder ein Stück Kuchen, das er mit ihr teilen würde.

»Hallo, Maddie«, sagte er und zog einen Stuhl für sie heran. »Ich dachte mir, du hättest vielleicht gerne Gesellschaft.«

»Ich …«, sie blickte über die Schulter.

»Du suchst nach deinem Freund Colton? Er ist da drüben.« Dan zeigte auf einen Tisch etwas weiter entfernt. »Er wendet uns den Rücken zu. Aber vielleicht kannst du ihn erkennen, wenn die Frauen, die hinter ihm stehen, weggehen.«

Kein Wunder, dass sie ihn nicht gesehen hatte. Wieder einmal war er von weiblichen Wesen umringt. Sie senkte den Kopf und setzte sich. »Er ist faszinierend.«

Dan nahm ihr gegenüber Platz und zuckte mit den Schultern. »Für mich nicht.«

Sie sah in seine blitzenden Augen und lachte. »Das freut mich wirklich zu hören.«

»Warum bestrafst du dich so?«, fragte er und deutete auf den Salat.

Maddie konnte nicht zugeben, dass sie gehofft hatte, mit Colton zu essen. Mit dem Salat hatte sie ihn beeindrucken wollen. Als ob ihr jemand glauben würde, dass sie von Salat und Diätdressing lebte. »Ich habe gehofft, du hättest ein Stück Kuchen, das du mit mir teilen willst«, improvisierte sie.

Er hob einen Teller mit einem großen Stück Schokoladencremetorte hoch. »Heute ist dein Glückstag.«

Dan lächelte sie an, und Maddie fühlte sich, als sei sie in helles Sonnenlicht getaucht.

Sie hatte ganz vergessen, was für ein umwerfendes Lächeln Dan hatte. Es war nicht so perfekt wie Coltons, aber ziemlich gut. Dan hatte ein markantes Kinn, einen großen Mund und ebenmäßige weiße Zähne. Sie mochte seine feinen Lachfältchen. Das Beste an seinem Lächeln war, dass es sein ganzes Gesicht zu erfassen und zu erleuchten schien.

Er war ein durchaus attraktiver Mann. Sie hatte sofort bemerkt, dass er ein paar Zentimeter größer als sie war – definitiv ein Pluspunkt. Er hatte die athletische Figur eines Sportlers – eines Läufers, nicht eines Gewichthebers. Wie bei ihrem ersten Treffen trug er verwaschene Jeans und ein schwarzes T-Shirt.

Dieser Mann verbrachte seine Zeit nicht damit, stundenlang in den Spiegel zu schauen. Dan schien mit sich selbst sehr zufrieden zu sein. Das war wahrscheinlich auch der Grund, warum sie sich in seiner Gegenwart so wohl fühlte.

Sie wusste intuitiv, dass Dan ein freundliches Wesen besaß. Ein Mann, der stolpernde Riesen rettete und seinen Nachtisch mit hungrigen Fremden teilte, musste einfach nett sein.

Und er war ein guter Gesprächspartner und ein noch besserer Zuhörer.

Maddie erinnerte sich, dass sie beim letzten Mal nur von Colton geschwärmt hatte und Dan gar nichts über ihn selbst gefragt hatte. »Erzähl mir von Dan Willis«, bat sie ihn deshalb jetzt.

»Da gibt es nicht viel zu erzählen.«

Sie schüttelte den Kopf. »Das kaufe ich dir nicht ab. Neulich habe ich dir von mir erzählt. Jetzt bist du an der Reihe. Ich werde dir den Einstieg erleichtern. Was machst du beruflich?«

»Ich bin Fotograf.«

»Ein professioneller Fotograf?«

Dan nickte.

»Das ist interessant. Was fotografierst du?«

Er lachte gequält. »Im Moment weiß ich das auch nicht.«

O nein. Ein arbeitsloser Fotograf. Kein Wunder, dass er nichts über sich erzählen wollte. Maddie beugte sich über den Tisch und streichelte seine Hand. »Lass dich nicht entmutigen. Du wirst schon wieder etwas finden.«

Dan ergriff ihre Hand und betrachtete sie. Maddie hielt den Atem an. Wow. Es war faszinierend, wie seine einfache Berührung sie durcheinanderbrachte. Sie zwang sich, normal zu atmen. Dans Hand war warm und stark. Ihre eigene wirkte richtig feminin, wenn sie von einer größeren männlichen gehalten wurde.

»Das sieht mir aber sehr nach einer frischen Maniküre aus«, neckte er Maddie.

Verlegen zog sie ihre Hand zurück. »Stimmt. Am Samstag war ich im Nagelstudio.« Sie würde ihm nicht gestehen, dass das ihre erste professionelle Maniküre war, geschweige denn, dass es seine Bemerkung über ihre Hände war, die den Ausschlag gegeben hatte.

Die Mittagspause war längst vorüber. Aber sich mit Dan zu unterhalten war so unkompliziert, dass Maddie vergaß, auf die Uhr zu sehen.

»Oh«, sagte sie, als sie ihre Verspätung endlich bemerkte. »Ich muss gehen.«

Dan lächelte. »Kein Problem. Ich werde morgen wieder nach dir Ausschau halten.«

Maddie fühlte sich seltsamerweise fast beschwingt, als sie zum Aufzug eilte. Dan war natürlich nicht mit Colton zu vergleichen, aber er gab doch eine gute Verabredung zum Mittagessen ab.

4. Kapitel

»Ich werde nicht mitkommen.«

Maddie hörte auf, die Unterlagen für die neue Kampagne in ihre Aktentasche zu sortieren, und blickte auf. »Was?«

Jack schmunzelte. »Ich habe gesagt, ich werde dich und Colton heute nicht zu Swanson Shoes begleiten.«

Sie kicherte und fuhr mit ihrer Arbeit fort. »Sehr lustig. Ich hätte beinahe einen Herzinfarkt bekommen. Für einen Moment dachte ich, du meinst es ernst.«

»Das tue ich auch. Ich werde euch nicht begleiten.«

»Wovon sprichst du? Natürlich kommst du mit. Du bist der Teamchef.«

»Vor zehn Minuten habe ich diesen Titel an Colton weitergegeben.«

Er meinte es wirklich ernst. »Jack, warum hast du das getan? Du hast von Anfang an die Kampagnen für Swanson geleitet.«

»Und genau aus diesem Grund habe ich alles in Coltons Hände gelegt. Denk doch mal darüber nach. Wir haben für die jetzige Kampagne so hart gearbeitet. Ich will nicht, dass dem neuen Präsidenten unsere Ideen nicht gefallen, weil die Präsentation von einem alten Mann gemacht wird.«

»Das ist verrückt.«

Jack schüttelte den Kopf. »Das glaube ich nicht. Und Colton hat mir zugestimmt. Als ich ihm heute Morgen meine Bedenken mitgeteilt habe, hat er zugegeben, dass ihm ähnliche Gedanken durch den Kopf gegangen sind. Und wir sind uns einig. Wir werden bessere Chancen haben, wenn wir einen klaren Schnitt machen. Eine neue Kampagne unter einer neuen Leitung.«

»Mir gefällt die Idee trotzdem nicht.«

»Deine Loyalität freut mich, aber die Entscheidung steht fest. Es liegt an dir und Colton, uns den Auftrag zu sichern.«

Wie aufgewühlt Maddie auch durch diesen unerwarteten Wechsel sein mochte, sie konnte nichts mehr dazu sagen, denn Colton betrat den Raum.

»Ich habe die Kassetten und die Storyboards für die Fernsehspots«, sagte er und zeigte auf eine große Mappe, die er in der rechten Hand hielt. »Hast du die Anzeigen?«

Maddie legte ihre Aktentasche auf den Tisch. »Ja.«

»Großartig.« Colton blickte zu Jack. »Wenn du keine letzten Worte oder Ratschläge mehr für uns hast, sind wir bereit.«

Jack schüttelte den Kopf. »Ich habe vollstes Vertrauen in euch.«

Auf der zehnminütigen Autofahrt zu Swanson Shoes sagte Maddie kaum ein Wort. Sie wollte, aber sie konnte nicht.

Wenn Colton nervös war, ließ er es zumindest nicht erkennen. Er nutzte die Fahrt, um Maddie über seine geplante Vorgehensweise bei dem Meeting zu informieren. Er würde die Hauptverhandlungen führen, und sie sollte nur in Notfällen einspringen.

Es lag ihr schon auf der Zunge zu protestieren. Schließlich war sie genauso gut vorbereitet wie er. Trotzdem schwieg sie. Es hing einfach zu viel von diesem Treffen ab, und durch ihre Unerfahrenheit könnte sie alles vermasseln.

Coltons Selbstvertrauen war ansteckend. Als sie den Eingangsbereich von Swanson Shoes betraten, waren Maddies Bedenken wegen Jack verflogen.

»Guten Morgen«, begrüßte Colton die ältere Frau an der Rezeption. »Wir sind von Cue Communications und haben um zehn Uhr einen Termin mit Paul Swanson.«

Maddie fühlte Mitleid mit der in Ehrfurcht erstarrten Rezeptionistin. Eigentlich hatte sie ein Alter erreicht, in dem sie gegen Coltons umwerfende Ausstrahlung immun sein sollte. Aber es dauerte fast zehn Sekunden, bis sie ihre Sprache wiederfand.

»Mr. Swanson … erwartet Sie«, stotterte sie. »Das zweite Büro auf der linken Seite.«

Maddie folgte Colton in den kleinen Konferenzraum, in dem bereits zwei Männer und eine Frau an einem Tisch Platz genommen hatten. Der Mann in der Mitte stand auf, ging auf sie zu und streckte seine Hand aus. »Hallo, ich bin Paul Swanson. Sie müssen das Team von Cue sein.«

Paul Swanson entsprach überhaupt nicht Maddies Erwartungen. Sie hatte ihn sich als reiches, verwöhntes Kind vorgestellt, das darauf brannte, die Welt zu erobern. Aber er sah wie ein vollkommen normaler Mann aus, der mit beiden Füßen fest auf dem Boden der Tatsachen stand.

Nachdem sie sich vorgestellt hatten, nahmen Maddie und Colton auf der anderen Seite des Tisches Platz.

»Gut«, sagte Paul. »Zeigen Sie mir Ihre Vorschläge.«

Colton schien von diesem Befehl nicht im Mindesten beeindruckt zu sein und lächelte. »Aha. Sie kommen gleich zur Sache. Das gefällt mir. Lassen Sie uns über Schuhe sprechen.«

In der nächsten Dreiviertelstunde war Colton in seinem Element. Er ging auf und ab, gestikulierte, er sprach mal leise, mal laut, wie ein enthusiastischer Prediger. Als die offizielle Präsentation vorüber war, beantwortete er alle Fragen mit einzigartiger Kompetenz. Selbst der härteste Kritiker hätte zugeben müssen, dass er brillant war. Maddie musste sich beherrschen, sonst hätte sie applaudiert.

»Also, Paul«, sagte Colton schließlich. »Wann können wir mit der neuen Kampagne beginnen?«

Pauls Miene hatte sich während des gesamten Vortrags nicht verändert. Jetzt blickte er kurz seine beiden Kollegen an und stand auf. »Es tut mir leid, aber Sie haben mich nicht überzeugt.«

Maddie konnte Coltons Antwort nicht verstehen; sie nahm nur noch das Rauschen in ihren Ohren wahr. Cue Communications hatte Swanson als Kunden verloren!

Ohne zu wissen, was sie tat, stand Maddie ebenfalls auf. Sie hörte sich sagen: »Da wir nicht genau wussten, welche Richtung die neue Kampagne einschlagen sollte, haben wir uns erlaubt, eine weitere Idee zu entwickeln. Vielleicht entspricht diese Alternative eher Ihren Erwartungen.«

Wer von ihrem Vorstoß mehr überrascht war, sie selbst, Colton oder Paul, ließ sich nicht sagen. Irgendetwas an ihrem Tonfall musste die beiden Männer beeindruckt haben, denn sie hörten ihr zu.

Erst jetzt wurde ihr bewusst, wie unerhört ihre Tat war. Sie hatte gelogen! Es gab überhaupt keine zweite Kampagne.

Alle schwiegen und blickten sie erwartungsvoll an. Sie musste etwas sagen! Maddie schluckte. Ihr blieben nur zwei Möglichkeiten: Sie konnte zugeben, dass sie geschwindelt hatte, ihre Sachen zusammenpacken und nach Hause gehen.

Oder sie konnte weitermachen. Um Zeit zu gewinnen, holte sie die Notizen, die sie damals für ihre Recherchen gemacht hatte, aus ihrer Aktentasche.

»Um uns auf das heutige Treffen vorzubereiten, haben wir den durchschnittlichen Käufer von Swanson-Schuhen ermittelt. Der Markt hat sich in den letzten Jahren sehr verändert, und wir wollten sicher sein, mit unserer Kampagne den richtigen Käufertyp zu erreichen. Das Ergebnis unserer Recherche war nicht überraschend: Die Kundschaft besteht überwiegend aus gebildeten Mittelklassefamilien mit doppeltem Einkommen.« Maddie verlas einige Statistiken, die sie auf ihren Zetteln notiert hatte.

Obwohl Pauls Miene weiterhin unbewegt blieb, schien es Maddie doch so, als rücke er in seinem Stuhl weiter nach vorne. *Interessant, Paul Swanson gibt viel auf Zahlen.*

Ermutigt fuhr sie fort: »Um gerade diesen Typ direkt anzusprechen, schlagen wir vor, das Zentrum der neuen Kampagne auf Qualität und Status zu verlegen. Lassen Sie es mich einfacher ausdrücken: Wir verkaufen keine Kleinwagen mehr, sondern Rolls-Royce.«

Mit diesem Satz hatte sie endlich die volle Aufmerksamkeit. Die drei Vertreter von Swanson fingen an, wild durcheinanderzureden. Und keiner sagte etwas Negatives.

Maddie beantwortete die Fragen, so gut sie konnte. Irgendwann schlug Colton vor, die Anzeigenserie durchzusprechen und Maddie eine Pause zu gönnen. Da es keine Anzeigen gab, war sie froh, ihm das Feld überlassen zu können.

Ungefähr zehn Minuten später unterbrach Paul Coltons Ausführungen. »Das gefällt mir«, sagte er. »Wir möchten natürlich die Entwürfe der Anzeigen sehen, bevor wir unser endgültiges Urteil abgeben. Aber ich denke, Cue Communications wird den Auftrag erhalten.«

Die Rückfahrt zu Cue verlief schweigend. Keiner von beiden fühlte sich in der Lage zu sprechen.

Jack begegnete Colton und Maddie auf dem Flur. Obwohl er versuchte, eine gleichgültige Miene aufzusetzen, ging Maddie jede Wette ein, dass er aufgeregt war. »Erzählt mir, wie es gelaufen ist.«

Colton gab ihm eine kurze Zusammenfassung. An dem Punkt, an dem Paul gesagt hatte, dass ihm die neue Kampagne nicht gefallen würde, wich alle Farbe aus Jacks Gesicht.

»Es sah wirklich schlecht aus. Und dann ist Maddie aufgestanden und hat gemeint, ihnen würde vielleicht Plan B besser gefallen.«

»Plan B?«, fragte Jack.

»Sie hat ihnen von ihrem Rolls-Royce-Konzept erzählt, und plötzlich wurde alles ganz einfach. Ich glaube, Paul hat sogar gelächelt.«

Colton sah Maddie an. Als ihre Blicke sich trafen, fingen beide an zu lachen. Ein befreiendes lautes Lachen, das endlich die Anspannung löste. Die anderen Kollegen kamen aus ihren Büros, um nachzusehen, was hier vor sich ging.

Jack war immer noch irritiert über Plan B. »Aber ihr konntet ihnen nichts zeigen, keine Entwürfe, keine Konzepte, keine Musik.«

»Ich habe improvisiert«, sagte Colton und zuckte mit den Schultern.

»Sei nicht so bescheiden«, warf Maddie ein. »Jack, er war brillant. Colton hat ihnen minutiös einen Fernsehspot geschildert, als hätte er ihn selbst geschrieben. Er hat sogar Vivaldi als Hintergrundmusik gesummt.«

Sie blickte Colton an, und wieder fingen sie an zu lachen.

»In Ordnung«, sagte Jack. »Ich möchte euch beide für einen vollständigen Bericht um zwei Uhr bei mir sehen.« Dann wandte er sich um und ging zurück in sein Büro.

Mittlerweile hatten sich die anderen Kollegen zu Maddie und Colton gesellt und bestürmten sie mit Fragen. »Wie soll die Anzeigenserie aussehen?«

»Was hast du ihnen über den Fernsehspot erzählt?«

Der Leiter der Textabteilung blickte auf seine Uhr. »Es ist jetzt Mittag. Hast du nicht Lust, mit uns essen zu gehen, Colton? Dann kannst du uns in alle Einzelheiten einweihen.«

Maddie blickte Colton nach, der umringt von Menschen den Flur entlang zum Aufzug ging. Es wäre schön gewesen, auch eingeladen worden zu sein. Immerhin war es ihre Idee gewesen.

Doch dann fiel ihr ein, dass übersehen zu werden auch seine guten Seiten hatte. Jetzt konnte sie sich zur Feier des Tages ein großes Steak gönnen, ohne Angst haben zu müssen, von Colton entdeckt zu werden.

»Moment mal! Was ist das denn? Und jetzt erzähl mir nicht, dass es keinen Salat mehr gab.«

Was war nur an Dan, dass ihr Körper sogar so seltsam auf seine Stimme reagierte? Maddie saß vor ihrem halb aufgegessenen Geflügelfilet; als sie aufblickte, sah sie in sein lächelndes Gesicht. »Nein. Ich feiere.«

»Was dagegen, wenn ich mitmache? Für Feiern bin ich immer zu haben.«

Sie verengte ihre Augen zu schmalen Schlitzen. »Hast du Kuchen mitgebracht?«

»Schokolade-Nuss.«

»Ausgezeichnet.« Sie deutete auf den Stuhl ihr gegenüber. »Sei mein Gast.«

Er lachte, als er die Teller von seinem Tablett nahm und auf den Tisch stellte. »Also, was feiern wir? Hat Colton sich an deinen Namen erinnert?«

»Besser. Wir haben einen Auftrag gerettet.«

»Wirklich? Das klingt spannend. Wie rettet man einen Auftrag?«

Maddie erzählte ihm die ganze Geschichte. Es war vielleicht unsensibel, ihn mit allen Details zu überschütten, aber Dan war rücksichtsvoll genug, interessiert zuzuhören.

»Die Situation war fast surreal. Ich kann immer noch nicht glauben, was ich getan habe.«

»Ich schon. Du bist eine kluge Frau. Du hast das Problem erkannt und bist aufgestanden, um zu helfen.« Dan schob den Kuchenteller auf die Mitte des Tisches und reichte Maddie eine Gabel. »Wo ist denn die andere Hälfte dieses brillanten Teams? Sollte Colton nicht mit dir zusammen feiern?«

»Er isst mit den Textern. Sie haben ihn gebeten, ihnen alle Informationen über die neuen Vorschläge zu geben.«

Dan runzelte die Stirn. »Ich will mich ja nicht beschweren, aber warum sitzt du dann hier alleine? Schließlich war es doch deine Idee, die euch den Auftrag gesichert hat.«

»Das hat sich noch nicht überall herumgesprochen. Die Kollegen sind erst später dazugekommen, als Colton von seinen improvisierten Anzeigen gesprochen hat. Also glauben sie, es sei sein Plan.«

»Und du hast nichts getan, diesen Irrtum aufzuklären? Und Colton hat auch nichts unternommen?«

Maddie schaute auf ihren Teller. Sie konnte Dan nicht in die Augen sehen. »Nein. Es schien nicht wichtig zu sein. Mein Chef weiß es. Darauf kommt es an.«

»Da muss ich dir widersprechen. Ehre, wem Ehre gebührt. Und ich halte Colton für einen gemeinen Kerl, wenn er deine Ideen stiehlt.«

»Er hat sie nicht gestohlen. Außerdem hat er sich die Anzeigen und den Fernsehspot einfallen lassen. Es geht schon in Ordnung, dass er mit den Textern zusammen isst.«

Aber so einfach ließ Dan sich nicht beschwichtigen. »Zumindest hätten beide Mitglieder des Teams dabei sein sollen. Du solltest bei ihnen sein, Maddie.«

Sie schenkte ihm ein Lächeln, teils weil sie ihn beruhigen wollte, aber auch, weil er sie verteidigte. Er glaubte an sie. Und wenn sie ehrlich zu sich selbst war, so war auch sie der Meinung, Colton hätte sie einladen müssen. »Wenn ich bei den anderen wäre, könnte ich nicht hier sitzen und Schokoladen-Nuss-Kuchen mit dir essen.«

»Danke.« Er streckte die Hand aus und berührte ihre Wange. »Das Kompliment würde mir noch besser gefallen, wenn ich nicht den Verdacht hätte, dass der Kuchen den größeren Anteil daran hat.«

Es war fast sechs Uhr, als Maddie ihren Schrank abschloss, ihre Handtasche über die Schulter hängte und das Licht in ihrem Büro ausschaltete. Der Flur war verlassen. Wenn kein großes Projekt anstand, achtete Jack immer darauf, dass um fünf Uhr Feierabend gemacht wurde.

Eine Dreiviertelstunde zuvor hatte eine größere Gruppe an Coltons Tür Halt gemacht und ihn auf einen Drink eingeladen. Während Maddie darauf wartete, dass auch an ihre Tür geklopft wurde, hatte sie den Atem angehalten. Doch als das Gelächter und die Stimmen leiser wurden, wusste sie, es würde keine Einladung geben.

Das hätte sie nicht überraschen sollen. Trotzdem ... Irgendein Teil von ihr beharrte darauf, Colton würde es auffallen, dass sie fehlte. Und ohne sie sei die Party doch nicht vollständig.

Fünf Minuten lang rang sie mit der Idee, ihnen zu folgen. Sie brauchte keine offizielle Einladung, um in eine Bar zu gehen. Und wenn sie dann auf Colton und die anderen treffen würde ... welch glücklicher Zufall! Schließlich war sie doch eine emanzipierte Frau, die ihr Schicksal in den eigenen Händen hielt!

Aber am Ende blieb sie alleine zurück und erledigte noch einige Schreibarbeiten. Selbst ihre eigenen Argumente überzeugten sie nicht. Denn als echte Romantikerin wollte sie erobert werden.

Maddie betrat den leeren Aufzug. Im vierten Stock hielt er an. Die Türen öffneten sich, und Dan trat ein.

»Hallo, Maddie«, sagte er und schenkte ihr sein umwerfendes Lächeln. »Feierabend?«

Sie war überrascht, ihm im Gebäude zu begegnen. Obwohl er regelmäßig die Cafeteria besuchte, hätte sie nicht gedacht, dass ein arbeitsloser Fotograf überhaupt ein Büro benötigte.

»Ja. Was ist mit dir?«

Dan zuckte mit den Schultern. »Ich war es leid, ständig auf dieselben vier Wände zu starren. Da habe ich beschlossen, nach Hause zu gehen.«

»Du hast ein Büro hier?«

Es war ihr offensichtlich nicht gelungen, ihre Überraschung zu verbergen, denn seine Antwort klang etwas abwehrend. »Ich brauche einen Platz, um meine Kameras aufzubewahren. Im Moment lebe ich im Hotel, aber ich hasse es, teure Ausrüstung einfach herumliegen zu lassen.«

Maddie wusste die genauen Mietpreise nicht, doch die Büros im Tower Building waren nicht billig. Zusammen mit der Hotelrechnung musste ihr arbeitsloser Freund hoch verschuldet sein. Dan war ein stolzer Mann. Es musste ebenso schlimm für seinen Geldbeutel wie für sein Ego sein, keine Arbeit zu haben. »Wenn du im Hotel wohnst, sehnst du dich doch bestimmt nach einer richtigen selbst gekochten Mahlzeit. Warum kommst du nicht Sonntagabend zu mir, und ich mache uns etwas zu essen?«

»Danke. Sehr gerne.«

Maddie kramte in ihrer Handtasche nach Zettel und Stift, um ihre Adresse aufzuschreiben. »Ist sieben Uhr in Ordnung?«

»Perfekt.«

»Dann bis Sonntag um sieben.«

5. Kapitel

»Madelyn, wenn du da bist, nimm den Hörer ab. Hier spricht deine Mutter.«

Kurz überlegte Maddie, ob sie den Anrufbeantworter weiterlaufen lassen sollte, aber das würde das Unvermeidbare nur auf einen späteren Zeitpunkt verschieben.

»Hallo, Mom.«

»Hallo, mein Liebling. Du hast dich seit ein paar Tagen nicht gemeldet, und da habe ich mir Sorgen gemacht.«

Maddie fühlte sich schuldig. »Es tut mir wirklich sehr leid. In der Firma stand eine große Präsentation an, und ich war so beschäftigt …«

»Beschäftigt erinnert mich an deine Schwester«, unterbrach ihre Mutter sie. »Habe ich dir von ihrem neuesten Projekt erzählt?«

»Nein, im Büro gab es …«

Wieder fiel ihre Mutter ihr ins Wort. »Sie ist zur Präsidentin der Krankenhaus-Gala nächstes Jahr gewählt worden.«

»Das klingt großartig«, sagte Maddie. »Ich frage mich, woher sie die Zeit …«

»Oh, sie ist wunderbar. Aber ich bin auch besorgt. Wie sie all diese sozialen Verpflichtungen wahrnimmt, ihren Mann und ihre zwei Kinder glücklich macht, das muss sie irgendwann vollkommen erschöpfen.«

Maddie wusste, dass ihre Mutter sich nicht wirklich Sorgen machte. Aber sie antwortete, was von ihr erwartet wurde.

»Du brauchst dich um Jennifer nicht zu sorgen, Mom. Ich bin mir sicher, sie hat alles im Griff.«

»Du hast recht. Sie hat sich schon immer so engagiert.« Der Tonfall ihrer Mutter veränderte sich plötzlich von Bewunderung zu Mitleid. »Und was ist mit dir, Madelyn?«

»Ja, ich habe gestern einen sehr wichtigen Vertrag abschließen können. Ich habe den Auftrag gerettet. Erinnerst du dich, wenn Dad über Swanson Sh…«

»Ich habe doch nicht die Arbeit gemeint, Madelyn«, tadelte ihre Mutter. »Hast du jemanden kennengelernt? Du weißt, dass ich es hasse, dich darauf anzusprechen, aber das Familientreffen ist in ein paar Wochen. Es wäre schön, wenn du endlich mal nicht allein kommen würdest. Vielleicht solltest du doch das Angebot deiner Schwester annehmen. Ich bin mir sicher, mit all ihren Kontakten wird sie jemanden für dich finden.«

»Nein, danke. Das ist nicht nötig. Ich werde meinen neuen Kollegen aus der Firma mit zu dem Treffen bringen.«

»Liebling, warum hast du mir nichts davon erzählt?«

»Es sollte eine Überraschung werden.«

»Wie heißt er?«

»Mein Kollege? Colton Hartley.«

Sie unterhielten sich noch einige Minuten, dann legte Maddie auf. Was hatte sie getan? Sie hatte ihrer Mutter erzählt, sie habe eine Verabredung mit Colton Hartley! Wie in aller Welt hatte sie so eine Geschichte erfinden können?

Mitleid. Es musste das Mitleid in der Stimme ihrer Mutter gewesen sein, das den Ausschlag gegeben hatte.

Irgendwann hatte Maddie sich an die wohlmeinenden Hinweise und Ratschläge von ihrer Mutter und Schwester gewöhnt. Sie war sogar stolz darauf, auf diesem Ohr taub zu sein. Als ihr Vater noch lebte, hatten sie zusammen darüber gelacht.

Aber nun war sie allein. Normalerweise konnte sie die Kommentare ertragen, aber heute hatte das Mitleid sie verletzt.

Denn heute ging es nicht um belanglose Ratschläge, sondern darum, wer Maddie war. Ihre Mutter hielt sie für eine Versagerin. Und Maddie musste ihr das Gegenteil beweisen, bevor sie noch selbst daran glaubte.

Derselbe blinde Optimismus, der Maddie Colton Hartley als ihre Verabredung für das Familientreffen hatte ausgeben lassen, trieb sie nun zum Shopping. Denn noch besser, als ihre Familie mit dem fantastischen Colton zu beeindrucken, wäre, selbst fantastisch auszusehen.

Normalerweise hasste sie es, einkaufen zu gehen. Es hatte etwas Masochistisches, schlecht sitzende Kleider anzuprobieren, nur um letzten Endes die schlimmsten Befürchtungen bestätigt zu bekommen: Sie war ein hässlicher Riese.

Heute schob sie ihre negative Einstellung beiseite. Was hatte Dan noch gesagt? Sie war groß, kein Riese!

Maddie musste lächeln. Ob Dan überhaupt eine Ahnung hatte, was seine Worte in ihr bewirkt hatten? Wie ein Mantra hatte Maddie sie immer wieder vor sich hin gesprochen. Sie schuldete ihm etwas. Morgen Abend würde sie einen ganz besonderen Nachtisch für ihn kochen.

Sie nahm sich vor, kein schwarzes Kleid zu kaufen. Sie musste sich nicht verstecken oder sich kleiner machen, als sie war. Ich bin groß, wiederholte sie, kein Riese. Und ich habe schöne Hände.

Maddie holte noch einmal tief Luft und betrat das Geschäft. An einer Seite hingen pastellfarbene Leinenhosen mit passenden Tops. Das wäre doch eine Abwechslung. Schick, aber nicht übertrieben. Aber dann erinnerte sie sich an ihre früheren Versuche, frischere Farben zu tragen. Es war ein Desaster gewesen.

Pink, wie es ihre Mutter und Schwester trugen, machte sie blass. Grün und gelb ließen sie krank aussehen.

Sie war kurz davor aufzugeben, als sie einen Ständer mit Sommerkleidern erblickte. Ein Sommerkleid bedeutete, cool, feminin und sexy auszusehen. Es wäre perfekt!

Maddie nahm das erste blau gemusterte Kleid. Als sie es vor ihre Brust hielt, konnte sie sich fast an Coltons Seite sehen: voller Stolz und Selbstvertrauen.

Ihre Verwandten wären sprachlos. Und Colton würde seine Blicke nicht mehr von ihr abwenden können …

»Kann ich Ihnen helfen?«

Maddie riss sich von ihren Tagträumen los und wandte sich der Verkäuferin zu.

»Ja.« Sie hielt das Kleid hoch. »Ich bin auf der Suche nach etwas, das zu unserem Familientreffen passt. Ein Sommer-kleid.«

Die Verkäuferin blickte Maddie an, dann das Kleid und wieder zurück zu Maddie. »Soll es ein Geschenk sein?«

»Nein. Es ist für mich.«

»Ich glaube nicht, dass Größe 36 für Sie das Richtige ist«, sagte die ältere Dame kichernd, während sie Maddie das Kleid aus der Hand nahm und es zurück auf die Stange hängte.

Dann zog sie eine größere Version des Modells hervor. »Dieses hier könnte Ihnen passen, obwohl es wahrscheinlich zu kurz ist. Wie groß sind Sie?«, fragte sie nicht unfreundlich. »Eins fünfundachtzig?«

»Eins achtzig«, berichtigte Maddie automatisch. War es ihre Einbildung, oder sah das Kleid, das in Größe 36 noch so sexy gewirkt hatte, nun wie eine scheußliche Badezimmerta-pete aus?

»Möchten Sie es anprobieren? Die Umkleidekabinen sind da hinten.«

Maddie hielt das Kleid für eine Sekunde vor ihre Brust und gab es der Verkäuferin zurück. »Nein. Sie haben recht. Es ist zu kurz.«

Die Verkäuferin setzte die Suche nach einem passenden Kleid fort und schüttelte schließlich den Kopf. »Nein. Es tut mir leid. Aber wir haben gestern eine Lieferung knöchellanger Kleider hereinbekommen. Da war auch eins in Schwarz dabei, das könnte Ihnen passen.«

Schon wieder Schwarz. Vielleicht war das ein Zeichen? Wenn ja, wollte sie gar nicht wissen, was es bedeutete. »Nein, danke. Ich bin heute nicht mehr in der Stimmung, etwas anzuprobieren.«

Auf der Heimfahrt sprach sie sich selbst Mut zu. Einfach zum Einkaufen zu fahren war eine viel zu überstürzte Handlung gewesen, ausgelöst durch das Mitleid ihrer Mutter.

In Wahrheit hatte sie viele schöne Kleider in ihrem Schrank, die sie zum Familientreffen anziehen konnte. Und mit der Farbe Schwarz war auch alles in Ordnung. Schwarz war klassisch. Und machte schlank.

6. Kapitel

Dan wechselte den Blumenstrauß von der rechten in die linke Hand und drückte auf den Klingelknopf.

Fast augenblicklich öffnete Maddie die Tür. »Hallo, Dan. Pünktlich auf die Minute.«

Er mochte die Art, wie ihre Augen vor Freude zu leuchten schienen. Sie lächelte, und seine Aufmerksamkeit richtete sich automatisch auf ihren Mund. Er hatte Mühe, seinen Blick loszureißen.

»Komm herein«, sagte sie.

Dan trat über die Schwelle und stellte seine Fototasche ab. Dann wartete er, bis sie die Tür geschlossen hatte, und überreichte ihr die Blumen.

»Für mich?« Sie klang, als hätte er ihr ein ganz besonderes Geschenk gemacht. Er bedauerte, seine Kamera nicht zur Hand zu haben, um den überraschten Ausdruck in ihrem Gesicht festhalten zu können. »Sie sind wunderschön.«

»Wunderschöne Blumen für eine wunderschöne Frau.« Dan biss sich auf die Lippen. Warum hatte er das gesagt? Hohle Phrasen und süßliche Komplimente waren sonst nicht sein Stil. Aber als er gesehen hatte, wie sie sich über den Strauß beugte, waren ihm die Worte einfach herausgerutscht. Denn sie waren keine Schmeichelei, sondern die Wahrheit.

Maddie überging das Kompliment mit einem ungläubigen Lachen. »Komm mit in die Küche, während ich die Blumen in eine Vase stelle.«

Der Begriff wunderschön passte allerdings auch heute nicht zu Maddies Kleidung, wie Dan feststellte. Sie trug eine lange Tunika über einer Blumenhose. Er folgte ihr in die Küche.

»Mmh. Das duftet köstlich«, sagte er.

»Ich hoffe, du magst Lasagne«, erwiderte sie über die Schulter hinweg, während sie eine gläserne Vase mit Wasser füllte.

»Ich liebe Lasagne.«

Maddie stellte die Blumen in die Vase und gab sie Dan. »Tust du mir einen Gefallen? Suchst du einen Platz für sie, während ich mich um die Drinks kümmere?«

Er ging ins Wohnzimmer, und es verschlug ihm für einen Moment die Sprache. Der Raum sah aus, als sei er für einen Katalog dekoriert worden.

Geschmackvolle cremefarbene Sofas und kleine Mahagonitische waren auf einem dichten Orientteppich arrangiert. Die Wände und Vorhänge waren in einem hellen Gelbweiß gehalten, das dem Raum eine unaufdringliche Eleganz verlieh. Bunte Kissen setzten genau die richtigen farblichen Akzente, damit es nicht langweilig wirkte.

»Wow.«

Mit zwei Gläsern Eistee in den Händen trat Maddie zu ihm. »Wie bitte?«

»Dieses Zimmer. Es ist großartig.«

»Danke.«

»Wer war dein Innenarchitekt?«

»Ich habe es selbst eingerichtet.«

»Du machst Witze.«

»Ich denke, ich werde den schockierten Klang in deiner Stimme ignorieren und es als Kompliment betrachten.«

Er war tatsächlich schockiert. Seiner Erfahrung nach spiegelte eine Wohnung das Aussehen des Eigentümers wider. Deshalb hatte er etwas anderes erwartet. Irgendetwas Schwarzes und Formloses.

Maddie nahm ihm die Vase aus den Händen, stellte sie auf einen der kleinen Tische und betrachtete den Effekt. »Die Blumen sind sehr schön. Vielen Dank.«

»Gern geschehen. Ich musste mich doch für die Einladung revanchieren.«

Sie lächelte. »Das Essen braucht noch fünfzehn Minuten. Soll ich dir in der Zwischenzeit die Wohnung zeigen?«

Der Rest der Wohnung bestätigte Dans ersten Eindruck. Maddie hatte ein untrügliches Gespür für guten Geschmack. Das Apartment strahlte Stil und Persönlichkeit aus. Ihre Kleidung weder das eine noch das andere. Für Dan ergab das keinen Sinn.

Im Flur blieb er vor einer gerahmten Fotografie stehen. »Ist das deine Familie?«

»Ja. Das Bild wurde vor ein paar Jahren aufgenommen, bevor mein Vater gestorben ist. Er, meine Mutter und meine Schwester haben mich auf dem College besucht.«

Dan betrachtete das Bild. Maddie hatte sich seitdem kaum verändert. Nur ihre langen Haare waren damals zu einem Pferdeschwanz gebunden.

Plötzlich klingelte eine Uhr in der Küche und beendete die Wohnungsführung.

Maddie servierte den Salat, Knoblauchbrot und die Lasagne ganz konventionell im Esszimmer.

»Das war großartig, Maddie«, sagte Dan, als er endlich die Gabel auf seinen leeren Teller legte. »Wir müssen ›ausgezeichnete Köchin‹ auf die Liste deiner herausragenden Fähigkeiten setzen. Ich würde gerne noch eine zweite Portion nehmen, aber dann platze ich.«

»Dann muss ich den Limonenkuchen wohl ganz alleine essen.«

Ein Leuchten ging über Dans Gesicht. »Es gibt noch Limonenkuchen? Mit Sahne?«

Sie nickte. »Ungefähr anderthalb Zentimeter dick.«

»Das ist eines meiner Lieblingsdesserts.« Er streichelte seinen Bauch. »In einer Stunde bin ich wieder einsatzfähig.«

Sie hatten sich auf Kaffee als Zwischengang geeinigt. Mit je einer Tasse traten sie jetzt auf den Balkon hinaus und setzten sich auf zwei gemütliche Stühle an einen kleinen Bistrotisch. Die Sonne ging gerade unter, und es war angenehm kühl geworden. Der Verkehrslärm drang nur gedämpft zu ihnen herauf.

»Die Aussicht ist ja fantastisch«, staunte Dan. Er hatte seine Tasche mitgenommen und holte nun seinen Fotoapparat daraus hervor.

Maddie warf ihm einen argwöhnischen Blick zu. »Was ist das?«

»Das ist eine Kamera.«

»Das sehe ich selbst. Was hast du damit vor?«

»Fotografieren.«

Sie verengte die Augen zu schmalen Schlitzen. »Und was?«

»Dich. Ich dachte, ich könnte ein paar Aufnahmen von dir machen.«

Diese schlichte Antwort beschrieb nicht annähernd, wie sehr er sich danach sehnte. Seit er Maddie das erste Mal getroffen hatte, wollte er sie fotografieren. Denn er fragte sich, ob er die innere Schönheit, die sie ausstrahlte, auf einem Bild einfangen konnte. Maddie war die Herausforderung, nach der er so lange gesucht hatte.

»O nein«, gab sie zurück. »Ich hasse es, fotografiert zu werden. Glaub mir, ich bin völlig unfotogen.«

Dan zog eine Augenbraue hoch. »Kann es ein, dass Maddie Sinclair kamerascheu ist?«

»Ich habe keine Angst. Ich bin hässlich!«

Noch bevor er protestieren konnte, sprach sie weiter. »Schau mich nicht so an. Ich tue dir einen Gefallen. Ich bewahre deine Kamera vor irreparablen Schäden.«

»Du bist nicht hässlich, sondern feige.« Er packte die Kamera wieder in die Tasche. »Aber das ist in Ordnung. Ich wollte doch nur ein bisschen üben.«

»Üben?«, fragte sie und legte ihre Hand auf die Tasche.

»Ja. Es ist wichtig, dass ich im Training bleibe, auch wenn ich keinen konkreten Auftrag habe.«

Er konnte sehen, wie sie ihren inneren Widerstand aufgab. Ihr Gesichtsausdruck wurde wieder sanft, und ihre Schultern entspannten sich.

»Okay«, sagte sie. »Du kannst ein paar Bilder machen. Aber du wirst sie niemandem zeigen, versprochen?«

Die Verletzlichkeit in ihrer Stimme tat ihm in der Seele weh. »Versprochen.«

Steif setzte sie sich aufrecht hin und tastete mit einer Hand nach losen Strähnen in ihrer Frisur. »Ich bin bereit.«

Ihre Miene war ernst. Ihr Lächeln kalt. »Du brauchst nicht zu posieren. Sei ganz du selbst. Wir unterhalten uns einfach weiter, und ich drücke hin und wieder auf den Auslöser.«

Maddie sah ihn unsicher an. »In Ordnung.«

Es dauerte eine Weile, bis sie den lockeren Ton ihrer früheren Gespräche wiedergefunden hatten. Fünf Minuten lang starrte sie die Kamera an und gab nur einsilbige Antworten auf direkte Fragen.

Um ihr die Scheu zu nehmen, knipste Dan ein paar Fotos von der Umgebung. Und tatsächlich, schließlich lachten und redeten sie wie immer. Es gelang ihm sogar, ein paar heimliche Aufnahmen von ihr zu machen.

»Ich habe eine Idee«, sagte er, während er den Film wechselte. »Könntest du die Haare offen tragen? Ich würde gerne ein bisschen experimentieren. Nur zur Übung.«

»Ist das wirklich nötig?«

Dan nickte. Er konnte schlecht zugeben, dass er diese Fantasie schon den ganzen Abend über gehabt hatte: Das hässliche Entlein löst seinen Zopf, und mit wallenden Locken wird es zu einem hinreißenden Schwan.

»Wenn es unbedingt sein muss …« Maddie hob eine Hand, um die Nadeln aus ihrem Haar zu ziehen.

»Lass mich das machen.« Er legte seine Kamera auf den Tisch, stand auf und trat hinter Maddie. Vorsichtig entfernte er die Haarklammern.

Als Fotograf war es eigentlich nicht seine Aufgabe, die Models für das Shooting vorzubereiten. Und erst jetzt realisierte er die Intimität dieses Vorgangs. Wenn seine Finger unabsichtlich ihren Hals berührten, spürte er die Wärme ihrer Haut.

»Fertig«, sagte er, als er die letzte Nadel entfernt hatte. »Kannst du es bitte ausschütteln?«

Der Effekt erfüllte nicht im Mindesten seine Erwartungen. Anstatt in seidigen Wellen über ihren Rücken zu fallen, schienen die Haare ein strohiges und krauses Eigenleben zu entwickeln.

»Es ist furchtbar, nicht wahr?«, sagte Maddie verzweifelt. »Verstehst du jetzt, warum ich es hochstecke?«

Noch nie in seinem Leben hatte er solches Haar gesehen. Es war nicht nur lang, sondern auch außergewöhnlich dick. »Es ist nicht furchtbar«, widersprach er. »Es ist faszinierend.«

Er versuchte diesmal nicht, Maddie abzulenken, sondern richtete seine Kamera direkt auf sie.

Als ein Sirren anzeigte, dass der Film voll war, sagte sie: »Genug geübt. Es ist Zeit für den Nachtisch.«

Sie gingen zurück ins Esszimmer.

»Das ist unglaublich lecker«, sagte Dan, als er den ersten Bissen Kuchen probiert hatte.

»Danke.«

Er sah sie an. »Du kochst wie ein Engel. Du richtest deine Wohnung ein wie ein Profi. Du steckst wirklich voller Überraschungen.«

»Meine Mutter meinte genau dasselbe, als ich ihr heute Morgen am Telefon gesagt habe, dass ich mit Colton zu unserem Familientreffen kommen werde.«

»Das ist eine Überraschung.«

»Tatsächlich ist es eine Lüge.«

»Ich will alles darüber hören.«

»Das ist eine lange Geschichte.« Maddie aß ein Stück Kuchen. »Jedes Jahr haben wir ein Familientreffen. Man erzählt sich, was man seit dem letzten Mal getan hat, wie sich das Liebesleben entwickelt hat, was die Kinder machen. Nichts davon kann ich vorweisen. Eigentlich macht mir das nichts aus. Aber meine Verwandten schütteln die Köpfe und bedauern mich. Und als mich meine Mutter heute Morgen angerufen hat, habe ich ihr Mitleid nicht mehr ertragen. Da habe ich eine Verabredung mit Colton erfunden.«

»Ich verstehe nicht, warum du überhaupt mit diesem arroganten Egoisten ausgehen willst.«

Maddie blickte ihm direkt in die Augen. »Weil er perfekt ist. Und wenn er auf dem Fest an meiner Seite ist, kann meine Familie mich nicht mehr als Verliererin abstempeln.«

Dan hätte gerne etwas dazu gesagt, aber er erkannte, wie sehr sie an ihre eigenen Worte glaubte. »Was willst du also tun?«

»Ich werde ihn einfach fragen. So schwer kann das nicht sein. Unsere Beziehung hat schon große Fortschritte gemacht.«

»Ach ja?«

Sie setzte eine todernste Miene auf. »Er erinnert sich an meinen Namen.«

Dan musste lachen. »Wenn ihr in dem Tempo weitermacht, werdet ihr an Weihnachten heiraten.«

»Du solltest dir an diesem Tag also nichts vornehmen!«

Maddie begleitete Dan zur Wohnungstür.

»Danke für alles. Ich hatte einen großartigen Abend.«

»Ich auch.« Sie öffnete die Tür. »Wir müssen das bald wiederholen.«

»Einverstanden.« Er ging einen Schritt, dann blieb er stehen und wandte sich wieder zu ihr um. »Ich weiß, dass du Colton zum Familientreffen mitnehmen willst. Aber wenn das aus irgendeinem Grund nicht klappt, würde ich gerne einspringen.«

Maddie lächelte. »Danke.«

Ihr Lächeln war der Auslöser. Dan hatte nicht geplant, sie zu küssen. Er lehnte sich nach vorne und berührte ihre Lippen mit seinen. Sie waren weich und ihr Mund vor Überraschung leicht geöffnet. Obwohl er sich danach sehnte, den Kuss zu vertiefen, zog er sich zurück. »Also, gute Nacht.«

»Gute Nacht.«

7. Kapitel

Das Meeting am Montagmorgen schien eine Ewigkeit zu dauern. Maddie hatte große Schwierigkeiten, sich auf die einzelnen Berichte zu konzentrieren, denn die waren nicht annähernd so spannend wie die Erinnerung an Dans Überraschungskuss letzte Nacht.

Es war alles so schnell gegangen. Gerade hatten sie sich noch unterhalten, und eine Sekunde später hatte er sie geküsst. Sie staunte immer noch darüber, wie natürlich und richtig sich alles angefühlt hatte.

Maddie schloss die Augen und befeuchtete sich mit der Zunge die Lippen, um die Erinnerung wachzurufen. Süß. Er hatte süß geschmeckt. Und sein Mund war warm und fest gewesen.

Sie riss die Augen auf. Was tat sie hier bloß? Sie hatte doch keine Zeit, sich in Träumereien zu verlieren. Es gab wichtige Aufgaben in ihrem Leben, insbesondere eine Verabredung mit Colton zu arrangieren. Sie war so in ihr Vorhaben vertieft, dass sie ganz überhörte, wie ihr Name gerufen wurde.

»Erde an Maddie«, sagte Jack, was die anderen Kollegen mit einem Lachen quittierten. »Könntest du für einen Moment zu Colton und mir herüberkommen?«

Sie errötete, als sie durch den nun schweigenden Raum ging, um sich zu den beiden am Kopfende des Tisches zu gesellen.

Jack stand in der Mitte und legte ihnen die Arme um die Schultern. »Für alle, die es noch nicht wissen: Es ist Maddie und Colton gelungen, den Swanson-Auftrag zu retten.«

Sie erhielten höflichen Applaus.

»Nachdem unser erster Vorschlag fehlgeschlagen ist, haben sie eine zweite Idee aus dem Ärmel geschüttelt. Paul hat den Vertrag bereits unterschrieben.«

Der Applaus wurde lauter.

»Um die besten Resultate zu erzielen und unseren Kunden zufriedenzustellen, werden wir das Team neu organisieren. Ich werde mich ganz aus diesem Auftrag zurückziehen und habe Colton die Leitung übertragen.«

Jetzt war der Applaus fast ekstatisch.

»Außerdem werde ich Maddie zur Vizeleiterin befördern.«

Noch mehr Applaus, und diesmal nur für sie.

Am Ende des Meetings schüttelten ihr alle Kollegen die Hand und beglückwünschten sie zu ihrer Beförderung. Schließlich blieben nur Jack, Colton und Maddie im Konferenzraum zurück.

»Ich danke dir«, sagte Maddie zu Jack.

»Für was?«

»Dafür, dass du mir die Beförderung gegeben hast.«

»Ich habe dir gar nichts gegeben. Du hast sie dir verdient!«

Und Colton sagte: »Genau. Nach deinem Auftritt bei Paul Swanson war das mehr als fällig, Maddie. Du bist klug, wortgewandt und kannst schnelle Entscheidungen treffen. Meine Interpretation der Sachlage war völlig falsch. Wenn ich am Freitag alleine gewesen wäre, hätte Cue den Auftrag verloren.«

Maddie glaubte zu träumen, als sie den Konferenzraum verließ. Eine Beförderung! Sie konnte es kaum erwarten, Dan davon zu erzählen. Er würde stolz auf sie sein.

Aber noch erstaunlicher als die Beförderung waren Coltons Komplimente. Er hatte bemerkt, dass sie klug und wortgewandt war. Endlich bekam sie von ihm die Anerkennung, die ihr zustand.

Er hatte ihr sogar in die Augen geschaut. Komplimente *und* Augenkontakt – die Verabredung war ein gutes Stück näher gerückt!

Auf dem Rückweg in ihr Büro betrat Maddie die Damentoilette. Gerade als sie die Kabinentür hinter sich geschlossen hatte, kamen zwei weitere Frauen in den Waschraum.

»Das war ein langes Meeting.« Maddie erkannte Crystals Stimme.

»Stimmt. Ich hatte sechs Anrufe auf meinem Handy.« Das musste Katie aus der Multimedia-Abteilung sein.

Nach einem kurzen Moment sagte Crystal: »Das sind großartige Neuigkeiten von Swanson Shoes. Und ich freue mich für Maddie über ihre Beförderung.«

»Ja, das war wirklich überfällig. Sie arbeitet so hart.« Maddie lächelte.

»Kannst du dir vorstellen, mit Colton in einem Team zusammenzuarbeiten?«

»Nein. Aber wenn es jemals dazu kommt, werde ich ziemlich viele Überstunden machen.«

»Ich beneide Maddie.«

»Sei doch realistisch. Sie arbeitet mit ihm. Es ist ja nicht so, dass sie ein Paar sind.«

»Wäre das nicht verrückt? Wie in ›Die Schöne und das Biest‹.«

Maddie zuckte zusammen. Sie wusste genau, wer von ihnen schön und wer das Biest war. Sie wartete, bis die beiden kichernden Frauen den Raum verlassen hatten, und stellte sich vor den Spiegel. Sie wusste, dass sie keine Schönheit war, aber gleich ein Biest?

Mit stolz erhobenem Kopf ging sie zurück in ihr Büro. Sie würde sich diese gemeine Bemerkung nicht zu Herzen nehmen. Außerdem, wenn sie das Märchen richtig in Erinnerung hatte, lebten die beiden glücklich bis an ihr Lebensende.

Um zwölf Uhr legte Maddie die Akten, die sie gerade bearbeitete, beiseite und holte ihre Handtasche aus dem Schrank. Es war an der Zeit, ihren Plan in die Tat umzusetzen. Da sie und Colton jetzt offiziell ein Team waren, hatte sie keine Hemmungen, ihn nach einem gemeinsamen Mittagessen zu fragen.

Sie klopfte an seine halb geöffnete Bürotür und trat ein.

»Hallo. Hast du Lust, mit mir zum Essen in die Cafeteria zu gehen?« Maddie war stolz, dass es ihr gelungen war, die Frage auf eine so lässige Art zu stellen.

Colton blickte auf. »Es tut mir leid, aber ich bin schon mit Freunden verabredet.«

Irgendwie gelang es ihr, weiter zu lächeln. »Kein Problem. Vielleicht ein anderes Mal.«

»Bestimmt.«

Maddie ging aus seinem Büro zum Aufzug und fuhr nach unten. Eine Frau, die gerade eine Beförderung erhalten hat, sollte jetzt nicht alleine essen, dachte sie. Sie brauchte jemanden, mit dem sie feiern konnte. Sie brauchte einen Freund. Sie brauchte Dan.

In der Cafeteria hielt sie Ausschau nach ihm. Es waren nicht ganz so viele Menschen dort wie sonst, deshalb hatte sie einen guten Überblick über alle Anwesenden. Dan war nicht hier.

Ihre ausgelassene Stimmung verschwand. Sie hatte sich so sehr darauf gefreut, ihn zu sehen. Zur Feier des Tages hatte sie sogar vorschlagen wollen, zwei Stücke Kuchen zu teilen.

Maddie schalt sich selbst, ihn nie nach seiner Telefonnummer gefragt zu haben. Doch dann fiel ihr ein, dass er ein Büro in der vierten Etage hatte. Sie hastete zurück zum Aufzug.

Anders als im zweiunddreißigsten Stockwerk, in dem nur Cue ansässig war, gab es auf der vierten Etage viele kleine Firmen. Maddie ging langsam von Tür zu Tür, bis sie das Schild mit der Aufschrift »Dan Willis« gefunden hatte.

Als kostenlosen Marketingtipp werde ich ihm empfehlen, wenigstens »Fotograf« darunterzuschreiben, dachte sie. Werbung war doch das Wichtigste, gerade weil er zurzeit arbeitslos war. Vielleicht konnte er so zumindest einige Aufträge von zufällig vorübergehenden Menschen erhalten.

Ohne anzuklopfen, trat sie ein. Aus einem Radio auf dem Schreibtisch dröhnte Countrymusik.

»Hallo?«, rief sie laut, um die Musik zu übertönen. »Ist jemand da?«

»Einen Moment, bitte«, antwortete eine gedämpfte Stimme. Sie schien aus einem der drei Hinterzimmer an der Rückseite des Büros zu kommen.

»Okay.« Maddie sah sich in dem spärlich ausgestatteten Raum nach einer Sitzgelegenheit um. Das gesamte Mobiliar bestand aus einem Schreibtisch und einem Stuhl – ihre Möglichkeiten waren also begrenzt.

Offensichtlich konnte er sich keine weiteren Möbel leisten. Doch was im Geschäft zählte, war der erste Eindruck. Er musste sein Büro dringend repräsentativer gestalten, um neue Kunden zu beeindrucken. Das hatte natürlich keinen Einfluss auf die Qualität seiner Arbeit, aber Menschen fällten ihre Urteile nun mal nach dem äußeren Anschein.

Sie setzte sich auf den Schreibtischstuhl und klopfte ungeduldig mit den Fingern auf die Armlehnen.

Ungefähr zwanzig großformatige Fotografien hingen an den Wänden. Maddie stand wieder auf, um Dans Arbeiten besser betrachten zu können.

Erst als sie näher an die Bilder herangetreten war, fiel ihr auf, dass es keine Fotografien waren, sondern vergrößerte Magazincover. Sie runzelte die Stirn. Dieser Mann hatte absolut keinen Sinn für Marketing. Mit den Arbeiten anderer konnte man nun wirklich keine Kunden gewinnen. Aber Dan musste diese Fotografen oder die abgebildeten Models sehr bewundern, denn alle Bilder waren signiert.

Sie trat noch einen Schritt näher heran, um die Autogramme zu lesen. ›Dan – es war wie immer großartig, mit dir zu arbeiten. Cindy.‹ Maddie schüttelte den Kopf. *Für Dan von Cindy?*

Auch ein weiteres Bild, ein weltberühmtes Model auf dem Cover einer großen Frauenzeitung, hatte eine ähnliche Widmung. Ebenso das nächste. Und das übernächste auch.

»Hallo, Maddie. Entschuldige, dass ich dich habe warten lassen. Ich habe gerade die Fotos entwickelt, die ich gestern von dir gemacht habe.«

Maddie fuhr herum. »Du! Du bist Dan Willis.«

Erstaunt blickte er sie an. »Ja. Und?«

Sie deutete auf die Bilder. »*Der* Dan Willis.«

»Du hast von mir gehört?«

»Nein, aber ich kenne deine Arbeiten. Das sind doch deine, oder?«

»Ja.«

Sie verbarg ihr Gesicht in ihren Händen. »O mein Gott.«

»Wie bitte?«

Durch die Finger hindurch blinzelte sie ihn an. »Ich kann nicht glauben, dass ich dir erlaubt habe, Fotos von mir zu machen. Ich schäme mich so sehr.«

»Warum solltest du dich schämen?« Er ging einen Schritt auf sie zu. »Die Aufnahmen sind gut geworden. Warte, bis du sie siehst.«

Maddie wich zurück. »Ich weiß, du bist viel zu nett, um dich über mich lustig zu machen. Also kann ich nur annehmen, dass du wahnsinnig geworden bist. Arbeitest du deshalb im Moment nicht? Hattest du einen Nervenzusammenbruch?«

Dan blieb stehen und runzelte die Stirn. »Nein. Ich brauchte nur eine kleine Auszeit.«

»Zusammenbruch, Auszeit – das ist doch dasselbe. Auf jeden Fall ist es die einzige plausible Erklärung, warum du mich fotografieren wolltest – mich, das Biest.«

»Biest?« Er verzog das Gesicht. »Wie kommst du darauf?«

Ihre Unterlippe zitterte, und Tränen standen in ihren Augen. »Die Frauen im Büro nennen mich so.«

»O Maddie.« Er ging zu ihr und legte seine Arme um sie. »Du solltest ihnen gar nicht zuhören.«

»Das habe ich doch versucht. Ich habe mir gesagt, dass mir ihr Gerede egal ist. Ich meine, es geht doch nicht nur um das Aussehen. Die inneren Werte zählen, richtig?«

Mit dem Handrücken wischte sie sich die Tränen von den Wangen. »Ich weiß nicht, warum ich ausgerechnet dir diese Frage stelle. Du verdienst dein Geld mit Menschen, bei denen es nur auf das Aussehen ankommt.«

»Wenn ich hinter der Kamera eine Sache gelernt habe, dann, dass die hübschesten Verpackungen fast immer leer sind. Es gibt natürlich Ausnahmen, aber in den meisten Fällen haben diese Menschen keine eigene Persönlichkeit.«

»Für mich hört sich das gar nicht so schlimm an.«

Er lachte und nahm ihren Kopf in seine Hände. »Maddie, du besitzt eine Tiefe, die ich noch nie bei einem anderen Menschen gefunden habe. Du bist schöner als alle diese Frauen zusammen. Deshalb wollte ich dich fotografieren. Ich wollte deine innere Schönheit einfangen.«

Maddie trat einen Schritt zurück. »Hässliche Menschen verfügen über Tiefe und innere Schönheit. Das ist nicht fair.«

»Du bist nicht hässlich. Und ich sage die Wahrheit. Du bist viel zu hart zu dir selbst. Wann hast du das letzte Mal etwas für dich getan? Wann hast du das letzte Mal deinen Stil verändert oder dir eine neue Frisur gegönnt?«

»Ich gehe alle sechs Monate zum Friseur.«

»Das zählt nicht.«

»Am liebsten würde ich mir die Haare kurz schneiden lassen, aber mein Dad hat meine langen Haare so gemocht.«

»Du glaubst doch nicht, dass er gewollt hätte, dass du dich dein Leben lang unglücklich fühlst, nur um ihm zu gefallen?«

»Ich weiß nicht«, erwiderte sie mit einem Schulterzucken.

»Ich werde dir keinen Vortrag über Stil halten. Außerdem«, sagte er und legte erneut seine Hände um ihren Kopf, »mag ich dich, so wie du bist.«

Und da war es wieder. Das warme Gefühl, als würde sie mitten im Sonnenlicht stehen. Sie seufzte. »Danke. Jetzt hätte ich beinahe vergessen, warum ich überhaupt hergekommen bin. Ich bin befördert worden.«

»Ich gratuliere. Du hast es verdient. Gut zu wissen, dass dein Chef dein Talent anerkennt.«

»Colton auch. Er hat gesagt, ich sei klug und wortgewandt und in der Lage, Entscheidungen zu treffen. Er hat vor Jack zugegeben, dass er die Situation bei Swanson falsch eingeschätzt hat. Und er hat gesagt, dass wir den Auftrag verloren hätten, wenn ich nicht gewesen wäre.«

Ungläubig zog Dan die Augenbrauen hoch. »Bescheidenheit und Einsicht von Colton? Das ist eine Überraschung.«

»Du hast ein falsches Bild von ihm, Dan. Er ist nicht eine dieser hübschen leeren Verpackungen, von denen du gesprochen hast. Außerdem werde ich in Zukunft enger mit ihm zusammenarbeiten müssen. Weißt du, was das bedeutet?«

»Er wird dich bitten, ständig einen großen Spiegel für ihn bereitzuhalten?«

»Sehr lustig. Aber im Ernst: Zwei Menschen, die auf ein gemeinsames Ziel hinarbeiten – das ist die perfekte Grundlage für eine private Verabredung. Ich werde mein Rendezvous für das Familientreffen im Handumdrehen haben. O Gott, die Zeit!« Sie blickte auf ihre Uhr. »Ich hätte schon vor zehn Minuten wieder im Büro sein müssen. Ich wollte dich zum Essen in die Cafeteria einladen, um meine Beförderung zu feiern.« Maddie eilte zur Tür, dann blieb sie stehen und wandte sich noch einmal um. »Nimm dir Samstag nichts vor, dann holen wir alles nach.«

Nachdem sie gegangen war, griff Dan zum Telefon und wählte. »Kann ich bitte mit Thomas sprechen? Ja, ich weiß, dass er beschäftigt ist. Sagen Sie ihm, hier ist Dan Willis.«

8. Kapitel

Am Freitagnachmittag um halb fünf kam Colton in Maddies Büro. »Hallo, Maddie, hast du eine Minute Zeit?«

Für dich, dachte sie, habe ich ein Leben lang Zeit. »Sicher, was gibt es?«

»Jack hat mir gerade noch ein paar Unterlagen über den neuen Electronics-Era-Auftrag gebracht. Er hat mich gefragt, ob wir einen Blick darauf werfen könnten.«

»Gerne.« Sie sah sich in ihrem kleinen Büro um. »Ich würde dich ja bitten, dir einen Stuhl zu nehmen, aber leider habe ich keinen.«

»Kein Problem.« Er wandte sich um, ging nach draußen, und einige Augenblicke später kam er mit einem Stuhl in den Händen zurück. Er hob ihn über ihren Schreibtisch, sodass sie nebeneinander saßen.

»So ist es gemütlich.«

»Sehr«, sagte Maddie krächzend. Sie räusperte sich. »Also, was ist mit Electronics Era?«

Hervorragend, dachte sie. Bis auf den kleinen Ausfall ihrer Stimme gelang es ihr ganz gut, professionell zu klingen. Sie war sich sicher, dass er keine Ahnung hatte, wie schnell ihr Herz schlug.

»Jack meint, dass ihre Werbekampagne eine Veränderung braucht. Wir sollen einige Ideen durchspielen. Wenn ihm unsere Vorschläge gefallen, bekommt unser Team den Auftrag. Ich habe ihm unsere Ergebnisse für Montag zugesagt.«

Diese unmögliche Deadline ließ sie aufhorchen. »Wenn wir

das Wochenende durcharbeiten …«, schlug sie hoffnungsvoll vor.

»Daran habe ich auch gedacht. Hast du irgendetwas vor?«

Na also, ihr Plan schien aufzugehen. Natürlich wäre es nur ein Arbeitstreffen, aber immerhin ein Anfang. »Nein.«

»Ich hatte gehofft, dass du das sagst. Ich habe dieses Wochenende nämlich leider schon verplant. Aber wenn du Zeit hast, könntest du ja einige Vorschläge ausarbeiten.«

»Oh.«

»Ich weiß, dass das schäbig von mir ist, dich so hängen zu lassen. Wenn ich geahnt hätte, dass Jack uns diesen Auftrag gibt, hätte ich mir natürlich nichts vorgenommen.«

»Das geht schon in Ordnung.«

»Du bist super, Maddie. Ich habe großes Glück, dich in meinem Team zu haben.«

Auf diesen Satz hatte sie gewartet. Sie räusperte sich. »Da wir gerade von Teams sprechen … in ein paar Wochen findet ein großes Treffen meiner Familie statt. Was machst du Samstag in drei Wochen?«

Colton runzelte die Stirn. »Familientreffen? Klingt toll. Aber ich glaube nicht, dass ich Zeit habe.« Er klopfte ihr auf den Rücken. »Trotzdem, danke für die Einladung.«

»Maddie? Was machst du denn noch hier? Es ist Freitagabend, und ich möchte, dass du …« Jack ging noch einen Schritt in Maddies Büro, und jetzt konnte er Dan sehen, der am Schrank lehnte. »Oh, hallo. Ich wusste nicht, dass Maddie Gesellschaft hat.«

»Komm herein, Jack«, sagte Maddie. »Ich möchte dir einen guten Freund von mir vorstellen.«

Dan richtete sich auf und streckte die Hand aus. »Dan Willis.«

»Jack Benson. Es freut mich, Sie kennenzulernen, Dan. Sie müssen der Fotograf sein, von dem mir Maddie erzählt hat. Sie sagte, Sie suchen Arbeit.«

Maddie und Dan wechselten einen Blick. »Nun, ich …«

»Ich bin immer auf der Suche nach neuen Talenten. Vielleicht können Sie mir Ihre Mappe mit Arbeitsproben zeigen?« Jack zog eine Visitenkarte aus seiner Hemdtasche und reichte sie Dan. »Rufen Sie einfach meine Sekretärin an und vereinbaren einen Termin.«

»Vielen Dank.«

Er wandte seine Aufmerksamkeit wieder Maddie zu. »Ich hoffe, du willst nicht die ganze Nacht über hierbleiben.«

»Ich muss noch ein paar Dinge erledigen, bevor ich Feierabend mache.«

»Na gut. Aber lass dich bitte von Dan zu deinem Auto bringen. Die Tiefgarage ist um diese Zeit ziemlich verlassen. Und ich würde mich besser fühlen, wenn ich weiß, dass du nicht alleine bist.«

»Ich werde auf sie aufpassen, Sir.«

Jacks Miene entspannte sich. »Das freut mich. Gute Nacht, ihr beiden.«

Maddie wartete, bis Jacks Schritte im Flur nicht mehr zu hören waren. »Das war furchtbar. Es tut mir leid.«

»Weil er mir einen Job angeboten hat? Das muss dir nicht leidtun. Ich sehe nur, dass eine Freundin versucht, ihrer Cafeteria-Bekanntschaft zu helfen. Ich fühle mich geschmeichelt, weil du dir Sorgen um mich machst.«

»Gemacht habe. Vergangenheit. Nachdem ich die Widmungen auf den Magazincovern gelesen habe, sind meine Skrupel, mich von dir zum Essen einladen zu lassen, verflogen. Aber eigentlich wollte ich mich dafür entschuldigen, dass er so getan hat, als würde er dir seine kostbare Tochter anvertrauen.«

Dan schmunzelte. »Machst du Witze? Mir hat es gefallen. Ich habe mich gefühlt, als sei ich wieder sechzehn.«

»Ich bin so selten mit einem Mann zusammen, da dachte Jack wahrscheinlich, er spielt besser jetzt den übervorsichtigen Vater. Vielleicht bekommt er keine zweite Chance mehr dazu.«

»Das zeigt nur, wie dumm meine Geschlechtsgenossen sein können.« Dan lehnte sich wieder gegen den Schrank und verschränkte die Arme vor der Brust. »Da wir gerade von dumm sprechen, wo ist Colton?«

»Er ist nicht dumm. Aber um deine Frage zu beantworten, seine Clique hat ihn um fünf Uhr abgeholt. Ich glaube, sie sind in irgendeine Bar gegangen.«

»Ist das nicht wunderbar? Maddie arbeitet, während Colton sich vergnügt. Ich gehe doch recht in der Annahme, dass ihr dieses Projekt eigentlich zusammen machen solltet?«

»Falsch. Na ja, nicht ganz falsch«, gab Maddie widerwillig zu. »Ich vervollständige nur einige Konzepte, die wir heute Nachmittag entwickelt haben.«

»Aber jetzt ist Wochenende. Lass uns ins Kino gehen. Du kannst doch auch am Montag weitermachen.«

»Colton hat Jack versprochen, dass wir am Montag unsere Ergebnisse präsentieren.«

»Ich verstehe. Für dich ist die Arbeit so wichtig, dass du dein Wochenende opferst, aber für ihn ist es nicht wichtig genug, als dass er seine Pläne ändern würde.«

»Du bist nicht fair. Er hat sich wirklich unwohl dabei gefühlt, mir alles aufzubürden. Aber der Auftrag kam so kurzfristig, er konnte seine Verabredungen nicht mehr absagen.«

Dan stützte sich mit beiden Händen auf ihren Schreibtisch auf und beugte sich nach vorne. »Maddie, du bist eine kluge

Frau. Ich weigere mich zu glauben, dass du nicht siehst, wie er dich ausnutzt.«

Sie zuckte die Schultern und senkte den Blick. »Vielleicht tut er das. Aber ich bin bereit, es zuzulassen, wenn ich so seine Aufmerksamkeit bekomme. Ich kann ihn nicht nur mit meinem Aussehen beeindrucken, also vielleicht gelingt mir das mit meinen Fähigkeiten.«

Bevor Dan eine wütende Antwort geben konnte, betrat ein Pizzabote das Büro.

»Hat hier jemand Pizza bestellt?«

Während sie aßen, legte Dan seine Hand auf Maddies Arm. »Wegen vorhin …«

Sie schüttelte den Kopf. »Das Thema ist beendet. Außerdem habe ich keine Lust mehr, über mich zu sprechen. Wir sollten endlich entscheiden, was wir mit dir tun.«

»Was wir mit mir ›tun‹?«

»Ich habe deine Fotos gesehen. Du bist unglaublich talentiert. Es wäre eine Schande, nichts mit diesem Talent anzufangen.«

»Das ist mir egal. Und um deine Worte zu benutzen, ich habe keine Lust mehr zu fotografieren.«

»Wie kannst du so etwas sagen? Du nimmst deine Kamera überall mit hin. Deine Augen fangen an zu leuchten, sobald du auf den Auslöser drückst.«

»Lass mich meine Bemerkung präzisieren«, sagte Dan. »Ich habe nicht das Fotografieren an sich satt, sondern meine Arbeit in New York.«

»Ich kann verstehen, dass es ermüdend ist, Tag für Tag mit den schönsten Frauen der Welt zu arbeiten.«

Der Sarkasmus in ihrer Stimme ließ ihn zusammenzucken. »Nein, das kannst du nicht. Diese Frauen sind nicht schön. Das ist nur eine Illusion. Es sind hohle, selbstsüchtige Menschen, die ein bedeutungsloses Leben führen. Mein Job ist es, sie so darzustellen, dass der Rest der Menschheit wie sie sein möchte.«

»Ist das ein Verbrechen?«

Seine Stimme war fest und sein Blick ernst, als er antwortete. »Es ist Betrug. Denk doch mal darüber nach, Maddie. Was sind das für Menschen, die den Standard für Schönheit so hoch ansetzen, dass er nur durch permanentes Hungern und Operationen erreicht werden kann? Die Folge ist, dass normale attraktive Frauen sich für hässlich halten.«

Er schien jetzt wirklich wütend zu sein, und sie wollte ihn gerne beruhigen. »Wo findest du denn Schönheit?«

»In ganz durchschnittlichen Menschen. In alltäglichen Dingen wie Händen.«

Bevor sie etwas erwidern konnte, hatte er nach ihrer Hand gegriffen und betrachtete sie nun aufmerksam.

»Deine Hände sind wunderschön«, sagte er.

Maddie war sich da nicht so sicher. Aber sie war sich absolut sicher, dass seine Berührung ein seltsam angenehmes Gefühl in ihr auslöste.

»Dann fotografiere doch das Alltägliche.«

»Für solche Bilder gibt es keinen Markt«, sagte er bitter. »Die Menschen wollen nicht die Realität, sondern Models sehen.«

Bis zu diesem Moment hatte sie nicht geahnt, wie desillusioniert und verzweifelt er war. »Es tut mir leid.«

Dan lachte humorlos. »Ich kann dir gar nicht sagen, wie furchtbar es ist, sein ganzes Leben auf ein Ziel hinzuarbeiten und, wenn man es endlich erreicht hat, festzustellen, dass es nichts bedeutet.«

Sie schwiegen für eine Weile. Schließlich fragte Maddie: »Besitzt du Geld?«

Ihre Frage schien ihn zu überraschen. »Wie bitte?«

»Ich habe gefragt, ob du Geld besitzt. Hast du etwas von deinen wahrscheinlich horrenden Honoraren zurückgelegt und gespart?«

Er zuckte mit den Schultern. »Ja. Ziemlich viel sogar. Warum?«

»Dann ist es doch egal, ob es einen Markt gibt oder nicht. Du hast Geld. Um Einnahmen musst du dir also keine Sorgen machen, zumindest eine Zeit lang nicht. Du kannst tun, wozu du Lust hast und was dich glücklich macht.«

»Heute Abend bist du ausgesprochen weise.«

»Man muss kein Genie sein, um zu wissen, dass es ein Verbrechen wäre, dein Talent brachliegen zu lassen. Und wenn mit Fotos von alltäglichen Dingen kein Geld zu verdienen ist, hast du immer noch eine letzte Sicherheit.«

»Und was soll das sein?«

Sie zwinkerte ihm zu. »Jacks Angebot. Du kannst für Cue arbeiten.«

Die Stimmung zwischen ihnen war wieder locker geworden. Sie aßen ihre Pizza und erzählten sich Geschichten aus ihrer Vergangenheit. Nachdem sie aufgeräumt hatten, blieb Dan noch eine weitere Stunde, in der Maddie die neue Präsentation fertig stellte.

Auf dem Weg in die Tiefgarage sagte er plötzlich: »Ich hoffe, es war dein Ernst, dass wir morgen deine Beförderung feiern.«

»Du hast daran gedacht! Hast du etwas Bestimmtes geplant?«

»Wir fahren morgens los. Ich hole dich um halb sechs ab.«

»Halb sechs? Morgens? Ist das nicht ein bisschen früh für eine Feier?«

Dan lachte. »Es ist ein ganz besonderer Ort. Aber es dauert ein bisschen, bis wir dort sind.«

»Du wirst mir wahrscheinlich nicht verraten, wo das ist?«

»Nein. Es ist eine Überraschung.«

»Na gut. Was soll ich anziehen?«

»Etwas Bequemes.«

Mittlerweile waren sie bei Maddies Wagen angelangt. »Danke, dass du heute Abend bei mir geblieben bist.«

»Kein Problem. Es hat Spaß gemacht.« Er beugte sich nach vorne und küsste sie sanft auf die Lippen. »Schlaf gut.«

Als Maddie mit ihrem Wagen aus der Garage fuhr, kreisten ihre Gedanken um den Kuss. Sie wusste, dass Dan sich nichts dabei gedacht hatte; die Menschen, mit denen er in New York gearbeitet hatte, küssten sich wahrscheinlich andauernd zum Abschied. Ihr Herzschlag beschleunigte sich trotzdem. Dan zu küssen konnte eine Angewohnheit werden, gegen die sie absolut nichts einzuwenden hatte.

9. Kapitel

Nachdem Maddie geduscht hatte, war sie noch genauso verschlafen wie vorher. Sie blickte auf die Uhr: Es war kurz vor fünf. Verdammt! In einer halben Stunde würde Dan sie abholen.

Sie brauchte fünfzehn Minuten, um ihre Haare zu fönen, und weitere fünf für die Hochsteckfrisur. Dann trug sie ein wenig Wimperntusche auf und schminkte sich die Lippen. Jetzt hatte sie nur noch fünf Minuten Zeit, um sich anzuziehen. In ihrem begehbaren Kleiderschrank stapelten sich schwarze Röcke, schwarze Hosen, schwarze Tops und schwarze Kleider. Maddie runzelte die Stirn. Zu einer Feier wäre etwas Farbenfroheres angebrachter. Aber es hatte keinen Zweck, sich unmögliche Dinge zu wünschen. Sie entschied sich für eine schwarze Tunika und weite Hosen.

Gerade als sie die Schuhe anzog, klingelte Dan an der Tür.

»Guten Morgen«, begrüßte er sie und schenkte ihr ein atemberaubendes Lächeln.

Maddies Puls beschleunigte sich etwas, dabei hatte er sie gar nicht geküsst. Er sah um diese Zeit wirklich fantastisch aus.

»Guten Morgen. Willst du auf eine Tasse Kaffee hereinkommen?«

»Dafür haben wir keine Zeit.«

Maddie nahm ihre Handtasche und folgte ihm nach draußen.

Dan fuhr durch die Innenstadt von Dallas und bog dann auf die Autobahn ab.

»Wir feiern nicht in der Stadt?«, fragte Maddie.

»Nein.«

»Wohin fahren wir?«

Er lächelte verschmitzt. »Das kann ich nicht sagen. Es würde die Überraschung verderben.«

»Komm schon. Gib mir einen kleinen Tipp.«

Für eine Sekunde dachte er nach. »Na gut. Wir fahren zu einem Freund von mir.«

»Wo wohnt er denn?«

Dan schüttelte den Kopf. »Ich gebe dir keine weiteren Hinweise mehr. Lehn dich zurück, und genieße die Fahrt.«

Maddie gehorchte und schaute aus dem Fenster. Schließlich erreichten sie den Flughafen.

»Dein Freund wohnt auf dem Flughafen?«

»Nein.«

»Warum sind wir dann hier?«

»Weil wir in ein Flugzeug steigen müssen, um zu ihm zu kommen.«

»Du machst Witze, oder?«

Er machte keine Witze. Er stellte den Wagen auf dem Parkplatz ab und führte sie zum American Airline Terminal. Als sie an der Reihe waren, bestätigte er zwei Erste-Klasse-Tickets nach New York auf ihre Namen.

»Wir fliegen nach New York?«, fragte sie so laut, dass einige der Anwesenden sie irritiert ansahen.

»Nur für einen Tag. Wir schauen uns die Stadt an, gehen abends essen und fliegen dann zurück.«

»Einen Tag in New York. Machst du das häufiger?«

»Nie. Aber ich wollte eine besondere Feier für eine besondere Frau.«

Maddie umarmte ihn stürmisch und küsste ihn auf den Mund. »Du bist der beste Freund auf der ganzen Welt. Diesen Tag werde ich nie in meinem ganzen Leben vergessen.«

Dan lachte. »Ich auch nicht.«

Sie war schon ein paarmal in ihrem Leben geflogen, aber noch nie erster Klasse. Alle Müdigkeit fiel von ihr ab, als sie ihre Plätze im vorderen Teil der Maschine einnahmen. Sie wollte jede Minute dieses Abenteuers genießen.

»Ich kann es immer noch nicht glauben«, sagte sie, nachdem sie einen Schluck Kaffee getrunken hatte.

Es war Viertel nach sieben. Zu früh, um das Telefon an ihrem Sitz zu benutzen und ihre Mutter anzurufen. »Meine Mutter wird begeistert sein, wenn ich ihr erzähle, dass ich für einen Tag nach New York fliege.«

»Warst du schon einmal dort?«

»Nein, noch nie.«

»Ich glaube, es wird dir gefallen. Wir haben nicht viel Zeit, aber wir werden versuchen, einige der angesagten Plätze zu sehen. Außerdem willst du vielleicht einkaufen gehen.«

Bei diesen Worten wandte sie sich von ihm ab und blickte aus dem Fenster. »Ich kaufe nicht gerne ein.«

»Dann warst du wahrscheinlich noch nicht in den richtigen Geschäften.«

Aber was ist das richtige Geschäft für mich? fragte Maddie sich. Wenn sie das Thema wechselte, würde Dan vielleicht nicht mehr daran denken. »Vermisst du die Stadt?«

»Ja und nein. New York besitzt eine ganz besondere Energie, die ich noch in keiner anderen Stadt gespürt habe. Aber in meinem Herzen bin ich Texaner. Es war Zeit, nach Hause zu kommen.«

»Warum bist du überhaupt nach New York gegangen?«

Er zuckte mit den Schultern. »Seit ich ein Kind war, habe ich die Fotografie geliebt. Als ich achtzehn war, habe ich beschlossen, ein berühmter Fotograf zu werden. Alle haben mich ausgelacht. Selbst meine Familie hat mich für verrückt erklärt. Aber ich habe an meinem Traum festgehalten, habe meine Sachen gepackt und bin nach New York gezogen, um es ihnen zu beweisen. Und dann konnte ich nicht mehr zurück. Wenn ich gescheitert wäre, hätten die anderen recht behalten. Dieses Wissen hat mir durch die schwierigen Zeiten geholfen.«

»Es erfordert großen Mut, seine Familie und Freunde zu verlassen und seinen Traum zu verfolgen.«

»So wie du das sagst, klingt es fast wie eine ehrenwerte Tat. Romantiker wie du wissen wirklich, wie sie den Dingen einen schönen Klang verleihen.«

Maddie beschloss, seine Bemerkung zu ignorieren. »Offensichtlich hast du die schwierigen Zeiten überwunden. Wie hast du das geschafft?«

»Eines Morgens bin ich einfach mit meiner Mappe unter dem Arm zur ›Vogue‹ gegangen. Ich habe ihnen gesagt, ich möchte für die Besten arbeiten. Niemand hat es zugegeben, aber ich glaube, es waren meine Cowboystiefel und mein texanischer Akzent, die sie neugierig machten. Der Zeitpunkt war natürlich wichtig, aber im Grunde genommen war ich einfach neu und unbekannt.«

Dan gab der Stewardess ein Zeichen, die Kaffeetassen nachzufüllen. »Man hat mich dann zu Rick Fountain geschickt. Er war zu dieser Zeit der Hausfotograf der ›Vogue‹. Zwei Jahre lang habe ich als sein ›Assistent‹ gearbeitet. Na ja, Kaffee gekocht, Wäsche aus der Reinigung geholt und solche Sachen. Mein Gehalt war nicht der Rede wert. Ich glaube, Rick hat einfach gedacht, ich würde irgendwann schon aufgeben. Als er begriffen hat, dass ich das nicht tun würde, hat er mich ernst genommen. Er hat mir alles beigebracht. Und ich hatte Glück, Rick ist ein Genie.«

»Habt ihr immer noch zusammengearbeitet, als du aufgehört hast?«

»Nein, er hat sich vor zwei Jahren eine Villa in Italien gekauft und sich zur Ruhe gesetzt. Hin und wieder arbeitet er
noch für Shows in Mailand, dann sehen wir uns.«

»New York und Mailand.« Maddie seufzte. »Du hast ein
aufregendes Leben geführt. Warum hat die Modefotografie
ihren Reiz für dich verloren?«

»Ruhm ist nicht alles. Als ich mir einen Namen gemacht
hatte, ist es langweilig geworden.« Er schwieg für einen Moment. »Hast du jemals aufgehört, dich zu fragen: ›Was will ich
in meinem Leben erreichen?‹ Denn genau an diesem Punkt
war ich angelangt. Schließlich habe ich mein Leben und meine
Arbeit betrachtet, und was ich gesehen habe, hat mir nicht
gefallen.«

»Also hast du aufgehört?«

Dan nickte. »Rick hat mir beigebracht, dass ein Künstler ganz
in seiner Arbeit aufgehen muss. Ich war aber nicht mehr mit
dem Herzen dabei. Da wusste ich, es ist an der Zeit zu gehen.«

Maddie versuchte sich vorzustellen, was das für Dan bedeutet haben musste. Sie bewunderte, dass er den Mut und die
Stärke besaß, zu seinen Überzeugungen zu stehen.

Und dann landeten sie auch schon in New York.

»Wohin fahren wir zuerst?«, fragte sie, nachdem sie in ein
Taxi gestiegen waren.

»Wie schon angekündigt, zu einem Freund von mir.«

Dan gab dem Fahrer einige Anweisungen, dann fuhren sie
los. Er lachte über Maddies aufgeregte Kommentare während der Fahrt. Die Menschen, die Gebäude, ja sogar die Geschwindigkeit des Taxis faszinierten sie.

Schließlich erreichten sie Manhattan, und das Taxi hielt vor
einem grauen Haus mit ungefähr zwanzig Stockwerken.

»Hier lebt dein Freund?«

»Er arbeitet hier«, berichtigte Dan. »Meinem Freund gehört der Renaissance Salon. Er ist Stylist. Und er wird sich ein bisschen um dein neues Aussehen kümmern.«

Maddie schluckte nervös. »Was wird er mit mir machen?«

»So viel oder wenig, wie du willst. Eine Stunde lang werden wir seine volle Aufmerksamkeit haben. Du kannst wählen, ob er dir eine neue Frisur zaubert oder ob du dich mit ihm über Baseball unterhalten willst. Es ist deine Entscheidung.«

Maddies Gedanken überschlugen sich. Sie hatte über eine Veränderung nachgedacht, und hier bekam sie unverhofft die Chance dazu.

Sie griff nach Dans Arm. »Dein Freund … kann man ihm vertrauen? Ich meine, lila Haarspitzen mögen in New York angesagt sein, aber Texas ist ein bisschen konservativer.«

»Thomas ist sehr vielseitig. Ich weiß, einige seiner Kunden sind Rockstars, aber er schneidet auch die Haare der New Yorker High Society. Ich vertraue ihm blind.«

Thomas' Salon war ganz anders als der kleine Friseursalon, zu dem Maddie sonst immer ging. Bereits der Eingangsbereich im sechsten Stock strahlte Klasse und Exklusivität aus. Durch Milchglastüren gelangten sie in eine Oase der Ruhe – mit Harfenmusik und von Pflanzen umgebenen Springbrunnen.

Zur moralischen Unterstützung ergriff Maddie Dans Hand, als sie vor die verspiegelte Rezeption traten.

»Hallo. Wir haben einen Termin bei Thomas um zehn Uhr.«

»Dan Willis! Ich habe mich schon gefragt, wem das Wunder zu verdanken ist, dass Thomas vor zwölf Uhr hier ist.« Die Rezeptionistin lächelte Maddie zu. »Ich bin Suzanne. Willkommen im Renaissance. Möchten Sie vielleicht einen Kaffee?«

»Nein, vielen Dank. Ich hatte bereits drei Tassen auf dem Weg hierher.«

»Dann darf ich Ihnen die Umkleidekabinen zeigen?«, fragte sie. Während sie Maddie den mit Marmor verkleideten Flur entlangführte, rief sie Dan über die Schulter zu: »Ich bringe sie in einer Minute zurück.« Dann wandte sie sich wieder Maddie zu. »Woher kennen Sie Dan?«

»Wir arbeiten im selben Bürogebäude. Er ist ein Freund.«

»Kennen Sie ihn schon lange?«

»Seit ein paar Wochen.«

Suzanne zog eine Augenbraue hoch. »Sie müssen ihn sehr beeindruckt haben, dass er sich die Mühe macht, Ihnen einen Termin bei Thomas zu verschaffen. Wir haben hier eine Warteliste von drei Monaten. Und Thomas arbeitet sonst nie vor Mittag.«

Oje, ein Termin bei einem übermüdeten Stylisten klang nicht nach einem Abenteuer. Es klang nach einer Katastrophe. »Ich hoffe, es macht ihm nichts aus, mich außer der Reihe zurechtzumachen.«

Mit einer Handbewegung wischte Suzanne ihre Bedenken beiseite. »Nein, natürlich nicht. Für Dan würde er alles tun. Sie verbindet eine lange Freundschaft. Dan hat ihm seine ersten wichtigen Kunden vermittelt. Erst dadurch konnte er das Renaissance etablieren.«

Suzanne öffnete eine weitere Milchglastür und ging einen Schritt zur Seite, um Maddie eintreten zu lassen. »Wir sind da. Ziehen Sie bitte einen der Bademäntel an, die auf dem Regal dort drüben ausliegen. Lassen Sie Ihre Kleider einfach auf dem Bügel daneben.«

Maddie betrachtete die grünen Bademäntel. Selbst wenn sie nichts von der dreimonatigen Warteliste gewusst hätte – dass das Renaissance ein exklusiver Salon war, hätte sie spätestens jetzt gemerkt. Ein Friseur, der von seinen Kunden verlangte, einen Bademantel anzuziehen, musste einfach erstklassig sein.

»Finden Sie den Weg zurück alleine?«, fragte Suzanne.

»Ja, sicher. Danke.«

Die smaragdgrünen Bademäntel waren ein unerfreulicher Schock für Maddie. Sie hatten kurze Ärmel und wurden über den Hüften nur von einem dünnen Gürtel gehalten. Und es kam noch schlimmer: Es gab nur eine Einheitsgröße.

Maddie blieben nur drei Möglichkeiten. Sie konnte sich weigern, aber dann würde sie Dan in Verlegenheit bringen. Sie konnte vortäuschen, Suzannes Anweisungen falsch verstanden zu haben, und den Bademantel über ihrer Kleidung tragen. Aber auch damit würde sie Dan in Verlegenheit bringen. Oder sie konnte das kleine grüne Ding anziehen, ein tapferes Lächeln aufsetzen und das Spiel mitspielen.

Maddie ließ sich Zeit. Als sie den Bademantel angezogen hatte, spähte sie durch die Tür. Vielleicht konnte sie Suzanne überreden, sie sofort zu Thomas zu bringen. Immerhin würde ihr dann die Peinlichkeit erspart bleiben, dass Dan sie so sah.

Der Flur war verlassen.

Sie holte tief Luft, setzte ein Lächeln auf und ging denselben Weg zurück, den sie gekommen war.

Am Ende des Flurs lehnte Dan an der Wand, die Arme vor der Brust verschränkt, und wartete. Als er Maddies Schritte hörte, wandte er sich um. Sobald er sie erblickt hatte, fror sein Lächeln ein. »Maddie?« Seine Stimme schien eine Oktave höher zu sein.

Maddie wollte am liebsten sterben. Der Bademantel endete in der Mitte ihrer Oberschenkel und entblößte ihre weißen Beine. Nachdem sie Dans schockierten Gesichtsausdruck gesehen hatte, blickte sie über die Schulter. Vielleicht sollte sie wieder in den Umkleideraum flüchten.

Zu spät. Langsam ging Dan auf sie zu und musterte ihren Körper. »Deine Beine, Maddie. Sie sind wunderschön.«

Sie war so sehr damit beschäftigt, sich eine witzige Antwort auszudenken, dass sie sein Kompliment überhörte. »Nun ja«, sagte sie. »Nicht jeder kann ein Model sein.«

Dan legte ihr eine Hand auf die Schulter und sah ihr direkt in die Augen. »Ich sagte, deine Beine sind wunderschön.«

Jetzt wusste sie nicht mehr, was sie antworten sollte. Vielleicht hatte er das nur gesagt, um seinen anfänglichen Schock zu überspielen. »Das ist sehr nett von dir.«

Aber Dan sah überhaupt nicht nett aus. Er sah wütend aus. »Warum tust du das?«

»Was denn?«

»Dich selbst erniedrigen?«

Diesmal gab sie nicht vor, ihn missverstanden zu haben. »Das tue ich gar nicht«, erwiderte Maddie. Und jetzt war sie genauso zornig wie er. »Ich schütze mich. Ich weiß, wie ich aussehe, Dan. Ich sehe mich jeden Tag im Spiegel. Ich bin groß. Aber das bedeutet nicht, dass ich meine Größe auch noch zur Schau stellen muss.«

Genauso schnell, wie sie gekommen war, verschwand seine Wut wieder, und er schüttelte den Kopf. »O Maddie, ich wünschte, du könntest dich mit meinen Augen sehen.«

»Ich bin mir nicht sicher, ob du überhaupt richtig gucken kannst, wenn du meine weißen Beine attraktiv findest.«

Dan ging nicht darauf ein. »Darf ich dir sagen, was ich sehe?«

»Vorher wirst du mich wahrscheinlich nicht gehen lassen.«

»Richtig.« Dan nahm seine Hand von ihrer Schulter und trat einen Schritt zurück. Er verschränkte die Arme vor der Brust und betrachtete Maddie aufmerksam.

»Ich sehe lange Beine, die ich gerne berühren möchte.« Seine leise Stimme war wie eine zärtliche Liebkosung.

»Ich sehe die Beine einer Frau, nicht die dürren Beinchen eines unterernährten Models. Du hast sexy Beine mit atemberaubenden Kurven. Und deine Knöchel ...«

Maddie glaubte nicht, noch mehr ertragen zu können.

»Hallo, Maddie.« Gerade rechtzeitig war Suzanne wieder zu ihnen gekommen. »Alles ist vorbereitet.«

Maddie konnte sich nicht bewegen.

»Geh schon«, sagte Dan. »Ich werde auf dich warten.«

10. Kapitel

Dankbar nahm Dan den eisgekühlten Drink entgegen, den Suzanne ihm anbot. Er war sich nur noch nicht sicher, ob er ihn trinken oder zur Abkühlung über den Kopf gießen sollte. Maddies Anblick in dem kurzen Bademantel hatte ihn völlig unvorbereitet getroffen. Er war total verblüfft gewesen. Nie hätte er erwartet, dass ihre Beine so vollkommen waren.

Irgendwie war es Maddie gelungen, selbst sein geschultes Auge zu täuschen. Denn die unförmige Kleidung, die sie immer trug, war wie fünfzehn zusätzliche Kilos. Ihr Körper war faszinierend.

Maddie besaß Kurven, so wie eine Frau sie Dans Meinung nach haben sollte. Er wünschte, er hätte anders reagiert. Sie mit offenem Mund anzustarren war dumm gewesen. Nein, es war noch viel schlimmer, weil Maddie seine Reaktion natürlich missverstehen musste. Und dann hatte er sie auch noch beschuldigt, sich selbst zu erniedrigen. Ganz falsch.

Er hatte im Zorn gesprochen. Er war nicht wütend auf Maddie, sondern auf ihre Familie, die sie in dem Glauben erzogen hatte, ein Riese zu sein. Er war wütend auf die gesamte Welt, die dem, was schön war, enge Grenzen setzte.

Und er war wütend auf sich selbst. Als Modefotograf hatte er mitgeholfen, diese Schönheitsideale zu festigen.

Plötzlich öffnete Thomas die Tür. »Da bin ich, Suzanne. Vor zwölf Uhr, wie ich es versprochen habe.«

»Hallo, Thomas. Dan und Maddie sind schon hier.«

Mit einem breiten Lächeln und ausgestreckten Armen ging Thomas auf Dan zu. »Dan, alter Freund, willkommen zu Hause.«

Thomas war eine interessante Mischung aus Eleganz und Exzentrik. Seine Hautfarbe war ein schimmernder Bronzeton, seine Haare waren hellblond gefärbt, und er trug immer schwarze Kleidung. Hätte er noch einen Umhang getragen, hätte er wie ein Zauberer ausgesehen.

Dan stand auf, um ihn zu umarmen. »Danke, dass du das für mich tust.«

Thomas machte eine abwehrende Handbewegung. »Es ist mir ein Vergnügen. Aber jetzt erzähl mir erst einmal, wie es dir geht.«

Neben Maddie war Thomas der einzige Mensch, dem Dan voll und ganz vertraute. »Im Moment versuche ich herauszufinden, was ich mit meinem Leben anfangen will.«

»New York vermisst dich. Jedes Model, das durch diese Tür kommt, beklagt deine Abwesenheit.«

»Ich weiß noch nicht, was ich tun werde. Aber Modefotos will ich auf keinen Fall mehr machen.«

»Ohne Kamera in den Händen kann ich mir dich gar nicht vorstellen.«

»Eine Freundin hat mir kürzlich vorgeschlagen, nur noch das zu fotografieren, was mich interessiert. Vielleicht versuche ich das einfach.«

»Solange du glücklich bist, mache ich mir keine Sorgen. Alles, was du anfasst, wird ein Erfolg.«

»Danke für dein Vertrauen.«

Thomas deutete mit dem Kinn auf die Tür, die in den eigentlichen Salon führte. »Ich will deine Freundin nicht warten lassen. Kommst du mit? Wir können uns unterhalten, während ich arbeite.«

Unwillkürlich zuckte Dan zusammen. Er fragte sich, ob es nicht doch ein Fehler war, Maddie hierher zu bringen. War es nicht widersinnig, die oberflächlichen Schönheitsideale zu hassen und Maddie dann zu einem Stylisten zu bringen?

Er hatte mit sich gerungen, seit er Thomas angerufen hatte, aber eine Antwort hatte er immer noch nicht gefunden. Maddie strahlte eine ganz natürliche Schönheit aus, die sie selbst allerdings nicht akzeptierte. Wenn eine äußerliche Veränderung ihr dabei helfen konnte, musste er einfach alles für sie tun.

Dan folgte Thomas. »Noch ein Wort zu meiner Freundin. Sie ist nicht wie die anderen, die ich zu dir geschickt habe.«

»Du hast erwähnt, sie ist kein Model.«

»Nein …«

»Jetzt erzähl mir nicht, sie ist nicht wunderschön«, lachte Thomas. »Ich glaube nämlich nicht, dass dein Geschmack sich geändert hat. Dafür kenne ich dich zu gut.«

Was konnte er sagen, um Maddie gerecht zu werden? »Sie ist wunderschön, aber auf eine ganz spezielle Art und Weise.« Dan nahm Thomas' Arm und blieb dann stehen. »Sie ist so verletzlich. Ich weiß, dass sie nicht diesen Eindruck erweckt, aber sie ist es.«

»Entspann dich. Ich werde vorsichtig sein.«

Dan hoffte, dass Thomas sich wirklich zusammennehmen würde. Er liebte diesen Mann wie einen Bruder, aber er wusste auch, dass Thomas sehr beleidigend sein konnte. Mehr als einmal hatte er seine Zunge nicht im Zaum halten können.

Aber dieses Risiko würde er eingehen müssen. Denn Thomas war ein Genie auf seinem Gebiet; er wusste einfach, welche Frisur perfekt zu welchem Gesicht passte.

Maddie saß auf dem Frisierstuhl und wartete auf Thomas. Ihre feuchten Haare waren mit einem Handtuch zu einem

Turban gebunden worden. Ängstlich sah sie auf, als Thomas den Raum betrat.

»Sie sind also die bemerkenswerte Frau, die Dans Blicke auf sich gezogen hat.« Thomas küsste ihre Hand. »Guten Morgen, Maddie. Ich bin Thomas.«

Ganz offensichtlich war sie von dieser Begrüßung beeindruckt. »Hallo. Vielen Dank, dass Sie Zeit für mich haben.«

»Es ist mir ein Vergnügen.« Er stellte sich hinter sie und betrachtete ihr Spiegelbild. »Was kann ich für Sie tun?« Vorsichtig wickelte er den Turban ab und ließ ihre Haare über den Stuhl fallen. »Erzählen Sie mir von sich.«

»Da gibt es nicht viel zu erzählen.«

»Ich denke schon. Entspannen Sie sich«, widersprach Thomas, während er sanft ihre Schultern massierte.

»Dan hat gesagt, Sie wohnen in Dallas. Haben Sie Ihr ganzes Leben dort verbracht?« Thomas begann, ihre Haare zu kämmen. Sie waren so lang, dass er den Stuhl auf die höchste Position einstellen musste. Aufmerksam hörte er zu, als Maddie von ihrer Arbeit und ihrem Leben berichtete. Er musterte ihre Haare und versuchte, sich ein Bild von ihrer Persönlichkeit zu machen. Erst dann würde er sich für eine Frisur entscheiden können.

»Ihre Haare sind faszinierend«, sagte er schließlich. »Sie scheinen lebendig zu sein.«

Maddie verzog das Gesicht. »Ich weiß.«

»Warum sagen Sie das so, als würden Sie sich dafür schämen? Ihr Haar ist wunderschön und dicht.«

»Für mich fühlt es sich eher so an, als würde es mich erdrücken.«

»Weil es zu viel ist. Zu viel von irgendetwas, und sei es noch so attraktiv, wie Schokolade oder Champagner, ist nicht gut.«

Dan zog eine Augenbraue hoch. Heute war der Tag der Überraschungen. Er hatte gar nicht gewusst, wie taktvoll und verständnisvoll sein Freund sein konnte.

»Was für eine Frisur haben Sie sich denn vorgestellt?«, fragte Thomas und fuhr fort, ihr Haar zu kämmen.

»Gar keine. Nur kürzer.«

Thomas nickte. »Wenn Sie einverstanden sind, würde ich es gerne mit einer kinnlangen Frisur versuchen.«

Ein Ausdruck von Panik erschien auf Maddies Gesicht. Mit einer so radikalen Veränderung hatte sie nicht gerechnet.

»In Ordnung«, sagte sie.

Dan sah, dass Maddie dennoch heftig schlucken musste, als die erste Strähne zu Boden fiel. Er wusste, wie sie sich fühlte. Denn Thomas schnitt nicht einfach nur ihre Haare, sondern versuchte, ihr Selbstvertrauen wieder aufzubauen.

Während Thomas Locke um Locke kürzte, plauderte er ununterbrochen, als bemerke er die spannungsgeladene Atmosphäre überhaupt nicht. Schließlich legte er die Schere weg. Maddies Haare reichten ihr bis zum Kinn.

Maddie schenkte Dan ein aufgeregtes Lächeln. Erleichtert atmete er auf und lächelte zurück.

Thomas wandte sich zu Dan um. »Ich werde jetzt noch die Haare fönen. Könntest du uns in der Zwischenzeit etwas zu trinken holen?«

»Kein Problem«, antwortete er und verließ den Raum.

Als er mit drei Gläsern zurückkehrte, war Thomas fast fertig. Er drehte den Stuhl, sodass Maddie ihr Spiegelbild sehen konnte. »Was denken Sie?«

»O mein Gott.«

›O mein Gott‹ waren die richtigen Worte. Obwohl Dan wusste, dass Thomas der Beste war, hatte er nicht mit diesem Ergebnis gerechnet. Maddies dunkles Haar umrahmte in sexy

Locken ihr Gesicht. Jetzt betonte die Länge ihre großen Augen, die hohen Wangenknochen und ihre sinnlichen Lippen.

»Fantastisch«, sagte sie zu Thomas. »Ich fühle mich um fünfzig Kilo leichter.«

»Möchten Sie vielleicht noch ein Kilo verlieren?«, fragte er.

O nein, dachte Dan. Jetzt ist es passiert. Thomas hat sämtliches Taktgefühl verloren. Ein weiteres Kilo Haare konnte nämlich nur eines bedeuten: die Augenbrauen. Schnell gab Dan Thomas und Maddie ihre Drinks, um das Thema zu wechseln.

Aber das Ablenkungsmanöver schlug fehl. Fragend blickte Maddie zu Thomas. »Was meinen Sie?«

»Ihre Brauen.«

Zu Dans grenzenlosem Erstaunen schien Maddie nicht im Geringsten gekränkt zu sein. Sie lehnte sich einfach auf dem Stuhl zurück und sagte: »Fangen Sie an.«

»Nicht ich, meine Assistentin wird sich darum kümmern. Ich werde sie sofort anrufen. Und ich werde auch meine Visagistin kommen lassen.«

Thomas machte seinen Anruf, und kurze Zeit später betrat eine junge Frau mit lila gefärbten Haaren den Raum. Sie führte Maddie in einen anderen Bereich des Salons. Als Dan aufstand, um ihnen zu folgen, hielt Thomas ihn am Arm fest. »Warum hast du es mir nicht gesagt?«

»Was denn?«

»Dass du in sie verliebt bist.«

»Das ist doch Unsinn. Ich? Verliebt in Maddie?«, lachte er. »Wir sind nur gute Freunde.«

»Nun, dann will ich dir mal etwas sagen. Freunde sehen sich nicht so an, wie du Maddie ansiehst.« Thomas schien Dans Unbehagen zu genießen. »Du bist verliebt.«

»Wenn ich verliebt wäre, würde ich es doch wissen.«

Jetzt lachte Thomas, als er Dan auf die Schulter klopfte. »Vergiss nicht, mich zur Hochzeit einzuladen.«

Anderthalb Stunden später traf Maddie Dan an der Rezeption wieder. Tränen liefen ihr über die Wangen.

Mit wenigen schnellen Schritten war er bei ihr. »Was ist los?«, fragte er, legte seine Hände auf ihre Schultern und sah ihr in die Augen. »Haben sie dir wehgetan?«

Maddie schüttelte den Kopf.

»Was ist dann? Hat jemand etwas zu dir gesagt?«

Sie nickte.

Dans Haltung versteifte sich, und Wut begann in ihm aufzusteigen. »Wer …«

Maddie legte ihre Hand auf seine Brust. »Eine Frau hat mich in der Umkleidekabine angesprochen«, sagte sie. »Sie meinte, sie kennt dich. Sie hat gehört, dass ich mit dir hier bin, und mich gefragt, ob wir ein Shooting in der Stadt haben.«

Entgeistert blickte Dan sie an. »Ich verstehe dich immer noch nicht.«

Maddie lächelte unter Tränen. »Sie glaubt, ich sei ein Model.«

Diese Erklärung half ihm auch nicht, er war immer noch verwirrt. »Und das macht dich traurig? Ich bin sicher, es war als Kompliment gemeint.«

»Ich bin nicht traurig. Ich bin glücklich.«

Jetzt endlich entspannte er sich. »Wenn du so glücklich aussiehst, möchte ich dich nie traurig sehen.«

Er nahm ein Taschentuch und wischte ihr sanft die Tränen von den Wangen.

Maddie wich zurück. »Vorsicht! Mein Make-up.«

»Würde es dich sehr aufregen, wenn ich dir sage, dass kaum noch etwas davon da ist?«

Sie lachte. »Ich werde versuchen, mich selbst zu schminken. Die Visagistin war toll. Sie hat mir alle möglichen Tricks gezeigt. Ich habe sämtliche Produkte gekauft, die sie benutzt hat. Da fällt mir ein, ich muss noch meine Rechnung bezahlen.«

»Welche Rechnung? Du bist eingeladen.«

Maddie runzelte die Stirn, als sie in ihrer Handtasche nach ihrer Geldbörse kramte. »Das ist sehr nett von dir, aber das kann ich nicht annehmen. Es wird ein Vermögen kosten.«

Dan hielt ihren Arm fest. »Du hast es dir verdient. Betrachte es als kleines Geschenk zu deiner Beförderung.«

Wieder liefen ihr Tränen über die Wangen. Maddie lehnte sich nach vorne und gab ihm einen flüchtigen Kuss auf die Wange. »Vielen Dank, Dan. Das ist viel besser als mein Geburtstag, Weihnachten und meine Beförderung zusammen. Heute ist der schönste Tag meines Lebens.«

»Und der Tag ist noch nicht vorbei. Wir haben noch ein bisschen Zeit, bis zum Abendessen. Was möchtest du als Nächstes unternehmen?«

Maddie dachte einen Moment nach. »Etwas, das normale Touristen machen.«

»Wir können mit der Fähre fahren und die Freiheitsstatue besichtigen.«

Sie sah ihn an, als hätte er ihr vorgeschlagen, eine Spinne zu küssen. »Was? Ich soll auf dem Deck eines Schiffs stehen und mir vom Wind meine neue Frisur zerstören lassen?«

Dan lachte. »Gesprochen wie ein echtes Model. Lass mich nachdenken. Wie wäre es mit dem Empire State Building? Von dort oben hat man einen fantastischen Blick über die Stadt. Wenn du dann deine Mutter anrufst, wäre sie bestimmt beeindruckt.«

»In Ordnung. Ich bekomme nicht oft die Gelegenheit, meine Mutter zu beeindrucken.«

»Abgemacht. Ich habe schon allen Auf Wiedersehen gesagt, also können wir uns auf den Weg machen.«

Maddie schüttelte den Kopf. »Gib mir eine Minute. Ich muss mich noch um mein Make-up kümmern.«

11. Kapitel

Zum ersten Mal in ihrem Leben fühlte Maddie sich fast schön. Bis ihr Blick auf ihre schwarze Hose und die Tunika fiel.

Schon heute Morgen war das Outfit nicht besonders ansehnlich gewesen, aber hier in New York, mit der fantastischen neuen Frisur, war es einfach grauenhaft.

»Ich komme mir vor wie Aschenputtel. Nur die Hälfte meiner Wünsche hat sich erfüllt.«

»Was ist denn los?«, fragte Dan.

»Meine Kleider«, erwiderte sie und zupfte an ihrer Hose.

»Kein Problem. Wir gehen einkaufen. Ich kenne einige außergewöhnliche Läden. Wir können auf dem Weg zum Empire State Building dort Halt machen.«

Die Selbstzweifel, die auf so wundersame Weise den ganzen Morgen über verschwunden waren, meldeten sich zurück. Einzukaufen hatte bisher immer in einer Katastrophe geendet. Aber noch schlimmer wäre es, wenn Dan sie dabei beobachtete. »Nein. Ich gehe nicht gerne einkaufen.«

»Wie du willst.« Dan nahm ihre Hand in seine. »Komm mit. New York wartet auf uns.«

Der Blick vom Empire State Building war atemberaubend. Selbst ohne die Ferngläser, die für Touristen überall bereitstanden, konnte Maddie kilometerweit sehen. Sie beugte sich über das Geländer und betrachtete die Stadt tief unter ihr.

»Ich muss unbedingt meine Mutter anrufen.« Sie nahm ihr Handy aus der Tasche und wählte die Nummer ihrer Mutter.

Hoffentlich ist sie zu Hause, dachte sie. Selbst ein Anruf vom Dach der Welt würde an Wert verlieren, wenn man nur mit dem Anrufbeantworter sprach.

»Hallo?«

»Mom, ich bin es.«

Dan lächelte und entfernte sich diskret einige Schritte.

»Madelyn, wo bist du? Ich habe dich heute Morgen angerufen, aber du warst nicht zu Hause.«

»Ich bin in New York.«

»Du bist wo?«

Sie hatte es tatsächlich getan: Sie hatte ihre Mutter beeindruckt. »In New York. Ich bin mit einem Freund zusammen heute Morgen geflogen, um mir die Haare schneiden zu lassen und die Sehenswürdigkeiten zu besichtigen. Im Moment stehe ich auf dem Empire State Building …«

»Ich kann mich noch gut daran erinnern, als deine Schwester dort war«, unterbrach ihre Mutter sie. »Das muss jetzt vier oder fünf Jahre her sein. Ich glaube, es war in dem Jahr, in dem sie und Steve den Kongress für Schönheitschirurgie besucht haben. Sie haben im Plaza Hotel übernachtet. Jennifer war ganz begeistert. Bleibst du über Nacht? Du solltest dich wirklich um ein Zimmer im Plaza kümmern.«

Maddie fühlte sich wie ein Ballon, aus dem langsam die Luft entwich. »Nein. Wir fliegen heute wieder zurück.«

»Das ist schade. Ruf mich morgen an, und erzähl mir alles.«

»Ich melde mich.« Maddie schaltete das Handy aus und ließ es in ihre Tasche fallen.

»Das ging aber schnell«, sagte Dan, während er zu ihr trat. »Hast du ihr von deiner neuen Frisur erzählt?«

»Ich habe es erwähnt.«

»War sie überrascht, dass du in New York bist?«

»Nicht wirklich. Meine Schwester war vor einigen Jahren hier.«

Obwohl sie nicht weiter darauf einging, konnte Dan doch ihre Enttäuschung spüren. »Was machen wir als Nächstes? Wir haben noch eine Stunde, bis ich dich zum Abendessen in das kleine französische Restaurant ausführen werde. Es gehört einem Freund von mir. Ich habe ihn angerufen und gesagt, dass wir kommen. Er freut sich schon darauf, dich kennenzulernen.«

»Ich habe nichts zum Anziehen mitgebracht.«

»Du siehst gut aus.«

Das ist nicht wahr, dachte sie. Ich sehe unmöglich aus. So wollte sie Dans Freund auf gar keinen Fall begegnen. »Du hast eben einige Geschäfte erwähnt«, es kostete sie große Überwindung, das zu sagen. »Meinst du, die haben etwas für mich?«

»Da du keinen zweiten Kopf oder ein drittes Bein hast, muss ich wohl annehmen, dass du von deiner Größe sprichst?«

»Ja. Es …« Wie konnte sie nur von ihren bisherigen Erlebnissen berichten, ohne bemitleidenswert zu klingen? »Es ist schwer, Kleider zu finden, die mir passen.«

Er legte den Arm um ihre Schultern und führte sie zurück zu den Aufzügen. »Das liegt nur daran, dass du nicht weißt, wo du suchen musst. Ich hingegen weiß genau, wo wir hingehen können.«

Skeptisch sah Maddie ihn an. »Wie kommt das?«

»Seit zwölf Jahren arbeite ich mit Models zusammen. Und die sind mindestens einsfünfundsiebzig groß. Mindestens.«

Er hatte sie immer noch nicht verstanden. »Es ist nicht nur die Größe. Ich wiege wahrscheinlich mehr als ein halbes Dutzend deiner Models zusammen.«

Dan wartete, bis sie aus dem überfüllten Aufzug aussteigen konnten, dann legte er eine Hand auf ihre Schulter und blickte ihr direkt in die Augen. »Du bist groß, nicht riesig, Maddie. Hast du mich verstanden? Ich weiß nicht, wie du auf diese absurde Idee kommst, dass du irgendetwas anderes als perfekt sein könntest.«

Maddie verdrehte die Augen, aber er verstärkte nur seinen Griff um ihre Schulter. »Ich habe dich gesehen. Du magst die Wahrheit vor allen anderen verstecken wollen, aber ich habe dich gesehen. Und du siehst grandios aus.«

Maddies Augen füllten sich mit Tränen.

»O mein Engel!« Dan griff nach einem Taschentuch, das er vorsorglich im Renaissance eingesteckt hatte. »Ich wollte dich nicht verletzen. Ich wollte dir nur die Wahrheit sagen. Du musst dich endlich so akzeptieren, wie du bist.«

Sie wischte die Tränen mit dem Handrücken ab und schnäuzte sich die Nase. »Ich werde es versuchen.«

Er küsste sie auf die Stirn. »So gefällst du mir.«

Um Zeit zu sparen, nahmen sie ein Taxi vom Empire State Building aus zu der Boutique, die Dan ausgesucht hatte. Das Geschäft befand sich nicht, wie Maddie angenommen hatte, auf einer der Einkaufsstraßen, sondern in einer kleinen Seitenstraße. Von außen sah es eher unscheinbar aus. Maddie warf einen Blick auf die ausgesprochen eleganten Kleider im Schaufenster und wäre am liebsten wieder gegangen.

»Ich weiß nicht, Dan«, sagte sie. »Ich glaube nicht, dass ich hier irgendetwas finde.«

»Das kannst du von draußen doch gar nicht wissen.«

Es gelang ihr nur, einen Teil des Namens zu lesen, Waleria oder so ähnlich, bevor Dan sie durch die Eingangstür zog.

Eine Frau eilte auf sie zu. »Dan, wie geht es dir?« Sie umarmte ihn. »Seit wann bist du in der Stadt?«

»Ich bin nur für einen Tag gekommen. Maddie, darf ich dir Tonia vorstellen? Ihr gehört der Laden.«

Die beiden Frauen begrüßten sich.

»Was kann ich für Sie tun?«

Maddie mochte sie auf Anhieb. Erstens, weil sie noch ein Stückchen größer war als Maddie, und zweitens, weil sie Maddies Kleider mit keinem Wort kommentierte.

»Dan hat mich zum Essen eingeladen, und ich habe nichts zum Anziehen mitgebracht.«

Er nannte den Namen des Restaurants, damit Tonia eine Idee von der angemessenen Kleidung bekam.

Tonia musterte Maddie. »Sie müssen sich nicht umziehen. Schwarz steht Ihnen ausgezeichnet. Wie wäre es mit einem Gürtel, um das Outfit ein wenig aufzupeppen?«

Ein Gürtel? Maddie hasste Gürtel. Ihre Mutter hatte sie vor Jahren davor gewarnt. Und wie peinlich würde es sein, wenn Tonia keinen in ihrer Größe hatte? Aber es war zu spät.

»Ich zeige Ihnen, was ich Ihnen anbieten kann.« Tonia war an ein Regal getreten und nahm einige Gürtel herunter. Bevor Maddie protestieren konnte, hatte Tonia schon einen breiten schwarzen Ledergürtel genommen und ihr locker um die Hüften geschlungen.

Dann ging sie einen Schritt zurück, um den Effekt zu begutachten. »Mir gefällt es. Was meinen Sie?«

Maddie war sprachlos. Sie trug einen Gürtel, und es sah gut aus. Wirklich gut.

Doch Tonia ließ ihr kaum Zeit, sich zu bewundern. »Wenn Sie vielleicht etwas ganz anderes ausprobieren möchten, habe ich ein paar Kleider, die Ihnen bestimmt ausgezeichnet stehen.«

Ein paar? Also wirklich mehr als eins? Das klingt zu gut, um wahr zu sein.

»Haben Sie eine Lieblingsfarbe?«, fragte Tonia.

»Smaragdgrün«, sagte Dan schnell mit einem schelmischen Lächeln.

Tonia nahm vier oder fünf Kleider von einer Stange und bedeutete Maddie, ihr zu den Umkleidekabinen zu folgen. »Mal sehen, was Sie davon halten.«

Maddie musste sich zwingen, in die Kabine zu gehen. Bisher war alles so positiv verlaufen. Sie wollte den Tag nicht damit verderben, dass ihr die Kleider jetzt nicht passten.

»Komm wieder zu uns, wenn du fertig bist«, sagte Dan. »Wir werden dir bei der Auswahl helfen.«

Sie lächelte gequält. So nett Dan auch war, auf gar keinen Fall würde sie sich in irgendetwas, das zu eng, zu klein oder zu kurz war, präsentieren. Da Tonia sie nicht nach ihrer Größe gefragt hatte, war das Desaster natürlich vorprogrammiert.

Langsam zog sie sich aus.

»Warum dauert das so lange?«, fragte Dan. »Soll ich dir helfen?«

Sie bezweifelte nicht, dass er das tun würde. Deshalb nahm sie schnell das erste Kleid von dem Stapel und schlüpfte hinein. In der Kabine gab es leider keine Spiegel, also musste sie wieder nach draußen gehen.

»Wow, Maddie!« Dan pfiff anerkennend.

Tonia ging auf sie zu und strich den Rock glatt. »Wunderbar. Sehr feminin.«

Das Kleid war blau, dieselbe Farbe wie die Sommerkleider, die sie damals bewundert hatte. Das Kleid umschmeichelte ihren Körper, reichte bis knapp über die Knie und endete in einer Bordüre aus Seide.

»Es betont Ihre Figur ausgezeichnet«, sagte Tonia.

»Ich hätte es nicht besser ausdrücken können«, stimmte Dan ihr zu.

Maddie streichelte mit den Händen das edle Material. Es sah gut aus. Es fühlte sich gut an. Das Kleid war bezaubernd. Farbe und Schnitt waren meilenweit von ihrem üblichen Stil entfernt. »Ich weiß nicht. Ist es nicht zu eng?«

»Nein!«

»Überhaupt nicht«, pflichtete Tonia Dan bei. »Eng bedeutet, man kann die Rippen zählen. Dieses Kleid passt Ihnen. Es schmiegt sich an Ihren Körper an. Es ist figurbetont.«

»Genau.« Dan signalisierte seine Begeisterung mit zwei ausgestreckten Daumen. »Und was für eine Figur.«

Maddie warf Dan einen raschen Blick zu, dann betrachtete sie sich wieder im Spiegel. »Ich nehme es.«

Sie blieben über eine Stunde. Maddie kaufte alles, was Tonia ihr zeigte. Außerdem eine »figurbetonte« Hose, die sie hervorragend mit ihren anderen Kleidungsstücken kombinieren konnte. Zwei Gürtel, ein niedliches weißes T-Shirt, bei dem Dans Augen leuchteten, und ein breites silbernes Armband vervollständigten ihre neue Garderobe.

Am besten gefiel ihr ein Sommerkleid, das sie nur durch Zufall entdeckt hatte. Der fast durchscheinende rosa Stoff fiel in hinreißenden Falten bis zu ihren Knöcheln. Von so einem Kleid hatte sie schon immer geträumt: ein Kleid, das seine Trägerin cool, selbstbewusst und sexy machte. Nach diesem Tag konnte Maddie fast glauben, all das zu sein.

Und so verzog sie auch keine Miene, als Tonia ihre Einkäufe zusammenrechnete. Die fünfundzwanzig Prozent Rabatt, die sie als Dans Freundin bekam, änderten die Rechnung von unaussprechlich hoch in gerade noch akzeptabel. Aber ohne einen weiteren Gedanken daran zu verschwenden, gab Maddie Tonia ihre Kreditkarte.

Tonia überreichte ihnen die Tragetaschen, dann verabschiedeten sie sich. Als sie wieder auf der Straße standen, sagte

Dan: »So, jetzt noch ein kleiner Zwischenstopp, bevor wir essen gehen.«

»Wo?«

»Bloomingdales«, antwortete er und winkte ein Taxi heran.

Maddie runzelte die Stirn.

»Ein wunderbares Kleid verdient auch die entsprechenden Schuhe.«

Sie streckte einen Fuß aus. »Meine Schuhe sind doch in Ordnung.«

»Schon, aber wir wollen Perfektion. Ich kann es nicht genau erklären, aber nachdem ich mit so vielen Frauen zusammengearbeitet habe, weiß ich, dass in den perfekten Schuhen ein geheimnisvoller Zauber verborgen liegt.«

Sosehr sie es auch hasste, einkaufen zu gehen, musste sie doch zugeben, dass es ihren flachen Schuhen an geheimnisvollem Zauber mangelte.

»Ein Paar«, gab sie nach.

Die Schuhabteilung von Bloomingdales war unglaublich, die Auswahl überwältigend. »Ich weiß nicht, wo ich anfangen soll«, meinte Maddie verwirrt.

»Aber ich.« Dan nahm ein Paar Riemchensandaletten und gab sie Maddie. »Damit.«

Sie schüttelte den Kopf. »Die kann ich nicht anziehen. Sieh dir nur die Absätze an.« Sie betrachtete das neue grüne Kleid. »Ich werde wie ein grüner Riese aussehen.«

Er drückte ihr die Schuhe in die Hand. »Bitte.«

Als endlich ein Verkäufer zu ihnen gekommen war, hatte Dan bereits drei weitere Paare ausgewählt. Und keines davon war flach.

»Dan«, flüsterte sie, während der Verkäufer ihre Größe holte. »Ich kann keine Schuhe mit Absätzen tragen.«

»Da muss ich dir widersprechen. Solange es nicht unangenehm ist, solltest du High Heels tragen.«

Das erleichterte die Angelegenheit. Jetzt musste sie nur
noch behaupten, die Schuhe seien unbequem, dann könnte sie
weiterhin ihre flachen Schuhe tragen.

In diesem Moment kam der Verkäufer mit einem Stapel
Schachteln zurück. Im obersten Karton lagen die schwarzen
Riemchensandaletten. Er half ihr, sie anzuziehen. »Wie kön-
nen Sie darin gehen?«

Maddie stand auf und machte ein paar vorsichtige Schritte.
Es gelang ihr ziemlich gut. Sie würde keinen Marathon laufen
können, aber das war auch nicht der Sinn der Sache.

»Sieh dich im Spiegel an«, schlug Dan vor.

Sie erreichte den Spiegel, ohne ein einziges Mal zu schwan-
ken. Sie betrachtete ihr Spiegelbild. Die Schuhe sahen großartig aus. Sie machten sogar ihre Füße schlanker.

Dan gesellte sich zu ihr. Jetzt bemerkte sie, dass sie sogar
mit Absätzen nicht größer war als er. Sie standen sich Auge
in Auge gegenüber.

Aber Dan blickte ihr nicht ins Gesicht, sondern betrachtete
ihre Beine. »Hast du schon bemerkt, wie die Absätze deine
Beine strecken und die Kurven betonen?«

Seine Augen schienen wieder zu leuchten, und seine Stimme
war tiefer als gewöhnlich – genauso hatte er mit ihr gesprochen, als er sie in dem kleinen Bademantel gesehen hatte.

»Langsam bekomme ich das Gefühl, du stehst auf Beine«,
versuchte sie zu scherzen, um die plötzliche Spannung zu
mildern.

»Das weiß ich nicht, aber ich glaube, ich beginne, den geheimnisvollen Zauber zu verstehen.«

Maddie glaubte das langsam auch. Sie kaufte drei der vier
Paare.

Bevor sie Bloomingdales verließen, erwarben sie noch einen kleinen Koffer mit Rollen, um die Einkäufe leichter nach Hause transportieren zu können.

Anschließend stiegen sie wieder in ein Taxi. Nachdem Dan den Fahrer bezahlt hatte, standen sie auf dem Bürgersteig vor einem Wohnhaus.

»Das sieht nicht nach einem Restaurant aus«, stellte Maddie fest.

»Stimmt. Das Restaurant ist noch zwei Blocks von hier entfernt. Ich dachte, ich könnte noch ein paar Bilder machen, bevor es dunkel wird. In Ordnung?«

»Warum nicht?«

»Danke.« Er nahm seine Kamera aus der Fototasche.

»Was soll ich tun?«

»Einfach die Straße entlanggehen«, erwiderte er. »Den Rest mache ich schon.«

Trotz ihres neuen Selbstbewusstseins kam Maddie ihr Gang durch die hohen Schuhe fürchterlich vor, so als besäße sie plötzlich einen provokativen Hüftschwung. Außerdem fühlte sie sich ein wenig seltsam, weil sie den Koffer hinter sich herzog.

Aber Dan beschwerte sich nicht.

Er war hinter ihr, neben ihr, dann wieder vor ihr und drückte die ganze Zeit über auf den Auslöser. »Wundervoll. Großartig«, murmelte er. So gingen sie den ganzen Block entlang, bis Dan einen neuen Film einlegen musste.

Auf einer Treppe, die zu einem der Hauseingänge führte, saß eine alte Frau.

»Sie können mich fotografieren«, bot sie an.

Dan sah zu ihr auf und lächelte. »Danke. Das würde ich gerne tun.«

Maddie wartete am Treppenabsatz und beobachtete Dan. In der Sekunde, in der er durch die Kamera blickte, war er völlig in seine Arbeit vertieft. Er machte einige Aufnahmen von der Frau.

Irgendwie wirkte Dan sexy, wenn er die Kamera hielt. Seine Bewegungen waren zielstrebig, seine Konzentration vollkommen. Maddie hätte nie gedacht, dass es so eindrucksvoll sein könnte, ein Genie bei der Arbeit zu beobachten.

Als Dan fertig war, stieg er die Treppe hinauf und streckte die Hand aus. »Ich bin Dan Willis.«

Die Frau schüttelte seine Hand. »Cordelia Tamayo.«

»Wenn Sie mir Ihre Adresse geben, kann ich Ihnen die Bilder zuschicken.«

Maddie nahm einen Zettel und einen Stift aus der Tasche und ging zu den beiden.

»Ich hoffe, Sie glauben nicht, dass ich jedem meinen Namen und meine Adresse verrate«, sagte Cordelia mit einem schüchternen Lächeln. »In meinem Alter wird man wählerisch. Aber Sie sind sehr niedlich.«

Dan lachte.

»Ich wette, Sie würden nicht darauf kommen, dass ich sechsundachtzig Jahre alt bin.«

»Nein. Ich hätte Sie nicht für einen Tag älter als siebzig gehalten.«

Cordelia kicherte. »Sie und Ihre hübsche Freundin sollten jetzt gehen. Sie haben bestimmt wichtigere Dinge zu erledigen, als mit einer alten Frau zu sprechen.«

Er warf einen Blick auf seine Uhr. »Ja, wir haben einen Tisch reserviert.«

»Auf Wiedersehen. Und vergessen Sie nicht, mir meine Bilder zu schicken.«

»Das werde ich nicht.« Dan nahm Maddies Hand. »Komm mit, hübsche Freundin.«

Sie gingen den nächsten Block entlang und erreichten

schließlich das Restaurant, dessen Tür von einem Baldachin überspannt wurde. Ein uniformierter Portier öffnete ihnen, und sie betraten einen von Kerzenlicht hell erleuchteten Raum.

»Willkommen, Mr. Willis. Ihr Tisch ist gleich hier drüben. Wenn Sie mir bitte folgen wollen.« Der Portier führte sie an ihren Tisch, und kurze Zeit später kam ein Weinkellner.

Aber Dan schüttelte den Kopf. »Heute Abend haben wir etwas Besonderes zu feiern. Bringen Sie uns bitte eine Flasche Champagner.« Der Weinkellner zog sich lächelnd zurück.

»Ich verhungere«, gestand Dan Maddie. »Außer dem Frühstück im Flugzeug habe ich nur ein paar von den kleinen Sandwiches im Renaissance gegessen.«

»Ich war viel zu aufgeregt, um überhaupt an Essen zu denken.«

»Das tut mir leid. Wir hätten das Einkaufen ausfallen und sofort nach dem Empire State Building hierherkommen sollen.«

»Bist du verrückt? Dank Tonia besitze ich eine komplett neue Garderobe. Zusammen mit der Frisur und dem Make-up macht mich das zu einer neuen Frau.«

»Ich hoffe nicht. Ich mochte die alte Maddie. Die neuen Kleider sind wunderschön, aber das bist du auch ohne sie.«

Maddie zog die Augenbrauen hoch.

Dan schmunzelte. »Das muss ein Freudscher Versprecher gewesen sein. Was ich sagen wollte, ist, die Kleider können deine Schönheit nur unterstützen.«

Mittlerweile war der Kellner mit dem Champagner und zwei Gläsern zurückgekehrt. Er öffnete die Flasche und zelebrierte das Einschenken, als sei es ein heiliges Ritual.

Nachdem er wieder gegangen war, hob Dan sein Glas. »Auf dich, Maddie.«

Sie trank einen Schluck und brachte dann ihrerseits einen Toast aus. »Auf Dan, der mir den besten Tag meines Lebens geschenkt hat.«

Das Abendessen war köstlich. Dan hatte viele verschiedene Gerichte bestellt, sodass sie alle probieren konnten. Ein halbes Dutzend Male war Maddie kurz davor, sich selbst in den Arm zu kneifen. Sie fühlte sich, als lebe sie einen märchenhaften Traum.

Sie war hier in New York, in einem eleganten, nur von Kerzenlicht erhellten Restaurant und dinierte mit dem bestaussehenden Mann der ... Halt! Dan war nicht der bestaussehende Mann der Welt, das war Colton. Merkwürdig, sie hatte den ganzen Tag über nicht an Colton gedacht.

Nicht ein einziges Mal war seine schöne Gestalt vor ihrem geistigen Auge erschienen. Auch nicht, als sie das Sommerkleid für das Familientreffen gekauft hatte.

Sobald sie aus der Umkleidekabine getreten war, hatte sie Dans Gesichtsausdruck beobachtet, denn nur seine Meinung schien wichtig zu sein.

Jetzt beleuchtete das Kerzenlicht sein Gesicht, und ihr Puls beschleunigte sich. Vielleicht war sie etwas zu voreilig gewesen, Colton zum Mann ihrer Träume zu erwählen.

Während des Essens unterhielten Maddie und Dan sich angeregt und lachten zusammen. Er stellte ihr seinen Freund, den Besitzer des Restaurants, vor, und viele seiner alten Bekannten blieben an ihrem Tisch stehen und fragten, ob er wieder in der Stadt arbeiten würde.

Jedes Mal schüttelte Dan den Kopf und meinte, er sei glücklich in Texas.

Einer von ihnen warf einen Blick auf Maddie, nickte und sagte: »Ich kann verstehen, warum.«

Als sie den Nachtisch aufgegessen und den letzten Schluck

Champagner getrunken hatten, sah Dan auf die Uhr. »Wir müssen zurück, das Flugzeug startet gleich.«

Sie nahmen ein Taxi zum Flughafen und gaben ihr Gepäck auf. Das frühe Aufstehen schien seinen Tribut zu fordern, als sie an Bord des Flugzeugs gingen.

»Müde?«, fragte er.

Sie nickte. »Aber ich mag noch nicht schlafen. Ich will nichts verpassen.«

Er klappte die Armlehne zwischen ihnen hoch, legte seinen Arm um ihre Schultern und zog sie an sich. »Ich verspreche, ich werde dich wecken, sobald etwas Aufregendes passiert.«

Es war so einfach, sich an seine starke Schulter zu kuscheln. Während sie sich an ihn schmiegte, hatte sie das seltsame Gefühl, nach Hause zu kommen. Sie schloss die Augen und war kurz darauf eingeschlafen.

Vier Stunden später standen sie vor Maddies Wohnungstür. »Dan, ich kann mich gar nicht genug für den heutigen Tag bedanken.«

»Das ist auch nicht nötig. Ich hatte viel Spaß.«

»Doch. Du hast so viel für mich getan.«

»Ja, ich habe dir geholfen, dein Bankkonto zu erleichtern«, sagte er lächelnd.

»Nein, ernsthaft«, erwiderte sie und verkniff sich selbst ein Schmunzeln. »Was bedeuten schon lebenslange Schulden, wenn man eine neue Garderobe und drei Paar Schuhe vorweisen kann? Montagmorgen werde ich das Gesprächsthema Nummer eins im Büro sein.«

Sein Lächeln verschwand. »Da hast du wahrscheinlich recht.«

»Ich danke dir für alles, was du für mich getan hast. Du musst der netteste Mann der Welt sein.«

Sie beugte sich vor und küsste ihn auf den Mund. Sofort legte er seine Arme um sie, zog sie näher an sich und intensivierte den Kuss. Spielerisch bewegte er seine Lippen auf den ihren, neckte und forderte sie, verzauberte sie mit seiner Leidenschaft. Das war kein Abschiedskuss mehr, das war … wow!

Plötzlich zog er sich zurück. »Nein, Maddie.« Seine Stimme klang beinahe wütend. »Ich bin kein netter Mann.«

Nachdem er gegangen war und Maddie die Haustür geschlossen hatte, musste sie sich setzen. Was war eben passiert? Wie hatte ein normaler Abschiedskuss unter Freunden sich in eine leidenschaftliche Umarmung verwandeln können? Und warum hatte es sich so perfekt angefühlt?

12. Kapitel

Montagmorgen. Zwei Schritte hinter ihrer Wohnungstür verließ Maddie der Mut. Was tat sie hier bloß? So konnte sie doch nicht zur Arbeit gehen.

Sie sagte sich, dass ein blaues Seidenkleid viel zu schick für das Büro war. Aber in Wahrheit hatte sie Angst. Sie war nicht bereit für die Aufregung, die ihre neue Frisur, das neue Make-up und die neue Kleidung verursachen würden.

Was, wenn sie nicht schön, sondern mitleiderregend aussah? Was würden die Kolleginnen dann im Waschraum über sie sagen? Die arme Maddie sieht wie ein Biest im Partyoutfit aus? Sie konnte den Gedanken nicht ertragen, dass hinter ihrem Rücken über sie gelacht wurde.

Rasch kramte sie in ihrer Handtasche nach den Schlüsseln. Ich bin nicht feige, beruhigte sie sich. Ich werde mein neues Styling nur in kleineren Dosierungen vorführen.

Sie stürmte in die Wohnung und zog das Kleid wieder aus. Im Badezimmer wusch sie sich das Make-up ab, für das sie extra eine Stunde früher aufgestanden war. Heute würde das bewährte Lipgloss ausreichen. Sie musste an Dan denken. Er hatte sich so große Mühe mit ihr gegeben, er würde sie in den neuen Kleidern erwarten.

Natürlich konnte sie ihm sagen, dass sie die neuen Sachen zu schick fand. Aber er würde sofort erkennen, dass sie zu feige gewesen war. Er würde so enttäuscht von ihr sein. Hatte sie ihm nicht versprochen, sich nicht mehr hinter unförmigen Kleidern zu verstecken? Schließlich entschied sie sich für eine

Kombination aus Alt und Neu. Sie zog ihren alten schwarzen Blazer zu dem neuen weißen T-Shirt und der »figurbetonten« Hose an. Dazu die schicken Sandaletten mit den hohen Absätzen. Nicht, weil Dan das erwartete, sondern weil sie sich darin seltsamerweise stark fühlte. Zum Abschluss legte sie noch das neue silberne Armband um.

Zufrieden, dass sie so nicht die Zielscheibe von Hohn und Spott werden würde, machte sie sich auf den Weg ins Büro.

Der erste Mensch, den sie bei Cue sah, war Jack. Sie begegneten sich an der Eingangstür und gingen zusammen hinein.

»Hallo, Maddie.« Er neigte den Kopf und lächelte. »Du hast eine neue Frisur. Das sieht gut aus.«

»Danke.«

»Hattest du am Freitag noch Spaß mit Dan?«

»Ja. Wir haben Pizza gegessen und viel gelacht.«

Jack blieb vor seiner Bürotür stehen und sah Maddie an. »Manchmal sind das die besten Rendezvous.«

»Es war kein Rendezvous. Wir sind nur gute Freunde.« Sie errötete ein wenig, als sie an den letzten ›freundschaftlichen‹ Kuss dachte.

»Aha.« Jack klang nicht sehr überzeugt. »Ich mag ihn. Er scheint ein netter Mensch zu sein. Sag ihm, dass ich mein Angebot ernst gemeint habe. Fotografen können wir immer gebrauchen.«

Bei der Vorstellung, einen weltbekannten Fotografen zu bitten, Bilder von Schuhen zu machen, musste sie lächeln. »Ich glaube nicht, dass er für Cue arbeiten wird. Er hat einen Job gefunden.«

»So schnell?«

»Er ist wirklich talentiert. Wenn wir irgendwann viel Zeit haben, erzähle ich dir die ganze Geschichte.«

»Maddie! Bist du das? Du hast eine neue Frisur!« Crystals Aufschrei lockte noch vier oder fünf andere Frauen an. Innerhalb kürzester Zeit hatten sie einen Kreis um Maddie gebildet.

»Du hast gar nicht erwähnt, dass du deine Haare schneiden lassen wirst. Zu welchem Friseur bist du gegangen?«

Alle schauten sie gespannt an. Maddie verkrampfte sich und wartete auf ein mitleidiges Kopfschütteln. Aber niemand lachte. Alle schienen sich aufrichtig für sie zu freuen.

»Ich bin nach New York geflogen«, sagte sie. »Thomas vom Renaissance hat mir die Haare geschnitten.«

»Du bist für einen Friseurbesuch nach New York geflogen?«

Es war geschehen: Maddie war gerade vom Biest zur Persönlichkeit aufgestiegen. Sie hatte ihr ganzes Leben lang dafür gekämpft, akzeptiert zu werden. Wenn ihr jemand gesagt hätte, dass sie dazu nur einen neuen Haarschnitt in New York machen lassen musste, hätte sie das niemals geglaubt.

Als die Mitarbeiter eine halbe Stunde später im Konferenzraum eintrafen, sprachen immer noch alle über sie.

Colton kam spät. »Hallo, Maddie«, begrüßte er sie. »Hast du die Präsentation vorbereitet?«

»Sie war beschäftigt«, fiel ihm Crystal ins Wort. »Sie ist nach New York geflogen, um sich die Haare schneiden zu lassen.«

Colton blickte Maddie an. »Das steht dir gut.«

Jack eröffnete die Versammlung, und alle privaten Gespräche verstummten.

»Wir unterhalten uns später«, flüsterte Colton ihr noch zu, bevor er zu seinem Stuhl ging.

Diesmal verging das Meeting wie im Flug. Maddie schwebte wie auf Wolken, als sie in ihr Büro zurückkehrte.

Niemand hatte sie ausgelacht. Und Colton hatte sie angesehen, als er mit ihr gesprochen hatte. Wirklich angesehen.

Den ganzen Vormittag über verbrachte sie an ihrem Computer. Sie beantwortete E-Mails und sortierte die Informationen für die Electronics Era-Präsentation. Die Arbeit nahm sie so sehr in Anspruch, dass sie fast die Mittagspause verpasst hätte.

Ihr Herzschlag beschleunigte sich. Sie konnte es kaum erwarten, Dan zu treffen. Seit ihrem wirklich unglaublichen Kuss am Samstagabend hatten sie nicht mehr miteinander gesprochen. Sie musste es in seinem Gesicht sehen, in seinen Augen lesen und in seiner Stimme hören, ob die Dinge sich auch für ihn verändert hatten.

Vielleicht bedeutete ihm der Kuss nichts. Für Maddie hingegen hatte sich alles verändert. Es war, als hätte der Kuss ihr die Augen geöffnet: Sie war in Dan verliebt.

Oder zumindest glaubte sie das.

Hoffnungslose Romantiker wie sie hatten immer dasselbe Problem: einer Situation zu viel Bedeutung beizumessen. Vielleicht war sie gar nicht verliebt. Sie war ihm dankbar. Sie fühlte sich zu ihm hingezogen. Aber war das Liebe?

Am Ende hatte sie entschieden, dass Dan der Vernünftige von ihnen beiden war. Da sie ihren eigenen Gefühlen nicht vertraute, musste sie auf ein Zeichen von ihm warten.

Sie puderte sich die Nase und trug Lippenstift auf. Die Visagistin hatte ihr versichert, diese Farbe würde ihre Lippen unwiderstehlich machen. Natürlich glaubte Maddie diesem Versprechen nicht, aber wenn es half, einen Kuss von Dan zu bekommen, war es den Versuch wert.

Dan sah sie sofort, als sie in die Cafeteria kam, und winkte ihr zu. Nervös ging sie langsam auf seinen Tisch zu. Sie versuchte, seine Gedanken zu lesen. Sein breites Lachen sagte ihr nichts.

»Hallo, meine Schöne.« Er zog den Stuhl für sie zurecht und nahm ihr das Tablett aus den Händen, damit sie sich hinsetzen konnte. »Wie ist es heute Morgen gelaufen?«

Seine Stimme klang anders. Atemlos. Konnte es sein, dass auch er nervös war? »Ich glaube, den anderen hat meine Frisur gefallen. Aber die Tatsache, dass ich dafür nach New York geflogen bin, war das größere Ereignis. Das Biest hat sich in eine geheimnisvolle Frau verwandelt.«

Dan lachte.

»Für die Zukunft sehe ich nur ein Problem auf mich zukommen: Wie kann ich meinen Status halten?«, sagte sie halb im Scherz. »Wie kann ich das überbieten, wenn alle sich an meine Frisur gewöhnt haben?«

»Wie wäre es mit einem Peeling in San Francisco?«, schlug Dan vor. »Oder vielleicht einer Pediküre in Paris?«

»Oder einer Massage in Mailand?«

Die angespannte Stimmung war fort, und sie lachten zusammen wie immer.

»Ich bin so stolz auf dich, Maddie. Für jemanden, der es hasst, im Rampenlicht zu stehen, muss es schwer gewesen sein, heute Morgen ins Büro zu marschieren.«

»Sei nicht zu stolz. Ich bin erst einmal zurück in meine Wohnung geflüchtet und habe das neue Kleid wieder ausgezogen. Wenn ich nicht genau gewusst hätte, dass du furchtbar enttäuscht gewesen wärst, hätte ich definitiv nichts ›Figurbetontes‹ angezogen.«

Er nahm ihre Hand und lächelte. »Hier geht es nicht um mich. Was ich mag, was ich will, kann man nicht kaufen. Du sollst dich wohl fühlen.«

Ihre Blicke trafen sich, und für einen Moment hörte die

Welt auf zu existieren. Maddie war so von Dan gefangen genommen, dass sie Colton gar nicht bemerkte, der an ihren Tisch getreten war.

»Ist hier noch Platz für mich?«, fragte er.

»Natürlich. Setzen Sie sich«, erwiderte Dan.

Colton stellte seinen Salat auf den Tisch und streckte eine Hand aus. »Ich bin Colton Hartley«, sagte er.

»Dan Willis.«

»Was machen Sie beruflich?«, fragte Colton, während er das Dressing über seinem Salat verteilte.

»Ich bin Fotograf.«

Endlich hatte Maddie ihre Überraschung überwunden. »Dan ist aus New York. Er ist ...«

»... im Moment arbeitslos«, beendete Dan ihren Satz und bedeutete ihr mit einem Lächeln, das Thema nicht weiter zu verfolgen.

»Das ist schade. Vielleicht finden Sie bald etwas Neues.«

Der geringschätzige Ton in Coltons Stimme entging Maddie nicht. Sie wollte ihm nicht unterstellen, überheblich zu sein, aber er umgab sich nun mal gerne mit erfolgreichen Menschen. Sie fragte sich, warum Dan es zuließ, dass Colton solche Schlussfolgerungen zog.

Aber Colton hatte seine Aufmerksamkeit schon wieder Maddie zugewandt. »Also, Maddie, was gibt es von Electronics Era zu berichten? Hast du am Wochenende etwas vorbereitet?«

»Das hoffe ich«, sagte Dan und warf Colton einen ironischen Seitenblick zu. »Sie hat bis nach Mitternacht daran gearbeitet.«

»Ich fühle mich wirklich schuldig deshalb. Der Auftrag kam nur so kurzfristig, und ich hatte schon Pläne ...«

Dan nickte. »Genau das habe ich Maddie auch gesagt: dass

kurzfristige Aufträge ihre Pläne nicht durchkreuzen dürfen. Aber Sie kennen ja Maddie. Sie hätte eher unsere Verabredung abgesagt, als die Präsentation abzulehnen.«

»Unsere Verabredung?«, fragte Maddie.

»Es tut mir wirklich leid.« Coltons Entschuldigung klang aufrichtig.

»Ist schon in Ordnung. Mir hat die Arbeit Spaß gemacht«, sagte Maddie, um beide Männer zu besänftigen. »Ich denke, dir wird mein neuer Ansatz für Electronics Era gefallen, Colton. Ich habe ein vollkommen anderes Konzept entwickelt. Im Zentrum steht nicht mehr der Markenname, sondern die Auswahl in den Geschäften und die Kompetenz der Verkäufer.«

»Wie stellst du dir die Anzeigen vor?«

Jetzt waren die beiden in ihrem Element. Sie spielten mit Ideen und Konzepten. Selbst Dan beteiligte sich hin und wieder daran.

»Ich denke, wir können Jack unsere Ergebnisse präsentieren«, sagte Colton schließlich. Er blickte auf die Uhr. »Was meinst du, Maddie. Sollen wir gleich gehen?«

Maddie warf einen letzten Blick auf Dans Schokoladenkuchen. »Ja, das sollten wir tun.«

»Es war nett, Sie kennenzulernen, Dan.«

Dan blickte ihnen nach, wie sie sich ihren Weg durch die Tische bahnten. Überrascht stellte er fest, dass es ihm gar nicht gefiel, Maddie an Coltons Seite zu sehen.

Dann nahm er eine der beiden Gabeln, um ein Stück von dem Kuchen zu essen. Er hatte Schokolade gewählt, weil er an Maddie gedacht hatte. Der sehnsüchtige Blick, mit dem sie den Kuchen betrachtet hatte, war ihm nicht entgangen. Aber sie hatte nichts gesagt – nicht, wenn Mr. Perfekt neben ihr stand.

Und er war perfekt. Da sie sich gegenübergesessen hatten, konnte Dan die Gelegenheit nutzen, ihn ausgiebig zu betrachten.

Die blonden Haare fielen in sanften Locken, ohne auch nur das kleinste Anzeichen von beginnenden Geheimratsecken. Er trug zwar Kontaktlinsen, allerdings schienen sie nicht gefärbt zu sein. Seine strahlend blauen Augen waren also echt. Seine Zähne mussten überkront sein, aber das konnte man wohl kaum als Schwachpunkt bezeichnen.

Kein Wunder, dass Maddie verrückt nach ihm war.

Dan ließ die Gabel wieder sinken, der Kuchen war unberührt geblieben.

Natürlich war ein Mann mehr als sein Aussehen. Persönlichkeit, Intelligenz und Charakter waren doch das Wesentliche.

Seiner Erfahrung nach sahen viele allerdings nur das Äußere. Aber Maddie war nicht irgendeine Frau. Gerade sie, die wegen ihres Aussehens immer gehänselt worden war, musste doch die innere Schönheit von Menschen erkennen. War das nicht genau der Grund, warum er sich zu ihr hingezogen fühlte?

Dan nahm die Gabel wieder in die Hand. Maddie war eine intelligente Frau. Sie wusste, dass Colton ein egoistischer Blender war. Das hatte sie doch bereits am eigenen Leib erfahren müssen.

Er seufzte. Maddie würde schon wissen, was richtig war. Als er sich an ihren angsterfüllten Blick erinnerte, weil er vor Colton von ihr gesprochen hatte, musste er lächeln. Oder als er von ihrer Verabredung erzählt hatte. Es war wirklich an der Zeit, dass jemand diesem Mann sagte, wie toll Maddie war. Es machte ihn krank zu sehen, wie herablassend Colton Frauen behandelte.

Heute war sie in die Cafeteria gekommen wie eine Frau, die an sich selbst glaubte. Zum ersten Mal, seit er sie kannte, hatte sie Schultern und Rücken gerade gehalten und schien stolz auf ihre Größe zu sein. Er würde nicht zulassen, dass Colton ihr dieses Gefühl durch seine Überheblichkeit wieder nahm.

13. Kapitel

Maddie öffnete die Tür zu Dans Büro und trat ein.

»Wo warst du heute?«, fragte sie. Wenn ihre Stimme angespannt klang, lag das daran, dass sie sich genau so fühlte. Sie hatte die ganze Mittagspause über Ausschau nach ihm gehalten.

»Ich wollte dich dasselbe fragen.« Auch Dans Stimme klang ein bisschen beleidigt.

Maddie ließ die Tür hinter sich ins Schloss fallen. »Ich war nur in der Cafeteria.«

»Da war ich auch. Am üblichen Platz. Ich weiß nicht, wie ich dich verpassen konnte.«

Zu hören, dass er nach ihr gesucht hatte, zauberte ein Lächeln auf ihr Gesicht. »Colton und ich hatten eine Besprechung bis halb eins. Wir sind etwas später gekommen.«

Dan zog die Augenbrauen hoch. »Wir? Colton war mit dir zusammen? Schon wieder?«

»Ja, kannst du dir das vorstellen?«

»Das sind jetzt fünf Tage hintereinander. Was wird sein Harem dazu sagen?«

»Der wird nicht allzu erfreut sein. Aber wir haben nur gearbeitet. Obwohl, wenn ich darüber nachdenke, habe ich schon einige böse Blicke gespürt.«

»Sei bloß vorsichtig.«

Maddie lachte. »Was ist das?«, fragte sie, als sie einige Stapel von Schwarz-Weiß-Aufnahmen auf seinem Schreibtisch entdeckte.

Er zuckte mit den Schultern. »Nur ein paar Bilder, die ich gemacht habe.«

»Darf ich sie mir ansehen?«

»Natürlich.«

Sie nahm das oberste Foto in die Hand. Es zeigte die alte Frau, die sie in New York getroffen hatten. Dann betrachtete sie einige der anderen Aufnahmen.

»Sie sind schön.«

»Danke.«

Maddie runzelte die Stirn. »Schön ist nicht wirklich der treffende Ausdruck.«

»Ich weiß nicht, mir gefallen sie.«

Spielerisch stieß sie ihn in die Seite. »Was ich meinte, ist, dass schön nicht annähernd meine Gefühle beschreibt. Die Bilder sprechen mich auf einer emotionalen Ebene an.«

Sie betrachtete die restlichen Aufnahmen. »Es mag verrückt klingen, aber wenn ich die Fotos anschaue, dann sehe ich keine Einzelheiten wie Gesichter oder Orte. Alle Komponenten ergeben zusammen ein Gefühl.«

Er streckte die Hand aus und fuhr ihr durch die Haare. »Das ist die Romantikerin in dir. Du hast viel Fantasie.«

»Nein, du hast Talent.« Sie lehnte sich gegen den Schreibtisch und nahm einen anderen Stapel Bilder in die Hand. Die Motive waren verschieden. Manche zeigten Kinder und Erwachsene, manche nur ein Gesicht oder eine Hand.

Schließlich legte sie den letzten Stapel zurück auf den Tisch. Sie brauchte einen Moment, bis sie wieder sprechen konnte. »Deine Bilder sind ganz anders, als ich sie mir vorgestellt hatte.«

Dan sah sie verletzt an. »Oh.«

»Es ist mein Ernst. Bei Schwarz-Weiß-Fotos denke ich an Leblosigkeit. Die meisten, die ich kenne, sind trostlos. Aber deine Bilder sind anders. Ich kann die Liebe und die Leidenschaft spüren, mit denen du die Aufnahmen gemacht hast. Ich kann es nicht besser erklären, aber ich habe das Gefühl, als würde ich die Personen auf den Bildern kennen.«

Er lächelte. »Das ist gut.«

»Dan, diese Bilder sind großartig. Du besitzt die Fähigkeit, deinen Fotos Leben einzuhauchen. Du musst diese Bilder veröffentlichen. Was du brauchst, ist eine Ausstellung.«

»Danke.«

»Das war kein Kompliment, sondern die Wahrheit.«

Sein Lächeln verschwand. »Ich weiß nicht, Maddie. Ich freue mich, dass sie dir gefallen. Aber was die Öffentlichkeit angeht …«

»Sie haben mir nicht einfach nur gefallen«, unterbrach sie ihn. »Sie haben mich bewegt. Und andere Menschen werden ebenso empfinden.«

»Ich bin Modefotograf. Niemand würde mich ernst nehmen.«

Maddie verschränkte ihre Arme vor der Brust und musterte ihn. Er war so unglaublich begabt. Dachte er wirklich, er könnte diesem Talent einfach den Rücken kehren? Das würde sie auf gar keinen Fall zulassen. Vielleicht brauchte er nur einen kleinen Schubs in die richtige Richtung. »Ich mache dir keinen Vorwurf, dass du Angst hast.«

»Das hat nichts mit Angst zu tun. Ich bin nur realistisch.«

Sie wusste, dass sie ihn wütend gemacht hatte, aber jetzt konnte sie nicht mehr zurück. »Bist du nicht derjenige, der mir immer wieder gesagt hat, ich solle an mich selbst glauben?«

»Das ist etwas völlig anderes.«

»Nein. Letzten Endes geht es um die Angst vor Zurückweisung.«

»Ich habe keine Angst«, wiederholte er.

Sie erkannte, dass sie weit genug gegangen war. Zumindest für den Moment. »In Ordnung. Ich werde dich nicht drängen. Aber ich möchte, dass du über das nachdenkst, was ich gesagt habe.« Sie blickte auf ihre Uhr. »O nein, ich sollte längst wieder in meinem Büro sein.«

Dan stand von seinem Stuhl auf und begleitete sie zur Tür. »Da wir uns heute in der Cafeteria verpasst haben, wie wäre es mit einem gemeinsamen Abendessen? Anschließend könnten wir ins Kino gehen.«

»Ich kann nicht. Colton und ich gehen mit einem Kunden essen. Es war Jacks Idee«, fügte sie schnell hinzu. »Ich bin froh, dass du mit mir in New York einkaufen gegangen bist. Plötzlich habe ich einen vollen Terminkalender. Aber wenn das so weitergeht, brauche ich noch mehr neue Kleider.«

Dans Miene hellte sich auf. »Kein Problem. Wir können jederzeit wieder nach New York fliegen.«

»Ein Shoppingtrip nach New York an zwei Wochenenden hintereinander? Dann hätten meine Kolleginnen ein neues Gesprächsthema.« Sie seufzte. »Aber morgen drehen wir den Electronics Era-Spot für das Fernsehen.«

»›Wir‹ bedeutet Colton und du?«

»Ja. Natürlich machen nicht wir die Filmaufnahmen. Aber als zuständiges Team müssen wir schon anwesend sein.«

»Was ist denn mit euch los? Ihr wart ja praktisch die ganze Woche über unzertrennlich.«

Maddie lachte. »Wir haben von den anderen schon einen Spitznamen bekommen. Crystal hat uns das ›dynamische Duo‹ genannt.«

Dan schien das gar nicht lustig zu finden. »Fein.«

Er ging zurück zu seinem Schreibtisch und sah einige Visitenkarten durch. »Hier ist Tonias Karte. Ruf sie einfach an. Sie kann dir die Kleider auch per Post schicken.«

Maddie nahm die Karte. »Walküre? Ihr Geschäft heißt Walküre?«

»Und?«

Maddie lachte. »Hießen so nicht die kriegerischen Frauen aus der nordischen Mythologie?«

»Ich glaube ja. Was ist so lustig daran?«

»Ich habe mich schon gefragt, warum mir alle Kleider gepasst haben. Weil sie nur Größen für Amazonen führt.«

»Nicht für Amazonen. Für Frauen über eins fünfundsiebzig. Ich habe viele Models zu ihr geschickt.«

Langsam kam Dan näher. »Hast du am Sonntag etwas vor?«

»Ich treffe mich mit meiner Familie, um gemeinsam zur Kirche zu gehen. Anschließend essen wir zusammen.«

»Ich habe keine Pläne. Wenn du moralische Unterstützung brauchst, komme ich gerne mit.«

Sie schüttelte den Kopf. »Das ist ein verlockendes Angebot, aber ich muss ablehnen. Einen ganzen Tag mit den neuesten Neuigkeiten von meinen Neffen und Nichten kann ich dir nicht antun.«

Dan zuckte mit den Schultern. »Ich habe nichts Besseres zu tun.«

»Das ist sehr nett von dir. Aber dieser Folter will ich dich wirklich nicht aussetzen. Ich werde alleine gehen.«

»Wie du möchtest.«

Er sah so enttäuscht aus, dass sie es sich beinahe anders überlegt hätte. Aber ihre Freundschaft war noch so frisch, sie wollte ihn nicht jetzt schon mit der Familienmeinung konfrontieren, sie sei eine Verliererin.

»Du wirst noch genug Gelegenheit haben, meine Verwandtschaft kennenzulernen. Oder hast du dein Versprechen vergessen, mich zum Familientreffen zu begleiten?«

»Nein, natürlich nicht.«

»Danke.« Sie öffnete die Tür. »Ich muss zurück ins Büro.«

»Colton ist wahrscheinlich schon außer sich und fragt sich, wo du bleibst.«

»Wohl kaum. Er sieht nicht nur gut aus, weißt du. Er ist auch ohne mich in der Lage zu arbeiten. Aber ich glaube, er fängt an, mich zu schätzen. Seine Blicke schweifen nicht mehr in weite Ferne, wenn ich mit ihm rede. Ich denke, er hört mir tatsächlich zu.«

»Wenn er nur halb so klug ist, wie du sagst, tut er gut daran, dir zuzuhören.«

»Unsere Denkweisen sind völlig unterschiedlich, aber anstatt uns zu streiten, scheinen wir uns zu ergänzen. Wir sind ein wirklich gutes Team.«

»Fein.«

Dan sah ihr noch lange nach. Seitdem Colton eine wichtige Rolle in Maddies Leben spielte, nicht als unerreichbarer Traum, sondern als realer Mensch, hatte Dan ein schlechtes Gefühl in der Magengegend. Das ›dynamische Duo‹ – er wusste nicht, ob er lachen oder weinen sollte.

Wenn Maddie schon ein Duo bildete, dann doch bitte mit ihm. Nicht, dass er in dieser Richtung in letzter Zeit irgendwelche Fortschritte gemacht hätte. Sie war so mit ihrer Arbeit beschäftigt, dass sie keine Zeit gefunden hatten, über das zu sprechen, was passiert war. Bei den paar Gelegenheiten, bei denen sie zusammen gewesen waren, hatte Maddie ihm keinerlei Hinweise darauf gegeben, ob sie eine Beziehung mit ihm wollte. Wenn überhaupt, schien sie sich eher zurückgezogen zu haben.

Der Abschiedskuss damals war ein Fehler gewesen. Er hatte geplant, sie flüchtig zu küssen; aber als sie ihm zum tausendsten Mal gesagt hatte, er sei ein netter Mann, hatte er es nicht mehr ausgehalten. Seine Motive waren nicht uneigennützig. Er war kein Heiliger. Er war verliebt.

Es war alles so schnell passiert. Dan hatte seine Gefühle für Maddie nicht erkannt, bis Thomas das Offensichtliche ausgesprochen hatte. Danach war ihm alles klar geworden: Er hatte sich in sie verliebt, als er sie das erste Mal gesehen hatte.

Weil ihm das endlich bewusst geworden war, hatte er sie so leidenschaftlich geküsst. Es war kein Wunder, dass er sie damit erschreckt hatte. Denn sie sah ja nichts anderes in ihm als einen guten Freund. Vielleicht hatte sie sich auch zurückgezogen, um ihn sanft daran zu erinnern, dass Colton der Mann ihrer Träume war. Und nun auch der Mann in ihrem Leben.

Die ganze Woche über hatte Colton ihnen in der Cafeteria Gesellschaft geleistet.

Dan war eifersüchtig. Und am schlimmsten war der Gedanke, dass er es gewesen war, der Coltons Aufmerksamkeit erst auf Maddie gelenkt hatte.

14. Kapitel

»Okay, Leute, lasst uns die Szene noch einmal durchgehen, bevor wir drehen.« Der Regisseur führte die Schauspieler in eine ruhige Ecke der Fernsehabteilung des Geschäfts, um die Einstellungen ein letztes Mal zu besprechen.

PJ Platt, der Eigentümer von Electronics Era, kam zu Maddie, die außerhalb des Kabelgewirrs und der Scheinwerfer stand.

»Ich hoffe, es ist bald vorbei«, sagte er laut genug, damit alle ihn hören konnten. »Das Geschäft öffnet in vierzig Minuten.«

»Ja, Sir«, wisperte sie zurück. »Sie drehen den Film in weniger als fünf Minuten. Wenn alles gut geht und keine weiteren Unterbrechungen unseren Zeitplan verzögern, haben wir die Ausrüstung längst zusammengepackt und verladen, bevor die Türen aufgemacht werden.«

Es war nicht zu erkennen, ob er ihren Hinweis zum Thema Unterbrechungen verstanden hatte. »Was, wenn nicht alles gut geht?«

»Dann werden Ihre Kunden die einmalige Gelegenheit bekommen, zu sehen, wie ein Fernsehspot gedreht wird.«

»Aber so war das nicht geplant«, sagte PJ. »Doch wahrscheinlich wäre es gar nicht so schlimm. Vielleicht lockt es sogar Kunden an.«

Als PJ sich umwandte, um jemand anders auf die Nerven zu fallen, kam Colton zu Maddie. »Ich weiß nicht, wie du diesen Mann erträgst«, flüsterte er ihr ins Ohr.

»Mir bleibt nichts anderes übrig. Jedes Mal, wenn er zu mir kommt, bist du verschwunden.«

Colton schmunzelte, weil sie seine Strategie durchschaut hatte. »Du bist viel diplomatischer als ich.«

Maddie zog die Augenbrauen hoch. »Verkauf dich nicht unter Wert, Colton. Ich bin sicher, du bist ein erstklassiger Diplomat.«

»Vielleicht hast du recht«, erwiderte er lächelnd. »Aber immer, wenn PJ einen Vorschlag macht, würde ich ihn am liebsten erwürgen.«

»In diesem Fall musst du dich aber hinten anstellen.« Wenn irgendjemand das Recht hatte, ihren Kunden zu erwürgen, dann sie.

Um sieben Uhr morgens war PJ Platt zusammen mit dem Filmteam, den Schauspielern und dem Team von Cue im Geschäft angekommen. Es war nicht unüblich, dass die Auftraggeber bei einem Dreh dabei waren. Da sie die vielen einzelnen Entwicklungsschritte der Kampagne miterlebt hatten, wollten sie nun auch sehen, wie das Ergebnis zustande kam. Es galt als stummes Übereinkommen, dass sie während der Filmaufnahmen nur noch geduldete Zuschauer waren.

Ganz anders PJ. Immer wieder hatte er die Vorbereitungen unterbrochen und Vorschläge gemacht. Die meisten waren überflüssig, einige einfach dumm. Aber alle verzögerten den Drehbeginn.

»Ruhe, bitte«, sagte der Regisseur. »Kamera ab.«

Maddie eilte zu PJ, nahm seinen Arm und zog ihn in den Pausenraum der Angestellten. »Kommen Sie, PJ. Es war ein langer Morgen. Lassen Sie uns eine Tasse Kaffee zusammen trinken.«

»Aber sie haben gerade angefangen zu filmen«, protestierte er.

»Richtig. Und genau aus dem Grund gehen wir jetzt.«

Er starrte sie verständnislos an.

Sie konnte schlecht sagen, dass er in seinem eigenen Geschäft nicht willkommen war, deshalb erfand sie schnell eine Lüge. »Es bringt Unglück, wenn die Auftraggeber beim ersten Durchlauf anwesend sind.«

»Oh, das wusste ich nicht.«

Es gelang ihr, die Kaffeepause über drei Einstellungen hinweg auszudehnen. Sie fragte sich gerade, wie lange sie ihn noch hinhalten konnte, als Colton zu ihnen kam. »Der Film ist im Kasten.«

PJ sah ihn niedergeschlagen an. »Ich habe alles verpasst.«

»Nur die langweiligen Sachen.« Colton klopfte ihm aufmunternd auf die Schulter. »Vielleicht möchten Sie sich jetzt mit den Schauspielern unterhalten.«

PJ rannte zur Tür.

Maddie lehnte sich in ihrem Stuhl zurück. »Ich bin froh, dass es vorbei ist. Noch einen Kaffee hätte ich wirklich nicht trinken können.«

»Dann muss ich meine Einladung anders formulieren.«

»Welche Einladung?«

»Ich dachte, wir gehen einen Kaffee trinken, wenn wir hier fertig sind. Aber unter diesen Umständen lade ich dich zum Brunch ein. Bist du hungrig?«

Colton führte sie in ein kleines angesagtes Café. Er begrüßte ein halbes Dutzend Freunde, hauptsächlich auffallend gut aussehende Frauen. Maddie war sich der eifersüchtigen Blicke sehr wohl bewusst. Deshalb achtete sie darauf, den Bauch einzuziehen und die Schultern gerade zu halten. Seltsamerweise bereiteten ihr diese Blicke kaum Vergnügen. Im Gegenteil, sie erhöhten nur den Druck, sich mit den anderen zu messen.

Kaum hatten sie sich gesetzt, stand auch schon eine Kellnerin an ihrem Tisch. Nach der üblichen Verzögerung von drei Sekunden, die Coltons Schönheit bei jeder Frau auszulösen schien, sagte sie: »Kann ich Ihnen einen Kaffee bringen?«

»Für mich nicht«, erwiderte Maddie. »Ich nehme nur ein Glas Wasser.«

Colton lachte. »Ich hätte gerne einen Kaffee.«

Die Kellnerin entfernte sich.

»Ich denke, der Spot wird gut«, meinte Colton.

Maddie nickte. »Die ersten Aufnahmen sahen hervorragend aus. PJ wird zufrieden sein.«

»Mir hat gefallen, wie du mit ihm umgegangen bist.«

»Nein, dir hat gefallen, dass ich mich um ihn gekümmert habe.«

Er besaß wenigstens den Anstand, eine verlegene Miene aufzusetzen. »Das auch. Aber wenn du irgendwann keine Lust mehr auf Werbung hast, steht dir eine große Karriere im diplomatischen Dienst offen.«

Sie wusste, dass er scherzte. Trotzdem vermeinte sie, einen bewundernden Schimmer in seinen Augen zu sehen. »Danke.«

Die Kellnerin kam mit ihren Getränken zurück. »Möchten Sie jetzt bestellen?«

Maddie war wirklich hungrig. Sie hätte gerne ein großes Frühstück bestellt. Aber solange Colton dabei war, traute sie sich nicht. »Ich bekomme ein Vollkornmuffin und ein wenig Obstsalat, bitte.«

»Für mich dasselbe.«

Die Kellnerin strahlte Colton noch einmal an, dann ging sie.

Maddie sah aus dem Fenster. Ein Paar ging Hand in Hand die Straße entlang. Sie lächelte und dachte an Dan, wie er ihre Hand in New York gehalten hatte.

»Warum lächelst du?«, fragte Colton. Seine Miene zeigte deutlich, dass er es auf sich bezog. Wahrscheinlich lag er mit dieser Annahme meistens richtig.

Was er wohl sagen würde, wenn sie zugab, dass ihr Lächeln einem ganz anderen Mann gegolten hatte? Sie war sich ziemlich sicher, dass er so etwas noch nie erlebt hatte. »Aus keinem besonderen Grund.«

Für einen Moment sah er sie an. »Irgendwie bist du anders als sonst.«

Du meine Güte, ist ihm das auch schon aufgefallen?

»Ja, ich habe mir die Haare schneiden lassen.«

»Nein, es ist nicht deine Frisur. Du bist anders.«

»Wie meinst du das?«

»Ich weiß nicht. Du wirkst femininer.«

So hatte sie sich noch gar nicht gesehen, aber vielleicht hatte er recht. Als führende Kapazität in Sachen Frauen konnte er das wahrscheinlich am besten beurteilen.

Aber gleichgültig, ob sie sich verändert hatte oder nicht, er sah sie anders an. Nicht mehr als Kollegin, deren Namen er sich nicht merken konnte. Nein, mit diesem Blick betrachtete er sonst nur Frauen, die Größe 36 trugen.

»Darüber habe ich noch nicht nachgedacht.«

Seine Stimme wurde tiefer, und er sah ihr direkt in die Augen. »Was auch immer es ist, es ist sehr attraktiv.«

Sie brach den Augenkontakt. »Danke.«

»Hast du nicht neulich ein Familientreffen erwähnt?«

Maddie nickte. »Ja, nächsten Samstag.«

»Ich weiß nicht, ob die Einladung noch gilt, aber ich hätte Zeit.«

Jetzt blickte sie auf, um zu erkennen, ob es ihm ernst war. »Hm«, sagte sie. »Ich werde vielleicht darauf zurückkommen.«

In ihrem Unterbewusstsein schrie eine Stimme laut auf.

Was tat sie hier? Warum zögerte sie? Colton hatte gerade angeboten, sie zum Familientreffen zu begleiten! Ihr Traum wurde wahr. Wo war sie nur mit ihren Gedanken?

Dan.

Ihre Cafeteria-Bekanntschaft geisterte nun durch ihre Tagträume und nicht Colton. Die Wärme seiner Berührung, das Feuer in seinem Blick, die Leidenschaft, wenn er sie küsste – diese Erinnerungen beherrschten ihr Denken.

Dan war perfekt. Vielleicht sah er nicht so gut aus wie Colton – welcher andere Mann konnte sich schon mit ihm messen? Aber bei den Dingen, auf die es wirklich ankam, stand er weit über Colton. Dan war der perfekte Freund, der perfekte Gentleman, und er küsste perfekt.

Und bis jetzt hatte sie sich nicht getraut, ihm ihre Gefühle zu gestehen. Zunächst hatte sie Angst gehabt, Dankbarkeit mit Liebe zu verwechseln. Doch selbst als sie sicher war, dass sie ihn liebte, hatte sie nichts gesagt. Es war nicht leicht, sich zu öffnen, wenn man sich den größten Teil seines Lebens versteckt hatte. Es war an der Zeit, das zu ändern.

Sie musste mit Dan sprechen.

Sobald sie ihre Entscheidung getroffen hatte, fiel es ihr schwer, ruhig sitzen zu bleiben. Als sie in ihren Wagen stieg, konnte sie sich nicht mehr an die Unterhaltung mit Colton erinnern.

Kaum war sie in ihrer Wohnung angekommen, wählte sie auch schon Dans Telefonnummer.

»Hallo?«

»Hallo, Dan.«

»Maddie? Was ist los? Ich dachte, der Werbespot wird heute gedreht.«

Sie wusste, dass er lächelte. »Stimmt. Aber wir waren um elf Uhr fertig.«

»Das ging aber schnell. Ich wollte gerade essen gehen. Bist du hungrig?«

»Nein, Colton und ich sind nach dem Dreh zum Brunch gegangen.«

»Oh.« Seine Stimme wurde merklich kühler. »Das ›dynamische Duo‹ war wieder unterwegs.«

»Du wirst nicht glauben, was passiert ist. Colton hat mich gefragt, ob er mich zum Familientreffen begleiten darf.«

Dan schwieg eine Weile. »Wirklich? Das sind großartige Neuigkeiten.«

Das war nicht die Antwort, auf die sie gehofft hatte. »Ich dachte, du willst mitkommen.«

»Ich? Nein. Ich habe nur angeboten, im Notfall einzuspringen. Und da ich mir jetzt keine Sorgen mehr um dich machen muss, kann ich meine Reisepläne in die Tat umsetzen.«

»Ich wusste nicht, dass du verreisen willst.«

»Das ist eine spontane Idee. Tatsächlich hast du mich auf diesen Gedanken gebracht.«

»Ich kann mich nicht daran erinnern, dir geraten zu haben wegzufahren.«

»Aber du erinnerst dich, dass du mir gesagt hast, es sei ein Verbrechen, mein Talent zu verschwenden, und dass ich eine Ausstellung machen soll.«

»Ja, aber ich dachte nur, du könntest doch die Bilder nehmen, die du bereits hast.«

»Vielleicht. Ehrlich gesagt, weiß ich immer noch nicht, ob ich eine Ausstellung machen möchte. Eine Reise könnte mir bei dieser Entscheidung helfen.«

Maddie fühlte, wie Panik in ihr aufstieg. »Wie lange wirst du unterwegs sein?«

»Das ist schwer zu sagen. Ich werde mir Zeit lassen.«

Das Gespräch verlief überhaupt nicht so, wie sie es geplant hatte. Sie wollte ihm sagen, wie viel er ihr bedeutete und dass sie ihn liebte. »Ich werde dich vermissen.«

»Du kommst schon zurecht.«

Damit schien alles gesagt zu sein. »Ruf mich an, wenn du wieder hier bist.«

»Natürlich.«

15. Kapitel

Maddie traf ihre Mutter auf dem Parkplatz der Kirche. Sie hätte schwören können, dass ihrer Mom der Mund offen stand.

»Madelyn? Bist du das? Ich hätte dich beinahe nicht erkannt.«

»Ja, ich bin es«, erwiderte sie ruhig, als würde sie nicht gespannt auf einen Kommentar von ihr warten. »Wir haben uns seit meinem Ausflug nach New York nicht mehr gesehen.«

»Du siehst gut aus.« Sie ging einmal um Maddie herum, um sie von allen Seiten anzuschauen. »Du hast noch nie besser ...« Sie blieb stehen und runzelte die Stirn. »O Madelyn, was hast du dir nur dabei gedacht? Absätze? Bei deiner Größe?«

Maddie konnte Dans Stimme hören, als stände er hinter ihr. Es ist Zeit, dich so zu akzeptieren, wie du bist.

»Genau«, erwiderte sie. »Ihnen wohnt ein geheimnisvoller Zauber inne.«

Nach der Kirche besuchten die beiden Maddies Schwester und deren Familie zum Mittagessen. Jennifer war ein Wunder. Sie konnte ein Sechs-Gänge-Menü mit derselben Leichtigkeit kochen, mit der andere Menschen Erdnussbutter-Sandwiches machten. Nachdem sie gegessen hatten, die Kinder ihren Mittagsschlaf machten und Maddies Schwager zu seinem Dienst ins Krankenhaus aufgebrochen war, setzten die drei sich für eine Tasse Kaffee an den Wohnzimmertisch.

»Also, glamouröse Schwester, hast du noch mehr Überraschungen für uns?«, fragte Jennifer.

»Nein.«

»Sei nicht so bescheiden, Madelyn. Du hast deiner Schwester noch gar nichts von deiner Verabredung für das Familientreffen erzählt.«

»Das stimmt. Ich habe eine Verabredung.« Und weil es nicht Dan war, gelang es Maddie auch nicht, allzu begeistert zu klingen. »Sein Name ist ...«

»... Colton Hartley. Und er ist sexy«, beendete ihre Mutter den Satz. »Nachdem Maddie mir seinen Namen verraten hat, habe ich Jacks Frau angerufen und sie um alle Details gebeten. Du weißt, wie schwer es ist, irgendetwas von Maddie zu erfahren.«

Jennifer warf ihrer Schwester einen amüsierten Blick zu, der ›Oder wie schwer es für Maddie ist, überhaupt zu Wort zu kommen‹ bedeutete.

»Ist er nett?«, fragte sie.

Maddie zuckte mit den Schultern. »Ja, ich glaube schon ...«

»Er ist bezaubernd«, warf ihre Mutter ein. »Jacks Frau hat mich gewarnt, sein Anblick würde mir die Sprache verschlagen. Er ist intelligent, talentiert und sieht umwerfend aus. Und unsere Madelyn hat eine Verabredung mit ihm.«

Maddie stellte ihre Tasse auf den Tisch und sprach die Worte aus, die nach der Rede ihrer Mutter in der Luft zu hängen schienen. »Wunder geschehen doch immer wieder.«

Als es für Maddie an der Zeit war zu gehen, begleitete Jennifer sie zur Tür. »Es ist nicht wahr, weißt du.«

Maddie blieb stehen und sah ihre ältere Schwester an. »Was ist nicht wahr?«

»Dass deine Verabredung ein Wunder ist. Das Einzige, was mich überrascht, ist, dass es so lange gedauert hat.«

Bei diesem unerwarteten Kompliment errötete Maddie. »Du musst das sagen. Du bist meine Schwester.«

»Deine Schwester zu sein macht mich nicht blind. Ich habe schon immer gewusst, dass du ein besonderer Mensch bist. Weißt du noch, wie Dad dich immer seinen Schatz genannt hat? Und er hatte recht. Du bist ein Schatz. Du hast nur nie daran geglaubt.«

Jennifer strich ihr eine Locke aus dem Gesicht. »Du hast dich verändert. Es sind nicht nur die Kleider und die Haare. Jemand muss dich endlich überzeugt haben, an dich selbst zu glauben. Ich vermute, es war deine sexy Verabredung. Wenn dieser Mann klug ist, dann hoffe ich, ihr verliebt euch ineinander, heiratet und lebt glücklich bis an euer Lebensende zusammen. Wahrscheinlich ist er bereits in dich verliebt.«

Maddie murmelte etwas Unverständliches.

»O nein, komm mir nicht so. Ich kenne dich. Wie könnte irgendjemand dich nicht lieben?«

Die ganze Rückfahrt über weinte Maddie.

Nicht die bitteren Tränen einer Frau, die alles verloren hatte, sondern die stillen langsamen Tränen resignierten Verstehens. Sie musste die Tatsachen akzeptieren.

Dan liebte sie nicht. Er hatte sie nie geliebt. Während sie sich in Tagträumen von einer gemeinsamen Zukunft verloren hatte, plante er seine Abreise. Er hatte so erleichtert geklungen, als sie ihm von Coltons Angebot, sie zum Familientreffen zu begleiten, erzählt hatte. Als sei er froh, diese Bürde los zu sein.

Sie waren Freunde. Und wenn sie ehrlich war, musste sie zugeben, dass er nie etwas anderes auch nur angedeutet hatte. Er war ein netter Mensch, der ihr half, wo er konnte. Sie beispielsweise nach New York einladen oder sie zu ihrem Familientreffen begleiten, wenn sie sonst niemanden fand. Dasselbe hätte er auch für jeden anderen getan.

Sie war so naiv gewesen, mehr in ihre Freundschaft hineinzuinterpretieren. Vielleicht lag es an ihrer Unerfahrenheit oder an dem Bedürfnis, geliebt zu werden, dass sie die schmeichelhafte Aufmerksamkeit und die Küsse für beginnende Verliebtheit gehalten hatte. Wahrscheinlich hatte sie ihm einfach leidgetan.

Auf dem Parkplatz, der zu ihrer Wohnung gehörte, sah sie in den Rückspiegel. Ihr bot sich kein erfreulicher Anblick. Ihre Augen waren gerötet und die Wimperntusche verschmiert.

Aber was noch viel schlimmer war: Sie konnte Dan nicht sagen, dass er ihr Herz gebrochen hatte. Sie waren Freunde und nicht mehr. Sie hatte sich selbst das Herz gebrochen.

Was sollte sie jetzt tun? Maddie wischte sich die Tränen von den Wangen und wünschte, ihr Vater wäre hier. Sie schloss die Augen und stellte sich vor, was er ihr in dieser Situation raten würde.

Als Erstes würde er sie in die Arme nehmen. Dann würde er sie fragen, was genau ihr Problem war. Für eine Minute dachte sie über die Frage nach, als würde er wirklich neben ihr sitzen und auf eine Antwort warten.

Sie besaß einen ein Meter und achtzig großen Körper, mit dem sie irgendwie zurechtkommen musste. Sie verspürte einen schmerzhaften Stich, während sie sich daran erinnerte, wie Dans Augen geleuchtet hatten, als er sie in dem knappen Bademantel gesehen hatte.

Sie hatte eine fantastische neue Frisur, mit der sie sich weiblicher fühlte. Sie hatte dank Tonia eine neue Garderobe. Sie hatte drei schicke Paar Schuhe. Und für das Familientreffen hatte sie eine Verabredung mit Colton Hartley.

Fast konnte sie ihren Vater sagen hören: »Sei zufrieden mit dem, was du hast. Jeder hat Probleme. Entscheidend ist, ob du sie angehst.«

Maddie hob den Kopf. Sie war traurig, aber nicht am Boden zerstört; verletzt, aber klüger. Mit ein wenig neuem Mut stieg sie aus dem Wagen.

Dan hatte ihr gutgetan. Damit würde sie sich zufriedengeben. Er liebte sie nicht, aber er hatte sie gelehrt, sich selbst zu lieben.

Sie würde ihn weiterhin lieben – und wie könnte sie jemals aufhören? –, aber sie würde es niemandem sagen. Niemand würde jemals erfahren, wie naiv sie gewesen war – und wie verletzt sie jetzt war.

»Maddie? Hast du eine Minute Zeit für mich?«, fragte Jack, als sie an seinem Büro vorbeiging.

Sie blieb stehen. »Was kann ich für dich tun?«

»Ich möchte mit dir reden.«

Sie kannte diesen Tonfall. Er bedeutete: »Wenn du keine Zeit hast, musst du dir eben Zeit nehmen.«

»Komm herein und schließ die Tür.«

Sie nahm gegenüber von seinem Schreibtisch Platz und versuchte, ein selbstsicheres Lächeln aufzusetzen.

»Erzähl mir, wie die Dinge laufen.«

Aha! Alles, was er wollte, war also ein Bericht über die aktuelle Geschäftslage. Sie entspannte sich. »Großartig. PJ ist mit dem neuen Werbespot sehr zufrieden. Er sagte, viele Anrufer hätten ihm zum neuen Image von Electronics Era gratuliert.«

Jack nickte. »Ich bin stolz auf dich. Du hast meine Erwartungen übertroffen. Aber ich möchte mit dir jetzt nicht über Geschäftliches sprechen.« Er lehnte sich in seinem Stuhl zurück und betrachtete sie über seine gefalteten Hände hinweg. »Ich möchte über dich sprechen.«

»Was möchtest du wissen?«

»Ich möchte wissen, warum du seit einer Woche aussiehst, als hättest du einen Freund verloren.«

Maddie runzelte die Stirn. »Das ist mir gar nicht aufgefallen.«

»Das ist auch nicht offensichtlich. Auf Menschen, die dich nicht haben aufwachsen sehen, wirkst du sogar wie das personifizierte Glück. Dein Lächeln, die Gespräche mit sechs Kollegen gleichzeitig. Aber ich kenne dich. Ich kann die Traurigkeit in deinen Augen sehen.«

»Ich weiß nicht, was du meinst.«

»Seit mehreren Tagen habe ich deinen Freund Dan nicht mehr gesehen.«

»Er hat die Stadt verlassen.«

»Ich verstehe. Vielleicht ist er für deinen Kummer verantwortlich.«

»Ich bin nicht traurig, Jack. Er ist bloß verreist. Außerdem sind wir nur Freunde.«

»So hat das für mich aber nicht ausgesehen.«

»Dan ist ein wirklich netter Mensch. Es ist schwer, ihn nicht zu mögen. Aber wir sind wirklich nur befreundet.«

»Hmm.« Jack schien einen Moment darüber nachzudenken. »Du magst Colton lieber als Dan?«

Die Wahrheit wollte sie ihm nicht sagen, nämlich dass Colton an ihr interessiert war und Dan nicht. »Colton ist auch nett.«

»Es gibt Gerüchte, dass ihr zusammen seid.«

»Nur auf einer beruflichen Ebene. Gut, er hat mich für Freitagabend zum Essen eingeladen, aber das ist keine große Sache. Und ich werde ihn mit zum Familientreffen nehmen, aber auch das nur, weil er Zeit hatte und ich eine Verabredung brauchte.«

»Ich hoffe, ihr habt Spaß. Wie du gesagt hast, Colton ist nett. Aber wenn du meine ehrliche Meinung hören willst, denke ich, dass du etwas Besseres finden kannst.«

»Besser als Colton?«

Jack nickte. »Versteh mich nicht falsch. Ich mag ihn. Ich hätte ihn nicht eingestellt, wenn ich nicht überzeugt gewesen wäre, dass er gut ist. Er ist der zweitbeste Mitarbeiter, den ich je für Cue gewinnen konnte.«

Fragend zog Maddie die Augenbrauen hoch.

»Du bist die Beste«, antwortete er mit einem Lächeln. »Colton ist ein Naturtalent, was die Werbung angeht. Aber ich glaube nicht, dass er für dich gut genug ist.«

Maddie hatte keine Ahnung, wohin dieses Gespräch führen sollte. »Selbst wenn ich ernste Absichten hätte – die ich nicht habe –, ist Colton bestimmt nicht der Typ, der sich mit einer einzigen Frau zufriedengibt. Nicht, wenn fünfzig Prozent der Weltbevölkerung darauf warten, von ihm verführt zu werden.«

Jack lachte. »Ich hätte auf deine Menschenkenntnis vertrauen sollen. Colton ist ein gut aussehender Mann. Ich hatte Angst, er könnte damit dein Urteilsvermögen verwirren. Es geht mich nichts an, aber mir hätte es nicht gefallen, wenn du einen Mann geheiratet hättest, der nichts dagegen hat, dass alle Frauen sich nach ihm umdrehen.«

Er stand auf, ging zu ihr und legte ihr eine Hand auf die Schulter. »Ich will, dass du glücklich bist. Du verdienst das Beste. Ich könnte es nicht ertragen, wenn du dich mit weniger zufrieden gibst.«

Um acht Uhr war Maddie mit Colton im Pines Restaurant verabredet. Sie parkte ihren Wagen und ging hinein. Bislang war sie noch nie im Pines gewesen, also blieb sie stehen, um die Atmosphäre in sich aufzunehmen.

Colton stand bei dem Podest, an dem das Buch mit den Reservierungen auslag, hatte den Kopf geneigt und hörte der niedlichen blonden Rezeptionistin zu. Maddie konnte zwar nicht von den Lippen lesen, aber ihre Körpersprache besagte eindeutig: »Ich will dich.«

Und man musste auch kein Genie sein, um zu wissen, was Colton antwortete. Fische brauchten das Wasser, und Vögel mussten fliegen: Colton würde sein ganzes Leben lang nie aufhören zu flirten.

Langsam ging sie auf die beiden zu.

»Hallo, Maddie. Ich habe dich gar nicht bemerkt.« Er schenkte ihr eins seiner umwerfenden Lächeln. »Meine Verabredung ist da, Laura.« Er nannte die Kellnerin also schon beim Vornamen! »Könntest du uns jetzt unsere Plätze zeigen?«

Laura warf Maddie einen Blick zu, der je zur Hälfte aus Hass und Neid bestand, und führte sie zu einem kleinen Tisch im hinteren Teil des Restaurants.

Maddie wartete, dass Colton ihr den Stuhl zurückzog, aber er setzte sich einfach.

»Es war interessant, dich kennenzulernen, Colton«, sagte Laura, als sie ihnen die Speisekarten reichte.

»Sie scheint nett zu sein«, meinte er, drehte den Kopf und beobachtete, wie sie zu dem Podium zurückging.

»Du hast ein unschlagbares Talent dafür, nette Menschen kennenzulernen«, erwiderte Maddie mit einem sarkastischen Unterton.

»Stimmt. Ich habe dich getroffen, nicht wahr? Habe ich dir schon gesagt, dass du heute fantastisch aussiehst?«

Warum fühlte sie sich bei diesem Kompliment nicht geschmeichelt? Vielleicht, weil der Satz zu sehr nach einer hohlen Phrase klang. Wie vielen Menschen hatte er diese Worte schon gesagt? Einem Dutzend? Heute?

Colton öffnete die Speisekarte. »Ich komme um vor Hunger. Wir haben diese Woche wirklich hart gearbeitet. Ich glaube, das berechtigt uns dazu, heute unsere Diät zu vergessen. Ich denke, wir gönnen uns Abendessen plus Nachtisch.«

»Was kannst du mir empfehlen?«

»Alles. Die Nudeln mit Pilzen sind ausgezeichnet. Und sie haben kaum Fett, sind also kein Problem für deine Cholesterinwerte.«

Wie konnte sie in Gegenwart eines Mannes mit einem enzyklopädischen Wissen über Fett und Kalorientabellen ein großes Steak mit Folienkartoffel bestellen?

»Hört sich gut an.«

Während sie den Salat aßen, unterhielten sie sich über die Arbeit, gemeinsame Bekannte und Filme. Das Gespräch bestätigte ihre früheren Eindrücke von Colton. Er interessierte sich für Geld, seinen Körper und schöne Frauen. Ihre Familie würde beeindruckt sein. War es nicht das, was sie wollte?

Die Nudeln waren wirklich lecker, aber Maddie fand die Portionen ziemlich klein. Ein Stück Schokoladenkuchen wäre jetzt genau das Richtige.

»Ich weiß nicht, wie es mit dir ist«, meinte Colton. »Ich bin satt. Aber ich habe dir einen Nachtisch versprochen, also bestell dir, wozu du Lust hast.«

Nach diesen Worten war es natürlich unmöglich, noch ein Dessert zu verlangen. »Danke, nein. Eine Tasse Kaffee reicht mir.«

Sie plauderten weiter über Belanglosigkeiten, während sie den Kaffee tranken. Es machte Spaß, mit Colton zu reden. Er hatte zu vielen Themen etwas zu sagen und besaß einen angenehmen Sinn für Humor. Maddie wusste nicht, warum sie das Gespräch dennoch als fade empfand.

Vielleicht, weil es ihr trotz zweier Wochen intensiver Zusammenarbeit nicht gelungen war, die Oberfläche zu durchbrechen. Sie suchte nicht nach intellektuellen Herausforderungen oder philosophischen Diskussionen, aber es wäre nett gewesen, einen Blick auf den wahren Colton zu erhaschen.

Jedes Mal, wenn sie eine eher persönliche Frage gestellt hatte, war er ihr ausgewichen. Vielleicht hatte er außer einem schönen Äußeren nichts zu bieten. Warum stimmte sie das traurig? Er besaß eben keine Tiefe, aber er sah gut aus. Wollte sie nicht genau das? Einen schönen Mann, um ihrer Familie zu beweisen, dass sie keine Verliererin war?

Plötzlich wurde ihr bewusst, dass ihre eigenen Motive einer Überprüfung nicht standhalten konnten. Colton war an ihr interessiert, weil sie attraktiv war. Sie hatte sich mit ihm verabreden wollen, weil er attraktiv war. Sie war genauso geistlos wie er.

»Ist dir aufgefallen, wie die Leute uns beobachten?«, fragte er, als sie auf den Parkplatz hinausgingen.

»Nein«, erwiderte sie.

»Viele haben sich nach uns umgedreht. Es muss an der Größe liegen. Wir geben ein eindrucksvolles Paar ab, Maddie. Deine Familie wird morgen begeistert sein.«

Auf einmal wurde ihr alles klar. Sie musste niemanden begeistern. Sie brauchte keinen gut aussehenden Mann an ihrer Seite, um sich selbst aufzuwerten.

Maddie blieb stehen und legte dann eine Hand auf Coltons Arm. »Mein Familientreffen. Dazu möchte ich dir noch etwas sagen.«

16. Kapitel

Frustriert verließ Dan seine Dunkelkammer. Vierzehn Film-rollen hatte er entwickelt, und nicht ein Foto war gelungen.

Er ließ sich auf seinen Stuhl fallen und nahm einen Sta-pel Aufnahmen aus dem Schränkchen unter seinem Schreib-tisch. Dann legte er sie in zwei Reihen vor sich aus und seufzte.

Die ersten fünf Bilder zeigten Maddie auf dem Balkon ihrer Wohnung, die unteren fünf hatte er während ihres Ausflugs nach New York gemacht. In dieser Anordnung sahen die Fo-tos wie Vorher-nachher-Bilder aus, die so gerne in Frauenzeit-schriften veröffentlicht wurden. Aber anders als die Frauen in den Zeitungen war Maddie sowohl vorher als auch nachher wunderschön.

Die Aufnahmen aus New York brachten ihre Schönheit nur besser zur Geltung. Er betrachtete diese Bilder sehr ge-nau. Die neue Frisur, das Make-up und die Kleider betonten Maddies weibliche Reize.

Fast wünschte er sich, den Ausflug nach New York nicht unternommen zu haben. Dann hätte er ihre Schönheit immer noch ganz für sich alleine gehabt. Buschige Augenbrauen, unförmige Kleider und strohige Haare hatten Menschen wie Colton von ihr ferngehalten.

Dann dachte er daran, wie glücklich und selbstbewusst sie jetzt war. Deshalb bereute er seine Entscheidung auch nicht. Obwohl er einen hohen Preis gezahlt hatte, für sie würde er immer wieder so handeln.

Zumindest einer von ihnen war glücklich.

Dan blickte auf, als er hörte, wie jemand die Türklinke herunterdrückte. Langsam wurde die Tür geöffnet.

»Du bist hier«, sagte Maddie überrascht.

Sie sah gut aus. Wirklich gut. Er stand auf und steckte die Hände in die Hosentaschen. »Ja. Hallo.«

»Wann bist du zurückgekommen?«, fragte sie und ging auf ihn zu.

»Vor ein paar Tagen. Ich war nicht lange unterwegs.«

Maddie blieb stehen. »Du hast nicht angerufen.«

»Nein.«

Ihre Miene verdüsterte sich. »Du wolltest mich nicht sehen.«

»Das ist es nicht.«

»Ist schon in Ordnung. Ich verstehe, dass …« Ihr Blick fiel auf die Fotos, die immer noch auf dem Schreibtisch lagen. »Was ist das?«

»Bilder von dir.«

»Ja, das kann ich selbst sehen. Was tust du damit?«

»Mich quälen.«

Sie beugte sich über die Aufnahmen, um sie besser betrachten zu können. »Sind sie so schlecht?«

Es versetzte ihm einen schmerzhaften Stich, die alten Unsicherheiten und Selbstzweifel in ihrer Miene zu sehen. »Nein, Maddie. Sie sind so gut.«

»Warum ist es dann eine Qual für dich, sie anzusehen?«

Wie konnte er ihr nur seine Gefühle beschreiben. Mit ihr in einem Zimmer zusammen zu sein tat bereits weh. »Es ist, als würde man seinen Lieblingsnachtisch sehen, während man auf Diät ist.«

Ihre Antwort war ein kaum hörbares Flüstern. »Möchtest du auf Diät sein?«

»Nein.«

Tränen glitzerten in ihren Augen. »Dann solltest du mich jetzt küssen.«

Und das tat er. Atemlos zog er sich erst zurück, als er Feuchtigkeit auf ihren Wangen spürte.

»Was ist los?«

»Ich bin so glücklich.«

»Mein Liebling.« Er griff in seine Hosentasche und holte ein Taschentuch heraus. »Nicht weinen«, sagte er und wischte ihr die Tränen ab.

»Danke.«

Plötzlich wurde ihm bewusst, wie spät es war. »Es ist nach elf. Hast du etwa bis jetzt gearbeitet?«

»Nein. Ich bin hergekommen, um dich zu suchen. Colton hatte mich zum Essen eingeladen.«

Ihre Worte waren wie eine eiskalte Dusche. Er trat einen Schritt zurück und steckte die Hände wieder in die Hosentaschen. »Oh.«

»Warum tust du das jedes Mal, wenn ich den Namen Colton erwähne?«

»Was denn?«

»Du wirst ganz steif und förmlich.«

Offenbar verstand sie ihn wirklich nicht. »Denk doch mal darüber nach, Maddie. Er ist mit dir ausgegangen, nicht ich. Ich bin eifersüchtig.«

»Auf Colton? Das ist lächerlich.«

»Sag das mal seinen Fans.«

»Die verhalten sich nur so, weil sie ihn nicht so gut kennen wie ich.«

»Ach, und wie gut kennst du ihn?«

»Gut genug, um zu wissen, dass er nicht die Gefühle in mir weckt, die du auslöst.«

Dan umfasste ihren Kopf mit seinen Händen. »Und welche Gefühle sind das?«

»Ich fühle mich stark, schön und besonders. In deiner Gegenwart möchte ich der beste Mensch sein, der ich sein kann. Wenn ich mit Colton zusammen bin, habe ich das Gefühl, niemals mithalten zu können.«

Dan runzelte die Stirn. »Für mich klingt das nach zwei Seiten derselben Medaille.«

»Das stimmt nicht. Du bist angenehm. Colton nicht.«

»Das soll mir schmeicheln?«, fragt er und zog seine Hände zurück.

»Nein. Du sollst mich küssen.«

Wieder erfüllte er ihren Wunsch, dieses Mal sanfter und zärtlicher.

Maddie lehnte ihren Kopf an seine Schulter. »Davon habe ich geträumt.«

Eine Welle der Hoffnung durchströmte ihn. »Wenn ich es nicht besser wüsste, würde ich sagen, du bist verliebt.«

Diesmal trat Maddie einen Schritt zurück und betrachtete sein Gesicht. Dan wagte kaum zu atmen, während er auf ihre Antwort wartete.

»O ja, ich bin verliebt. Du warst nur nicht da, also konnte ich es dir nicht sagen.«

Erleichtert und glücklich atmete er aus. Sie liebte ihn!

Er zog sie an sich und küsste immer wieder ihr Gesicht. Dann warf er den Kopf zurück und lachte. Maddie liebte ihn. Das war fast zu schön, um wahr zu sein; aber sie war ja hier, in seinen Armen, um es ihm zu beweisen.

Sie liebte ihn. Wie war das möglich? Sie war so auf Colton fixiert gewesen, dass Dan kaum davon zu träumen gewagt hatte.

Und er liebte sie. Dan wusste, dass er sich in dem Moment, in dem er sie damals in der Cafeteria aufgefangen hatte, in sie verliebt hatte. Er hatte sogar angefangen zu glauben, dass Maddie der Grund war, warum er nach Texas zurückgekehrt war. Sie repräsentierte alles, was ihm in seinem Leben gefehlt hatte. Maddie strahlte die Schönheit aus, die er vermisst hatte.

Wieder küsste er sie. Der Kuss begann sehr zärtlich, als würden sie das Wunder der Liebe, und dass sie sich gefunden hatten, feiern. Langsam steigerten sie die Berührung, wie zwei Menschen, die sich ihrer Leidenschaft füreinander ganz hingaben.

»Ich bin froh, dass ich meinen Ausflug abgekürzt habe«, sagte er atemlos.

»Ich auch«, murmelte Maddie. Sie hob den Kopf. »Beinahe hätte ich vergessen zu fragen: Wie war deine Reise?«

»Furchtbar. Ich habe viele Fotos gemacht, aber nie das gefunden, was ich gesucht habe.«

»Du arbeitest zu hart. Vielleicht brauchst du eine Pause.«

»Vielleicht sollte ich dich auch einfach mitnehmen. Dann habe ich die Schönheit immer an meiner Seite.«

Maddie seufzte. »Du bist wirklich nett.«

Er schüttelte den Kopf. »Ich habe dir doch gesagt, ich bin nicht nett. Ich bin verrückt nach dir. Ich liebe dich, Maddie.«

Sie lächelte ihn an. »Ich liebe dich auch.«

»Morgen ist dein Familientreffen, richtig?«

»Ja, warum?«

Er runzelte die Stirn. »Meinst du nicht, es ist ein bisschen merkwürdig, dass du Colton mitnimmst, wenn du in mich verliebt bist?«

»Ich nehme ihn nicht mit.«

»Aber …«

»Ich habe ihm gesagt, dass ich seine Begleitung nicht benötige.«

Jetzt musste Dan lachen. »Armer Kerl. Ich würde sagen, du hast sein Herz gebrochen. Allerdings kann ich mir schwer vorstellen, dass er überhaupt eins besitzt.«

Maddie machte eine drohende Geste. »Sei friedlich. Er ist immer noch mein Kollege.«

Da sie ihn und nicht Colton liebte, konnte er es sich leisten, großzügig zu sein. »In Ordnung. Aber kein dynamisches Duo mehr. Wenn du mit jemandem ein Paar bildest, dann mit mir.«

»Heißt das, du begleitest mich zum Familientreffen?«

»Ich dachte schon, du würdest nie fragen.«

Als Maddie und Dan ankamen, war das Fest bereits in vollem Gange. Dan parkte seinen Wagen auf dem letzten freien Platz in der Nähe eines mit Luftballons geschmückten Pavillons.

Er schaltete den Motor aus und beugte sich zu Maddie, um ihre Hand zu drücken. »Habe ich dir heute schon gesagt, dass du fantastisch aussiehst?«

Sie lächelte, weil sie wusste, dass er es jedes Mal vollkommen ernst gemeint hatte. »Erst ein halbes Dutzend Mal.«

Für jemanden, der stets Angst vor Familientreffen gehabt hatte, so wie andere Menschen Angst vor einem Zahnarztbesuch, *fühlte* Maddie sich fantastisch. Was auch immer ihre Verwandtschaft sagte, sie war auf alles vorbereitet und würde damit umgehen können.

Das neue Sommerkleid hatte ihr Selbstbewusstsein bereits definitiv gesteigert, aber erst Dans Blicke, als er sie heute Morgen abholte, hatten sie restlos überzeugt. Er fand sie wunderschön. Das allein zählte.

Sie stiegen aus dem Wagen und gingen Hand in Hand zu den Picknicktischen.

»Verwandtschaft nähert sich von rechts«, flüsterte Dan.

Maddie blickte in die angegebene Richtung und sah ihre Mutter auf sich zukommen.

»Madelyn, da bist du ja endlich.« Nach einer schnellen Umarmung wandte sie sich Dan zu. »Und Sie müssen Colton sein.« Sie schenkte ihm ein wohlwollendes Lächeln. »Alle Gerüchte über Sie entsprechen wirklich den Tatsachen.«

Mit erstickter Stimme sagte Maddie: »Mom, das ist Dan.«

Dan schmunzelte, als er seine Hand ausstreckte. »Colton ist Vergangenheit. Eine Zeit lang stand es unentschieden. Aber ich bin froh, Ihnen sagen zu können, dass ich ihn aus dem Herzen Ihrer Tochter vertreiben konnte. Es ist mir ein Vergnügen, Sie kennenzulernen. Maddie hat mir schon so viel von Ihnen erzählt.«

Die Miene ihrer Mutter spiegelte Bestürzung wider. »O Dan. Es tut mir leid.«

»Kein Problem. Ich wette, es ist ziemlich schwierig, den Überblick über Maddies Männer zu behalten.«

Ihre Mutter warf ihr einen erstaunten Blick zu. »Ja«, sagte sie schließlich verwundert. »Unsere Maddie steckt voller Überraschungen.«

Plötzlich schien sie sich wieder an ihre Gastgeberpflichten zu erinnern. »Warum kommt ihr nicht mit? Ich werde Dan den anderen vorstellen.«

»Gleich, Mom. Zuerst wollen wir uns etwas zu trinken besorgen.«

»In Ordnung, Liebes. Amüsiert euch. Ich sehe euch dann später.« Ihre Mutter wandte sich so rasch um, dass sie beinahe mit Onkel Clyde zusammengestoßen wäre. Sie musste Jennifer von den unglaublichen Neuigkeiten erzählen.

»Sieh dir an, was du getan hast«, schimpfte Maddie mit Dan, als sie ihrer Mutter nachsahen. »Du hast ihr eingeredet, ich sei eine Femme fatale. ›Maddies Männer‹. Wie bist du nur darauf gekommen?«

Er zuckte mit den Schultern, während er nicht besonders erfolgreich versuchte, ein Lachen zu unterdrücken. »Das ist mir einfach so eingefallen.«

Auf dem Weg zum Tisch mit Tante Janes berühmter frisch gepresster Limonade wurden sie von einem entfernten Cousin aufgehalten, der noch Teilnehmer für den Dreibeinlauf suchte.

»Kein Familientreffen ist vollständig ohne Dreibeinlauf«, meinte Dan zu Maddie.

»Na gut«, erwiderte sie mit gespielter Ergebenheit. »Ein Rennen.«

Sie stellten sich am Ende eines frisch gemähten Feldes Seite an Seite auf, banden die nebeneinander stehenden Beine mit einem kurzen Stück Seil zusammen und warteten auf das Startsignal. Maddie und Dan waren ganz klar die Favoriten. Mit ihren langen Beinen überwanden sie die Strecke natürlich viel schneller als die anderen, kleineren Paare.

Onkel Bob stand an der Ziellinie und spielte den Schiedsrichter. »Maddie und Dan haben gewonnen«, verkündete er und überreichte ihnen ihren Preis: zwei Kinogutscheine. »Ausgezeichnete Teamarbeit«, fügte er hinzu.

»Lass dir nichts anderes einreden, es kommt doch auf die Größe an«, flüsterte Dan Maddie zu und küsste sie rasch auf den Mund.

Anschließend machte Dan auch bei allen anderen Spielen mit; er nahm Maddies Cousins ersten und zweiten Grades huckepack und rannte mit ihnen fröhlich durch die Gegend. Schließlich führte Maddie ihn zu einem schattigen Platz im Pavillon. Sie tranken eisgekühlte Limonade und beobachteten das bunte Treiben.

Dan saß auf einer Bank, den Rücken gegen den Tisch ge-

lehnt und die langen Beine vor sich ausgestreckt. »Amüsierst
du dich?«, fragte er Maddie.

»Ja. Ich kann es noch gar nicht glauben.« Und das entsprach der Wahrheit: Sie hatte Spaß. Mit ihm hier zu sein
machte den Unterschied. Sie nahm seine Hand in ihre. »Ich
bin froh, dass du mitgekommen bist.«

Er küsste ihre Hand. »Du hättest mich auch nicht davon
abhalten können.«

Langsam füllten sich die Tische im Schatten des Pavillons.
Tante Linda, die das Familientreffen jedes Jahr organisierte,
forderte die Gruppe schließlich auf, einige Lieder zu singen.
Auch das war mittlerweile eine Tradition geworden. Während
sie sangen, trudelte der Rest der Familie ein.

Nach einer besonders gelungenen Darbietung von »Ama-
zing Grace« erhob Tante Linda sich, um mit dem jährlichen
Bericht zu beginnen. Sie forderte die einzelnen Familienmit-
glieder auf, aufzustehen und die Neuigkeiten aus dem Job
oder von den Kindern mit den anderen zu teilen.

Maddie hatte nicht erwartet, dass auch sie aufgerufen werden würde.

»Maddie«, sagte Tante Linda. »Wie ich sehe, hast du einen
Freund mitgebracht. Warum steht er nicht auf und stellt sich
uns allen vor?«

Maddie warf Dan einen entschuldigenden Blick zu.

Während die anderen höflich applaudierten, erhob Dan
sich. »Ich bin Dan Willis. Ich arbeite als Fotograf in Dallas.«

»Schön, dass Sie hier sind, Dan. Wie haben Sie Maddie kennen gelernt?«

»Ich habe sie in der Cafeteria getroffen. Ich habe sie gesehen und mich sofort in sie verliebt. Und ich glaube, ich sage
nichts Falsches, wenn ich behaupte, auch sie ist mir bei unserer ersten Begegnung gleich um den Hals gefallen.«

Maddie und Dan lächelten sich zu, als sie sich an den Beinaheunfall bei ihrem ersten Zusammentreffen erinnerten.

»Das klingt ernst.«

»Ich hoffe es. Ich schätze, jetzt ist ein guter Zeitpunkt, es herauszufinden.« Dan ergriff Maddies Hand. »Maddie, ich liebe dich. Ich brauche deine Schönheit in meinem Leben, heute und in Zukunft. Willst du mich heiraten?«

Alle Gespräche verstummten bei diesen Worten, und alle Blicke richteten sich auf die beiden.

Dans Frage traf Maddie völlig unvorbereitet. Warum machte Dan ihr einen Antrag vor allen Verwandten? Sie sah ihn an, um in seinen Augen eine Antwort zu finden. Er blinzelte ihr zu. Und plötzlich wusste sie, warum: Er hatte es für sie getan.

Vor der ganzen Familie seine Liebe zu gestehen war ein Bekenntnis. Er zeigte allen, dass sie, wunderschön und liebenswert war.

Die Emotionen, die in ihr aufstiegen, waren so stark und intensiv, dass sie schon fast wehtaten. Welcher Mann würde das für sie tun?

Maddie lächelte. Der Mann, den sie liebte. »Ja, Dan. Ich will.«

– ENDE –